BECCA FITZPATRICK

Dein für immer

GOLDMANN
Lesen erleben

*Buch*

Nora Grey hat es sich in ihrem Leben bisher nie leicht gemacht, aber nun hat sie eine folgenschwere Entscheidung getroffen: Unter Zwang hat sie ihrem Vater Hank Millar geschworen, die Armee der Nephilim anzuführen. Sollte sie scheitern, so würde nicht nur sie, sondern auch ihre Mutter sterben. Nora bleibt nicht viel Zeit, denn Cheschwan naht, die gefährlichen Nächte des Jahres, in denen die gefallenen Engel Besitz von den Körpern der Nephilim ergreifen und sie versklaven. Doch Noras große Liebe ist der gefallene Engel Patch; es ist verständlich, dass Nora weder einen Krieg gegen ihn führen, noch die Führerschaft abtreten will. Es soll jedoch noch viel schlimmer kommen, denn in den Reihen der Nephilim lauern Verräter, die selbst vor der Anwendung verbotener Teufelskraft nicht zurückschrecken, um die Macht zu ergreifen ...

Weitere Informationen zu Becca Fitzpatrick
sowie zu lieferbaren Titeln der Autorin
finden Sie am Ende des Buches.

# Becca Fitzpatrick

# Dein für immer

## Engel der Nacht
## Band 4

Roman

Ins Deutsche übertragen
von Sigrun Zühlke

**GOLDMANN**

Die Originalausgabe erschien 2012 unter dem Titel
»Finale« bei Simon & Schuster, New York.

 Dieses Buch ist auch als E-Book erhältlich.

**MIX**
Papier aus verantwor-
tungsvollen Quellen
FSC®  **FSC® C014496**
www.fsc.org

Verlagsgruppe Random House FSC® N 001967
Das FSC®-zertifizierte Papier *Holmen Book Cream* für dieses Buch
liefert Holmen Paper, Hallstavik, Schweden.


1. Auflage
Taschenbuchausgabe September 2015
Copyright © der Originalausgabe 2012 by Becca Ajoy Fitzpatrick
Copyright © der deutschsprachigen Ausgabe 2014
by Page & Turner/Wilhelm Goldmann Verlag, München,
in der Verlagsgruppe Random House GmbH
Umschlaggestaltung: UNO Werbeagentur, München
Umschlagmotiv: FinePic®, München;
Trevillion Images/Tracie Taylor, Valentino Sani
NG · Herstellung: Str.
Druck und Bindung: GGP Media GmbH, Pößneck
Printed in Germany
ISBN: 978-3-442-48287-0
www.goldmann-verlag.de

Besuchen Sie den Goldmann Verlag im Netz

# PROLOG
## Heute, früher am Tag

Scott glaubte nicht an Geister. Tote blieben in ihren Gräbern. Aber als er nun in den Tunneln unterwegs war, die kreuz und quer unter dem Delphic-Vergnügungspark verliefen und in denen es überall raschelte und zischelte, überlegte er, ob er seine Meinung nicht noch einmal überdenken sollte. Es gefiel ihm nicht, dass seine Gedanken immer wieder zu Harrison Grey zurückwanderten. Er wollte nicht an die Rolle denken, die er bei dem Mord an dem Mann gespielt hatte. Es tropfte von der niedrigen Decke, und Scott musste unwillkürlich an Blut denken. Die Flamme seiner Fackel warf flackernde Schatten an die Wände, die nach kalter, frischer Erde rochen, und die Erinnerung an Gräber stieg in Scotts Geist auf.

Ein eisiger Hauch kitzelte seinen Nacken, und er warf einen langen, misstrauischen Blick über die Schulter zurück in die Dunkelheit.

Niemand wusste, dass er Harrison Grey geschworen hatte, seine Tochter zu beschützen. Und da er ihm schlecht persönlich sagen konnte: »Hey, Mann, tut mir leid, dass ich den Mord an Ihnen zugelassen habe«, hatte er sich vorgenommen, Harrisons Tochter zu beschützen. Als anständige Entschuldigung konnte das nicht gelten, nicht wirklich, aber es war das Beste, was ihm einfiel. Scott war sich nicht einmal sicher, ob ein Schwur gegenüber einem Toten irgendwie Gewicht hatte.

Aber die dumpfen Geräusche hinter ihm ließen ihn denken, dass es möglicherweise doch so sein könnte.

»Kommst du?«

Scott konnte vor sich gerade noch den dunklen Umriss von Dantes Rücken ausmachen. »Wie lange noch?«

»Fünf Minuten.« Dante lachte leise. »Hast du die Hosen voll?«

»Bis zum Rand.« Scott setzte sich in Trab, um ihn einzuholen. »Was passiert eigentlich bei dem Treffen?«, fragte er. »So was habe ich noch nie mitgemacht«, setzte er hinzu in der Hoffnung, dass es sich nicht ganz so dämlich anhörte, wie er es empfand.

»Die hohen Tiere wollen Nora kennenlernen. Sie ist ja jetzt ihre Kommandantin.«

»Also haben die Nephilim akzeptiert, dass die Schwarze Hand tot ist?« Scott glaubte es selbst noch nicht ganz. Die Schwarze Hand sollte doch eigentlich unsterblich sein. Alle Nephilim waren unsterblich. Wer konnte also einen Weg gefunden haben, ihn zu töten?

Scott gefiel die Antwort nicht, auf die er immer wieder zurückkam. Wenn Nora das getan hatte … Wenn Patch ihr dabei geholfen hatte …

Es spielte keine Rolle, wie gut sie ihre Spuren verwischt hatten. Mit Sicherheit hatten sie etwas übersehen. Irgendjemand übersah immer irgendetwas. Es war nur eine Frage der Zeit.

Wenn Nora die Schwarze Hand ermordet hatte, schwebte sie in Gefahr.

»Sie haben meinen Ring gesehen«, antwortete Dante.

Scott hatte ihn auch gesehen. Früher. Der verzauberte Ring hatte geknistert, als sei blaues Feuer unter seiner Oberfläche gefangen. Sogar jetzt glühte er in einem kalten, tödlichen Blau. Dante zufolge hatte die Schwarze Hand prophezeit, dass dies das Zeichen seines Todes sein würde.

»Ist eine Leiche gefunden worden?«

»Nein.«

»Und die sind einverstanden damit, dass Nora sie anführt?«, bohrte Scott nach. »Sie ist doch ganz das Gegenteil der Schwarzen Hand.«

»Sie hat ihm gestern Nacht einen Blutschwur geleistet, der in dem Augenblick wirksam geworden ist, als er gestorben ist. Sie ist ihre Anführerin, auch wenn es ihnen nicht gefällt. Sie können sie nicht ersetzen, aber sie werden sie erst auf die Probe stellen und versuchen herauszufinden, warum Hank sie ausgewählt hat.«

Die Sache gefiel Scott ganz und gar nicht. »Und wenn sie einen anderen nehmen?«

Dante warf ihm über die Schulter einen dunklen Blick zu. »Dann stirbt sie. Sie hat einen Eid geschworen.«

»Wir werden das nicht zulassen.«

»Nein.«

»Dann ist also alles in Ordnung.« Scott brauchte einfach eine Bestätigung dafür, dass Nora nicht in Gefahr war.

»Solange sie mitspielt.«

Scott erinnerte sich daran, was Nora früher am Tag gesagt hatte. *Ich werde die Nephilim treffen. Und ich werde meinen Standpunkt klarmachen. Hank mag diesen Krieg begonnen haben, aber ich werde ihn beenden. Und dieser Krieg wird mit einem sofortigen Waffenstillstand enden. Es ist mir egal, ob sie das hören wollen oder nicht.* Er rieb sich die Nasenwurzel – er hatte noch viel Arbeit vor sich.

Er trottete weiter und hielt dabei Ausschau nach Pfützen. Sie lagen wie ölige Kaleidoskope auf dem Weg, und als er in die letzte getreten war, war er bis zu den Knöcheln durchnässt. »Ich habe Patch gesagt, dass ich sie nicht aus den Augen lassen werde.«

Dante knurrte: »Hast du vor dem auch Angst?«

»Nein.« Aber das stimmte nicht. Dante hätte auch Angst vor ihm, wenn er Patch wirklich kennen würde. »Warum durfte sie denn nicht mit uns zu dem Treffen kommen?« Die Entscheidung, sich von Nora zu trennen, gefiel ihm nicht. Er verfluchte sich selbst dafür, dass er sich vorhin nicht dagegen gewehrt hatte.

»Bei der Hälfte der Sachen, die wir tun, weiß ich nicht, warum wir das machen. Wir sind Soldaten. Wir führen Befehle aus.«

Scott erinnerte sich daran, was Patch beim Abschied zu ihm gesagt hatte. *Du bist für sie verantwortlich. Versau's nicht.* Die darin verborgene Drohung ging ihm unter die Haut. Patch dachte, er wäre der Einzige, dem Nora wirklich wichtig war, aber dem war nicht so. Nora war fast wie eine Schwester für Scott. Sie hatte zu ihm gehalten, als niemand sonst es tat, und hatte ihn im wahrsten Sinne des Wortes vor dem Abgrund gerettet.

Es bestand eine Verbindung zwischen ihnen, aber nicht *so* eine. Sie war ihm wichtiger als jedes andere Mädchen, das er je gekannt hatte. Er war für sie verantwortlich.

Als er und Dante tiefer in die Tunnel vordrangen, rückten die Wände immer näher zusammen. Scott musste sich seitwärts drehen, um mit den Schultern durch den nächsten Durchgang zu kommen. Erdklumpen bröckelten von den Wänden. Er hielt den Atem an, rechnete fast damit, dass jeden Moment die Decke einstürzen und sie unter sich begraben würde.

Schließlich zog Dante an einem Ring, und in der Wand öffnete sich eine Tür.

Scott lugte in den dunklen Raum dahinter. Die gleichen Mauern aus Erde, ein steinerner Flur. Leer.

»Guck nach unten. Falltür«, sagte Dante.

Scott trat vom Deckel der in den Boden eingelassenen Falltür und zog am Griff. Hitzige Gesprächsfetzen drangen durch die Öffnung nach oben. Er nahm nicht die Leiter, sondern sprang direkt in die Tiefe und landete drei Meter weiter unten.

Der höhlenartige Raum war gesteckt voll. Nephilim-Männer und -Frauen in dunklen Kapuzenroben bildeten einen engen Kreis um zwei Gestalten, die er nicht klar sehen konnte. Auf einer Seite loderte ein Feuer. Ein glühendes Brandeisen lag in den Kohlen.

»Antworte mir«, ertönte eine alte, metallische Stimme in der Mitte des Kreises. »In welcher Beziehung stehst du zu dem gefallenen Engel, der Patch genannt wird? Bist du bereit, die Nephilim anzuführen? Wir müssen sicher sein, dass deine Treue zu uns über jeden Zweifel erhaben ist.«

»Darauf brauche ich nicht zu antworten«, feuerte die andere Gestalt – Nora – zurück. »Mein Privatleben geht euch nichts an.«

Scott trat näher an den Kreis, um besser sehen zu können.

»Du hast kein Privatleben mehr«, zischte die alte, weißhaarige Frau und stach mit ihrem dürren Finger in Noras Richtung, während ihre faltigen Wangen vor Zorn zitterten. »Du hast an nichts anderes zu denken als daran, deine Leute anzuführen und sie von den gefallenen Engeln zu befreien. Du bist die Erbin der Schwarzen Hand, und auch wenn ich nicht gegen seinen Willen verstoßen möchte, so werde ich doch gegen dich stimmen, wenn das nötig sein sollte.«

Scott schielte voller Sorge zu den verhüllten Nephilim. Einige nickten zustimmend.

*Nora,* rief er sie in Gedanken. *Was machst du da? Der Blutschwur. Du musst an der Macht bleiben. Sag, was immer du sagen musst. Besänftige sie.*

Nora blickte wild um sich, bis ihr Blick den seinen fand. *Scott?*

Er nickte und versuchte, ihr Mut zu machen. *Ich bin hier. Verschreck sie nicht. Stell sie zufrieden. Und dann sorge ich dafür, dass du hier rauskommst.*

Sie schluckte, versuchte sichtlich, sich zu beherrschen, aber ihre Wangen glühten immer noch vor Wut. »Letzte Nacht ist die Schwarze Hand gestorben, und ich wurde zu seiner Erbin ernannt. Man hat mich in die Führungsrolle gedrängt, von einem Treffen zum nächsten geschleift und gezwungen, Leute zu begrüßen, die ich noch nicht einmal kenne. Man hat mir befohlen, diese stickige Robe zu tragen, hat mir eine Myriade Fragen über meine persönlichen Angelegenheiten gestellt, nachgebohrt und herumgestochert, mich abgeschätzt und beurteilt, und all das, ohne dass ich auch nur einen Augenblick Luft holen konnte. Also entschuldigt, wenn ich noch ein bisschen durcheinander bin.«

Die Lippen der alten Frau pressten sich zu einer noch dünneren Linie zusammen, aber sie widersprach nicht.

»Ich bin die Erbin der Schwarzen Hand. Er hat mich ausgewählt, vergesst das nicht«, sagte Nora. Scott konnte nicht erkennen, ob sie das ehrlich meinte oder nur so tat, als ob, doch ihre Worte brachten alle zum Schweigen.

»Sag mir nur eins«, forderte die alte Frau nach einer bedeutungsschweren Pause scharf. »Was ist aus Patch geworden?«

Bevor Nora antworten konnte, trat Dante vor. »Sie ist nicht mehr mit Patch zusammen.«

Nora und Scott sahen sich an, dann blickten sie zu Dante. *Was soll das?*, fragte Nora Dante in Gedanken und ließ auch Scott mithören.

*Wenn sie dich nicht jetzt gleich als Anführerin akzeptieren, dann fällst du wegen des Blutschwurs tot um,* antwortete Dante. *Lass mich das regeln.*

*Indem du lügst?*

*Hast du eine bessere Idee?*

»Nora möchte die Nephilim anführen«, erklärte Dante. »Sie würde alles tun, um das Werk ihres Vaters zu vollenden. Es bedeutet ihr mehr als alles andere auf der Welt. Gesteht ihr einen Tag der Trauer zu, dann wird sie sich mit aller Kraft der Aufgabe widmen. Sie kann das. Gebt ihr eine Chance.«

»Wirst du sie ausbilden?«, fragte die alte Frau mit durchdringendem Blick.

»Es wird klappen. Vertraut mir.«

Die alte Frau dachte eine Weile nach. »Zeichnet sie mit dem Siegel der Schwarzen Hand«, befahl sie schließlich.

Als er den wilden, panikerfüllten Blick auf Noras Gesicht sah, wurde Scott übel. Beinahe hätte er sich übergeben.

Die Albträume. Aus dem Nichts heraus wurden sie lebendig, tanzten in seinem Kopf. Schneller. Schwindelerregend. Dann kam die Stimme. Die Stimme der Schwarzen Hand. Scott presste die Hände auf die Ohren und krümmte sich. Die irre Stimme raunte und zischte, bis die Worte alle miteinander verschmolzen und klangen wie das wütende Summen eines aufgescheuchten Bienenschwarms. Er konnte nicht mehr zwischen Gestern und Heute unterscheiden.

Aus seiner Kehle drang ein Befehl: »*Halt.*«

Alles erstarrte. Dann bewegten sich Körper, und Scott fühlte sich plötzlich erdrückt von feindseligen Blicken.

Er blinzelte heftig, konnte keinen klaren Gedanken fassen. Er musste sie retten. Als die Schwarze Hand ihm das Brandzeichen aufgedrückt hatte, war niemand da gewesen, um ihn aufzuhalten. Scott würde nicht zulassen, dass Nora dasselbe widerfuhr.

Die alte Frau ging zu Scott hinüber, ihre Absätze klackerten in langsamem, entschiedenem Rhythmus auf dem Boden. Tiefe Furchen zogen sich durch ihr Gesicht. Wässrige grüne Augen blickten ihn aus tief eingesunkenen Höhlen an. »Findest du nicht, sie sollte ihre Treue irgendwie unter Beweis stellen?« Ein schwaches, herausforderndes Lächeln kräuselte ihre Lippen.

Scotts Herz hämmerte. »Lasst ihre Taten sprechen«, erwiderte er.

Die Frau legte den Kopf schief. »Was meinst du damit?«

Gleichzeitig schlüpfte Noras Stimme in seinen Geist. *Scott?*, fragte sie nervös.

Er betete darum, dass er nicht alles nur noch schlimmer machte, und leckte sich über die Lippen. »Wenn die Schwarze Hand gewollt hätte, dass sie das Brandzeichen trägt, dann hätte sie es jetzt schon. Er hat ihr so vertraut, dass er ihr diese Aufgabe übertragen hat. Mir reicht das. Wir können entweder noch den ganzen Tag damit verbringen, sie weiter auf die Probe zu stellen, oder wir können endlich zum Angriff übergehen. Nicht mal dreißig Meter über euren Köpfen liegt eine ganze Stadt voller gefallener Engel. Bringen wir einen davon hier herunter. Ich kann das selbst übernehmen. Zeichnet ihn mit dem Brandzeichen. Wenn ihr wollt, dass die gefallenen Engel wissen, wie ernst es uns ist mit diesem Krieg, dann sollten wir ihnen eine Botschaft schicken.« Er konnte selbst hören, wie abgehackt sein Atem klang.

Ein Lächeln breitete sich langsam über das Gesicht der alten Frau und ließ es etwas wärmer wirken. »Oh, das gefällt mir. Es gefällt mir sogar sehr. Und wer bist du, mein guter Junge?«

»Scott Parnell.« Er zog den Halsausschnitt seines T-Shirts weit herunter. Sein Daumen strich über die entstellte Haut, die sein Brandzeichen darstellte – eine geballte Faust. »Lang lebe die Vision der Schwarzen Hand.« Die Worte schmeckten bitter wie Galle in seinem Mund.

Die Frau legte ihre dürren Finger auf Scotts Schultern, beugte sich vor und küsste ihn auf beide Wangen. Ihre Haut war feucht und kalt wie Schnee. »Und ich bin Lisa Martin. Ich habe die Schwarze Hand gut gekannt. Lang lebe sein Geist in uns allen weiter. Bring mir einen gefallenen Engel, junger Mann, und lasst uns unserem Feind eine Nachricht senden.«

Es war schnell vorüber.

Scott hatte geholfen, den gefallenen Engel gefangen zu nehmen, einen mageren Jungen namens Baruch, der nicht älter als fünfzehn Menschenjahre aussah. Scotts größte Angst hatte darin bestanden, dass sie Nora zwingen würden, dem gefallenen Engel das Brenneisen aufzudrücken, aber Lisa Martin hatte sie in einen Nebenraum geschoben.

Ein Nephilim in Robe hatte das Brenneisen in Scotts Hände gelegt. Er hatte auf die Marmorplatte hinuntergeblickt und den gefallenen Engel daran festgekettet. Ohne auf Baruchs Racheschwüre zu achten, hatte Scott die Worte wiederholt, die der verhüllte Nephilim an seiner Seite ihm ins Ohr murmelte – eine Menge Blödsinn, der die Schwarze Hand mit einer Gottheit gleichsetzte –, und dann das glühende Eisen auf die entblößte Brust des gefallenen Engels gedrückt.

Jetzt lehnte er mit dem Rücken an der Wand des Tunnels vor dem Nebenraum und wartete auf Nora. Wenn sie noch länger als fünf Minuten drinnen blieb, würde er sie da rausholen. Er traute Lisa Martin nicht. Er traute keinem der festlich gekleideten Nephilim. Es war sonnenklar, dass sie eine Art Geheimgesellschaft bildeten, und Scott hatte auf die harte Tour gelernt, dass aus Geheimnissen nie etwas Gutes hervorging.

Knarrend öffnete sich die Tür. Nora kam heraus, warf die Arme um seinen Hals und hielt ihn ganz fest. *Danke dir.*

Er hielt sie, bis sie aufhörte zu zittern.

*Und das alles an einem Tag,* zog er sie auf, in dem Versuch, sie irgendwie zu beruhigen. *Ich schicke dir die Rechnung.*

Sie lachte, schniefte dann. »Ich kann dir sagen, die sind echt hocherfreut, dass ich jetzt ihre Anführerin bin.«

»Sie stehen noch unter Schock.«

»Der Schock darüber, dass die Schwarze Hand ihre Zukunft in meine Hände gelegt hat. Hast du ihre Gesichter gesehen? Ich dachte, sie fangen gleich an zu heulen. Oder mich mit faulen Tomaten zu bewerfen.«

»Was wirst du jetzt machen?«

»Hank ist tot, Scott.« Sie blickte ihm direkt in die Augen, dann strich sie sich mit den Fingern die Tränen weg, und er sah einen Ausdruck über ihr Gesicht huschen, den er nicht richtig deuten konnte. Zuversicht? Selbstvertrauen? Oder vielleicht einfach nur absolute Aufrichtigkeit? »Ich hab' was zu feiern.«

Ich bin nicht gerade ein Party-Girl. Ohrenbetäubende Musik, herumwirbelnde Körper, betrunkenes Lächeln – das alles ist nicht so wirklich mein Ding. Meine Vorstellung von einem idealen Samstagabend besteht darin, dass ich es mir auf dem Sofa gemütlich mache und zusammen mit meinem Freund Patch eine romantische Komödie ansehe. Vorhersehbar, nichts Besonderes … *normal.* Ich heiße Nora Grey, und obwohl ich früher ein ganz normales amerikanisches Mädchen war, das seine Klamotten im J.-Crew-Outlet gekauft und sein Babysitting-Geld bei iTunes ausgegeben hatte, haben »normal« und ich in letzter Zeit nicht mehr viel miteinander zu tun. So wenig, dass ich Normalität nicht einmal erkennen würde, wenn sie mir direkt über den Weg laufen und mir mit dem Finger ins Auge pieken würde.

Die Normalität und ich sind getrennte Wege gegangen, seit Patch in mein Leben geschlendert ist. Patch ist zwanzig Zentimeter größer als ich, handelt nach eiskalter Logik, bewegt sich wie Rauch und lebt allein in einem supergeheimen, superprotzigen Studio unter dem Delphic-Vergnügungspark. Der Ton seiner Stimme, tief und sexy, lässt mich in weniger als drei Sekunden dahinschmelzen. Außerdem ist er ein gefallener Engel, der aus dem Himmel geworfen wurde, weil er die Sache mit dem Befolgen von Regeln etwas zu flexibel gehandhabt hat. Ich persönlich bin ja der Meinung, dass Patch die Normalität dermaßen verschreckt hat, dass sie sich in die

Hose gemacht und bis ans andere Ende der Welt gerannt ist.

Also mag es sein, dass ich keine Normalität mehr kenne, aber was ich habe, ist Stabilität. Namentlich in Gestalt meiner seit zwölf Jahren besten Freundin, Vee Sky. Vee und mich verbindet eine unerschütterliche Freundschaft, die nicht einmal eine lange Liste an Unterschieden ins Wanken bringen kann. Es heißt ja, Gegensätze würden sich anziehen, und Vee und ich sind der Beweis für die Gültigkeit dieses Satzes. Ich bin schlank und eher groß – nach menschlichen Maßstäben – mit dickem, lockigem Haar, das meine Geduld immer wieder auf die Probe stellt, und ich bin eher so eine Typ-A-Persönlichkeit. Vee ist sogar noch größer, mit aschblondem Haar, schlangengrünen Augen und mehr Kurven als eine Achterbahn. Fast immer übertrumpfen Vees Wünsche meine. Und, im Gegensatz zu mir, lebt Vee für gute Partys.

Heute Abend hatte Vees Verlangen nach einer guten Party uns quer durch die ganze Stadt zu einem vierstöckigen Lagerhaus aus Backstein geführt, aus dem Clubmusik wummerte. Es war voller Leute mit gefälschten Ausweisen und völlig überfüllt. Die Körper darin produzierten vermutlich genug Schweiß, um den Ausstoß an Treibhausgasen in bisher ungeahnte Höhen zu treiben. Die Einrichtung innen war vollkommen unspektakulär: eine Tanzfläche, die zwischen einer Bar und einer Bühne eingezwängt war. Gerüchten zufolge gab es hinter der Bar noch eine Geheimtür, die ins Untergeschoss führte, und das Untergeschoss führte zu einem Mann namens Storky, der ein blühendes Geschäft mit Raubkopien von einfach allem führte. Die geistlichen Führer der Gemeinde wurden nicht müde, damit zu drohen, Coldwaters Brutstätte lasterhaften Treibens zügelloser Teenager dichtzumachen … ebenso bekannt unter dem Namen *The Devil's Handbag*.

»Lass es raus, Baby«, brüllte Vee über das hirnlose Wummern der Musik hinweg, während sie ihre Finger mit meinen verschränkte und unsere Hände über unseren Köpfen hin- und herwiegte. Wir waren in der Mitte der Tanzfläche, wurden von allen Seiten angerempelt und hin und her geschubst. »So sollte ein Samstagabend sein. Du und ich zusammen, wie wir die Sau rauslassen und der gute alte Mädchenschweiß in Strömen fließt.«

Ich gab mein Bestes, um enthusiastisch zu nicken, aber der Typ hinter mir trat mir ständig von hinten auf meine Ballettslipper, und das in Fünf-Sekunden-Abständen, so dass ich immer wieder den Fuß zurück in den Schuh schieben musste. Das Mädchen rechts von mir tanzte mit ausgestreckten Ellbogen, und wenn ich nicht aufpasste, puffte sie mich in die Rippen.

»Vielleicht sollten wir uns was zu trinken holen«, rief ich Vee zu. »Fühlt sich an wie in Florida hier.«

»Weil du und ich den Schuppen hier zum Brennen bringen. Guck nur, der Typ da an der Bar. Der kann die Augen gar nicht von dir lassen, so heiß wie du tanzt.« Sie leckte an ihrem Finger, drückte ihn an meine warme Schulter und zischte laut.

Ich folgte ihrem Blick ... und mein Herz machte einen wilden Satz.

Dante Matterazzi grüßte mich mit einem leichten Anheben des Kinns. Seine nächste Geste war weniger subtil.

*Hätte nicht gedacht, dass du so eine wilde Tänzerin bist*, sagte er in Gedanken zu mir.

*Witzig, ich hätte nicht gedacht, dass du ein Stalker bist*, schlug ich zurück.

Dante Matterazzi und ich gehörten beide der Rasse der Nephilim an, daher die angeborene Fähigkeit, in Gedanken zu jemandem sprechen zu können, aber damit hatte es sich auch schon mit den Gemeinsamkeiten. Dante wusste einfach nicht, wann es genug war, und ich wusste nicht, wie lange ich es noch schaffen würde, ihm aus dem Weg zu gehen. Ich hatte ihn heute Morgen zum ersten Mal getroffen, als er zu mir nach Hause kam, um zu verkünden, dass gefallene Engel und Nephilim kurz vor einem Krieg stünden, und dass es jetzt meine Aufgabe sei, Letztere anzuführen. Aber jetzt brauchte ich wirklich eine Pause von all dem Kriegsgerede. Es war einfach zu viel. Vielleicht wollte ich das Ganze auch einfach nur verdrängen. Auf jeden Fall wünschte ich, er würde endlich verschwinden.

*Ich hab' dir was auf die Mailbox gesprochen*, sagte er.

*Ups, muss ich übersehen haben.* Viel wahrscheinlicher hatte ich es gelöscht.

*Wir müssen reden.*

*Hab' zu tun.* Um das zu beweisen, rollte ich die Hüften und schwenkte die Arme von einer Seite zur anderen und bemühte mich, Vee nachzuahmen, deren Lieblingsfernsehsender BET war; was man auch merkte. Hiphop war ihr quasi in die Seele eingeschrieben.

Ein schwaches Lächeln umspielte Dantes Lippen. *Wenn du schon mal dabei bist, lass dir von deiner Freundin ein paar Tipps geben, du verhaspelst dich. Wir treffen uns in zwei Minuten am Hinterausgang.*

Ich starrte ihn wütend an. *Hab' zu tun, schon vergessen?*

*Das kann nicht warten.* Mit einem bedeutungsschweren Hochziehen der Augenbrauen verschwand er in der Menge.

»Sein Pech«, sagte Vee. »Der verträgt die Hitze nicht, das ist alles.«

»Wegen der Drinks«, sagte ich. »Soll ich dir eine Cola mitbringen?« Vee sah nicht so aus, als würde sie irgendwann in nächster Zeit aufhören zu tanzen, und so sehr ich auch Dante aus dem Weg gehen wollte … es war wohl doch besser, wenn ich es jetzt einfach hinter mich brachte.

»Cola mit Limette«, sagte Vee.

Ich kämpfte mich zum Rand der Tanzfläche durch und schlüpfte, nachdem ich mich vergewissert hatte, dass Vee nicht hinsah, in einen Seitenflur und zur Hintertür hinaus. Die Gasse lag in blaues Mondlicht gebadet da. Ein roter Porsche Panamera parkte direkt vor mir, und Dante lehnte daran, die Arme locker vor dem Oberkörper verschränkt.

Dante ist zwei Meter zehn groß und hat den Körperbau eines Soldaten, der frisch aus dem Trainingscamp kommt. Typisches Beispiel: Allein sein Nacken hat mehr Muskeln, als ich am ganzen Körper habe. An diesem Abend trug er weite Khaki-Hosen und ein weißes, weit offenes Leinenhemd, das einen tiefen, v-förmigen Ausschnitt seiner glatten, haarlosen Haut sehen ließ.

»Nettes Auto«, sagte ich.

»Tut, was es soll.«

»Das tut mein VW auch, und der kostet deutlich weniger.«

»Für ein richtiges Auto braucht's schon mehr als vier Räder.«

Na dann.

»Also«, sagte ich und tippte nervös mit dem Fuß auf den Boden. »Was gibt's denn so Dringendes?«

»Bist du immer noch mit diesem gefallenen Engel zusammen?«

Das war erst das dritte Mal in ebenso vielen Stunden, dass er mich das fragte. Zweimal per SMS und jetzt direkt. Meine Beziehung mit Patch war durch eine Menge Höhen und Tiefen gegangen, aber der derzeitige Trend zeigte bergauf. Nicht, dass wir keine Probleme gehabt hätten. Wir lebten in einer Welt, in der Nephilim und gefallene Engel eher sterben würden, als einander anzulächeln; mit einem gefallenen Engel zusammen zu sein war also ein absolutes No-Go.

Ich richtete mich ein bisschen auf. »Das weißt du.«

»Bist du vorsichtig?«

»Diskretion lautet das Zauberwort.« Wir brauchten Dante nicht, damit er uns sagte, wir sollten uns lieber nicht allzu oft zusammen in der Öffentlichkeit zeigen. Nephilim und gefallene Engel brauchten keine Ausreden, um sich gegenseitig Lektionen zu erteilen, und die Spannungen zwischen den beiden Gruppen nahmen mit jedem Tag zu. Es war Herbst, Oktober, um genau zu sein, und bis zum jüdischen Monat Cheschwan waren es nur noch wenige Tage.

Während des Cheschwan ergriffen gefallene Engel in Scharen Besitz von den Körpern der Nephilim. Die gefallenen Engel können dann tun, was sie wollen, und da dies die einzige Möglichkeit für sie ist, körperliche Empfindungen zu erleben, kennt ihre Kreativität keine Grenzen. Als Parasiten im Körper ihrer Nephilim-Wirte jagen sie dem Vergnügen ebenso nach wie dem Schmerz und allem anderen dazwischen. Für Nephilim ist Cheschwan ein höllisches Gefängnis.

Wenn Patch und ich von den falschen Leuten händchenhaltend gesehen würden, würden wir dafür bezahlen müssen, so oder so.

»Reden wir über dein Image«, sagte Dante. »Wir müssen ein paar positive Assoziationen mit deinem Namen verknüpfen. Den Nephilim Vertrauen in dich einimpfen.«

Ich schnippte theatralisch mit den Fingern. »Findest du es nicht auch immer schrecklich, wenn deine Quoten so schlecht stehen?«

Dante runzelte die Stirn. »Das ist kein Witz, Nora. Cheschwan beginnt in genau zweiundsiebzig Stunden, und das bedeutet Krieg. Gefallene Engel auf der einen Seite, wir auf der anderen. Alles lastet auf deinen Schultern – du bist die neue Anführerin der Nephilim-Armee. Der Blutschwur, den du Hank geleistet hast, ist in Kraft getreten, und ich muss dich wohl nicht daran erinnern, dass die Folgen sehr, sehr real sind, wenn du ihn brichst.«

Mir wurde schlecht. Ich hatte mich nicht gerade um den Job gerissen. Dank meines verstorbenen biologischen Vaters, eines wirklich verschlagenen Menschen namens Hank Millar, hatte ich diese Position gegen meinen Willen geerbt. Mit Hilfe einer außerweltlichen Bluttransfusion hatte er mich von einem überwiegend menschlichen Wesen in eine reinblütige Nephilim verwandelt, so dass ich seine Armee übernehmen konnte. Ich hatte geschworen, diese Armee anzuführen, was durch seinen Tod in Kraft getreten war, und dass ich sterben würde, sollte ich scheitern, und meine Mutter ebenfalls. So lauteten die Bedingungen.

»Trotz aller Vorsichtsmaßnahmen, die ich treffen werde, können wir deine Vergangenheit nicht vollkommen auslöschen. Die Nephilim stellen Nachforschungen an. Es gibt Gerüchte, du wärst mit einem gefallenen Engel zusammen, und deine Loyalität wäre zweifelhaft.«

»Ich *bin* mit einem gefallenen Engel zusammen.«

Dante verdrehte die Augen. »Noch lauter konntest du das jetzt nicht sagen, oder?«

Ich zuckte die Achseln. *Wenn du unbedingt willst.* Dann machte ich den Mund auf, aber Dante stand im nächsten Augenblick neben mir und legte mir die Hand über den Mund. »Ich weiß, es ist ätzend, aber könntest du mir meinen Job nur dieses eine Mal etwas leichter machen?«, murmelte er mir ins Ohr und suchte dabei mit offensichtlichem Unbehagen die Schatten um uns herum ab, auch wenn ich mir absolut sicher war, dass wir allein waren. Ich war erst seit vierundzwanzig

Stunden eine reinrassige Nephilim, aber ich vertraute meinem neuen, schärferen sechsten Sinn. Wenn hier irgendwelche Lauscher herumlungerten, würde ich es bemerken.

»Hör mal, ich weiß, ich habe heute Morgen so dahingesagt, dass sich die Nephilim eben damit abfinden müssen, dass ich mit einem gefallenen Engel zusammen bin«, sagte ich, als er seine Hand wegnahm, »aber da habe ich nicht nachgedacht. Ich war wütend. Ich habe mir die Sache heute den ganzen Tag lang überlegt. Ich habe auch mit Patch gesprochen. Wir passen auf, Dante. Wir sind wirklich vorsichtig.«

»Schön zu wissen. Aber du musst trotzdem noch was für mich tun.«

»Und das wäre?«

»Mit einem Nephilim ausgehen. Mit Scott Parnell.«

Scott war der erste Nephilim, mit dem ich je befreundet gewesen war. Damals war ich fünf gewesen und hatte nichts von seiner wahren Abstammung geahnt, aber in den letzten Monaten hatte er erst die Rolle meines Peinigers, dann meines Spießgesellen und schließlich meines Freundes übernommen. Wir hatten keine Geheimnisse voreinander. Allerdings ebenso wenig romantische Gefühle füreinander.

Ich lachte. »Du machst mich fertig, Dante.«

»Es wäre doch nur zum Schein, nicht in echt«, erklärte er. »Nur bis unsere Rasse mit dir warm geworden ist. Du bist erst seit einem Tag Nephilim. Keiner kennt dich. Die Leute brauchen einen Grund, um dich zu mögen. Sie müssen dir vertrauen können. Mit einem Nephilim auszugehen wäre ein erster Schritt in die richtige Richtung.«

»Ich kann nicht mit Scott ausgehen«, erklärte ich Dante. »Vee mag ihn.«

Dass Vee bislang kein Glück in der Liebe gehabt hatte, war noch vorsichtig ausgedrückt. In den letzten sechs Monaten hatte sie sich erst in einen narzisstischen Räuber und dann in einen hinterlistigen Schleimscheißer verliebt. Kein Wunder, dass beide Beziehungen sie ihre Instinkte in der Liebe ernsthaft anzweifeln ließen. In letzter Zeit hatte sie sich standhaft geweigert, Vertreter des anderen Geschlechts auch nur anzulächeln … bis Scott des Weges kam. Gestern Abend, nur Stunden bevor mein biologischer Vater mich in eine reinblütige Nephilim verwandelt hatte, waren Vee und ich ins Devil's Handbag gegangen, um Scott in seiner neuen Band »Serpentine« Bass spielen zu sehen, und seitdem hatte sie nicht mehr aufgehört, über ihn zu reden. Jetzt daherzukommen und ihr Scott wegzunehmen, und sei es auch nur zum Schein, wäre wirklich ein Schlag unter die Gürtellinie.

»Es wäre doch nur gespielt«, wiederholte Dante, als würde das alles ändern.

»Würde Vee das denn wissen?«

»Nicht wirklich. Du und Scott, ihr müsstet schon überzeugend wirken. Ein Leck würde das Ganze gefährden, also sollte die Wahrheit lieber unter uns bleiben.«

Was bedeutete, dass Scott ebenfalls ein Opfer des Betruges wäre. Ich stemmte die Hände in die Hüften, um entschiedener zu wirken. »Dann wirst du wohl jemand anders auftreiben müssen.« Ich war nicht gerade begeistert von der Idee, so zu tun, als hätte ich was mit einem Nephilim, nur um den Grad meiner Beliebtheit zu steigern. Nein, das Ganze roch jetzt schon nach einer geplanten Katastrophe, aber im Augenblick wollte ich die Sache einfach nur hinter mich bringen. Wenn Dante meinte, ein Nephilim-Freund würde meinen Ruf verbessern, in Ordnung. Es wäre ja nicht echt. Natürlich würde Patch auch nicht gerade begeistert sein … aber immer eins nach dem anderen.

Dante presste die Lippen zusammen und schloss kurz die Augen. Ein Gesichtsausdruck, den ich im Lauf des heutigen Tages schon ziemlich oft gesehen hatte.

»Er muss bei den Nephilim hoch angesehen sein«, sagte Dante schließlich nachdenklich. »Jemand, den die Nephilim bewundern, so dass sie die Sache gutheißen würden.«

Ich machte eine ungeduldige Handbewegung. »Prima. Nimm einfach nur einen anderen als Scott.«

»Mich.«

Ich blinzelte. »Entschuldigung, was? *Dich*?« Ich war zu verblüfft, um in Gelächter auszubrechen.

»Warum nicht?«, fragte Dante.

»Willst du wirklich, dass ich anfange, Gründe aufzuzählen? Das dauert dann nämlich die ganze Nacht. In Menschenjahren musst du mindestens fünf Jahre älter sein als ich – was absolut skandalträchtig ist –, du hast überhaupt keinen Sinn für Humor, und – ah ja – wir können uns noch nicht einmal ausstehen.«

»Es wäre eine ganz natürliche Verbindung. Ich bin dein erster Lieutenant.«

»Weil Hank dich dazu ernannt hat. Ich hatte dabei nicht mitzureden.«

Dante schien mich gar nicht zu hören, sondern fuhr mit seiner Fantasieversion der Ereignisse fort. »Wir haben uns getroffen und uns sofort voneinander angezogen gefühlt. Ich habe dich nach dem Tod deines Vaters getröstet. Es ist eine völlig glaubwürdige Geschichte.« Er lächelte. »Das gibt eine Menge guter Publicity.«

»Wenn du dieses P-Wort noch einmal sagst, dann … mach ich was Drastisches.« Wie ihm eine zu knallen. Und mir dann selbst eine runterzuhauen, dafür dass ich über diesen Plan auch nur nachgedacht hatte.

»Schlaf drüber«, sagte Dante. »Lass es dir durch den Kopf gehen.«

»In Ordnung, ich lass' es mir durch den Kopf gehen.« Ich zählte drei Finger ab. »Fertig. Es ist kein guter Plan. Es ist sogar ein richtig schlechter. Meine Antwort lautet nein.«

»Hast du eine bessere Idee?«

»Ja. Aber ich brauche Zeit; dann fällt mir schon was ein.«

»Klar. Kein Problem, Nora.« Er zählte drei Finger an seiner Hand ab. »Okay, die Zeit ist abgelaufen. Ich hätte heute Morgen als Erstes einen Namen gebraucht. Falls es dir noch nicht klar sein sollte, dein Image geht den Bach runter. Die Nachricht vom Tod deines Vaters und von deiner daraus folgenden Rolle als neue Anführerin verbreitet sich wie ein Lauffeuer. Die Leute reden, und zwar nichts Gutes. Wir müssen dafür sorgen, dass die Nephilim an dich glauben. Wir müssen dafür sorgen, dass sie dir vertrauen und denken, dass du nur ihr Bestes willst. Dass du das Werk deines Vaters zu Ende bringen und uns aus der Knechtschaft der gefallenen Engel befreien kannst. Wir müssen dafür sorgen, dass sie sich hinter dich stellen, und wir werden ihnen dafür einen guten Grund nach dem anderen geben. Angefangen mit einem angesehenen Nephilim-Freund.«

»Hey, Kleines, alles okay?«

Dante und ich fuhren herum. Vee stand in der Tür und beäugte uns mit ebenso viel Misstrauen wie Neugier.

»Hey! Alles in Ordnung«, sagte ich ein bisschen zu begeistert.

»Du bist mit unseren Getränken gar nicht wiedergekommen, da hab' ich angefangen, mir Sorgen zu machen«, sagte Vee. Ihr Blick huschte von mir zu Dante und wieder zurück. Ich sah, dass sie ihn als den Typen von der Bar wiedererkannte. »Wer bist denn du?«, fragte sie ihn.

»Ähm?«, ging ich schnell dazwischen. »Oh. Ah. Na ja, einfach nur so ein Typ.«

Dante trat vor und streckte ihr die Hand hin. »Dante Matterazzi. Ich bin ein neuer Freund von Nora. Wir haben uns heute Morgen kennengelernt, als unser gemeinsamer Freund Scott Parnell uns vorgestellt hat.«

Vees Gesicht leuchtete auf. »Du kennst Scott?«

»Ist sogar ein guter Freund von mir.«

»Jeder Freund von Scott ist auch mein Freund.«

Mir fielen fast die Augen aus dem Kopf.

»Und was macht ihr zwei dann hier hinten?«, wollte Vee wissen.

»Dante hat gerade sein neues Auto abgeholt«, sagte ich und machte einen Schritt beiseite, um ihr einen unverstellten Blick auf den Porsche zu ermöglichen. »Es war stärker als er, er musste ihn einfach vorzeigen. Aber guck nicht zu genau hin. Ich denke nämlich, die Fahrgestellnummer ist weggefeilt. Der arme Dante musste ihn stehlen, weil er sein ganzes Geld schon für die Entfernung seiner Brusthaare ausgegeben hatte – aber es hat sich gelohnt. Siehst du, wie sie glänzt?«

»Sehr witzig«, sagte Dante. Ich dachte, er würde jetzt vielleicht wenigstens einen der Hemdknöpfe zumachen, aber er dachte gar nicht daran.

»Wenn ich so einen Schlitten hätte, würde ich ihn auch herzeigen wollen«, sagte Vee.

»Ich habe versucht, Nora zu einer Probefahrt zu überreden, aber sie erteilt mir eine Abfuhr nach der anderen«, meinte Dante.

»Das liegt daran, dass sie ein richtiges Arschloch zum Freund hat. Er muss zu Hause unterrichtet worden sein, weil er all diese wertvollen Lektionen verpasst hat, die wir schon im Kindergarten lernen, wie zum Beispiel teilen. Wenn der rauskriegt, dass du Nora auf eine Probefahrt mitgenommen hast, dann wickelt er diesen schönen glänzenden Porsche um den nächsten Baum.«

»Meine Güte«, sagte ich, »wie spät das schon ist. Hattest du nicht noch was vor, Dante?«

»Hat sich gerade erledigt.« Er lächelte, langsam und leicht, und ich wusste, dass er jeden Augenblick im Innersten meines Privatlebens genoss. Ich hatte heute Morgen gleich als Erstes klargemacht, dass jeder Kontakt zwischen uns strikt geheim bleiben musste, und er zeigte mir gerade, was er von meinen »Regeln« hielt. In einem lahmen Versuch, mit ihm gleichzuziehen, warf ich ihm den gemeinsten, kühlsten Blick zu, zu dem ich fähig war.

»Da hast du aber Glück«, sagte Vee. »Zufällig haben wir genau das Richtige, um deinen Abend noch zu retten. Sie werden mit den coolsten Mädchen aus Coldwater abhängen, Mr. Dante Matterazzi.«

»Dante tanzt nicht«, warf ich schnell ein.

»Ich mache eine Ausnahme, nur dieses eine Mal«, antwortete er, während er uns die Tür aufhielt.

Vee klatschte in die Hände und hüpfte auf und ab. »*Wusste ich's doch, dass dieser Abend klasse werden würde!*«, quietschte sie und duckte sich unter Dantes Arm hindurch.

»Nach dir«, sagte er, während er seine Hand auf mein Kreuz legte und mich hineinschob. Ich schlug seine Hand weg, aber zu meinem Ärger beugte er sich zu mir vor und murmelte: »War nett, mit dir zu plaudern.«

*Wir haben kein einziges unserer Probleme gelöst*, sagte ich in Gedanken. *Und was diese ganze Freund-Geschichte betrifft: Da ist noch nichts entschieden. Man sollte es einfach nur im Kopf behalten. Und nur fürs Protokoll: Meine Freundin sollte eigentlich nicht mal wissen, dass es dich überhaupt gibt.*

*Deine beste Freundin denkt, ich sollte dich bei deinem Freund ausstechen*, sagte er. Es klang, als amüsierte er sich königlich.

*Sie denkt, dass jedes beliebige Lebewesen besser wäre als Patch. Sie mögen sich nicht.*

*Hört sich vielversprechend an.*

Er folgte mir durch den kurzen Flur, der zur Tanzfläche führte, und ich spürte den ganzen Weg sein arrogantes, aufreizendes Lächeln im Rücken.

Der laute, monotone Rhythmus der Musik hämmerte sich in meinen Schädel. Ich massierte mir die Nasenwurzel und spürte, wie meine Kopfschmerzen immer stärker wurden. Einen Ellbogen hatte ich auf den Tresen gestützt, mit der anderen Hand drückte ich ein Glas Eiswasser an die Stirn.

»Schon müde?«, fragte Dante, als er Vee auf der Tanzfläche allein ließ und auf einen Barhocker neben mir glitt.

»Hast du irgendeine Ahnung, wie lange sie's noch aushalten wird?«, fragte ich erschöpft.

»Sieht aus, als würde sie jetzt noch mal richtig aufdrehen.«

»Nächstes Mal, wenn ich mir eine beste Freundin suche, erinnere mich daran, die Finger von den Duracell-Häschen zu lassen. Die tanzt und tanzt und tanzt …«

»Du siehst aus, als könntest du eine Mitfahrgelegenheit nach Hause brauchen.«

Ich schüttelte den Kopf. »Ich bin gefahren, aber ich kann Vee nicht hier allein lassen. Im Ernst, wie lange kann sie noch durchhalten?« Natürlich hatte ich mir dieselbe Frage schon die ganze letzte Stunde gestellt.

»Ich sag' dir was. Fahr nach Hause, ich bleibe bei Vee. Wenn sie dann endlich zusammenbricht, bring' ich sie nach Hause.«

»Ich dachte, du solltest dich nicht in mein Privatleben einmischen.« Ich versuchte, fest zu klingen, aber ich war müde und hatte keine Überzeugungskraft mehr.

»Deine Regel, nicht meine.«

Ich biss mir auf die Lippe. »Ausnahmsweise vielleicht. Immerhin mag Vee dich ja. Und du hast auch noch die Ausdauer, um mit ihr zu tanzen. Ich meine, das ist doch gut, oder?«

Er knuffte mein Bein. »Na los, hör auf, Begründungen zu suchen, und sieh zu, dass du hier rauskommst.«

Zu meiner Überraschung seufzte ich erleichtert auf. »Danke, Dante. Ich schulde dir was.«

»Du kannst es mir morgen zurückzahlen. Wir müssen unser Gespräch von vorhin noch zu Ende bringen.«

Und da waren die wohlwollenden Gefühle auch schon wieder verflogen. Wieder einmal hatte sich Dante mit seiner erbarmungslosen Hartnäckigkeit in einen Dorn in meinem Fuß verwandelt. »Wenn Vee irgendwas zustößt, mache ich dich persönlich dafür verantwortlich.«

»Es wird ihr nichts passieren, und das weißt du ganz genau.«

Auch wenn ich Dante vielleicht nicht mochte, vertraute ich doch darauf, dass er tun würde, was er versprochen hatte. Immerhin war er jetzt mein Untergebener. Er hatte mir Treue geschworen. Vielleicht hatte meine Rolle als Anführerin der Nephilim am Ende ja doch noch ein paar Vorteile. Also beschloss ich, tatsächlich zu gehen.

Es war eine sternenklare Nacht, der Mond hob sich strahlend gegen das Schwarz der Nacht ab. Als ich zu meinem Auto ging, dröhnte die Musik aus dem Devil's Handbag wie ein fernes Donnergrummeln in meinen Ohren. Ich sog die eiskalte Oktoberluft ein. Meine Kopfschmerzen ließen schon nach.

Das anonyme Handy, das Patch mir gegeben hatte, klingelte in meiner Handtasche.

»Na, wie war euer Mädelsabend?«, fragte Patch.

»Wenn's nach Vee gegangen wäre, wären wir noch die ganze Nacht unterwegs.« Ich schlüpfte aus den Schuhen und hängte sie mir an den Finger. »Ich will jetzt einfach nur noch ins Bett.«

»Zwei Doofe, ein Gedanke.«

»Du willst auch einfach nur noch ins Bett?« Patch hatte mir allerdings gesagt, dass er nur selten schlief.

»Ich habe an *dich* in *meinem* Bett gedacht.«

Mein Magen machte einen von diesen seltsamen Hüpfern. Gestern war ich zum ersten Mal über Nacht bei Patch gewesen, und obwohl Anziehung und Versuchung durchaus spürbar gewesen waren, hatten wir es geschafft, in zwei verschiedenen Zimmern zu schlafen. Ich war mir nicht ganz sicher, wie weit ich unsere Beziehung gehen lassen wollte, aber mein Instinkt sagte mir, dass Patch da weniger Zweifel hatte.

»Meine Mom wartet auf mich«, sagte ich. »Blödes Timing.« Bei schlechtem Timing musste ich wieder an mein letztes Gespräch mit Dante denken. Ich musste unbedingt mit Patch reden. »Können wir uns morgen treffen? Wir müssen reden.«

»Das hört sich aber nicht gut an.«

Ich schickte ihm einen Kuss durchs Telefon. »Du hast mir gefehlt heute Abend.«

»Der Abend ist noch nicht zu Ende. Wenn ich hier fertig bin, könnte ich noch bei dir vorbeikommen. Lass dein Schlafzimmerfenster unverriegelt.«

»Was machst du denn gerade?«

»Überwachung.«

Ich runzelte die Stirn. »Hört sich nicht sehr konkret an.«

»Mein Ziel bewegt sich, ich muss weiter«, sagte er. »Ich komme, sobald ich kann.«

Und er legte auf.

Ich tappte den Bürgersteig entlang und fragte mich, wen Patch da überwachte und warum wohl – das Ganze hörte sich verdächtig an –, als ich mein Auto erreichte, ein weißes VW-Cabrio Baujahr 1984. Ich warf die Schuhe auf den Rücksitz und ließ mich hinters Lenkrad fallen. Dann steckte ich den Schlüssel ins Zündschloss, aber der Motor sprang nicht an. Während der Wagen angestrengt vor sich hin jaulte, nutzte ich die Gelegenheit, um mir eine Auswahl an kreativen Bezeichnungen für den wertlosen Schrotthaufen auszudenken.

Das Auto war mir als Geschenk von Scott gewissermaßen in den Schoß gefallen und hatte mir unterm Strich bisher mehr Ärger als gefahrene Meilen auf der Straße eingebracht. Ich sprang hinaus, klappte die Motorhaube auf und starrte finster auf das ölverschmierte Gewirr aus Schläuchen und Behältern. Mit Lichtmaschine, Vergaser und Zündkerzen hatte ich schon zu tun gehabt, was gab es denn sonst noch?

»Na, springt er nicht an?«

Ich fuhr herum, überrascht von der nasalen männlichen Stimme hinter mir. Ich hatte niemanden näher kommen hören. Noch verblüffender war, dass ich ihn auch nicht gefühlt hatte.

»Sieht ganz so aus«, sagte ich.

»Brauchen Sie Hilfe?«

»Wohl eher ein neues Auto.«

Er hatte ein schmieriges, nervöses Lächeln. »Soll ich Sie einfach mitnehmen? Sie sehen wie ein nettes Mädchen aus. Wir könnten uns während der Fahrt unterhalten.«

Ich hielt Abstand zu ihm, während meine Gedanken sich wild im Kreis drehten und ich versuchte, ihn irgendwie einzuordnen. Mein Instinkt sagte mir, dass er kein Mensch war. Aber auch kein Nephilim. Seltsamerweise glaubte ich aber auch nicht, dass er ein gefallener Engel sein könnte. Er hatte ein rundes, engelsgleiches Gesicht mit einem gelblich-blonden Haarschopf darüber und lappige Elefantenohren. Er sah so harmlos aus, dass es mich sofort misstrauisch machte und ich mich unwohl fühlte.

»Danke für das Angebot, aber ich lasse mich von meinem Freund abholen.«

Sein Lächeln verschwand, und er streckte die Hand aus, um mich am Ärmel zu packen. »Geh nicht«, jammerte er mit einem verzweifelten Unterton in der Stimme.

Ich stolperte erschrocken zurück.

»Das ist … ich meine, ich wollte sagen …« Er schluckte schwer, dann verhärtete sich sein Blick, bis seine Augen wie glänzende Perlen aussahen. »Ich muss mit deinem Freund reden.«

Mein Herz schlug schneller, und ein panikerfüllter Gedanke jagte mir durch den Kopf. Was, wenn er Nephilim war und ich das nicht erkennen konnte? Was, wenn er wirklich über mich und Patch Bescheid wusste? Was, wenn er mich heute Nacht aufgesucht hatte, um mir eine Botschaft zu überbringen – dass Nephilim und gefallene Engel sich nicht miteinander einlassen? Ich war ein brandneuer Nephilim, könnte ihm also keine ernstzunehmende Gegenwehr bieten, wenn es zum Kampf kam.

»Ich habe keinen Freund.« Ich versuchte, ruhig zu bleiben, während ich mich langsam zum Devil's Handbag umdrehte.

»Sag Patch, er soll sich mit mir in Verbindung setzen«, rief mir der Mann hinterher. »Er weicht mir aus.«

Ich beschleunigte meinen Schritt.

»Sag ihm, wenn er nicht aus seinem Versteck kommt, dann … dann räuchere ich ihn aus. Ich brenne den ganzen Delphic-Vergnügungspark nieder, wenn ich muss!«

Vorsichtig warf ich einen Blick über die Schulter zurück. Ich wusste nicht, worin sich Patch da reingeritten hatte, aber ein ungutes Gefühl breitete sich in mir aus. Wer auch immer dieser Mann mit dem engelsgleichen Gesicht war, er meinte es ernst.

»Er kann nicht ewig vor mir weglaufen!« Er hastete auf seinen kurzen Beinen davon, bis er mit den Schatten verschmolz, und pfiff dabei eine Melodie, die mir einen Schauer über den Rücken jagte.

## ZWEI

Eine halbe Stunde später bog ich in meine Einfahrt ein. Ich lebe zusammen mit meiner Mutter in einem für Maine typischen Farmhaus, inklusive des weißen Anstrichs, der blauen Fensterläden und einer allgegenwärtigen Nebelumhüllung. Um diese Jahreszeit leuchteten die Bäume in feurigem Rot und Gold, und die Luft war erfüllt mit dem Geruch nach Kiefernharz, Holzfeuern und feuchten Blättern. Ich lief die Stufen zur Veranda hinauf, von wo mich fünf korpulente Kürbisse anstarrten, und trat ein.

»Ich bin wieder da!«, rief ich meiner Mom zu, als mir das Licht aus dem Wohnzimmer verriet, wo sie sich aufhielt. Ich ließ die Schlüssel auf das Sideboard fallen und ging zu ihr.

Sie machte ein Eselsohr in ihre Buchseite, stand vom Sofa auf und umarmte mich fest. »Wie war dein Abend?«

»Ich bin vollkommen erledigt und habe keinen Funken Energie mehr in mir.« Ich zeigte nach oben. »Wenn ich's überhaupt noch ins Bett schaffe, dann nur durch pure Willenskraft.«

»Während du weg warst, hat ein Mann nach dir gefragt.«

Ich runzelte die Stirn. »Was für ein Mann?«

»Er wollte mir seinen Namen nicht sagen, und er wollte mir auch nicht sagen, woher er dich kannte«, fuhr meine Mom fort. »Sollte ich mir deswegen Sorgen machen?«

»Wie sah er denn aus?«

»Rundes Gesicht, rötliche Haut, blonde Haare.«

*Er* also. Der Mann, der mit Patch noch ein Hühnchen zu rupfen hatte. Ich zwang mich zu einem Lächeln. »Ach, der. Das ist ein Vertreter. Er versucht, mich zu überreden, die Fotos für den Schulabschluss in seinem Studio machen zu lassen. Als Nächstes wird er mir wahrscheinlich auch noch Abschluss-Karten verkaufen wollen. Wäre es sehr schlimm, wenn ich mir das Waschen heute Abend spare? Die zwei Minuten zusätzlich wachzubleiben, schaff' ich nicht mehr.«

Mom gab mir einen Kuss auf die Stirn. »Schlaf schön.«

Ich ging hinauf in mein Zimmer, schloss die Tür hinter mir und ließ mich mit ausgebreiteten Armen aufs Bett fallen. Die Musik aus dem Devil's Handbag dröhnte immer noch in meinem Hinterkopf, aber ich war zu müde, um mich davon stören zu lassen. Meine Augen waren schon halb zu, als mir das Fenster einfiel. Stöhnend taumelte ich hoch und löste den Riegel. Patch konnte gern noch hereinkommen, aber wenn er mich lange genug wachhalten wollte, um mir irgendeine Reaktion zu entlocken, dann konnte ich ihm nur viel Glück dabei wünschen.

Ich zog mir die Decke bis ans Kinn, fühlte, wie ein Traum mich sanft und selig in seine Arme lockte, und ließ mich hineinziehen.

Und dann gab die Matratze unter dem Gewicht eines Körpers nach.

»Keine Ahnung, was du an diesem Bett findest«, sagte Patch. »Es ist dreißig Zentimeter zu kurz, ein Meter zwanzig zu schmal, und dieser rosa Bettwäsche kann ich auch nicht wirklich was abgewinnen. *Mein* Bett dagegen …«

Ich öffnete ein Auge und sah ihn neben mir ausgestreckt liegen, die Hände locker hinter dem Kopf verschränkt. Seine dunklen Augen beobachteten mich, und er roch sauber und sexy. Vor allem aber fühlte er sich warm an, wie er sich so gegen meinen Körper presste. Trotz bester Vorsätze machte es mir diese Nähe sehr schwer, mich auf den Schlaf zu konzentrieren.

»Ha«, sagte ich. »Ich weiß, dass es dir vollkommen egal ist, wie bequem mein Bett ist. Du würdest dich auch auf einem Stapel Ziegelsteine wohlfühlen.« Patch als gefallener Engel konnte keine körperlichen Empfindungen wahrnehmen, was ein entschiedener Nachteil war. Er fühlte keinen Schmerz, aber auch keine angenehmen Empfindungen. Ich musste mich damit zufriedengeben, dass, wenn ich ihn küsste, er das nur auf einer emotionalen Ebene spürte. Oft versuchte ich, so zu tun, als würde mir das nichts ausmachen, aber eigentlich wollte ich, dass meine Berührung ihn elektrisierte.

Er küsste mich leicht auf den Mund. »Worüber wolltest du reden?«

Ich konnte mich nicht mehr erinnern. Irgendetwas wegen Dante. Was immer es war, es erschien mir unwichtig. Überhaupt erschien mir Reden unwichtig. Ich kuschelte mich dichter an ihn, und als Patch mit der Hand sanft über meinen nackten Arm strich, schoss ein warmes Kribbeln durch meinen ganzen Körper bis in die Zehenspitzen.

»Wann bekomme ich denn mal deine Tanzbewegungen zu sehen?«, fragte er. »Wir haben im Devil's Handbag nie zusammen getanzt.«

»Da hast du nicht viel verpasst. Heute Abend hat mir jemand gesagt, dass ich definitiv aussehe wie ein Fisch auf dem Trockenen, wenn ich auf der Tanzfläche bin.«

»Vee sollte netter zu dir sein«, murmelte er und drückte dabei einen Kuss auf mein Ohr.

»Vee war das nicht, es war Dante Matterazzi«, gestand ich geistesabwesend, während Patchs Küsse mich an einen glücklichen Ort versetzten, an dem man nicht viel überlegen oder vorausbedenken musste.

»Dante?«, wiederholte Patch und klang plötzlich leicht unwirsch.

Mist.

»Hatte ich vergessen zu erzählen, dass Dante auch da war?«, fragte ich. Patch hatte Dante ebenfalls heute Morgen zum ersten Mal kennengelernt, und während dieses Zusammentreffens hatte ich die ganze Zeit über Angst, dass einer den anderen in eine Rauferei verwickeln würde. Unnötig zu erwähnen, dass es nicht gerade Liebe auf den ersten Blick gewesen war. Patch mochte es nicht, wie Dante sich als mein politischer Berater aufspielte und mich zu einem Krieg gegen die gefallenen Engel drängte, und Dante ... nun, Dante hasste gefallene Engel aus Prinzip.

Patchs Blick wurde kühl. »Was wollte er?«

»Ah, jetzt fällt mir wieder ein, worüber ich mit dir sprechen wollte.« Ich verschränkte die Finger. »Dante versucht, mich den Nephilim besser zu verkaufen. Ich bin jetzt ihre Anführerin. Das Dumme ist, dass sie mir nicht vertrauen. Sie kennen mich eben nicht. Und Dante hat es sich zur Aufgabe gemacht, das zu ändern.«

»Sag mir was, das ich noch nicht weiß.«

»Dante glaubt, es wäre eine gute Idee, wenn ich, äh, mit ihm gehe. Keine Sorge!«, setzte ich schnell hinzu. »Es wäre alles nur Show. Damit die Nephilim glauben, dass ihre Anführerin es ernst meint. Wir werden diese Gerüchte zerstreuen, dass ich mit einem gefallenen Engel zusammen bin. Nichts zeugt so sehr von Solidarität, wie wenn man sich mit einem von der eigenen Seite zusammentut, stimmt's? Das verschafft uns eine gute Presse. Vielleicht nennen sie uns dann sogar Norante. Oder Danta. Hört sich doch gut an, oder?«, fragte ich in dem Versuch, die Stimmung nicht kippen zu lassen.

Patchs Mund verzog sich grimmig. »Mir gefällt überhaupt nicht, wie sich das anhört.«

»Falls es dich tröstet, ich kann Dante nicht ausstehen. Keine Panik.«

»Meine Freundin will mit einem anderen Typen gehen. Kein Grund zur Panik.«

»Es ist doch nur zum Schein. Sieh's mal positiv.«

Patch lachte, aber es klang ziemlich freudlos. »Es gibt auch was Positives daran?«

»Es wäre nur während Cheschwan. Hank hat die Nephilim überall scharf auf diesen einen Augenblick gemacht. Er hat ihnen Rettung versprochen, und sie glauben daran. Wenn Cheschwan anbricht und er wie jeder andere Cheschwan verläuft, dann wird ihnen klar werden, dass es ein leeres Versprechen war, und nach und nach kehrt alles zur Normalität zurück. In der Zwischenzeit, während die Gefühle am Kochen sind und die Hoffnungen und Träume aller Nephilim an der falschen Vision hängen, dass ich sie von den gefallenen Engeln befreien würde, müssen wir sie bei Laune halten.«

»Hast du schon mal daran gedacht, dass die Nephilim dir die Schuld geben könnten, wenn ihre Rettung nicht kommt? Hank hat ihnen eine Menge Versprechungen gemacht, und wenn die nicht gehalten werden, dann wird niemand mit dem Finger auf ihn zeigen. Du bist jetzt ihre Anführerin, dein Gesicht steht für diese Kampagne, Engelchen«, sagte er feierlich.

Ich starrte an die Decke. Ja, daran hatte ich gedacht. Öfter, als gut für mich sein konnte.

Eine Ewigkeiten zurückliegende Nacht zuvor hatten die Erzengel mir eine einzigartige Abmachung vorgeschlagen. Sie hatten mir die Macht gegeben, Hank zu töten – wenn ich dafür die Nephilim-Rebellion zerschlug. Anfangs hatte ich nicht vorgehabt, auf den Handel einzugehen, aber Hank hatte mich dazu gezwungen. Er hatte versucht, Patchs Feder zu verbrennen und ihn in die Hölle zu schicken. Also hatte ich ihn erschossen.

Hank war tot, und die Erzengel erwarteten von mir, dass ich die Nephilim davon abhielt, in den Krieg zu ziehen.

Und an diesem Punkt wurde die Sache heikel. Nur wenige Stunden, bevor ich Hank erschossen hatte, hatte ich ihm geschworen, seine Nephilim-Armee anzuführen. Brach ich den Schwur, würde ich sterben, und meine Mom ebenfalls.

Wie sollte ich mein Versprechen gegenüber den Erzengeln halten und gleichzeitig meinen Eid gegenüber Hank? Ich sah nur eine Möglichkeit. Ich *würde* Hanks Armee führen. Aber in den Frieden. Es war vermutlich nicht das, was er sich vorgestellt hatte, als er mich dazu zwang, den Eid zu schwören; aber er war nicht mehr da, um über Detailfragen zu streiten. Es entging mir allerdings auch nicht, dass, wenn ich die Rebellion abbrach, ich gleichzeitig zuließ, dass Nephilim weiterhin Leibeigene der gefallenen Engel blieben. Das schien auch nicht richtig zu sein, aber das Leben war nun einmal mit schwierigen Entscheidungen gepflastert. Wie ich mittlerweile nur allzu gut wusste. Im Augenblick machte ich mir mehr Sorgen darum, die Erzengel glücklich zu machen als die Nephilim.

»Was machen wir wegen meines Schwurs?«, fragte ich Patch. »Dante hat gesagt, dass er in Kraft getreten wäre, als Hank gestorben ist, aber wer entscheidet, ob ich ihn gehalten habe oder nicht? Nimm doch nur mal dich beispielsweise. Ich vertraue mich dir an, einem gefallenen Engel und eingeschworenen Feind der Nephilim. Müsste der Schwur mich für diesen Verrat nicht treffen?«

»Der Eid, den du geschworen hast, war so unbestimmt wie nur möglich. Zum Glück«, sagte Patch mit unübersehbarer Erleichterung.

Oh, er war unbestimmt gewesen, klar. Aber andererseits auch ziemlich präzise. *Wenn du stirbst, Hank, werde ich deine Armee anführen.* Kein Wort zu viel.

»Solange du an der Macht bleibst und die Nephilim anführst, erfüllst du die Bedingungen des Schwurs«, meinte Patch. »Du hast Hank nie versprochen, in den Krieg zu ziehen.«

»Mit anderen Worten, der Plan ist, einen Krieg zu vermeiden und die Erzengel nicht zu verärgern.«

Patch seufzte und meinte wie zu sich selbst: »Manches ändert sich nie.«

»Nach Cheschwan, nachdem die Nephilim den Gedanken an Freiheit aufgegeben haben und *nachdem* wir ein dickes, fettes, zufriedenes Lächeln auf die Gesichter der Erzengel gezaubert haben, können wir das alles hinter uns lassen.« Ich küsste ihn. »Dann gibt's nur noch uns zwei.«

Patch stöhnte. »Ich kann's kaum erwarten.«

»Hey, hör mal«, fing ich an, weil ich verzweifelt über irgendetwas anderes als den Krieg sprechen wollte, »heute Abend hat mich ein Mann angesprochen. Ein Mann, der mit dir reden will.«

Patch nickte. »Pepper Friberg.«

»Hat Pepper ein Gesicht so rund wie ein Basketball?«

Noch ein Nicken. »Er verfolgt mich, weil er denkt, dass ich eine Vereinbarung gebrochen habe, die wir mal hatten. Er will nicht mit mir reden. Er will mich in die Hölle verbannen und mich so loswerden.«

»Ist das nur meine verdrehte Wahrnehmung, oder hört sich das nach einer ernsten Sache an?«

»Pepper Friberg ist ein Erzengel, hat aber mehr als ein Eisen im Feuer. Er führt ein Doppelleben, zur Hälfte lebt er als Erzengel, zur anderen Hälfte quasi im Nebenjob als Mensch. Bis jetzt hat er sich immer das Beste aus beiden Welten herausgepickt. Er hat die Macht eines Erzengels, die er allerdings nicht immer für Gutes einsetzt, wenn er seinen menschlichen Lastern nachgeht.«

Also Pepper war ein Erzengel. Kein Wunder, dass ich ihn nicht hatte einordnen können. Ich hatte bisher noch nicht viel Erfahrung im Umgang mit Erzengeln sammeln können.

»Jemand muss ihm auf die Schliche gekommen sein«, fuhr Patch fort, »und es geht das Gerücht um, dass er erpresst wird. Wenn Pepper nicht bald zahlt, wird sein Urlaubsaufenthalt auf der Erde sehr viel dauerhafter als geplant. Die Erzengel würden ihm all seine Macht rauben und ihm die Flügel ausreißen, wenn sie herausfinden, was er vorhat. Er würde für immer hier unten festhängen.«

Jetzt ergab das alles langsam einen Sinn. »Er glaubt, *du* würdest ihn erpressen.«

»Vor einiger Zeit habe ich herausgefunden, was er tut. Ich habe ihm versprochen, sein Geheimnis zu bewahren, und im Gegenzug hat er mir versprochen, mir dabei zu helfen, an eine Ausgabe des Buchs Enoch zu kommen. Er hat sein Versprechen bisher noch nicht eingelöst, und so scheint es logisch, dass er glaubt, ich hätte das Gefühl, hängen gelassen worden zu sein. Aber ich denke, er war unvorsichtig, und es gibt noch einen gefallenen Engel, der versucht, aus seinen Missetaten Profit zu schlagen.«

»Hast du Pepper das gesagt?«

Patch lächelte. »Ich arbeite dran. Er hat keine große Lust, mit mir zu reden.«

»Er hat gesagt, er würde wenn nötig den ganzen Vergnügungspark niederbrennen, um dich auszuräuchern.« Ich wusste, dass Erzengel es nicht wagen würden, einen Fuß in den Delphic-Vergnügungspark zu setzen. Der Ort war von gefallenen Engeln erbaut worden und dicht von ihnen besiedelt, daher ergab die Drohung einen Sinn.

»Sein Kopf steht auf dem Spiel, und er verzweifelt allmählich. Vielleicht muss ich untertauchen.«

»Untertauchen?«

»Mich verstecken. Den Kopf unten halten.«

Ich stützte mich auf einen Ellbogen auf und starrte Patch an. »Was hast du denn damit zu tun?«

»Er glaubt, er könnte durch dich auf mich zugreifen. Er wird sich an deine Fersen heften wie Kaugummi. Jetzt gerade, in diesem Augenblick, hat er unten in der Straße geparkt und hält Ausschau nach meinem Wagen.« Patch strich mit dem Daumen über meine Wange. »Er ist gut, aber nicht gut genug; er wird mich nicht davon abbringen können, Zeit mit meinem Mädchen zu verbringen.«

»Versprich mir, dass du ihm immer zwei Schritte voraus bist.« Der Gedanke, dass Pepper Patch fangen und ihn auf schnellstem Weg in die Hölle schicken könnte, bereitete mir das Gegenteil eines warmen, flauschigen Gefühls.

Patch hakte einen Finger in meinen Ausschnitt und zog mich zu einem Kuss an sich heran. »Mach dir keine Sorgen, Engelchen. Ich habe schon länger mit hinterhältigen Gestalten zu tun.«

Als ich am nächsten Tag aufwachte, war das Bett neben mir kalt. Ich lächelte bei der Erinnerung daran, wie ich in Patchs Arm geschmiegt eingeschlafen war. Der Gedanke gefiel mir deutlich besser als die Vorstellung, dass Pepper Friberg alias Mr. Erzengel-mit-einem-schmutzigen-Geheimnis die ganze Nacht vor meinem Haus gesessen und spioniert hatte.

Ich dachte an die Zeit vor einem Jahr zurück, an den Herbst in der zehnten Klasse. Damals hatte ich noch nicht mal einen Jungen geküsst. Ich hätte nie geahnt, was noch auf mich zukommen würde. Patch bedeutete mir mehr, als ich in Worte fassen konnte. Seine Liebe und sein Vertrauen in mich nahmen den harten Entscheidungen, die ich in letzter Zeit hatte treffen müssen, die Spitze. Wann immer Zweifel und Reue sich in mein Bewusstsein schlichen, musste ich nur an Patch denken, und alles wurde wieder gut. Ich war mir nicht sicher, ob ich wirklich jedes Mal die richtige Entscheidung getroffen hatte, aber eins wusste ich mit Bestimmtheit: Bei Patch hatte ich die richtige Entscheidung getroffen. Ich würde ihn nicht aufgeben können. Niemals.

Mittags rief Vee an.

»Was hältst du davon, wenn wir beide jetzt laufen gehen?«, fragte sie. »Ich hab' mir gerade ein Paar brandneue Tennisschuhe gekauft und muss die Dinger einweihen.«

»Vee, ich hab' noch Blasen vom Tanzen gestern Abend. Und … warte mal, seit wann gehst du denn überhaupt laufen?«

»Es ist ja nun kein Geheimnis, dass ich ein paar Pfund zu viel mit mir herumtrage«, antwortete sie. »Ich habe starke Knochen, aber das ist keine Entschuldigung, nichts gegen den kleinen Rettungsring um meine Hüften zu unternehmen. Da gibt's einen Jungen namens Scott Parnell, und wenn die Tatsache, dass ich etwas Gewicht verliere, mir am Ende den Mut verleiht, ihn anzusprechen, dann werde ich das tun. Ich will, dass Scott mich so ansieht, wie Patch dich ansieht. Bisher bin ich die Sache mit der Diät und dem Sport nicht ernsthaft angegangen, aber jetzt schlage ich ein neues Kapitel auf. Ab heute liebe ich Sport. Sport ist mein neuer bester Freund.«

»Oh? Und was ist mit mir?«

»Sobald ich die paar Kilos losgeworden bin, wirst du wieder meine Freundin Nummer eins sein. Ich hol' dich in zwanzig Minuten ab, ja? Vergiss dein Schweißband nicht. Deine Haare machen komische Sachen, wenn sie feucht werden.«

Ich legte auf, zog mir ein Tank-Top, gefolgt von einem Sweatshirt, über und schnürte die Tennisschuhe.

Vee kam pünktlich, um mich abzuholen. Und es wurde sofort klar, dass wir nicht zum Highschool-Sportplatz fuhren. Sie lenkte den lilafarbenen Neon in der entgegengesetzten Richtung durch die ganze Stadt, während sie gut gelaunt vor sich hinsummte.

»Wo fahren wir hin?«, fragte ich.

»Ich dachte, wir sollten gleich mit Hügeltraining anfangen. Hügel sind gut für die Gesäßmuskulatur.« Als sie in die Deacon Road einbog, ging mir ein Licht auf.

»Warte mal, Scott wohnt in der Deacon Road.«

»Jetzt, wo du's sagst, stimmt, das tut er.«

»Laufen wir an Scotts Haus vorbei? Ist das nicht ein bisschen … na ja, ich weiß nicht … irgendwie so, als würden wir stalken?«

»Das ist wirklich eine traurige Art und Weise, die Angelegenheit zu betrachten, Nora. Warum verstehst du's nicht als eine Art Motivation? Immer das Ziel vor Augen.«

»Was, wenn er uns sieht?«

»Du bist mit Scott befreundet. Wenn er uns sieht, wird er wahrscheinlich rauskommen, um mit uns zu reden. Und dann wär's doch unhöflich, nicht stehen zu bleiben und ihm ein paar Minuten unserer Zeit zu schenken.«

»Mit anderen Worten, hier geht's gar nicht ums Laufen. Es geht ums Aufreißen.«

Vee schüttelte den Kopf. »Du bist echt 'ne Spaßbremse.«

Sie fuhr gemächlich die Deacon hinauf, eine malerisch sich windende Straße, die auf beiden Seiten von dichtem Immergrün gesäumt war. Noch ein paar Wochen, und sie würden mit Schnee überzogen sein.

Scott lebte mit seiner Mutter, Lynn Parnell, in einem Mehrfamilienhaus, das hinter der nächsten Kurve in Sicht kam. Über den Sommer war Scott ausgezogen und hatte sich versteckt. Er war aus Hanks Nephilim-Armee desertiert, und Hank hatte unermüdlich nach ihm gesucht, in der Hoffnung, an ihm ein Exempel statuieren zu können. Nachdem ich Hank getötet hatte, hatte Scott wieder nach Hause kommen können.

Eine Betonmauer umgab das Grundstück, und auch wenn ich mir sicher war, dass es dabei um den Schutz der Privatsphäre ging, machte es auf mich doch den Eindruck eines Gefangenenlagers. Vee fuhr in die Einfahrt, und ich erinnerte mich plötzlich daran, wie sie mir damals geholfen hatte, Scotts Schlafzimmer auszuspionieren. Damals, als ich noch dachte, er wäre ein Tunichtgut. Mann, hatten die Dinge sich verändert! Vee parkte in der Nähe der Tennisplätze. Die Netze waren längst abgenommen, und jemand hatte den Platz mit Graffitis verziert.

Wir stiegen aus und machten ein paar Minuten lang Dehnübungen.

Vee sagte: »Ich habe kein gutes Gefühl dabei, wenn ich den Neon in der Gegend hier so lange allein lasse. Vielleicht sollten wir einfach ein paar Runden um die Wohnanlage drehen. So kann ich immer ein Auge auf mein Baby haben.«

»Mhm. Das gibt Scott außerdem mehr Möglichkeiten, uns zu sehen.«

Vee trug rosafarbene Jogginghosen mit der Aufschrift DIVA in Goldglitzer quer über dem Hintern und eine rosafarbene Fleecejacke. Außerdem hatte sie ein vollständiges Make-up aufgelegt, trug diamantene Ohrstecker und einen rubinroten Cocktailring und roch nach Pure Poison von Dior. Mit anderen Worten: Es war ein ganz normaler Joggingtag.

Wir setzten uns in Bewegung und fingen an, langsam auf dem Feldweg um den Block zu laufen. Die Sonne war herausgekommen, und nach drei Runden zog ich mein Sweatshirt aus und knotete es mir um die Taille. Vee steuerte direkt auf eine verwitterte Parkbank zu und brach schwer atmend darauf zusammen.

»Das müssen ungefähr fünf Meilen gewesen sein«, sagte sie.

Ich sah mich um. Klar … minus ungefähr vier Meilen.

»Vielleicht sollten wir mal in Scotts Fenster gucken«, schlug Vee vor. »Es ist Sonntag. Gut möglich, dass er verschlafen hat und sich freut, wenn er freundlich geweckt wird.«

»Scott wohnt im dritten Stock. Solange du keine zwölf Meter lange Leiter irgendwo im Kofferraum verstaut hast, ist Fenstergucken wahrscheinlich unmöglich.«

»Wir könnten etwas Direkteres probieren. Zum Beispiel an seine Tür klopfen.«

In dem Augenblick brummte ein Plymouth Barracuda, circa Baujahr 1970, auf den Parkplatz. Er fuhr unter ein Carport, und Scott sprang heraus. Wie die meisten Nephilim-Männer hat Scott einen Körper, der aussieht, als würde er regelmäßig mit Gewichten trainiert. Außerdem ist er ungewöhnlich hochgewachsen, an die zwei Meter groß. Er trägt sein Haar kurz geschoren wie ein Gefängnisinsasse und sieht gut aus – auf eine taffe Art und Weise. Heute trug er Basketballshorts aus Netzgewebe und ein T-Shirt mit abgerissenen Ärmeln.

Vee fächelte sich Luft zu. »Holla!«

Ich streckte den Arm aus, wollte Scott rufen und seine Aufmerksamkeit auf uns lenken, als die Beifahrertür des Barracuda aufging und Dante auftauchte.

»Sieh an«, sagte Vee. »Es ist Dante. Passt perfekt. Die sind zu zweit, wir sind zu zweit. Ich wusste, dass mir Joggen gefallen würde.«

»Ich habe plötzlich sogar ganz große Lust loszurennen«, murmelte ich. Und nicht anzuhalten, bevor ich nicht reichlich Abstand zwischen mich und Dante gebracht hatte. Ich war nicht in der Stimmung für eine Fortsetzung unseres Gesprächs von gestern Abend. Und ebenso wenig hatte ich Lust darauf, dass Vee hier die Kupplerin spielte. Sie war nämlich beängstigend gut darin.

»Zu spät. Sie haben uns schon entdeckt.« Vee schwenkte die Arme über dem Kopf wie ein Hubschrauberpropeller.

Klar, dass Scott und Dante sich an den Barracuda lehnten, die Köpfe schüttelten und uns angrinsten.

»Verfolgst du mich, Grey?«, dröhnte Scott.

»Er gehört dir«, sagte ich zu Vee. »Ich laufe noch zu Ende.«

»Was ist mit Dante? Er kommt sich am Ende noch vor wie das dritte Rad«, wandte sie ein.

»Der kommt schon klar, glaub mir.«

»Wo ist das Feuer, Grey?«, rief Scott mir nach, und zu meiner Bestürzung kamen er und Dante zu uns herübergelaufen.

»Ich trainiere«, rief ich kurz zurück. »Ich überlege … ob ich nicht mal Leichtathletik ausprobieren soll.«

»Leichtathletik fängt aber erst im Frühling an«, erinnerte mich Vee.

Ach, zum Teufel.

»Oh-oh, mein Puls fällt«, schrie ich Scott zu. Und damit spurtete ich in die entgegengesetzte Richtung los.

Ich hörte Scott auf dem Feldweg hinter mir. Eine Minute später schnappte er sich den Träger meines Tank-Tops und zog spielerisch daran. »Willst du mir nicht sagen, was los ist?«

Ich drehte mich zu ihm um. »Wonach sieht es denn aus?«

»Es sieht danach aus, als würdet ihr so tun, als wolltet ihr laufen gehen, wärt aber in Wirklichkeit gekommen, um mich zu sehen.«

Ich klopfte ihm anerkennend auf die Schulter. »Gute Arbeit, du Ass.«

»Warum rennst du dann weg? Und warum riecht Vee wie eine komplette Drogerie?«

Ich blieb ruhig stehen und ließ ihn selbst darauf kommen.

»Ah«, sagte er schließlich.

Ich hob die Hände. »Mein Teil der Arbeit ist erledigt.«

»Versteh mich nicht falsch, aber ich bin mir nicht sicher, ob ich in der Verfassung bin, den ganzen Tag mit Vee zu verbringen. Sie ist ziemlich … zielstrebig.«

Bevor ich ihm den weisen Ratschlag »durch Schein zum Sein« geben konnte, kam Dante zu mir.

»Kann ich kurz mit dir reden?«, fragte er.

»Oh, Mann«, stöhnte ich leise.

»Das ist mein Stichwort«, meinte Scott. Er trottete davon und ließ mich entmutigenderweise mit Dante allein.

»Kannst du laufen und reden gleichzeitig?«, fragte ich Dante, weil ich dachte, dass ich ihm lieber nicht in die Augen sehen wollte, während er seine Gedanken über unsere Zwangsbeziehung wiederkäute; es sprach Bände darüber, wie scharf ich auf dieses Gespräch war.

Zur Antwort lief Dante los und joggte neben mir her.

»Freut mich, dich laufen zu sehen«, sagte er.

»Und wieso?«, keuchte ich und wischte mir ein paar lose

Haarsträhnen aus dem verschwitzten Gesicht. »Törnt es dich an, mich vollkommen fertig zu sehen?«

»Klar. Außerdem ist es ein gutes Training für dich; ich habe nämlich noch Pläne mit dir.«

»Du hast Pläne mit mir? Und warum überkommt mich gerade das starke Gefühl, dass ich davon lieber gar nichts hören will?«

»Du magst jetzt zwar Nephilim sein, Nora, aber du bist immer noch im Nachteil. Im Gegensatz zu natürlich geborenen Nephilim bist du nicht besonders groß, und du hast auch nicht so viel Kraft.«

»Ich bin wesentlich stärker, als du denkst«, gab ich zurück.

»Stärker, als du warst, aber nicht so stark wie ein weiblicher Nephilim. Du hast immer noch deinen Menschenkörper, und während er dafür ganz passend war, ist er für deine jetzige Situation nicht stark genug, um mitzuhalten. Und dein Muskeltonus ist einfach jämmerlich.«

»Sehr schmeichelhaft.«

»Ich könnte dir auch einfach sagen, was du hören willst, statt dir die Dinge zu erzählen, die du hören musst. Aber wäre ich dann wirklich dein Freund?«

»Wie kommst du denn darauf, dass du mir irgendetwas davon sagen musst?«

»Du bist nicht darauf vorbereitet zu kämpfen. Du hast keine Chance gegen einen gefallenen Engel. So einfach ist das.«

»Das verstehe ich nicht. Warum muss ich denn kämpfen? Ich dachte, ich hätte gestern wiederholt klargemacht, dass es keinen Krieg geben wird. Ich führe die Nephilim zum Frieden.« Und halte mir die Erzengel vom Leib. Patch und ich hatten zweifelsfrei festgestellt, dass wütende Nephilim als Feinde den allmächtigen Erzengeln bei weitem vorzuziehen waren. Es lag auf der Hand, dass Dante den Kampf wollte, aber wir waren da unterschiedlicher Meinung. Und als Anführerin der Nephilim-Armee lag die Entscheidung in letzter Instanz bei mir. Ich hatte den Eindruck, dass Dante mich untergrub, und das gefiel mir ganz und gar nicht.

Er blieb stehen und packte mich am Handgelenk, damit er mir direkt ins Gesicht sehen konnte. »Du kannst nicht alles kontrollieren, was ab jetzt passiert«, sagte er ganz ruhig, und der Hauch einer düsteren Vorahnung ergriff mich. »Ich weiß, du denkst, ich wäre gegen dich, aber ich habe Hank versprochen, mich um dich zu kümmern. Ich sag' dir eins. Wenn Krieg ausbricht oder auch nur Unruhen, dann wirst du es nicht schaffen. Nicht in deinem derzeitigen Zustand. Wenn dir irgendetwas zustößt und du die Armee nicht anführen kannst, dann wirst du deinen Eid gebrochen haben. Und du weißt, was das bedeutet.«

Oh, ich wusste, was das bedeutete. Ich würde direkt in mein Grab springen. Und meine Mutter auch noch mit hineinziehen.

»Ich möchte dich so trainieren, dass du klarkommst, nur als Vorsichtsmaßnahme«, erklärte Dante. »Das ist alles.«

Ich schluckte. »Du meinst, wenn ich mit dir trainiere, könnte ich stark genug werden, um selbst klarzukommen?« Gegen gefallene Engel, klar. Aber was war mit den Erzengeln? Ich hatte ihnen versprochen, die Rebellion zu stoppen. Kampftraining passte nicht zu diesem Ziel.

»Ich meine, es wäre einen Versuch wert.«

Bei dem Gedanken an Krieg krampfte sich mein Magen zu einem Knoten zusammen, aber ich wollte vor Dante keine Angst zeigen. Er dachte sowieso schon, dass ich mich nicht selbst um mich kümmern konnte. »Also, was jetzt? Bist du nun mein Pseudo-Freund oder mein Privattrainer?«

Sein Mundwinkel zuckte. »Beides.«

## DREI

Als Vee mich nach dem Laufen zu Hause absetzte, hatte ich zwei entgangene Anrufe auf dem Handy. Der erste war von Marcie Miller, meiner gelegentlichen Erz-Nemesis und, wie es das Schicksal so wollte, Halbschwester, verwandtschaftlich betrachtet, nicht freundschaftlich. Die letzten siebzehn Jahre hatte ich keine Ahnung gehabt, dass das Mädchen, das in der Grundschule meine Schokoladenmilch geklaut und im ersten Jahr der Highschool Slipeinlagen an meinen Spind geklebt hatte, DNA mit mir gemeinsam hatte. Marcie hatte die Wahrheit zuerst herausbekommen und sie mir ins Gesicht geschleudert. Wir hatten eine stillschweigende Vereinbarung, in der Öffentlichkeit nicht darüber zu sprechen, dass wir verwandt miteinander waren, und überwiegend hatte dieses Wissen auch nichts geändert. Marcie war immer noch eine verwöhnte, magersüchtige Idiotin, und ich verbrachte einen großen Teil meiner wachen Stunden damit, auf der Hut zu sein und mich zu fragen, welche Erniedrigung sie als Nächstes für mich bereithielt.

Marcie hatte keine Nachricht hinterlassen, und ich konnte mir nicht vorstellen, was sie von mir wollte, also sah ich mir den zweiten Anruf an. Unbekannte Nummer. Auf der Mailbox nur angestrengtes Atmen, tief und männlich, aber keine richtigen Worte. Vielleicht Dante, vielleicht Patch. Vielleicht Pepper Friberg. Meine Nummer stand im Telefonbuch, und mit etwas Forschergeist hätte Pepper sie herausfinden können. Nicht gerade ein beruhigender Gedanke.

Ich zog mein Sparschwein unter dem Bett hervor, hebelte den Gummideckel am Boden ab und schüttelte fünfundsiebzig Dollar heraus. Dante würde mich morgen früh um fünf zum Intervalltraining und Gewichtheben abholen und hatte mit einem angewiderten Blick auf meine derzeitigen Tennisschuhe gesagt: »Die halten keinen Tag Training aus.« Also saß ich nun hier und suchte mein Taschengeld zusammen, um es für Cross-Laufschuhe auszugeben.

Ich glaubte nicht, dass die Gefahr so groß war, wie Dante das dargestellt hatte. Ganz besonders nicht, da Patch und ich geheime Pläne hatten, den zum Scheitern verurteilten Aufstand der Nephilim zu verhindern; aber seine Worte über meine Körpergröße, Geschwindigkeit und Beweglichkeit hatten mich schon berührt. Ich war *tatsächlich* kleiner als alle anderen Nephilim, die ich kannte. Und im Gegensatz zu ihnen war ich in einen menschlichen Körper hineingeboren worden – durchschnittliches Gewicht, durchschnittlicher Muskeltonus, durchschnittlich in jeder Hinsicht –, und es hatte eine Bluttransfusion gebraucht und einen Wechselschwur, um mich in eine Nephilim zu verwandeln. Theoretisch gesehen war ich jetzt eine von ihnen, praktisch jedoch nicht. Ich wollte nicht, dass dieser Unterschied mich zur Zielscheibe machte, aber eine leise Stimme in meinem Hinterkopf flüsterte, dass es durchaus möglich war.

Und ich musste alles tun, was nötig war, um an der Macht zu bleiben.

»Warum müssen wir denn so früh anfangen?«, hätte meine erste Frage an Dante sein müssen, aber vermutlich kannte ich die Antwort schon. Die schnellsten Menschen der Welt würden aussehen, als machten sie einen Sonntagsspaziergang, wenn sie versuchten, mit Nephilim mitzuhalten. Die Höchstgeschwindigkeit eines Nephilim im besten Alter, vermutete ich, musste an die fünfzig Meilen pro Stunde betragen. Wenn Dante und ich in dieser Geschwindigkeit auf dem Schulsportplatz gesehen werden würden, würde das eine Menge ungewollter Aufmerksamkeit erregen. Aber in den Stunden kurz vor der Morgendämmerung eines Montags würden die meisten Menschen tief und fest schlafen und Dante und mir die perfekte Gelegenheit bieten, unbeobachtet zu trainieren.

Ich steckte das Geld ein und ging nach unten. »Bin in ein paar Stunden zurück!«, rief ich meiner Mom zu.

»Der Braten ist um sechs fertig, also komm nicht zu spät«, antwortete sie aus der Küche.

Zwanzig Minuten später schlenderte ich durch die Tür von *Pete's Locker Room* und ging direkt zur Schuhabteilung. Ich probierte ein paar Cross-Schuhe an und entschied mich dann für ein Paar aus dem Sonderangebotsregal. Dante mochte meinen Montagmorgen bekommen – es war ein freier Tag, weil die Lehrer im ganzen Distrikt auf Fortbildung waren –, aber ich würde ihm nicht auch noch mein ganzes gespartes Taschengeld geben.

Ich bezahlte die Schuhe und sah auf meinem Handy nach der Uhrzeit. Es war noch nicht mal vier. Vorsichtshalber hatten Patch und ich vereinbart, Anrufe in der Öffentlichkeit möglichst zu vermeiden, aber ein hastiger Blick in Richtung Bürgersteige bestätigte mir, dass ich allein war. Ich zog das anonyme Handy, das Patch mir gegeben hatte, aus der Handtasche und wählte seine Nummer.

»Ich hab' ein paar Stunden frei«, sagte ich ihm auf dem Weg zum Auto, das ich am nächsten Block geparkt hatte. »Es gibt da eine ziemlich abgeschiedene, ziemlich versteckte Hütte im Lookout Hill Park hinter dem Karussell. Ich könnte in fünfzehn Minuten dort sein.«

Ich hörte an seiner Stimme, dass er lächelte. »Du sehnst dich aber sehr nach mir.«

»Ich brauche einen Endorphin-Schub.«

»Und in einem verlassenen Schuppen rumzumachen wird dir einen verschaffen?«

»Nein. Ich vermute, es wird mich in ein Endorphin-Koma versetzen, und diese Vermutung würde ich gerne überprüfen. Ich komme gerade aus Pete's Locker Room. Wenn die Ampeln nicht gegen mich sind, kann ich's vielleicht sogar in zehn …«

Ich kam nicht bis zum Ende. Ein Sack wurde über meinen Kopf gestülpt, und jemand nahm mich von hinten in den Schwitzkasten. Überrascht ließ ich das Handy fallen. Ich schrie und versuchte, die Arme freizubekommen, aber die Hände, die mich vorwärts auf die Straße stießen, waren zu stark. Ich hörte ein großes Fahrzeug heranrumpeln, das quietschend neben mir zum Halten kam.

Eine Tür ging auf, und ich wurde hineingeworfen.

In dem Lieferwagen roch es leicht nach Schweiß, ein Geruch, der durch einen zitronigen Lufterfrischer überdeckt wurde. Die Heizung lief auf Hochtouren, blies aus den Öffnungen vorne und brachte mich zum Schwitzen. Vielleicht war das gewollt.

»Was ist los? Was wollt ihr von mir?«, rief ich wütend. Noch hatte ich die ganze Tragweite dessen, was gerade passiert war, nicht erfasst, so dass ich eher wütend als verängstigt war. Es kam keine Antwort, aber ich hörte das stetige Atmen von zwei Individuen neben mir. Zwei Typen plus ein Fahrer machte drei. Gegen mich allein.

Meine Arme waren hinter dem Rücken zusammengebunden mit etwas, das sich anfühlte wie eine Abschleppkette. Meine Knöchel waren mit einer ähnlich schweren Kette gesichert. Ich lag auf dem Bauch, der Sack immer noch über meinem Kopf, meine Nase auf den geräumigen Boden des Lieferwagens gedrückt. Ich versuchte, auf die Seite zu schaukeln, aber es fühlte sich an, als ob mein Schultergelenk ausgekugelt würde. Als ich frustriert aufschrie, bekam ich einen schnellen Tritt gegen den Oberschenkel.

»Sei ruhig«, knurrte eine männliche Stimme.

Wir fuhren ziemlich lange, eine Dreiviertelstunde vielleicht. Meine Gedanken sprangen in zu viele Richtungen, um ein Gefühl für die Zeit zu behalten. Konnte ich fliehen? Aber wie? Weglaufen? Nein. Sie überlisten? Vielleicht. Und dann war da ja noch Patch. Er musste wissen, dass ich gefangen genommen worden war. Er würde mein Handy bis vor Pete's Locker Room nachverfolgen, aber wie sollte er dann herausbekommen, wohin sie mich brachten?

Anfangs hielt der Lieferwagen immer mal wieder an Ampeln an, aber schließlich war die Straße frei. Der Bus kletterte den Berg hinauf, hin und her auf engen Serpentinenkurven, was mich vermuten ließ, dass wir in die weit abgelegenen Hügel außerhalb der Stadt unterwegs waren. Schweiß prickelte unter meinem T-Shirt, und mir war, als könnte ich keinen einzigen tiefen Atemzug tun. Panik umklammerte meine Brust, so dass ich nur ganz flach atmen konnte.

Die Reifen rollten jetzt auf Schotter, immer noch stetig bergan, bis am Ende der Motor ausgeschaltet wurde. Meine Geiselnehmer lösten die Kette an meinen Füßen, schleppten mich nach draußen und durch eine Tür und rissen mir dann den Sack vom Kopf.

Ich hatte recht gehabt, sie waren zu dritt. Zwei Männer, eine Frau. Sie hatten mich in eine Holzhütte gebracht und meine Arme an einen dekorativen Holzpfosten gekettet, der vom Boden bis zu den Dachbalken reichte. Kein Licht, aber das konnte auch daran liegen, dass der Strom abgestellt war. Es gab nur wenige, mit Laken zugedeckte Möbel. Die Luft war vielleicht ein oder zwei Grad wärmer als draußen, woraus ich schloss, dass der Ofen nicht an war. Wem auch immer diese Hütte gehörte, er hatte sie für den Winter abgeschlossen.

»Mach dir nicht die Mühe rumzuschreien«, sagte der Klotzigste von ihnen. »Im Umkreis von ein paar Meilen ist hier kein lebendes Wesen.« Er versteckte sich hinter Cowboyhut und Sonnenbrille, aber seine Vorsicht war unnötig. Ich war mir sicher, dass ich ihn noch nie zuvor gesehen hatte. Mein geschärfter sechster Sinn identifizierte alle drei als Nephilim. Aber ich hatte keine Ahnung, was sie von mir wollten.

Ich warf mich gegen die Ketten, aber abgesehen von einem schwachen Knirschen bewegte sich da gar nichts. Sie gaben nicht nach.

»Wenn du eine echte Nephilim wärst, könntest du diese Ketten brechen«, knurrte der Nephilim mit dem Cowboyhut. Er schien der Sprecher für die anderen beiden zu sein, die sich zurückhielten und ihre Kommunikation mit mir auf angewiderte Blicke beschränkten.

»Was wollt ihr?«, fragte ich eisig.

Cowboyhuts Mund kräuselte sich zu einem höhnischen Grinsen. »Ich möchte wissen, warum eine kleine Prinzessin wie du glaubt, eine Nephilim-Revolution auf die Beine stellen zu können.«

Ich hielt seinem hasserfüllten Blick stand und wünschte mir, ich könnte ihm die Wahrheit ins Gesicht schleudern. Dass es keine Revolution geben würde. Wenn Cheschwan in zwei Tagen begann, dann würden er und seine Freunde von gefallenen Engeln besessen werden. Hank Millar hatte sich den leichteren Teil ausgesucht: ihre Köpfe mit Flausen über Rebellion und Freiheit zu füllen. Und jetzt sollte ich das Wunder in der Wirklichkeit vollbringen.

Aber das würde ich nicht tun.

»Ich habe Erkundigungen über dich eingezogen«, sagte Cowboyhut, während er vor mir auf und ab ging. »Ich habe herumgefragt und herausgefunden, dass du mit Patch Cipriano gehst, einem gefallenen Engel. Wie passt denn das zusammen?«

Ich schluckte unauffällig. »Ich weiß ja nicht, mit wem du geredet hast.« Mir war klar, in welcher Gefahr ich schwebte, wenn meine Beziehung zu Patch herauskam. Ich war vorsichtig gewesen, aber wie es schien, nicht vorsichtig genug. »Aber ich habe mit Patch Schluss gemacht«, log ich. »Was immer da in der Vergangenheit war, ist zu Ende. Ich weiß, wo meine Loyalitäten liegen. Von dem Moment an, als ich eine Nephilim geworden bin ...«

Er trat ganz nah zu mir, so dass er nur noch Zentimeter von meinem Gesicht entfernt war. »Du bist keine Nephilim!« Er musterte mich mit verächtlichem Blick von Kopf bis Fuß. »Sieh dich nur an. Du bist doch erbärmlich. Du hat kein Recht, dich Nephilim zu nennen. Wenn ich dich ansehe, dann sehe ich einen Menschen. Ich sehe ein schwaches, wehleidiges kleines Mädchen, das Ansprüche erhebt.«

»Ihr seid wütend, weil ich nicht dieselben Körperkräfte habe wie ihr«, stellte ich ruhig fest.

»Wer hat denn irgendwas über Kraft gesagt! Du hast keinen Stolz. In dir ist nicht der geringste Sinn für Loyalität. Ich habe die Schwarze Hand als Anführer respektiert, weil er diesen Respekt verdient hatte. Er hatte eine Vision. Er hat gehandelt. Er hat dich zu seiner Nachfolgerin ernannt, aber das bedeutet mir überhaupt nichts. Du willst meinen Respekt?

Dann bring mich dazu, dich zu respektieren.« Er schnippte wild mit seinen Fingern vor meinem Gesicht herum. »*Verdien* ihn dir, Prinzesschen.«

Seinen Respekt verdienen? Damit ich sein konnte wie Hank? Hank war ein Betrüger und ein Lügner gewesen. Er hatte seinen Leuten mit süßen Worten das Unmögliche versprochen. Er hatte meine Mutter benutzt und betrogen und mich zu einer Figur in seinem Spiel gemacht. Je mehr ich über die Lage nachdachte, in die er mich versetzt hatte – dass er es mir überlassen hatte, seine wahnsinnige Vision in die Tat umzusetzen –, desto wütender wurde ich.

Ich blickte Cowboyhut kalt in die Augen … dann riss ich meine Füße mit aller Kraft hoch und trat ihm voll gegen die Brust. Er flog rückwärts gegen die Mauer und sackte am Boden zusammen.

Die anderen beiden sprangen vor, aber meine Wut hatte ein Feuer in mir entfacht. Eine fremde und gewalttätige Kraft wuchs in mir. Ich stemmte mich gegen die Ketten und hörte, wie das Metall ächzte, bevor die Kettenglieder auseinanderbrachen. Die Kette fiel zu Boden, und ich drosch, ohne Zeit zu verlieren, sofort mit den Fäusten um mich. Ich trommelte dem nächststehenden Nephilim in die Rippen und versetzte der Frau einen Fußtritt. Mein Fuß traf gegen ihren Oberschenkel, und ich war beeindruckt, wie fest die Muskulatur war, auf die ich traf. Noch nie in meinem Leben hatte ich eine Frau von solcher Kraft und Härte erlebt.

Dante hatte recht; ich konnte nicht kämpfen. Einen Augenblick zu spät wurde mir klar, dass ich hätte weitermachen müssen, sie erbarmungslos hätte angreifen müssen, während sie noch am Boden waren. Aber ich war zu verblüfft über das, was ich getan hatte, um mehr zu tun, als mich in Verteidigungsposition zu stellen und auf ihren Gegenschlag zu warten.

Cowboyhut ging auf mich los und schleuderte mich zurück gegen den Pfahl. Der Aufprall trieb alle Luft aus meinen Lungen, und ich krümmte mich, weil ich keinen Sauerstoff mehr bekam.

»Ich bin noch nicht fertig mit dir, Prinzesschen. Das war eine Warnung. Wenn ich rausfinde, dass du immer noch mit gefallenen Engeln rummachst, dann wird das sehr unschön für dich werden.« Er tätschelte meine Wange. »Nutze die Zeit, um noch einmal über deine Loyalitäten nachzudenken. Das nächste Mal, wenn wir uns treffen, hoffe ich um deinetwillen, dass sie sich verändert haben.«

Er gab den anderen ein Zeichen und wies mit dem Kinn in Richtung Ausgang, woraufhin sie einer nach dem anderen durch die Tür verschwanden.

Ich rang nach Luft, brauchte ein paar Minuten, um mich zu erholen, dann taumelte ich zur Tür. Sie waren weg. Staub hing noch in der Luft, und die Dämmerung kroch über den Horizont. Ein paar vereinzelte Sterne glitzerten am Himmel wie winzige Glasscherben.

VIER

Ich trat auf die kleine Treppe der Hütte hinaus und fragte mich, wie ich von hier aus nach Hause finden sollte, als das Geräusch eines Motors auf dem langen Kiesweg vor mir ertönte. Ich wappnete mich für die Rückkehr von Cowboyhut und seinen Freunden, aber es war eine Harley Sportster, die in Sicht kam, mit einem einzigen Fahrer.

Patch.

Er sprang herunter und war mit drei schnellen Schritten bei mir. »Bist du verletzt?«, fragte er, als er mein Gesicht zwischen seine Hände nahm und mich nach Anzeichen einer Verletzung absuchte. Eine Mischung aus Erleichterung, Sorge und Wut flackerte in seinen Augen. »Wo sind sie?«, fragte er mit harter Stimme.

»Es waren drei, alles Nephilim«, erzählte ich, meine Stimme immer noch zittrig von der Angst und dem Hieb, der mir den Atem geraubt hatte. »Sie sind vor fünf Minuten weggefahren. Wie hast du mich gefunden?«

»Ich habe deinen GPS-Sender aktiviert.«

»Du hast einen GPS-Sender an mir angebracht?«

»In die Tasche deiner Jeansjacke eingenäht. Cheschwan beginnt mit dem Neumond am Dienstag, und du hast bisher noch niemandem die Treue geschworen. Außerdem bist du die Tochter der Schwarzen Hand. Auf deinen Kopf ist ein Preis ausgesetzt, und das macht dich verdammt anziehend für jeden gefallenen Engel da draußen. Du wirst keine Treue schwören,

Engelchen, Ende der Geschichte. Wenn das bedeutet, dass ich dafür deine Privatsphäre verletzen muss, dann ist das eben so.«

»Dann ist das eben so? Wie bitte?« Ich war mir nicht sicher, ob ich ihn umarmen oder wegstoßen sollte.

Patch ignorierte meine Entrüstung. »Erzähl mir alles über sie, was dir aufgefallen ist. Beschreibung, Marke und Modell des Autos, alles, was mir helfen kann, sie ausfindig zu machen.« Sein Blick knisterte förmlich vor Rachedurst. »Und sie bezahlen zu lassen.«

»Hast du mein Telefon auch verwanzt?« Ich wollte es wissen; ich war immer noch nicht ganz darüber hinweg, dass Patch meine Privatsphäre verletzt hatte, ohne mir etwas davon zu sagen.

Er zögerte nicht. »Ja.«

»Mit anderen Worten, ich habe keine Geheimnisse.«

Sein Gesichtsausdruck wurde weicher, und er sah mich an. Wäre die Stimmung nicht so angespannt gewesen, hätte er jetzt vermutlich gelächelt. »Es gibt immer noch ein paar Dinge, die du ganz gut vor mir geheim hältst, Engelchen.«

Okay, das hatte ich mir jetzt selbst zuzuschreiben.

»Der Anführer hat sich hinter einer Sonnenbrille und einem Cowboyhut versteckt, aber ich bin mir sicher, dass ich ihn noch nie zuvor gesehen habe. Die anderen zwei – ein Mann und eine Frau – haben nichts Besonderes angehabt.«

»Auto?«

»Ich hatte einen Sack über dem Kopf, aber ich bin sicher, dass es ein Lieferwagen war. Zwei von ihnen saßen hinten bei mir, und die Tür hörte sich an wie eine Schiebetür, als sie mich rausgezerrt haben.«

»Noch irgendwas Besonderes?«

Ich erzählte Patch, dass der Anführer mir damit gedroht hatte, unsere geheime Beziehung öffentlich zu machen.

»Wenn sich das herumspricht«, sagte Patch, »könnte es ziemlich schnell ziemlich hässlich werden.« Er zog verunsichert die Augenbrauen zusammen, und sein Blick verdüsterte sich. »Bist du sicher, dass du unsere Beziehung weiterhin geheim halten willst? Ich will dich nicht verlieren, aber ich würde es lieber zu unseren Bedingungen machen als zu deren.«

Ich ließ meine Hand in seine gleiten, bemerkte, wie kalt sich seine Haut anfühlte. Er war jetzt ganz ruhig geworden, als bereite er sich auf das Schlimmste vor. »Ich stecke entweder mit dir zusammen in dieser Sache, oder ich bin ganz raus«, teilte ich ihm mit, und ich meinte es ernst. Ich hatte Patch schon einmal verloren, und – ohne melodramatisch klingen zu wollen – der Tod war dem vorzuziehen. Patch war nicht grundlos Teil meines Lebens. Ich brauchte ihn. Wir waren zwei Hälften eines Ganzen.

Patch zog mich an sich und hielt mich mit besitzergreifender Wildheit im Arm. »Ich weiß, dass du mich nicht einfach so verlassen würdest. Aber vielleicht sollten wir in der Öffentlichkeit einen Streit vom Zaun brechen und so tun, als wäre unsere Beziehung am Ende. Wenn diese Jungs es ernst meinen und sie anfangen, Geheimnisse auszugraben, können wir unmöglich kontrollieren, auf was sie alles stoßen werden. Die Sache entwickelt sich langsam zu einer Hexenjagd, und es verschafft uns vielleicht einen Vorteil, wenn wir den ersten Zug machen.«

»Einen Streit vom Zaun brechen?«, echote ich, während mich eine düstere Vorahnung wie ein Winterhauch durchfuhr.

»Wir würden die Wahrheit doch kennen«, murmelte Patch in mein Ohr und strich mit seinen Händen schnell über meine Arme, um sie zu wärmen. »Ich werde nicht zulassen, dass ich dich verliere.«

»Wer würde sonst noch die Wahrheit kennen? Vee? Meine Mom?«

»Je weniger sie wissen, desto sicherer sind sie.«

Ich stieß einen unentschlossenen Seufzer aus. »Es wird allmählich zur schlechten Angewohnheit, Vee anzulügen. Ich glaube, ich kann das nicht mehr. Jedes Mal, wenn ich mit ihr zusammen bin, fühle ich mich schuldig. Ich möchte so gern ehrlich zu ihr sein. Ganz besonders wenn es um etwas geht, das so wichtig ist wie unsere Beziehung.«

»Es ist deine Entscheidung«, sagte Patch sanft. »Aber wenn sie denken, dass sie nichts zu erzählen hat, dann werden sie ihr auch nichts tun.«

Ich wusste, dass er recht hatte. Was mir keine Wahl ließ, oder? Wer war ich, dass ich meine beste Freundin in Gefahr brachte, nur um mein Gewissen zu beruhigen?

»Dante können wir wahrscheinlich nicht täuschen – du arbeitest zu eng mit ihm zusammen«, meinte Patch. »Und es ist vielleicht sogar besser, wenn er Bescheid weiß. Er kann deine Geschichte stützen, wenn er mit einflussreichen Nephilim spricht.« Patch zog seine Lederjacke aus und legte sie um meine Schultern. »Lass uns nach Hause gehen.«

»Können wir erst noch schnell bei Pete's Locker Room vorbeifahren? Ich muss mein Handy holen und das anonyme, das du mir gegeben hast. Eins hab ich fallen gelassen, als ich angegriffen wurde, das andere ist mit meiner Handtasche zusammen verloren gegangen. Wenn wir Glück haben, liegen meine neuen Schuhe auch noch da auf dem Bürgersteig.«

Patch gab mir einen leichten Kuss auf den Scheitel. »Beide Telefone können wir nicht mehr gebrauchen. Wenn deine Sachen noch da sind und wir vom Schlimmsten ausgehen, dann haben deine Nephilim-Entführer ihre eigenen GPS-Sender oder Wanzen hineingebaut. Am besten besorgen wir neue Handys.«

Eines war sicher: Wenn ich bisher noch nicht motiviert genug gewesen war, mit Dante zu trainieren, dann hatte sich das jetzt gründlich geändert. Ich musste lernen zu kämpfen, und zwar schnell. Patch hatte schon genug damit zu tun, Pepper Friberg aus dem Weg zu gehen und mir Ratschläge für meine neue Rolle als Anführerin der Nephilim zu geben; er sollte nicht auch noch jedes Mal angerannt kommen müssen, weil ich mit irgendetwas überfordert war. Ich war unendlich dankbar dafür, dass er mich beschützte, aber es war an der Zeit, dass ich lernte, für mich selbst zu sorgen.

Als ich nach Hause kam, war es endgültig dunkel. Kaum war ich durch die Tür getreten, kam meine Mutter, ebenso besorgt wie verärgert, aus der Küche geeilt.

»Nora! Wo warst du denn? Ich habe dich angerufen, aber immer nur die Mailbox erreicht.«

Ich hätte mir am liebsten an die Stirn geschlagen. Abendessen um sechs. Ich hatte es vollständig vergessen.

»Es tut mir leid«, sagte ich. »Ich habe mein Telefon in einem der Geschäfte liegen gelassen. Als ich gemerkt habe, dass ich es verloren hatte, war es schon fast Abendessenszeit, und ich musste den ganzen Weg durch die Stadt noch mal zurückgehen. Ich hab's aber nicht mehr gefunden, ich hatte also kein Telefon mehr. Es tut mir *so* leid, dass ich dich versetzt habe. Ich hatte einfach keine Möglichkeit, dir Bescheid zu sagen.« Es widerstrebte mir, sie schon wieder anlügen zu müssen. Ich hatte das schon so oft getan, dass man meinen sollte, es käme auf das eine Mal mehr oder weniger auch nicht mehr an, aber das stimmte nicht. Es tat weh, weil ich mich dadurch immer weniger als ihre Tochter fühlte und immer mehr wie Hanks.

Mein biologischer Vater war ein erfahrener und unübertroffener Lügner gewesen. Und ich war kaum in einer Position, um das kritisieren zu dürfen.

»Konntest du nicht irgendwo hineingehen und einen Weg finden, mich anzurufen?«, fragte sie und hörte sich keinen Moment danach an, als glaubte sie meine Geschichte.

»Es kommt nicht wieder vor. Ich verspreche es.«

»Ich nehme nicht an, dass du mit Patch zusammen warst?« Mir entging der zynische Ton nicht, mit dem sie seinen Namen aussprach. Meine Mutter brachte Patch in etwa so viel Zuneigung entgegen wie den Waschbären, die häufig unser Grundstück verwüsteten. Ich zweifelte nicht daran, dass sie heimlich davon träumte, mit einem Gewehr im Anschlag auf der Veranda zu stehen und darauf zu warten, dass er sich zeigte.

Ich holte tief Luft und schwor mir, dass dies die letzte Lüge sein würde. Wenn Patch und ich das mit dem vorgetäuschten Streit wirklich durchziehen wollten, dann war es am besten, jetzt gleich den Boden dafür zu bereiten. Ich sagte mir, dass, wenn ich Mom und Vee erst einmal geschützt hatte, der Rest ein Kinderspiel sein würde. »Ich war nicht mit Patch zusammen, Mom. Wir haben Schluss gemacht.«

Sie zog die Augenbrauen hoch, schien aber immer noch nicht überzeugt.

»Es ist gerade erst passiert, und nein, ich möchte nicht darüber reden.« Ich ging auf die Treppe zu.

»Nora ...«

Ich drehte mich um, und Tränen standen mir in den Augen. Sie waren überraschend gekommen und gehörten nicht zum Schauspiel. Ich erinnerte mich nur an das letzte Mal, als Patch und ich ernsthaft Schluss gemacht hatten, und ein erstickendes Gefühl erdrückte mich, raubte mir den Atem. Die Erinnerung daran würde mich für immer verfolgen. Patch hatte das Beste an mir mitgenommen und ein verlorenes und hohles Wesen zurückgelassen. Ich wollte nie wieder dieses Mädchen sein. Niemals mehr.

Moms Gesichtsausdruck wurde weicher. Sie kam zu mir, strich mir tröstend über den Rücken und flüsterte mir ins Ohr: »Ich liebe dich. Wenn du deine Meinung änderst und doch reden willst …«

Ich nickte, dann ging ich auf mein Zimmer.

*So*, sagte ich zu mir und versuchte, dabei optimistisch zu klingen. *Die eine Hälfte habe ich schon geschafft, bleibt noch die andere.* Genau genommen log ich ja meine Mom und Vee nicht an; ich tat vor allem das, was getan werden musste, um sie zu schützen. Ehrlichkeit war fast immer die beste Strategie, aber manchmal schlug Sicherheit einfach alles, oder? Es schien ein durchschlagendes Argument zu sein, aber der Gedanke lag mir dennoch schwer im Magen.

Und da war noch eine andere Sorge, die im Hintergrund an mir nagte. Wie lange konnten Patch und ich eine Lüge leben … ohne dass sie Wirklichkeit wurde?


Montagmorgen fünf Uhr kam viel zu früh. Ich versetzte dem Wecker einen Schlag, erstickte sein Piepsen. Dann drehte ich mich um und dachte mir: nur noch zwei Minuten. Ich schloss die Augen, ließ meine Gedanken fließen, sah einen neuen Traum Gestalt annehmen – und als Nächstes bekam ich ein Bündel Klamotten ins Gesicht geworfen.

»Raus aus den Federn«, sagte Dante, der im Dunkeln über meinem Bett aufragte.

»Was machst du denn hier drin?«, murrte ich schlaftrunken, griff nach der Decke und zog sie mir bis ans Kinn.

»Ich tue nur, was jeder anständige *Personal Trainer* tun würde. Schwing deinen Hintern aus dem Bett, und zieh dich an. Wenn du nicht in drei Minuten unten in der Einfahrt stehst, komme ich mit einem Eimer kaltem Wasser zurück.«

»Wie bist du reingekommen?«

»Du hast dein Fenster nicht verriegelt. Das solltest du dir vielleicht abgewöhnen. Bisschen schwierig zu kontrollieren, wer so alles vorbeischaut, wenn man an alle Welt Freikarten verteilt.«

Er schlenderte zur Tür, während ich aus dem Bett wankte.

»Bist du verrückt? Geh nicht durch den Flur! Meine Mom könnte dich hören. Ein Junge, der um diese Uhrzeit direkt aus meinem Schlafzimmer kommt? Mann, ich bekäme Stubenarrest für den Rest meines Lebens!«

Er machte ein belustigtes Gesicht. »Nur fürs Protokoll: Mir wär's nicht peinlich.«

Zehn Sekunden, nachdem er zur Tür hinaus war, stand ich immer noch da und fragte mich, ob ich mehr aus seinen Worten herauslesen sollte. Natürlich nicht. Der Satz mochte sich vielleicht so angehört haben, als wollte er flirten, aber so hatte er es nicht gemeint. Punkt, aus.

Ich zog schwarze Laufhosen an und ein elastisches Mikrofaserhemd und band meine Haare zu einem Pferdeschwanz zusammen. Zumindest wollte ich gut aussehen, wenn ich hinter Dante herhechelte.

Genau drei Minuten später traf ich ihn in der Auffahrt. Ich schaute mich um und bemerkte, dass etwas Wichtiges fehlte. »Wo ist dein Auto?«

Dante versetzte mir einen leichten Stoß gegen die Schulter. »Was ist? Ich dachte, wir wärmen uns bei einem flotten Zehn-Meilen-Lauf auf.« Er zeigte auf den dichten Wald auf der gegenüberliegenden Straßenseite. Als Kinder hatten Vee und ich die Wälder erforscht und während eines Sommers sogar ein Lager gebaut, aber ich hatte mir nie die Zeit genommen, darüber nachzudenken, wie weit sich diese Wälder wohl erstreckten. Anscheinend mindestens zehn Meilen. »Nach dir.«

Ich zögerte. Ich hatte kein gutes Gefühl dabei, mit Dante einfach so in die Wildnis hinauszurennen. Er war einer von Hanks Topleuten gewesen – Grund genug, ihn nicht leiden zu können und ihm nicht zu trauen. Rückblickend hätte ich mich niemals damit einverstanden erklären dürfen, mit ihm alleine zu trainieren, ganz besonders nicht, wenn unser Trainingsplatz fern von jeglicher Zivilisation lag.

»Nach dem Training sollten wir noch darüber sprechen, was ich von verschiedenen Nephilim-Gruppen gehört habe, über Moral, Erwartungen und dich«, setzte Dante hinzu.

Nach dem Training. Was bedeutete, er hatte nicht vor, mich innerhalb der nächsten Stunde am Grunde eines ausgetrockneten Brunnens loszuwerden. Abgesehen davon war Dante mir jetzt untergeordnet. Er hatte mir Gefolgschaft geschworen und war nicht mehr Hanks Lieutenant, sondern meiner. Er würde es nicht wagen, mir etwas anzutun.

Ich gestattete mir den Luxus eines letzten sehnsüchtigen Gedankens an Schlaf, dann schüttelte ich diese Fantasie ab und rannte los in Richtung Wald. Die Äste streckten sich wie ein Baldachin über meinem Kopf aus und raubten das bisschen Licht, das der frühe Morgenhimmel sonst vielleicht zu bieten gehabt hätte. Ich verließ mich auf meine geschärften Nephilim-Sinne und lief konzentriert, sprang über umgefallene Baumstämme, wich tief hängenden Ästen aus und hielt Ausschau nach versunkenen Steinen und anderem verborgenen Geröll. Der Boden war tückisch und uneben, und bei der Geschwindigkeit, mit der ich rannte, konnte jeder Fehltritt verheerende Folgen haben.

»Schneller!«, bellte Dante hinter mir. »Setz die Füße

leichter auf, du hörst dich an wie ein Nashorn auf der Flucht. Ich könnte dich sogar mit geschlossenen Augen finden und fangen!«

Ich nahm mir seine Worte zu Herzen und hob die Füße in dem Augenblick wieder, in dem sie den Boden berührten. Bei jedem Schritt achtete ich darauf, konzentrierte mich, um mich so geräuschlos und unauffällig wie möglich zu bewegen. Dante überholte mich mit Leichtigkeit und lief vor mir her.

»Fang mich«, befahl er.

Während ich ihm nachjagte, staunte ich über die Kraft und Beweglichkeit meines neuen Nephilim-Körpers. Unglaublich, wie schwerfällig, langsam und unkoordiniert mein menschlicher Körper im Vergleich dazu gewesen war. Ich war jetzt nicht einfach nur sportlicher, ich spielte in einer vollkommen anderen Liga.

Ich tauchte unter Ästen hindurch, sprang über Pfützen und schoss um Felsbrocken herum, als wäre ich auf einem Hinderniskurs, den ich vor langer Zeit auswendig gelernt hatte. Und während es mir vorkam, als würde ich schnell genug rennen, um demnächst abzuheben und mich in die Lüfte zu erheben, blieb ich doch weit hinter Dante zurück. Er bewegte sich wie ein Tier, mit der Geschwindigkeit eines Raubtiers, das hinter seiner nächsten Beute herjagte. Schon bald hatte ich ihn vollkommen aus den Augen verloren.

Ich verlangsamte meinen Lauf, lauschte angestrengt. Nichts. Im nächsten Moment sprang er aus der Dunkelheit vor mir.

»Das war erbärmlich«, kritisierte er. »Noch einmal.«

Die nächsten zwei Stunden verbrachte ich damit, hinter ihm herzusprinten und denselben Befehl immer wieder zu hören: *Noch einmal.* Und noch mal. Immer noch nicht richtig – *noch einmal.*

Ich wollte schon aufgeben – die Muskeln in meinen Beinen zitterten vor Erschöpfung, und meine Lungen fühlten sich an, als wären sie wund gescheuert –, als Dante im Kreis zu mir zurücklief. Er klopfte mir wohlwollend auf die Schulter. »Gute Arbeit. Morgen machen wir mit ein bisschen Krafttraining weiter.«

»Ach ja? Felsbrocken heben?«, brachte ich immer noch schnaufend und keuchend heraus.

»Bäume ausreißen.«

Ich starrte ihn an.

»Wir schmeißen sie um«, erklärte er gut gelaunt. »Sorg dafür, dass du ausgeschlafen bist – du wirst es brauchen.«

»Hey!«, rief ich ihm nach. »Sind wir immer noch meilenweit von meinem Haus entfernt?«

»Fünf, um genau zu sein. Nimm's als Abkühlung.«

## FÜNF

Zwölf Stunden später war ich vollkommen steif und hatte Muskelkater vom morgendlichen Training. Die Treppen, die den Muskeln am meisten Kummer zu bereiten schienen, kroch ich nur noch vorsichtig hinauf und hinunter. Aber die Erholung würde warten müssen; Vee wollte mich in zehn Minuten abholen, und ich lief immer noch in dem Jogginganzug herum, in dem ich den ganzen Tag herumgegangen hatte.

Patch und ich hatten beschlossen, unseren Streit heute öffentlich auszutragen, damit es keine Zweifel mehr über den Status unserer Beziehung gab: Wir hatten uns getrennt und standen jetzt stramm auf gegenüberliegenden Seiten in diesem heraufziehenden Krieg. Wir hatten uns auch dafür entschieden, unsere Szene im Devil's Handbag aufzuführen, weil wir wussten, dass es ein beliebter Nephilim-Treffpunkt war. Zwar wussten wir nicht, wer mich angegriffen hatte oder ob sie heute Abend dort sein würden, aber Patch und ich waren uns sicher, dass die Nachricht von unserer Trennung sich schnell verbreiten würde. Hinzu kam, dass der Barkeeper, der diesen Abend Nachtschicht hatte, ein leicht reizbarer Rassist war. Er war davon überzeugt, dass die Nephilim allen anderen Rassen überlegen waren – was für unseren Plan lebenswichtig war, wie Patch mir versichert hatte.

Ich schlüpfte aus meinen bequemen Sachen in ein Strickkleid mit Zopfmuster, Strumpfhosen und Stiefeletten. Mein Haar drehte ich zu einem tief hängenden Knoten zusammen und schüttelte noch ein paar Strähnen heraus, die mein Gesicht umrahmten. Ausatmend starrte ich auf mein Spiegelbild und zwang mich zu einem Lächeln. Alles in allem sah ich nicht schlecht aus für ein Mädchen, das im Begriff war, sich in einen verheerenden Streit mit der Liebe seines Lebens zu stürzen.

*Die Konsequenzen des Streits von heute Abend werden nur ein paar Wochen anhalten*, sagte ich zu mir. *Nur bis dieser ganze Cheschwan-Mist vorüber ist.*

Abgesehen davon war der Streit ja gar nicht echt. Patch hatte versprochen, dass wir Wege finden würden, uns zu treffen. Wir würden eben ganz besonders vorsichtig sein müssen.

»Nora!«, rief meine Mutter die Treppe hinauf. »Vee ist hier.«

»Wünsch mir Glück«, murmelte ich meinem Spiegelbild zu, dann nahm ich meinen Mantel und Schal und knipste das Licht in meinem Zimmer aus.

»Ich möchte, dass du um neun wieder zurück bist«, sagte meine Mutter, als ich nach unten in die Eingangshalle kam. »Keine Ausnahmen. Morgen ist Schule.«

Ich gab ihr einen Kuss auf die Wange und huschte zur Tür hinaus.

Vee hatte die Fenster des Neon heruntergekurbelt, und aus ihrer Anlage dröhnte Rihanna in Dauerschleife. Ich ließ mich auf den Beifahrersitz fallen und rief über die Musik hinweg: »Wundert mich, dass deine Mutter dich rausgelassen hat, wo doch morgen Schule ist.«

»Sie musste gestern Abend nach Nebraska fliegen. Ihr Onkel Marvin ist gestorben, und sie teilen sein Vermögen auf. Tante Henny passt auf mich auf.« Vee warf mir einen verschmitzten Seitenblick zu und grinste.

»War deine Tante Henny nicht vor ein paar Jahren auf Entzug?«

»Genau die. Zu dumm, dass es nicht funktioniert hat. Sie hat eine Gallone Apfelsaft im Kühlschrank, aber das ist der fermentierteste Apfelsaft, den ich je probiert habe.«

»Und deine Mutter hat sie für verantwortungsvoll genug gehalten, um auf dich aufzupassen?«

»Schätze mal, die Aussicht darauf, etwas von Onkel Marvins Geld abzukriegen, hat sie weich gestimmt.«

Wir dröhnten die Hawthorne entlang, schmetterten die Lieder mit und hüpften auf unseren Sitzen. Ich konnte kaum stillsitzen, so nervös war ich, hielt es aber für das Beste, so zu tun, als wäre nichts Besonderes.

Im Devil's Handbag war es nicht besonders voll heute Abend, es war zwar ganz gut besucht, aber es gab nicht nur Stehplätze. Vee und ich glitten in eine Sitzecke, luden Mäntel und Handtaschen ab und bestellten Cola bei einer vorbeikommenden Kellnerin. Ich sah mich immer wieder um und hielt nach Patch Ausschau, aber er war noch nicht aufgetaucht. Ich ging meinen Text unzählige Male im Kopf durch, aber meine Handflächen waren immer noch glitschig vor Schweiß. Ich wischte sie an meiner Strumpfhose ab und wünschte, ich wäre eine bessere Schauspielerin. Wünschte, ich würde dramatische Szenen und Aufmerksamkeit lieben.

»Du siehst aber nicht gut aus«, bemerkte Vee.

Ich wollte gerade sticheln, dass mir wahrscheinlich noch von der Autofahrt und ihrer Fahrweise schlecht war, als Vees Blick an mir vorbeiglitt und ihre Miene finster wurde. »O nein. Sag mir, dass das nicht Marcie Miller ist, die da mit meinem Kerl flirtet.«

Ich verrenkte mir den Hals in Richtung Bühne. Scott und die anderen Mitglieder der Band Serpentine waren auf der Bühne und wärmten sich für die Show auf, während Marcie die Ellbogen auf den Rand der Bühne aufgestützt hatte und Scott in ein Gespräch verwickelte.

»Dein Kerl?«, fragte ich Vee.

»Bald meiner. Ist doch dasselbe.«

»Marcie flirtet mit jedem. Ich würde mir deshalb keine Sorgen machen.«

Vee holte ein paar Mal tief Luft, so tief, dass ihre Nasen-flügel bebten. Marcie, als hätte sie Vees negative Schwingun-gen aufgrund irgendwelcher Voodoo-Fähigkeiten bemerkt, sah in unsere Richtung. Sie bedachte uns mit ihrem besten Schönheitsköniginnen-Winken.

»Tu was«, forderte Vee mich auf. »Hol sie von ihm weg. Jetzt sofort!«

Ich sprang auf und schlenderte zu Marcie hinüber. Auf dem Weg zu ihr setzte ich ein Lächeln auf. Als ich bei ihr ankam, war ich ziemlich sicher, dass es fast echt aussah. »Hey«, sagte ich zu ihr.

»Oh, hey, Nora. Ich habe gerade zu Scott gesagt, wie sehr ich Indie-Musik liebe. Ich finde es cool, dass er versucht, damit groß rauszukommen.«

Scott zwinkerte mir zu. Ich musste meine Augen kurz schließen, um sie nicht zu verdrehen.

»Also …«, fing ich an und wusste nicht, wie ich die Lücke im Gespräch überbrücken sollte. Ich war auf Vees Befehl hier rübergegangen, aber was nun? Ich konnte Marcie ja wohl schlecht einfach von Scott wegzerren. Und warum war eigent-lich ich diejenige, die hier den Schiedsrichter spielen musste? Das war Vees Angelegenheit, nicht meine.

»Können wir reden?«, fragte Marcie mich und ersparte es mir so, dass ich mir eine eigene Taktik zurechtlegen musste.

»Klar, ich habe gerade Zeit«, sagte ich. »Warum gehen wir nicht irgendwohin, wo es ruhiger ist?«

Als hätte sie meine Gedanken gelesen, packte Marcie mein Handgelenk und zerrte mich zur Hintertür in die kleine Gasse hinaus. Nachdem sie in beide Richtungen Ausschau gehalten hatte, um sicherzugehen, dass wir allein waren, sagte sie: »Hat mein Dad dir irgendwas über mich erzählt?« Sie senkte die Stimme noch etwas mehr: »Darüber, dass ich Nephilim bin, meine ich. Ich habe in letzter Zeit so ein komisches Gefühl. Müde und verkrampft. Ist das irgendeine komische Variante von Nephilim-Menstruation? Weil ich nämlich dachte, damit wäre ich schon durch.«

Wie sollte ich Marcie erklären, dass reinrassige Nephilim wie ihre Eltern nur sehr selten Kinder bekamen? Und wenn doch, dass die Nachkommen meist schwach und kränklich waren? Hanks letzte Worte hatten die düstere Wahrheit beinhaltet, dass Marcie aller Wahrscheinlichkeit nicht mehr sehr viel länger leben würde.

Kurz gesagt, ich konnte ihr das nicht erklären.

»Ich bin auch manchmal müde und verkrampft«, sagte ich. »Ich glaube, das ist normal.«

»Ja, aber hat mein *Dad* irgendetwas darüber gesagt?«, drängte sie. »Was zu erwarten ist, wie man damit zurechtkommt, irgendetwas in der Art.«

»Ich glaube, dein Dad hat dich geliebt und wollte, dass du einfach dein Leben weiterlebst, ohne dich wegen der ganzen Nephilim-Sache zu stressen. Er hätte gewollt, dass du glücklich bist.«

Marcie sah mich ungläubig an. »Glücklich? Ich bin ein Freak. Ich bin nicht mal ein Mensch. Und glaub bloß nicht, ich hätte auch nur eine Minute lang vergessen, dass du auch keiner bist. Wir stecken alle beide bis zum Hals in der Sache.« Sie zeigte anklagend mit dem Finger auf mich.

Oh, Mann. Genau das, was ich jetzt brauchte. Solidarität mit Marcie Miller.

»Was willst du wirklich von mir, Marcie?«, fragte ich.

»Ich will nur eines klarstellen: Solltest du irgendjemandem gegenüber auch nur andeuten, dass ich kein Mensch bin, werde ich dich verbrennen. Ich werde dich lebend begraben.«

Allmählich riss mir der Geduldsfaden. »Erstens, wenn ich der Welt verkünden wollte, dass du Nephilim bist, dann hätte ich das längst getan. Und zweitens, wer würde mir denn glauben? Denk mal drüber nach. ›Nephilim‹ ist schließlich kein Wort aus dem Alltagswortschatz der meisten Leute, die wir kennen.«

»Na gut«, seufzte Marcie, anscheinend zufrieden.

»Sind wir jetzt fertig?«

»Was, wenn ich mal jemanden zum Reden brauche?« Sie ließ nicht locker. »Ist ja nicht so, dass ich das einfach meinem Psychiater vor den Latz knallen könnte.«

»Ähm, wie wär's mit deiner Mom?«, schlug ich vor. »Sie ist auch Nephilim, schon vergessen?«

»Seit mein Dad verschwunden ist, weigert sie sich, die Wahrheit zu akzeptieren. Ganz großes Verdrängungstheater bei uns. Sie ist überzeugt davon, dass er zurückkommen wird, dass er sie immer noch liebt, dass er die Scheidung zurücknehmen wird und in unserem Leben alles wieder in beste Ordnung kommt.«

Ein Problem des Nichtwahrhabenwollens, vielleicht. Aber ich hätte meine Hand nicht dafür ins Feuer gelegt, dass Hank seine Frau nicht mit mentalen Tricks getäuscht und ihre Erinnerungen so mächtig bezirzt hatte, dass die Wirkung noch über seinen Tod hinaus anhielt. Hank und Eitelkeit waren wie ein Paar zusammengehörender Socken. Er hätte nicht gewollt, dass nach seinem Tod jemand schlecht über ihn redete.

Und soweit ich wusste, hatte auch niemand in Coldwater das getan. Es war, als hätte sich ein betäubender Nebel über die Gemeinde gelegt, der menschliche und Nephilim-Einwohner gleichermaßen davon abhielt, die große Frage zu stellen, was eigentlich mit ihm geschehen war. Es ging kein einziges Gerücht in der Stadt um. Wenn sie von ihm sprachen, murmelten die Leute nur: »Was für ein Schock. Friede seiner Seele. Die arme Familie, man sollte fragen, wie man helfen kann …«

Marcie war noch nicht fertig. »Aber er kommt nicht zurück. Er ist tot. Ich weiß nicht, wie oder warum oder wer es getan hat, aber auf keinen Fall würde mein Vater einfach so verschwinden. Er ist tot, ich weiß es.«

Ich versuchte, eine mitfühlende Miene beizubehalten, aber meine Handflächen wurden schon wieder schweißnass. Patch war der Einzige auf Erden, der wusste, dass ich Hank ins Grab geschickt hatte. Ich hatte nicht vor, Marcies Namen mit auf diese Insider-Liste zu setzen.

»Du hörst dich aber nicht allzu betroffen an deswegen«, sagte ich.

»Mein Dad war in ziemlich üble Dinge verwickelt. Er hat gekriegt, was er verdient hat.«

In dem Augenblick hätte ich Marcie die Wahrheit sagen können, aber ich hatte ein komisches Gefühl bei der Sache. Ihr zynischer Blick war fest auf mein Gesicht gerichtet, und mich beschlich das Gefühl, sie vermutete, dass ich etwas Entscheidendes über den Tod ihres Vaters wusste und dass ihre Gleichgültigkeit mich aus der Reserve locken sollte.

In diese Falle würde ich nicht tappen, wenn es denn eine war.

»Es ist nicht leicht, seinen Dad zu verlieren, glaub mir«, sagte ich. »Der Schmerz geht nie ganz weg, aber irgendwann wird er erträglich. Und irgendwie geht das Leben weiter.«

»Ich bin hier nicht auf Beileidsbekundungen aus, Nora.«

»Okay«, sagte ich mit einem widerstrebenden Achselzucken. »Wenn du je wen zum Reden brauchst, kannst du mich ja anrufen.«

»Das wird nicht nötig sein. Ich habe vor, bei dir einzuziehen«, verkündete Marcie. »Ich bringe meine Sachen im Laufe der Woche rüber. Meine Mom treibt mich noch in den Wahnsinn, und wir sind beide der Meinung, dass ich für eine Weile woanders wohnen sollte. Dein Haus ist so gut wie jedes andere. Na ja, ich bin echt froh, dass wir mal miteinander geredet haben. Wenn mein Dad mir irgendetwas beigebracht hat, dann das: dass Nephilim immer zusammenhalten.«

## SECHS

Nein«, platzte ich unwillkürlich heraus. »Nein, nein, nein. Du kannst nicht einfach – bei mir einziehen!« Nackte Panik breitete sich in mir aus von den Zehenspitzen bis zu den Ohrläppchen, packte mich schneller, als ich mich gegen sie hätte wehren können. Ich brauchte ein Gegenargument. Jetzt sofort. Aber mein Hirn spuckte immer nur denselben verzweifelten und vollkommen nutzlosen Gedanken aus: *Nein.*

»Ich habe mich entschieden«, sagte Marcie und verschwand nach drinnen.

»Und was ist mit mir?«, rief ich ihr nach. Ich versetzte der Tür einen Fußtritt, aber eigentlich war mir mehr danach, mich selbst ein oder zwei Stunden lang zusammenzutreten. Ich hatte Vee einen Gefallen getan, und wohin hatte mich das gebracht?

Ich riss die Tür auf und marschierte hinein. Ich fand Vee in unserer Sitzecke.

»Wo ist sie hin?«, fragte ich barsch.

»Wer?«

»Marcie!«

»Ich dachte, sie wäre bei dir?«

Ich schoss Vee meinen finstersten Blick zu. »Das ist alles deine Schuld! Ich muss sie finden.«

Ohne weitere Erklärungen drängelte ich mich durch die Menge, alle Sinne nur darauf gerichtet, irgendeine Spur von Marcie zu entdecken. Ich musste die Angelegenheit regeln, bevor dieser Wahnsinn nicht mehr aufzuhalten war. *Sie testet dich nur*, sagte ich mir. *Streckt die Fühler aus. Noch ist nichts in Stein gemeißelt.* Abgesehen davon hatte ja wohl meine Mutter das letzte Wort in dieser Sache. Und sie würde Marcie nicht bei uns einziehen lassen. Marcie hatte ihre eigene Familie. Klar, ihr fehlte ein Elternteil, aber ich war der lebende Beweis dafür, dass eine Familie mehr war als eine Menge Leute. Geleitet von diesen Gedanken, spürte ich, wie mein Atem sich beruhigte.

Die Lichter wurden gedämpft, und der Leadsänger von Serpentine griff nach dem Mikrofon, während er stumm mit dem Kopf im Takt nickte. Der Drummer griff den Einsatz auf und begann, ein Intro zu hämmern, während Scott und der andere Gitarrist einfielen und ein aggressives und zugleich melancholisches Lied anstimmten. Das Publikum rastete aus und begann, zu grölen und laut mitzusingen.

Ich sah mich noch einmal frustriert nach Marcie um, dann gab ich auf. Ich würde die Sache mit ihr später klären müssen. Der Anfang des Konzerts war mein Zeichen, mich mit Patch an der Bar zu treffen, und im Handumdrehen fing mein Herz wieder an, in meinem Brustkorb zu trommeln.

Ich ging zur Bar hinüber, nahm den ersten Barhocker, der mir in die Quere kam, und ließ mich etwas zu schwer darauf fallen. In der letzten Sekunde verlor ich das Gleichgewicht. Meine Beine fühlten sich an, als wären sie aus Gummi, und meine Finger zitterten. Ich wusste nicht, wie ich die ganze Sache durchstehen sollte.

»Deinen Ausweis, Süße?«, fragte der Barkeeper. Spannung ging in Wellen von ihm aus, als sei er elektrisch aufgeladen. Er war Nephilim, genau wie Patch gesagt hatte.

Ich schüttelte den Kopf. »Einfach nur eine Sprite, bitte.«

Im selben Augenblick spürte ich Patch hinter mir. Die

Energie, die er ausstrahlte, war wesentlich stärker als die von dem Barmann und ging mir direkt unter die Haut wie eine Hitzewelle. Er wirkte immer so auf mich, aber anders als sonst machte mich die knisternde Spannung diesmal ganz krank vor Angst. Denn sie bedeutete, dass Patch hier war und dass mir keine Zeit mehr blieb. Ich wollte es nicht tun, aber mir war klar, dass ich keine andere Wahl hatte. Ich musste mitspielen und an meine Sicherheit denken, und an die derjenigen, die ich am meisten liebte.

*Bist du so weit?*, fragte Patch mich in Gedanken.

*Ich habe das Gefühl, mir wird gleich schlecht. Wenn das bedeutet, dass ich so weit bin, dann ja.*

*Ich komme nachher zu dir, und wir reden darüber. Lass uns das jetzt einfach durchziehen.*

Ich nickte.

*Genau wie wir es geprobt haben*, sagte er ganz ruhig in meinem Geist.

*Patch? Was auch immer passiert, ich liebe dich.* Ich wollte noch mehr sagen. Diese drei jämmerlichen Worte reichten absolut nicht, um zu beschreiben, was ich für ihn empfand. Und gleichzeitig würde nichts je reichen. So schlicht und einfach war das.

*Keine Reue, Engelchen.*

*Nein*, erwiderte ich feierlich.

Der Barmann hatte gerade einen Gast bedient und ging jetzt zu Patch, um seine Bestellung entgegenzunehmen. Sein Blick wanderte misstrauisch über Patch, und so wie sich seine Miene verdüsterte, war klar, dass er Patch als gefallenen Engel identifiziert hatte. »Was darf's sein?«, fragte er kurz angebunden, während er sich die Hände an einem Tuch abtrocknete.

Patch antwortete mit einem unmissverständlich betrunkenen Lallen: »Eine wunderschöne Rothaarige, bevorzugt groß und schlank, mit Beinen so lang, dass man unmöglich die Stelle finden kann, wo sie aufhören.« Er fuhr mit dem Finger über meinen Wangenknochen, und ich erstarrte und wich zurück.

»Kein Interesse«, sagte ich, trank einen Schluck von meiner Sprite und hielt meine Augen fest auf die Spiegelwand hinter der Bar gerichtet. Ich ließ gerade genug Angst in meiner Stimme mitschwingen, um die Aufmerksamkeit des Barmanns zu wecken.

Er beugte sich über den Tresen, stützte seine mächtigen Unterarme auf die Granitplatte und starrte Patch an. »Das nächste Mal guckst du besser auf die Karte, bevor du meine Zeit verschwendest. Wir haben keine desinteressierten Frauen auf der Karte, ganz egal, ob mit roten Haaren oder nicht.« Er starrte noch einen Moment drohend, dann wandte er sich dem nächsten wartenden Gast zu.

»Und wenn sie Nephilim ist, umso besser«, verkündete Patch trunken.

Der Barmann blieb stehen, seine Augen funkelten bösartig. »Macht's dir was aus, wenn du ein bisschen leiser tönst, Kumpel? Wir sind hier in gemischter Gesellschaft. Die Hütte steht auch für Menschen offen.«

Patch wischte die Ermahnung mit einer unkoordinierten Armbewegung beiseite. »Ist ja süß, wie du dich um die Menschen sorgst. Aber ein schneller mentaler Trick, und sie werden sich an nichts mehr erinnern. Ich hab' das schon so oft gemacht, dass ich's im Schlaf kann«, sagte er leicht prahlerisch.

»Soll dieser Abschaum hier verschwinden?«, fragte mich der Barmann. »Ein Wort, und ich hole den Rausschmeißer.«

»Ich weiß das Angebot zu schätzen, aber ich denke, ich komme allein zurecht«, sagte ich. »Sie müssen meinen Ex entschuldigen, dass er so ein Vollidiot ist.«

Patch lachte. »Vollidiot? Als wir das letzte Mal zusammen

waren, hast du mich aber anders genannt«, setzte er vielsagend hinzu.

Ich starrte ihn einfach nur angewidert an.

»Weißt du, sie war nicht immer Nephilim«, erklärte Patch dem Barmann mit Wehmut in der Stimme. »Vielleicht hast du schon von ihr gehört, sie ist die Erbin der Schwarzen Hand. Mir gefiel sie besser, als sie noch ein Mensch war, aber es liegt natürlich ein gewisses Prestige darin, mit dem berühmtesten Nephilim der Welt herumzulaufen.«

Der Barmann beäugte mich neugierig. »Du bist die Tochter der Schwarzen Hand?«

Ich starrte Patch wütend an. »Vielen Dank dafür.«

»Stimmt es, dass die Schwarze Hand tot ist?«, fragte der Barmann. »Ich kann das kaum glauben. Ein großer Mann, Friede seiner Seele. Mein Beileid deiner Familie.« Er schwieg beeindruckt. »Aber tot ... so richtig *tot*?«

»So heißt es«, murmelte ich ruhig. Ich konnte mich einfach nicht dazu durchringen, eine Träne für Hank zu vergießen, aber ich legte eine traurige Ehrerbietung in meine Stimme, die den Barmann zufriedenzustellen schien.

»Eine Lokalrunde für den gefallenen Engel, der ihn erwischt hat«, mischte sich Patch ein und hob mein Glas, um darauf anzustoßen. »Ich wüsste nicht, was sonst mit ihm passiert sein könnte. ›Unsterblich‹ ist einfach nicht mehr das, was es mal war.«

»Und du warst mit diesem Schwein hier zusammen?«, fragte mich der Barmann.

Ich sah kurz zu Patch und zog ein finsteres Gesicht. »Eine verdrängte Erinnerung.«

»Du weißt aber, dass er« – der Barmann senkte die Stimme – »ein gefallener Engel ist, oder?«

Noch ein Schluck. »Erinnern Sie mich nicht daran. Ich

habe es wiedergutgemacht – mein neuer Freund ist Dante Matterazzi, ein hundertprozentiger Nephilim. Vielleicht haben Sie ja schon von ihm gehört.« Es gab keine bessere Gelegenheit als jetzt, um ein neues Gerücht in die Welt zu setzen.

Seine Augen leuchteten beeindruckt auf. »Klar, aber sicher. Toller Kerl. Alle kennen Dante.«

Patch schloss seine Hand etwas zu fest über meinem Handgelenk, als dass es zärtlich hätte gemeint sein können. »Sie hat die ganze Sache falsch verstanden. Wir sind immer noch zusammen. Was hältst du davon, wenn wir jetzt von hier verschwinden, Süße?«

Ich zuckte bei seiner Berührung zusammen, als sei ich schockiert. »Nimm die Hände weg.«

»Mein Motorrad steht gleich vor der Tür. Ich nehme dich auf eine Runde mit, um der alten Zeiten willen.« Er stand auf und zog mich dann so grob vom Barhocker, dass er umfiel.

»Holen Sie den Rausschmeißer«, rief ich dem Barmann zu und ließ Angst in meine Stimme einfließen. »Jetzt sofort.«

Patch zerrte mich in Richtung Ausgang, und während ich ziemlich überzeugend so tat, als versuchte ich, mich aus seinem Griff zu befreien, wusste ich, dass das Schlimmste noch kommen würde.

Der Rausschmeißer des Clubs, ein Nephilim, der nicht nur den Vorteil hatte, um einiges größer zu sein als Patch, sondern der auch ein paar hundert Pfund schwerer war als er, boxte sich zu uns durch. Er packte Patch am Kragen, riss ihn von mir weg und schleuderte ihn gegen die Wand. Die Band hatte sich inzwischen in fiebrige Höhen gesteigert, die die Rauferei übertönten, aber die Leute in unmittelbarer Nähe gingen auseinander und bildeten einen Halbkreis aus neugierigen Zuschauern rund um die beiden Männer.

Patch hob die Hände auf Schulterhöhe. Er ließ ein kurzes, charmantes Lächeln aufblitzen. »Hey, ich will keinen Ärger.«

»Zu spät«, sagte der Rausschmeißer und ließ seine Faust in Patchs Gesicht krachen. Die Haut über Patchs Augenbraue platzte auf, Blut begann zu fließen, und ich musste mich zwingen, nicht zusammenzuzucken oder die Hand nach ihm auszustrecken.

Der Rausschmeißer nickte Richtung Ausgang. »Wenn du hier noch einmal auftauchst, ist Ärger angesagt. Verstanden?«

Patch stolperte auf die Tür zu und grüßte schwankend den Rausschmeißer: »Aye, aye, Sir.«

Der Rausschmeißer trat Patch in die Kniekehle und beförderte ihn auf den Asphalt vor der Türschwelle. »Guck' sich das mal einer an, ist mir doch der Fuß ausgerutscht.«

Ein Mann, der in der Tür stand, lachte laut und brutal auf. Der Ton weckte meine Aufmerksamkeit. Dieses Lachen hörte ich nicht zum ersten Mal. Als Mensch hätte ich es nicht wiedererkannt, aber meine Sinne waren jetzt schärfer. Ich kniff die Augen zusammen und blickte in die Dunkelheit, um das Lachen mit einem Gesicht zu verbinden.

Da.

Cowboyhut. Er hatte heute Abend weder den Hut noch die Sonnenbrille auf, aber die breiten Schultern und dieses fiese Lächeln hätte ich überall wiedererkannt.

*Patch!*, rief ich im Geist, weil ich nicht erkennen konnte, ob er noch in Hörweite war, während die Menge sich um mich schloss und wieder in den freien Raum strömte, jetzt, wo die Schlägerei zu Ende war. *Einer von den Nephilim aus der Hütte. Er ist hier! Er steht direkt an der Tür, in einem rot-schwarz karierten Flanellhemd und Cowboy-Stiefeln.*

Ich wartete, aber es kam keine Antwort.

*Patch!*, versuchte ich es noch einmal und legte alle mentale

Kraft, die ich hatte, hinein. Ich konnte ihm nicht nach draußen folgen – nicht, wenn ich meine Tarnung nicht aufgeben wollte.

Vee erschien an meiner Seite. »Was ist denn hier los? Alle reden von einer Schlägerei. Ich fasse es nicht, dass ich das verpasst habe. Hast du was davon gesehen?«

Ich zog sie beiseite. »Du musst was für mich tun. Siehst du den Typen da direkt in der Tür, der mit dem dicken Flanellhemd? Du musst seinen Namen herausfinden.«

Vee runzelte die Stirn. »Wieso denn das?«

»Ich erklär's dir später. Flirte, klau ihm seine Brieftasche, egal was. Nur nenne meinen Namen nicht, okay?«

»Wenn ich das mache, musst du mir auch einen Gefallen tun. Ein Doppeldate. Du und dein bescheuerter Freund, und ich und Scott.«

Weil ich keine Zeit hatte, ihr zu erklären, dass Schluss war zwischen mir und Patch, sagte ich schnell: »Ja. Jetzt beeil dich, bevor wir ihn in der Menge verlieren.«

Vee ließ ihre Fingerknöchel knacken und tänzelte davon. Ich wühlte mich durch die Menge, schlüpfte zur Hintertür hinaus und rannte zum Anfang der Gasse. Ich bog um die Ecke des Gebäudes und hielt zu beiden Seiten Ausschau nach Patch.

*Patch!*, rief ich in die Schatten hinaus.

*Engelchen? Was machst du da? Wir dürfen nicht zusammen gesehen werden.*

Ich wirbelte herum, aber Patch war nicht da. *Wo bist du?*

*Auf der anderen Straßenseite. Im Bus.*

Ich sah zur anderen Seite hinüber, und ja, da parkte ein rostiger brauner Chevy-Bus am Bordstein. Er war vor dem Hintergrund aus heruntergekommenen Gebäuden kaum auszumachen. Die Scheiben waren getönt und schützten das Wageninnere vor neugierigen Blicken.

*Einer von den Nephilim von der Hütte ist im Devil's Handbag!*
Lastendes Schweigen.
*Hat er die Schlägerei gesehen?*, fragte Patch nach einer Weile.
*Ja.*
*Wie sieht er aus?*
*Er trägt ein schwarz-rotes Flanellhemd und Cowboy-Stiefel.*
*Bring ihn dazu herauszukommen. Wenn die anderen von der Hütte auch da sind, überrede sie auch herauszukommen. Ich hab' mit denen zu reden.*

Das klang ziemlich bedrohlich, aber andererseits hatten sie sich das alles selbst zuzuschreiben. In dem Augenblick, als sie mich in ihren Bus verfrachtet hatten, hatten sie sowieso jegliche Sympathie bei mir verspielt.

Ich lief zurück ins Devil's Handbag und arbeitete mich durch das Gedränge vor der Bühne hindurch. Serpentine spielte immer noch, eine Ballade, die alle ordentlich angefeuert hatte. Ich wusste nicht, wie ich Cowboyhut dazu bringen sollte, das Gebäude zu verlassen, aber ich kannte eine Person, die in der Lage war, das ganze Haus zu leeren.

*Scott!*, rief ich. Aber es nützte nichts, er konnte mich über die dröhnende Musik hinweg nicht hören. Wahrscheinlich auch, weil er voll konzentriert war.

Ich stellte mich auf Zehenspitzen und suchte nach Vee. Sie kam gerade auf mich zu.

»Ich habe meinen ganzen guten alten Vee-Charme auf ihn versprüht, aber er ist nicht drauf angesprungen«, berichtete sie. »Vielleicht brauche ich einen neuen Haarschnitt.« Sie hob den Arm und schnupperte unter ihren Achseln. »Soweit ich das feststellen kann, funktioniert das Deo noch.«

»Er hat dich abblitzen lassen?«

»Jap, und seinen Namen hab' ich auch nicht gekriegt. Bedeutet das, unser Doppeldate hat sich erledigt?«

»Bin gleich zurück«, sagte ich und kämpfte mich wieder auf die Gasse hinaus. Ich war fest entschlossen, nahe genug an Patch heranzukommen, um ihm im Geist zu sagen, dass es schwieriger als erwartet werden würde, unseren Nephilim-Freund aus dem Devil's Handbag herauszulocken. Doch dann entdeckte ich zwei düstere Gestalten im Hinterausgang des Nachbarhauses, die sich in hastigem Flüsterton unterhielten, und ich blieb abrupt stehen.

Pepper Friberg und … Dabria.

Dabria war einst ein Todesengel und mit Patch zusammen gewesen, bevor sie beide aus dem Himmel verbannt worden waren. Patch hatte mir geschworen, dass diese Beziehung langweilig, keusch und eher eine Frage der Bequemlichkeit gewesen war. Dennoch – nachdem sie entschieden hatte, dass ich eine Bedrohung ihrer Pläne darstellte, ihre Beziehung hier auf der Erde wiederaufleben zu lassen – hatte Dabria versucht, mich zu töten. Sie war kühl, blond und raffiniert. Ich hatte noch nie erlebt, dass sie nicht perfekt aussah, und ihr Lächeln hatte etwas an sich, das meine Adern mit Eis zu füllen schien. Als gefallener Engel lebte sie mittlerweile davon, Opfer mit dem falschen Versprechen hereinzulegen, dass sie in die Zukunft sehen könnte. Sie gehörte zu den gefährlichsten gefallenen Engeln, die ich kannte, und ich zweifelte nicht daran, dass ich auf ihrer Hassliste ganz oben stand.

Ich zog mich sofort ins Devil's Handbag zurück. Fünf Sekunden lang hielt ich den Atem an, aber weder Pepper noch Dabria schienen mich bemerkt zu haben. Zentimeterweise rückte ich wieder näher, wagte es aber nicht, mein Glück überzustrapazieren. Wäre ich nah genug herangekommen, um zu hören, was sie sagten, hätten sie meine Gegenwart gespürt.

Pepper und Dabria redeten noch ein paar Minuten, bevor Dabria auf dem Absatz kehrtmachte und die Gasse entlangging. Pepper machte hinter ihrem Rücken eine obszöne Geste. Ich weiß nicht, ob es nur mir so vorkam, aber ich hatte den Eindruck, dass er ziemlich verstimmt war.

Ich wartete, bis Pepper auch weg war, bevor ich aus den Schatten trat. Ich ging direkt ins Devil's Handbag zurück, fand Vee in unserer Sitzecke und rutschte neben ihr auf die Bank.

»Ich muss den Club hier jetzt sofort leerbekommen«, erklärte ich.

Vee blinzelte. »Wie bitte?«

»Was, wenn ich einfach ›Feuer‹ rufe? Könnte das funktionieren?«

»›Feuer‹ zu rufen kommt mir ein bisschen altmodisch vor. Du könntest es mit ›Polizei‹ probieren, aber das fällt eigentlich in dieselbe Kategorie. Aber weshalb die Eile? Ich fand jetzt nicht, dass Serpentine *so* schlecht spielt.«

»Ich erklär's dir …«

»Später.« Vee nickte. »Hab' ich schon aus einer Meile Entfernung kommen sehen. Wenn ich du wäre, würde ich ›Polizei‹ rufen. Hier drin sind bestimmt einige, die gerade illegalen Geschäften nachgehen. Ruf: ›Cops!‹ und du wirst sehen, dass sie in Bewegung kommen.«

Ich kaute nervös an meiner Lippe und rang mit mir. »Bist du sicher?« Dieser Plan schien mir genauso gut nach hinten losgehen zu können. Andererseits, welche Möglichkeiten hatte ich sonst noch? Patch wollte ein Wörtchen mit Cowboyhut reden, und das war durchaus in meinem Sinne. Ich wollte auch, dass dieses Verhör so bald wie möglich vorüber war, damit ich Patch von Dabria und Pepper erzählen konnte.

Vee sagte: »Fünfunddreißig Prozent mit Sicherheit …«

Ihre Stimme verstummte, als ein eiskalter Hauch durch den Raum fegte. Erst konnte ich nicht sagen, ob der plötzliche Temperaturabfall von den Türen her kam, die aufgetreten worden waren, oder ob es nur meine eigene körperliche Reaktion war, weil ich den Ärger vorausahnte – und zwar Ärger von der schlimmsten Sorte.

Gefallene Engel strömten ins Devil's Handbag. Bei zehn hörte ich auf zu zählen, es schienen unendlich viele zu sein. Sie bewegten sich so schnell, dass ich nur verwischte Bewegungen wahrnahm. Sie waren auf Kampf eingestellt und schwangen Messer und Schlagwerkzeuge aus Stahl gegen jeden, der sich ihnen in den Weg stellte. Inmitten des Getümmels sah ich hilflos zu, wie zwei Nephilim-Jungen auf die Knie sanken und vergeblich versuchten, sich den gefallenen Engeln zu widersetzen, die über ihnen standen und eindeutig ihr Treuegelöbnis einforderten.

Ein gefallener Engel, knochig und bleich wie der Mond, riss so heftig am Hals eines Nephilim-Mädchens, dass er ihr mitten im Schrei das Genick brach.

Er inspizierte das Gesicht des Mädchens, das aus der Entfernung auf gruselige Weise meinem ähnelte. Dasselbe lange, lockige Haar. Ungefähr meine Größe und Statur.

»Wir müssen hier raus«, drängte Vee und packte fest meine Hand. »Hier entlang.«

Bevor ich mich fragen konnte, ob Vee auch gesehen hatte, wie der gefallene Engel dem Mädchen das Genick gebrochen hatte, und wenn ja, wie es möglich war, dass sie so ruhig blieb, schob sie mich nach vorn in die Menschenmenge.

»Sieh dich nicht um«, brüllte sie mir ins Ohr. »Und *beeil* dich.«

Beeilen. Richtig. Das Problem war, dass wir mit mindestens hundert anderen Leuten darum kämpften, möglichst schnell zu den Türen zu kommen. Innerhalb von Sekunden hatte sich die Gästeschar in eine irre Horde verwandelt, die schubste und drängelte, um einen Ausgang zu erreichen. Serpentine hatte mitten im Lied aufgehört zu spielen. Es war keine Zeit mehr, um sich noch um Scott zu kümmern. Ich konnte nur hoffen, dass er durch eine der Bühnentüren entkam.

Vee blieb mir dicht auf den Fersen und stieß so oft von hinten gegen mich, dass ich mich fragen musste, ob sie versuchte, meinen Körper zu decken. Sie ahnte nicht, dass *ich* versuchen würde, *sie* zu beschützen, falls die gefallenen Engel uns einholten. Und obwohl ich heute Morgen diese einzige, aber mörderische Trainingseinheit mit Dante gehabt hatte, glaubte ich nicht, dass ich dabei eine Chance auf Erfolg hatte.

Plötzlich stieg das Verlangen in mir auf, umzukehren und zu kämpfen. Nephilim hatten Rechte. *Ich* hatte Rechte. Unsere Körper gehörten nicht den gefallenen Engeln. Sie hatten keinen rechtmäßigen Anspruch, Besitz von uns zu ergreifen. Ich hatte den Erzengeln in der Eile versprochen, den Krieg aufzuhalten, aber ich hatte auch ein persönliches Interesse daran, wie er ausging. Ich wollte Krieg, und ich wollte Frieden, damit ich niemals ein Knie beugen und meinen Körper irgendjemand anderem überlassen müsste.

Aber wie sollte ich bekommen, was ich wollte, und gleichzeitig die Erzengel besänftigen?

Am Ende stürzten Vee und ich endlich hinaus in die kalte Nacht. Die Menge floh in die Dunkelheit. Ohne stehen zu bleiben, um Luft zu holen, rasten wir zum Neon.

## SIEBEN

Vee fuhr schwungvoll in unsere Einfahrt und schaltete die Stereoanlage aus.

»Wow, das war irre genug für einen Abend«, sagte sie. »Was war das? Greasers gegen Socs?«

Ich hatte den Atem angehalten und stieß die Luft jetzt langsam und erleichtert aus. Kein Hyperventilieren. Keine hysterischen Handbewegungen. Kein Reden von zerknackten Halswirbelsäulen. Zum Glück hatte Vee das Schlimmste nicht gesehen. »Du musst gerade reden, du hast Outsiders nie gelesen.«

»Ich habe den Film gesehen. Matt Dillon sah heiß aus, bevor er alt wurde.«

Ein schweres, erwartungsvolles Schweigen erfüllte den Wagen.

»Okay, Schluss jetzt mit lustig«, sagte Vee. »Schluss mit Small Talk. Spuck's aus.« Als ich zögerte, setzte sie hinzu: »Das war doch irre vorhin, aber irgendwas stimmte schon vorher nicht. Du hast dich den ganzen Abend komisch benommen. Ich habe dich aus dem Devil's Handbag raus- und reinrennen sehen. Und dann wolltest du plötzlich den ganzen Club evakuieren. Ich muss dir sagen, Kleines, ich brauche eine Erklärung dafür.«

Jetzt wurde es heikel. Am liebsten hätte ich Vee die ganze Wahrheit erzählt, aber für ihre Sicherheit war es lebensnotwendig, dass sie die Lügen glaubte, die ich ihr gleich auftischen würde. Wenn Cowboyhut und seine Freunde es ernst damit meinten, in meinem Privatleben herumzustochern, dann würden sie früher oder später herausbekommen, dass Vee meine beste Freundin war. Der Gedanke, dass sie sie bedrohen oder verhören könnten, war unerträglich, aber wenn sie es taten, dann wollte ich, dass jede Antwort, die sie ihnen gab, sich überzeugend anhörte. Am wichtigsten jedoch war, dass sie ohne Zögern antworten konnte, dass meine Verbindung zu Patch gelöst war. Ich hatte vor, Wasser auf dieses Feuer zu gießen, bevor es außer Kontrolle geriet.

»Als ich heute Abend an der Bar war, ist Patch zu mir gekommen, und es war nicht schön«, begann ich ganz ruhig. »Er war … fix und fertig. Er hat irgendwelchen Quatsch erzählt, ich habe mich geweigert, mit ihm mitzukommen, und er ist handgreiflich geworden.«

»Heilige Scheiße«, murmelte Vee leise.

»Der Rausschmeißer hat Patch rausgeschmissen.«

»Wow. Ich bin sprachlos. Was machst du jetzt?«

Ich streckte meine Hände aus und legte sie in meinen Schoß. »Zwischen Patch und mir ist Schluss.«

»Schluss wie *Schluss*?«

»So Schluss, wie's nur sein kann.«

Vee beugte sich über die Mittelkonsole und nahm mich in den Arm. Sie öffnete den Mund, sah meinen Gesichtsausdruck und überlegte es sich noch einmal. »Ich sag's jetzt nicht, aber du weißt, was ich denke.«

Eine Träne quoll mir aus dem Augenwinkel. Vees unübersehbare Erleichterung führte dazu, dass sich die Lüge für mich nur noch viel hässlicher anfühlte. Ich war eine schreckliche Freundin, das wusste ich, aber ich wusste nicht, wie ich es hätte richtigstellen sollen. Ich weigerte mich, Vee in Gefahr zu bringen.

»Und was war das für eine Geschichte mit dem Typen im Flanellhemd?«

*Was sie nicht weiß, kann ihr nicht schaden.* »Bevor Patch rausgeschmissen wurde, hat er mich gewarnt, ich solle mich von dem Kerl im Flanellhemd fernhalten. Patch hat gesagt, er würde ihn kennen, und er würde einem nichts als Ärger einbringen. Deshalb hatte ich dich gebeten, seinen Namen herauszufinden. Ich habe ihn immer wieder dabei erwischt, wie er mich angestarrt hat, und das hat mich nervös gemacht. Ich wollte nicht, dass er mir womöglich nach Hause folgt, also habe ich beschlossen, eine Massenpanik auszulösen. Ich wollte, dass wir aus dem Devil's Handbag rauskommen, ohne dass er es schafft, uns zu verfolgen.«

Vee atmete langsam aus. »Ich glaube dir, dass du mit Patch Schluss gemacht hast. Aber die andere Geschichte glaub' ich nicht eine Sekunde lang.«

Ich blinzelte. »Vee …«

Sie hielt die Hand hoch. »Ich hab's verstanden. Du hast deine Geheimnisse, und eines Tages wirst du mir erzählen, was wirklich los ist. Und ich dir.« Sie zog die Augenbrauen wissend hoch. »Das stimmt. Du bist hier nicht die Einzige, die Geheimnisse hat. Ich spuck's aus, wenn die Zeit reif dafür ist, und ich schätze, du wirst das dann auch tun.«

Ich starrte sie an. Dass das Gespräch so ablaufen würde, hatte ich nicht erwartet. »Du hast Geheimnisse? Was für Geheimnisse?«

»*Pikante* Geheimnisse.«

»Sag's mir!«

»Sieh mal hier drauf«, sagte Vee und tippte auf die Uhr am Armaturenbrett. »Ich glaube, du musst jetzt rein.«

Mir stand der Mund offen. »Ich kann's nicht fassen, dass du Geheimnisse vor mir hast.«

»Ich kann's nicht fassen, dass du so eine Heuchlerin bist.«

»Dieses Gespräch ist noch nicht zu Ende«, sagte ich, während ich widerstrebend die Tür aufstieß.

»Gar nicht so einfach, mal auf der anderen Seite zu stehen, was?«

Ich sagte meiner Mutter gute Nacht, dann schloss ich mich in meinem Zimmer ein und rief nach Patch. Als Vee und ich aus dem Devil's Handbag geflohen waren, hatte der braune Bus nicht mehr am Straßenrand gestanden. Ich nahm an, dass Patch vor der überraschenden Invasion der gefallenen Engel weggefahren war. Denn sonst wäre er in den Club gestürmt, weil er hätte annehmen müssen, dass ich in Gefahr schwebte. Vor allem aber wollte ich wissen, ob er Cowboyhut erwischt hatte. Ich vermutete, dass sie gerade im Moment miteinander redeten. Ich fragte mich, ob Patch Fragen stellte oder ihn eher bedrohte. Wahrscheinlich beides.

Patchs Mailbox meldete sich, und ich legte auf. Eine Nachricht zu hinterlassen schien mir zu gefährlich. Abgesehen davon würde er ja den entgangenen Anruf sehen und wissen, dass er von mir gekommen war. Ich hoffte immer noch, dass er vorhatte, heute Nacht zu mir zu kommen. Ich wusste, wie schlecht unser Streit gespielt gewesen war, aber ich wollte mich trotzdem vergewissern, dass sich zwischen uns nichts geändert hatte. Ich war aufgewühlt und musste einfach wissen, dass unsere Gefühle noch dieselben waren wie vor dem Streit.

Sicherheitshalber wählte ich noch einmal Patchs Nummer, dann ging ich beunruhigt zu Bett.

Morgen war Dienstag. Cheschwan begann mit dem Aufgang des Neumonds.

Nach der grausigen Massenschlägerei von heute Abend wurde ich das Gefühl nicht mehr los, dass die gefallenen Engel die Stunden zählten bis zu dem Zeitpunkt, an dem sie ihrer Wut freien Lauf lassen konnten.

Ich erwachte vom Knarren der Dielen. Als sich meine Augen an die Dunkelheit gewöhnt hatten, starrte ich auf zwei ziemlich lange, muskulöse Beine in weißen Jogginghosen.

»Dante?«, sagte ich und machte eine unkontrollierte Armbewegung in Richtung des Nachttisches auf der Suche nach dem Wecker. »Oooh. Wie viel Uhr ist es? Was für einen Tag haben wir heute?«

»Dienstagmorgen«, sagte er. »Du weißt, was das bedeutet.« Ein Knäuel Sportklamotten landete in meinem Gesicht. »Wir treffen uns in der Einfahrt, wenn du so weit bist.«

»Wirklich?«

Seine Zähne blitzten im Dunkeln auf, als er lächelte. »Ich fasse es nicht, dass du darauf reingefallen bist. Dein Hintern ist besser in T minus fünf Minuten da draußen.«

Fünf Minuten später trottete ich nach draußen und schauderte in der Oktoberkälte. Eine leichte Brise streifte Blätter von den Bäumen und ließ ihre Äste knacken. Ich dehnte die Beine und sprang auf und ab, um den Kreislauf in Schwung zu bringen.

»Komm mit«, befahl Dante und sprintete los in die Wälder.

Ich war immer noch nicht wild darauf, mit Dante allein durch die Wälder zu latschen, aber mir war klar, dass, wenn er mir etwas antun wollte, er gestern reichlich Gelegenheiten dazu gehabt hätte. Also raste ich hinter ihm her und behielt das gelegentliche Aufblitzen von etwas Weißem fest im Auge, das mir verriet, wo er sich befand. Sein Sehvermögen war dem meinen weit überlegen, denn während ich immer wieder über irgendwelche Baumstämme fiel, in Senken stolperte und mir den Kopf an tief hängenden Ästen anstieß, bewegte er sich mit fehlerloser Treffsicherheit durch das Gelände. Jedes Mal, wenn ich sein spöttisches amüsiertes Glucksen hörte, sprang ich wieder auf die Füße, fest entschlossen, ihn bei der nächsten sich bietenden Gelegenheit einen steilen Abhang hinunterzustoßen. Es gab hier rundherum eine Menge Schluchten; ich musste nur dicht genug an ihn herankommen.

Am Ende blieb Dante endlich stehen, und als ich ihn eingeholt hatte, lag er ausgestreckt auf einem großen Felsen, die Hände lässig hinter dem Kopf verschränkt. Er schälte sich aus seinen Laufhosen und der Windjacke, so dass er nur noch knielange Shorts und ein eng anliegendes T-Shirt anhatte. Wären da nicht das leichte Heben und Senken seines Brustkorbs gewesen, hätte niemand vermutet, dass er gerade etwa zehn Meilen stetig bergauf gerannt war.

Ich kletterte auf den Felsen und ließ mich neben ihn fallen. »Wasser«, sagte ich und rang nach Luft.

Dante stützte sich auf einen Ellbogen und lächelte auf mich herab. »Gibt es nicht. Ich werde dich trocken laufen lassen. Wasser macht Tränen, und Tränen kann ich nicht leiden. Und wenn du erst einmal weißt, was ich als Nächstes für dich vorgesehen habe, dann wirst du weinen wollen.«

Er packte mich unter den Achseln und zog mich auf die Füße hoch. Die Morgendämmerung hatte gerade erst eingesetzt, der Horizont war nur schwach erleuchtet und tauchte den Himmel in ein eisiges Rosa. So nebeneinander auf dem Felsen konnten wir meilenweit sehen. Die immergrünen Bäume, Fichten und Zedern erstreckten sich wie ein Teppich in alle Richtungen. Er bedeckte Hügel und den Talkessel einer tiefen Schlucht, die die Landschaft durchschnitt.

»Such dir einen aus«, befahl Dante.

»Was aussuchen?«

»Einen Baum. Wenn du ihn ausgerissen hast, kannst du nach Hause gehen.«

Ich blinzelte die Bäume an und fühlte, wie mein Unterkiefer langsam nach unten klappte. Sie waren mindestens hundert Jahre alt und so dick wie drei Telefonmasten.

»Dante …«

»Krafttraining 101.« Er versetzte mir einen aufmunternden Klaps auf den Rücken, dann lehnte er sich wieder entspannt auf dem Felsen zurück. »Das wird besser als die *Today-Show*.«

»Ich hasse dich.«

Er lachte. »Noch nicht, nein. Aber in einer Stunde bestimmt.«

Eine Stunde später hatte ich jeden Funken Energie – und vielleicht auch meine Seele – dahinein gesteckt, eine ganz besonders starrköpfige und unnachgiebige Zypresse zu entwurzeln. Abgesehen davon, dass ich ihn ganz leicht geneigt hatte, war es immer noch ein kerngesunder Baum. Ich hatte versucht, ihn umzuschubsen, ihn auszugraben, ihn mit Fußtritten dazu zu bringen, sich zu ergeben, und vollkommen nutzloserweise mit den Fäusten auf ihn eingetrommelt. Zu sagen, dass der Baum gewonnen hatte, war weit untertrieben. Und die ganze Zeit hatte Dante gemütlich auf seinem Felsbrocken gehockt, gelacht und bissige Bemerkungen von sich gegeben. Wie schön, dass wenigstens einer von uns das Ganze unterhaltsam fand.

Jetzt schlenderte er zu mir herüber, und ein leichtes, aber außerordentlich unausstehliches Lächeln spielte um seine Lippen. Er kratzte sich am Ellbogen. »Nun, Commander der Großen und Mächtigen Nephilim-Armee, wie steht's?«

Schweiß strömte über mein Gesicht, tropfte von meiner Nase und meinem Kinn. Meine Handflächen waren zerkratzt, meine Knie verschrammt, mein Knöchel verstaucht, und jeder

Muskel in meinem Körper schrie vor Schmerz. Ich packte die Vorderseite von Dantes T-Shirt, um mir damit das Gesicht abzuwischen. Dann schnäuzte ich mir die Nase damit.

Dante hob die Hände und machte einen Schritt rückwärts: »Ho.«

Ich schleuderte den Arm in Richtung meines Baumes. »Ich kann das nicht«, gestand ich schluchzend. »Ich bin für so was nicht gemacht. Ich werde nie so stark sein wie du oder irgendein anderer Nephilim.« Ich fühlte, wie meine Lippe vor Enttäuschung und Scham zitterte.

Seine Miene wurde weicher. »Hol mal tief Luft, Nora. Ich wusste, dass du das nicht schaffen würdest. Darum ging es ja gerade. Ich wollte dich vor eine unmögliche Herausforderung stellen, damit du später, wenn du es dann wirklich schaffst, zurückblicken und sehen kannst, wie weit du gekommen bist.«

Ich starrte ihn an und merkte, wie die Wut in mir aufstieg.

»Was?«, fragte er.

»Was? *Was?* Bist du verrückt? Ich hab' heute Schule. Ich habe einen Test, für den ich noch lernen muss! Und ich dachte, ich würde das für etwas opfern, das es wert ist. Aber jetzt finde ich heraus, dass das alles nur war, weil du mir was klarmachen wolltest? Na gut, jetzt mach' ich dir mal was klar! Ich schmeiße das Handtuch. Ich bin fertig damit! Ich hab' das alles nicht gewollt. Dieses ganze Training war deine Idee. Du hast alles bestimmt, aber jetzt bin ich dran. Jetzt ist SCHLUSS, ich höre auf!« Ich wusste, dass ich dehydriert war und wahrscheinlich nicht mehr vernünftig denken konnte, aber mir reichte es. Ja, ich wollte meine Ausdauer verbessern und Kraft gewinnen und lernen, mich selbst zu verteidigen. Aber das war doch lächerlich. Einen *Baum* ausreißen? Ich hatte alles gegeben, und er hatte dagesessen und sich kaputtgelacht, weil er ganz genau wusste, dass ich es niemals schaffen würde.

»Du siehst echt sauer aus«, sagte er stirnrunzelnd und strich sich verblüfft übers Kinn.

»*Findest* du?«

»Sieh's als Anschauungsunterricht. Eine Art Maßstab.«

»Ach ja? Dann nimm das zur Anschauung.« Ich hielt ihm den ausgestreckten Mittelfinger vors Gesicht.

»Jetzt übertreibst du aber. Das siehst du doch ein, oder?«

Natürlich, in zwei Stunden würde ich es vielleicht einsehen können. Nachdem ich geduscht und etwas getrunken hatte und erschöpft aufs Bett gefallen war. Was, sosehr ich es mir auch wünschte, nicht passieren würde, weil ich nämlich zufälligerweise noch Schule hatte.

Dante sagte: »Du bist die Anführerin dieser Armee. Aber du bist auch ein Nephilim, gefangen in einem menschlichen Körper. Du musst härter trainieren als wir anderen, weil du mit einem ernstzunehmenden Nachteil an den Start gehst. Ich tu' dir keinen Gefallen, wenn ich dich nicht wirklich fordere.«

Während der Schweiß mir in die Augen lief, funkelte ich ihn wütend an. »Ist dir jemals der Gedanke gekommen, dass ich diesen Job überhaupt nicht wollte? Vielleicht will ich ja gar nicht die Anführerin sein?«

Er zuckte die Achseln. »Spielt keine Rolle. Es ist so, wie es ist. Nützt nichts, sich andere Szenarien auszumalen.«

Meine Stimme wurde mutlos. »Warum täuschst du keinen Putsch vor und stiehlst mir den Job?«, murmelte ich, nur halb im Scherz. Soweit ich sagen konnte, hatte Dante keinen Grund, mich an der Macht und am Leben zu lassen. »Du wärst eine Million Mal besser als ich. Dir ist das wirklich wichtig.«

Noch mehr Kinnstreichen. »Na ja, jetzt, wo du mich darauf bringst …«

»Das ist nicht witzig, Dante.«

Sein Lächeln verschwand. »Nein, ist es nicht. Warum auch

immer, ich habe Hank geschworen, dass ich dir helfen würde. Mein Hals steht hier ebenso auf dem Spiel wie deiner. Ich bin nicht jeden Morgen hier draußen, um ein paar Karmapunkte extra zu sammeln. Ich bin hier, weil du gewinnen musst, auch für mich. Mein Leben lastet auf deinen Schultern.«

Seine Worte berührten mich. »Heißt das, wenn ich nicht in den Krieg ziehe und gewinne, stirbst du? Ist das der Eid, den du geschworen hast?«

Er atmete lange und langsam aus, bevor er antwortete: »Ja.«

Ich schloss die Augen und massierte mir die Schläfen. »Ich wünschte ehrlich, du hättest mir das nicht gesagt.«

»Stresst dich das?«

Ich lehnte mich an den Felsen und ließ die Brise über meine Haut streichen. *Tiefe Atemzüge.* Nicht nur würde ich möglicherweise meine Mutter töten und mich, wenn ich an der Aufgabe scheiterte, Hanks Armee zu führen; ich würde auch noch Dante umbringen, wenn ich sie nicht zum Sieg führte. Aber was war mit Frieden? Was war mit meinem Deal mit den Erzengeln?

Verdammter Hank. Das war alles seine Schuld. Wenn er dafür nicht nach seinem Tod direkt in die Hölle gewandert war, dann gab es keine Gerechtigkeit in – oder auch über – der Welt.

»Lisa Martin und die Oberen der Nephilim wollen dich noch einmal treffen«, sagte Dante. »Ich habe sie hingehalten, weil ich weiß, dass du nicht zum Krieg entschlossen bist, und ich mir Sorgen mache, wie sie reagieren werden. Wir brauchen sie, damit du an der Macht bleiben kannst. Und dafür müssen wir sie glauben machen, dass deine Wünsche mit ihren auf einer Linie liegen.«

»Ich will sie jetzt noch nicht treffen«, sagte ich automatisch. »Halte sie weiter hin.« Ich brauchte Zeit, um nachzudenken.

Zeit, um mich für eine Richtung zu entscheiden. Worin lag die größere Bedrohung – verärgerte Erzengel oder rebellische Nephilim?

»Soll ich ihnen sagen, du möchtest fürs Erste, dass alles über mich läuft?«

»Ja«, sagte ich dankbar. »Tu, was immer du tun musst, um mir noch ein bisschen Zeit zu verschaffen.«

»Übrigens, ich habe gehört, dass ihr gestern Abend angeblich Schluss gemacht habt. Ihr müsst ja eine ziemliche Show abgezogen haben. Die Nephilim kaufen es euch ab.«

»Aber du nicht.«

»Patch hat mir einen Tipp gegeben.« Er zwinkerte mir zu. »Ich hätte es sowieso nicht geglaubt. Ich habe euch zwei zusammen gesehen. Was ihr habt, das geht nicht einfach so kaputt«, sagte er und reichte mir eine gekühlte Flasche Gatorade Cool Blue. »Trink das. Du hast eine Menge Flüssigkeit verloren.«

Ich schraubte den Deckel ab, nickte ihm dankbar zu und trank gierig. Als die Flüssigkeit durch meine Kehle floss, verdickte sie sich sofort und verstopfte meine Speiseröhre. Hitze durchfloss meine Kehle und überflutete den Rest meines Körpers. Ich krümmte mich, hustete und keuchte.

»Was ist denn das für ein Zeug?«, würgte ich.

»Post-Workout-Flüssigkeit«, sagte er, ohne mir dabei in die Augen zu sehen.

Ich würgte weiter. »Ich dachte, es wäre Gatorade – das steht … auf der Flasche!«

Jegliches Mitgefühl war aus seinem Gesicht verschwunden. »Es ist nur zu deinem Besten«, sagte er dumpf. Dann schoss er blitzartig davon.

Ich stand immer noch gekrümmt da und fühlte mich, als würden sich meine Eingeweide nach und nach verflüssigen.

Blaue Funken explodierten vor meinen Augen. Die Welt schwankte nach links ... dann nach rechts. Ich umklammerte meine Kehle und taumelte vorwärts, voller Angst, dass mich, wenn ich hier ohnmächtig würde, niemals jemand finden würde.

## ACHT

Einen torkelnden Schritt nach dem anderen schaffte ich es aus dem Wald hinaus. Als ich unser Haus erreichte, war der Großteil dieses Feuer-in-meinen-Knochen-Gefühls verschwunden. Mein Atem hatte sich wieder normalisiert, aber ich war immer noch aufs Höchste alarmiert. Was hatte Dante mir da gegeben? Und – *warum?*

Ich trug unseren Schlüssel an einer Kette um den Hals und schloss die Tür auf, nahm die Schuhe in die Hand und tappte leise am Schlafzimmer meiner Mutter vorbei. Die Uhr auf meinem Nachttisch zeigte zehn vor sieben. Bevor Dante in mein Leben getreten war, wäre das eine ganz normale, vielleicht etwas frühe Zeit gewesen aufzustehen. An den meisten Tagen wachte ich frisch und erholt auf, aber heute Morgen fühlte ich mich ausgelaugt und voller Sorgen. Mit ein paar sauberen Klamotten in der Hand ging ich ins Badezimmer, um zu duschen und mich für die Schule fertig zu machen.

Zehn vor acht bog ich mit dem Volkswagen auf den Schülerparkplatz ein und ging zur Schule hinüber, einem grauen, hohen Gebäude, das an eine alte protestantische Kirche erinnerte. Drinnen stopfte ich meine Sachen in den Spind, griff mir die Bücher für die erste und zweite Stunde und ging zu meiner Klasse. Mein Magen krampfte sich vor Hunger zusammen, aber ich war zu aufgewühlt, um etwas zu essen. Das blaue Getränk schwappte noch unangenehm in meinem Magen herum.

Als Erstes US-Geschichte. Ich setzte mich und sah auf meinem neuen Handy nach, ob Nachrichten da waren. Immer noch kein Wort von Patch. *Alles in Ordnung,* sagte ich mir. *Wahrscheinlich ist irgendwas dazwischengekommen.* Aber ich konnte das Gefühl nicht verdrängen, dass irgendetwas nicht stimmte. Patch hatte mir gesagt, er würde gestern Nacht zu mir kommen, und es sah ihm nicht ähnlich, ein Versprechen nicht zu halten. Ganz besonders nicht, wenn er wusste, wie mich unser Streit mitgenommen hatte.

Ich wollte das Telefon gerade wegstecken, als es mit einem Piepen verkündete, dass eine SMS gekommen war.

TRIFF MICH AM WENTWORTH RIVER IN 30, stand in Patchs SMS.

BIST DU OKAY?, schrieb ich sofort zurück.

JA. ICH BIN BEI DEN BOOTSANLEGERN. SORG DAFÜR, DASS DIR NIEMAND FOLGT.

Das Timing war nicht gerade perfekt, aber ich würde auf keinen Fall Patch *nicht* treffen. Er sagte, er ginge ihm gut, aber ich war nicht überzeugt davon. Wenn es ihm gut ging, warum holte er mich dann aus dem Unterricht, und warum sollten wir uns irgendwo da draußen an den Bootsanlegern treffen?

Ich ging nach vorn zu Mrs. Warnocks Tisch. »Entschuldigen Sie, Mrs. Warnock? Mir geht's nicht gut. Kann ich mich im Büro der Krankenschwester ein bisschen hinlegen?«

Mrs. Warnock nahm die Brille ab und musterte mich. »Ist alles in Ordnung, Nora?«

»Ich bekomme meine Tage«, flüsterte ich. *Kreativer ging's nicht.*

Sie seufzte. »Wenn ich jedes Mal einen Cent bekommen hätte, wenn eine Schülerin das zu mir gesagt hat ...«

»Ich würde nicht darum bitten, wenn die Krämpfe mich nicht umbringen würden.« Ich dachte kurz darüber nach, ob ich mir den Bauch reiben sollte, entschied dann aber, dass das übertrieben gewesen wäre.

Schließlich sagte sie: »Frag die Schwester nach Paracetamol. Aber sobald du dich besser fühlst, will ich dich wieder hier im Unterricht sehen. Wir fangen heute mit dem Kapitel über den Jeffersonschen Republikanismus an. Wenn du nicht jemand Verlässlichen hast, von dem du dir die Mitschrift leihen kannst, wirst du die nächsten zwei Wochen damit zu tun haben, das alles wieder aufzuholen.«

Ich nickte heftig. »Vielen Dank. Ich weiß das wirklich zu schätzen.«

Ich tippelte zur Tür hinaus, rannte durchs Treppenhaus nach unten und schoss – nachdem ich mich in der Eingangshalle in alle Richtungen umgesehen hatte, ob der stellvertretende Direktor nicht gerade irgendwo seine Runden drehte – durch eine Seitentür hinaus.

Ich warf mich in den Volkswagen und holte erst einmal tief Luft. Das war allerdings der leichtere Teil gewesen. Ich konnte nicht ohne eine von der Schwester unterschriebene Abwesenheitserlaubnis in den Unterricht zurückkommen, und das würde nichts weniger als Zauberei erfordern. *Keine Panik*, dachte ich. Im schlimmsten Fall würde ich beim Schwänzen erwischt und würde die nächste Woche zur Frühstunde kommen müssen.

Wenn ich eine Entschuldigung brauchte, um mich von Dante fernzuhalten, dem ich nicht mehr vertraute, dann war diese hier so gut wie jede andere. Die Sonne war herausgekommen, der Himmel ein herbstlich helles Blau, aber die kalte Luft schnitt durch meine Daunenweste und kündete schonungslos vom drohenden Winter. Der Parkplatz oberhalb der Bootsanleger war leer. Keine Freizeitangler heute. Nachdem ich den Wagen abgestellt hatte, duckte ich mich ein paar Minuten in die Büsche am Rand des Parkplatzes und wartete, ob ich jemanden zu sehen bekam, der mir gefolgt war. Dann nahm ich den gepflasterten Fußweg, der zu den Docks hinaufführte. Schnell wurde mir klar, warum Patch diesen Ort ausgewählt hatte: Abgesehen von ein paar zwitschernden Vögeln waren wir vollkommen allein hier.

Die Bootsanleger erstreckten sich in den breiten Fluss hinaus, aber es waren keine Boote mehr da. Ich ging bis ans Ende des ersten Steges, schirmte die Augen mit der Hand vor der Sonne ab und sah mich um. Kein Patch.

Mein Handy piepte.

ICH BIN IN DEM WÄLDCHEN AM ENDE DES FUSSWEGES, schrieb Patch.

Ich folgte dem Fußweg an den Anlegern vorbei bis zu dem Wäldchen, und das war der Augenblick, als Pepper Friberg hinter einem Baum hervortrat. Er hatte Patchs Handy in der einen Hand und eine Pistole in der anderen. Die Augen fest auf die Waffe gerichtet, machte ich einen Schritt rückwärts.

»Ich werde dich nicht töten, aber eine Schusswunde kann qualvoll sein«, sagte er. Seine Polyesterhosen waren hoch über den Bauch gezogen, und sein Hemd hing seltsam schief – er hatte die Knöpfe nicht richtig zugeknöpft. Trotz seines trotteligen und ungeschickten Erscheinungsbildes spürte ich, wie seine Macht über mich hinwegstrich wie die heißesten Sonnenstrahlen. Er war wesentlich gefährlicher, als er aussah.

»Und woher willst du das wissen?«, gab ich zurück.

Sein Blick huschte den Fußweg auf und ab. Er tupfte sich die Stirn mit einem weißen Taschentuch ab, ein weiteres Anzeichen dafür, wie nervös er war. Seine Fingernägel waren kurz gekaut. »Wenn du weißt, wer ich bin – und ich wette, Patch hat es dir erzählt –, dann weißt du auch, dass ich Schmerz empfinden kann.«

»Ich weiß, dass du ein Erzengel bist, und ich weiß, dass du dich nicht an die Regeln gehalten hast. Patch hat mir erzählt, dass du ein Doppelleben führst, Pepper. Ein mächtiger Erzengel, der sich nebenbei als Mensch ausgibt? Mit deiner Macht könntest du wirklich was erreichen. Bist du hinter Geld her? Macht? Spaß?«

»Ich habe dir schon gesagt, dass ich hinter Patch her bin«, erklärte er, während ein frischer Schweißfilm auf seine Stirn trat. »Warum will er mich nicht treffen?«

*Ähm, vielleicht weil du ihn in der Hölle anketten willst?* Ich wies mit dem Kinn auf das Handy in Peppers Hand. »Netter Trick, mich mit dem Telefon herzulocken. Wie bist du da drangekommen?«

»Ich habe es ihm gestern Abend im Devil's Handbag abgenommen. Ich habe ihn entdeckt; er hatte sich in einem braunen Kleinbus versteckt, der am Straßenrand gegenüber vom Eingang parkte. Er ist abgehauen, bevor ich ihn zu fassen bekommen habe, aber in der Eile hat er vergessen, seine Sachen mitzunehmen, einschließlich seines Telefons mit all seinen Kontakten. Ich habe den ganzen Morgen schon Nummern gewählt und versucht, dich zu erreichen.«

Insgeheim atmete ich erleichtert auf. Patch war entkommen. »Wenn du mich hergelockt hast, um mich zu verhören, dann hast du Pech gehabt. Ich weiß nicht, wo Patch ist. Ich habe seit gestern nicht mit ihm geredet. Ja, es hört sich ganz so an, als wärst du der Letzte, der ihn gesehen hat.«

»Verhören?« Die Spitzen seiner Elefantenohren glühten rosa. »Meine Güte, das hört sich ja bedrohlich an. Sehe ich etwa so aus? Wie ein gemeiner Krimineller?«

»Wenn du mich nicht befragen willst, warum hast du mich

dann den ganzen weiten Weg nach hier draußen gelockt?«
Bis jetzt hatten wir hier nur nett geplaudert, aber ich wurde
zunehmend nervös. Ich traute Peppers stümperhaftem, unbe-
holfenem Gehabe nicht. Es musste ein Trick dahinterstecken.

»Siehst du das Boot da drüben?«

Ich folgte Peppers Blick zum Flussufer. Ein blendend
weißes Motorboot schaukelte auf der Wasseroberfläche.
Schlank, teuer und wahrscheinlich sehr schnell. »Hübsches
Boot. Machst du einen Ausflug?«, fragte ich und versuchte,
dabei nicht allzu besorgt zu klingen.

»Ja. Und du kommst mit.«

## NEUN

Ich habe dir die Chance gegeben, die Sache auf die leichte Tour hinter dich zu bringen, aber jetzt bin ich allmählich mit meiner Geduld am Ende«, sagte Pepper. Er stopfte sich die Waffe in den Hosenbund, so dass er beide Hände frei hatte, um sich die glänzende Stirn abzuwischen. »Wenn ich nicht an Patch herankomme, dann sorge ich eben dafür, dass er zu mir kommt.«

Ich ahnte, worauf das hinauslief. »Ist das eine Geiselnahme? Du bist wirklich kein normaler Krimineller, Pepper Friberg. Schwerverbrecher und Soziopath hört sich da schon treffender an.«

Er lockerte seinen Kragen und zog eine Grimasse. »Patch muss etwas für mich tun. Einen kleinen … Gefallen übernehmen. Das ist alles. Harmlos, ehrlich.«

Mich beschlich das Gefühl, dass der »Gefallen« beinhaltete, Pepper nach unten in die Hölle zu folgen, bis er kurz vor den Pforten zurücksprang und hinter Patch die Tore zuknallte. Das war eine Möglichkeit, mit einem Erpresser umzugehen.

»Ich bin einer von den Guten«, erklärte Pepper. »Ein Erzengel. Er kann mir vertrauen. Du hättest ihm sagen sollen, dass er mir vertrauen soll.«

»Die schnellste Art und Weise, sein Vertrauen zu erschüttern, bestünde darin, mich zu entführen. Denk mal darüber nach, Pepper Friberg. Mich gefangenzunehmen wird Patch nicht dazu bringen, mit dir zusammenzuarbeiten.«

Er zog noch fester an seinem Kragen. Sein Gesicht war inzwischen so rot, dass er aussah wie ein verschwitztes rosafarbenes Schwein. »Dahinter steckt noch viel mehr, als es auf den ersten Blick scheint. Mir bleibt nichts anderes mehr übrig, verstehst du das denn nicht?«

»Du bist ein Erzengel, Pepper. Und dennoch treibst du dich hier auf der Erde herum, trägst eine Waffe und bedrohst mich. Ich glaube nicht, dass du so harmlos bist, genauso wenig wie ich glaube, dass du Patch nichts Böses willst. Erzengel hängen nicht für längere Zeit auf der Erde herum, und sie nehmen auch keine Geiseln. Weißt du, was ich denke? Ich denke, du bist böse geworden.«

»Ich habe hier unten einen Auftrag auszuführen. Ich bin keiner von den Bösen, aber ich muss mir gewisse … Freiheiten herausnehmen.«

»Auweia, ich bin fast versucht, dir zu glauben.«

»Ich habe einen Auftrag für deinen Freund, den nur er übernehmen kann. Ich will dich nicht entführen, aber du hast mich dazu gezwungen. Ich brauche Patchs Hilfe, und ich brauche sie *jetzt*. Geh auf das Boot zu, ganz langsam. Irgendeine plötzliche Bewegung, und ich schieße.«

Pepper machte eine auffordernde Handbewegung, und das Boot glitt gehorsam durch das Wasser und bewegte sich auf den nächsten Anlegesteg zu. Patch hatte mir nicht gesagt, dass Erzengel Gegenstände bewegen konnten. Diese Überraschung gefiel mir nicht, und ich fragte mich, wie sehr es meinen Fluchtversuch erschweren würde.

»Hast du nicht zugehört? Er ist nicht mehr mein Freund«, sagte ich zu Pepper. »Ich bin mit Dante Matterazzi zusammen. Von dem hast du doch sicher schon gehört? Das hat jeder. Patch ist hundert Prozent Vergangenheit.«

»Ich schätze, das werden wir gleich herausfinden, oder?

Wenn ich dich jetzt noch einmal bitten muss loszugehen, mache ich ein Loch in deinen Fuß.«

Ich hob die Hände auf Schulterhöhe und ging auf den Anlegesteg zu. Ein bisschen zu spät fiel mir ein, dass ich besser meine Jeansjacke mit dem GPS-Sender hätte anziehen sollen. Wenn Patch wüsste, wo ich war, würde er mir zu Hilfe kommen. Möglicherweise hatte er ja auch so ein Gerät in meine Daunenweste eingenäht, aber darauf konnte ich mich nicht verlassen. Und da ich nicht wusste, wo Patch war oder ob er auch nur außer Gefahr war, konnte ich mich auf ihn auch nicht verlassen.

»Steig in das Boot«, befahl Pepper. »Nimm das Seil von der Sitzbank und binde deine Hände an die Reling.«

»Du meinst es wirklich ernst«, sagte ich, um Zeit zu schinden. Ich sah zu den Bäumen hinüber, die den Fluss säumten. Wenn ich es bis dahin schaffte, könnte ich mich verstecken. Peppers Kugeln würden eher die Bäume treffen als mich.

»Dreißig Meilen von hier habe ich einen hübschen, geräumigen Lagerraum. Wie geschaffen für dich. Wenn wir erst einmal dort sind, rufe ich deinen Freund an.« Er ballte die Faust, streckte Daumen und Ringfinger aus und hielt sich die Hand wie ein Telefon ans Ohr. »Wollen doch mal sehen, ob wir uns dann nicht einig werden. Wenn er schwört, eine persönliche Angelegenheit von mir zu übernehmen, dann ist es gut möglich, dass du ihn, deine Freunde und deine Familie wiedersiehst.«

»Wie willst du ihn denn anrufen? Du hast sein Telefon.«

Pepper runzelte die Stirn. Darüber hatte er noch gar nicht nachgedacht. »Dann müssen wir eben einfach warten, bis er uns anruft. Ich hoffe nur für dich, dass er nicht herumtrödelt.«

Widerstrebend kletterte ich in das Boot. Ich hob das Seil auf und fing an, es zu einem Knoten zu schlingen. Wie konnte

Pepper nur so dumm sein? Glaubte er ernsthaft, dass so ein Nullachtfünfzehn-Seil mich festhalten könnte?

Pepper beantwortete meine Frage: »Falls du irgendwelche Fluchtgedanken hegst, solltest du wissen, dass das Seil mit einem Zauber belegt ist. Es sieht harmlos aus, aber es ist fester als Baustahl. Oh, und wenn du erst einmal deine Handgelenke gesichert hast, dann werde ich es noch einmal verzaubern. Wenn du auch nur versuchst, dagegen anzugehen, um freizukommen, wird es Strom mit zweihundert Volt durch deinen Körper jagen.«

Ich versuchte, Haltung zu bewahren. »Ist das ein spezieller Erzengeltrick?«

»Sagen wir mal, ich bin machtvoller, als du glaubst.«

Pepper schwang sein kurzes Bein über die Reling und setzte den Fuß auf den Fahrersitz. Bevor er das andere Bein hinüberschwingen konnte, warf ich mich gegen die Bordwand und brachte das Boot dermaßen zum Schwanken, dass es vom Anleger schaukelte. Pepper stand mit einem Bein drinnen und mit dem anderen draußen, während sich der Abstand zwischen seinen Füßen stetig vergrößerte.

Er reagierte sofort, schoss in die Luft und schwebte einige Meter über dem Boot. *Er stand in der Luft.* Bei meinem spontanen Entschluss, ihn aus dem Gleichgewicht zu bringen, hatte ich vergessen, dass er Flügel hatte. Und noch dazu war er jetzt richtig wütend.

Ich sprang über Bord und schwamm, so schnell ich konnte, in die Mitte des Flusses, während ich rund um mich herum Schüsse ins Wasser peitschen hörte.

Hinter mir klatschte etwas ins Wasser, und ich wusste, Pepper schwamm hinter mir her. Innerhalb von Sekunden würde er mich erreichen und sein Versprechen halten, ein Loch in meinen Fuß zu machen – und mir wahrscheinlich noch viel

Schlimmeres anzutun. Ich war nicht so stark wie ein Erzengel, aber ich war jetzt Nephilim, und ich hatte mit Dante trainiert … zwei Mal. Ich beschloss, etwas zu tun, das entweder unglaublich dumm oder unglaublich mutig war.

Ich setzte meine Füße fest auf den sandigen Grund des Flussbettes, drückte mich dann mit aller Kraft ab und sprang aus dem Wasser. Zu meiner Überraschung schoss ich weit übers Ziel hinaus, weit über die Baumwipfel, die die Flussufer säumten. Ich konnte meilenweit sehen, weiter als bis zu den Fabrikanlagen und den Feldern, bis hin zum Highway, der voller winziger Autos und Sattelzüge war. Dahinter sah ich Coldwater liegen, ein Haufen Wohnhäuser, Läden und Parks mit grünen Rasenflächen.

Ebenso schnell verlor ich wieder an Geschwindigkeit. Mein Magen schlug Purzelbäume, die Luft glitt über meine Haut, während ich die entgegengesetzte Richtung einschlug. Der Fluss raste auf mich zu. Ich verspürte den Drang, wild mit den Armen zu rudern, aber es war, als wollte mein Körper das nicht. Er weigerte sich, etwas anderes zu sein als ein elegantes und effizientes Geschoss. Meine Füße krachten durch den Anlegesteg, zertrümmerten die Holzplanken und tauchten mich unter Wasser.

Noch mehr Kugeln zischten mir um die Ohren. Ich wühlte mich aus dem Grundschlamm, stürzte ans Ufer und raste auf die Bäume zu. Zwei Morgen, an denen ich in der Dunkelheit gerannt war, hatten mich ein bisschen vorbereitet, aber das erklärte nicht, warum ich plötzlich in einer Geschwindigkeit laufen konnte, die mit der Dantes mithalten konnte. Die Bäume rasten in einem schwindelerregenden Tempo an mir vorbei, aber meine Füße hoben und senkten sich mit Leichtigkeit, beinahe als könnten sie die notwendigen Bewegungen eine halbe Sekunde vor meinem Geist erahnen.

Ich rannte mit Höchstgeschwindigkeit über die Promenade, warf mich in den Volkswagen und schoss vom Parkplatz. Zu meiner Verblüffung war ich nicht mal außer Atem.

Adrenalin? Vielleicht. Aber ich glaubte nicht daran.

Ich fuhr zu *Allen's Drug and Pharmacy* und ließ den Volkswagen in eine Parklücke zwischen zwei LKWs gleiten, die ihn von der Straße abschirmten. Dann rutschte ich so weit nach unten wie möglich und versuchte, mich unsichtbar zu machen. Ich war mir ziemlich sicher, dass ich Pepper am Fluss abgehängt hatte, aber es konnte nicht schaden, vorsichtig zu sein.

Ich schrak aus meinen Tagträumen hoch, als mein Handy klingelte.

»Jo, Grey«, sagte Scott. »Vee und ich sind auf dem Weg zu Taco Hut, mittagessen, aber die große Frage des Tages ist, wo steckst du? Jetzt, wo du a) fahren kannst und b) ein Auto hast – ähem, dank mir –, musst du nicht mehr in der Schulcafeteria essen. Nur zur Info.«

Ich ignorierte seinen scherzhaften Unterton. »Ich brauche Dantes Nummer. Schick mir eine SMS, und zwar schnell.« Ich hatte Dantes Nummer in meinem alten Telefon gespeichert, aber nicht in diesem.

»Oh, *wie bitte?*«

»Was soll das? Ist heute Doppelmoral-Dienstag?«

»Wozu brauchst du seine Nummer? Ich denke, du wärst mit Dante zus…«

Ich legte auf und versuchte, gründlich nachzudenken. Was wusste ich mit Sicherheit? Dass ein Erzengel, der ein Doppelleben führte, mich entführen und als Köder für Patch benutzen wollte, damit dieser ihm einen Gefallen tat. Oder aufhörte, ihn zu erpressen. Oder beides. Außerdem wusste ich, dass Patch nicht der Erpresser war.

Welche Informationen fehlten mir? Vor allem wusste ich nicht, wo Patch sich aufhielt. War er in Sicherheit? Würde er Kontakt zu mir aufnehmen? Brauchte er meine Hilfe?

*Wo bist du, Patch?*, rief ich ins Universum hinaus.

Mein Handy piepte.

HIER IST DANTES NUMMER. AUSSERDEM HAB' ICH GEHÖRT, DASS SCHOKOLADE GEGEN PMS HELFEN SOLL, schrieb Scott.

»Sehr witzig«, sagte ich laut, während ich Dantes Nummer einhämmerte. Er meldete sich beim dritten Klingeln.

»Wir müssen uns treffen«, sagte ich mit einer gewissen Schärfe in der Stimme.

»Hör mal, wenn's wegen heute Morgen ist ...«

»Natürlich ist es wegen heute Morgen! Was hast du mir da gegeben? Ich habe eine unbekannte Flüssigkeit getrunken und kann plötzlich so schnell rennen wie du und fünfzehn Meter in die Luft springen und bin mir ziemlich sicher, dass ich auch überdurchschnittlich gut sehen kann.«

»Das lässt nach. Um diese Geschwindigkeiten zu halten, müsstest du das blaue Zeug täglich trinken.«

»Hat das blaue Zeug auch einen Namen?«

»Nicht übers Telefon.«

»Prima. Dann triff dich mit mir.«

»Sei in einer halben Stunde im Rollerland.«

Ich blinzelte. »Du willst mich an der Rollerskate-Bahn treffen?«

»Es ist mittags an einem Wochentag, da ist niemand außer ein paar Müttern mit Kleinkindern. Macht es leicht, mögliche Spione zu erkennen.«

Ich wusste nicht, wen Dante verdächtigte, dass er uns nach-spionieren könnte, aber ich hatte das ungute Gefühl, dass Dante nicht der Einzige war, der dieses blaue Zeug haben wollte – was auch immer es war. Meiner Einschätzung nach war es irgendeine Art von Droge. Ich hatte ja am eigenen Körper erfahren, welche Verbesserungen es bewirkte. Die Kräfte, die es mir verliehen hatte, waren surreal. Es war, als gäbe es keine Grenzen mehr für mich und als wären meine körperlichen Fähigkeiten … grenzenlos. Das Gefühl war be-rauschend und unnatürlich. Letzteres war es, was mir Sorgen machte.

Als Hank noch am Leben war, hatte er mit Teufelskraft herumexperimentiert, hatte versucht, die Kräfte der Hölle für seine Zwecke nutzbar zu machen. Die Gegenstände, die er damit belegt hatte, hatten immer einen gruseligen, bläulichen Farbton angenommen. Bis jetzt hatte ich geglaubt, dass das Wissen um die Teufelskraft mit Hank gestorben war, aber allmählich kamen mir Zweifel daran. Ich hoffte nur, dass es ein Zufall war, dass Dantes rätselhaftes Getränk blau war, aber mein Instinkt sagte mir das Gegenteil.

Ich stieg aus dem Wagen und ging die paar Blocks zum Rol-lerland zu Fuß, wobei ich immer wieder einen Blick über die Schulter warf, um nach Anzeichen Ausschau zu halten, ob mir jemand folgte. Keine seltsamen Männer in dunklen Trench-coats und Sonnenbrillen. Auch keine übergroßen Menschen, ein todsicheres Anzeichen für Nephilim.

Ich rauschte durch die Türen zum Rollerland, lieh mir ein Paar Rollschuhe in Größe 39 aus und setzte mich auf eine Bank direkt an der Arena. Das Licht war gedämpft, und eine Disco-Kugel schickte helle, bunte Farbstreifen über die gebohnerte, hölzerne Fläche. Altmodische Britney-Spears-Songs kamen aus den Lautsprechern. Wie Dante vorausgesagt hatte, skateten um diese Uhrzeit hier nur kleine Kinder mit ihren Müttern.

Eine Veränderung in der Luft, eine plötzliche elektrische Spannung sagte mir, dass Dante da war. Er setzte sich neben mich auf die Bank. Er trug eine dunkle, eng geschnittene Jeans und ein passendes blaues Polo-Shirt. Er hatte sich nicht die Mühe gemacht, die Sonnenbrille abzusetzen, so dass ich seine Augen nicht sehen konnte. Ich fragte mich, ob er es bedauerte, mir das Zeug zu trinken gegeben zu haben, und irgendeine Form von schlechtem Gewissen verspürte. Ich hoffte es.

»Willst du skaten?«, fragte er mich.

Ich bemerkte, dass er keine Rollschuhe dabeihatte. »Auf dem Schild steht, dass man Rollschuhe ausleihen muss, um durch die Eingangshalle zu kommen.«

»Du hättest den Mann am Schalter mit einem mentalen Trick belegen können.«

Ich fühlte, wie meine Stimmung sich verdüsterte. »Das ist wirklich nicht meine Art.«

Dante zuckte die Schultern. »Dann verpasst du aber eine Menge der Vorteile, die man als Nephilim so hat.«

»Erzähl mir von dem blauen Zeug.«

»Es ist ein Getränk, das die eigenen Kräfte verstärkt.«

»Das hab' ich schon mitgekriegt. Womit ist es verstärkt?«

Dante beugte sich dicht an mich heran und flüsterte: »Teufelskraft. Es ist nicht so schlimm, wie es sich anhört«, versicherte er mir.

Mein Rücken verspannte sich, und meine Nackenhaare kitzelten. Nein, nein, nein. Teufelskraft sollte von der Erde verschwunden sein. Sie war zusammen mit Hank verschwunden. »Ich weiß, was Teufelskraft ist. Und ich dachte, sie wäre zerstört.«

Dantes dunkle Augenbrauen zogen sich zusammen. »Woher weißt du von Teufelskraft?«

»Hank hat sie benutzt. Genau wie sein Komplize Chauncey Langeais. Aber als Hank gestorben ist …« Ich rief mich selbst zur Ordnung. Dante wusste nicht, dass ich Hank getötet hatte, und zu sagen, dass es meine Beziehung zu den Nephilim, Dante eingeschlossen, nicht gerade verbessern würde, wenn mein Geheimnis herauskam, war die Untertreibung des Jahres. »Patch hat für Hank spioniert.«

Ein Nicken. »Ich weiß. Sie hatten eine Abmachung. Patch hat uns Informationen über gefallene Engel geliefert.«

Ich wusste nicht, ob Dante absichtlich ausgelassen hatte, dass Patch nur unter einer Bedingung eingewilligt hatte, für Hank zu spionieren: dass er mein Leben verschonte. Oder hatte Hank dieses Detail für sich behalten?

»Hank hat Patch von der Teufelskraft erzählt«, log ich, um meine Spuren zu verwischen. »Aber Patch hat mir erzählt, dass die Teufelskraft mit Hank verschwunden ist, als er starb. Patch hatte den Eindruck, dass Hank der Einzige war, der wusste, wie man damit umging.«

Dante schüttelte den Kopf. »Hank hatte seine rechte Hand, Blakely, damit beauftragt, die Teufelskraft-Prototypen zu entwickeln. Blakely weiß mehr über Teufelskraft, als Hank je wusste. Blakely hat sich die letzten paar Monate in einem Labor vergraben und Messer, Peitschen und Schlagringe mit Teufelskraft belegt, um sie dadurch in tödliche Waffen zu verwandeln. Erst vor Kurzem hat er ein Getränk erfunden, das die Kräfte der Nephilim steigert. Wir sind jetzt gleich stark, Nora«, erklärte er mit einem aufgeregten Glitzern in den Augen. »Früher brauchte es zehn Nephilim, um einen gefallenen Engel zu überwältigen. Jetzt nicht mehr. Ich habe das Zeug für Blakely getestet, und wenn ich es trinke, dann verändern sich die Chancen jedes Mal zu meinem Vorteil. Ich kann gegen jeden gefallenen Engel antreten, ohne Angst haben zu müssen, dass er stärker ist.«

Meine Gedanken rasten. Teufelskraft kursierte auf der Erde? Die Nephilim hatten eine Geheimwaffe, die in einem geheimen Labor entwickelt wurde? Das musste ich Patch erzählen. »Ist das Getränk, das du mir gegeben hast, dasselbe wie das, das du für Blakely getestet hast?«

»Ja.« Ein abgefeimtes Lächeln. »Jetzt verstehst du, wovon ich rede.«

Wenn er Lob dafür haben wollte, bekam er es nicht von mir. »Wie viele Nephilim wissen davon oder haben es getrunken?«

Dante lehnte sich auf der Bank zurück und seufzte. »Fragst du mich, weil du das persönlich wissen willst?« Er machte eine bedeutungsschwangere Pause. »Oder willst du das Geheimnis mit Patch teilen?«

Ich zögerte, und Dantes Miene wurde ernst.

»Du musst dich entscheiden, Nora. Du kannst nicht gleichzeitig zu uns und zu Patch halten. Du unternimmst da eine bewundernswerte Anstrengung, aber am Ende geht's bei Loyalität immer darum, sich zu einer Seite zu bekennen. Du bist entweder für die Nephilim oder gegen uns.«

Das Schlimmste an diesem Gespräch war, dass Dante recht hatte. Tief im Inneren wusste ich das. Patch und ich waren uns einig gewesen, dass unser Ziel in diesem Krieg darin bestand, zusammen und mit heiler Haut daraus hervorzugehen, aber wenn ich weiter daran als einzigem Ziel festhielt, was wurde dann aus den Nephilim? Ich sollte schließlich ihre Anführerin sein, sie glauben lassen, dass ich ihnen helfen würde, aber das tat ich nicht wirklich.

»Wenn du Patch von der Teufelskraft erzählst, dann wird

er diese Information nicht für sich behalten«, sagte Dante. »Er wird Blakely aufspüren und das Labor zerstören wollen. Nicht aus irgendwelchen erhabenen moralischen Gründen, sondern aus reinem Selbstschutz. Hier geht's nicht mehr nur um Cheschwan«, erklärte er. »Mein Ziel ist es nicht, die gefallenen Engel so weit zurückzudrängen, dass sie uns nicht mehr in Besitz nehmen können. Mein Ziel ist es, die gesamte Rasse der gefallenen Engel auszulöschen, und zwar mit Hilfe der Teufelskraft. Und wenn sie das bis jetzt noch nicht wissen, dann werden sie bald darauf kommen.«

»*Was?*«, platzte ich heraus.

»Hank hatte einen Plan: die Auslöschung ihrer ganzen Art. Blakely glaubt, dass er mit ein bisschen mehr Zeit den Prototyp einer Waffe entwickeln kann, die mächtig genug ist, einen gefallenen Engel zu töten, etwas, was man nie für möglich hielt. Bis jetzt.«

Ich sprang von der Bank auf und begann, auf und ab zu gehen. »Warum sagst du mir das?«

»Es ist Zeit, dass du dich entscheidest. Bist du für uns oder nicht?«

»Patch ist doch gar nicht das Problem. Er arbeitet nicht mit gefallenen Engeln zusammen. Er will keinen Krieg.« Patch wollte nur, dass ich an der Macht blieb, meinen Eid erfüllte und lebend aus all dem herauskam. Aber wenn ich ihm von der Teufelskraft erzählte? Dante hatte recht: Patch würde alles tun, um sie zu zerstören.

»Wenn du ihm von der Teufelskraft erzählst, sind wir erledigt«, erklärte Dante.

Er verlangte von mir, dass ich entweder ihn, Scott und Tausende von unschuldigen Nephilim verriet … oder Patch. Ich fühlte unvermittelt einen so heftigen Schmerz, dass ich mich beinahe gekrümmt hätte.

»Nimm dir den Nachmittag Zeit, um darüber nachzudenken«, sagte Dante und stand auf. »Bis ich das Gegenteil von dir höre, gehe ich davon aus, dass du bereit bist, morgen früh gleich als Erstes trainieren zu gehen.« Er musterte mich einen Moment lang. Der Blick seiner braunen Augen war fest, enthielt aber auch den Schatten eines Zweifels. »Ich hoffe, wir stehen noch auf derselben Seite, Nora«, sagte er ruhig, bevor er hinausging.

Ich blieb noch eine Weile im Halbdunkel sitzen, umgeben von den mir bizarr erscheinenden fröhlichen Schreien und dem Lachen der Kinder, die versuchten, »Ein Hut, ein Stock, ein Regenschirm« auf Rollschuhen auszuführen. Ich ließ den Kopf sinken und vergrub ihn in den Händen. So hatte ich mir die Sache nicht vorgestellt. Ich hatte den Krieg absagen, einen Waffenstillstand erklären und mit Patch zusammen das alles hinter mir lassen wollen.

Stattdessen hatten Dante und Blakely bereits Pläne geschmiedet, hatten direkt da weitergemacht, wo Hank aufgehört hatte, und jetzt ging es nur noch um alles oder nichts. Dumm, dumm, dumm.

Unter normalen Umständen hätte ich nicht im Traum daran gedacht, dass Dante und Blakely oder überhaupt ein Nephilim auch nur den Hauch einer Chance hatten, die gefallenen Engel auszulöschen, aber ich vermutete, dass die Teufelskraft alles änderte. Und was bedeutete das für meine Hälfte der Abmachung? Wenn die Nephilim ohne mich in den Krieg zogen, würden die Erzengel sich noch auf mich verlassen wollen?

Ja. Ja, das würden sie.

Wo immer Blakely sich vergraben hatte, zweifellos beschützt von seiner eigenen kleinen, wachsamen Nephilim-Security, experimentierte er offensichtlich mit immer mächtigeren und gefährlicheren Prototypen. Er war die Wurzel des Problems.

Was das Ziel, ihn und sein geheimes Labor zu finden, ganz oben auf meine Prioritätenliste setzte.

Direkt, nachdem ich Patch gefunden hatte. Mein Magen schlug Purzelbäume vor Besorgnis, und ich sprach noch einmal ein stilles Gebet für ihn.

# ZEHN

Ich war schon fast beim Volkswagen, als ich einen schatten-
haften Umriss auf dem Fahrersitz sah. Ich blieb stehen, und
meine Gedanken machten einen kleinen Ausflug zurück zu
Cowboyhut-Zweite-Runde. Ich hielt den Atem an, während
ich darüber nachdachte, ob es klug wäre, einfach wegzuren-
nen. Aber je länger ich darüber nachdachte, desto schwächer
wurde meine hyperaktive Vorstellungskraft, und der Umriss
nahm seine wahre Form an. Patch lockte mich mit gekrümm-
tem Zeigefinger ins Auto. Während ein breites Grinsen sich
auf meinem Gesicht ausbreitete, löste sich meine Besorgnis
in nichts auf.

»Schwänzt du die Schule, um rollschuhfahren zu gehen?«,
fragte er, als ich mich ins Auto fallen ließ.

»Du kennst mich. Ich hab' eine Schwäche für lilafarbene
Räder.«

Patch lächelte. »Ich habe dein Auto nicht bei der Schule
gesehen. Ich habe nach dir gesucht. Hast du ein paar Minuten
Zeit?«

Ich gab ihm die Schlüssel. »Du fährst.«

Patch fuhr uns zu einer prachtvollen, luxuriösen Villa, die
auf die Casco Bay hinausging. Der historische Charme des
Gebäudes – tiefrote Backsteine gemischt mit Steinen aus der
Gegend – ließ vermuten, dass es weit über hundert Jahre alt
war, aber es war von Grund auf saniert worden, mit glänzenden Fenstern, schwarzen Marmorsäulen und einem Türsteher.

Patch fuhr in eine Einzelgarage und ließ das Tor herunter, so dass wir allein in kühler Dunkelheit saßen.

»Neue Wohnung?«, fragte ich.

»Pepper hat ein paar Nephilim-Schläger angeheuert, um mein Studio unter dem Delphic-Vergnügungspark umzugestalten. Ich brauchte kurzfristig einen neuen Unterschlupf mit erhöhten Sicherheitsvorkehrungen.«

Wir stiegen aus, gingen eine schmale Treppe hinauf, traten durch eine Tür und kamen in Patchs neuer Küche heraus. Eine Fensterfront von Wand zu Wand bot einen atemraubenden Blick über die Bucht. Einige weiße Segelboote waren aufs Wasser hingetupft, und ein malerischer bläulicher Nebel umwölkte die umgebende Steilküste. Herbstliches Laubwerk umrahmte die Bucht und brannte in leuchtend roten Farbschattierungen, als stünde die ganze Landschaft in Flammen. Der Bootsanleger unten am Fuß der Villen schien privat zu sein.

»Protzig«, sagte ich.

Er reichte mir von hinten einen Becher heißen Kakao und küsste mich auf den Nacken. »Es ist sehr viel offener, als mir lieb ist, und das ist etwas, was du nicht allzu oft von mir hören wirst.«

Ich lehnte mich gegen ihn und nippte an meinem Kakao. »Ich habe mir Sorgen um dich gemacht.«

»Pepper hat mich gestern Abend vor dem Devil's Handbag abgefangen. Was bedeutet, ich hatte keine Chance mehr, mit unserem Nephilim-Freund Cowboyhut zu reden. Aber ich habe ein paar Leute angerufen und ein bisschen Laufarbeit erledigt, angefangen damit, dass ich mir die Hütte angesehen habe, in die er dich gebracht hatte. Cowboyhuts richtiger Name lautet Shaun Corbridge, und er ist nach Nephilim-Zählung zwei Jahre alt. Er hat Weihnachten vor zwei Jahren die Treue geschworen und sich freiwillig in die Armee der Schwarzen Hand eingeschrieben. Er ist jähzornig und war drogensüchtig. Offensichtlich sucht er nach einer Möglichkeit, sich einen Namen zu machen, und denkt, du könntest ihm auf dem Weg dahin helfen. Sein Hang zur Dummheit ist unsäglich.« Patch küsste mich noch einmal in den Nacken, diesmal länger. »Ich habe dich auch vermisst. Was hast du denn für mich?«

Hmm, wo sollte ich anfangen.

»Ich könnte dir erzählen, wie Pepper heute Morgen versucht hat, mich zu entführen. Oder vielleicht möchtest du lieber hören, wie Dante mir heimlich ein Gebräu zu trinken gegeben hat, das mit Teufelskraft belegt war? Offensichtlich hat Blakely, Hanks rechte Hand, monatelang mit Teufelskraft herumexperimentiert und eine hochwirksame Droge für Nephilim entwickelt.«

»Er hat *was* gemacht?«, grollte Patch mit einer Stimme, in der kaum mehr Wut mitschwingen konnte. »Hat Pepper dir wehgetan? Und Dante reiß' ich in Stücke!«

Ich schüttelte den Kopf, war aber überrascht, als mir plötzlich die Tränen in die Augen stiegen. Ich wusste, warum Dante das getan hatte – er musste mich stark genug machen, um die Nephilim-Armee zum Sieg zu führen –, aber ich nahm ihm die Art und Weise übel, wie er es hatte erreichen wollen. Er hatte mich angelogen. Er hatte mich mit einem Trick dazu gebracht, eine Substanz zu trinken, die nicht nur auf der Erde verboten, sondern möglicherweise auch gefährlich war. Ich war nicht so naiv zu glauben, dass Teufelskraft keine unerwünschten Nebenwirkungen hatte. Die Kräfte mochten nachlassen, aber die Saat des Teufels war in mich gelegt worden.

»Dante hat gesagt, die Wirkung des Getränks würde nach einem Tag nachlassen«, erklärte ich. »Das ist die gute Nachricht. Die schlechte ist, dass ich glaube, er hat vor, das Zeug schon bald an unzählige andere Nephilim auszugeben. Es wird ihnen … Superkräfte verleihen. Das ist die einzige Art und Weise, wie ich es beschreiben kann. Nachdem ich es genommen hatte, bin ich schneller gelaufen und höher gesprungen, und es hat meine Sinne geschärft. Dante sagt, dass in einem Kampf Mann gegen Mann ein Nephilim einen gefallenen Engel damit besiegen könnte. Ich glaube ihm, Patch. Ich bin Pepper entkommen. Einem *Erzengel*. Ohne das Zeug hätte er mich jetzt hinter Schloss und Riegel.«

Eiskalte Wut brannte in Patchs Blick. »Sag mir, wo ich Dante finde«, sagte er scharf.

Ich hatte nicht erwartet, dass Patch so wütend würde – ein grober Fehler, im Nachhinein gesehen. Natürlich schäumte er. Das Problem war: Wenn er jetzt loszog, um Dante zu finden, wüsste Dante, dass ich Patch von der Teufelskraft erzählt hatte. Ich musste meine Karten vorsichtig ausspielen. »Was er getan hat, war falsch, ja, aber er dachte, es wäre zu meinem Besten«, wandte ich ein.

Ein raues Lachen. »Glaubst du das wirklich?«

»Ich glaube, er ist verzweifelt. Er sieht nicht viele andere Möglichkeiten.«

»Er sucht auch gar nicht danach.«

»Er hat mir auch ein Ultimatum gestellt. Entweder ich bin für ihn und die Nephilim oder für dich. Er hat mir von der Teufelskraft erzählt, um mich auf die Probe zu stellen. Um zu sehen, ob ich es dir erzähle.« Ich warf die Arme hoch und ließ sie wieder fallen. »Ich hätte dir diese Information nie vorenthalten. Wir sind ein Team. Aber wir müssen gut überlegen, wie wir dieses Spiel spielen.«

»Ich bringe ihn um.«

Seufzend drückte ich die Fingerspitzen an die Schläfen.

»Du siehst nicht über deine persönliche Aversion gegenüber Dante hinaus – und über deine Wut.«

»Wut?« Patch lachte leise, aber es war unzweifelhaft ein bedrohliches Lachen. »O Engelchen. Das ist ein bisschen lahm für das, was ich gerade fühle. Ich habe soeben erfahren, dass ein Nephilim *dir zwangsweise Teufelskraft eingeflößt hat.* Mir ist vollkommen egal, was er denkt, und es ist mir auch egal, ob er verzweifelt war. Das ist ein Fehler, den er nicht noch einmal machen wird. Und bevor du in Versuchung gerätst, Mitleid mit ihm zu haben, solltest du wissen, dass ich das habe kommen sehen. Ich habe ihn gewarnt, dass ich ihn dafür verantwortlich machen würde, wenn du unter seiner Aufsicht auch nur den kleinsten Kratzer davonträgst.«

»Unter seiner Aufsicht?«, wiederholte ich und versuchte, einen Zusammenhang herzustellen.

»Ich weiß, dass du mit ihm trainierst«, erklärte Patch.

»Du weißt davon?«

»Du bist ein großes Mädchen. Du kannst deine eigenen Entscheidungen treffen. Offensichtlich hattest du deine Gründe dafür, Techniken der Selbstverteidigung von Dante zu lernen, und ich hätte dich dabei bestimmt nicht aufgehalten. Ich habe dir vertraut; er war es, wegen dem ich mir Sorgen gemacht habe. Und es sieht ganz danach aus, als hätte ich auch allen Grund dazu gehabt. Ich frage noch einmal: Wo versteckt er sich?« Jetzt knurrte er beinahe, während seine Miene immer finsterer wurde.

»Was bringt dich denn auf den Gedanken, er würde sich verstecken?«, fragte ich unglücklich, weil ich das Gefühl hatte, wieder einmal zwischen Patch und Dante stehen zu müssen. Zwischen gefallenen Engeln und Nephilim. Ich hatte nicht vorgehabt, unsere Trainingseinheiten vor Patch geheimzuhalten; ich hatte einfach nur gedacht, es wäre besser, die Rivalität zwischen ihm und Dante nicht noch weiter anzuheizen.

Patchs Lachen jagte mir einen Schauer über den Rücken. »Wenn er schlau ist, versteckt er sich.«

»Ich bin auch sauer, Patch. Glaub mir, ich wünschte, ich könnte in der Zeit zurückgehen und den heutigen Morgen ungeschehen machen. Aber ich hasse es, wenn du Entscheidungen triffst, ohne mich zu fragen. Erst nähst du einen GPS-Sender in meine Klamotten. Dann bedrohst du Dante hinter meinem Rücken. Du arbeitest quer zu mir, aber ich hätte lieber das Gefühl, dass du an meiner Seite stehst. Ich möchte das Gefühl haben, dass wir zusammenarbeiten.«

Patchs neues Handy klingelte, und er warf einen Blick auf das Display, was ein ungewöhnliches Verhalten für ihn war. Normalerweise ließ er die Anrufe auf die Mailbox gehen und wählte sorgfältig aus, wen er zurückrief.

»Erwartest du einen wichtigen Anruf?«, fragte ich.

»Ja, und ich muss mich jetzt darum kümmern. Ich bin auf deiner Seite, Engelchen. Das werde ich immer sein. Es tut mir leid, wenn du das Gefühl hast, ich untergrabe deine Wünsche. Das ist als Allerletzte, was ich will, glaub mir.« Er wischte einen Kuss über meinen Mund, aber er fühlte sich schroff an. Er war schon auf dem Weg zur Treppe, die nach unten in die Garage führte. »Du musst etwas für mich erledigen. Sieh zu, ob du irgendetwas über Blakely herausfinden kannst. Wo er jetzt wohnt, Orte, die er in letzter Zeit besucht hat, wie viele Nephilim-Bodyguards ihn beschützen, ob er irgendwelche neuen Prototypen entwickelt, und wann er vorhat, seinen Supertrank der Allgemeinheit zur Verfügung zu stellen. Du hast recht – ich glaube nicht, dass die Teufelskraft schon über Dante und Blakely hinaus verteilt wurde. In dem Fall wären die Erzengel längst darauf angesprungen. Lass uns bald reden, Engelchen.«

»Also führen wir dieses Gespräch später zu Ende?«, rief ich ihm noch hinterher, immer noch verblüfft über seinen plötzlichen Abgang.

Er blieb kurz an der Treppe stehen. »Dante hat dir ein Ultimatum gesetzt, aber das wäre sowieso gekommen, mit oder ohne ihn. Ich kann dir die Entscheidung nicht abnehmen, aber wenn du jemanden zum Reden brauchst, sag mir Bescheid. Ich helfe dir gern. Schalt die Alarmanlage ein, bevor du gehst. Dein eigener Schlüssel liegt auf dem Tresen. Du bist jederzeit willkommen. Ich melde mich.«

»Was ist mit Cheschwan?«, fragte ich. Ich war noch nicht einmal zur Hälfte fertig mit den Themen, die ich mit ihm besprechen wollte, und jetzt lief er mir davon. »Er fängt heute Nacht mit dem Mondaufgang an.«

Patch nickte knapp. »Da liegt etwas in der Luft. Ich behalte dich im Auge, aber ich möchte, dass du trotzdem gut auf dich aufpasst. Sei nicht später draußen als nötig. Heute Abend ist der Sonnenuntergang deine Sperrstunde.«

Da ich keinen Sinn darin sah, ohne gültige Entschuldigung in die Schule zurückzukehren, und da ich sowieso, selbst wenn ich jetzt losfuhr, nur noch die letzte Stunde mitbekommen würde, beschloss ich, bei Patch zu bleiben und ein bisschen nachzudenken, Schrägstrich, mein Gewissen zu prüfen.

Ich machte den Kühlschrank auf, um einen Snack zu ergattern, aber er war leer. Es war unübersehbar, dass Patch sehr schnell eingezogen war und die Möbel zur Wohnung dazugehörten. Alle Zimmer waren makellos und unpersönlich. Edelstahlgeräte, Anstriche in warmem Grau, Walnussdielen. Moderne amerikanische Möbel in schlichten Farben. Flachbildfernseher und Ledersessel. Maskulin, stylisch und ohne jede Wärme.

Ich ging mein Gespräch mit Patch in Gedanken noch einmal durch und befand, dass er nicht im Geringsten Mitgefühl wegen Dantes Ultimatums und meines großen Dilemmas gezeigt hatte. Was bedeutete das? Dass er dachte, ich würde schon allein zurechtkommen? Dass die Entscheidung zwischen Nephilim und gefallenen Engeln sowieso klar war? War sie nämlich nicht. Die Entscheidung wurde mit jedem Tag, der verging, schwieriger.

Ich grübelte über das nach, was ich *tatsächlich* wusste. Vor allem wollte Patch, dass ich herausfand, was Blakely vorhatte. Patch dachte wahrscheinlich, dass Dante mein bester Kontakt war – ein Mittelsmann zwischen mir und Blakely sozusagen. Und um die Kommunikation zwischen uns nicht zu behindern, war es wohl am besten, wenn ich Dante in dem Glauben ließ, ich stünde auf seiner Seite. Dass ich auf einer Linie mit den Nephilim war.

Und das war ich ja auch. In vielerlei Hinsicht. Meine Sympathie galt ihnen, weil sie nicht darum kämpften, andere Lebewesen zu beherrschen, oder irgendwelche anderen verwerflichen Ziele verfolgten – sie kämpften um ihre Freiheit. Das verstand ich. Das bewunderte ich. Dafür würde ich alles tun, was ich konnte. Aber ich wollte nicht, dass Blakely oder Dante die Population der gefallenen Engel in Gefahr brachten. Wenn die gefallenen Engel vom Angesicht der Erde gewischt wurden, dann würde Patch mit ihnen verschwinden. Ich wollte Patch nicht verlieren, und ich würde tun, was immer in meiner Macht stand, um dafür zu sorgen, dass seine Art überlebte.

Mit anderen Worten, ich war einer Antwort noch keinen Schritt näher gekommen. Ich stand wieder genau da, wo ich am Anfang auch gestanden hatte, auf beiden Seiten. Die Ironie des Ganzen traf mich mit aller Wucht. Ich war genau wie Pepper Friberg. Der einzige Unterschied zwischen mir und Pepper war, dass ich mich ja für eine Seite entscheiden wollte. Diese ganze Heimlichtuerei, die ganzen Lügen und dass ich jeder Seite gegenüber so tun musste, als sei ich loyal, das raubte mir den Schlaf. Schon ziemlich bald würde ich mich nicht mehr erinnern können, welche Lügen ich erzählt hatte, und würde in meinem eigenen, kunstvollen Lügengespinst gefangen werden.

Ich seufzte tief. Und schaute noch einmal in Patchs Kühlschrank. Seit ich das letzte Mal hineingesehen hatte, hatte sich kein Eiscremebehälter auf magische Weise hineinverirrt.

## ELF

Um fünf am nächsten Morgen senkte sich meine Matratze unter dem Gewicht eines zweiten Körpers. Meine Augen öffneten sich abrupt und erblickten Dante, der mit düsterer Miene am Fuß des Bettes saß.

»Nun?«, fragte er einfach.

Ich hatte gestern den ganzen Tag bis in die Nacht hinein nachgedacht und mich schließlich für eine Handlungsweise entschieden. Jetzt kam der schwierige Teil: sie in die Tat umzusetzen. »Gib mir fünf Minuten, um mich anzuziehen. Wir treffen uns draußen.«

Seine Augenbrauen hoben sich leicht fragend, seine Hoffnung war erkennbar. »Heißt das, was ich denke, dass es heißt?«

»Ich trainiere nicht mit den gefallenen Engeln, oder?« Keine ganz klare Antwort, aber ich hoffte, Dante drang nicht weiter in mich.

Er lächelte. »Also dann in fünf Minuten.«

»Aber kein blaues Zeug mehr«, sagte ich, worauf er an der Tür stehen blieb. »Nur, dass wir uns da einig sind.«

»Die Probe von gestern hat dich nicht überzeugt?« Zu meinem Missvergnügen sah er nicht einmal so aus, als täte es ihm leid. Wenn überhaupt, zeugte sein Gesichtsausdruck von Enttäuschung.

»Ich habe so das Gefühl, dass es nicht gerade konform mit den Anti-Doping-Regeln geht.«

»Nur für den Fall, dass du es dir noch anders überlegst, es geht aufs Haus.«

Ich beschloss, die Richtung, die das Gespräch nahm, auszunutzen. »Entwickelt Blakely noch andere Stärkungstränke? Und wann, glaubst du, will er seine Testgruppe erweitern?«

Ein unverbindliches Achselzucken. »Ich habe schon länger nicht mit Blakely gesprochen.«

»Ehrlich? Du testest Teufelskraft für ihn. Und ihr habt beide Hank nahegestanden. Es überrascht mich, dass ihr nicht regelmäßig voneinander hört.«

»Kennst du die Redensart: ›Setze nicht alles auf eine Karte‹? Das ist unsere Strategie. Blakely entwickelt die Prototypen in seinem Labor, und irgendjemand anders liefert sie mir. Wenn einem von uns etwas zustößt, ist der andere immer noch in Sicherheit. Ich weiß nicht, wo Blakely sich aufhält, also kann ich, sollten die gefallenen Engel mich erwischen und foltern, ihnen nichts Nützliches verraten. Standardvorsichtsmaßnahme. Wir fangen mit einem Fünfzehn-Meilen-Lauf an, also sieh zu, dass du genug getrunken hast.«

»Warte mal. Was ist mit Cheschwan?« Ich sah ihm fest ins Gesicht, während ich mich auf das Schlimmste vorbereitete. Einige Stunden hatte ich letzte Nacht wachgelegen und auf ein nach außen sichtbares Zeichen dafür gewartet, dass es angefangen hatte. Ich hatte mit irgendeiner Verschiebung in der Luft gerechnet, einem Strom negativer Energie, der über meine Haut glitt oder irgendein anderes übernatürliches Zeichen. Stattdessen hatte Cheschwan in aller Stille begonnen. Und doch war ich sicher, dass irgendwo da draußen Nephilim auf eine Art und Weise litten, wie ich sie mir noch nicht einmal vorstellen konnte.

»Nichts«, sagte Dante grimmig.

»Was meinst du damit, nichts?«

»Soweit ich weiß, hat gestern noch kein gefallener Engel Besitz von seinem Vasallen genommen.«

Ich setzte mich auf. »Das ist doch gut!«, rief ich. »Oder etwa nicht?«, setzte ich hinzu, als ich Dantes düstere Miene sah.

Er ließ sich Zeit mit seiner Antwort. »Ich weiß nicht, was das bedeutet. Aber ich glaube nicht, dass es etwas Gutes ist. Sie warten nicht ohne Grund – ohne einen ganz besonders guten Grund«, erklärte er schließlich zögernd.

»Das verstehe ich nicht.«

»Willkommen im Club.«

»Könnte es was mit mentaler Kriegsführung zu tun haben? Glaubst du, sie versuchen, die Nephilim zu verunsichern?«

»Ich glaube, sie wissen etwas, was wir nicht wissen.«

Nachdem Dante leise die Tür zu meinem Schlafzimmer geschlossen hatte, zog ich ein paar Sportsachen an und räumte diese neue Information im Geist ordentlich weg. Ich konnte es kaum erwarten, Patchs Meinung über diesen überraschenden und unerwarteten Beginn des Cheschwan letzte Nacht zu hören. Da er ein gefallener Engel war, musste er doch eine genauere Erklärung dafür haben. Was bedeutete es, dass noch nichts geschehen war?

Enttäuscht darüber, noch keine Antwort zu haben, aber sicher, dass es reine Zeitverschwendung war, weiter darüber zu spekulieren, konzentrierte ich mich auf das, was ich erfahren hatte. Ich hatte das Gefühl, als sei ich meinem Ziel, die Teufelskraft bis zu ihrer Quelle zurückzuverfolgen, einen winzigen Schritt näher gekommen. Dante hatte gesagt, er und Blakely würden sich nie persönlich treffen, und ein Mittelsmann würde Blakelys Prototypen an Dante weitergeben. Ich musste diesen Mittelsmann finden.

Draußen startete Dante sofort in Richtung der Wälder,

und das war mein Zeichen, ihm zu folgen. Schon beim ersten Schritt spürte ich, dass das blaue Zeug, das mit Teufelskraft verstärkt war, aus meinem Stoffwechsel ausgespült war. Dante schoss mit halsbrecherischer Geschwindigkeit zwischen den Bäumen hindurch, während ich hinterherhinkte und mich bei jedem Schritt darauf konzentrieren musste, die Verletzungen möglichst gering zu halten. Aber obwohl ich mich nur auf meine eigenen Kräfte verließ, merkte ich, dass ich besser wurde. Schneller. Ein großer Felsbrocken lag direkt auf meinem Weg, und statt um ihn herumzulaufen, beschloss ich im Bruchteil einer Sekunde, darüber hinwegzuspringen. Nachdem ich einen Fuß halb auf die raue Oberfläche gesetzt hatte, stieß ich mich ab und stieg hoch über den Felsbrocken in die Luft. Noch im Landen duckte ich mich sofort unter einem stacheligen Baum mit tief hängenden Ästen hindurch und sprang auf der anderen Seite auf die Füße, ohne auch nur einmal aus dem Tritt zu kommen. Dann rannte ich weiter.

Am Ende der Fünfzehn-Meilen-Runde war ich schweißgebadet und keuchte vor Anstrengung. Ich lehnte mich gegen einen Baum und legte den Kopf in den Nacken, um Luft zu bekommen.

»Du wirst besser«, sagte Dante und hörte sich überrascht an. Ich warf einen Blick zur Seite. Natürlich sah er aus, als käme er frisch aus der Dusche, kein Haar lag am falschen Platz.

»Und ganz ohne Hilfe von Teufelskraft«, setzte ich nach.

»Du würdest noch bessere Ergebnisse erzielen, wenn du den Superdrink nehmen würdest.«

Ich stieß mich von dem Baum ab und kreiste mit den Armen, um meine Schultermuskulatur zu lockern. »Was steht jetzt auf dem Plan? Krafttraining?«

»Mentale Tricks.«

Damit hatte ich nicht gerechnet. »In den Geist anderer Leute eindringen?«

»Leute, ganz besonders gefallene Engel, sehen lassen, was nicht wirklich da ist.«

Ich brauchte keine Definition. Ich war selbst schon mit mentalen Tricks hereingelegt worden, und die Erfahrung war nicht ein einziges Mal angenehm gewesen. Bei mentalen Tricks ging es nur darum, das Opfer zu beschwindeln.

»Ich weiß nicht«, wiegelte ich ab. »Muss das wirklich sein?«

»Es ist eine mächtige Waffe. Ganz besonders für dich. Wenn du einen schnelleren, stärkeren oder größeren Gegner glauben machen kannst, du seist unsichtbar oder er würde gerade über den Rand einer Klippe treten, dann kann dir das ein paar wertvolle Extra-Sekunden verschaffen, die vielleicht deine Rettung sind.«

»In Ordnung, zeig mir, wie man das macht«, erklärte ich, immer noch widerstrebend.

»Schritt eins: Dring in den Geist deines Gegners ein. Das ist genauso, wie in seinem Geist zu sprechen. Versuch's mal bei mir.«

»Das ist leicht«, sagte ich, während ich mein mentales Netz nach Dante auswarf, seinen Geist umgarnte und Worte in sein bewusstes Denken drängte. *Ich bin in deinem Geist, seh' mich um, und es ist erschreckend leer hier drin.*

*Philister,* erwiderte Dante.

*Das sagt heutzutage keiner mehr. Wo wir gerade davon sprechen, wie alt bist du in Nephilim-Jahren?* Ich hatte nie daran gedacht, ihn zu fragen.

*Ich habe während Napoleons Invasion in Italien – meinem Heimatland – die Treue geschworen.*

*Und das war in welchem Jahr …? Hilf mir, ich bin kein Crack in Geschichte.*

Dante lächelte. *1796.*

*Wow. Du bist alt.*

*Nein, erfahren. Nächster Schritt: Reiß die Stränge, die die Gedanken deines Gegners bilden, auseinander. Drösele sie auf, verwirre sie, schneide sie durch, was immer dir passt. Nephilim tun das auf ganz verschiedene Weisen. Mir fällt es am leichtesten, die Gedanken meines Opfers auseinanderzunehmen. Ich greife die Wand in ihrem Geist an, die, die das Zentrum umgibt, wo jeder Gedanke seinen Ursprung hat, und reiße sie ein. So ungefähr.*

Bevor ich auch nur mitbekam, was geschah, hatte Dante mich gegen den Baum geschoben und strich mir sanft ein paar Haarsträhnen aus der Stirn. Er hob mit dem Zeigefinger mein Kinn an und sah mir tief in die Augen. Selbst wenn ich gewollt hätte, hätte ich mich seinem durchdringenden Blick nicht entziehen können. Ich nahm seine wunderschönen Gesichtszüge in mich auf. Tiefbraune Augen in gleichmäßigem Abstand von einer kräftigen, geraden Nase. Volle Lippen, die in einem selbstbewussten Lächeln geschwungen waren. Dickes braunes Haar, das ihm in die Stirn fiel. Sein Kiefer war breit und scharf geschnitten, weich und frisch rasiert. Und all das vor dem Hintergrund einer weichen olivfarbenen Haut.

Ich konnte an nichts anderes mehr denken als daran, wie gut es sich anfühlen würde, ihn zu küssen. Jeder andere Gedanke war aus meinem Kopf verschwunden, und es machte mir überhaupt nichts aus. Ich war in einem himmlischen Traum verloren, und es hätte mir auch nichts ausgemacht, wenn ich niemals wieder daraus erwacht wäre. *Küss mich, Dante.* Ja, das war genau das, was ich wollte. Ich stellte mich auf die Zehenspitzen, brachte unsere Münder näher aneinander, ein aufregendes Flügelflattern in der Brust.

Flügel. Engel. *Patch.*

Instinktiv zog ich eine neue Wand in meinem Geist hoch.

Und plötzlich erkannte ich, was wirklich geschehen war. Dante hatte mich gegen den Baum gedrängt, okay, aber ich wollte auf keinen Fall mit ihm herumknutschen.

»Demonstration beendet«, sagte Dante, und sein Lächeln war eine Spur zu dreist für meinen Geschmack.

»Nächstes Mal suchst du dir ein passenderes Beispiel«, sagte ich angespannt. »Patch würde dich umbringen, wenn er das herausfände.«

Sein Lächeln verblasste nicht. »Das ist ein sprachliches Bild, das auf Nephilim nicht wirklich gut passt.«

Mir war nicht danach, Witze zu machen. »Ich weiß, was du hier machst. Du versuchst, ihn aus der Fassung zu bringen. Dieser lächerliche Kleinkrieg zwischen euch beiden wird auf ganz andere Dimensionen aufgeblasen, wenn du anfängst, mit mir herumzumachen. Patch ist der Letzte, den du als Gegner haben willst. Er ist nur deshalb nicht lange nachtragend, weil die Leute, die ihm in die Quere kommen, normalerweise ziemlich schnell vom Erdboden verschwinden. Und das, was du da eben gemacht hast? Das war in die Quere kommen.«

»Es war das Erste, was mir eingefallen ist«, verteidigte er sich. »Tut mir leid.« Ich hätte mich besser gefühlt, wenn in seiner Entschuldigung wenigstens der Hauch eines schlechten Gewissens mitgeklungen hätte.

»Sieh zu, dass es nicht wieder vorkommt«, sagte ich knallhart.

Dante schien unangenehme Gefühle leicht abschütteln zu können. »Jetzt bist du dran. Dring in meinen Geist ein, und löse meine Gedankenstränge auf. Wenn du kannst, ersetze sie durch etwas, was du selbst erfunden hast. Mit anderen Worten, erschaffe eine Illusion.«

Da das der schnellste Weg war, um die Lektion und meine Zeit mit Dante zu beenden, schob ich meine persönliche Irritation beiseite und konzentrierte mich auf die Aufgabe, die vor mir lag. Während meine Netze noch durch Dantes Geist schwammen, stellte ich mir erst vor, wie ich seine Gedanken umgarnte und sie dann Fädchen für Fädchen auseinanderriss. Das Bild, das ich in meinem Kopf hatte, glich dem Entwirren eines durcheinandergeratenen Wollknäuels, ein dünnes Bändchen nach dem anderen.

*Mach schneller,* befahl Dante. *Ich spüre dich in meinem Kopf, aber du störst mich überhaupt nicht. Mach Wellen, Nora. Bring das Boot zum Schaukeln. Triff mich, bevor ich es überhaupt kommen sehe. Stell's dir vor wie einen Überfall. Wenn ich ein echter Gegner wäre, dann hättest du bisher nicht mehr erreicht, als mich wissen zu lassen, dass du in meinem Geist herumstümperst. Und das würde dich Auge in Auge mit einem echt angepissten gefallenen Engel bringen.*

Ich zog mich aus Dantes Geist zurück, atmete tief durch und warf meine Netze noch einmal aus – weiter diesmal. Ich schloss die Augen, um jedwede Ablenkung auszuschließen, und schuf ein neues Bild. Scheren. Riesige, glänzende Scheren. Damit schnitt ich Dantes Gedanken auseinander …

»Schneller«, bellte Dante. »Ich merke, wie du zögerst. Du bist so unsicher, dass ich deine Selbstzweifel fast riechen kann. Jeder gefallene Engel, der auch nur sein Körpergewicht wert ist, wird sofort darauf anspringen. Übernimm endlich das Ruder!«

Ich zog mich wieder zurück und ballte die Fäuste, weil ich immer frustrierter wurde. Über Dante und über mich selbst. Er trieb mich zu hart an und setzte seine Erwartungen zu hoch an. Und ich konnte die zweifelnden Stimmen in meinem Kopf nicht verscheuchen. Ich beschimpfte mich selbst dafür, dass ich genau das war, was Dante von mir glaubte. Schwach.

Heute Morgen war ich hier rausgekommen, um die Beziehung zu Dante aufrechtzuerhalten. Ich wollte ihn benutzen, um über ihn an Blakely und sein Teufelskraft-Labor heranzukommen, aber das war mir jetzt überhaupt nicht mehr wichtig. Ich wollte das hier können. Wut und Feindseligkeit flackerten hinter meinen Augen in kleinen roten Punkten auf. Mein Blickfeld verengte sich. Ich wollte nicht mehr unzulänglich sein. Ich wollte nicht mehr kleiner, langsamer, schwächer sein. Die wilde Entschlossenheit, die mich ergriff, schien mein Blut zum Kochen zu bringen. Mein ganzer Körper bebte vor hartnäckiger Entschlossenheit, als ich meinen Blick wieder auf Dante richtete. Alles andere versank. Es gab jetzt nur noch mich und ihn.

Ich warf mit aller Leidenschaft, die ich aufbringen konnte, mein Netz in Dantes Geist aus. Ich warf meine Wut auf Hank, meine Selbstzweifel und das schreckliche Gefühl der Zerrissenheit, das mich jedes Mal überkam, wenn ich daran dachte, mich zwischen Patch und den Nephilim entscheiden zu müssen, in Dantes Geist. Im selben Moment stand mir das Bild einer heftigen Explosion vor Augen, Rauchwolken und Staub, die immer höher und höher in die Luft stiegen. Ich zündete noch eine Explosion und danach noch eine. Ich richtete Chaos und Verwüstung an und vernichtete jede Hoffnung, die er hegen könnte, jemals wieder einen klaren Gedanken zu fassen.

Dante schrak vor mir zurück, offensichtlich erschüttert. »Wie hast du das gemacht?«, brachte er schließlich heraus. »Ich … ich konnte nichts sehen. Ich wusste nicht mal mehr, wo ich war.« Er blinzelte ein paar Mal hintereinander und starrte mich an, als wäre er sich nicht sicher, ob ich real war. »Es war wie … zwischen zwei Augenblicken in der Zeit hängen zu bleiben. Da war nichts. *Gar nichts.* Es war, als gäbe es mich überhaupt nicht. So was ist mir noch nie passiert.«

»Ich habe mir vorgestellt, wie ich Bomben in deinem Kopf zünde«, gestand ich.

»Nun, das hat funktioniert.«

»Also habe ich bestanden.«

»Ja, könnte man sagen«, antwortete Dante und schüttelte ungläubig den Kopf. »Ich mach' das schon eine ganze Weile, aber so was habe ich noch nie erlebt.«

Ich wusste nicht, ob ich erleichtert sein sollte, weil ich endlich einmal etwas richtig gemacht hatte, oder mich schuldig fühlen, weil ich überraschend gut darin gewesen war, in Dantes Geist einzudringen. Es war nicht gerade das ehrenhafteste Talent, in dem man brillieren konnte. Wenn ich einen Pokal auf meiner Kommode stehen haben wollte, dann nicht unbedingt die Auszeichnung dafür, dass ich hervorragend den Geist anderer zerstören konnte.

»Dann sind wir hier fertig, schätze ich?«, fragte ich.

»Bis morgen«, sagte Dante, immer noch mit einem benommenen Ausdruck auf dem Gesicht. »Gute Arbeit, Nora.«

Ich joggte den Rest des Heimwegs in normalem menschlichen Tempo – quälend lahmen sechs Meilen pro Stunde –, weil die Sonne allmählich aufging und es nicht schaden konnte, vorsichtig zu sein, auch wenn ich keine Menschen in der näheren Umgebung spürte. Ich kam aus dem Wald, überquerte die Straße zu unserem Haus und blieb am Fuß der Einfahrt abrupt stehen.

Marcie Millars roter Toyota 4Runner parkte direkt vor mir.

Mit einem immer schlimmer werdenden Krampf im Magen lief ich zur Veranda hoch. Diverse Umzugskartons waren neben der Tür gestapelt. Ich schob mich ins Haus hinein, aber bevor ich überhaupt etwas sagen konnte, sprang meine Mutter vom Küchentisch auf.

»Da bist du ja!«, rief sie ungeduldig aus. »Wo warst du

denn? Marcie und ich haben uns die letzte halbe Stunde den Kopf darüber zerbrochen, mit wem du um diese Uhrzeit hättest weglaufen können.«

Marcie saß an *meinem* Küchentisch, die Hände um einen Becher Kaffee gelegt, und lächelte mich unschuldig an.

»Ich war joggen«, sagte ich.

»Das sehe ich«, stellte meine Mutter fest. »Ich wünschte nur, du hättest mir Bescheid gesagt. Du hast dir nicht mal die Mühe gemacht, einen Zettel hinzulegen.«

»Es ist sieben Uhr morgens. Normalerweise wärst du jetzt noch im Bett. Was macht *sie* denn hier?«

»Ich sitze genau vor dir«, sagte Marcie süßlich. »Du kannst direkt mit mir reden.«

Ich sah sie fest an. »Schön. Was machst du hier?«

»Ich hab's dir doch gesagt. Ich verstehe mich nicht mehr mit meiner Mutter. Wir brauchen etwas Luft. Für den Augenblick glaube ich, es ist besser, wenn ich hier bei euch einziehe. Meine Mom hat kein Problem damit.« Völlig ungerührt trank sie noch einen Schluck Kaffee.

»Wie kommst du auf den Gedanken, dass das eine gute Idee wäre, ganz zu schweigen von einer vernünftigen?«

Marcie verdrehte die Augen. »*Hallooo.* Wir sind verwandt.«

Mein Unterkiefer klappte herunter, und mein Blick schoss sofort zu Mom hinüber. Sie sah nicht aus, als würde sie gleich die Fassung verlieren. Unglaublich.

»Ach, komm schon, Nora«, sagte sie. »Wir wussten es doch alle, auch wenn niemand es aussprechen wollte. Unter diesen Umständen würde Hank wollen, dass ich Marcie mit offenen Armen aufnehme.«

Ich war sprachlos. Wie konnte sie nur freundlich zu Marcie sein? Erinnerte sie sich nicht an alles, was zwischen uns und den Millars vorgefallen war?

Das war Hanks Schuld, schäumte ich innerlich. Ich hatte gehofft, dass seine Macht über sie mit seinem Tod enden würde, aber jedes Mal, wenn ich versuchte, mit ihr über ihn zu sprechen, nahm sie dieselbe heitere Haltung an: Hank würde zu ihr zurückkehren, sie *wollte* es, und sie würde tapfer ausharren, bis er es tat. Ihr bizarres Verhalten war ein weiterer Beweis für meine Theorie: Hank hatte vor seinem Tod irgendwelche verrückten, mit Teufelskraft verstärkten mentalen Tricks bei ihr angewandt. Egal, wie viele Argumente ich auch vorbrachte, nichts würde ihre Bilderbucherinnerungen an einen der fiesesten Menschen, die je unseren Planeten bewohnt hatten, trüben können.

»Marcie gehört zur Familie, und solange sie in Schwierigkeiten steckt, hat sie sich zu Recht an uns gewandt. Wenn man nicht mehr auf die Familie zählen kann, worauf kann man dann noch zählen?«, fuhr Mom fort.

Ich starrte sie immer noch an, frustriert über ihre Ruhe, als mir noch ein Licht aufging. *Natürlich*. Hank war nicht der Einzige, der an dieser Scharade schuld war. Wie hatte ich nur so lange brauchen können, um darauf zu kommen? Mein Blick schwenkte zu Marcie.

*Spielst du irgendwelche mentalen Spielchen mit ihr?*, fragte ich sie anklagend in ihrem Geist. *Ist es das? Ich weiß, dass du irgendwas machst, denn bei klarem Verstand würde meine Mutter dich niemals bei uns einziehen lassen.*

Marcies Hand flog an ihre Schläfe, und sie jaulte: »Aua! Wie hast du das gemacht?«

*Tu nicht so dumm mir gegenüber. Ich weiß, dass du ein Nephilim bist, schon vergessen? Du kannst mentale Tricks anwenden, und du kannst im Geist sprechen. Was immer dieses kleine Schauspiel soll, ich durchschaue es. Und du wirst auf keinen Fall hier einziehen.*

*Prima*, feuerte Marcie zurück. *Ich weiß Bescheid über mentales*

*Sprechen und mentale Tricks. Aber ich wende sie nicht auf deine*
*Mom an. Meine Mutter rechtfertigt ihr ganzes verrücktes Verhal-*
*ten damit, dass sie behauptet, mein Dad hätte es genau so gewollt.*
*Wahrscheinlich hat er unsere beiden Mütter mit mentalen Tricks*
*manipuliert, bevor er gestorben ist. Es hätte ihm nicht gefallen,*
*wenn unsere Familien gegeneinander kämpfen würden. Gib nicht*
*mir die Schuld, bloß weil ich gerade als Zielscheibe für deine Wut*
*zur Verfügung stehe.*

»Marcie, bis du heute Nachmittag aus der Schule kommst,
habe ich das Gästezimmer für dich ausgeräumt«, sagte meine
Mom und blitzte mich dabei zornig an. »Du wirst Nora ver-
zeihen, dass sie so unfreundlich ist. Sie ist daran gewöhnt, ein
Einzelkind zu sein und immer ihren Willen zu bekommen.
Vielleicht verändert sie durch dieses Arrangement ja ihre
Einstellung.«

»Ich bin es gewöhnt, immer meinen Willen zu bekommen?«, provozierte ich sie. »Marcie ist auch ein Einzelkind.
Wenn wir hier schon anfangen, mit dem Finger aufeinander
zu zeigen, bleiben wir wenigstens fair dabei.«

Marcie lächelte und klatschte erfreut in die Hände. »Vielen
Dank, Mrs. Grey. Ich weiß das wirklich zu schätzen.« Und
dann besaß sie auch noch die Dreistigkeit, sich vorzubeugen
und meiner Mutter um den Hals zu fallen.

»Blitz erschlag' mich. Jetzt«, murmelte ich.

»Bedenke wohl, was du dir wünschst«, summte Marcie
zuckersüß.

»Weißt du, worauf du dich da einlässt?«, fragte ich meine
Mom. »Zwei Mädchen im Teenager-Alter, hässliches Kon-
kurrenzverhalten und noch viel wichtiger: ein gemeinsames
Badezimmer?«

Zu meiner Empörung lächelte Mom. »Familie – der letzte
Extremsport. Nach der Schule werden wir Marcies Umzugs-

kartons nach oben tragen, sie kann sich ein bisschen einrichten, und dann gehen wir alle Pizza essen. Nora, meinst du, wir sollten Scott um Hilfe bitten? Ein paar von den Kartons könnten schwer sein.«

»Ich glaube, Scott übt mittwochs mit seiner Band«, log ich in dem vollen Bewusstsein, dass Vee einen Wutanfall epischen Ausmaßes erleiden würde, wenn sie herausbekam, dass ich wissentlich zugelassen hatte, dass Marcie und Scott zusammen in einem Raum waren.

»Ich rede mit ihm«, piepste Marcie. »Scott ist so ein Schatz. Ich kann ihn bestimmt überreden, nach der Probe noch herüberzukommen. Ist es in Ordnung, wenn ich ihn mit zur Pizza einlade, Mrs. Grey?«

Hallo? Scott Parnell? Ein Schatz? War ich die Einzige hier, die hörte, wie absurd das klang?

»Aber natürlich«, sagte Mom.

»Ich geh' duschen«, sagte ich, verzweifelt um eine Ausrede bemüht, um diese Szene zu verlassen. Ich hatte meine maximale Marcie-Dosis für heute bereits erreicht und musste mich erst einmal davon erholen. Ein erschreckender Gedanke traf mich wie ein Schlag. Wenn Marcie hier einzog, dann würde ich die Maximaldosis jeden Morgen gegen sieben erreicht haben.

»Ach, Nora?«, rief meine Mutter, bevor ich die Treppe erreicht hatte. »Die Schule hat gestern Nachmittag eine Nachricht auf dem Anrufbeantworter hinterlassen. Ich glaube, es war das Sekretariat. Weißt du, warum die angerufen haben könnten?«

Ich erstarrte.

Marcie stand hinter meiner Mutter, formte mit den Lippen das Wort »Erwischt!« und konnte sich vor Schadenfreude kaum halten.

»Oh, ich gehe heute im Sekretariat vorbei und frag' nach, was sie wollten«, sagte ich. »Wahrscheinlich nur ein Routineanruf.«

»Ja, wahrscheinlich«, echote Marcie mit diesem hochnäsigen Grinsen, das ich am allermeisten an ihr hasste.

## ZWÖLF

Kurz nach dem Frühstück stieß ich auf der Veranda beinahe mit Marcie zusammen. Sie war auf dem Weg nach draußen, plauderte am Handy, und ich war auf dem Weg zurück nach drinnen, weil ich nach ihr suchte.

»Dein 4Runner parkt mein Auto zu«, sagte ich.

Sie hielt einen Finger hoch und bedeutete mir zu warten. Ich schnappte mir ihr Telefon, beendete das Gespräch und wiederholte noch gereizter: »Du parkst mein Auto zu.«

»Jetzt geh doch nicht gleich in die Luft. Und mach mich nicht sauer. Wenn du noch einmal mein Handy anrührst, pinkle ich in dein Frühstücksmüsli.«

»Das ist ekelhaft.«

»Das war Scott. Er hat heute keine Probe, und er will uns mit den Kartons helfen.«

Großartig. Ich konnte es kaum erwarten, das mit Vee auszudiskutieren, die mir nicht glauben würde, wenn ich sagte: »Ich hab's versucht.«

»So gerne ich auch hier sitze und mit dir quatsche, ich muss leider zur Schule. Also …« Dramatisch zeigte ich auf Marcies 4Runner, der den Volkswagen zuparkte.

»Du weißt doch, falls du eine Abwesenheitserlaubnis brauchst … ich habe da ein paar Extras. Ich arbeite im Sekretariat, und ab und zu finden die ihren Weg in meine Handtasche.«

»Wie kommst du darauf, dass ich eine Abwesenheitserlaubnis brauchen könnte?«

»Das Sekretariat hat eine Nachricht auf deinem Anrufbeantworter hinterlassen«, konstatierte Marcie, eindeutig nicht beeindruckt von meiner vorgeblichen Unschuld. »Du hast geschwänzt, oder etwa nicht?« Das war nicht wirklich eine Frage.

»Okay, also vielleicht brauche ich tatsächlich eine Abwesenheitserlaubnis von der Krankenschwester«, gestand ich ein.

Marcie bedachte mich mit einem gönnerhaften Blick. »Hast du die alte Kopfschmerz-Entschuldigung benutzt? Oder vielleicht den Klassiker: PMS. Und wofür hast du geschwänzt?«

»Geht dich nichts an. Kann ich jetzt die Abwesenheitserlaubnis bekommen oder nicht?«

Sie öffnete ihre Tasche, wühlte darin herum und zog ein rosafarbenes Blatt Papier mit dem Logo der Schule darauf hervor. Soweit ich das beurteilen konnte, war es keine Fälschung. »Nimm«, sagte sie.

Ich zögerte. »Ist das eins von diesen Dingen, die später wieder auf mich zurückfallen und mich verfolgen?«

»Meine Güte, wir sind aber misstrauisch!«

»Wenn's zu gut aussieht, um wahr zu sein …«

»Nun nimm schon«, sagte sie und wedelte damit vor meinem Gesicht herum.

Ich hatte das ungute Gefühl, dass dieser Gefallen einen Haken hatte. »Und in zehn Tagen wirst du dafür irgendwas von mir wollen?«, drängte ich.

»Vielleicht nicht ausgerechnet in zehn Tagen …«

Ich hielt die Hand hoch. »Dann vergiss es.«

»Mann, das war ein Witz! Du bist echt langweilig. Hier ist die Wahrheit: Ich habe versucht, nett zu sein.«

»Marcie, du weißt nicht, wie man nett ist.«

»Sieh's als einen ernsthaften Versuch«, sagte sie und drückte mir das rosafarbene Formular in die Hand. »Nimm's, und ich fahr' mein Auto weg.«

Ich steckte das Formular ein und sagte: »Wo wir gerade miteinander reden, ich habe noch eine Frage. Dein Dad war mit einem Mann namens Blakely befreundet, und ich muss den finden. Kommt dir der Name irgendwie bekannt vor?«

Ihr Gesicht war eine Maske. Schwer zu sagen, ob sie überhaupt reagierte. »Kommt darauf an. Wirst du mir sagen, warum du ihn finden musst?«

»Ich hab' ein paar Fragen an ihn.«

»Was für Fragen?«

»Das würde ich lieber für mich behalten.«

»Ich dann auch.«

Ich schluckte ein paar nicht zielführende Bemerkungen hinunter und versuchte es noch einmal.

»Ich würde es dir ja gern sagen, Marcie, ehrlich, aber es gibt da ein paar Sachen, die du besser nicht weißt, glaub mir.«

»Das hat mein Dad mir auch immer erzählt. Ich glaube, er hat gelogen, wenn er das gesagt hat. Und ich glaube, du lügst jetzt auch. Wenn ich dir helfen soll, Blakely zu finden, dann verlange ich absolute Offenheit.«

»Woher soll ich wissen, dass du überhaupt was über Blakely weißt?«, protestierte ich. Marcie war gut darin, Spielchen zu spielen, und ich traute ihr zu, dass sie nur bluffte.

»Mein Dad hat mich mal zu Blakely mitgenommen.«

Ich sprang sofort auf die Information an. »Hast du eine Adresse? Könntest du den Weg dorthin finden?«

»Blakely wohnt da nicht mehr. Er hat sich damals gerade scheiden lassen, und mein Dad hat ihn vorübergehend in einer Wohnung untergebracht. Aber ich habe ein paar Bilder auf dem Kaminsims gesehen. Blakely hat einen kleinen

Bruder. Du kennst ihn, weil er mit uns zur Schule geht. Alex Blakely.«

»Der Football-Spieler?«

»Der Star-Runningback.«

Ich war wie vom Blitz getroffen. Hieß das, Alex war auch Nephilim? »Stehen Blakely und sein Bruder sich nahe?«

»Blakely hat die ganze Zeit über mit Alex angegeben, während ich dort war. Was, na ja, irgendwie dumm war, weil unser Football-Team echt schlecht ist. Blakely hat gesagt, er würde kein Spiel verpassen.«

Blakely hatte einen Bruder. Und sein Bruder war der Star-Runningback von Coldwaters Highschool. »Wann ist das nächste Football-Spiel?«, fragte ich Marcie, während ich versuchte, meine Aufregung nicht zu zeigen.

»Freitag, oder? Spiele sind immer freitags.«

»Zu Hause oder auswärts?«

»Zu Hause.«

Ein Heimspiel! Blakely arbeitete vermutlich rund um die Uhr an der Entwicklung neuer Prototypen – ein Grund mehr, einmal sein Labor für ein paar Stunden zu verlassen und etwas zu tun, das ihm wirklich Spaß machte. Die Chancen, dass er diesen Freitagabend tatsächlich auftauchte, um seinen kleinen Bruder Football spielen zu sehen, waren groß. Da Blakely geschieden war, war Alex womöglich die einzige Familie, die er noch hatte. Was Alex' Spiel wichtig für ihn machte.

»Du glaubst, Blakely kommt zu dem Spiel«, sagte Marcie.

»Es wäre wirklich hilfreich, wenn er es täte.«

»Kommt jetzt der Teil, wo du mir sagst, was du ihn fragen wirst?«

Ich sah Marcie tief in die Augen und log ihr direkt ins Gesicht. »Ich möchte wissen, ob er irgendeine Ahnung hat, wer deinen Dad getötet haben könnte.«

Marcie wäre beinahe zurückgezuckt, riss sich jedoch im letzten Augenblick zusammen. Ihre Augen starrten ohne zu blinzeln geradeaus und verrieten nichts von ihren Gedanken. »Ich will dabei sein, wenn du ihn fragst.«

»Klar«, log ich wieder. »Kein Problem.«

Ich sah zu, wie Marcie rückwärts aus der Einfahrt fuhr. Sobald sie Platz gemacht hatte, schob ich den Schlüssel ins Zündschloss des Volkswagens. Sechs Versuche später war er trotz großen Gejaules immer noch nicht angesprungen. Ich schob meine Ungeduld beiseite; nichts konnte mir die Laune verderben, nicht mal der Volkswagen. Ich hatte gerade den Hinweis bekommen, den ich so verzweifelt gebraucht hatte.

Nach der Schule machte ich mich auf den Weg zu Patchs Wohnung. Sicherheitshalber fuhr ich ein paar Mal um den Block, bevor ich in den frisch gepflasterten Parkplatz mit den extrabreiten Parkbuchten einbog. Es gefiel mir nicht, dass ich ständig das Gefühl hatte, mich absichern zu müssen, aber Überraschungsbesuche von unfreundlichen Nephilim oder hinterhältigen Erzengeln gefielen mir noch weniger. Und bis jetzt dachte die Außenwelt, dass Patch und ich getrennt waren. Ich benutzte meinen eigenen Schlüssel und ging hinein.

»Hallo?«, rief ich. Die Wohnung fühlte sich leer an. Die Sofakissen sahen unberührt aus, und die Fernbedienung für den Fernseher lag noch genau da, wo sie gestern gelegen hatte. Nicht, dass ich mir Patch vorstellen konnte, wie er den ganzen Nachmittag vor dem Sportkanal saß. Vermutlich hatte er den Tag damit verbracht, Peppers wahren Erpresser ausfindig zu machen oder Cowboyhut und Co. aufzuspüren.

Ich ging weiter. Gästetoilette zur rechten, Gästezimmer zur linken Seite, Schlafzimmer hinten. Patchs Lager.

Sein Bett hatte eine dunkelblaue Decke mit dazu passenden

Laken und Kissen, die ebenfalls unberührt schienen. Ich zog die Rollläden hoch und genoss den atemraubenden Ausblick über die Casco Bay und die Peaks Islands unter einem wolkenverhangenen Himmel. Wenn es mir mit Marcie zu viel wurde, konnte ich immer noch bei Patch einziehen. Meine Mom würde begeistert sein.

Ich schickte Patch eine SMS. RATE MAL, WO ICH BIN?

BRAUCHE ICH NICHT ZU RATEN, DU TRÄGST DEN SENDER, antwortete er.

Ich sah an mir herunter. Stimmt, ich hatte heute die Jeansjacke an.

GIB MIR 20 MINUTEN, UND ICH BIN BEI DIR, simste Patch. IN WELCHEM ZIMMER BIST DU GENAU?

DEIN SCHLAFZIMMER.

ICH BRAUCH' NUR 10 MINUTEN.

Lächelnd steckte ich das Handy zurück in die Tasche. Dann ließ ich mich rückwärts auf das King-Size-Bett fallen. Die Matratze war weich, aber nicht zu weich. Ich stellte mir vor, wie Patch hier lag, ausgestreckt auf diesem Bett hier, mit wer weiß was am Leib. Boxer-Shorts? Slip? Gar nichts? Ich hatte die Mittel und die Wege, um das herauszufinden, aber noch schien mir das nicht die sicherste Option zu sein. Nicht, solange ich mein Bestes gab, um die Beziehung zu Patch so unkompliziert wie möglich zu halten. Unser Leben musste erst einmal zur Ruhe kommen, bevor ich darüber nachdenken konnte, wann und ob ich zum nächsten großen Schritt bereit war …

Zehn Minuten später kam Patch hereingeschlendert und fand mich vor dem Fernseher auf der Couch. Ich schaltete das Gerät aus.

»Du bist in ein anderes Zimmer gegangen«, stellte er fest.

»Ist sicherer.«

»Bin ich so furchteinflößend?«

»Nein, aber die Folgen könnten es sein.« Wem machte ich hier was vor? Ja, Patch *war* so furchteinflößend. Mit seinen 1,90 m Körpergröße war Patch die Verkörperung männlicher Perfektion. Ich war schlank und gut proportioniert, und ich wusste, dass ich gut aussah, aber auch nicht göttinnengleich. Ich litt nicht unter fehlendem Selbstbewusstsein; aber ich war leicht einzuschüchtern.

»Ich habe vom Cheschwan gehört«, sagte ich. »Ich habe gehört, er war ein bisschen antizyklisch.«

»Glaub nicht alles, was du hörst. Die Lage da draußen ist noch ziemlich angespannt.«

»Hast du eine Ahnung, worauf die gefallenen Engel warten?«

»Wer will das wissen?«

Ich bekämpfte den Drang, die Augen zu verdrehen. »Ich spioniere nicht für Dante.«

»Freut mich zu hören«, antwortete Patch neutral.

Ich seufzte, weil ich diese Spannung zwischen uns hasste. »Falls du dich das schon gefragt hast, ich habe mich entschieden. Ich gehöre zu dir«, sagte ich sanft.

Patch warf seinen Schlüsselbund in die Schale. »Aber?«

»Aber heute Morgen habe ich Dante mehr oder weniger dasselbe gesagt. Ich habe daran gedacht, was du gesagt hast – dass wir Blakely finden und die Teufelskraft auslöschen müssen. Also dachte ich, dass Dante wahrscheinlich meine beste Quelle ist, wenn ich an Blakely rankommen will. Ich habe gewissermaßen …« Es war hart, es laut auszusprechen und nicht wie ein absolutes Ekelpaket zu klingen.

»Du machst ihm was vor.«

»Es hört sich schrecklich an, wenn du es so sagst, aber

ja. Schätze, so könnte man das nennen.« Es einzugestehen machte es keinen Deut besser. Dante und ich waren zwar nicht immer einer Meinung, aber er hatte es auch nicht verdient, manipuliert zu werden.

»Tut er immer noch so, als sei er dein Freund?«, fragte Patch merklich kühler.

»Ich vermute, dass er das Gerücht über unsere Beziehung seit Tagen streut. Aber es ist ein Schwindel, und das weiß er besser als jeder andere.«

Patch setzte sich neben mich. Anders als sonst, nahm er nicht meine Hand.

Ich versuchte, mich davon nicht beeindrucken zu lassen, bekam aber dennoch einen Kloß im Hals. »Cheschwan?«, bohrte ich nach.

»Ich weiß nicht mehr als du. Ich habe den gefallenen Engeln klar und deutlich gesagt, dass ich mit diesem Krieg nichts zu tun haben will. Sie mögen mich nicht und halten den Mund, wenn ich in der Nähe bin. In nächster Zeit werde ich nicht gerade die beste Quelle sein, wenn es um die Aktivitäten der gefallenen Engel geht.« Er legte den Kopf in den Nacken, lehnte sich zurück und zog die Baseballkappe übers Gesicht. Beinahe erwartete ich, dass er anfing zu schnarchen, so müde sah er aus.

»Langen Tag gehabt?«, fragte ich.

Er gab ein zustimmendes Knurren von sich. »Ich bin ein paar Hinweisen über Pepper nachgegangen in der Hoffnung, etwas Licht in die Sache mit seinem Erpresser zu bringen, bin aber nicht weitergekommen. Ich komme ja mit einer Menge Sachen klar, aber so ein unproduktiver Tag wie heute macht mich fertig.«

»Und das von dem Typen, der mich ständig davon zu überzeugen versucht, einen Tag mit ihm im Bett zu verbringen«, zog ich ihn auf, in der Hoffnung, die Stimmung etwas aufzulockern.

»Engelchen, das wäre ein *überaus* produktiver Tag.« Seine Worte waren spielerisch, aber seine Stimme hörte sich sehr erschöpft an.

»Könnte es sein, dass Dabria ihn erpresst?«, fragte ich. »Neulich habe ich sie in der Gasse hinter dem Devil's Handbag mit Pepper streiten sehen.«

Patch wurde still, während er über diese Neuigkeit nachdachte.

»Glaubst du nicht, das könnte möglich sein?«, drängte ich.

»Dabria erpresst Pepper nicht.«

»Woher weißt du das?« Es gefiel mir nicht, dass er kaum zwei Sekunden gebraucht hatte, um zu diesem Schluss zu kommen. Erpressung passte perfekt zu Dabria.

»Ich weiß es einfach. Wie war dein Tag?«, fragte er und machte damit klar, dass er das nicht weiter begründen würde.

Ich erzählte ihm von Marcies Entschluss, bei uns einzuziehen, und darüber, wie meine Mutter ihr entgegengekommen war. Je länger ich redete, desto wütender wurde ich. »Da steckt mehr dahinter«, erklärte ich. »Mich quält dieses ungute Gefühl, Marcie könnte vermuten, dass ich weiß, wer ihren Dad umgebracht hat. Und bei uns einzuziehen ist ein Trick, um mich besser ausspionieren zu können.«

Patch legte die Hand auf meinen Oberschenkel, und eine Welle der Hoffnung überkam mich. Ich hasste es, wenn etwas zwischen uns stand. »Es gibt nur zwei Leute auf der Welt, die wissen, dass du Hank getötet hast, und das ist ein Geheimnis, das ich wenn nötig mit mir in die Hölle und wieder zurück nehmen werde. Niemand wird davon erfahren.«

»Danke, Patch«, sagte ich ernsthaft. »Es tut mir leid, wenn ich vorhin deine Gefühle verletzt habe. Es tut mir leid wegen

Dante und diesem ganzen Schlamassel. Ich will nur wieder fühlen, dass ich dir nahe bin.«

Patch küsste meine Handfläche. Dann legte er sie auf sein Herz und hielt sie dort. *Ich will dich auch nah bei mir, Engelchen*, murmelte er in meinem Geist.

Ich kuschelte mich an ihn und legte meinen Kopf an seine Schulter. Ihn einfach nur zu berühren löste schon die Knoten in meinem Inneren. Den ganzen Tag hatte ich auf diesen Augenblick gewartet. Die Spannungen zwischen uns konnte ich ebenso wenig ertragen, wie von ihm getrennt zu sein. *Eines Tages wird es nur noch dich und Patch geben*, sagte ich zu mir selbst. *Eines Tages entkommst du Cheschwan, dem Krieg, den gefallenen Engeln und den Nephilim. Eines Tages … nur noch wir beide.*

»Ich habe etwas Interessantes herausgefunden«, sagte ich und erzählte Patch von Blakelys kleinem Bruder, dem Football-Star, und davon, dass Blakely kein Heimspiel verpasste.

Patch schob seine Kappe mit dem Zeigefinger hoch und sah mir in die Augen. »Gute Arbeit, Engelchen«, sagte er, offensichtlich beeindruckt.

»Was nun?«, fragte ich.

»Freitagabend gehen wir zum Spiel.«

»Hast du keine Angst, dass wir Blakely verschrecken, wenn er uns sieht?«

»Er wird nichts dabei finden, wenn du bei dem Spiel bist, und ich werde getarnt sein. Ich schnappe ihn mir und fahre mit ihm hoch zum Sebago Lake, zu einem Grundstück, das ich da habe. Da oben ist es leer um diese Jahreszeit. Schlecht für Blakely, gut für uns. Ich bringe ihn dazu, mir von den Prototypen zu erzählen, wo er sie herstellt, und wir werden einen Weg finden, sie unbrauchbar zu machen. Danach werde ich ihn ständig unter Beobachtung halten, und es wird Schluss sein mit seiner Arbeit an der Teufelskraft.«

»Ich muss dich warnen. Marcie glaubt, sie würde dabei sein, wenn wir ihn verhören.«

Patch zog die Augenbrauen hoch.

»Das war der Preis, den ich zahlen musste, um an diese Information zu kommen«, erklärte ich.

»Hast du einen Eid geschworen, dass sie mitkommen darf?«, fragte Patch.

»Nein.«

»Hast du ein schlechtes Gewissen?«

»Nein.« Ich biss mir auf die Lippe. »Vielleicht.« Pause. »Prima. Ja! Ja, ich habe ein schlechtes Gewissen. Wenn wir Marcie hängen lassen, werde ich mich die ganze Nacht mit Gewissensbissen plagen. Ich habe ihr schon heute Morgen direkt ins Gesicht gelogen, und es hat mich den ganzen Tag verfolgt. Ich wohne jetzt mit ihr zusammen, Patch. Ich muss mich mit ihr auseinandersetzen. Vielleicht können wir daraus irgendeinen Vorteil ziehen. Wenn wir ihr zeigen, dass sie uns vertrauen kann, liefert sie uns vielleicht noch mehr Informationen.«

»Es gibt einfachere Wege, um an Informationen zu kommen, Kleines.«

»Und wenn wir sie mitschleppen? Was ist das Schlimmste, das passieren kann?«

»Sie könnte herausfinden, dass wir nicht wirklich Schluss gemacht haben, und es den Nephilim erzählen.«

Daran hatte ich nicht gedacht.

»Wir können sie aber auch mitnehmen, und ich lösche hinterher ihre Erinnerungen aus.« Er zuckte die Achseln. »Ganz einfach.«

Ich dachte darüber nach. Das schien machbar zu sein. Machte mich aber auch zu einer ziemlichen Heuchlerin.

Die Andeutung eines Lächelns umspielte Patchs Mund.

»Wirst du jetzt an dieser Operation teilnehmen oder lieber Marcies Babysitter spielen?«

Ich schüttelte den Kopf. »Du machst die Drecksarbeit, und ich behalte Marcie im Auge.«

Patch lehnte sich zu mir herüber und küsste mich. »Sosehr ich es genießen werde, Blakely zu verhören, so sehr tut es mir leid, dass ich deinen Kampf mit Marcie verpasse.«

»Es wird keinen Kampf geben. Ich werde ihr in aller Ruhe erklären, dass sie nicht mitkommen kann, sondern dass sie mit mir im Auto warten muss, während du dich mit Blakely beschäftigst. Das ist unser letztes Angebot. Sie kann es annehmen oder es bleiben lassen.« Noch während ich das sagte, wurde mir klar, wie dumm ich mich anhörte, wenn ich glaubte, dass es tatsächlich so leicht werden würde. Marcie hasste es, Befehle entgegenzunehmen. Für sie war nur eines schlimmer, als Befehle entgegenzunehmen, nämlich sie von mir entgegenzunehmen. Andererseits war es sehr gut möglich, dass sie uns in Zukunft noch nützlich war. Immerhin war sie Hanks Tochter. Wenn Patch und ich ein Bündnis aufbauen wollten, dann war jetzt der richtige Zeitpunkt dafür.

»Ich werde mich nicht davon abbringen lassen«, versprach ich Patch mit ernsthafter Miene. »Ich werde nicht nachgeben.«

Inzwischen grinste Patch übers ganze Gesicht. Er küsste mich noch einmal, und ich spürte, wie mein Mund seine Entschlossenheit verlor. »Du siehst so niedlich aus, wenn du versuchst, hart zu sein«, sagte er.

Versuchst? Ich konnte hart sein. *Ich konnte es!* Und Freitagabend würde ich das beweisen.

Sieh dich vor, Marcie.

Ich war ein paar Meilen von zu Hause entfernt, als ich an einem Polizeiauto vorbeikam, das in einer Seitenstraße lauerte. Keine fünfzehn Meter hinter der Kreuzung schaltete der Cop seine Sirene ein und heulte hinter mir her.

»Na, toll«, murmelte ich. »Einfach toll!«

Während ich wartete, dass der Officer ans Fenster kam, zählte ich im Kopf mein Geld vom Babysitten zusammen und fragte mich, ob es reichen würde, um das Bußgeld zu bezahlen.

Er tippte mit dem Stift ans Fenster und bedeutete mir, es herunterzukurbeln. Durch die Scheibe sah ich in sein Gesicht – und erstarrte. Es war nicht einfach nur irgendein Cop, nein, es war auch noch mein Lieblingscop. Detective Basso und mich verband eine lange Geschichte aus gegenseitigen Verdächtigungen und heftiger Abneigung.

Ich kurbelte das Fenster herunter. »Ich war nur drei drüber!«, rief ich, bevor er auch nur ein Wort sagen konnte.

Er kaute auf einem Zahnstocher. »Ich habe dich nicht wegen zu schnellen Fahrens angehalten. Dein linkes Rücklicht geht nicht. Macht fünfzig Dollar.«

»Sie machen Witze.«

Er kritzelte auf seinem Block und reichte mir den Strafzettel durchs Fenster. »Sicherheitsrisiko. Ist nicht mit zu spaßen.«

»Folgen Sie mir, nur um mich wegen irgendwas drankriegen zu können?«, fragte ich halb sarkastisch, halb zu mir selbst.

»Das hättest du wohl gern.« Damit schlenderte er zurück zu seinem Streifenwagen. Ich sah, wie er ausparkte und an mir vorbei davonfuhr. Er winkte, aber ich konnte mich nicht dazu überwinden, ihm zur Antwort den Stinkefinger zu zeigen. Irgendetwas stimmte nicht.

Mein Rücken kribbelte, und meine Hände fühlten sich an, als hätte ich sie in Eiswasser getaucht. Eine kalte Schwingung schien von Detective Basso auszugehen, kühl wie ein Winter-hauch, aber das musste ich mir eingebildet haben. Ich wurde allmählich verrückt. Denn …

Denn so etwas spürte ich nur in Gegenwart von nicht-menschlichen Wesen.

# DREIZEHN

Freitagabend tauschte ich meine Schulklamotten gegen Cordhosen, meinen wärmsten Merinowollpullover, einen Mantel, Hut und Fausthandschuhe. Das Footballspiel würde nicht vor Einbruch der Dunkelheit beginnen, und bis dahin würden die Außentemperaturen deutlich gefallen sein. Als ich den Pullover über den Kopf zog, bemerkte ich plötzlich im Spiegel meine Muskulatur. Ich hielt inne und schaute genauer hin. Da zeichneten sich ganz sicher an beiden Bizepsen und Trizepsen Konturen ab. Unglaublich. Ich hatte eine Woche trainiert, und schon sah man die Wirkung. Mein Nephilim-Körper schien viel schneller Muskeln aufzubauen, als ich das als Mensch jemals hätte schaffen können.

Ich sprang die Treppe hinunter, gab meiner Mutter einen Kuss auf die Wange und eilte nach draußen. Der Motor des Volkswagens protestierte wegen der Kälte, sprang aber schließlich doch an. »Du findest das kalt? Dann warte mal bis Februar«, sagte ich zu ihm.

Ich fuhr zur Highschool, parkte in einer Seitenstraße südlich des Stadions und rief Patch an.

»Ich bin hier«, sagte ich. »Gilt immer noch Plan A?«

»Solange du nichts anderes von mir hörst, ja. Ich bin unter den Zuschauern. Von Blakely ist bis jetzt nichts zu sehen. Hast du was von Marcie gehört?«

Ich sah auf die Uhr – die, die ich früher am Abend mit

Patchs synchronisiert hatte. »Sie will sich in zehn Minuten am Getränkestand mit mir treffen.«

»Sollen wir den Plan noch einmal durchgehen?«

»Wenn ich Blakely sehe, rufe ich dich sofort an. Ich spreche ihn nicht an, aber ich darf ihn auch nicht aus den Augen lassen.« Anfangs war ich ein bisschen verstimmt gewesen, dass Patch von mir verlangte, mich in sicherer Entfernung vom Geschehen zu halten, aber in Wahrheit wollte ich Blakely tatsächlich nicht selbst stellen. Ich wusste nicht, wie stark er war, und – sehen wir der Wahrheit ins Gesicht – ich kannte nicht einmal meine eigene Stärke. Es schien mir am elegantesten, Patch, der wesentlich mehr Erfahrung mit dieser Art von Taktik hatte, die Gefangennahme zu überlassen.

»Und Marcie?«

»Ich bleibe den ganzen Abend bei ihr. Nachdem du Blakely gefangen genommen hast, fahre ich sie zu deiner Hütte am Sebago Lake. Ich habe die Adresse hier vor mir. Ich nehme den langen Weg, um dir Zeit zu geben, ihn zu befragen und Blakely kampfunfähig zu machen, bevor wir dort ankommen. Das ist alles, oder?«

»Eins noch«, sagte Patch. »Pass auf dich auf.«

»Immer«, antwortete ich und stieg aus dem Wagen.

Am Kartenhäuschen zeigte ich meinen Schülerausweis vor, kaufte eine Eintrittskarte und schlenderte auf den Getränkestand zu, wobei ich gleichzeitig Ausschau nach Blakely hielt. Patch hatte mir eine detaillierte Beschreibung gegeben, aber sobald ich im Stadion war und mich durch die Menge bewegte, hätte die Hälfte aller Männer für Blakely durchgehen können. Groß und elegant mit grauem Haar, drahtigem Körperbau und der intelligenten, aber auch leicht verschrobenen Ausstrahlung eines typischen Chemie-Professors. Ich fragte mich, ob er sich wie Patch getarnt hatte, was es nur noch schwieriger machen würde, ihn in der Menge aufzuspüren. Würde er eher Landarbeiterkleidung tragen? Oder Standard-Caldwell-Highschool-Klamotten? Würde er so weit gehen, sein Haar zu färben? Auf jeden Fall wäre er, was die Größe betraf, im oberen Prozentsatz. Das war ein Anfang.

Ich fand Marcie am Getränkestand, zitternd in pinkfarbenen Jeans, weißem Rollkragenpulli und einer dazu passenden pinkfarbenen Daunenweste. Als ich sie so sah, klickte es in meinem Hirn.

»Wo ist denn dein Cheerleading-Kostüm? Musst du heute Abend nicht eigentlich auftreten?«, fragte ich.

»Es ist eine Uniform, kein Kostüm. Und ich habe aufgehört.«

»Du bist aus dem Team ausgestiegen?«

»Ich hab' mit Cheerleading aufgehört.«

»Wow.«

»Ich habe Wichtigeres, worüber ich mir Gedanken machen muss. Es verblasst alles ein wenig, wenn man erst herausgefunden hat, dass man …«, sie schaute sich unbehaglich um, »Nephilim ist.«

Ziemlich unerwartet empfand ich ein seltsames Gefühl der Verwandtschaft mit Marcie. Es verflog jedoch schnell, als ich die Liste der verschiedenen Arten und Weisen durchging, wie Marcie mir das Leben allein im letzten Jahr zur Hölle gemacht hatte. Wir mochten ja beide Nephilim sein, aber da endeten auch jegliche Gemeinsamkeiten. Und wenn ich schlau genug war, vergaß ich das nicht.

»Glaubst du, du erkennst Blakely, wenn du ihn siehst?«, fragte ich sie leise.

Sie warf mir einen irritierten Blick zu. »Ich habe gesagt, ich kenne ihn, oder? Im Moment bin *ich* deine einzige Chance, ihn zu finden. Stell mich nicht in Frage.«

»Wenn und falls du ihn siehst, lass es dir nicht anmerken. Patch wird sich Blakely greifen, und wir folgen ihm zu seiner Hütte, wo wir ihn dann alle zusammen ausfragen können.« Ich übersprang die Tatsache, dass Blakely zu dem Zeitpunkt ohnmächtig sein und Marcie nichts mehr nützen würde. Kleinigkeit am Rande.

»Ich dachte, du hättest mit Patch Schluss gemacht.«

»Hab' ich auch«, log ich und versuchte dabei, das schuldbewusste Kneifen in meinem Magen zu ignorieren. »Aber ich traue auch niemand anderem, dass er mir mit Blakely hilft. Nur weil Patch und ich nicht mehr zusammen sind, heißt das doch nicht, dass ich ihn nicht um einen Gefallen bitten kann.« Falls sie mir meine Erklärung nicht abkaufte, machte ich mir darüber keine allzu großen Sorgen. Patch würde ihre Erinnerung an dieses Gespräch sowieso bald auslöschen.

»Ich will mit Blakely sprechen, bevor Patch es tut«, sagte Marcie.

»Das kannst du nicht. Wir haben einen Plan und müssen uns daran halten.«

Marcie zuckte wirklich hochnäsig mit der Schulter. »Wir werden sehen.«

Im Geiste holte ich tief Luft. Und unterdrückte den Drang, mit den Zähnen zu knirschen. Zeit, Marcie zu zeigen, dass sie hier nicht den Ton angab. »Wenn du das hier versaust, dann werde ich dafür sorgen, dass du es bereust.« Ich wollte wirklich gefährlich klingen, merkte aber sofort, dass ich noch daran arbeiten musste, Drohungen glaubhaft auszusprechen. Vielleicht könnte Dante mir dabei helfen. Oder noch besser – vielleicht könnte ich Patch dazu bringen, mir die Feinheiten beizubringen.

»Glaubst du wirklich, Blakely hat Informationen darüber,

wer meinen Dad umgebracht hat?«, fragte Marcie und starrte mich berechnend, ja beinahe tiefblickend an.

Mein Herz machte einen Satz, aber ich schaffte es, meine Miene zu kontrollieren. »Das werden wir hoffentlich heute Abend herausfinden.«

»Was jetzt?«, fragte Marcie.

»Wir gehen jetzt umher und versuchen, keine Aufmerksamkeit zu erregen.«

»Du vielleicht«, schnaubte Marcie.

Okay, vielleicht hatte sie recht. Marcie sah tatsächlich fantastisch aus. Sie war hübsch und nervtötend selbstbewusst. Sie hatte Geld, und man sah es ihr in allem an, angefangen von der teuren Salon-Bräune über ihre so-natürlich-dass-sie-echt-aussehen Strähnchen bis zu ihrem Push-up-BH. Eine Fata Morgana der Perfektion. Während wir die Tribüne hinaufstiegen, richteten sich die Blicke in unsere Richtung, allerdings nicht wegen mir.

*Denk an Blakely*, befahl ich mir. *Du hast Wichtigeres, worum du dir Gedanken machen musst, als diesen energiezehrenden Neid.*

Wir streunten an den Tribünen entlang, an den Toiletten vorbei und überquerten die Laufbahn, die das Spielfeld umgab, und hielten auf den Besucherbereich zu. Zu meinem großen Verdruss sah ich Detective Basso in Uniform auf der obersten Reihe der Tribüne stehen, der mit hartem, skeptischem Blick auf die halbstarke Zuschauermenge herabsah. Sein Blick wanderte zu mir, und die Zweifel in seinem Blick vertieften sich. Als mir wieder einfiel, was für ein seltsames Gefühl er mir zwei Abende zuvor eingeflößt hatte, griff ich Marcies Ellbogen und zwang sie, mit mir zusammen in die andere Richtung zu gehen. Ich konnte Basso nicht vorwerfen, dass er mir folgte – er war eindeutig im Dienst –, aber das hieß nicht, dass ich unbedingt noch länger seinem prüfenden Blick ausgesetzt sein wollte.

Marcie und ich spazierten die Laufbahn auf und ab. Die Tribüne füllte sich, es war inzwischen dunkel geworden, das Spiel hatte angefangen, und abgesehen von Marcies rudelweise auftretenden männlichen Bewunderern hatten wir keinerlei ungewollte Aufmerksamkeit auf uns gezogen, obwohl wir uns seit über einer halben Stunde nicht auf einen Platz gesetzt hatten.

»Es wird allmählich langweilig«, beschwerte sich Marcie. »Ich habe keine Lust mehr herumzulaufen. Falls du es noch nicht bemerkt haben solltest, ich habe Keilschuhe an.«

*Nicht mein Problem!*, hätte ich am liebsten geschrien. Stattdessen sagte ich: »Willst du jetzt Blakely finden oder nicht?«

Sie schnaubte, und das Geräusch zerrte an meinen Nerven. »Einmal noch, und dann reicht's mir.«

*Und tschüss!*, dachte ich.

Auf dem Weg zurück zu den Schülersitzplätzen spürte ich ein unangenehmes Kribbeln über meine Haut schleichen. Automatisch drehte ich mich um und folgte dem Gefühl zu seinem Ursprung.

Ein paar Männer lungerten außerhalb des hohen Zauns herum, der das Stadion umgab, die Finger in die Maschen eingehakt. Männer, die keine Eintrittskarte gekauft hatten, aber das Spiel dennoch sehen wollten. Männer, die es vorzogen, in den Schatten zu bleiben, anstatt ihre Gesichter unter den Scheinwerfern des Stadions sehen zu lassen. Besonders ein Mann, schlank und hochgewachsen, obwohl er die Schultern hängen ließ, weckte meine Aufmerksamkeit. Eine Welle nichtmenschlicher Energie strahlte von ihm aus und übersteuerte meinen sechsten Sinn.

Ich ging weiter, sagte aber zu Marcie: »Guck mal zum Zaun

hinüber. Sieht irgendeiner von den Männern da drüben aus wie Blakely?«

Zu ihren Gunsten muss gesagt werden, dass Marcie sich auf einen raschen, verstohlenen Blick beschränkte. »Ich glaube schon. Der in der Mitte. Der Typ, der die Schultern so einzieht. Das könnte er sein.«

Mehr Bestätigung brauchte ich nicht. Während wir gemächlich die Kurve der Laufbahn entlanggingen, zog ich mein Handy heraus und rief an.

»Wir haben ihn gefunden«, sagte ich zu Patch. »Er ist auf der Nordseite des Stadions, außerhalb des Zauns. Er trägt Jeans und ein graues Highschool-Sweatshirt. Es hängen da noch ein paar andere Männer herum, aber ich glaube nicht, dass sie zu ihm gehören. Ich spüre nur einen Nephilim, und das ist Blakely selbst.«

»Bin auf dem Weg«, sagte Patch.

»Wir treffen uns an der Hütte.«

»Fahr langsam. Ich hab' eine Menge Fragen an Blakely«, sagte er.

Ich hörte nicht mehr zu. Marcie war nicht mehr an meiner Seite.

»O nein«, flüsterte ich und fühlte, wie ich blass wurde. »Marcie! Sie läuft zu Blakely hinüber! Ich muss ihr nach.« Ich rannte hinter Marcie her.

Sie war schon beinahe am Zaun, und ich hörte ihre hohe Stimme kreischen: »Wissen Sie, wer meinen Dad umgebracht hat? Sagen Sie mir, was Sie wissen!«

Ein Haufen Flüche folgten auf ihre Frage, und Blakely machte auf dem Absatz kehrt und schoss davon.

In einer beeindruckenden Darbietung wahrer Entschlossenheit kletterte Marcie über den Zaun, rutschte ab, mühte sich, bevor sie die Beine hinüberschwang und Blakelys Verfolgung durch die nicht ausgeleuchtete Unterführung zwischen Stadion und Schule aufnahm.

Ich erreichte den Zaun einen Augenblick später, schob meinen Schuh in den Maschendraht und flankte ohne Geschwindigkeitsverlust darüber hinweg. Die schockierten Gesichter der umstehenden Männer registrierte ich kaum. Ich hätte versuchen müssen, ihre Erinnerung zu löschen, hatte aber keine Zeit dafür. Stattdessen rannte ich hinter Blakely und Marcie her und suchte die Dunkelheit nach ihnen ab, während ich weitersprintete. Ich war dankbar, dass meine Nachtsicht wesentlich besser war als früher.

Ich spürte Blakely vor mir. Marcie auch, wenn auch wesentlich schwächer. Da ihre beiden Eltern reinrassige Nephilim waren, konnte sie sich glücklich schätzen, überhaupt empfangen, ganz zu schweigen davon, geboren worden zu sein. Sie mochte per definitionem Nephilim sein, aber ich war schon als Mensch stärker gewesen als sie.

*Marcie!*, zischte ich in Gedanken. *Komm sofort zurück!*

Plötzlich verlor ich Blakely, konnte ihn überhaupt nicht mehr spüren. Ich blieb abrupt stehen, spürte durch die dunkle Unterführung, versuchte, seine Spur wieder aufzunehmen. War er so schnell so weit vorgelaufen, dass ich ihn vollständig verloren hatte? *Marcie!*, zischte ich noch einmal.

Und dann sah ich sie. Sie stand am anderen Ende der Unterführung, das Mondlicht beleuchtete ihre Silhouette. Ich lief zu ihr hinüber und versuchte, meine Wut zu zügeln. Sie hatte alles verdorben. Wir hatten Blakely verloren, und, noch viel schlimmer, er wusste jetzt, dass wir hinter ihm her waren. Ich konnte mir nicht vorstellen, dass er nach heute Abend noch einmal bei einem Football-Spiel auftauchen würde. Wahrscheinlich würde er sich jetzt ganz in sein geheimes Versteck zurückziehen. Unsere einzige Chance ... vertan.

»Was sollte das?«, fragte ich wütend, während ich zu Marcie trat. »Du solltest Blakely Patch überlassen …« Meine letzten Worte kamen nur noch langsam und rau. Ich schluckte. Marcie stand vor mir, aber irgendetwas war schrecklich, grauenvoll verkehrt.

»Patch ist hier?«, fragte Marcie, nur dass es nicht ihre Stimme war. Es war eine tiefe, männliche und amüsierte Stimme. »Ich war wohl doch nicht so vorsichtig, wie ich dachte.«

»Blakely?«, fragte ich, während mein Mund trocken wurde. »Wo ist Marcie?«

»Oh, sie ist hier. Genau hier. Ich habe Besitz von ihrem Körper ergriffen.«

»Wie?« Doch ich wusste es bereits. Teufelskraft. Das war die einzige Erklärung. Das und Cheschwan. Der einzige Monat, in dem es möglich war, den Körper eines anderen in Besitz zu nehmen.

Hinter uns erklangen Schritte, und sogar in der Dunkelheit sah ich, wie Blakelys Blick härter wurde. Ohne Vorwarnung stürzte er sich auf mich. Er bewegte sich so schnell, dass mir keine Zeit blieb zu reagieren. Er riss mich an sich und drückte mich an seine Brust. Patch tauchte auf, verlangsamte aber seinen Schritt, als er mich mit dem Rücken an Marcie gedrückt stehen sah.

»Was ist los, Engelchen?«, fragte er leise und unsicher.

»Kein Wort«, zischte Blakely in mein Ohr.

Tränen glitzerten in meinen Augen. Blakely drückte mich mit einem Arm an sich, in der anderen Hand hielt er ein Messer, und ich fühlte, wie es meine Haut ritzte, ein paar Zentimeter über der Hüfte.

»Kein einziges Wort«, wiederholte Blakely, während sein Atem durch mein Haar strich.

Patch blieb stehen, und ich konnte die Verwirrung in seinem Gesicht sehen. Er wusste, dass etwas nicht stimmte, konnte aber nicht erkennen, was es war. Er wusste, dass ich stärker war als Marcie und mich jederzeit hätte befreien können müssen, wenn ich wollte.

»Lass Nora los«, sagte Patch zu Marcie mit ruhiger, argwöhnischer Stimme.

»Keinen Schritt näher«, befahl Blakely Patch, nur dass er dieses Mal seine Stimme wie die Marcies klingen ließ. Hoch und zittrig. »Ich hab' ein Messer, und ich werde es auch benutzen, wenn ich muss.« Blakely wedelte mit dem Messer herum, um seine Behauptung zu unterstützen.

*Teufelskraft*, sagte Patch in meinen Gedanken. *Ich spüre sie überall.*

*Sei vorsichtig! Blakely hat Marcies Körper in Besitz genommen*, versuchte ich ihm zu sagen, aber meine Gedanken wurden blockiert. Irgendwie schirmte Blakely sie ab. Ich fühlte, wie sie abprallten, als würde ich gegen eine Wand anschreien. Er schien absolute und äußerste Kontrolle über die Teufelskraft zu haben und sie wie eine unaufhaltsame und überaus vielseitige Waffe zu verwenden.

Aus dem Augenwinkel sah ich Blakely das Messer hochhalten. Die Klinge glühte in einem ätherischen Blauton. Einen Wimpernschlag später stieß er mir das Messer in die Seite, und es fühlte sich an, als sei ich in einen lodernden Glutofen gestoßen worden.

Ich brach zusammen, versuchte, vor Schmerz zu heulen und zu schreien, war aber zu tief im Schock, um überhaupt einen Ton herauszubringen. Ich krümmte mich auf dem Boden, wollte das Messer herausziehen, aber jeder Muskel meines Körpers war im Schock, ich war wie gelähmt in unvorstellbarem Schmerz.

Das Nächste, was ich wahrnahm, war Patch an meiner Seite, der eine ganze Litanei von Flüchen ausstieß. Angst schärfte seine Stimme. Er zog das Messer heraus. Jetzt schrie ich, tief aus dem Innersten heraus. Ich hörte, wie Patch Befehle brüllte, aber die Worte ergaben keinen Sinn, waren bedeutungslos neben dem Schmerz, der jeden Winkel meines Körpers folterte. Ich stand in Flammen, sie leckten von innen heraus an mir. Die Hitze war so intensiv, dass ich in krampfhafte Zuckungen verfiel und gegen meinen Willen mit den Armen um mich schlug.

Patch nahm mich auf die Arme. Ich bekam vage mit, dass er mit mir aus der Unterführung hinaussprintete. Das Geräusch seiner Schritte, das von den Wänden widerhallte, war das Letzte, was ich hörte.

## VIERZEHN

Ich schreckte aus dem Schlaf hoch und versuchte sofort, mich zu orientieren. Das Bett kam mir irgendwie vertraut vor, ich lag in einem dunklen Raum, der warm und erdig roch. Neben mir war ein Körper ausgestreckt, und er rekelte sich.

»Engelchen?«

»Ich bin wach«, sagte ich, und eine Welle der Erleichterung durchströmte mich, als ich merkte, dass Patch in meiner Nähe war. Ich wusste nicht, wie lange ich bewusstlos gewesen war, aber ich fühlte mich sicher hier in seinem Zuhause, wo er über mich wachte. »Blakely hat Besitz von Marcies Körper ergriffen. Ich habe ihn nicht gespürt und bin direkt in ihn hineingerannt, ohne auch nur die geringste Ahnung zu haben, dass es eine Falle war. Ich habe versucht, dich zu warnen, aber Blakely hat mich in irgendeiner Art Blase festgehalten – alles, was ich in Gedanken sagen wollte, kam zu mir zurück.«

Patch nickte, während er eine Locke hinter mein Ohr zurückschob. »Ich habe gesehen, wie er Marcies Körper verlassen hat und weggelaufen ist. Marcie geht's gut. Ein bisschen durcheinander, aber ansonsten in Ordnung.«

»Warum musste er mich denn niederstechen?« Ich verzog vor Schmerz das Gesicht, als ich meinen Pullover hochschob, um die Wunde zu begutachten. Mein Nephilim-Blut hätte sie inzwischen abheilen lassen müssen, aber der Schnitt war noch frisch und schillerte bläulich.

»Er wusste, dass ich bei dir bleiben würde, wenn du verletzt wärst, statt ihn zu verfolgen. Das wird er noch bereuen«, sagte Patch grimmig. »Als ich dich hierhergebracht habe, hat dein ganzer Körper blaues Licht ausgestrahlt, von Kopf bis Fuß. Du schienst im Koma zu liegen. Ich konnte dich nicht erreichen, nicht einmal in Gedanken, und das hat mir eine Heidenangst eingejagt.« Patch zog mich an sich, rollte seinen Körper beschützend um meinen, hielt mich beinahe zu eng, wodurch mir klar wurde, welche Sorgen er sich tatsächlich machte.

»Was bedeutet das?«

»Ich weiß es nicht. Aber es kann nicht gut sein, dass jetzt schon zwei Mal Teufelskraft in deinen Körper gezwungen wurde.«

»Dante trinkt das täglich.« Wenn er es vertrug, würde ich es auch vertragen. Oder etwa nicht? Zumindest wollte ich das glauben.

Patch sagte nichts, aber ich war mir relativ sicher, in welche Richtung seine Gedanken wanderten. Genau wie mir war ihm klar, dass Teufelskraft Nebenwirkungen haben musste.

»Wo ist Marcie?«, fragte ich.

»Ich habe ihre Erinnerungen verändert, so dass sie sich nicht erinnern wird, mich gesehen zu haben, dann habe ich Dabria gebeten, sie nach Hause zu bringen. Sieh mich nicht so an, mir blieb nicht viel anderes übrig, und ich hatte Dabrias Nummer.«

»Genau das ist es, was mir Sorgen macht!«, rief ich und zuckte zusammen, als meine heftige Reaktion die Wunde pochen ließ.

Patch beugte sich über mich, um mir einen Kuss auf die Stirn zu geben, und verdrehte dabei die Augen. »Zwing mich nicht dazu, dir noch einmal zu sagen, dass da nichts zwischen mir und Dabria ist.«

»Sie ist noch nicht über dich hinweg.«

»Sie tut so, als würde sie etwas für mich empfinden, um *dich* auf die Palme zu bringen. Mach es ihr nicht so leicht.«

»Dann fordere von ihr keine Gefallen ein, als würde sie zum Team gehören«, konterte ich. »Sie hat versucht, mich zu töten, und sie würde dich sofort zurückstehlen, wenn ich sie ließe. Es ist mir vollkommen egal, wie oft du das abstreitest. Ich habe gesehen, wie sie dich ansieht.«

Patch sah aus, als läge ihm eine Erwiderung auf der Zunge, aber er schluckte sie hinunter und rollte sich geschmeidig vom Bett. Sein schwarzes T-Shirt war verknittert, die Haare zerzaust, was ihn wie einen perfekten Piraten aussehen ließ. »Kann ich dir was zu essen holen? Zu trinken? Ich komme mir nutzlos vor, und das macht mich verrückt.«

»Du könntest Blakely suchen, wenn dir langweilig ist«, sagte ich zickig. Was würde es kosten, Dabria ein für alle Mal loszuwerden?

Ein ebenso hinterhältiges wie finsteres Lächeln kroch über Patchs Gesicht. »Wir müssen ihn nicht suchen, er wird zu uns kommen. Bei seiner Flucht hat er sein Messer zurückgelassen. Er weiß, dass wir es haben, und er weiß, dass es ein Beweisstück ist. Wir könnten den Erzengeln zeigen, dass er Teufelskraft benutzt. Er wird kommen und nach diesem Messer suchen. Und zwar bald.«

»Liefern wir ihn jetzt gleich den Erzengeln aus. Sollen die sich darum kümmern, die Teufelskraft auszurotten.«

Patch lachte leise, aber es schwang nicht viel Freude darin mit. »Ich traue den Erzengeln nicht mehr. Pepper Friberg ist nicht der einzige faule Apfel. Wenn ich ihnen das überlasse, habe ich keine Garantie dafür, dass sie sich um dieses Durcheinander kümmern. Eigentlich dachte ich, Erzengel wären unbestechlich, aber sie haben es geschafft, mich vom

Gegenteil zu überzeugen. Ich habe gesehen, wie sie mit dem Tod herumgespielt, bei Schwerverbrechen weggeschaut und mich für Verbrechen bestraft haben, die ich nicht begangen habe. Ich habe Fehler gemacht, und ich habe für diese Fehler bezahlt, aber ich fürchte, sie werden nicht aufhören, bis sie mich in der Hölle eingesperrt haben. Sie mögen keinen Widerspruch, und das ist das Erste, was ihnen einfällt, wenn sie an mich denken. Dieses Mal nehme ich die Dinge selbst in die Hand. Blakely wird wegen seines Messers zurückkommen, und wenn er das tut, werde ich vorbereitet sein.«

»Ich will helfen«, sagte ich sofort. Ich wollte es dem Nephilim heimzahlen, der so dumm gewesen war, mir ein Messer in die Seite zu rammen. Blakely unterstützte die Nephilim-Armee, aber *ich* führte sie an. Ich fand, dass er sich grob respektlos verhalten hatte; andere würden seine Handlungen als Verrat beurteilen. Und es war eine Tatsache, dass Nephilim mit Verrätern nicht freundlich umsprangen, das wusste ich.

Patch sah mir fest in die Augen, musterte mich wortlos, als wollte er meine Fähigkeit abschätzen, gegen Blakely anzugehen. Zu meiner tiefen Befriedigung nickte er schließlich. »In Ordnung, Engelchen. Aber das Wichtigste zuerst. Das Footballspiel ist vor zwei Stunden zu Ende gegangen, und deine Mutter fragt sich allmählich, wo du bleibst. Zeit, dass du nach Hause kommst.«

Im Farmhaus waren alle Lichter gelöscht, aber ich wusste, dass meine Mutter nicht einschlafen würde, bevor ich nach Hause gekommen war. Ich klopfte leise an ihre Schlafzimmertür, schob sie einen Spalt breit auf und flüsterte in die Dunkelheit: »Ich bin wieder da.«

»Hattest du Spaß?«, fragte sie gähnend.

»Das Team hat ganz gut gespielt«, antwortete ich ausweichend.

»Marcie ist schon vor ein paar Stunden gekommen. Sie hat nicht viel gesagt, sondern ist direkt auf ihr Zimmer gegangen und hat die Tür zugemacht. Sie kam mir ziemlich … still vor. Aufgewühlt vielleicht.« In ihrer Stimme lag ein fragender Unterton.

»Wahrscheinlich PMS.« Wahrscheinlich tat sie alles, was in ihrer Macht stand, um eine Panikattacke zurückzudrängen. Ich war schon früher einmal besessen worden, und Worte konnten gar nicht beschreiben, wie verletzend sich das anfühlte. Aber ich empfand kein besonderes Mitgefühl. Wenn Marcie getan hätte, worum ich sie gebeten hatte, wäre nichts passiert.

In meinem Zimmer schälte ich mich aus meinen Klamotten und inspizierte einmal mehr meine Stichwunde. Die elektrisch blaue Färbung ging zurück. Langsam zwar, aber sie verblasste. Das musste ein gutes Zeichen sein.

Ich kroch gerade ins Bett, als es an der Tür klopfte. Marcie öffnete sie und blieb auf der Schwelle stehen. »Ich dreh' noch durch«, verkündete sie und sah auch wirklich danach aus.

Mit einer Handbewegung bat ich sie, hereinzukommen und die Tür zuzumachen.

»Was ist da vorhin passiert?«, wollte sie mit brüchiger Stimme wissen. Tränen standen ihr in den Augen. »Wie hat er einfach so die Kontrolle über meinen Körper übernehmen können?«

»Blakely hat Besitz von dir ergriffen.«

»Wie kannst du nur so ruhig dabei sein?«, fuhr sie mich halblaut an. »Er hat in mir gelebt. Wie irgendeine Art von … *Parasit!*«

»Wenn du mich hättest Blakely stellen lassen, wie wir es

abgesprochen hatten, wäre das alles nicht passiert.« Sobald ich das gesagt hatte, bedauerte ich meinen barschen Ton. Marcie hatte eine Dummheit gemacht, aber wer war ich, sie deshalb zu verurteilen? Ich hatte selbst schon eine Menge impulsiver Entscheidungen getroffen. In der Situation hatte sie einfach reagiert. Sie wollte wissen, wer ihren Vater getötet hatte, und wer konnte ihr das vorwerfen? Ich ganz sicher nicht.

Ich seufzte. »Es tut mir leid, ich habe es nicht so gemeint.«

Aber es war zu spät. Sie bedachte mich mit einem verletzten Blick und ging hinaus.

Ich schreckte aus dem Schlaf hoch. Dante beugte sich über mein Bett und rüttelte mich an den Schultern. »Guten Morgen, Sonnenschein.«

Ich versuchte, mich wegzudrehen, aber seine Arme hielten mich fest. »Es ist Samstag«, protestierte ich schwach. Training war ja gut und schön, aber ich hatte mir doch wenigstens *einen* freien Tag verdient.

»Ich hab' eine Überraschung für dich. Eine gute.«

»Die einzige Überraschung, die ich will, sind zwei Stunden mehr Schlaf.« Durchs Fenster konnte ich sehen, dass der Himmel immer noch tiefschwarz war, und bezweifelte, dass es viel später als halb sechs war.

Als er meine Decke wegriss, quietschte ich und tastete hektisch danach. »Was fällt dir ein!«

»Hübscher Schlafanzug.«

Ich trug ein schwarzes T-Shirt, das ich aus Patchs Kleiderschrank geklaut hatte und das mir kaum bis zur Hälfte der Oberschenkel reichte.

Ich zog gleichzeitig das T-Shirt herunter und die Decke hoch. »Na schön«, gab ich seufzend auf. »Wir treffen uns draußen.«

Nachdem ich mich in meine Laufklamotten gezwängt und die Schuhe zugebunden hatte, trottete ich nach draußen. Dante war nicht in der Auffahrt, aber ich spürte ihn in der Nähe, wahrscheinlich im Wald auf der anderen Straßenseite. Seltsamerweise hatte ich das Gefühl, zusammen mit ihm noch einen Nephilim zu spüren. Stirnrunzelnd ging ich in diese Richtung.

Bestimmt hatte Dante einen Freund mitgebracht. Als ich den Freund erblickte – zwei blaue Augen, eine aufgeplatzte Lippe, einen geschwollenen Unterkiefer und eine schmerzhaft aussehende Beule an der Stirn –, schienen mir die beiden allerdings nicht gerade gut miteinander auszukommen.

»Erkennst du ihn wieder?«, fragte Dante fröhlich und hielt mir triumphierend den verletzten Nephilim am Kragen entgegen.

Ich trat näher heran, unsicher, was für ein Spiel Dante da spielte. »Nein. Er ist grün und blau geschlagen. Hast du das gemacht?«

»Bist du sicher, dass dieses hübsche Gesicht dich nicht an irgendetwas erinnert?«, fragte Dante noch einmal, wobei er den Unterkiefer des Nephilim hin und her drückte und das Ganze sichtlich genoss. »Er hat sich gestern Abend ziemlich das Maul über dich zerrissen. Hat damit herumgeprahlt, er hätte dir eine ernsthafte Tracht Prügel verpasst. Natürlich hat das mein Interesse geweckt. Ich hab' ihm auf den Kopf zugesagt, dass er so etwas niemals gemacht hat. Und wenn doch, na ja, sagen wir einfach, ich nehm's nicht so gut auf, wenn irgendwelche Nephilim-Untergebenen sich ihren Anführern gegenüber respektlos verhalten, ganz besonders nicht der Anführerin der Armee der Schwarzen Hand gegenüber.« Jetzt war alle Fröhlichkeit aus Dantes Stimme verschwunden, er beäugte den verletzten Nephilim mit offener Feindseligkeit.

»Es war doch nur ein Streich«, sagte der Nephilim missmutig. »Dachte, wir könnten mal sehen, wie ernst es ihr damit ist, die Vision der Schwarzen Hand umzusetzen. Sie ist ja nicht mal als Nephilim geboren worden. Ich dachte, wir geben ihr mal einen kleinen Vorgeschmack auf das, was auf sie zukommt.«

»*Cowboyhut?*«, platzte ich laut heraus. Sein Gesicht war zu entstellt, um dem Nephilim ähnlich zu sehen, der mich in die Waldhütte verschleppt, mich an einen Pfahl gefesselt und mich bedroht hatte, aber die Stimme klang bekannt. Es war definitiv Cowboyhut. Shaun Corbridge.

»Ein Streich?« Dante kicherte bösartig. »Wenn das ein Streich für dich ist, dann findest du ja vielleicht auch witzig, was wir gleich mit dir tun werden.« Er versetzte Cowboyhut einen solchen Schlag gegen den Kopf, dass der in die Knie ging.

»Kann ich mal mit dir reden?«, fragte ich Dante. »Allein?«

»Klar.« Er zeigte mit einem warnenden Finger auf Cowboyhut. »Wenn du dich vom Fleck rührst, blutest du.«

»Was geht hier vor?«, fragte ich, nachdem ich sicher war, dass wir außer Hörweite waren.

»Ich war gestern Abend im Devil's Handbag, und dieser hohlköpfige Witzbold hat damit herumgeprahlt, wie er dich als persönlichen Boxsack benutzt hat. Erst dachte ich, ich höre nicht richtig. Aber je lauter er redete, desto mehr wurde mir klar, dass er diese Geschichte in keiner Weise erfunden haben konnte. Warum hast du mir nicht erzählt, dass einer von unseren Soldaten dich angegriffen hat?«, wollte Dante wissen. Er klang nicht wütend. Gekränkt vielleicht, aber nicht wütend.

»Fragst du, weil du dir Sorgen darüber machst, was das für meinen Beliebtheitsgrad bedeutet, oder machst du dir Sorgen um mich?«

Dante schüttelte den Kopf. »Sag das nicht. Du weißt, dass ich schon lange nicht mehr an deine Quoten denke. Es geht um dich. Dieses Drecksstück da drüben hat sich an dir vergriffen, und das gefällt mir nicht. Ganz und gar nicht. Ja, er sollte dir als Anführerin der Armee, der er anzugehören behauptet, Respekt zollen, aber hier geht's um mehr. Er sollte dich respektieren, weil du ein guter Mensch bist und dir größte Mühe gibst. Ich sehe das, und ich will, dass er das auch so sieht.«

Ich fühlte mich nicht wohl angesichts dieser Ehrlichkeit und Vertraulichkeit. Ganz besonders nicht, nachdem er mich mit seinem mentalen Trick beinahe dazu gebracht hatte, ihn zu küssen. Was er sagte, schien über die strikt professionelle Ebene hinauszugehen, auf der unsere Beziehung basierte. Und was ich auch so halten wollte.

»Ich weiß deine Worte zu schätzen, aber wir werden seine Meinung nicht ändern, indem wir Rache üben. Er hasst mich. Viele Nephilim tun das. Vielleicht ist das eine gute Gelegenheit, ihnen zu zeigen, dass sie sich irren, was mich angeht. Ich denke, wir sollten ihn laufen lassen und einfach weiter trainieren.«

Dante sah nicht überrascht aus. Wenn seine Miene überhaupt etwas zeigte, dann Enttäuschung und vielleicht Ungeduld. »Mitleid ist nicht der richtige Weg. Nicht in diesem Fall. Dieser Dreckskerl da drüben wird sich nur in seiner Meinung bestätigt fühlen, wenn du ihn so leicht davonkommen lässt. Er will die Leute davon überzeugen, dass du nicht dafür geeignet bist, diese Armee anzuführen, und wenn du ihn schonst, wird ihn das nur bestärken. Verpass ihm einen kleinen Denkzettel. Damit er es sich beim nächsten Mal zweimal überlegt, bevor er über dich herzieht oder sich sogar an dir vergreift.«

»Lass ihn gehen«, sagte ich etwas entschiedener. Ich glaubte nicht daran, dass man Gewalt mit Gegengewalt bekämpfen konnte. Nicht jetzt, und auch sonst nicht.

Dante machte den Mund auf, eine leichte Röte stieg ihm ins Gesicht, aber ich schnitt ihm das Wort ab. »Ich gebe nicht nach. Er hat mich nicht verletzt. Er hat mich in diese Hütte verschleppt, weil er verängstigt ist und nicht wusste, was er sonst machen sollte. Alle haben Angst. Cheschwan hat angefangen, und unsere Zukunft steht auf dem Spiel. Was er getan hat, war falsch, aber ich kann ihm keinen Vorwurf daraus machen, dass er etwas getan hat, um seine Angst zu bekämpfen. Lass ihn laufen. Ich mein's ernst, Dante.«

Dante stieß einen langen, missbilligenden Seufzer aus. Ich wusste, dass er nicht glücklich darüber war, aber ich glaubte auch, die richtige Entscheidung getroffen zu haben. Ich wollte die Unzufriedenheit nicht noch weiter anheizen, als ich es sowieso schon getan hatte. Wenn die Nephilim die Sache gemeinsam durchstehen wollten, dann mussten wir uns einig sein. Wir mussten bereit sein, Mitgefühl zu zeigen, Respekt und Anstand, auch wenn wir nicht einer Meinung waren.

»Also war's das jetzt?«, fragte Dante, eindeutig unzufrieden.

Ich hielt die Hände an den Mund, damit meine Stimme weitertrug. »Du kannst gehen«, rief ich Cowboyhut zu. »Es tut mir leid.«

Cowboyhut starrte uns ungläubig mit offenem Mund an, wollte sein Glück aber nicht überstrapazieren und krabbelte aus dem Wald heraus, als wären Bären hinter ihm her.

»So«, sagte ich zu Dante. »Was für grausame Dinge hast du heute für mich geplant? Einen Marathon im Sprinten? Berge versetzen? Das Meer teilen?«

Eine Stunde später ächzten meine Arm- und Beinmuskeln vor Erschöpfung. Dante hatte mich durch ein grausames Intervalltraining gejagt: Liegestütze, Klimmzüge, Klappmesser und flache Beinschläge. Wir waren auf dem Weg aus dem Wald hinaus, als ich plötzlich den Arm ausstreckte und Dante damit anhielt. Ich legte einen Finger an die Lippen, damit er keinen Laut von sich gab.

In der Entfernung konnte ich das leise Knacken von Zwei-gen hören.

Dante musste es auch gehört haben. *Wild?*, fragte er mich.

Ich blinzelte in die Dunkelheit. Die Wälder waren noch düster, und die dichten Bäume erschwerten es, weit zu sehen.

*Nein. Der Takt stimmt nicht.*

Dante tippte mir auf die Schulter und zeigte nach oben. Erst verstand ich nicht, was er wollte. Dann wurde es mir klar. Er wollte, dass wir auf die Bäume kletterten, um uns einen Überblick über den Ärger zu verschaffen, falls tatsächlich welcher auf uns zukam.

Trotz meiner Erschöpfung kletterte ich mit ein paar ge-übten Klimmzügen sicher und lautlos eine Zypresse hinauf. Dante hockte sich in einen Baum daneben.

Wir mussten nicht lange warten. Kaum waren wir in Si-cherheit geklettert, schlichen sechs gefallene Engel verstohlen über die Lichtung unter uns. Drei Männer und drei Frauen. Ihre nackten Oberkörper waren mit seltsamen Schriftzeichen überzogen, die dem dunklen Spritzer an Patchs Handgelenk entfernt ähnelten, und ihre Gesichter waren tiefrot angemalt. Der Effekt war furchteinflößend, ich musste an Pawnee-Krieger denken.

Ich richtete meinen Blick auf einen ganz Besonderen. Einen schlaksigen Jungen mit schwarzen Augenringen. Sein Gesicht kam mir bekannt vor und ließ mir das Blut in den Adern ge-frieren. Ich erinnerte mich an seinen brutalen Marsch durch das Devil's Handbag und wie er seine Hand ausgestreckt hatte. Ich erinnerte mich an sein Opfer. Ich erinnerte mich, wie ähn-lich sie mir gesehen hatte.

Sein Gesicht war zu einer hasserfüllten Grimasse verzogen, während er zielstrebig zwischen den Bäumen hindurchpirsch-te. Auf der Brust hatte er eine frische Wunde, klein und rund, als wäre ein Stückchen Fleisch grausam mit einem Messer herausgeschnitten worden. Etwa Kaltes und Erbarmungsloses glomm in seinen Augen, und ich schauderte.

Dante und ich blieben in den Bäumen, bis die Truppe vorübergezogen war. Als wir wieder festen Boden unter den Füßen hatten, fragte ich: »Wie haben die uns gefunden?«

Er sah mich mit einem verschleierten, kalten Blick an. »Sie haben einen großen Fehler gemacht, wenn sie hinter dir her sind.«

»Glaubst du, sie haben uns nachspioniert?«

»Ich glaube, jemand hat ihnen einen Tipp gegeben.«

»Der Schlaksige. Den habe ich schon mal gesehen, im Devil's Handbag. Er hat ein Nephilim-Mädchen angegriffen, das mir sehr ähnlich sah. Kennst du ihn?«

»Nein.« Aber mir kam es vor, als hätte er kurz gezögert, bevor er antwortete.

Fünf Stunden später hatte ich geduscht, mich umgezogen, ein kräftiges Frühstück aus Egg-Beaters mit Pilzen und Spinat zu mir genommen und obendrein noch meine gesamten Hausaufgaben gemacht. Nicht schlecht, wenn man bedachte, dass es gerade mal Mittag war.

Marcies Schlafzimmertür ging auf, und sie trat auf den Flur hinaus. Ihre Haare standen nach allen Seiten ab, und unter ihren Augen lagen tiefe Ringe. Fast konnte ich den schlechten Geruch aus ihrem Mund riechen.

»Hey«, sagte ich.

»Hey.«

»Meine Mom will, dass wir die Blätter im Vorgarten zusammenfegen, also wartest du vielleicht besser noch mit dem Duschen, bis wir damit fertig sind.«

Marcie zog die Augenbrauen zusammen. »Wie bitte?«

»Samstägliche Hausarbeit«, erklärte ich. Anscheinend war das Marcie kein Begriff. Und ich genoss es zutiefst, diejenige zu sein, die ihn ihr beibrachte.

»Ich mache keine Hausarbeit.«

»Wenn du hier wohnst, schon.«

»Na gut«, sagte Marcie widerstrebend. »Lass mich nur erst frühstücken und ein paar Anrufe erledigen.«

Normalerweise hätte Marcie wahrscheinlich nicht so leicht eingelenkt, aber vielleicht war sie ja so bereitwillig, weil sie den Mist doch etwas bereute, den sie gestern gebaut hatte. Hey, ich würde es sowieso nehmen müssen, wie es kam.

Während Marcie sich zum Frühstück Müsli in ihr Schüsselchen schüttete, ging ich in die Garage, um die Rechen zu holen. Ich hatte schon den halben Vorgarten fertig geharkt, als ein Auto die Straße heraufkam. Scott parkte seinen Barracuda in der Auffahrt und sprang heraus. Sein eng anliegendes T-Shirt zeigte jede Wölbung seiner Muskeln, und ich wünschte für Vee, ich hätte eine Kamera dabeigehabt.

»Was gibt's, Grey?«, fragte er. Er zog lederne Arbeitshandschuhe aus der hinteren Hosentasche und zog sie an. »Ich bin hier, um zu helfen. Gib mir Arbeit. Für heute bin ich dein Sklave. Abgesehen davon natürlich, dass eigentlich dein Freund Dante heute hier sein sollte und nicht ich.« Er zog mich ständig mit Dante auf, aber ich konnte nicht wirklich sagen, ob er mir die Beziehung abnahm. Ich hörte immer einen Hauch Spott heraus. Andererseits hörte ich diesen Hauch von Spott in jedem zehnten Wort, das er sagte.

Ich lehnte mich auf meine Harke. »Was soll das? Woher wusstest du, dass ich den Vorgarten harke?«

»Deine neue beste Freundin hat es mir gesagt.«

Ich hatte keine neue beste Freundin, aber ich hatte eine immerwährende Erzfeindin. Ich kniff die Augen zusammen. »Marcie hat dich angeheuert?«, riet ich.

»Sie sagt, sie bräuchte Hilfe bei der Hausarbeit. Sie hat Allergien und kann nicht draußen arbeiten.«

»Absolute Lüge!« Und ich war so naiv gewesen zu glauben, sie würde tatsächlich mit anpacken.

Scott schnappte sich den anderen Rechen, den ich an die Veranda gelehnt hatte, und kam zu mir, um zu helfen. »Lass uns einen wirklich großen Haufen machen und dich da hineinwerfen.«

»Das ist nicht im Sinne des Erfinders.«

Scott grinste und versetzte mir einen Stups gegen die Schulter. »Aber es würde Spaß machen.«

Marcie öffnete die Haustür und trat auf die Veranda hinaus. Sie setzte sich auf die Treppe, schlug die Beine übereinander und beugte sich vor. »Hi, Scott.«

»Jo.«

»Danke, dass du gekommen bist, um mich zu retten. Du bist mein Ritter in glänzender Rüstung.«

»Würg«, sagte ich und verdrehte melodramatisch die Augen.

»Jederzeit«, antwortete Scott Marcie. »Eine bessere Ausrede, um Grey zu nerven, gibt es gar nicht.« Er kam hinter mich und stopfte mir eine Handvoll Blätter in die Bluse.

»Hey«, quietschte ich. Ich hob selbst eine Handvoll Blätter auf und schleuderte sie ihm ins Gesicht.

Scott senkte den Oberkörper, stürzte sich auf mich und riss mich um, so dass mein ordentlicher Blätterhaufen in alle Richtungen zerstob. Ich war sauer, dass er im Handumdrehen meine harte Arbeit zunichtegemacht hatte, gleichzeitig aber konnte ich nicht aufhören zu lachen. Er war über mir, stopfte

Blätter in meine Bluse, in meine Taschen und meine Hosen-beine. »Scott!«, kicherte ich.

»Sucht euch ein Zimmer«, sagte Marcie gelangweilt, aber ich wusste, dass sie verärgert war.

Als Scott schließlich von mir herunterrollte, sagte ich zu Marcie: »Zu dumm, das mit diesen Allergien. Blätter zusam-menharken kann richtig Spaß machen. Hatte ich vergessen, das zu erwähnen?«

Sie schoss mir einen galligen Blick zu, dann marschierte sie ins Haus zurück.

## SECHZEHN

Nachdem Scott und ich die ganzen Blätter in orangefarbene Laubsäcke gefüllt hatten, die so bedruckt waren, dass sie wie Kürbisse aussahen, und sie dekorativ rund um den Vorgarten platziert hatten, kam er noch mit hinein, um ein Glas Milch zu trinken und Moms köstlich klebrige Mint-Schokolade-Kekse zu probieren. Ich dachte, Marcie hätte sich in ihr Zimmer zurückgezogen, aber stattdessen wartete sie in der Küche auf uns.

»Ich glaube, wir sollten hier eine Halloween-Party schmeißen«, verkündete sie.

Mit einem verächtlichen Schnauben stellte ich mein Milchglas ab. »Ich will ja nicht unhöflich sein, aber wir hier in dieser Familie halten nicht viel von großen Partys.«

Moms ganzes Gesicht leuchtete auf: »Das ist eine großartige Idee, Marcie. Seit Harrison gestorben ist, haben wir keine Party mehr gehabt. Ich könnte heute noch beim Party-Laden vorbeifahren und sehen, was es an Dekorationen gibt.«

Hilfe suchend schaute ich Scott an, aber er zuckte nur die Achseln. »Könnte doch cool sein.«

»Du hast einen Milchbart«, teilte ich ihm im Gegenzug mit.

Er wischte ihn mit dem Handrücken ab … und dann an meinem Arm.

»Iiihh!«, kreischte ich und stieß ihn gegen die Schulter.

»Ich denke, wir brauchen ein Motto. Wie vielleicht ›Berühmte Paare der Geschichte‹, und alle müssen zu zweit kommen«, sagte Marcie.

»Gab's das nicht schon?«, sagte ich. »So ungefähr eine Million Mal?«

»Das Motto sollte sein: ›Lieblingsfigur aus den Halloween-Filmen‹«, sagte Scott mit sadistischem Grinsen.

»Woah. Wartet mal. Beruhigt euch erst einmal …«, sagte ich und hielt die Hände hoch. »Mom, ist dir klar, dass wir das ganze Haus sauber machen müssen?«

Mom lachte gekränkt auf. »So schmutzig ist das Haus nicht, Nora.«

»Soll jeder seine eigenen Getränke mitbringen, oder stellen wir die?«, fragte Scott.

»Kein Bier«, riefen meine Mom und ich gleichzeitig.

»Nun, mir gefällt die Idee mit den berühmten Paaren«, sagte Marcie, die sich offensichtlich bereits entschieden hatte. »Scott, wir sollten zusammen hingehen.«

Scott ließ sich die Gelegenheit nicht nehmen. »Kann ich Michael Myers sein und du einer von den Babysittern, die ich verstümmele?«

»Nein«, sagte Marcie. »Wir gehen als Tristan und Isolde.«

Ich streckte die Zunge heraus. »Wie originell.«

Scott trat mich spielerisch gegen das Schienbein. »Hallo, mein Sonnenschein.«

*Ich finde es ziemlich frivol, eine Halloween-Party zu planen, während wir mitten im Cheschwan sind,* sagte ich kritisch in seinen Gedanken. *Es mag ja sein, dass die gefallenen Engel gerade abwarten, aber das werden sie nicht lange tun. Wir wissen beide, dass der Krieg sich zusammenbraut und alle erwarten, dass ich irgendetwas unternehme. Also entschuldige, wenn ich ein bisschen empfindlich bin.*

*Du hast ja recht,* antwortete Scott. *Aber vielleicht wäre eine Party auch mal eine schöne Abwechslung für dich.*

*Überlegst du ernsthaft, mit Marcie hinzugehen?*

Ein Lächeln trat auf seine Lippen. *Findest du, ich sollte stattdessen lieber mit dir hingehen?*

*Ich finde, du solltest mit Vee hingehen.*

Bevor ich Scotts Reaktion abschätzen konnte, sagte Marcie: »Lassen Sie uns zusammen in den Party-Laden gehen, Mrs. Grey. Und hinterher können wir noch im Schreibwarenladen vorbeischauen, damit ich nach Einladungskarten gucken kann. Ich möchte etwas, das gruselig und zugleich festlich ist, aber auch ein bisschen kitschig.« Sie zog die Schultern kurz hoch und quietschte: »Oh, das wird so ein Spaß werden!«

»Wen willst du denn fragen, Nora?«, fragte meine Mom mich.

Ich schürzte die Lippen, unfähig, mir rasch die richtige Antwort auszudenken. Scott war vergeben. Dante wäre nicht der Richtige – es würde zwar helfen, die Gerüchte über unsere Beziehung zu befeuern, aber ich war nicht in der Stimmung –, und meine Mom verabscheute Patch. Schlimmer noch, ich sollte ihn ebenfalls inbrünstig hassen. Wir waren unsterbliche Feinde, soweit es die Außenwelt betraf.

Ich wollte nichts mit dieser Party zu tun haben. Ich hatte wichtigere Probleme. Ein rachsüchtiger Erzengel war hinter mir her; ich war die Anführerin einer Armee, hatte aber keinen Plan – abgesehen von meinem Pakt mit den Erzengeln. Ich bekam allmählich das Gefühl, als sei der Krieg nicht nur unvermeidlich, sondern könnte sogar *das Richtige* sein; meine beste Freundin hatte Geheimnisse vor mir, und darüber nachzudenken raubte mir den Schlaf; und jetzt auch noch das. Eine Halloween-Party. In meinem eigenen Haus. Bei der ich die Gastgeberin spielen sollte.

Marcie grinste: »Anthony Amowitz ist verknallt in dich.«

»Ooh, erzähl mir mehr über Anthony«, drängte meine Mom.

Marcie liebte gute Geschichten und ging gleich in die Vollen. »Er war letztes Jahr mit uns in Sport. Jedes Mal, wenn wir Softball gespielt haben, hat er den Fänger gespielt, um die ganze Zeit auf Noras Beine starren zu können, während sie den Schläger hatte. Er konnte nicht einen Ball fangen, so abgelenkt war er.«

»Nora hat hübsche Beine«, zog meine Mom mich auf.

Ich zeigte mit dem Daumen zur Treppe. »Ich geh' in mein Zimmer, um tausend Mal den Kopf gegen die Wand zu hauen. Das ist besser als dieses Gerede.«

»Du und Anthony, ihr könntet als Scarlett und Rhett gehen«, rief Marcie mir nach. »Oder Buffy und Angel. Wie wär's mit Tarzan und Jane?«

An diesem Abend ließ ich mein Fenster einen Spalt breit offen, und kurz nach Mitternacht kletterte Patch herein. Er roch nach Erde und Wald, als er leise neben mir aufs Bett glitt. Auch wenn ich mich lieber offen mit ihm getroffen hätte, hatten unsere geheimen Rendezvous etwas ziemlich Verführerisches an sich.

»Ich hab' dir was mitgebracht«, sagte er, während er eine braune Papiertüte auf meinen Bauch stellte.

Ich setzte mich auf und lugte hinein. »Ein Zuckerapfel vom Delphic-Strand!«, grinste ich. »Niemand macht die besser. Und du hast sogar einen in Kokosnussraspel getauchten genommen – meine Lieblingssorte.«

»Ein Gute-Besserung-Geschenk. Was macht die Wunde?«

Ich hob mein Nachthemd hoch und zeigte ihm die gute Nachricht selbst. »Alles besser.« Die letzten blauen Verfärbungen waren vor ein paar Stunden verschwunden, und damit hatte die Wunde beinahe sofort angefangen zu verheilen. Nur eine blasse Narbe war noch zu sehen.

Patch küsste mich. »Das sind gute Nachrichten.«

»Irgendeine Spur von Blakely?«

»Nein, aber das ist nur eine Frage der Zeit.«

»Hast du irgendetwas davon gespürt, dass er dir folgt?«

»Nein.« Enttäuschung schwang in seiner Stimme mit. »Aber ich bin sicher, er beobachtet mich genau. Er muss sein Messer zurückbekommen.«

»Teufelskraft ändert alle Regeln, oder?«

»Sie zwingt mich, erfinderisch zu sein, das gebe ich zu.«

»Hast du Blakelys Messer dabei?« Ich musterte seine Taschen, die leer aussahen.

Er zog sein Hemd gerade hoch genug, um den Griff zu enthüllen, der aus seinem Ledergürtel ragte. »Ich lasse es nie aus den Augen.«

»Bist du sicher, dass er es holen kommen wird? Vielleicht blufft er nur. Vielleicht weiß er, dass die Erzengel nicht solche Saubermänner sind, wie wir alle dachten, und hofft, dass er mit der Teufelskraft davonkommen kann.«

»Die Möglichkeit besteht, aber ich glaube nicht daran. Die Erzengel sind gut darin, Dinge zu verbergen, besonders vor Nephilim. Ich glaube, Blakely hat Angst, und ich glaube, er wird seinen nächsten Zug bald machen.«

»Was, wenn er Verstärkung mitbringt? Was, wenn du und ich nachher zwanzig von denen gegenüberstehen?«

»Er wird allein kommen«, sagte Patch zuversichtlich. »Er hat Mist gebaut und wird versuchen, das im Geheimen wieder auszubügeln. So wertvoll, wie er für die Nephilim ist, hätte er überhaupt nicht allein zu dem Footballspiel gehen dürfen. Ich wette, Blakely hat sich heimlich rausgeschlichen. Schlimmer noch, er hat ein mit Teufelskraft belegtes Messer zurückgelassen. Das bringt ihn schön ins Schwitzen, und er weiß, dass er es in Ordnung bringen muss, bevor jemand davon erfährt. Ich werde seine Angst und Verzweiflung zu unserem Vorteil nutzen. Er weiß, dass wir noch zusammen sind. Ich werde ihn einen Eid schwören lassen, kein Wort über unsere Beziehung zu verraten, und ich werde ihm sagen, dass er sein Messer nicht eher zurückbekommt.«

Ich löste eine der vorgeschnittenen Scheiben von dem karamelisierten Apfel und biss die Hälfte davon ab.

»Noch was?«, fragte Patch.

»Hmm … ja. Heute Morgen während des Trainings sind Dante und ich von ein paar Schlägertypen, gefallenen Engeln, unterbrochen worden.« Ich zuckte die Schultern. »Wir haben uns versteckt, bis sie weg waren, aber Cheschwan hat offensichtlich bei allen das Blut zum Kochen gebracht, das war nicht zu übersehen. Du kennst nicht zufällig einen schlaksigen gefallenen Engel mit Zeichen überall auf seinem Brustkorb, oder? Das war jetzt schon das zweite Mal, dass ich den gesehen habe.«

»Kommt mir nicht bekannt vor. Aber ich halte die Augen auf. Bist du sicher, dass du in Ordnung bist?«

»Klar. Ach ja, noch was Neues: Marcie wird hier im Farmhaus eine Halloween-Party schmeißen.«

Patch lächelte: »Grey-Millar-Familiendrama?«

»Das Motto soll ›Berühmte Paare der Geschichte‹ lauten. Sie waren heute schon Dekorationen kaufen. Ganze *drei* Stunden. Als wären sie mit einem Mal beste Freundinnen.« Ich nahm noch eine Apfelschnitte und verzog das Gesicht. »Marcie macht alles kaputt. Ich wollte, dass Scott mit Vee geht, aber Marcie hat ihn schon dazu gebracht, mit ihr hinzugehen.«

Patchs Lächeln wurde breiter.

Ich bedachte ihn mit meinem mürrischsten Blick. »Das ist

nicht lustig. Marcie zerstört mein Leben. Auf welcher Seite stehst du eigentlich?«

Patch hob kapitulierend die Hände. »Ich halte mich da raus.«

»Ich brauche ein Date für diese blöde Party. Ich muss Marcie übertrumpfen«, kam mir eine Eingebung. »Ich will einen heißeren Jungen an meinem Arm, und ich will ein besseres Kostüm. Ich werde mit etwas aufkreuzen, das wesentlich besser ist als Tristan und Isolde.« Hoffnungsvoll schaute ich Patch an.

Er wich meinem Blick aus. »Wir dürfen nicht zusammen gesehen werden.«

»Du wärst doch verkleidet. Sieh es als eine Möglichkeit, mal wirklich hinterhältig zu sein.«

»Ich gehe nicht auf Kostümpartys.«

»Bitte, bitte, bitte.« Ich klimperte mit den Wimpern.

»Du bringst mich noch um.«

»Ich kenne nur einen Jungen, der besser aussieht als Scott …« Sollte die Vorstellung doch sein Ego ködern.

»Deine Mom wird mich keinen Fuß in dieses Haus setzen lassen. Ich habe das Gewehr gesehen, das sie oben auf dem Schrank in der Speisekammer aufbewahrt.«

»Noch einmal, du wirst verkleidet sein, Dummkopf. Sie wird nicht merken, dass du es bist.«

»Du wirst nicht lockerlassen, oder?«

»Nein. Was hältst du von John Lennon und Yoko Ono? Oder Samson und Delilah? Robin Hood und Marian?«

Er zog eine Augenbraue hoch. »Schon mal an Patch und Nora gedacht?«

Ich verschränkte die Hände über dem Bauch und schaute triumphierend zur Decke: »Marcie wird so dermaßen untergehen.«

Patchs Handy klingelte, er sah aufs Display. »Unbekannt«, murmelte er, und das Blut gefror mir in den Adern.

»Glaubst du, es ist Blakely?«

»Es gibt nur einen Weg, das herauszufinden.« Mit ruhiger Stimme, aber nicht besonders entgegenkommend, nahm er den Anruf an. Sofort spürte ich, wie Patchs Körper neben mir sich anspannte, und ich wusste, dass es Blakely sein musste. Das Gespräch dauerte nur ein paar Sekunden.

»Es ist unser Mann«, sagte Patch. »Er will sich mit mir treffen. Jetzt.«

»Das ist alles? Scheint mir fast zu einfach.«

Patch sah mir fest in die Augen, und ich wusste, dass da noch mehr war. Ich konnte seine Miene nicht ganz deuten, aber so, wie er mich ansah, machte es mir Angst. »Wenn ich ihm das Messer gebe, gibt er uns das Gegengift.«

»Was für ein Gegengift?«, fragte ich.

»Als er dich verletzt hat, hat er dich infiziert. Er hat nicht gesagt, womit. Er hat nur gesagt, dass, wenn du nicht bald das Gegengift bekommst …« Er brach ab, schluckte. »Er sagt, du würdest es noch bereuen. Wir beide würden es noch bereuen.«

## SIEBZEHN

Er blufft. Das ist eine Falle. Er versucht, uns in Panik zu versetzen, damit wir uns zu sehr auf diese fiktive Krankheit konzentrieren, die er mir verpasst hat, um hier noch klug zu spielen.« Ich sprang aus dem Bett und ging im Zimmer auf und ab. »Oh, er ist gut! *Wirklich* gut. Rufen wir ihn an und sagen ihm, dass er das Messer zurückhaben kann, wenn er schwört, keine Teufelskraft mehr einzusetzen. Das ist ein Handel, dem ich zustimmen würde.«

»Und wenn er nicht lügt?«, fragte Patch ruhig.

Darüber wollte ich nicht nachdenken. Damit würde ich Blakely direkt in die Hände spielen. »Er lügt«, sagte ich mit mehr Überzeugung. »Er war Hanks Protegé, und wenn Hank in irgendetwas gut war, dann war es im Lügen. Ich bin sicher, dass das abgefärbt hat. Ruf ihn zurück. Sag ihm, dass es keine Abmachung gibt. Sag ihm, dass meine Wunde geheilt ist und dass wir es inzwischen wüssten, wenn irgendetwas mit mir nicht stimmen würde.«

»Wir reden hier über Teufelskraft. Die spielt nicht nach den Regeln.« Sowohl Sorge als auch Frustration klangen in Patchs Worten mit. »Ich glaube nicht, dass wir irgendwelche Annahmen treffen können, und ich glaube nicht, dass wir das Risiko eingehen können, ihn zu unterschätzen. Wenn er irgendetwas getan hat, um dich zu verletzen, Engelchen ...« Patch war sichtlich mitgenommen, ein Muskel an seinem Kiefer zuckte, und ich fürchtete, dass er genau das tat, was

Blakely wollte. Mit seiner Wut denken und nicht mit seinem Kopf.

»Lass uns abwarten. Wenn wir uns irren – und ich glaube nicht, dass wir das tun – aber falls doch, dann wird Blakely das Messer immer noch innerhalb von zwei, vier, sechs Tagen zurückhaben wollen. Wir haben den Trumpf in der Hand. Wenn wir anfangen zu vermuten, dass er mich wirklich mit irgendetwas infiziert hat, rufen wir ihn an. Er wird sich immer noch mit uns treffen wollen, weil er das Messer braucht. Wir haben nichts zu verlieren.«

Patch sah nicht überzeugt aus. »Er hat gesagt, du bräuchtest das Gegengift bald.«

»Merkst du, wie ungefähr ›bald‹ klingt? Wenn er die Wahrheit gesagt hätte, dann wäre er in seiner Zeitangabe genauer gewesen.« Meine Tapferkeit war nicht gespielt. Ich glaubte nicht einen Moment lang, dass Blakely aufrichtig war. Meine Wunde war geheilt, und ich hatte mich nie besser gefühlt. Er hatte mich nicht mit einer Krankheit infiziert. Darauf würde ich nicht hereinfallen. Und es machte mich wütend, dass Patch so vorsichtig war, so leichtgläubig. Ich wollte an unserem ursprünglichen Plan festhalten: Blakely gefangen nehmen und die Produktion der Teufelskraft beenden. »Hat er einen Treffpunkt genannt? Wo wollte er den Austausch machen?«

»Das werde ich dir nicht sagen«, antwortete Patch in ruhigem, kontrolliertem Ton.

Ich blinzelte verwirrt. »Entschuldigung, was hast du gerade gesagt?«

Patch kam zu mir und verschränkte seine Hände hinter meinem Nacken. Sein Gesichtsausdruck war unbeweglich. Er meinte es ernst – er hatte vor, mich hinzuhalten. Er hätte mir genauso gut eine Ohrfeige verpassen können, so weh tat sein Verrat. Ich konnte es nicht fassen, dass er in dieser Sache nicht mit mir an einem Strang zog. Ich wollte mich abwenden, zu wütend, um etwas zu sagen, aber er hielt mich am Handgelenk fest.

»Ich respektiere deine Meinung, aber ich mache so etwas schon eine ganze Weile länger«, sagte er mit leiser, ernster und eindringlicher Stimme.

»Bevormunde mich nicht.«

»Blakely ist kein netter Kerl.«

»Danke für den Tipp«, antwortete ich bissig.

»Ich würde es ihm zutrauen, dass er dich mit etwas infiziert hat. Er experimentiert schon viel zu lange mit Teufelskraft herum, um noch irgendeinen Sinn für Anstand oder Menschlichkeit zu haben. Es hat sein Herz verhärtet und ihm Ideen in den Kopf gesetzt – abgefeimte, bösartige, unanständige Ideen. Ich glaube nicht, dass er leere Drohungen ausstößt. Er hat sich ehrlich angehört. Er hat sich angehört, als sei er fest entschlossen, jede Drohung auszuführen, die er ausgesprochen hat. Wenn ich mich heute Nacht nicht mit ihm treffe, dann wird er das Gegengift wegwerfen. Er hat kein Problem damit, uns zu zeigen, was für eine Sorte Mann er ist.«

»Dann zeigen wir ihm eben, wer wir sind. Sag mir, wo er dich treffen will. Lass ihn uns schnappen und verhören«, forderte ich Patch heraus. Ich sah auf die Uhr. Fünf Minuten waren vergangen, seit Patch den Anruf beendet hatte. Blakely würde nicht die ganze Nacht warten. Wir mussten los – wir verschwendeten Zeit.

»Du wirst Blakely heute Nacht nicht treffen, Ende der Diskussion«, sagte Patch.

Ich hasste es, und es machte mich stinkwütend, wie er so das Alpha-Männchen raushängen ließ. Ich verdiente es, gleichberechtigt gehört zu werden, und er schob mich einfach so beiseite. Meine Meinung war ihm nicht wichtig – das war nur eine kaum verschleierte Plattitüde. »Wir werden unsere Chance verpassen, ihn zu kriegen!«, wandte ich ein.

»Ich werde den Austausch machen, und du wirst hierbleiben.«

»Wie kannst du das nur sagen? Du lässt ihn den Ton angeben! Was ist nur mit dir los?«

Sein Blick hielt meinen fest. »Ich dachte, das wäre ziemlich offensichtlich, Engelchen. Deine Gesundheit ist wichtiger als irgendwelche Antworten. Es wird eine andere Gelegenheit geben, an Blakely heranzukommen.«

Ich konnte es nicht fassen und schüttelte heftig den Kopf. »Wenn du hier ohne mich rausgehst, dann werde ich dir das nie verzeihen.« Eine starke Drohung, aber ich meinte, was ich gesagt hatte. Patch hatte versprochen, dass wir ein Team wären. Wenn er mich jetzt ausschloss, würde ich das als Verrat ansehen. Wir hatten zu viel zusammen durchgemacht, als dass ich jetzt geschont werden wollte.

»Blakely ist schon aufs Äußerste angespannt. Wenn irgendetwas dazwischenkommt, läuft er davon, und mit ihm verschwindet dein Gegengift.«

Ich schüttelte heftig den Kopf. »Tu nicht so, als ginge es hier um Blakely. Hier geht's um dich und mich. Du hast gesagt, wir wären ab jetzt ein Team. Hier geht's darum, was *wir* wollen – nicht, was er will.«

Es klopfte an meiner Schlafzimmertür. »Was?«, rief ich bissig.

Marcie drückte die Tür auf und stand, die Arme über dem Brustkorb verschränkt, auf der Schwelle. Sie trug ein ausgeleiertes altes T-Shirt und Boxershorts. Nicht gerade das, was ich mir als Marcies Schlafgewand vorgestellt hatte. Ich hätte mehr Rosa, mehr Spitze, mehr Haut erwartet.

»Mit wem redest du denn da?«, wollte sie wissen, während

sie sich den Schlaf aus den Augen rieb. »Ich kann dich bis ans andere Ende des Flurs quatschen hören.«

Ich fuhr zu Patch herum, aber es waren nur noch Marcie und ich im Zimmer. Patch war verschwunden.

Ich riss ein Kissen vom Bett und schleuderte es gegen die Wand.

Sonntagmorgen wachte ich mit einem seltsamen, unersättlichen Hunger auf, der sich in meinen Bauch gekrallt hatte. Ich sprang aus dem Bett, sparte mir den Gang zum Badezimmer und lief direkt in die Küche. Gierig zog ich die Kühlschranktür auf und musterte die Fächer. Milch, Obst, ein Rest Boeuf Stroganov. Salat, Käseecken, Jell-O-Salat. Nichts davon sah auch nur im Entferntesten verlockend aus, und doch krampfte sich mein Magen vor Hunger schmerzhaft zusammen. Ich steckte den Kopf in die Speisekammer und suchte die Regale von oben bis unten ab, aber alles, was ich sah, war ungefähr so verlockend, wie auf Polyester herumzukauen. Da ich immer noch nichts gegessen hatte, wurden meine unerklärlichen Gelüste immer stärker, so dass mir allmählich übel wurde.

Draußen war es immer noch dunkel, es war kurz vor fünf, und ich schleppte mich zurück ins Bett. Wenn ich meine Bauchschmerzen nicht wegessen konnte, dann würde ich sie wegschlafen. Das Problem war nur, dass mein Kopf sich anfühlte, als stünde er am Rande eines Strudels, der mich gleich in schwindelerregende Tiefen hinabziehen würde. Meine Zunge war trocken und geschwollen vor Durst, aber auch der Gedanke, etwas zu trinken, und sei es etwas so Fades wie Leitungswasser, brachte meine Gedärme zum Protestieren. Ich fragte mich kurz, ob das vielleicht eine Nachwirkung der Stichwunde sein könnte, fühlte mich aber zu schlecht, um groß darüber nachzudenken.

Die nächsten Minuten verbrachte ich damit, mich im Bett hin und her zu rollen, um die kühlste Stelle in meinem Bettzeug zu finden, bis eine seidige Stimme in mein Ohr flüsterte: »Rate mal, wie viel Uhr es ist.«

Ich stieß ein tiefempfundenes Stöhnen aus. »Ich kann heute nicht trainieren, Dante. Ich bin krank.«

»Das ist die älteste Entschuldigung der Welt. Raus aus dem Bett«, sagte er und tätschelte mein Bein.

Mein Kopf hing über den Rand der Matratze, und ich musterte seine Schuhe. »Wenn ich gleich auf deine Schuhe kotze, glaubst du mir dann?«

»Ich bin nicht so empfindlich. In fünf Minuten will ich dich da draußen sehen. Wenn du zu spät kommst, wirst du das wiedergutmachen müssen. Eine Extrameile für jede Minute, die du zu spät kommst, hört sich doch fair an.«

Er ging, und ich raffte all meinen Willen und noch ein bisschen mehr zusammen, um mich aus dem Bett zu schleppen. Langsam band ich die Schuhe zu, gefangen zwischen rasendem Hunger auf der einen und heftigem Schwindel auf der anderen Seite.

Als ich es in die Auffahrt geschafft hatte, sagte Dante: »Bevor wir anfangen, habe ich ein Update zu unseren Trainingsbemühungen. Eine meiner ersten Entscheidungen als Lieutenant bestand darin, Offiziere für unsere Truppen zu ernennen. Ich hoffe, du bist damit einverstanden. Das Training der Nephilim läuft gut«, fuhr er fort, ohne meine Antwort abzuwarten. »Wir haben uns auf Techniken gegen die Besitzergreifung konzentriert, auf mentale Tricks als offensive und defensive Strategie und rigoroses körperliches Training. Unsere größte Schwachstelle ist die Rekrutierung von Spionen. Wir müssen an bessere Informationsquellen kommen. Wir müssen erfahren, was die gefallenen Engel planen, aber damit hatten wir bis jetzt keinen Erfolg.« Er sah mich erwartungsvoll an.

»Ah … okay. Gut zu wissen. Ich überlege mir was.«

»Ich würde vorschlagen, du fragst Patch.«

»Ob er für uns spioniert?«

»Nutze deine Beziehung zu ihm zu unserem Vorteil. Er könnte Informationen über die Schwachstellen der gefallenen Engel haben. Er könnte gefallene Engel kennen, die leichter umzudrehen sind.«

»Ich werde Patch nicht ausnutzen. Und ich sage dir: Patch hält sich aus dem Krieg raus. Er steht nicht auf der Seite der gefallenen Engel. Ich werde ihn nicht bitten, für die Nephilim zu spionieren«, sagte ich beinahe kalt. »Er wird da nicht mit reingezogen.«

Dante nickte knapp. »Verstanden. Vergiss, dass ich gefragt habe. Normales Aufwärm-Training. Zehn Meilen. Verschärftes Tempo auf der zweiten Hälfte – ich will, dass du schwitzt.«

»Dante …«, protestierte ich schwach.

»Diese Extrameilen, vor denen ich dich gewarnt habe, die gelten auch für Ausreden.«

*Bring's einfach hinter dich*, versuchte ich, mir zuzureden. *Dann kannst du den Rest des Tages schlafen. Und essen, essen, essen.*

Dante nahm mich hart ran; nach dem Aufwärmlauf über zehn Meilen sprang ich über Felsbrocken, die doppelt so hoch waren wie ich, sprintete die steilen Hänge einer Schlucht hinauf und ging die Lektionen durch, die ich schon gelernt hatte, ganz besonders die mentalen Tricks.

Schließlich, am Ende der zweiten Stunde, sagte er: »Machen wir Schluss. Findest du allein nach Hause?«

Wir waren ziemlich weit in die Wälder vorgedrungen, aber die aufgehende Sonne verriet mir, wo Osten war, und ich war mir sicher, dass ich es allein zurückschaffen würde. »Mach dir keine Sorgen um mich«, sagte ich und lief los.

Auf halbem Weg zum Farmhaus fand ich den Felsbrocken, auf dem wir unsere Sachen abgelegt hatten – die Windjacke, die ich nach dem Aufwärmen ausgezogen hatte, und Dantes blaue Sporttasche. Er brachte sie jeden Tag mit, schleppte sie meilenweit in die Wälder mit, was nicht nur schwer und unbequem, sondern auch unpraktisch war. Bis jetzt hatte er sie noch nicht ein einziges Mal aufgemacht. Zumindest nicht in meiner Gegenwart. Die Tasche konnte mit einer Vielzahl an Folterinstrumenten vollgestopft sein, die er unter dem Vorwand des Trainings für mich bereithielt. Viel wahrscheinlicher jedoch enthielt sie Wechselklamotten und Ersatzschuhe. Womöglich – ich lachte bei dem Gedanken – auch ein Paar enger Slips oder Boxershorts mit Pinguinaufdruck, mit denen ich ihn endlos würde aufziehen können. Vielleicht konnte ich sie sogar hier in der Nähe an einen Baum hängen. Es war niemand hier, der sie sehen würde, aber es wäre ihm schon peinlich genug zu wissen, dass ich sie gesehen hatte.

Mit einem hinterhältigen Lächeln zog ich den Reißverschluss ein paar Zentimeter auf. Sobald ich die Glasflaschen mit der eisblauen Flüssigkeit darin erblickte, wand sich mein Magen in wilden, schmerzhaften Krämpfen. Der Hunger krallte sich wie etwas Lebendiges in meine Eingeweide.

Unstillbares Verlangen drohte mich zu zerreißen. Ein hoher Ton schrillte in meinen Ohren. In einer überwältigenden Welle kam mir die Erinnerung daran, wie mächtig die Teufelskraft geschmeckt hatte. Schrecklich, aber das war es wert. Ich erinnerte mich an die Kraft, die sie mir verliehen hatte. Ich konnte kaum aufrecht stehen, so sehr überwältigte mich das Verlangen, diesen unaufhaltsamen Höhenflug noch einmal zu spüren. Die himmelhohen Sprünge, die unübertreffliche

Geschwindigkeit, die animalische Beweglichkeit. Mein Herz taumelte, schlug und flatterte vor *Verlangen, Verlangen, Verlangen*. Ich sah nur noch verschwommen, und meine Knie wurden weich. Ich konnte beinahe die Erleichterung und die Erfüllung schmecken, die schon mit einem einzigen, kleinen Schluck kommen würden.

Schnell zählte ich die Flaschen. Fünfzehn. Dante würde überhaupt nicht merken, wenn eine fehlte. Ich wusste, dass es falsch war zu stehlen, genau wie ich wusste, dass Teufelskraft nicht gut für mich war. Aber diese Gedanken waren lahme Argumente, die irgendwo ziellos in meinem Hinterkopf herumirrten. Ich rechtfertigte mich damit, dass vom Arzt verordnete Medizin in der falschen Dosierung auch schädlich sein konnte, dass man sie aber manchmal einfach brauchte. Genau wie ich jetzt nur einen Schluck Teufelskraft brauchte.

Teufelskraft. Ich konnte kaum denken, so sehr suchte mich das quälende Verlangen nach der Kraft heim, die sie mir verleihen würde. Ein plötzlicher Gedanke durchzuckte mich – ich könnte vielleicht sogar sterben, wenn ich sie jetzt nicht bekam, so stark war das Verlangen. Ich würde alles dafür tun. Ich musste mich noch einmal so fühlen. Unzerstörbar. Unberührbar.

Bevor ich wusste, was ich tat, hatte ich mir eine Flasche gegriffen. Sie fühlte sich kühl an in meiner Hand und verlieh mir Zuversicht. Ich hatte noch keinen Schluck davon getrunken, und schon klärte sich mein Kopf. Kein Schwindel mehr und schon bald auch keine Gelüste mehr.

Die Flasche schmiegte sich perfekt in meine Hand, als wäre sie extra dafür geschaffen. Dante wollte, dass ich diese Flasche bekam. Wie oft hatte er denn versucht, mich dazu zu bringen, Teufelskraft zu trinken? Und hatte er nicht gesagt, die nächste Dosis ginge aufs Haus?

Ich würde eine Flasche nehmen, und das würde reichen. Ich würde den Rausch der Kraft noch einmal spüren, und dann wäre ich befriedigt.

Nur noch ein Mal.

## ACHTZEHN

Als es laut an der Tür klopfte, riss ich die Augen auf. Ich setzte mich auf, desorientiert. Sonnenlicht strömte durch mein Schlafzimmerfenster und zeigte mir, dass es später Vormittag war. Meine Haut war klamm vor Schweiß, meine Decke um die Beine verknotet. Auf dem Nachttisch lag eine umgefallene, leere Flasche.

Die Erinnerung kam wie im Sturm zurück.

Ich hatte es kaum in mein Zimmer geschafft, bevor ich den Deckel abgedreht, ihn hastig beiseitegeworfen und die Teufelskraft innerhalb von Sekunden in mich hineingeschüttet hatte. Ich hatte gewürgt und geschluckt, hatte das Gefühl zu ersticken, als die Flüssigkeit meine Kehle verstopfte, wusste aber, je schneller ich schluckte, desto früher würde es vorüber sein. Ein Adrenalinschub, der mit nichts vergleichbar war, was ich je erlebt hatte, breitete sich in mir aus, katapultierte meine Sinne in berauschende Höhen. Am liebsten wäre ich hinausgerannt und hätte meinen Körper über seine Grenzen hinweg gefordert, ich wollte laufen, springen und um alles herumflitzen, was mir in die Quere kam. Es war wie fliegen, nur besser.

Und dann, so schnell wie der Drang in mir aufgekommen war, brach ich zusammen. Ich konnte mich nicht einmal mehr daran erinnern, wie ich ins Bett gefallen war.

»Wach auf, Schlafmütze«, rief meine Mutter durch die Tür. »Ich weiß, es ist Wochenende, aber lass uns nicht den ganzen Tag verschlafen. Es ist schon nach elf.«

Elf? Ich hatte *vier* Stunden fest geschlafen?

»Bin gleich unten«, rief ich, während mein ganzer Körper zitterte; das musste eine Nebenwirkung der Teufelskraft sein. Ich hatte zu viel getrunken, zu schnell. Es erklärte, warum mein Körper für Stunden außer Gefecht gewesen war und auch dieses eigenartige, kribbelige Gefühl, das in mir pulsierte.

Ich konnte nicht fassen, dass ich Teufelskraft von Dante gestohlen hatte. Schlimmer noch, ich konnte nicht fassen, dass ich sie getrunken hatte. Ich schämte mich. Ich musste einen Weg finden, das wiedergutzumachen, aber ich wusste nicht, wo ich anfangen sollte. Wie konnte ich Dante davon erzählen? Er hielt mich sowieso schon für so schwach wie einen Menschen, und wenn ich meine eigenen Gelüste nicht kontrollieren konnte, so bestätigte ihn das nur.

Ich hätte ihn einfach darum bitten sollen. Doch zu meinem großen Befremden hatte ich es tatsächlich genossen, sie zu stehlen. Es lag eine gewisse Erregung darin, etwas Schlechtes zu tun und damit davonzukommen. Genau, wie eine gewisse Erregung darin gelegen hatte, zügellos mit der Teufelskraft umzugehen und alles sofort und auf einmal zu trinken, statt sie einzuteilen.

Wie konnte ich so üble Gedanken haben? Wie konnte ich auch noch zugelassen haben, dass ich danach handelte? So jemand war ich nicht.

Ich schwor, dass heute Morgen das letzte Mal gewesen war, dass ich jemals Teufelskraft genommen hatte, vergrub die Flasche am Grund meines Mülleimers und versuchte, den Zwischenfall aus meinem Kopf zu verbannen.

Ich nahm an, dass ich um diese Uhrzeit wohl allein frühstücken würde, aber ich fand Marcie am Küchentisch sitzen, wie sie eine Liste von Telefonnummern ausstrich. »Ich habe den ganzen Morgen damit verbracht, Leute zur Halloween-Party einzuladen«, erklärte sie. »Wenn du mitmachen willst, tu dir keinen Zwang an.«

»Ich dachte, du wolltest Einladungen verschicken.«

»Keine Zeit, die Party ist am Donnerstag.«

»Unter der Woche? Wieso nicht am Freitag?«

»Football-Spiel.« Meine Miene musste meine Verwirrung verraten haben, denn sie erklärte: »Alle meine Freunde werden entweder spielen oder cheerleaden. Außerdem ist es ein Auswärtsspiel, also können wir sie nicht einfach für danach einladen.«

»Und Samstag?«, fragte ich, ungläubig, dass wir an einem Werktag eine Party schmeißen würden. Meine Mom würde das nie erlauben. Andererseits hatte Marcie derzeit so eine Art an sich, mit der sie sie zu allem überreden konnte.

»Samstag war der Hochzeitstag meiner Eltern. Am Samstag machen wir nichts«, beschied sie endgültig. Sie schob mir die Liste mit den Telefonnummern herüber. »Ich mach' hier die ganze Arbeit, und allmählich geht mir das auf die Nerven.«

»Ich will mit dieser Party nichts zu tun haben«, erinnerte ich sie.

»Du bist doch nur eingeschnappt, weil du kein Date hast.« Sie hatte recht, ich hatte kein Date. Ich hätte ja noch darüber nachdenken können, mit Patch zu gehen, aber das hätte bedeutet, dass ich ihm dieses Treffen gestern mit Blakely hätte vergeben müssen. Mir war plötzlich alles wieder eingefallen, was geschehen war. Über dem Schlaf gestern Nacht, dem Training mit Dante heute Morgen und dem einige Stunden bewusstlos Daliegen hatte ich ganz vergessen, auf meinem Handy nach Nachrichten zu sehen.

Es klingelte, und Marcie sprang auf. »Ich geh' hin.«

Ich wollte ihr zurufen: »Tu nicht so, als würdest du hier wohnen!«, aber stattdessen quetschte ich mich an ihr vorbei und stürmte, immer zwei Stufen mit einem Schritt nehmend, die Treppe hinauf in mein Zimmer. Meine Handtasche hing über der Schranktür, ich wühlte darin herum, bis ich mein Handy gefunden hatte, und holte scharf Luft.

Keine Nachrichten. Ich wusste nicht, was das zu bedeuten hatte, und ich wusste nicht, ob ich mir Sorgen machen musste. Was, wenn Blakely Patch in einen Hinterhalt gelockt hatte? Oder wenn dieses Schweigen etwas damit zu tun hatte, dass wir uns gestern im Streit getrennt hatten? Wenn ich sauer war, brauchte ich etwas Luft, und Patch wusste das.

Ich feuerte ihm eine schnelle SMS zu. KÖNNEN WIR REDEN?

Unten hörte ich Marcie flüsternd streiten. »Ich habe gesagt, *ich* hole sie. Du musst hier warten. Hey! Du kannst hier nicht einfach so reinplatzen, ohne dass du hereingebeten wurdest.«

»Sagt wer?«, schoss Vee zurück, und ich hörte, wie sie die Treppe hochstapfte.

Ich traf sie im Flur vor meinem Zimmer. »Was ist denn los?«

»Deine fette Freundin hat sich gerade ins Haus gedrängt, ohne hereingebeten worden zu sein«, beschwerte sich Marcie.

»Diese dürre Kuh tut gerade so, als würde ihr das Haus gehören«, sagte Vee. »Was macht sie denn hier?«

»Ich wohne hier«, verkündete Marcie.

Vee brach in schallendes Gelächter aus. »Du bist echt ein Scherzkeks, was«, sagte sie.

Marcies Gesichtszüge verkrampften sich. »Ich wohne hier. Frag Nora. Na los.«

Vee fuhr zurück, als sei sie von einem unsichtbaren Schlag getroffen worden. »Marcie wohnt hier? Bin ich die Einzige, die merkt, wie bescheuert das ist?«

»Meine Mom hatte die Idee«, sagte ich.

»Die Idee war von mir und meiner Mom«, korrigierte Marcie. »Aber Mrs. Grey war auch der Meinung, dass es so am besten wäre.«

Bevor Vee noch mehr Fragen stellen konnte, packte ich sie am Ellbogen und zog sie in mein Zimmer. Marcie machte einen Schritt vor, aber ich knallte ihr die Tür vor der Nase zu. Ich versuchte mit aller Kraft, mich anständig zu benehmen, aber sie an einem privaten Gespräch mit Vee teilnehmen zu lassen wäre zu viel der Höflichkeit gewesen.

»Warum ist sie wirklich hier?«, wollte Vee wissen, wobei sie sich keine Mühe gab, ihre Stimme zu senken.

»Das ist eine lange Geschichte. Die Kurzfassung ist … Ich weiß nicht, was sie hier will.« Ausweichend, ja, aber auch ehrlich. Ich hatte keine Ahnung, was Marcie hier machte. Meine Mom war Hanks Geliebte gewesen, ich war ihr Kind der Liebe, und da wäre es nur normal gewesen, wenn Marcie nichts mit uns hätte zu tun haben wollen.

»Mann, dann ist ja alles klar«, sagte Vee.

Zeit, sie abzulenken. »Marcie schmeißt eine Halloween-Party hier im Farmhaus. Dates zwingend erforderlich, ebenso ein Kostüm. Das Motto lautet ›Berühmte Paare der Geschichte‹.«

»Na und?«, sagte Vee und sprang überhaupt nicht darauf an.

»Marcie hat sich Scott gesichert.«

Vee kniff die Augen zusammen. »Einen Dreck hat sie.«

»Marcie hat ihn schon gefragt, aber er klang nicht besonders begeistert«, bot ich hilfsbereit an.

Mein Handy piepte mit einer SMS. HABE DAS GEGENGIFT. WIR MÜSSEN UNS TREFFEN, besagte Patchs Nachricht.

Es ging ihm gut. Die Spannung wich aus meinen Schultern.

Diskret steckte ich mein Handy wieder ein und sagte zu Vee: »Meine Mom will, dass ich die Wäsche aus der Reinigung hole und Bücher in die Bibliothek zurückbringe. Aber ich kann nachher noch bei dir vorbeikommen.«

»Und dann können wir einen Plan schmieden, wie ich Scott aus den Fängen dieser Schlampe befreie«, sagte Vee.

Ich gab Vee fünf Minuten Vorsprung, dann fuhr ich den Volkswagen rückwärts aus der Einfahrt.

ICH FAHR' JETZT LOS, schrieb ich Patch. WO BIST DU?

AUF DEM WEG ZUR VILLA, antwortete er.

ICH TREFF' DICH DA.

Ich fuhr zur Casco Bay, zu beschäftigt, mir zu überlegen, was ich Patch sagen würde, um die beeindruckende Herbstlandschaft zu genießen. Nur halb nahm ich das tiefblaue Wasser wahr, das in der Sonne glitzerte, und die schäumenden und spritzenden Wellen, die an die Klippen brandeten. Ich parkte ein paar Blöcke von Patchs Wohnung entfernt und ging hinein. Da ich als Erste gekommen war, ging ich auf den Balkon, um meine Gedanken ein letztes Mal zu sammeln.

Die Luft war kühl und klebrig vor Salz, und der Wind bereitete mir eine Gänsehaut. Ich hoffte, die Brise würde meinen Zorn und das leise Stechen des Verrats lindern. Ich wusste es ja zu schätzen, dass meine Sicherheit für Patch immer an erster Stelle stand, und es rührte mich, wie besorgt er um mich war, und ich wollte auch nicht undankbar klingen, weil ich mich glücklich schätzen konnte, einen Freund zu haben, der alles für mich tun würde. Aber eine Abmachung war eine Abmachung. Wir hatten vereinbart, als Team zu arbeiten, und er hatte mein Vertrauen enttäuscht.

Ich hörte das Garagentor aufgleiten, gefolgt von Patchs Motorrad, das hineinfuhr. Einen Augenblick später erschien er im Wohnzimmer. Er blieb stehen und sah mich an. Sein Haar war vom Wind zerzaust, und ein dunkler Bartschatten lag auf seinem Gesicht. Er trug noch dieselben Klamotten, in denen ich ihn das letzte Mal gesehen hatte, und ich wusste, dass er die ganze Nacht unterwegs gewesen war.

»Viel zu tun?«, fragte ich.

»Ich hatte viel im Kopf«, antwortete er.

»Was macht Blakely?«, fragte ich mit gerade genug Ärger in der Stimme, um Patch wissen zu lassen, dass ich weder vergessen noch vergeben hatte.

»Er hat geschworen, unsere Beziehung geheim zu halten.« Eine Pause. »Und er hat mir das Gegengift gegeben.«

»Das stand in deiner SMS.«

Patch seufzte und fuhr sich mit der Hand durchs Haar. »Soll das jetzt so weitergehen? Ich verstehe, dass du wütend bist, aber kannst du mal kurz einen Schritt zurücktreten und die Dinge aus meiner Perspektive sehen? Blakely hat mir gesagt, ich sollte allein kommen, und ich war mir nicht sicher, wie er reagieren würde, wenn du mitkommst. Ich habe nichts dagegen, Risiken einzugehen, aber nicht, wenn die Chancen eindeutig gegen mich stehen. Er hatte die besseren Karten – dieses Mal.«

»Du hast mir versprochen, wir wären ein Team.«

»Ich habe auch versprochen, alles zu tun, was in meiner Macht steht, um dich zu beschützen. Ich will nur dein Bestes. So einfach ist das, Engelchen.«

»Du kannst nicht einfach allein bestimmen und hinterher sagen, es wäre nur zu meiner Sicherheit.«

»Deine Sicherheit ist mir wichtiger als dein Wohlwollen. Ich will nicht streiten, aber wenn du fest entschlossen bist, mich als den Bösewicht zu sehen, dann ist das eben so. Besser, als dich zu verlieren.« Er zuckte die Schultern.

Seine Arroganz verschlug mir den Atem, dann kniff ich die Augen zusammen. »Empfindest du das wirklich so?«

»Habe ich dich jemals angelogen, besonders, wenn es um meine Gefühle für dich geht?«

Ich schnappte meine Tasche vom Sofa. »Vergiss es, ich gehe.«

»Wie du meinst. Aber du wirst keinen Fuß nach draußen setzen, bevor du nicht das Gegengift genommen hast.« Als wollte er seine Worte unterstreichen, lehnte er sich mit dem Rücken an die Wohnungstür und verschränkte die Arme über der Brust.

Wütend starrte ich ihn an. »Wir wissen überhaupt nicht, ob dieses Gegengift nicht in Wirklichkeit Gift ist.«

Er schüttelte den Kopf. »Dabria hat es analysiert. Es ist sauber.«

Ich knirschte mit den Zähnen. Meine Wut im Zaum zu halten kam jetzt offiziell nicht mehr in Frage. »Du hast Dabria mitgenommen, oder? Schätze mal, das bedeutet, dass ihr zwei jetzt ein Team seid«, schnappte ich.

»Sie hat sich weit genug von Blakely ferngehalten, um ihn nicht misstrauisch zu machen, ist aber nah genug geblieben, um ein paar Episoden aus seiner Zukunft zu lesen. Er hat einen fairen Handel geboten. Das Gegengift ist in Ordnung.«

»Warum versuchst du nicht mal, die Dinge aus meiner Perspektive zu sehen?«, schäumte ich. »Ich muss damit klarkommen, dass mein Freund eng mit seiner Ex zusammenarbeitet – sie liebt dich noch, das weißt du ganz genau!«

Patch hielt seinen Blick ruhig und unverwandt auf mich gerichtet. »Und ich liebe dich. Sogar dann, wenn du irrational, eifersüchtig und starrköpfig bist. Dabria hat wesentlich mehr Erfahrung mit mentalen Tricks, Gefangennahmen und dem Kampf gegen Nephilim. Früher oder später wirst du anfangen müssen, mir zu vertrauen. Wir haben nicht viele Verbündete, und wir brauchen jede Hilfe, die wir bekommen können. Solange Dabria uns unterstützt, bin ich gewillt, sie an Bord zu behalten.«

Meine Fäuste waren so fest zusammengeballt, dass ich spürte, wie meine Fingernägel in die Haut eindrangen. »Mit anderen Worten, ich bin nicht gut genug, dein Teamkollege zu sein. Im Gegensatz zu Dabria habe ich keine besonderen Fähigkeiten!«

»Das ist nicht alles. Wir haben das doch längst besprochen: Wenn ihr etwas passieren würde, wäre es einfach Pech für mich. Bei dir allerdings …«

»Ja, klar, deine Taten sprechen für sich selbst.« Ich war verletzt und wütend und fest entschlossen, Patch zu zeigen, dass er mich unterschätzte, und das alles führte zu meiner nächsten Erklärung: »Ich führe die Nephilim in den Krieg gegen die gefallenen Engel. Das ist das Richtige. Um die Erzengel kümmere ich mich dann später. Ich kann entweder in Angst vor ihnen leben, oder ich kann mich zusammenreißen und tun, was für die Nephilim das Beste ist. Ich will nicht, dass noch irgendein Nephilim Treue schwören muss – niemals mehr. Ich habe mich entschlossen, also mach dir nicht die Mühe, es mir wieder ausreden zu wollen«, verkündete ich barsch.

Patchs schwarze Augen beobachteten mich, aber er schwieg.

»Ich denke schon seit einiger Zeit so«, setzte ich hinzu, weil ich mich angesichts seines Schweigens unwohl fühlte und das Bedürfnis hatte, mich zu rechtfertigen. »Ich werde nicht zulassen, dass die gefallenen Engel weiter Nephilim quälen.«

»Sprechen wir hier über gefallene Engel und Nephilim oder über dich und mich?«, fragte Patch schließlich ruhig.

»Ich bin es leid, mich ständig zu verteidigen. Gestern ist ein Kriegertrupp gefallener Engel hinter mir her gewesen.

Das war der Tropfen, der das Fass zum Überlaufen gebracht hat. Die gefallenen Engel sollen erfahren, dass wir uns ab jetzt nichts mehr gefallen lassen. Sie haben uns lange genug drangsaliert. Und die Erzengel? Ich glaube nicht, dass denen das alles überhaupt etwas bedeutet. Wenn es ihnen wichtig wäre, hätten sie längst eingegriffen und der Verwendung von Teufelskraft ein Ende gesetzt. Wir müssen davon ausgehen, dass sie davon wissen und einfach wegschauen.«

»Hat Dante irgendetwas mit deiner Entscheidung zu tun?«, fragte Patch, ohne auch nur den kleinsten Riss in seiner Selbstbeherrschung zu zeigen.

Seine Frage irritierte mich. »Ich bin die Anführerin der Nephilim-Armee. Ich bestimme.«

Als seine nächste Frage erwartete ich: »Und was bedeutet das für uns?«, deshalb überraschten mich seine Worte: »Ich möchte, dass du bei mir bist, Nora. Mit dir zusammen zu sein, ist für mich das Allerwichtigste. Ich kämpfe schon seit langer Zeit gegen Nephilim. Das hat mich geprägt, in vielerlei Hinsicht würde ich das gern rückgängig machen. Die Unehrlichkeit, die billigen Tricks, sogar nackte Gewalt. Es gibt Tage, an denen wünsche ich mir, ich könnte zurückgehen und einen anderen Weg einschlagen. Ich möchte nicht, dass es dir eines Tages genauso geht. Ich muss wissen, dass du körperlich stark genug bist, aber ich muss auch wissen, dass du hier klar bist.« Er berührte zärtlich meine Stirn. Dann strich er sanft über meine Wange und hielt mein Gesicht zwischen seinen Handflächen. »Begreifst du wirklich, worauf du dich da einlässt?«

Ich entzog mich seiner Berührung, aber nicht so heftig, wie ich eigentlich gewollt hätte. »Wenn du mal aufhören würdest, dir um mich Sorgen zu machen, würdest du sehen, dass ich dem gewachsen bin.« Ich dachte an das ganze Training, das ich mit Dante absolviert hatte. Ich dachte daran, für wie begabt er mich bei den mentalen Tricks gehalten hatte. Patch hatte keine Ahnung, wie weit ich schon gekommen war. Ich war stärker, schneller und mächtiger, als ich es je für möglich gehalten hätte. Außerdem hatte ich in den letzten Monaten genug durchgemacht, um zu wissen, dass ich mich jetzt in seiner Welt ziemlich gut auskannte. *Unserer* Welt. Ich wusste, worauf ich mich einließ, selbst wenn Patch das nicht gefiel.

»Du magst mich davon abgehalten haben, mich mit Blakely zu treffen, aber den Krieg kannst du nicht aufhalten«, sagte ich mit Nachdruck. Wir standen am Rande einer tödlichen und gefährlichen Auseinandersetzung. Das würde ich nicht schönreden, und ich würde auch nicht wegsehen. Ich war bereit zum Kampf. Für die Freiheit der Nephilim. Für meine.

»Es ist eine Sache zu glauben, man sei bereit«, sagte Patch ruhig. »Aber in den Krieg zu ziehen und ihn aus erster Hand zu erleben ist etwas vollkommen anderes. Ich bewundere deinen Mut, Engelchen, aber ich meine es ehrlich, wenn ich sage, dass ich das Gefühl habe, du stürzt dich da in etwas hinein, ohne dir in letzter Konsequenz über die Folgen klar zu sein.«

»Denkst du, ich hätte das nicht alles längst durchdacht? Ich bin diejenige, die Hanks Armee führen soll. Glaub mir, ich habe viele Nächte damit verbracht, das alles zu durchdenken.«

»Führe die Armee, ja. Aber niemand hat je was von kämpfen gesagt. Du kannst deinen Schwur erfüllen und trotzdem in Sicherheit bleiben. Delegiere die tödlichsten Aufgaben. Dafür hast du deine Armee. Dafür hast du *mich*.«

Dieses Argument forderte mich erst recht heraus. »Du kannst mich nicht immer beschützen, Patch. Ich verstehe ja den Gedanken, aber ich bin jetzt Nephilim. Ich bin unsterblich und brauche deinen Schutz viel weniger. Ich bin ein Ziel für gefallene Engel, Erzengel und andere Nephilim, und daran kann ich nichts ändern. Aber ich kann kämpfen lernen.«

Sein Blick war klar, sein Tonfall ruhig, aber ich spürte eine gewisse Traurigkeit hinter der kühlen Fassade. »Du bist ein starkes Mädchen, und du bist mein. Aber Stärke bedeutet nicht immer rohe Gewalt. Du musst nicht immer selbst kämpfen, um ein Kämpfer zu sein. Gewalt bedeutet nicht Stärke. Krieg wird kein einziges Problem lösen, aber er wird unsere Welten auseinanderreißen, und es wird Opfer geben, einschließlich Menschen. An diesem Krieg ist nichts Heldenhaftes. Er wird zu einem Ausmaß an Zerstörung führen, wie du es noch nie gesehen hast.«

Ich schluckte. Warum musste Patch das immer machen? Dinge aussprechen, die mich nur noch mehr verunsicherten. Sagte er mir das, weil er es ernsthaft meinte, oder versuchte er nur, mich vom Schlachtfeld zu locken? Ich wollte seinen Beweggründen glauben. Gewalt war nicht immer der richtige Weg. Im Grunde war sie es meistens nicht. Das war mir klar. Aber ich verstand auch Dantes Sichtweise. Ich *musste* mich verteidigen. Wenn ich Schwäche zeigte, konnte ich mir genauso gut eine Zielscheibe auf den Rücken hängen. Ich musste zeigen, dass ich taff war und zurückschlagen würde. In absehbarer Zukunft kam es mehr auf körperliche Stärke an als auf Charakterstärke.

Ich presste die Finger gegen die Schläfen und versuchte die Sorgen wegzumassieren, die wie ein dumpfer Schmerz in meinem Kopf widerhallten. »Ich will jetzt nicht darüber reden. Ich brauche – einfach nur mal ein bisschen Ruhe, okay? Ich hatte einen harten Morgen, und ich kümmere mich darum, wenn es mir besser geht.«

Patch sah nicht überzeugt aus, aber er sagte auch nichts mehr zu dem Thema.

»Ich rufe dich dann später an«, sagte ich müde.

Er zog ein Fläschchen mit einer weißlichen, milchigen

Flüssigkeit aus der Tasche und gab sie mir. »Das Gegengift.«

Ich war so in unseren Streit verfangen, dass ich das ganz vergessen hatte. Skeptisch musterte ich das Fläschchen.

»Ich habe Blakely dazu bringen können, mir zu sagen, dass das Messer, mit dem er dich verletzt hat, der mächtigste Prototyp ist, den er bisher entwickelt hat. Es hat mehr als zwanzig Mal so viel Teufelskraft in deinen Stoffwechsel gepumpt als das Getränk, das Dante dir gegeben hat. Deshalb brauchst du das Gegengift. Ohne es wirst du von der Teufelskraft abhängig werden. In ausreichend hohen Dosen lassen Teufelskraft-Prototypen deinen Körper von innen verrotten. Sie können dein Hirn aufweichen wie jede andere tödliche Droge.«

Patchs Worte erwischten mich auf dem falschen Fuß. Heute Morgen war ich mit einem unstillbaren Hunger nach Teufelskraft aufgewacht, weil Blakely mich dazu gebracht hatte, dass ich sie stärker verlangte als Essen, Trinken oder auch nur Atmen?

Bei dem Gedanken, jeden Morgen von diesem Verlangen getrieben aufzuwachen, wurde mir heiß vor Scham. Mir war nicht klar gewesen, was hier auf dem Spiel stand. Plötzlich war ich Patch dankbar, dass er das Gegengift besorgt hatte. Ich würde alles dafür tun, um nicht wieder dieses unersättliche Verlangen zu spüren.

Ich zog den Korken aus dem Fläschchen. »Gibt es noch etwas, das ich wissen sollte, bevor ich das hier nehme?« Ich hielt es mir unter die Nase. Es roch nach nichts.

»Es wird nicht funktionieren, wenn du in den letzten vierundzwanzig Stunden Teufelskraft zu dir genommen hast, aber das sollte ja kein Problem sein. Es ist länger als einen Tag her, seit Blakely dir die Schnittwunde zugefügt hat«, sagte Patch.

Ich hatte das Fläschchen schon fast an den Lippen, als mich

das stoppte. Erst heute Morgen hatte ich eine ganze Flasche Teufelskraft zu mir genommen. Wenn ich das Gegengift jetzt nahm, würde es nicht wirken. Ich wäre immer noch abhängig.

»Halt dir die Nase zu, und kipp es runter. So schlecht wie Teufelskraft wird es schon nicht schmecken«, meinte Patch.

Ich wollte Patch von der Flasche erzählen, die ich Dante gestohlen hatte. Ich wollte alles erklären. Er würde mir keine Vorwürfe machen, das war alles Blakelys Schuld. Es war die Teufelskraft. Ich hatte eine ganze Flasche davon weggeschluckt, und ich hatte nichts dagegen tun können, weil ich vor Verlangen so blind war.

Ich öffnete den Mund, um alles zu gestehen, aber irgendetwas hielt mich davon ab. Eine dunkle, fremde Stimme tief in meinem Inneren flüsterte mir zu, dass ich nicht ohne Teufelskraft leben wollte. Noch nicht. Ich konnte nicht auf die Kraft und die Stärke, die sie mir verlieh, verzichten – nicht, solange wir am Rande eines Krieges standen. Ich musste diese Kräfte zur Verfügung haben, nur für den Fall der Fälle. Hier ging es nicht um Teufelskraft. Es ging darum, mich selbst zu schützen.

Und dann setzte die Begierde wieder ein, leckte über meine Haut, ließ mir das Wasser im Mund zusammenlaufen, machte mich vor Hunger schaudern. Ich schob diese Empfindungen beiseite und war stolz auf mich. Ich würde ihnen nicht nachgeben, wie ich es heute Morgen getan hatte. Ich würde Teufelskraft nur stehlen und trinken, wenn ich sie unbedingt brauchte. Und ich würde das Gegengift immer bei mir tragen, damit ich die Sucht beenden konnte, sobald ich es wollte. Ich würde es zu meinen eigenen Bedingungen machen. Es war meine Entscheidung; ich hatte die Kontrolle.

Dann tat ich etwas, von dem ich nie gedacht hätte, dass ich es je tun würde. Der Impuls feuerte in mein Bewusstsein, und ich handelte, ohne nachzudenken. Ich sah Patch für den

Bruchteil einer Sekunde in die Augen, nahm all meine mentale Energie zusammen und pflanzte ihm den Gedanken ein, ich hätte das Gegengift getrunken.

*Nora hat es genommen*, flüsterte ich seinem Geist lügnerisch zu und projizierte ein Bild in seine Erinnerung, das meine Lüge untermauerte. *Bis zum letzten Tropfen.*

Dann ließ ich das Fläschchen in die Tasche gleiten. Es war eine Sache von Sekunden.

## NEUNZEHN

Als ich Patchs Wohnung verlassen hatte und nach Hause fuhr, spürte ich ein Reißen in der Magengegend, das sich zum Teil wie Schuld anfühlte und zum Teil wie eine ernsthafte Krankheit. Ich konnte mich nicht erinnern, mich jemals dermaßen für etwas geschämt zu haben.

Oder solchen Heißhunger gehabt zu haben.

Mein Magen krampfte sich vor Hunger zusammen. Die Krämpfe waren so stark, dass ich mich gegen das Lenkrad krümmte. Es war so heftig, als hätte ich Nägel verschluckt, als würde mich ein Tier von innen zerreißen. Ich hatte das seltsame Gefühl, als würden meine Organe zusammenschrumpfen. Gefolgt von der beängstigenden Frage, ob mein Körper sich selbst auffressen könnte, um sich zu nähren.

Aber es war keine Nahrung, die ich brauchte.

Ich fuhr an die Seite und rief Scott an: »Ich brauche Dantes Adresse.«

»Du warst noch nie bei ihm? Ich dachte, du wärst seine Freundin.«

Es machte mich nervös, dass er das Gespräch verlangsamte. Ich brauchte Dantes Adresse; ich hatte keine Zeit zu plaudern. »Hast du sie, oder hast du sie nicht?«

»Ich schreib' dir eine SMS. Stimmt was nicht? Du hörst dich gereizt an. Schon seit ein paar Tagen.«

»Mir geht's prima«, sagte ich, legte auf und krümmte mich auf meinem Sitz zusammen. Auf meiner Oberlippe lag ein

Schweißfilm. Ich umklammerte das Lenkrad, versuchte, die Gelüste zurückzudrängen, die mich an der Kehle gepackt hatten und mich zu schütteln schienen. Meine Gedanken kreisten nur noch um ein Wort – Teufelskraft. Ich wollte die Versuchung ersticken. Ich hatte erst heute Morgen Teufelskraft genommen. Ich konnte diese Gelüste besiegen. Ich entschied, wann ich mehr Teufelskraft brauchte. Ich entschied, wann und wie viel.

Der Schweiß brach jetzt auf dem Rücken aus, rann in kleinen Strömen unter meiner Bluse entlang. Die Rückseiten der Oberschenkel schienen heiß und feucht am Sitz zu kleben. Obwohl es schon Oktober war, drehte ich die Klimaanlage voll auf.

Ich lenkte wieder auf die Straße hinaus, aber ein plötzliches Hupen stoppte mich. Ein weißer Kleinbus raste vorbei, der Fahrer machte eine obszöne Geste durchs Fenster.

*Reiß dich zusammen*, sagte ich zu mir. *Pass auf.*

Nach ein paar tiefen Atemzügen, um den Kopf wieder frei zu bekommen, lud ich Dantes Adresse auf mein Handy. Als ich auf dem Stadtplan nachsah, musste ich kurz ironisch auflachen und wendete dann direkt. Dante, so schien es, wohnte weniger als fünf Meilen von Patchs Wohnung entfernt.

Zehn Minuten später war ich unter dem üppigen Blätterdach einer Allee hindurchgefahren, hatte eine Kopfsteinpflasterbrücke überquert und parkte den Volkswagen an einer idyllischen und kurvenreichen Straße, an deren Rand Bäume standen. Die Häuser hier waren überwiegend viktorianisch, mit üppigen Verzierungen und steilen Giebeldächern. Alles war überladen und übertrieben. Auch Dantes Haus – ein Queen-Anne-Haus, Nr. 12 im Shore-Drive – war mit Säulen und Türmchen und Giebeln gespickt. Die Tür war rot gestrichen mit einem dicken Klopfer aus Messing. Ich hielt mich nicht damit auf und drückte direkt auf die Klingel, mehrfach. *Wenn er sich jetzt nicht beeilte und aufmachte …*

Dante öffnete die Tür einen Spalt weit und machte ein überraschtes Gesicht. »Wie kommst du denn hierher?«

»Scott.«

Er runzelte die Stirn. »Ich mag's nicht, wenn Leute einfach so vor meiner Tür auftauchen, ohne sich anzukündigen. Wenn viele hierherkommen, sieht das verdächtig aus. Ich habe neugierige Nachbarn.«

»Es ist wichtig.«

Er zeigte mit dem Kinn Richtung Straße. »Dieser Schrotthaufen, den du da fährst, tut in den Augen weh.«

Ich war nicht in der Stimmung, um mit ihm scharfzüngige Beleidigungen auszutauschen. Wenn ich jetzt nicht bald Teufelskraft bekam – nur ein paar Tropfen –, dann würde mir das Herz direkt aus dem Brustkorb herausgaloppieren. Sogar jetzt raste mein Puls noch, und ich bekam kaum Luft. Ich war so fertig, als wäre ich gerade eine Stunde lang einen steilen Berg hochgerannt.

»Ich hab's mir überlegt, ich will Teufelskraft«, sagte ich. »Nur zur Sicherheit«, setzte ich schnell hinzu. »Falls ich mal in eine Situation komme, wo ich in der Minderzahl bin und sie brauche.« Ich konnte mich nicht lange genug konzentrieren, um festzustellen, ob meine Argumente schwach klangen. Rote Flecken tanzten durch mein Gesichtsfeld. Ich verspürte das verzweifelte Bedürfnis, mir die Stirn abzutrocknen, wollte aber nicht noch mehr Aufmerksamkeit darauf lenken, wie übermäßig ich schwitzte.

Dante sah mich mit einem fragenden Blick an, den ich nicht ganz deuten konnte, dann ließ er mich hinein. Ich stand im Eingangsbereich und beäugte hastig die hellen weißen Wände und die üppigen Orientteppiche. Ein Flur führte nach hinten in die Küche. Ein förmliches Wohnzimmer zu meiner Linken, ein Esszimmer, im selben Dunkelrot gestrichen wie die Flecken vor meinen Augen, zu meiner Rechten. Soweit ich sehen konnte, waren die Möbel antik. Ein Kristallkronleuchter hing an der Decke.

»Hübsch«, keuchte ich trotz meines hektischen Pulses und der kribbelnden Gliedmaßen.

»Das Haus hat Freunden von mir gehört. Sie haben es mir vererbt.«

»Tut mir leid, dass sie gestorben sind.«

Er ging ins Esszimmer, hängte ein großes Bild mit einer Ernteszene darauf ab und enthüllte einen alten, in der Wand verborgenen Safe. Dann gab er einen Zahlencode ein und öffnete die Kassette.

»Hier ist es. Es ist ein neuer Prototyp. Unglaublich konzentriert, also trink es nur in kleinen Mengen«, warnte er. »Zwei Flaschen. Wenn du jetzt etwas davon trinkst, sollte das für eine Woche reichen.«

Ich nickte und versuchte zu verbergen, wie mir das Wasser im Mund zusammenlief, als ich die bläulich schimmernden Flaschen entgegennahm. »Da ist etwas, was ich dir erzählen wollte, Dante. Ich werde die Nephilim in den Krieg führen. Falls du also etwas mehr als zwei Flaschen entbehren kannst, ich könnte sie brauchen.« Natürlich war ich fest entschlossen gewesen, Dante von meiner Entscheidung, in den Krieg zu ziehen, zu erzählen, aber ich hatte eigentlich nicht vorgehabt, das zu tun, um noch mehr Teufelskraft zu bekommen. Ein ziemlich hinterhältiges Manöver, aber ich war viel zu hungrig, um mehr als nur ein leises, schuldbewusstes Zwicken zu empfinden.

»Krieg?«, wiederholte Dante verblüfft. »Bist du sicher?«

»Du kannst den Nephilim in den höheren Rängen sagen,

dass ich Pläne entwickle, wie wir gegen die gefallenen Engel vorgehen können.«

»Das sind ja – großartige Neuigkeiten«, sagte Dante, hörte sich aber immer noch zutiefst überrascht an, während er mir noch eine zusätzliche Flasche Teufelskraft in die Hände drückte. »Was hat dich dazu bewogen, deine Meinung zu ändern?«

»Eine Herzensentscheidung«, erklärte ich, weil ich dachte, dass sich das gut anhörte. »Ich führe die Nephilim nicht nur an, ich *bin* eine.«

Dante begleitete mich hinaus, und ich brauchte jedes Quäntchen Selbstkontrolle, um langsam zum Volkswagen zu gehen. Den Abschied hielt ich kurz, fuhr um die nächste Kurve, hielt an und schraubte den Deckel von der Flasche. Ich wollte sie gerade hinunterkippen, als Patchs Klingelton mich aufschreckte, so dass ich die blaue Flüssigkeit über meine Beine verschüttete.

Sie verpuffte sofort, erhob sich wie Rauch von einem ausgeblasenen Streichholz in die Luft. Ich fluchte leise, wütend, dass ich diese paar kostbaren Tropfen verloren hatte.

»Hallo?«, meldete ich mich. Die roten Flecken tanzten durch mein Gesichtsfeld.

»Ich mag es nicht, dich im Haus eines anderen Mannes zu finden, Engelchen.«

Sofort sah ich zu beiden Seiten aus dem Fenster. Ich schob die Teufelskraft unter den Sitz. »Wo bist du?«

»Drei Autos hinter dir.«

Mein Blick flog zum Rückspiegel. Patch schwang sich von seinem Motorrad und schlenderte auf mich zu, das Handy ans Ohr gedrückt. Ich wischte mir das Gesicht mit dem Kragen meiner Bluse ab und rollte das Fenster herunter.

»Folgst du mir?«, fragte ich Patch.

»GPS-Sender.«

Ich begann, das Ding zu hassen.

Patch stützte sich mit dem Unterarm auf das Autodach und beugte sich zu mir. »Wer wohnt denn im Short Drive?«

»Dieses GPS ist aber ziemlich genau.«

»Ich kaufe immer nur das Beste.«

»Dante wohnt im Short Drive Nr. 12.« Es hatte ja keinen Sinn zu lügen, wenn er offensichtlich sowieso schon alles herausgefunden hatte.

»Es gefällt mir nicht, dich im Haus eines anderen Mannes zu finden, aber ich hasse es, wenn ich dich in seinem finde.« Seine Miene war noch immer ziemlich ruhig, aber ich wusste, dass er eine Erklärung verlangte.

»Ich musste noch unsere Trainingszeit für morgen früh bestätigen. Und weil ich sowieso gerade in der Gegend war, dachte ich, ich kann genauso gut auch vorbeifahren.« Die Lüge kam mir so leicht von den Lippen, so leicht. All meine Gedanken kreisten nur darum, wie ich Patch so schnell wie möglich loswerden konnte. Meine Kehle füllte sich mit dem Geschmack der Teufelskraft. Ich schluckte ungeduldig.

Sanft schob Patch mir die Sonnenbrille auf der Nase höher, dann beugte er sich durch das Fenster und küsste mich. »Ich werde noch ein paar Hinweisen auf Peppers Erpresser nachgehen. Brauchst du noch was, bevor ich losfahre?«

Ich schüttelte den Kopf.

»Wenn du reden möchtest, ich bin für dich da«, setzte er sanft hinzu.

»Worüber denn reden?«, fragte ich beinahe defensiv. Konnte er von der Teufelskraft wissen? Nein. Nein, das konnte er nicht.

Er musterte mich einen Augenblick. »Alles.«

Ich wartete, bis Patch wegfuhr, bevor ich trank, einen gierigen Schluck nach dem anderen, bis ich nicht mehr konnte.

## ZWANZIG

Es nahte der Donnerstag und damit die vollständige Ver-
wandlung des Farmhauses. Girlanden aus Herbstblättern
in Rot, Gold und Orange quollen aus den Dachrinnen. Büschel
aus getrockneten Maisstängeln umrahmten die Haustür. Marcie schien so gut wie jeden Kürbis in ganz Maine aufgekauft zu
haben und reihte sie entlang des Bürgersteigs, der Auffahrt und
jedes Zentimeters der Veranda auf. Einige waren zu Laternen
ausgehöhlt mit einer flackernden Kerze darin, die ihre gruseligen Gesichter erhellte. Der nachtragende Teil in mir hätte ihr
am liebsten gesagt, dass es aussah, als hätte ein Deko-Laden
seine Ware in unseren Vorgarten gekippt, aber die Wahrheit
war, dass sie es ziemlich hübsch hinbekommen hatte.

Drinnen drang gruselige Musik aus der Stereoanlage. Schädel, Fledermäuse, Spinnweben und Gespenster bevölkerten
die Möbel. Marcie hatte eine Trockeneismaschine gemietet – als hätten wir nicht schon genug echten Nebel rund ums
Haus.

Ich hatte zwei Papiertüten voll mit Sachen, die in letzter
Minute noch gebraucht wurden, in den Armen und trug sie
in die Küche.

»Ich bin wieder da!«, rief ich. »Plastikbecher, eine Tüte
Spinnenringe, zwei Beutel Eis und noch mehr Skelettkonfetti – genau wie du wolltest. Mineralwasser ist noch im Kofferraum. Hilft mir irgendjemand beim Reintragen?«

Als Marcie hereinstolziert kam, klappte mir der Unterkiefer

herunter. Sie trug einen schwarzen Vinyl-BH und dazu passende Leggings. Mehr nicht. Ihre Rippen stachen durch die Haut hervor, und sie hatte Oberschenkel wie Eisstiele. »Stell das Wasser in den Kühlschrank, das Eis in den Gefrierschrank, und verteil das Skelettkonfetti auf dem Esszimmertisch, aber pass auf, dass nichts ins Essen gerät. Das wär's. Halte dich bereit, falls ich noch irgendwas brauche. Ich muss mich noch fertig verkleiden.«

»Na, da bin ich aber erleichtert. Ich dachte schon, das wäre alles, was du anziehen wolltest«, sagte ich und zeigte auf das Fetzchen Vinyl.

Marcie sah an sich herab. »Das *ist* alles. Ich bin Catwoman. Ich muss nur noch Filzohren an mein Stirnband kleben.«

»Du ziehst einen BH zur Party an? Nur einen BH?«

»Ein Bandeau.«

Oh, das würde gut werden. Ich konnte Vees Kommentare dazu kaum abwarten. »Wer ist Batman?«

»Robert Boxler.«

»Ich schätze, das heißt, Scott ist raus?« Es war mehr eine rhetorische Frage. Nur, um das sprichwörtliche Messer noch einmal in der Wunde zu drehen.

Marcie zuckte hochnäsig die Schultern. »Wer ist Scott?«, fragte sie und marschierte nach oben.

»Er kommt lieber mit Vee!«, rief ich ihr triumphierend nach.

»Mir egal«, trällerte Marcie zurück. »Wahrscheinlich hast du ihn dazu überredet. Es ist ja kein Geheimnis, dass er immer macht, was du sagst. Stell das Wasser noch vor der Jahrhundertwende in den Kühlschrank.«

Ich streckte die Zunge heraus, auch wenn sie das natürlich nicht sehen konnte. »Ich muss mich auch noch fertig machen, weißt du!«

Um sieben kamen die ersten Gäste. Romeo und Julia, Kleopatra und Marcus Antonius, Elvis und Priscilla. Sogar eine Flasche Ketchup mit einer Flasche Senf schlenderten zur Tür herein. Ich ließ Marcie die Gastgeberin spielen und trollte mich in die Küche, wo ich mir einen Teller mit Teufelseiern, Wiener Würstchen und Zuckermais belud. Ich war zu beschäftigt damit gewesen, Marcies Vor-Party-Befehle auszuführen, um etwas zu essen. Das und die neue Teufelskraft-Rezeptur, die Dante mir gegeben hatte, schienen meinen Appetit in den ersten Stunden, nachdem ich sie getrunken hatte, zu stillen.

Ich hatte es ziemlich gut hinbekommen, mir die Teufelskraft einzuteilen, und hatte immer noch genug übrig, um ein paar weitere Tage damit auszukommen. Die nächtlichen Schweißausbrüche, Kopfschmerzen und das seltsame Kribbeln, all die Empfindungen, die mich in den unpassendsten Augenblicken überkommen hatten, nachdem ich die neue Rezeptur zum ersten Mal eingenommen hatte, waren verschwunden. Ich war mir sicher, das bedeutete, dass die Suchtgefahr vorüber war und ich gelernt hatte, die Teufelskraft sicher anzuwenden. Mäßigung war der Schlüssel. Blakely mochte versucht haben, mich abhängig zu machen, aber ich war stark genug, mir selbst Grenzen zu setzen.

Die Wirkungen der Teufelskraft waren unglaublich. Ich hatte mich noch nie geistig und körperlich so überlegen gefühlt. Ich wusste, dass ich irgendwann aufhören musste, es zu nehmen, aber mit dem ganzen Stress, den Gefahren des Cheschwan und dem drohenden Krieg war ich froh darüber, dass ich so vorsichtig war. Wenn mich noch einmal irgendeiner meiner zweifelnden Nephilim-Soldaten angriff, würde ich vorbereitet sein.

Nachdem ich Häppchen nachgefüllt hatte und Sprite aus

einem schwarzen Kessel, boxte ich mich zum Wohnzimmer durch, um nachzusehen, ob Vee und Scott schon da waren. Das Licht war gedimmt, alle waren verkleidet, und es fiel mir schwer, in der Menge Gesichter zu erkennen. Dazu kam, dass ich auf die Gästeliste gesehen hatte. Marcies Freunde waren in der Überzahl.

»Das Kostüm ist toll, Nora. Aber du bist doch alles andere als ein Teufel.«

Ich sah zur Seite und erblickte Morticia Adams. Ich blinzelte verwirrt, dann lächelte ich: »Oh, hey, Bailey. Ich habe dich beinahe nicht wiedererkannt mit dem schwarzen Haar.« Bailey saß in Mathe neben mir, und wir waren seit der Unterstufe miteinander befreundet. Ich nahm meinen Teufelsschwanz mit dem kleinen roten Stachel am Ende, um ihn vor dem Typen hinter mir zu retten, der ständig aus Versehen drauftrat, und sagte: »Danke, dass du heute Abend gekommen bist.«

»Hast du die Mathe-Hausaufgaben schon fertig? Ich habe nicht ein Wort von dem verstanden, was Mr. Huron uns heute erklären wollte. Jedes Mal, wenn er eine Aufgabe an der Tafel angefangen hat, hat er bei der Hälfte angehalten, alles wieder weggewischt und neu angefangen. Ich glaube, der wusste selbst nicht, was er da gemacht hat.«

»Ja, wahrscheinlich brauche ich morgen Stunden dafür.«

Ihre Augen leuchteten auf. »Wir könnten uns in der Bibliothek treffen und es zusammen machen.«

»Ich habe meiner Mom versprochen, nach der Schule den Keller sauber zu machen«, wiegelte ich ab. Um ehrlich zu sein, waren Hausaufgaben auf meiner Prioritätenliste in letzter Zeit um einige Punkte gesunken. Es war schwierig, sich wegen der Schule Sorgen zu machen, wenn man fürchtete, dass jeden Tag der unheimliche Waffenstillstand zwischen gefallenen Engeln und Nephilim aufgehoben werden könnte. Die gefallenen Engel hatten irgendetwas vor. Und ich hätte alles dafür gegeben herauszufinden, was das war.

»Oh. Dann vielleicht ein andermal.« Bailey hörte sich etwas enttäuscht an.

»Hast du Vee gesehen?«

»Noch nicht. Als was kommt sie denn?«

»Als Babysitter. Ihr Date ist Michael Myers aus *Halloween*«, erklärte ich. »Wenn du sie siehst, sag ihr doch, dass ich nach ihr suche.«

Als ich es durchs Wohnzimmer geschafft hatte, lief ich Marcie und ihrem Date Robert Boxler in die Arme.

»Essensstatus?«, fragte Marcie mich herrisch.

»Meine Mom kümmert sich darum.«

»Musik?«

»Derrick Coleman ist der DJ.«

»Kümmerst du dich um die Leute? Haben alle Spaß?«

»Ich habe gerade die Runde gedreht.« Mehr oder weniger. Marcie beäugte mich kritisch. »Wo ist dein Date?«

»Ist das wichtig?«

»Ich habe gehört, du gehst mit einem neuen Typen. Ich habe gehört, er geht nicht zur Schule. Wer ist er?«

»Von wem hast du das gehört?« Anscheinend sprach sich das mit Dante und mir allmählich herum.

»Ist das wichtig?«, äffte sie mich höhnisch nach. Voller Widerwillen rümpfte sie die Nase. »Als was bist du überhaupt verkleidet?«

»Sie ist ein Teufel«, sagte Robert. »Forke, Hörner, rotes Vamp-Kleid.«

»Vergiss nicht die schwarzen Springerstiefel«, sagte ich und zeigte sie her. Die hatte ich Vee zu verdanken, ebenso wie die roten Glitzerschnürsenkel.

»Das sehe ich«, sagte Marcie. »Aber das Motto der Party ist ›Berühmte Paare‹. Ein Teufel gehört nicht zu einem Paar.«

In dem Augenblick kam Patch durch die Tür. Ich sah zwei Mal hin, um sicherzugehen, dass er es wirklich war, weil ich nicht erwartet hatte, dass er kommen würde. Wir hatten unseren Streit nicht beigelegt, und ich hatte stolz darauf verzichtet, den ersten Schritt zu machen, hatte mich gezwungen, das Handy jedes Mal in eine Schublade einzuschließen, wenn ich versucht war, ihn anzurufen und mich zu entschuldigen. Trotzdem wuchs meine Besorgnis, dass er vielleicht ebenfalls niemals anrufen würde. Mein Stolz wandelte sich sofort in Erleichterung, als ich ihn erblickte. Ich hasste es zu streiten. Ich hasste es, ihm nicht nahe zu sein. Wenn er bereit war, das wieder ins Lot zu bringen, dann war ich es auch.

Ein Lächeln huschte über mein Gesicht, als ich sein Kostüm sah: schwarze Jeans, schwarzes T-Shirt, schwarze Maske. Letztere verbarg alles bis auf seinen kühlen, abschätzenden Blick.

»Da ist mein Date«, sagte ich. »Angesagt spät.«

Marcie und Robert drehten sich um. Patch begrüßte mich mit einem angedeuteten Winken und reichte seine Jacke einer armen Unterstuflerin, die Marcie dazu verdonnert hatte, sich um die Mäntel zu kümmern. Der Preis, den manche Mädchen bereit waren zu zahlen, nur um bei einer Oberstufenparty dabei zu sein, war beinahe beschämend.

»Das ist nicht fair«, protestierte Robert und war kurz davor, seine Batman-Maske abzunehmen. »Der Heini hat sich gar nicht verkleidet.«

»Was immer du vorhast, nenn ihn lieber nicht Heini«, warnte ich Robert lächelnd, während Patch zu uns herüberkam.

»Kenne ich ihn?«, fragte Marcie. »Wer soll das denn sein?«

»Er ist ein Engel«, erklärte ich. »Ein gefallener Engel.«

»So sehen gefallene Engel überhaupt nicht aus!«, protestierte Marcie.

*Daran sieht man, wie wenig Ahnung du hast,* dachte ich, als Patch einen Arm um meinen Hals schlang und mich zu einem leichten Kuss an sich heranzog.

*Du hast mir gefehlt,* sagte er in meinen Gedanken.

*Du mir auch. Lass uns nicht mehr streiten. Können wir das einfach vergessen?*

*Schon erledigt. Wie läuft die Party?*

*Bis jetzt war mir noch nicht danach, vom Dach zu springen.*

*Freut mich zu hören.*

»Hi«, sagte Marcie zu Patch. Sie fing an, heftiger mit ihm zu flirten, als ich erwartet hatte, wo ihr Date doch direkt neben ihr stand.

»Hey«, antwortete Patch mit einem kurzen Nicken.

»Kenne ich dich?«, fragte sie und legte fragend den Kopf schief. »Gehst du auf die CHS?«

»Nein«, sagte er ohne weitere Erklärungen.

»Woher kennst du dann Nora?«

»Wer kennt Nora denn nicht?«, gab er milde zurück.

»Das ist mein Date, Robert Boxler«, erklärte Marcie etwas überheblich. »Er spielt Quarterback im Football-Team.«

»Beeindruckend«, antwortete Patch mit einem Minimum an Höflichkeit, das keinesfalls als Interesse durchgehen konnte. »Wie läuft die Saison, Robert?«

»Wir hatten ein paar harte Spiele, aber nichts, was wir nicht wieder ausgleichen könnten«, mischte sich Marcie ein und klopfte Robert aufmunternd auf den Rücken.

»In welchem Studio trainierst du?«, fragte Robert, während er Patchs Körper mit offener Bewunderung musterte. Und mit Neid.

»Ich hab's in letzter Zeit nicht oft ins Studio geschafft.«

»Na ja, du siehst toll aus. Wenn du mal Lust hast, zusammen ein paar Hanteln zu stemmen, ruf mich an.«

»Viel Glück noch für den Rest der Saison«, wünschte Patch ihm und wechselte mit ihm einen von diesen elaborierten Hand-Tricks, die alle Jungs instinktiv zu beherrschen schienen.

Patch und ich wanderten weiter durch Flure und Zimmer, auf der Suche nach einer ruhigen Ecke. Schließlich zog er mich ins Badezimmer, kickte die Tür mit dem Absatz zu und schloss ab. Er drängte mich gegen die Wand und betastete eines meiner roten Teufelsöhrchen, seine Augen tiefschwarz vor Begehren.

»Hübsches Kostüm«, sagte er.

»Dito. Ich sehe, dass du lange drüber nachgedacht hast.«

Amüsiert kräuselte er die Lippen. »Wenn es dir nicht gefällt, kann ich's auch ausziehen.«

Ich tippte nachdenklich an mein Kinn. »Das könnte gut der beste Vorschlag sein, den ich heute Abend gehört habe.«

»Meine Angebote sind immer die besten, Engelchen.«

»Vor der Party hat Marcie mich gebeten, ihre Catwoman-Hose zuzubinden.« Ich streckte die Hände seitlich aus, als müsste ich etwas abwiegen. »Schwer zu sagen, welches das verführerischere Angebot war.«

Patch schob seine Maske hoch, strich meine Haare beiseite und lachte leise in meinen Nacken. Er roch unglaublich gut. Er fühlte sich warm und fest an und so nah. Mein Herz schlug schneller und schmerzte schuldbewusst. Ich hatte Patch angelogen, das hatte ich nicht vergessen. Ich schloss die Augen und ließ seinen Mund meinen erforschen und versuchte, mich im Augenblick zu verlieren. Doch die ganze Zeit hämmerten die Lügen in meinem Kopf und hämmerten und hämmerten. Ich hatte Teufelskraft genommen, und ich hatte ihn mit mentalen Tricks manipuliert. Ich nahm immer noch Teufelskraft.

»Das Problem an deinem Kostüm ist, dass es deine Identität nicht besonders gut verbirgt«, sagte ich, nachdem ich mich von ihm gelöst hatte. »Und wir sollten doch nicht in der Öffentlichkeit zusammen gesehen werden, schon vergessen?«

»Wollte nur mal kurz vorbeischauen. Ich konnte mir doch die Party meines Mädchens nicht entgehen lassen«, murmelte er. Er senkte den Kopf, um mich noch einmal zu küssen.

»Vee ist immer noch nicht hier«, sagte ich. »Ich hab's auf ihrem Handy versucht. Und auf Scotts. Beide Male hab' ich nur die Mailbox erreicht. Sollte ich mir Sorgen machen?«

»Vielleicht wollen sie nur nicht gestört werden«, flüsterte er in mein Ohr, und seine Stimme klang tief und rau. Er schob mein Kostüm weiter hoch und strich mit dem Daumen über meinen nackten Oberschenkel. Die Wärme seiner Liebkosung überwältigte mein schlechtes Gewissen. Das Gefühl lief wie ein Schauer durch meinen ganzen Körper. Ich schloss wieder die Augen, dieses Mal unwillkürlich. All die Knoten lösten sich. Mein Atem ging ein bisschen schneller. Er wusste einfach, wie er mich berühren musste.

Patch hob mich auf den Rand des Waschbeckens, seine Hände an meinen Hüften. Mir wurde ganz warm und schummerig, und als er seinen Mund auf meinen legte, hätte ich schwören können, dass es knisterte. Seine Berührung versengte mich mit Leidenschaft. Die vibrierende, berauschende Hitze zwischen uns, wenn ich ihm nah war, wurde niemals gewöhnlich, ganz egal, wie oft wir uns berührten, flirteten, küssten. Im Gegenteil, dieser elektrische Stoß wurde jedes Mal intensiver. Ich wollte Patch, und ich traute mir dann selbst nicht.

Ich wusste nicht, wie lange die Badezimmertür schon offen gewesen war, bevor ich es bemerkte. Mit offenem Mund riss ich mich von Patch los. Meine Mutter stand in dem düsteren Eingang, murmelte, dass das Schloss noch nie richtig funktioniert hatte, dass sie es schon seit ewigen Zeiten reparieren lassen wollte, als ihre Augen sich an die Düsternis gewöhnt haben mussten und sie ihre Litanei mitten im Wort unterbrach.

Ihr Mund schnappte zu. Ihr Gesicht wurde weiß ... dann lief es tiefrot an. Noch nie hatte ich sie so wütend gesehen. »*Raus!*« Sie schleuderte den Arm hoch. »Sofort raus aus meinem Haus, und denk nicht mal dran, wieder zurückzukommen oder meine Tochter noch einmal anzufassen!«, zischte sie Patch an.

Ich sprang vom Waschbecken: »Mom ...«

Sie fuhr zu mir herum. »Ich will kein Wort von dir hören!«, schrie sie. »Du hast gesagt, du hättest mit ihm Schluss gemacht. Du hast gesagt, diese Geschichte zwischen dir und ihm – das wäre vorbei. Du hast mich angelogen!«

»Ich kann das erklären«, fing ich an, aber sie wirbelte wieder zu Patch herum.

»Machst du das immer so? Junge Mädchen in ihrem eigenen Hause verführen, vor den Augen ihrer Mütter? Du solltest dich was schämen!«

Patch verschränkte seine Hand mit meiner und drückte sie fest. »Ganz im Gegenteil, Blythe. Ihre Tochter bedeutet mir alles. Ganz und gar alles. Ich liebe sie – so einfach ist das.« Er sprach mit ruhiger Sicherheit, aber die Muskeln an seinem Unterkiefer waren hart wie Stein.

»Du hast ihr Leben zerstört! Von dem Augenblick an, als sie dich kennengelernt hat, ist alles schiefgelaufen. Du kannst es abstreiten, so viel du willst, aber ich weiß, dass du mit ihrer Entführung zu tun hattest. Verlass sofort mein Haus!«, knurrte sie.

Ich klammerte mich wild an Patchs Hand und murmelte in

Gedanken nur noch immer wieder und wieder: *Es tut mir leid, es tut mir so schrecklich leid*. Ich hatte den Sommer eingeschlossen in einer Jagdhütte irgendwo ganz weit weg verbracht. Hank Millar war für meine Gefangenschaft verantwortlich gewesen, aber meine Mutter wusste das nicht. Ihr Geist hatte eine Mauer um diese Erinnerung errichtet, in der alles Gute eingeschlossen war und der ganze Rest nicht vorkam. Ich gab Hank die Schuld daran und der Teufelskraft. Sie hatte es sich dann so zurecht gelegt, dass Patch für meine Entführung verantwortlich war, und für sie war das ebenso unumstößlich wahr wie die Tatsache, dass die Sonne jeden Morgen aufging.

»Ich sollte jetzt gehen«, sagte Patch zu mir, wobei er meine Hand ein letztes Mal beruhigend drückte. *Ich ruf' dich nachher an*, setzte er in Gedanken hinzu.

»Das will ich wohl meinen!«, zischte meine Mutter giftig. Ihre Schultern hoben und senkten sich, so schwer atmete sie.

Sie machte einen Schritt beiseite, um Patch durchzulassen, und knallte die Tür zu, bevor ich ihr entkommen konnte.

»Du hast Hausarrest«, sagte sie mit eiserner Stimme. »Genieße die Party, solange sie dauert, denn das wird dein letztes gesellschaftliches Ereignis für lange, lange Zeit sein.«

»Hörst du mir überhaupt zu?«, feuerte ich zurück, wütend darüber, wie sie Patch behandelt hatte.

»Ich muss mich erst einmal beruhigen. Es ist nur in deinem Interesse, wenn du mich jetzt in Ruhe lässt. Vielleicht bin ich morgen in der Stimmung, mit dir darüber zu sprechen, aber jetzt ist das das Letzte, wonach mir der Sinn steht. Du hast mich angelogen. Du hast mich hintergangen. Und noch viel schlimmer, ich erwische dich dabei, wie du dir mit ihm in unserem Badezimmer die Klamotten vom Leib reißt. *In unserem Badezimmer!* Der will nur eins von dir, Nora, und er wird es sich nehmen, egal, wo er es kriegen kann. Glaub mir, es ist keine Heldentat, seine Jungfräulichkeit über einer Toilette zu verlieren.«

»Das war nicht … wir haben nicht … meine *Jungfräulichkeit?*« Ich schüttelte den Kopf und machte eine angewiderte Handbewegung. »Vergiss es. Du bist doch – du willst ja gar nicht zuhören. Hast du sowieso noch nie. Nicht, wenn's um Patch geht.«

»Alles okay hier?«

Meine Mom drehte sich um und sah sich Marcie gegenüber, die direkt vor der Tür stand. Sie hielt einen leeren Kessel in den Armen und zuckte entschuldigend die Schultern. »Tut mir leid, wenn ich störe, aber wir haben keine Monsteraugäpfel alias geschälte Trauben mehr.«

Meine Mom schob sich eine Haarsträhne aus dem Gesicht und versuchte, sich zu sammeln. »Nora und ich sind gleich fertig. Ich kann wegen der Weintrauben schnell zum Laden fahren. Brauchen wir sonst noch etwas?«

»Nacho-Käse-Dip«, sagte Marcie in dieser kleinen Mäuschenstimme, als wäre es ihr unangenehm, die Freundlichkeit meiner Mom in Anspruch zu nehmen. »Aber das ist wirklich nicht so wichtig, ich meine, es ist ja nur der Dip für die Nachos. Natürlich haben wir dann auch sonst nichts zu den Chips, und das ist mein Lieblingssnack, aber wirklich – also ehrlich, keine große Sache.« Ein winziger Seufzer entfloh ihren Lippen.

»Gut. Trauben und Nacho-Dip. Noch was?«, fragte meine Mutter.

Marcie umklammerte den Kessel und strahlte. »Nichts. Das wäre alles.«

Mom fischte die Schlüssel aus ihrer Tasche und stelzte mit steifen Bewegungen davon. Marcie hingegen blieb.

»Du hättest sie doch immer noch mit einem mentalen Trick

belegen können, das weißt du. Sie denken lassen, Patch wäre nie hier gewesen.«

Ich sah Marcie kühl an. »Wie viel hast du mitangehört?«

»Genug, um zu wissen, dass du tief in der Tinte sitzt.«

»Ich werde meine eigene Mutter nicht mit mentalen Tricks belegen.«

»Wenn du willst, kann ich mit ihr reden.«

Ich lachte auf. »Du? Meiner Mom ist es vollkommen egal, was du denkst, Marcie. Sie hat dich nur aus irgendeiner Form von fehlgelenkter Gastfreundschaft hier aufgenommen. Du lebst vermutlich nur deshalb unter diesem Dach, weil meine Mom dann deiner irgendwann ins Gesicht schleudern kann, dass sie erst die bessere Geliebte war und jetzt auch noch die bessere Mutter ist.« Es war schrecklich, so etwas zu sagen. In meinem Kopf hatte es sich wesentlich besser angehört, aber Marcie gab mir keine Zeit, um meine Aussage abzumildern.

»Du willst doch nur, dass ich mich schlecht fühle, aber das schaffst du nicht. Du wirst mir meine Party nicht ruinieren.« Aber ich dachte, ich hätte ihre Lippe zittern sehen. Sie holte Luft und versuchte, sich zusammenzunehmen.

Plötzlich, als wäre nichts gewesen, sagte sie mit bizarr fröhlicher Stimme: »Ich denke, es ist Zeit, dass wir Dateschnappen spielen.«

»Date was?«

»Das ist wie Apfelschnappen, nur dass jeder Apfel den Namen von jemandem von der Party trägt. Derjenige, den du ziehst, ist dein nächstes Blind Date. Das spielen wir jedes Jahr auf meiner Halloween-Party.«

Ich runzelte die Stirn. Wir hatten vorher nicht über diese Spielidee gesprochen. »Hört sich geschmacklos an.«

»Es ist ein Blind Date, Nora. Und da du ja auf ewig zu Hausarrest verdonnert bist, hast du doch nichts zu verlieren, oder?« Sie schob mich in die Küche und auf eine gigantische Wanne mit Wasser zu, in der rote und grüne Äpfel schwammen. »Hey, hört mal alle her!«, rief Marcie über die Musik hinweg. »Zeit, Dateschnappen zu spielen. Nora Grey fängt an.«

Applaus brach in der ganzen Küche aus, zusammen mit ein paar Pfiffen und aufmunternden Bemerkungen. Ich stand da, mein Mund bewegte sich, ohne dass Wörter herausgekommen wären, und ich verfluchte Marcie innerlich.

»Ich glaube nicht, dass ich dafür so geeignet bin«, schrie ich über den Lärm hinweg. »Kann ich aussetzen?«

»Auf keinen Fall.« Sie versetzte mir etwas, das wie ein spielerischer Schubs aussehen sollte, aber der Stoß war kräftig genug, um mich vor der Wanne mit den Äpfeln auf die Knie fallen zu lassen.

Ich schoss ihr einen empörten Blick zu. *Dafür werde ich dich bezahlen lassen*, sagte ich ihr.

»Binde deine Haare zusammen«, wies Marcie mich an. »Keiner mag eklige Haare im Wasser schwimmen haben.«

Die Menge heulte zustimmend. »Buhhh.«

»Rote Äpfel gehören zu Jungsnamen«, setzte Marcie hinzu. »Grüne zu Mädchen.«

*Na toll! Egal! Bring's einfach hinter dich*, sagte ich mir. Es war ja nicht so, als hätte ich irgendetwas zu verlieren: Ab morgen hatte ich Hausarrest. Es gab in meiner Zukunft keine Blind Dates, Spiel hin oder her.

Ich tauchte das Gesicht ins kalte Wasser. Meine Nase stieß gegen einen Apfel nach dem anderen, aber ich konnte meine Zähne in keinen davon schlagen. Als ich auftauchte, um Luft zu holen, klingelten meine Ohren vor Buhrufen und höhnischem Zischen.

»Jetzt wartet doch mal ab. Ich hab' das nicht mehr gemacht,

seit ich fünf war«, verteidigte ich mich. »Das sagt doch eigentlich alles über dieses Spiel«, setzte ich hinzu.

»Nora hatte kein Blind Date mehr, seit sie fünf war«, interpretierte Marcie meine Worte und setzte noch einen eigenen Kommentar drauf.

»Du bist aber so was von als Nächste dran«, teilte ich ihr mit, während ich bitterböse zu ihr emporstarrte.

»Wenn es denn eine Nächste gibt. Im Moment sieht's ja eher danach aus, als wolltest du noch den ganzen Abend an den Äpfeln lutschen«, gab sie honigsüß zurück, und die Menge heulte vor Vergnügen.

Ich tauchte den Kopf in die Wanne und schnappte mit den Zähnen nach Äpfeln. Wasser klatschte über den Rand und tränkte die Vorderseite meines roten Teufelskostüms. Ich war *sooo* kurz davor, einfach einen Apfel mit der Hand zu packen und ihn mir in den Mund zu stecken, aber mir war klar, dass Marcie das nicht gelten lassen würde. Und ich war nicht in der Stimmung für einen weiteren Versuch. Gerade, als ich noch einmal hochkommen wollte, um Luft zu holen, schlugen sich meine Zähne in einen blutroten Apfel.

Ich kam an die Oberfläche und schüttelte zu Jubelschreien und Applaus das Wasser aus meinem Haar. Dann pfefferte ich Marcie den Apfel hin und schnappte mir ein Handtuch, um mir das Gesicht abzutrocknen.

»Und der glückliche Gewinner, der ein Blind Date mit unserer ertrunkenen Ratte hier bekommt, ist …« Marcie zog ein versiegeltes Röhrchen aus der Mitte des entkernten Apfels. Sie rollte das Papierchen auseinander, das darin gesteckt hatte, und rümpfte die Nase. »Baruch? Einfach nur Baruch?« Sie sprach es *Bar-utsch* aus. »Spreche ich das richtig aus?«, fragte sie das Publikum.

Keine Antwort. Die Leute schoben sich schon aus der

Küche, nachdem die unterhaltsame Zwischeneinlage vorüber war. Ich war dankbar, dass *Bar-utsch*, wer immer er war, anscheinend eine Niete war. Entweder das, oder es war ihm zu peinlich, ein Date mit mir gewonnen zu haben.

Marcie starrte mich nieder, als erwartete sie, dass ich zugeben würde, den Typen zu kennen.

»Ist er denn keiner von deinen Freunden?«, fragte ich, während ich meine Haarspitzen mit dem Handtuch ausdrückte.

»Nein. Ich dachte, er wäre einer von deinen.«

Ich fragte mich gerade, ob das wieder eins von ihren bizarren Spielchen war, als die Lichter im Haus flackerten. Einmal, zweimal, dann verloschen sie gänzlich. Die Musik verstummte, gruselige Stille trat ein. Nach einem Augenblick verblüffter Verwirrung begannen die Schreie. Erst verblüfft und verwirrt, dann in haarsträubendem Entsetzen. Nach den Schreien folgte der unmissverständliche dumpfe Aufprall von Körpern, die gegen die Wohnzimmerwand geschleudert wurden.

»Nora!«, schrie Marcie. »Was ist das?«

Ich hatte keine Gelegenheit mehr zu antworten. Eine unsichtbare Kraft schien mich wie eine Ohrfeige zurückzuschlagen und lähmte mich. Kalte, scharfe Energie strömte durch meinen Körper. Die Luft knisterte und wallte von der Macht vieler gefallener Engel. Ihr plötzliches Erscheinen im Farmhaus war spürbar wie ein Schwall arktischer Luft. Ich wusste nicht, wie viele es waren oder was sie wollten, aber ich spürte, wie sie immer tiefer ins Haus vordrangen, ausschwärmten, um jeden Raum zu füllen.

»Nora, Nora. Komm raus zum Spielen«, war der Singsang einer männlichen Stimme zu hören. Unbekannt und gruselig hoch.

Ich holte zweimal vorsichtig Luft. Immerhin wusste ich jetzt, hinter wem sie her waren.

»Ich finde dich, meine Süße«, summte er schaurig.

Er war nah, ganz nah. Ich kroch hinter das Wohnzimmersofa, aber irgendjemand hatte mir das Versteck dort schon weggeschnappt.

»Nora? Bist du das? Was ist denn los?«, fragte mich Andy Smith. Er saß in Mathe zwei Reihen hinter mir und war der Freund von Marcies Freundin Addyson. Ich spürte die Hitze seines Schweißes.

»Ruhig«, wies ich ihn sanft an.

»Wenn du nicht zu mir kommst, dann komme ich zu dir«, sang der gefallene Engel.

Seine mentale Kraft durchschnitt mich wie ein heißes Messer. Ich schnappte nach Luft, als ich spürte, wie er in meinem Geist herumwühlte, verschiedene Wege ausprobierte, meine Gedanken analysierte, um herauszufinden, wo ich mich versteckte. Ich zog eine Mauer nach der anderen hoch, um ihn aufzuhalten, aber er brach durch sie hindurch, als wären sie aus Staub. Ich versuchte, mir jede Verteidigungstechnik ins Gedächtnis zu rufen, die Dante mir je gegen das Eindringen in meinen Geist beigebracht hatte, aber der gefallene Engel bewegte sich zu schnell. Er war mir immer zwei – gefährliche – Schritte voraus. Ich hatte noch nie erlebt, dass ein gefallener Engel diese Wirkung auf mich hatte. Es gab nur eine einzige Art, das zu beschreiben. Er richtete seine gesamte mentale Energie wie durch ein Vergrößerungsglas auf mich und verstärkte die Wirkung.

Ohne Vorwarnung flammte ein orangefarbenes Leuchten in meinem Geist auf. Eine Stichflamme aus Energie raste über meine Haut. Ich spürte, wie ihre Hitze meine Kleider schmelzen ließ. Die Flammen fraßen sich durch den Stoff und strichen in heißer Qual über meine Haut. In unvorstellbarem

Schmerz rollte ich mich zusammen. Ich barg den Kopf zwischen den Knien und biss die Zähne fest aufeinander, um nicht zu schreien. Das Feuer war nicht echt, es musste ein mentaler Trick sein. Aber ich glaubte es nicht wirklich. Die Hitze war so glühend, ich war mir sicher, dass er mich wirklich in Brand gesetzt hatte.

»Stopp!«, brüllte ich schließlich, warf mich nach vorn und krümmte mich auf dem Fußboden – alles, um die Flammen zu ersticken, die mein Fleisch verzehrten.

Im selben Augenblick verschwand die feurige Hitze, auch wenn ich das Wasser nicht gespürt hatte, das sie ohne Zweifel ausgelöscht haben musste. Ich lag auf dem Rücken, das Gesicht mit Schweiß überzogen. Das Atmen schmerzte.

»*Alle raus*«, befahl der gefallene Engel.

Ich hatte beinahe vergessen, dass noch andere im Raum waren. Sie würden diesen Vorfall niemals vergessen. Wie könnten sie? Ob sie begriffen, was gerade passierte? Verstanden sie, dass das nicht zur Party gehörte? Ich betete, dass irgendjemand uns zu Hilfe käme, aber das Farmhaus war so abgelegen. Es würde dauern, bis jemand hier wäre.

Der Einzige, der mir helfen könnte, war Patch, und ich hatte keine Möglichkeit, ihn zu erreichen.

Beine und Füße scharrten über den Boden, schossen in Richtung Ausgang. Andy Smith sprang hinter dem Sofa hervor und ackerte sich wie wahnsinnig durch die Türöffnung.

Ich hob den Kopf gerade hoch genug, um den gefallenen Engel anzusehen. Es war dunkel, aber ich sah eine halbnackte, skelettartige Silhouette über mir aufragen. Und zwei wilde, glitzernde Augen.

Der gefallene Engel mit dem nackten Oberkörper aus dem Devil's Handbag und dem Wald beobachtete mich. Seine entstellenden Hieroglyphen schienen über seine Haut zu zucken und zu tanzen, als hingen sie an unsichtbaren Fäden. In Wirklichkeit bewegten sie sich natürlich nur zusammen mit seinem sich im Rhythmus des Atems hebenden und senkenden Oberkörper.

»Ich bin Baruch.«

Ich schoss in die gegenüberliegende Ecke des Zimmers.

»Cheschwan hat angefangen, und ich habe keinen Nephilim-Vasallen«, sagte er beiläufig, aber in seinen Augen stand kein Licht. Kein Licht und keinerlei Wärme.

Der Adrenalin-Überschuss machte meine Beine zugleich unruhig und schwer. Es gab nicht viele Möglichkeiten. Ich war nicht stark genug, um einfach an ihm vorbeizurasen. Ich konnte nicht gegen ihn kämpfen – wenn ich es versuchte, würden seine Kumpel mich innerhalb von Sekunden überwältigen. Ich verfluchte meine Mom, weil sie Patch hinausgeworfen hatte. Ich brauchte ihn. Ich konnte es nicht allein schaffen. Wenn Patch hier wäre, wüsste er, was zu tun war.

Baruch fuhr sich langsam mit der Zungenspitze über die Innenseite der Lippen. »Die Anführerin der Armee der Schwarzen Hand. Was mache ich jetzt mit ihr?«

Er tauchte in meinen Geist ein. Ich spürte ihn, war aber außerstande, es zu verhindern. Ich war zu erschöpft, um zu kämpfen. Das Nächste, was ich mitbekam, war, dass ich gehorsam zu ihm kroch und mich wie ein Hund vor seine Füße legte. Er trat gegen mich, so dass ich auf dem Rücken lag, und starrte gierig auf mich herab. Ich wollte mit ihm verhandeln, aber meine Zähne klebten so fest aufeinander, als wäre mein Kiefer zugenäht.

*Du kannst nicht mit mir streiten,* flüsterte er hypnotisch in meinem Geist. *Du kannst mich nicht abweisen. Was immer ich dir befehle, musst du tun.*

Erfolglos versuchte ich, seine Stimme auszublenden. Wenn

ich seine Kontrolle durchbrechen konnte, könnte ich mich verteidigen. Das war meine einzige Chance.

»Na, wie fühlt es sich an, ein brandneuer Nephilim zu sein?«, murmelte er voller Verachtung. »Es ist kein Platz in dieser Welt für einen Nephilim ohne Meister. Ich werde dich vor anderen gefallenen Engeln beschützen, Nora. Von jetzt an gehörst du mir.«

»Ich gehöre niemandem«, zischte ich, aber die Worte kamen nur mit mörderischer Anstrengung heraus.

Er atmete langsam und bedächtig aus. Es hörte sich an wie ein tadelndes Pfeifen zwischen den Zähnen. »Ich werde dich brechen, mein Häschen. Wart's nur ab«, knurrte er.

Ich sah ihm direkt in die Augen. »Du hast einen großen Fehler begangen, als du heute Abend hergekommen bist, Baruch. Du hast einen großen Fehler begangen, als du begonnen hast, mich zu jagen.«

Er grinste, scharfe weiße Zähne blitzten auf. »Oh, ich werde es genießen.« Er trat einen Schritt näher heran, und ich spürte seine Macht. Er war beinahe so stark wie Patch, aber in seiner Macht lag etwas Blutrünstiges, was ich bei Patch nie gespürt hatte. Ich wusste nicht, wie lange es her war, seit Baruch vom Himmel gefallen war, aber ich wusste ohne Zweifel, dass er sich selbst dem Bösen hingegeben hatte, und zwar mit ganzem Herzen.

»Schwöre deinen Treueeid, Nora Grey«, befahl er.

## EINUNDZWANZIG

Ich würde keinen Eid schwören. Und ich würde nicht zulassen, dass er mir die Worte abrang. Ganz egal, wie viel Schmerz er mir aufbürdete, ich musste stark bleiben. Aber eine unnachgiebige Verteidigung würde nicht reichen, um die Sache durchzustehen. Ich musste angreifen, und zwar schnell.

*Kontere seine mentalen Tricks mit ein paar von deinen eigenen*, wies ich mich selbst an. Dante hatte gesagt, mentale Tricks wären meine beste Waffe. Er hatte gesagt, ich sei besser darin als die meisten Nephilim, die er kannte. Ich hatte Patch reingelegt. Und jetzt würde ich Baruch reinlegen. Ich würde meine eigene Realität erschaffen und ihn so hart hineinstoßen, dass er nicht wusste, wie ihm geschah.

Ich kniff die Augen zu, um Baruchs heimtückischen Singsang auszublenden, mit dem er mich dazu bringen wollte, den Eid zu schwören, und katapultierte mich in seinen Kopf. Vor allem das Wissen, dass ich heute Teufelskraft getrunken hatte, verlieh mir Mut. Ich traute meiner eigenen Kraft nicht, aber die Teufelskraft machte aus mir eine kraftvollere Version meiner selbst. Sie verstärkte meine natürlichen Gaben, einschließlich meines Geschicks mit mentalen Tricks.

Ich flog durch die dunklen, verschlungenen Gänge in Baruchs Geist und landete eine Granate nach der anderen. Ich arbeitete, so schnell ich konnte, weil ich wusste, dass ein einziger Fehler ihm mit Sicherheit verraten würde, dass ich seine Gedanken umformte. Ich durfte keinerlei Hinweise auf meine Gegenwart hinterlassen …

Ich wählte das eine Thema, das Baruch alarmieren würde. Nephilim.

*Die Armee der Schwarzen Hand!*, dachte ich explosiv in Baruchs Geist. Ich bombardierte seine Gedanken mit einem Bild von Dante, wie er in den Raum stürmte, gefolgt von zwanzig, dreißig – nein *vierzig* – Nephilim. Ich ließ Bilder von ihren wütenden Blicken und geballten Fäusten in sein Unterbewusstsein einströmen. Um die Vision noch überzeugender zu machen, ließ ich Baruch denken, dass er zusehen musste, wie seine eigenen Männer von Nephilim gefangen und fortgezerrt wurden.

Trotz allem spürte ich Baruchs Widerstand. Er stand wie festgenagelt an seinem Platz und reagierte überhaupt nicht, als sei er von Nephilim umgeben. Aus Angst, dass er vermuten könnte, dass etwas nicht stimmte, stürmte ich weiter.

*Legst du dich mit unserer Anführerin an, legst du dich mit uns an – mit uns allen.* Ich schleuderte Dantes giftige Worte in Baruchs Geist. *Nora wird keine Treue schwören. Nicht jetzt, niemals.* Ich erschuf ein Bild von Dante, wie er einen Schürhaken aus dem Gestell neben dem Kamin nahm und ihn in Baruchs Flügelnarben versenkte. Dieses lebendige Bild drängte ich tief in Baruchs Geist.

Noch bevor ich die Augen öffnete, hörte ich, wie Baruch auf die Knie fiel. Er war auf allen vieren, die Schultern hochgezogen. Ein Ausdruck grenzenlosen Schreckens verzerrte seine Gesichtszüge. Seine Augen glänzten, und in seinen Mundwinkeln sammelte sich Spucke. Seine Hände fuhren nach hinten zum Rücken, griffen ins Leere. Er versuchte, den Schürhaken herauszuziehen.

Ich atmete erschöpft aus. Er hatte es mir abgekauft. Er war auf meinen mentalen Trick hereingefallen.

Neben der Tür regte sich etwas.

Ich sprang auf die Füße und schnappte mir den echten Schürhaken vom Kamin. Ich war zum Zuschlagen bereit, als Dabria hereinkam. Ihre Haare im Halbdunkel leuchteten in einem eisigen Weiß, der Mund war zu einer unerbittlichen schmalen Linie zusammengepresst. »Du hast ihn mit einem mentalen Trick reingelegt?«, vermutete sie. »Hübsch. Aber wir müssen jetzt sofort von hier verschwinden.«

Ich hätte beinahe laut gelacht, kalt und ungläubig. »Was machst du denn hier?«

Sie stieg über Baruchs reglosen Körper hinweg. »Patch hat mich gebeten, dich irgendwohin in Sicherheit zu bringen.«

Ich schüttelte den Kopf. »Du lügst. Patch hat dich nicht geschickt. Er weiß, dass du die Letzte bist, mit der ich je mitgehen würde.« Ich fasste den Schürhaken fester. Wenn sie noch einen Schritt näher käme, würde ich ihn mit Freuden in ihre Flügelnarben versenken. Und genau wie Baruch würde sie in einen beinahe komatösen Zustand fallen, bevor sie einen Weg fand, ihn wieder herauszuziehen.

»Er hatte keine Wahl. Er hat schon genug damit zu tun, die anderen gefallenen Engel, die deine Party gestürmt haben, zu vertreiben und die Erinnerungen deiner panischen Freunde auszulöschen«, erklärte sie. »Habt ihr zwei denn keinen geheimen Code für solche Situationen?«, fragte Dabria, ohne ihre eisige Haltung aufzugeben. »Als ich mit Patch zusammen war, hatten wir einen. Ich hätte jedem vertraut, dem Patch ihn verraten hätte.«

Ich ließ sie nicht aus den Augen. Ein geheimes Code-Wort? Lieber Himmel. Sie hatte wirklich das Talent, mir unter die Haut zu gehen.

»Wir haben tatsächlich ein geheimes Code-Wort«, sagte ich. »Es heißt: ›Dabria ist eine erbärmliche Klette, die nicht weiß, wann sie verloren hat‹.« Ich schlug die Hand vor den Mund. »Oh. Gerade fällt mir ein, warum Patch unseren geheimen Code« – Verachtung troff aus den Worten – »ausgerechnet dir nicht verraten hat.«

Ihre Lippen wurden noch schmaler.

»Entweder sagst du mir jetzt, warum du wirklich hergekommen bist, oder ich bohre das Ding hier so tief in deine Narben, dass du es nie wieder rauskriegst«, erklärte ich.

»Ich muss mir so was nicht anhören«, antwortete Dabria und machte auf dem Absatz kehrt.

Ich folgte ihr durch das leere Haus hinaus auf die Auffahrt. »Ich weiß, dass du Pepper Friberg erpresst«, sagte ich. Wenn ich sie damit überrascht hatte, zeigte sie es nicht. Ihr Schritt änderte sich überhaupt nicht. »Er glaubt, Patch würde ihn erpressen, und er tut alles, was in seiner Macht steht, um Patch auf schnellstem Weg in die Hölle zu bringen. Dein Verdienst, Dabria. Du behauptest, du würdest Patch immer noch lieben, aber du hast eine komische Art, das zu zeigen. Denn deinetwegen schwebt er in Gefahr. Ist das dein Plan? Wenn du ihn nicht kriegen kannst, soll ihn keine kriegen?«

Dabria drückte auf ihren Autoschlüssel, und die Rücklichter an einem der exotischsten Sportwagen, die ich je gesehen hatte, leuchteten auf. Sie ließ sich hinter das Lenkrad fallen. »Du solltest vielleicht dafür sorgen, dass dieser gefallene Engel aus deinem Wohnzimmer verschwindet, bevor deine Mutter zurückkommt.« Sie machte eine Pause. »Und vielleicht solltest du auch mal überprüfen, was an deinen Anschuldigungen überhaupt dran sein könnte.«

Sie wollte die Tür zuziehen, aber ich hinderte sie daran. »Streitest du etwa ab, dass du Pepper erpresst?«, fragte ich wütend. »Ich hab' euch beide hinter dem Devil's Handbag streiten sehen.«

Dabria schlang sich einen silbrigen Schal um den Kopf und warf die losen Enden über die Schultern. »Du solltest dir abgewöhnen zu lauschen, Nora. Und du tätest wirklich gut daran, dich von Pepper fernzuhalten. Dieser Erzengel spielt nicht nett.«

»Das tu' ich auch nicht.«

Sie sah mir fest in die Augen. »Nicht, dass es dich etwas anginge, aber Pepper hat mich in jener Nacht aufgesucht, weil er weiß, dass ich Beziehungen zu Patch habe. Er sucht nach Patch und dachte irrtümlicherweise, ich würde ihm helfen.« Sie startete den Motor des Bugatti und trat das Gaspedal durch, um meine Antwort zu übertönen.

Ich starrte sie finster an, weil ich es ihr nicht abkaufte, dass ihr Gespräch mit Pepper so unschuldig gewesen war. Dabria war eine notorische Lügnerin. Außerdem waren wir Erzfeindinnen. Sie erinnerte mich ständig daran, dass Patch vor mir mit einer anderen zusammen gewesen war. Das wäre nicht so ärgerlich, wenn sie einfach in seiner Vergangenheit bleiben würde, wo sie hingehörte. Stattdessen tauchte sie ständig wieder auf wie der Bösewicht mit den vielen Leben aus einem Horrorfilm.

»Deine Menschenkenntnis ist wirklich armselig«, sagte sie, während sie den Gang einlegte.

Ich sprang auf die vordere Stoßstange und knallte die Hände auf die Motorhaube. Ich war noch nicht fertig mit ihr. »Was dich betrifft, irre ich mich nicht«, rief ich über das Motorengeheul hinweg. »Du bist eine hinterhältige, verräterische, selbstsüchtige und narzisstische Egoistin.«

Dabria biss sichtlich die Zähne zusammen. Sie strich sich ein paar widerspenstige Haarsträhnen aus dem Gesicht, stieg aus dem Wagen und stolzierte auf mich zu. Auf Absätzen war sie genauso groß wie ich. »Ich möchte Patchs Namen auch reinwaschen, das weißt du«, sagte sie mit ihrer kühlen Hexenstimme.

»Das ist ja mal ein oscarwürdiger Satz.«

Sie starrte mich an. »Ich habe Patch gesagt, dass du viel zu unreif und impulsiv bist und dass du nie über deine Eifersucht auf das hinwegkommen würdest, was er und ich lange hatten.«

Das Blut stieg mir in die Wangen, und ich packte sie am Arm, bevor sie mir ausweichen konnte. »Rede nie wieder mit Patch über mich. Ach, noch besser, rede überhaupt nicht mehr mit ihm. Punkt.«

»Patch vertraut mir. Das sollte dir reichen.«

»Patch vertraut dir nicht, er benutzt dich. Er hält dich hin, aber am Ende wirst du überflüssig sein. In dem Augenblick, wo du ihm nichts mehr nützt, ist es vorbei.«

Dabrias Mund verzog sich. »Da wir gerade dabei sind, uns gegenseitig gute Ratschläge zu geben, hier kommt meiner: Hör auf, mir auf die Nerven zu gehen.« Ihr Blick wanderte warnend über mich hinweg.

Sie bedrohte mich.

Sie hatte etwas zu verbergen.

Ich würde ihr Geheimnis ausgraben, und ich würde sie zu Fall bringen.

## ZWEIUNDZWANZIG

Ich drehte mich von der Staubfahne weg, die Dabrias Reifen aufwirbelten, und lief wieder nach drinnen. Meine Mom würde jeden Augenblick nach Hause kommen, und ich würde nicht nur das abrupte Ende der Party erklären müssen, sondern musste auch Baruchs Körper irgendwie loswerden. Wenn er wirklich glaubte, ich hätte einen Schürhaken in seine Flügelnarben gerammt, dann würde das seinen Körper für mehrere Stunden in einen beinahe komatösen Zustand versetzen, was es erheblich erleichtern dürfte, ihn wegzuschaffen. Wenigstens ein Glücksfall.

Im Wohnzimmer fand ich Patch über Baruchs Körper gebeugt. Erleichterung durchströmte mich bei seinem Anblick. »Patch!«, rief ich und rannte zu ihm.

»Engelchen.« Sein Gesicht war gefurcht vor Sorge. Er stand auf und breitete die Arme aus, als ich mich ihm entgegenwarf. Er drückte mich fest.

Ich nickte, um ihm jede Sorge über mein Wohlergehen zu nehmen, und schluckte den Kloß in meiner Kehle hinunter. »Mir geht's gut, ich bin nicht verletzt. Ich habe ihn mental manipuliert, so dass er glaubte, es hätte einen Nephilim-Überfall gegeben. Und ich habe ihn glauben lassen, dass ich ihm als Zugabe einen Schürhaken in die Flügelnarben gerammt habe.« Ich seufzte zitternd. »Woher wusstest du, dass gefallene Engel die Party gesprengt haben?«

»Deine Mom hat mich zwar rausgeworfen, aber ich hätte

dich nicht ungeschützt gelassen. Ich habe an der Straße Wache gestanden. Es kamen eine Menge Leute zu eurem Haus, aber ich dachte, das wäre wegen der Party. Erst als ich gesehen habe, wie Leute aus dem Haus stürmten, die aussahen, als hätten sie ein Monster gesehen, bin ich so schnell rübergekommen, wie ich konnte. Ein gefallener Engel stand draußen Wache; er dachte, ich wollte ihm seine Kriegsbeute stehlen. Natürlich musste ich dann ihm und ein paar anderen was in die Flügelnarben rammen. Deine Mutter merkt hoffentlich nicht, dass ich ein paar Äste von dem Baum da draußen abgeschnitten habe.« Sein Mund zuckte spitzbübisch.

»Sie muss jede Minute nach Hause kommen.«

Patch nickte. »Ich kümmere mich um den Körper. Kannst du den Strom wieder anstellen? Der Verteilerkasten ist draußen in der Garage. Sieh nach, ob vielleicht ein paar Sicherungen rausgedreht sind. Wenn sie die Stromversorgung zum Haus hin unterbrochen haben, haben wir noch viel mehr zu tun.«

»Bin schon dabei.« Auf halbem Weg zur Garage blieb ich stehen und drehte mich noch einmal um. »Dabria ist hier aufgetaucht. Sie hat mir eine fadenscheinige Geschichte aufgetischt und behauptet, du hättest ihr aufgetragen, mich hier rauszuholen. Glaubst du, sie könnte denen geholfen haben?«

Zu meiner Verwunderung sagte er: »Ich habe sie gerufen. Sie war zufällig in der Gegend. Ich habe mich um die gefallenen Engel gekümmert und sie gebeten, dich da rauszuholen.«

Ich war sprachlos, ebenso aus schockierter Ungläubigkeit wie aus Irritation. Ich wusste nicht, was mich wütender machte: dass Dabria die Wahrheit gesagt hatte oder dass sie eindeutig Patch verfolgte, denn »zufällig in der Gegend« zu sein war ziemlich unwahrscheinlich, wenn man bedachte, dass unsere Straße eine Meile lang war und als Sackgasse in den

Wäldern endete. Wahrscheinlich hatte sie ihn auch mit einem GPS-Sender ausstaffiert. Als er sie gerufen hatte, hatte sie wahrscheinlich in hundert Metern Entfernung geparkt, mit einem Fernglas vor den Augen.

Ich zweifelte nicht daran, dass Patch mir treu war. Aber ebenso wenig zweifelte ich daran, dass Dabria das ändern wollte.

Natürlich war dies nicht der richtige Moment, um das Ganze in einen Streit ausarten zu lassen, daher fragte ich nur: »Was sagen wir meiner Mutter?«

»Ich … Ich kümmere mich darum.«

Patch und ich drehten uns zu dem Piepsstimmchen um, das von der Türöffnung zu uns herüberdrang. Marcie stand da und rang die Hände. Als hätte sie gemerkt, wie schwach sie das aussehen ließ, ließ sie die Arme sinken. Dann warf sie ihr Haar nach hinten, reckte das Kinn und sagte mit etwas mehr Selbstsicherheit: »Die Party war meine Idee, deshalb bin ich für dieses ganze Durcheinander genauso verantwortlich wie du. Ich werde deiner Mom sagen, dass ein paar Idioten hier aufgetaucht sind, um die Party zu sprengen. Wir haben das einzig Vernünftige getan und die Party beendet.« Für mich sah es aus, als kämpfte Marcie heftig darum, Baruchs Körper, der mit dem Gesicht nach unten auf dem Teppich lag, nicht anzusehen. Wenn sie ihn nicht sah, musste es auch nicht real sein.

»Danke, Marcie«, sagte ich und meinte es ernst.

»Tu nicht so überrascht. Ich stecke genauso mit drin. Ich bin auch nicht … ich meine, ich bin nicht …« Tiefes Luftholen. »Ich bin eine von euch.« Sie machte den Mund auf, um noch mehr zu sagen, dann schloss sie ihn plötzlich wieder. Ich konnte es ihr nicht verdenken. »Nicht menschlich« war schwer zu denken, geschweige denn auszusprechen.

Ein Klopfen an der Haustür ließ Marcie und mich zusammenfahren vor Schreck. Wir wechselten einen kurzen unsicheren Blick, bevor Patch sprach.

»Tut so, als wären wir nie hier gewesen«, sagte er, warf sich Baruch über die Schultern und schleppte ihn zur Hintertür. *Und, Engelchen?*, setzte er in meinen Gedanken hinzu. *Lösche Marcies Erinnerung daran, dass sie mich heute Abend hier gesehen hat. Wir müssen unser Geheimnis wasserdicht halten.*

*Sieh das als erledigt an*, antwortete ich.

Marcie und ich gingen zur Tür. Ich hatte kaum den Knauf gedreht, als Vee auch schon hereinpreschte und Scott hinter sich herzog, ihre Finger mit seinen verschränkt.

»Tut mir leid, dass wir so spät sind«, verkündete sie. »Wir waren ein bisschen … ähem …« Sie wechselte einen geheimnisvollen, wissenden Blick mit Scott, und dann brachen sie beide in Lachen aus.

»Abgelenkt«, beendete Scott grinsend den Satz für sie.

Vee fächelte sich Luft zu. »Das kannst du laut sagen.«

Als Marcie und ich sie einfach nur in düsterem Schweigen anstarrten, sah Vee sich um und merkte zum ersten Mal, dass das Haus gähnend leer und ziemlich unordentlich war. »Warte mal. Wo sind denn alle? Die Party kann doch noch nicht zu Ende sein.«

»Sie wurde gesprengt«, sagte Marcie.

»Sie hatten Halloween-Masken«, erklärte ich. »Hätte jeder sein können.«

»Sie haben angefangen, Möbel zu zerstören.«

»Wir haben alle nach Hause geschickt«, setzte ich hinzu.

Vee musterte die Schäden in sprachlosem Entsetzen.

*Gesprengt?*, fragte Scott in meinen Gedanken. Es war klar, dass er nicht viel von meinen schauspielerischen Fähigkeiten hielt und spürte, dass an der Geschichte noch mehr war.

*Gefallene Engel,* antwortete ich. *Einer im Besonderen hat alles darangesetzt, mich Treue schwören zu lassen. Ist schon okay,* setzte ich schnell hinzu, als ich sah, wie sich sein Gesicht vor Angst verzog. *Es ist ihm nicht gelungen. Du musst Vee hier rausbringen. Wenn sie länger hierbleibt, fängt sie nur an, Fragen zu stellen, die ich nicht beantworten kann. Und ich muss sauber machen, bevor meine Mutter nach Hause kommt.*

*Wann wirst du es ihr sagen?*

Ich blinzelte. Scotts direkte Frage hatte mich auf dem falschen Fuß erwischt. *Ich kann es Vee nicht sagen. Nicht, wenn ich sie nicht in Gefahr bringen will. Ich kann dir nur raten, das auch so zu halten. Sie ist meine beste Freundin, Scott. Ihr darf nichts passieren.*

*Sie verdient es, die Wahrheit zu erfahren.*

*Sie verdient noch viel mehr, aber im Augenblick ist mir ihre Sicherheit am wichtigsten.*

*Was, glaubst du, wäre ihr selbst am wichtigsten?,* fragte Scott. *Du bist ihr wichtig, und sie vertraut dir. Erweise ihr denselben Respekt.*

Ich hatte keine Zeit zu streiten. *Bitte, Scott,* flehte ich ihn an.

Er sah mich lange und nachdenklich an. Ich sah, dass er nicht sonderlich erfreut war, aber ich wusste auch, dass er mich diese Schlacht gewinnen lassen würde – vorerst.

»Weißt du was«, sagte er zu Vee. »Ich entschädige dich dafür. Lass uns ins Kino gehen. Du entscheidest. Ich will dich zwar nicht überreden, aber da gibt es einen neuen Superhelden-Film. Hat schreckliche Kritiken gekriegt, das ist immer ein gutes Zeichen dafür, dass er nett ist.«

»Wir sollten hierbleiben und Nora helfen, dieses Durcheinander aufzuräumen«, sagte Vee. »Ich werde herausfinden, wer das gemacht hat, und ihnen Manieren beibringen. Vielleicht findet zufällig ein toter Fisch den Weg in ihren Spind. Und sie sollten ihre Autoreifen lieber gut im Auge behalten, weil ich nämlich ein Messer habe, das sich nur so danach sehnt, Gummi zu zerstechen.«

»Nimm dir den Abend frei«, sagte ich zu Vee. »Marcie hilft mir sauber zu machen, stimmt's, Marcie?« Ich legte den Arm um ihre Schulter, meine Stimme klang süß genug, allerdings mit einem gewissen herablassenden Unterton.

Vee fing meinen Blick auf, und wir sahen uns einen Moment lang verständnisvoll an.

»Na, das ist aber nett von dir«, sagte Vee zu Marcie. »Das Kehrblech ist unter der Spüle. Die Müllbeutel auch.« Sie klopfte Marcie aufmunternd auf den Rücken. »Viel Spaß noch, und brich dir nicht zu viele Fingernägel ab.«

Nachdem sich die Tür hinter ihnen geschlossen hatte, sackten Marcie und ich gegen die Wand. Gleichzeitig stießen wir einen erleichterten Seufzer aus.

Marcie lächelte als Erste: »Wir dürfen uns was wünschen.«

Ich räusperte mich. »Danke für deine Hilfe«, sagte ich aufrichtig. Einmal in ihrem Leben war Marcie …

*Hilfsbereit*, wurde mir plötzlich klar. Und ich würde ihr dafür danken, indem ich ihre Erinnerungen löschte.

Sie stieß sich von der Wand ab und klopfte sich die Hände ab. »Der Abend ist noch nicht zu Ende. Das Kehrblech ist unter der Spüle?«

# DREIUNDZWANZIG

Der nächste Morgen kam früh. Das rhythmische Klopfen an meinem Schlafzimmerfenster war mein Wecker, und als ich mich umdrehte, sah ich Dante hinter der Scheibe auf einem Ast hocken und mich nach draußen winken. Ich hielt fünf Finger hoch, um ihm zu bedeuten, dass ich in ebenso vielen Minuten draußen sein würde.

Theoretisch hatte ich Hausarrest. Aber ich glaubte nicht, dass diese Entschuldigung Dante groß beeindrucken würde.

Draußen roch die Luft frisch und nach Herbst; ich rieb die Hände schnell aneinander, um sie aufzuwärmen. Eine schmale Mondsichel hing noch über uns. Von weit her erklang der schwermütige Ruf einer Eule.

»Ein Zivilfahrzeug mit Radarausrüstung ist heute Morgen ein paar Mal an deinem Haus vorbeigefahren«, erzählte mir Dante, während er in seine Hände blies. »Bin mir ziemlich sicher, das war ein Cop. Dunkelhaarig und ein paar Jahre älter als ich, nach allem, was ich sehen konnte. Fällt dir dazu irgendwas ein?«

Detective Basso. Was hatte ich denn dieses Mal getan, um ihn auf mich aufmerksam zu machen?

»Nein«, sagte ich, weil jetzt nicht der richtige Zeitpunkt war, um meine elende Geschichte mit den örtlichen Ordnungskräften zu enthüllen. »Wahrscheinlich war seine Schicht bald zu Ende, und er hat noch nach einer sinnvollen Beschäftigung gesucht. Hier wird er jedenfalls keine Raser erwischen können, das ist mal sicher.«

Ein ironisches Lächeln verzog Dantes Lippen. »Jedenfalls nicht in Autos, du Lauf-Ass. Bist du bereit?«

»Nein. Hat das was zu sagen?«

Er beugte sich vor und band einen Schnürsenkel zu, den ich übersehen haben musste. »Aufwärmzeit. Du weißt ja, wie's läuft.«

Ich wusste, wie's lief, klar.

Was Dante nicht wusste, war, dass mein Aufwärmen auch darin bestand, mir vorzustellen, wie ich Messer, Pfeile und das eine oder andere Schrapnell in seinen Rücken schleuderte, während ich hinter ihm durch das waldige Gelände sprintete und ihm immer tiefer in unsere abgelegene Trainingsarena folgte. Was immer man brauchte, um sich zu motivieren, oder?

Als ich ernsthaft in Schweiß gebadet war, ließ Dante mich ein paar Dehnübungen machen, die mich noch gelenkiger machen sollten. Ein paar davon hatte ich Marcie in ihrem Zimmer machen sehen. Sie war nicht mehr bei den Cheerleadern, aber anscheinend war es ihr wichtig, sich die Fähigkeit zum Spagat zu erhalten.

»Was ist der Plan für heute?«, fragte ich, als ich mit weit gespreizten Beinen auf der Erde saß. Ich beugte mich vor, legte die Stirn aufs Knie und spürte, wie sich der hintere Oberschenkelmuskel dehnte.

»Besitzergreifung.«

»Besitzergreifung?«, wiederholte ich verblüfft.

»Wenn gefallene Engel Besitz von uns ergreifen können, dann ist es nur fair, wenn wir ebenfalls lernen, sie zu besitzen. Welche bessere Kriegstechnik könnte es geben als die, Körper und Geist des Feindes zu kontrollieren?«

»Ich wusste nicht, dass es überhaupt möglich sein könnte, Besitz von gefallenen Engeln zu ergreifen.«

»Jetzt schon – weil wir die Teufelskraft haben. Bisher waren wir nicht stark genug dafür. Ich habe ein paar ausgewählte Nephilim, einschließlich mir selbst, heimlich darin trainiert, Besitz zu ergreifen. Diese Fertigkeit zu beherrschen wird im Krieg den Ausschlag geben, Nora. Wenn wir das erfolgreich hinbekommen, haben wir eine Chance.«

»Du hast trainiert? Wie denn?« Besitz zu ergreifen war nur während Cheschwan möglich. Wie konnte er das schon seit Monaten praktiziert haben?

»Wir haben an gefallenen Engeln trainiert.« Ein niederträchtiges Lächeln funkelte in seinen Augen. »Ich hab's dir doch gesagt: Wir sind stärker als je zuvor. Ein gefallener Engel allein kann gegen eine Gruppe von uns nicht mehr bestehen. Wir haben sie nachts von der Straße geholt und sie in die Trainingsräume gesperrt, die Hank eingerichtet hatte.«

»Hank hatte damit zu tun?« Es schien, als kämen da immer neue Skelette aus seinem Kleiderschrank.

»Wir picken uns die Einzelgänger heraus, die Introvertierten, die, von denen wir denken, dass niemand sie vermissen wird. Wir flößen ihnen einen speziellen Prototyp der Teufelskraft ein, die es für kurze Zeit ermöglicht, von ihrem Körper Besitz zu ergreifen, selbst wenn nicht Cheschwan ist. Und dann üben wir an ihnen.«

»Wo sind sie jetzt?«

»Im Trainingszentrum festgehalten. Wir lassen einen mit Teufelskraft belegten Metallstab in ihren Flügelnarben, wenn wir nicht an ihnen üben. Das macht sie absolut bewegungsunfähig. Wie Laborratten, ständig zu unserer Verfügung.«

Ich war mir sicher, dass Patch davon nichts wusste, sonst

hätte er es erwähnt. »Wie viele gefallene Engel habt ihr denn da? Und wo ist dieses Trainingszentrum?«

»Ich darf dir nicht sagen, wo es ist. Als wir das Zentrum eingerichtet haben, haben Hank, Blakely und ich entschieden, dass wir die einzigen Nephilim sein sollten, die wissen, wo es sich befindet. So ist es besser. Wenn du die Regeln lockerst, kriegst du immer irgendwelche Überläufer. Leute, die für ihren eigenen Gewinn alles tun würden, sogar ihre eigene Rasse verraten. Es liegt in der Natur der Nephilim genauso wie in der der Menschen. Wir eliminieren die Versuchung.«

»Wirst du mich mit zum Trainingszentrum nehmen, damit ich üben kann?« Ich war sicher, dass es dafür auch Vorschriften gab. Entweder würde ich eine Binde um die Augen bekommen, oder sie würden hinterher meine Erinnerungen an den Weg löschen. Vielleicht konnte ich irgendeine Möglichkeit finden, um sie auszutricksen. Vielleicht konnten Patch und ich unseren Weg zum Trainingszentrum zurückverfolgen …

»Nicht nötig. Ich habe eine der Laborratten mitgebracht.« Meine Blicke schossen zu den Bäumen. »Wo?«

»Mach dir keine Sorgen – die Kombination aus Teufelskraft und einem Stab in den Flügelnarben macht sie gefügig.« Dante verschwand kurz hinter einem Felsbrocken. Als er wieder auftauchte, schleifte er einen weiblichen gefallenen Engel hinter sich her, der in Menschenjahren nicht älter als dreizehn aussah. Ihre Beine, wie zwei Zahnstocher, die aus weißen Sporthosen ragten, konnten kaum dicker als meine Oberarme sein.

Dante warf sie um, ihr schlaffer Körper fiel wie ein Müllsack in den Dreck. Ich wandte den Blick von dem Stab ab, der in ihren Flügelnarben steckte. Ich wusste, dass sie nichts fühlen konnte, aber bei dem Anblick stellten sich mir doch die Nackenhaare auf.

Ich musste mich daran erinnern, dass sie der Feind war. Bei diesem Krieg stand jetzt etwas Persönliches auf dem Spiel: Niemals würde ich einem gefallenen Engel Treue schwören. Sie waren alle gefährlich. Jeder Einzelne musste aufgehalten werden.

»Wenn ich den Stab herausziehe, hast du ein paar Sekunden Zeit, bevor sie anfängt zu kämpfen. Diese Teufelskraft-Mischung hat eine kurze Halbwertszeit und bleibt nicht in ihrem Körper. Mit anderen Worten, sei wachsam.«

»Wird sie merken, dass ich Besitz von ihr ergreife?«

»Und ob sie das merken wird. Sie hat das schon Hunderte von Malen mitgemacht. Ich will, dass du Besitz von ihr ergreifst und ein paar Minuten bestimmst, was sie tut, um dich an das Gefühl zu gewöhnen, wie es ist, ihren Körper zu manipulieren. Gib mir Bescheid, wenn du so weit bist, ihren Körper zu verlassen. Dann halte ich den Stab bereit.«

»Wie komme ich denn in ihren Körper?«, fragte ich, während Gänsehaut meine Arme emporkroch. Mir war kalt, aber nicht nur, weil die Luft kalt war. Ich wollte nicht Besitz von dem Körper des gefallenen Engels ergreifen, aber gleichzeitig musste ich auch Patch so viele Informationen wie möglich darüber liefern können, wie es funktionierte. Man konnte kein Problem lösen, das man nicht verstand.

»Sie wird von der Teufelskraft geschwächt sein, das wird dir helfen. Und wir sind im Cheschwan, was bedeutet, die Verbindungen stehen weit offen. Du musst sie einfach nur mit einem mentalen Trick belegen. Übernimm die Kontrolle über ihre Gedanken. Lass sie denken, sie möchte, dass du Besitz von ihr ergreifst. Wenn sie ihr Misstrauen erst einmal abgelegt hat, wird der Rest ein Spaziergang. Du wirst ganz natürlich in sie hineinkommen. Du wirst so schnell in ihren Körper gesaugt werden, dass du den Übergang kaum bemerkst.

Und ehe du dichs versiehst, wirst du sie unter Kontrolle haben.«

»Sie ist so jung.«

»Lass dich davon nicht täuschen. Sie ist genauso gerissen und gefährlich wie alle anderen. Hier – ich habe dir eine spezielle Dosis Teufelskraft mitgebracht, die dir den Einstieg erleichtern wird.«

Ich griff nicht direkt nach dem Fläschchen. Meine Finger kribbelten vor Verlangen, aber ich hielt sie bei mir. Ich hatte sowieso schon so viel Teufelskraft genommen. Ich hatte mir selbst versprochen, damit aufzuhören und Patch alles zu beichten. Bis jetzt hatte ich nichts davon getan.

Verstohlen sah ich zu dem Fläschchen mit leuchtend blauer Flüssigkeit, und ein wilder Hunger schien sich durch meinen Magen zu nagen. Ich wollte die Teufelskraft nicht, und gleichzeitig verlangte ich verzweifelt danach. Mir drehte sich der Kopf, ich wurde zunehmend schwindelig ohne sie. Es konnte doch nichts schaden, noch ein bisschen mehr zu nehmen. Bevor ich etwas dagegen tun konnte, streckte ich die Hand aus und nahm das Fläschchen entgegen. Das Wasser lief mir im Mund zusammen. »Sollte ich das alles trinken?«

»Ja.«

Ich kippte den gesamten Inhalt hinunter, die Teufelskraft brannte sich wie Gift durch meine Kehle. Ich hustete und spuckte, wünschte, Blakely könnte etwas erfinden, damit sie besser schmeckte. Ebenso hilfreich wäre es, wenn er die unerwünschten Nebenwirkungen reduzieren könnte. Direkt nachdem ich getrunken hatte, hämmerte ein Kopfschmerz durch meinen Schädel. Die Erfahrung sagte mir, dass er im Verlauf des Tages noch schlimmer werden würde.

»Fertig?«, fragte Dante.

Ich zögerte. Zu sagen, dass ich wenig Lust dazu hatte, den

Körper dieses Mädchens zu besetzen, war eine Untertreibung. Ich war schon einmal besessen worden – von Patch, in einem verzweifelten Versuch, mich davor zu retten, von Chauncey Langeais getötet zu werden, einem weit entfernten Verwandten, der keinerlei familiäre Zuneigung zu mir gehegt hatte. Obwohl ich natürlich froh darüber war, dass Patch mich beschützt hatte, war es doch entwürdigend gewesen, die Kontrolle über den eigenen Körper zu verlieren. Es war nichts, was ich noch einmal erleben oder einem anderen zumuten wollte.

Mein Blick wanderte über das Mädchen. Sie hatte das schon Hunderte von Malen durchgemacht. Und hier stand ich und war kurz davor, dasselbe schon wieder zu tun.

»Fertig«, sagte ich schließlich hastig.

Dante zog den Stab aus den Flügelnarben des Mädchens, wobei er sorgfältig darauf achtete, nicht mit dem blau glühenden unteren Ende in Berührung zu kommen. »Geht gleich los«, murmelte er warnend. »Halte dich bereit. Ihre Gedanken werden magnetische Impulse aussenden; sobald du irgendeine mentale Aktivität spürst, dring in ihren Kopf ein. Verschwende keine Zeit, sie davon zu überzeugen, dass sie dich in ihrem Körper haben will.«

Stille hing über den Wäldern, dicht und angespannt. Ich trat einen Schritt näher an das Mädchen heran und konzentrierte mich, um jedwede mentale Reaktion aufzufangen. Dante hielt die Knie leicht gebeugt, als rechnete er damit, mir jeden Augenblick beispringen zu müssen. Das scharfe Krächzen einer Krähe hallte durch den weiten Raum über unseren Köpfen. Ein schwaches Echo von Energie war zu spüren, und das war alles, was ich zur Warnung bekam, bevor das Mädchen sich mit gebleckten Zähnen und ausgestreckten Fingernägeln wie ein wildes Tier auf mich stürzte.

Zusammen kamen wir auf der Erde auf. Meine Reflexe waren schneller, und ich rollte über sie. Ich griff nach ihren Handgelenken, hoffte, sie über ihrem Kopf auf den Boden drücken zu können, aber sie bäumte sich auf und schüttelte mich ab. Ich rutschte über die Erde und hörte sie geschmeidig ein paar Schritte entfernt von mir landen. Gerade noch rechtzeitig blickte ich auf, um zu sehen, wie sie bedrohlich über mir in die Luft sprang.

Ich krümmte mich zu einem Ball zusammen und rollte außerhalb ihrer Reichweite.

»Jetzt!«, brüllte Dante. Aus dem Augenwinkel sah ich, wie er den Stab hochhielt und sich bereit machte, das Mädchen anzugreifen, falls ich es nicht schaffte.

Ich schloss die Augen und versenkte mich in ihre Gedanken. Sie huschten fieberhaft hin und her wie wild gewordene Insekten. Ich tauchte in ihren Geist ein und zerfetzte alles, was mir begegnete. Ich verknotete ihre Gedanken zu einem riesigen Knäuel und flüsterte hypnotisch: *Lass mich ein, lass mich jetzt ein.*

Wesentlich schneller, als ich erwartet hätte, ließ die Abwehr des Mädchens nach. Genau wie Dante es vorhergesagt hatte, fühlte ich, wie ich auf sie zuglitt, wie meine Seele durch ein mächtiges Kraftfeld in sie hineingesogen wurde. Sie leistete keinen Widerstand. Es fühlte sich an wie ein Traum, etwas benommen und unsicher und verschwommen an den Rändern. Es gab keinen bestimmten Augenblick, an dem ich den Übergang ausmachen konnte; im Grunde hatte ich kaum einmal gezwinkert und sah die Welt plötzlich aus einem anderen Blickwinkel.

Ich war in ihr, Körper, Geist und Seele gehörten mir.

»Nora?«, fragte Dante und sah mich aus skeptisch zugekniffenen Augen an.

»Ich bin drin.« Meine Stimme überraschte mich; ich hatte die Antwort veranlasst, aber sie war mit ihrer Stimme herausgekommen. Höher und süßer, als ich es von einem gefallenen Engel erwartet hätte. Andererseits war sie ja so jung …

»Spürst du irgendwelchen Widerstand? Irgendeine Gegenreaktion von ihr?«

Dieses Mal schüttelte ich den Kopf. Ich war nicht so weit, dass ich mich selbst noch einmal mit ihrer Stimme sprechen hören wollte. Sosehr Dante auch danach verlangte, dass ich übte, ihren Körper zu beherrschen, so sehr wollte ich hier wieder raus.

Hastig absolvierte ich eine kurze Abfolge von Bewegungen, befahl dem Körper des gefallenen Engels, eine kurze Strecke zu laufen, locker über einen heruntergefallenen Ast zu springen, ihre Schuhbänder auf- und wieder zuzuschnüren. Dante hatte recht, ich hatte die absolute Kontrolle. Und irgendwo tief in mir wusste ich, dass ich sie gegen ihren Willen durch all diese Bewegungen zerrte. Ich hätte ihr befehlen können, in ihre eigenen Flügelnarben zu stechen, und sie hätte keine andere Wahl gehabt, als zu gehorchen.

*Ich bin fertig*, sagte ich zu Dantes Geist. *Ich komme raus.*

»Mach noch ein bisschen länger«, verlangte er. »Du brauchst mehr Übung. Ich will, dass es sich für dich so anfühlt, als wäre es deine zweite Natur. Mach die Übungen noch einmal.«

Ich ignorierte seine Forderung und befahl stattdessen ihrem Körper, mich hinauszuwerfen. Wieder verlief der Übergang ebenso leicht wie plötzlich.

Fluchend rammte Dante den Stab zurück in die Flügelnarben des gefallenen Engels. Ihr Körper sackte wie tot zusammen, Arme und Beine trafen seltsam verkrümmt auf den Boden. Ich fragte mich, wie sie wohl vorher auf Erden gelebt hatte. Ob jemand sie vermisste. Ob sie jemals wieder frei sein würde. Und wie trostlos ihre Zukunftsaussichten sein mussten.

»Das war nicht lange genug«, sagte Dante verärgert. »Hast du nicht gehört, wie ich gesagt habe, du sollst die Übungen noch einmal machen? Ich weiß, es ist am Anfang etwas unangenehm …«

»Wie funktioniert das eigentlich?«, fragte ich. »Ein Gegenstand kann doch nicht gleichzeitig an zwei verschiedenen Orten und in zwei verschiedenen Zeiten sein. Wie funktioniert das?«

»Es hat was mit Quanten zu tun, Wellenfunktion und Welle-Teilchen-Dualismus.«

»Ich hatte noch keine Quanten-Theorie«, sagte ich grollend. »Erklär es so, dass ich es auch verstehen kann.«

»Nach allem, was ich sagen kann, passiert es auf einer subatomaren Ebene. Ein Objekt kann in zwei verschiedenen Räumen und Zeiten existieren. Ich bin nicht sicher, ob jeder versteht, wie es funktioniert. Es ist einfach so.«

»Das ist alles, was du mir zu bieten hast?«

»Hab ein bisschen Vertrauen, Grey.«

»Prima. Ich vertraue dir. Aber ich will im Gegenzug etwas dafür bekommen«, sagte ich gerissen. »Du bist doch gut im Überwachen, oder?«

»Könnte schlechter sein.«

»Es läuft da ein fehlgeleiteter Erzengel namens Pepper Friberg herum. Er behauptet, ein gefallener Engel würde ihn erpressen, und ich bin mir ziemlich sicher, dass ich weiß, wer es ist. Ich will, dass du mir die Beweise besorgst, mit denen ich sie festnageln kann.«

»Sie?«

»Frauen können auch hinterhältig sein.«

»Was hat das mit deiner Rolle als Anführerin der Nephilim zu tun?«

»Es ist was Persönliches.«

»Na gut«, sagte Dante langsam. »Sag mir, was ich wissen muss.«

»Patch hat mir erzählt, dass alle möglichen gefallenen Engel da draußen Grund hätten, Pepper Friberg wegen diverser Sachen zu erpressen – Seiten aus dem Buch Enoch, Blicke in die Zukunft, Generalamnestie für Verbrechen in der Vergangenheit, Informationen, die sowohl für heilig als auch für geheim gehalten wurden; oder auch einfach nur der Wunsch, in den Stand eines Schutzengels erhoben zu werden –, die Liste, was ein Erzengel liefern könnte, ist ewig lang, denke ich.«

»Was hat Patch noch gesagt?«

»Nicht viel. Er will den Erpresser auch finden. Ich weiß, dass er ein paar Hinweisen gefolgt ist und zumindest einen Verdächtigen verfolgt. Aber ich bin ziemlich sicher, dass er in die falsche Richtung denkt. Neulich Abends habe ich seine Ex hinter dem Devil's Handbag mit Pepper reden sehen. Ich konnte nicht hören, was sie gesagt haben, aber sie wirkte ziemlich selbstsicher. Und Pepper sah wütend aus. Sie heißt Dabria.«

Überraschenderweise sah ich einen Schatten des Wiedererkennens über Dantes Miene huschen. Er verschränkte die Arme vor der Brust: »Dabria?«

Ich stöhnte. »Sag nicht, du kennst sie auch. Ich schwöre, sie ist einfach überall. Wenn du mir jetzt sagst, dass du sie schön findest, dann schubse ich dich direkt über den Rand der Schlucht hinter dir und schmeiße diesen Felsbrocken noch hinterher.«

»Das ist es nicht.« Dante schüttelte den Kopf, und Mitleid

mischte sich in seine Miene. »Ich will nur nicht derjenige sein, der es dir sagt.«

»Mir was sagt?«

»Ich kenne Dabria. Nicht persönlich, aber …« Die Anteilnahme auf seinem Gesicht vertiefte sich. Er sah mich an, als hätte er mir schreckliche Nachrichten zu überbringen.

Ich hatte mich auf einen Baumstumpf gesetzt, um die Geschichte zu erzählen, aber jetzt sprang ich auf. »Sag's mir einfach, Dante.«

»Ich habe Spione, die für mich arbeiten. Leute, die ich bezahle, damit sie ein Auge auf einflussreiche gefallene Engel haben«, gestand Dante und hörte sich beinahe schuldbewusst an. »Es ist kein Geheimnis, dass Patch in der Gemeinschaft der gefallenen Engel hoch angesehen ist. Er ist klug, gerissen und einfallsreich. Er ist ein guter Anführer. Seine Jahre als Söldner haben ihm mehr Kampferfahrung eingebracht, als die meisten meiner Leute zusammen haben.«

»Du hast Patch ausspioniert«, sagte ich. »Warum hast du mir nichts davon gesagt?«

»Ich vertraue dir, aber ich habe auch immer im Kopf, dass er Einfluss auf dich haben könnte.«

»Einfluss? Patch hat noch nie Entscheidungen für mich getroffen – das kann ich ganz alleine. Ich bin für diese Operation verantwortlich. Wenn ich wollte, dass Spione ausgeschickt werden, dann hätte ich das selbst veranlasst«, sagte ich mit unübersehbarer Irritation.

»Verstanden.«

Ich ging zum nächsten Baum und wandte mich von Dante ab. »Wirst du mir jetzt den Grund sagen, warum du das alles überhaupt ausgeplaudert hast?«

Er stieß einen widerstrebenden Seufzer aus. »Während ich

Patch ausspioniert habe, ist Dabria mehr als einmal aufgetaucht.«

Ich schloss die Augen, wünschte, ich könnte ihm befehlen, jetzt sofort aufzuhören. Ich wollte nicht mehr wissen. Dabria folgte Patch überallhin – ich wusste das. Aber Dantes Tonfall suggerierte, dass er noch wesentlich niederschmetterndere Informationen zu liefern hatte als die pure Tatsache, dass Patch einen Stalker hatte, der zufällig seine fantastisch aussehende Ex war.

»Vor ein paar Tagen waren sie zusammen. Ich habe Beweise. Unzählige Fotos.«

Ich spannte die Kiefermuskulatur an und fuhr herum. »Die will ich sehen.«

»Nora …«

»Ich komme damit klar«, schnappte ich. »Ich will diese sogenannten Beweise sehen, die deine Leute – *meine* Leute – zusammengetragen haben.« Patch mit Dabria. Ich wirbelte durch meine Erinnerungen in dem Versuch herauszufinden, welcher Abend das gewesen sein könnte. Ich fühlte mich hektisch und eifersüchtig und verunsichert. Allerdings war ich ihm einen Vertrauensvorschuss schuldig. Wir hatten zu viel zusammen durchgestanden, als dass ich mich auf den ersten Schluss einlassen durfte, der mir in den Sinn kam.

Ich musste ruhig bleiben. Es wäre dumm, so früh ein Urteil zu fällen. Dante hatte Bilder? Na schön. Dann würde ich sie selbst durchsehen.

Dante presste die Lippen aufeinander, dann nickte er. »Ich sorge dafür, dass sie im Lauf des Tages zu dir nach Hause geliefert werden.«

## VIERUNDZWANZIG

Ich bereitete mich auf den Tag vor, aber es fühlte sich mechanisch an. Ich konnte das Bild von Patch und Dabria zusammen nicht aus dem Kopf bekommen. Damals hatte ich nicht daran gedacht, Patch nach Details zu fragen, und jetzt schienen all die unbeantworteten Fragen Löcher in mein Hirn zu brennen. *Sie waren zusammen. Ich habe Fotos.*

Was hieß das? *Wie* zusammen? War ich naiv, wenn ich das überhaupt fragte? Nein. Ich vertraute Patch. Ich war versucht, ihn jetzt gleich anzurufen, aber natürlich tat ich das nicht. Ich wollte warten, bis ich die Bilder sah. Ob sie ihn schuldig machten oder nicht … das würde ich auf den ersten Blick sehen.

Marcie kam in die Küche und hockte sich auf die Ecke des Tisches. »Ich suche noch jemanden, der nach der Schule mit mir shoppen geht.«

Ich schob mein Schälchen mit durchweichten Frühstücksflocken weg. Ich war so lange in Gedanken versunken gewesen, dass jede Hoffnung dahin war, mein Frühstück noch zu retten.

»Ich gehe jeden Freitagnachmittag shoppen«, erklärte Marcie. »Das ist wie ein Ritual.«

»Du meinst eine Tradition«, korrigierte ich.

»Ich brauche einen neuen Herbstmantel. Irgendetwas Warmes aus Wolle, aber trotzdem schick«, sagte sie stirnrunzelnd in Gedanken versunken.

»Danke für das Angebot, aber ich muss Hardcore-Trigono-metrie-Hausaufgaben nachholen.«

»Ach, komm schon. Du hast die ganze Woche keine Haus-aufgaben gemacht, warum jetzt damit anfangen? Und ich brauche wirklich eine zweite Meinung. Das ist eine wichtige Anschaffung. Und ausgerechnet jetzt, wo du anfängst, dich normal zu benehmen«, murmelte sie.

Ich schob meinen Stuhl zurück und trug meine Schale zum Waschbecken. »Mit Schmeicheleien kriegt man mich noch jedes Mal rum.«

»Komm schon, Nora, ich will nicht streiten«, beklagte sie sich. »Ich will nur, dass du mit mir shoppen kommst.«

»Und ich will Trigonometrie bestehen. Außerdem hab' ich Hausarrest.«

»Keine Sorge, ich habe schon mit deiner Mom gesprochen. Sie hatte Zeit, sich wieder zu beruhigen und zur Besinnung zu kommen. Du hast keinen Hausarrest mehr. Ich warte nach der Schule noch extra eine halbe Stunde. Das sollte dir reichlich Zeit verschaffen, Trigonometrie fertig zu be-kommen.«

Abschätzend kniff ich die Augen zusammen. »Hast du mei-ne Mom mit einem mentalen Trick belegt?«

»Weißt du, was ich denke? Du bist eifersüchtig, weil sie und ich uns gut verstehen.«

Argh.

»Es ist nicht nur Mathe, Marcie. Ich muss außerdem nach-denken. Darüber, was gestern Abend passiert ist und wie ich verhindern kann, dass es noch einmal passiert. Ich werde keine Treue schwören«, sagte ich entschlossen. »Und ich will auch nicht, dass es noch mehr Nephilim tun.«

Marcie gab einen verzweifelten Laut von sich. »Du bist genau wie mein Dad. Hör doch mal einmal auf, so ein …«

»Nephilim zu sein?«, ergänzte ich. »Hybrid, Freak, Unfall der Natur? Ziel?«

Marcie verkrampfte die Hände so sehr ineinander, dass sie ganz rosa wurden. Am Ende reckte sie herausfordernd und stolz mit blitzenden Augen das Kinn. »Ja. Ein Mutant, ein Monster, ein Phänomen. Genau wie ich.«

Ich zog die Augenbrauen hoch. »Das war's also? Du akzeptierst endlich, was du bist?«

Ein beinahe verschämtes Lächeln glitt über ihr Gesicht. »Zur Hölle, ja.«

»Diese Ausgabe von dir gefällt mir besser«, sagte ich.

»Diese Ausgabe von *dir* gefällt mir besser.« Marcie stand auf und schnappte sich ihre Handtasche vom Tresen. »Haben wir jetzt eine Verabredung zum Shoppen, oder was?«

Keine zwei Stunden nach dem letzten Klingeln hatte Marcie fast vierhundert Dollar für einen Wollmantel, Jeans und ein paar Accessoires verbraten. Ich hatte für meine gesamte Jahresgarderobe keine vierhundert ausgegeben. Mir ging durch den Kopf, dass, wäre ich in Hanks Haushalt aufgewachsen, ich nicht zwei Mal darüber nachdenken würde, meine Kreditkarte den ganzen Nachmittag irgendwo durchzuziehen. Die Wahrheit war – ich hatte gar keine Kreditkarte.

Marcie fuhr, weil sie angeblich nicht in meinem Auto gesehen werden wollte, und auch wenn ich es ihr nicht verdenken konnte, wusste ich doch, was das zu sagen hatte. Sie hatte Geld, und ich hatte keines. Hank hatte mir seine dem Untergang geweihte Armee und Marcie sein Erbe hinterlassen. Unfair war gar kein Ausdruck dafür.

»Können wir mal kurz wo anhalten?«, fragte ich Marcie. »Es liegt nicht ganz auf dem Weg, aber ich müsste noch was bei meinem Freund Dante abholen.« Mir war ein bisschen mulmig bei dem Gedanken, die Bilder von Patch und Dabria zu sehen, aber ich wollte es endlich hinter mir haben. Mir fehlte die Geduld, um zu warten, bis Dante sie mir brachte. Da ich keine Ahnung hatte, ob er das vielleicht schon getan hatte, beschloss ich, proaktiv zu sein.

»Dante? Kenne ich den?«

»Nein. Er geht nicht zur Schule. Nimm die nächste rechts – er wohnt in der Nähe der Casco Bay«, sagte ich ihr.

Die Ironie dieses Augenblicks entging mir nicht. Über den Sommer hatte ich Patch beschuldigt, sich mit Marcie eingelassen zu haben. Jetzt, nur ein paar Monate später, saß ich in ihrem Auto und war auf dem Weg, um genau dieselbe Geschichte zu überprüfen – nur mit einem anderen Mädchen.

Ich drückte die Handballen auf die Augen. Vielleicht sollte ich es einfach bleiben lassen. Vielleicht sagte das eine Menge über meine Unsicherheit aus, und ich sollte Patch einfach vorbehaltlos vertrauen. Die Sache war nur, ich vertraute ihm ja.

Aber dann war da noch Dabria.

Abgesehen davon: Wenn Patch unschuldig war, was ich inbrünstig hoffte, dann war ja nichts Schlimmes dabei, die Bilder anzusehen.

Marcie folgte meinen Anweisungen zu Dantes Haus und drückte spontan ihre Anerkennung aus, als sie das Gebäude erblickte. »Dieser Freund von dir, Dante, hat wirklich Stil«, sagte sie, während sie das Queen-Anne-Haus bewunderte, das etwas zurückgesetzt hinter einer ausgedehnten Rasenfläche lag.

»Seine Freunde haben es ihm in ihrem Testament vermacht«, erklärte ich. »Bleib nur sitzen – ich lauf' nur schnell zur Tür und hole, was ich brauche.«

»Niemals, das will ich mir von innen ansehen«, antwortete sie und sprang aus dem Wagen, bevor ich sie daran hindern konnte. »Hat Dante eine Freundin?« Sie schob die Sonnenbrille hoch ins Haar und bewunderte offen Dantes Wohlstand.

*Ja, mich*, dachte ich. Und ich war offensichtlich brillant darin, die Scharade aufrechtzuerhalten. Nicht einmal meine Halbschwester, die ihr Zimmer auf demselben Flur hatte wie ich, wusste etwas von meinem »Freund«.

Wir stiegen die Veranda hoch und klingelten. Ich wartete, dann klingelte ich noch einmal. Die Hände um die Augen gelegt, spähte ich durch das Esszimmerfenster in die geheimnisvolle Dunkelheit. Typisch, dass ich gerade dann vorbeikommen musste, wenn er nicht zu Hause war.

»Huhu! Sucht ihr Mädchen nach dem jungen Mann, der hier gewohnt hat?«

Marcie und ich drehten uns um und sahen uns einer älteren Frau gegenüber, die auf dem Bürgersteig stand. Sie hatte rosafarbene Pantoffeln an den Füßen, rosafarbene Lockenwickler im Haar und einen kleinen schwarzen Hund am Ende einer Leine.

»Wir suchen Dante«, sagte ich. »Sind Sie eine Nachbarin?«

»Ich bin Anfang des Sommers mit meiner Tochter und ihrem Mann hierhergezogen. Direkt da unten«, sagte sie und zeigte hinter sich. »Mein Mann, John, Gott hab' ihn selig, ist ja von uns gegangen, und so war es entweder ein Altersheim oder das Haus meines Schwiegersohns. Allerdings macht er nie den Toilettendeckel herunter«, informierte sie uns.

*Was labert die da?*, fragte mich Marcie in Gedanken. *Und hallo, dieser Hund braucht dringend ein Bad, das rieche ich von hier aus.*

Ich setzte ein nachbarschaftlich-freundliches Lächeln auf und ging die Stufen der Veranda hinunter. »Ich bin Nora Grey. Der junge Mann, der hier wohnt, ist ein Freund von mir, Dante Matterazzi.«

»Matterazzi? Wusste ich's doch! Ich wusste, dass er Italiener ist. So ein Name, der schreit doch förmlich Italien. Die überschwemmen uns hier«, sagte die Frau. »Ehe man sichs versieht, teilt man sich eine Gartenmauer mit Mussolini selbst.« Als wollte er das unterstreichen, bellte der Hund zustimmend.

Marcie und ich wechselten einen Blick, und Marcie verdrehte die Augen. Ich sagte zu der Frau: »Haben Sie Dante heute schon gesehen?«

»Heute? Warum hätte ich ihn heute sehen sollen? Ich habe dir doch gesagt, dass er ausgezogen ist. Vor zwei Tagen. Mitten in der Nacht, wie man es nicht anders von einem Italiener erwartet hätte. Hinterhältig und verschlagen wie die sizilianische Mafia. Der führt nichts Gutes im Schilde, das lasst euch gesagt sein.«

»Sie müssen sich irren. Dante wohnt noch hier.« Ich versuchte, einen freundlichen Ton beizubehalten.

»Ha! Der Junge ist erledigt. Hat sich immer von allen ferngehalten und war so aufgeschlossen, wie die eben sind. Vom ersten Tag an, wo er eingezogen ist, war das so. Man konnte schon froh sein, wenn er überhaupt gegrüßt hat. So ein Heimlichtuer hier in unserer respektablen Gegend, das passte einfach nicht. Er ist ja auch nur einen Monat geblieben, und ich kann nicht behaupten, dass es mir leidtut, dass er weg ist. Es müsste Gesetze gegen Mieter in dieser Gegend geben, so wie die die Immobilienpreise runterziehen.«

»Dante war kein Mieter. Ihm gehört dieses Haus, seine Freunde haben es ihm vermacht.«

»Hat er euch das erzählt?« Sie schüttelte den Kopf und starrte mich mit ihren scharfen blauen Augen an, als wäre ich der größte Schwachkopf, den die Welt je gesehen hatte. »Dieses Haus gehört meinem Schwiegersohn, es ist seit Jahren im

Besitz seiner Familie. Normalerweise wurde es nur den Sommer über vermietet, damals, vor der Wirtschaftskrise. Damals, als man noch ein bisschen was am Tourismus verdienen konnte. Jetzt müssen wir an italienische Mafiagangster vermieten.«

»Sie müssen sich irren«, setzte ich noch einmal an.

»Informiert euch beim Katasteramt! Die lügen nicht. Was man von zwielichtigen Italienern nicht behaupten kann.«

Der Hund lief inzwischen um die Beine der Frau herum und fesselte sie mit der Leine. Ab und zu blieb er stehen und bedachte Marcie und mich mit einem warnenden, kehligen Knurren. Dann wandte er sich wieder seinem Schnuppern und Im-Kreis-Rennen zu. Die Frau entfesselte sich und schlurfte den Bürgersteig entlang.

Ich starrte ihr nach. Dante gehörte dieses Haus. Er hatte es nicht gemietet.

Eine schreckliche Frage engte meine Brust ein. Wenn Dante tatsächlich weg war, wie würde ich an weitere Teufelskraft kommen? Ich hatte fast keine mehr. Mein Vorrat reichte nur noch für einen Tag, zwei vielleicht, wenn ich ihn einteilte.

»Nun, irgendwer lügt hier«, sagte Marcie. »Ich glaube, sie ist es. Alten Frauen traue ich grundsätzlich nicht. Ganz besonders nicht den schrulligen.«

Ich hörte sie kaum. Ich versuchte es auf Dantes Handy, betete, dass er abnahm, erreichte aber nichts. Nicht einmal seine Mailbox.

Während ich Marcie half, ihre Einkaufstüten ins Haus zu schleppen, kam meine Mutter nach unten, um uns zu begrüßen. »Einer deiner Freunde hat das hier abgegeben«, sagte sie und hielt mir einen großen braunen Briefumschlag hin. »Er hat gesagt, er hieße Dante? Sollte ich ihn kennen?«, fragte sie misstrauisch.

Ich versuchte, nicht zu gierig auszusehen, als ich mir den Umschlag schnappte. »Er ist ein Freund von Scott«, erklärte ich.

Meine Mom und Marcie sahen auf den Umschlag und dann erwartungsvoll auf mich.

»Wahrscheinlich ist das nur etwas, was ich an Scott weitergeben soll«, log ich, weil ich nicht noch mehr Aufmerksamkeit auf das Ganze ziehen wollte.

»Er sah aber älter aus als deine Freunde. Mir gefällt das nicht so recht, wenn du dich mit älteren Jungen herumtreibst«, sagte Mom zweifelnd.

»Wie ich schon sagte, er ist ein Freund von Scott«, antwortete ich ausweichend.

In meinem Zimmer holte ich einmal tief Luft, dann öffnete ich den Umschlag und schüttelte ein paar stark vergrößerte Fotos heraus. Alle schwarz-weiß.

Die ersten waren nachts aufgenommen. Patch, wie er durch eine verlassene Straße ging. Patch, der aussah, als würde er etwas von seinem Motorrad aus beobachten. Patch an einer Telefonzelle. Nichts Neues, weil ich ja wusste, dass er rund um die Uhr daran arbeitete, Peppers Erpresser ausfindig zu machen.

Das nächste Bild war von Patch und Dabria.

Sie saßen in Patchs neuem schwarzen Ford-150-Pickup. Ein feiner Nieselregen war im Licht der Straßenlampe über ihnen zu sehen. Dabria hatte die Arme um Patchs Hals gelegt, ein neckisches Lächeln auf den Lippen. Sie saßen eng umschlungen, und Patch schien keinen Widerstand zu leisten.

Schnell blätterte ich durch die letzten drei Bilder. Mein Magen revoltierte, und ich wusste, dass mir gleich schlecht werden würde. *Küssend.*

Dabria küsste Patch. Direkt hier auf den Bildern.

# FÜNFUNDZWANZIG

Ich saß auf dem Boden im Badezimmer, den Rücken gegen die Duschkabinenwand gelehnt. Meine Knie waren bis zum Kinn hochgezogen, und obwohl der Heizlüfter lief, fühlte ich mich kalt und klamm. Eine leere Flasche Teufelskraft lag neben mir. Sie war die letzte aus meinem Vorrat. Ich erinnerte mich kaum daran, sie ausgetrunken zu haben. Eine ganze Flasche weg, und sie hatte überhaupt keine Wirkung. Sie konnte mich nicht gegen die Verzweiflung immun machen, die mich ergriffen hatte.

Ich vertraute Patch. Ich liebte ihn zu sehr, um glauben zu können, dass er mich dermaßen verletzen würde. Es musste einen Grund dafür geben, irgendeine Erklärung.

*Eine Erklärung.* Das Wort hallte in meinem Kopf wider, hohl und höhnisch.

Es klopfte an der Tür.

»Wir müssen diesen Raum teilen, schon vergessen? Und meine Blase ist ungefähr so groß wie die eines Eichhörnchens«, sagte Marcie.

Langsam rappelte ich mich auf. Unter all den absurden Fragen, die mich beschäftigen konnten, ging mir ausgerechnet die durch den Kopf, ob Dabria besser küsste als ich. Ob Patch sich wünschte, dass ich mehr war wie sie. Schlau, eiskalt, abgebrüht. Ich fragte mich, wann genau er zu ihr zurückgekehrt war. Ich fragte mich, ob er nur deshalb nicht mit mir Schluss gemacht hatte, weil er wusste, dass es mich vernichten würde.

*Dennoch.*

Die Ungewissheit lastete schwer auf mir.

Ich machte die Tür auf und eilte an Marcie vorbei. Fünf Schritte schaffte ich den Flur entlang, bis ich ihren Blick im Rücken spürte.

»Alles in Ordnung?«, fragte sie.

»Ich möchte nicht darüber reden.«

»He, warte mal. Nora? Weinst du?«

Mit den Fingern fuhr ich mir unter den Augen entlang und bemerkte überrascht, dass ich geweint hatte. Die ganze Szene kam mir wie eingefroren und losgelöst vor. Als geschähe das alles weit weg, in einem Traum.

Ohne mich umzudrehen, sagte ich: »Ich geh' kurz weg. Kannst du mich decken? Gut möglich, dass ich nicht rechtzeitig zurück bin.«

Auf dem Weg zu Patchs Wohnung hielt ich einmal an. Ich fuhr scharf rechts ran, stieg aus und ging am Straßenrand auf und ab. Es war jetzt ganz dunkel und so kalt, dass ich wünschte, ich hätte meinen Mantel mitgenommen. Ich wusste nicht, was ich sagen sollte, wenn ich ihn traf. Auf keinen Fall wollte ich ihn gleich mit einem wütenden Ausbruch überfallen. Aber ich wollte auch nicht als Heulsuse auftreten.

Die Bilder hatte ich mitgenommen, und am Ende beschloss ich, dass sie für sich selbst sprechen konnten. Ich würde sie ihm einfach geben und meine Frage auf ein kurzes »Warum?« beschränken.

Die eisige Distanziertheit, die sich wie Frost über mich gelegt hatte, schmolz in dem Moment, als ich Dabrias Bugatti vor Patchs Haus stehen sah. Ich hielt einen halben Block entfernt an und schluckte schwer. Wut schwoll in meiner Kehle, energisch stieg ich aus.

Ich rammte meinen Schlüssel ins Schloss der Haustür und marschierte hinein. Das einzige Licht kam von einer Lampe, die auf einem Beistelltisch im Wohnzimmer stand. Dabria ging vor dem Balkonfenster auf und ab, blieb aber stehen, als sie mich erblickte.

»Was machst du denn hier?«, fragte sie offensichtlich überrascht.

»Nein. Das ist mein Satz. Dieses Haus gehört meinem Freund, was es zu meinem Satz macht, ganz allein meinem«, fuhr ich sie kopfschüttelnd an. »Wo ist er?«, verlangte ich zu wissen und war schon auf dem Weg nach hinten zum Schlafzimmer.

»Erspar dir die Mühe, er ist nicht da.«

Ich wirbelte herum und bedachte Dabria mit einem gleichzeitig ungläubigen, verächtlichen und drohenden Blick. »Also: Was machst du dann hier?«, fragte ich, jedes Wort einzeln betonend. Ich spürte, wie die Wut in mir hochkochte, und unternahm keinen Versuch, sie zu besänftigen. Dabria hatte es nicht anders verdient.

»Ich stecke in Schwierigkeiten, Nora.« Ihre Lippen zitterten.

»Hätte ich nicht besser sagen können.« Ich schleuderte ihr den Umschlag entgegen. Er landete neben ihren Füßen. »Wie fühlt man sich denn so als Freunde-Diebin? Genießt du das, Dabria? Dir was zu nehmen, das dir nicht gehört? Oder genießt du es einfach nur, etwas Gutes kaputt zu machen?«

Dabria bückte sich, um den Umschlag aufzuheben, ließ mich aber nicht einen Moment aus dem Blick. Sie sah verunsichert aus, versuchte aber, es sich nicht anmerken zu lassen. Ich konnte nicht fassen, dass sie die Frechheit aufbrachte, so zu tun, als wüsste sie nicht, worum es ging.

»Patchs Auto«, wütete ich. »Du und er, vor ein paar Nächten diese Woche, zusammen in seinem Wagen. Du hast ihn *geküsst*!«

Sie unterbrach den Blickkontakt nur so lange, wie sie brauchte, um kurz in den Umschlag zu schauen. Dann legte sie ihn auf ein Sofakissen. »Du verstehst das nicht.«

»Oh, ich verstehe das sehr wohl, glaube ich. So schwer bist du ja nicht zu durchschauen. Du hast keinerlei Sinn für Respekt oder Würde. Du nimmst dir einfach, was du willst, und vergisst alles andere. Du wolltest Patch, und es sieht so aus, als hättest du ihn auch gekriegt.« Meine Stimme versagte, und meine Augen fingen an zu brennen. Ich versuchte, die Tränen wegzuzwinkern, aber sie kamen zu schnell.

»Ich stecke in Schwierigkeiten, weil ich einen Fehler gemacht habe, während ich Patch einen Gefallen getan habe«, sagte Dabria mit leiser, besorgter Stimme und nahm offensichtlich meine Anklagen gar nicht zur Kenntnis. »Patch hatte mir erzählt, dass Blakely für Dante Teufelskraft entwickelt und dass das Labor zerstört werden muss. Er hat gesagt, wenn mir irgendwie zufällig Informationen unterkämen, die ihn zu Blakely oder dem Labor führen könnten, sollte ich es ihm sofort sagen.

Vor ein paar Tagen, ziemlich spät abends, kam eine Gruppe Nephilim zu mir und wollte sich die Zukunft lesen lassen. Ich bekam schnell mit, dass sie als Bodyguards in der Armee der Schwarzen Hand angestellt waren. Bis dahin hatten sie einem sehr mächtigen und wichtigen Nephilim namens Blakely gedient. Das ließ mich natürlich aufhorchen. Sie redeten weiter darüber, wie mühsam und langweilig ihr Dienst war, wie lange die Schichten waren. Früher an dem Abend hatten sie Poker gespielt, um sich die Zeit zu vertreiben, obwohl Spiele oder sonstige Ablenkungen strikt verboten waren.

Einer von ihnen hatte seinen Posten verlassen, um ein Kartenspiel zu kaufen. Sie hatten erst ein paar Minuten gespielt, als sie von ihrem Vorgesetzten erwischt wurden. Er hatte sie auf der Stelle gefeuert und unehrenhaft aus der Armee entlassen. Der Anführer der entlassenen Soldaten, Hanoth, wollte seinen Job verzweifelt zurückhaben. Er hat Familie und macht sich Sorgen, wie er sie ernähren soll und wie sicher sie leben könnten, falls sie für ihre Vergehen bestraft würden. Also kam er zu mir in der Hoffnung, ich könnte ihm sagen, ob eine Chance darauf bestand, dass er seinen Job zurückbekam.

Ich habe ihm erst seine Zukunft gelesen. Ich verspürte den starken Drang, Hanoth die Wahrheit zu sagen: Dass sein früherer Befehlshaber ihn gefangen setzen und foltern wollte und dass er mit seiner Familie so schnell wie möglich die Stadt verlassen musste. Aber ich wusste auch, dass ich jede Hoffnung, Blakely zu finden, verlieren würde, wenn ich ihm das sagte. Also habe ich gelogen. Ich habe für Patch gelogen.

Ich habe Hanoth gesagt, dass er seine Sorgen direkt Blakely vortragen solle. Ich habe ihm gesagt, dass Blakely ihm verzeihen würde, wenn er um Vergebung bäte. Ich wusste, wenn Hanoth meine Prophezeiung glaubte, würde er mich zu Blakely führen. Ich wollte es für Patch tun. Nach allem, was er für mich getan hatte, nachdem er mir eine zweite Chance gegeben hatte, als niemand anders das mehr tun wollte …«, ihr tränenfeuchter Blick flackerte zu mir hinüber, »war es das Mindeste, was ich tun konnte. Ich liebe ihn«, gestand sie schlicht ein und sah mir direkt in die Augen, ohne auszuweichen. »Und ich werde ihn immer lieben. Er war meine erste Liebe, und ich werde ihn nie vergessen. Aber er liebt jetzt dich.« Sie seufzte bedrückt. »Vielleicht kommt ja noch der Tag, an dem es zwischen euch beiden nicht mehr so ernst ist, und dann werde ich da sein.«

»Verlass dich nicht darauf«, knurrte ich. »Erzähl weiter. Komm zu dem Teil, wo du die Bilder erklärst.« Ich sah zu dem Umschlag auf dem Sofa hinüber. Er schien viel zu viel Platz im Raum einzunehmen. Am liebsten hätte ich die Bilder zerrissen und die Überreste in den Kamin geworfen.

»Hanoth schien mir zu glauben. Er ging mit seinen Männern, und ich folgte ihnen. Ich ergriff jede Vorsichtsmaßnahme, um nicht entdeckt zu werden. Sie waren in der Überzahl, und ich wusste, wenn sie mich erwischten, wäre ich in großer Gefahr.

Sie verließen Coldwater Richtung Nordwesten. Ich folgte ihnen über eine Stunde lang. Ich dachte, wir müssten allmählich in Blakelys Nähe sein. Wir waren längst aus der Stadt raus, weit draußen auf dem Land. Die Nephilim bogen in eine schmale Straße ein, und ich folgte ihnen.

Ich wusste sofort, dass etwas nicht stimmte. Sie hielten mitten auf der Straße an. Vier von den fünfen waren ausgestiegen. Ich spürte, wie sie zu beiden Seiten ausschwärmten und hinter mir in der Dunkelheit ein Netz bildeten, um mich einzuschließen. Ich wusste nicht, wie sie darauf gekommen waren, dass ich ihnen gefolgt war. Ich war den ganzen Weg ohne Licht gefahren und hatte mich so weit zurückfallen lassen, dass ich sie ein paar Mal fast aus den Augen verloren hätte. Aus Angst, dass es schon zu spät sein könnte, tat ich das Einzige, was mir übrig blieb. Ich rannte zu Fuß auf den Fluss zu.

Ich rief Patch an, sprach ihm alles auf die Mailbox. Dann watete ich ins Wasser hinein und hoffte, dass die Strömung es ihnen schwerer machte, mich zu hören oder zu spüren.

Sie kamen von allen Seiten näher, trieben mich aus dem Fluss und in die Wälder. Ich wusste nicht mehr, in welche Richtung ich lief. Aber selbst wenn ich es bis in eine Stadt geschafft hätte, wäre ich nicht mehr sicher gewesen. Wenn irgendjemand sähe, wie Hanoth und seine Männer mich angriffen, würden die Nephilim einfach ihre Erinnerungen auslöschen. Also rannte ich, so schnell und so weit ich konnte.

Als Patch endlich zurückrief, hatte ich mich in einem verlassenen Sägewerk versteckt. Ich wusste nicht, wie lange ich noch hätte weiterrennen können. Jedenfalls nicht mehr sehr lange.« Tränen glitzerten in ihren Augen. »Er ist zu mir gekommen. Er hat mich da rausgeholt. Sogar, obwohl ich Blakely nicht gefunden hatte.« Sie strich sich das Haar hinter die Ohren und schniefte. »Dann hat er mich nach Portland gefahren und mich an einem sicheren Ort untergebracht. Bevor ich aus seinem Wagen ausgestiegen bin, habe ich ihn geküsst.« Ihre Augen fanden meine. Ich wusste nicht, ob sie herausfordernd oder entschuldigend loderten. »Ich habe es angefangen, und er hat es sofort beendet. Ich weiß, wie es auf den Bildern aussieht, aber das war meine Art, mich bei ihm zu bedanken. Es war schon vorbei, bevor es überhaupt angefangen hatte. Dafür hat er schon gesorgt.«

Plötzlich schauderte Dabria, als würde sie durch eine unsichtbare Hand geschüttelt. Ihre Augäpfel verdrehten sich kurz, wurden weiß, dann schnappten sie zurück zu ihrem normalen Arktischblau. »Wenn du mir nicht glaubst, frag ihn selbst. Er wird in weniger als einer Minute hier sein.«

## SECHSUNDZWANZIG

Ich hatte ja nie geglaubt, dass Dabria wirklich in die Zukunft blicken oder sie vorhersagen konnte – jedenfalls nicht, nachdem sie gefallen war –, aber in letzter Zeit arbeitete sie doch erfolgreich daran, meine Meinung zu ändern. Weniger als eine Minute später öffnete sich mit einem leisen Summen Patchs Garagentor, und er erschien oben an der Treppe. Er sah ziemlich erschöpft aus – scharfe Linien durchzogen sein Gesicht, und in seinen Augen lag ein verdrossener Ausdruck – und Dabria und mich in seinem Wohnzimmer einander gegenüberstehen zu sehen schien ihn nicht gerade aufzuheitern.

Er bedachte uns mit einem dunklen, abschätzenden Blick. »Das kann nichts Gutes heißen.«

»Ich kann das erklären«, setzte Dabria an und holte mühsam Luft.

»Im Traum nicht«, fuhr ich dazwischen. »Sie hat dich geküsst! Und Dante, der dich übrigens beschattet hat, hat es fotografiert. Stell dir nur mal vor, wie überrascht ich war, als ich die Fotos heute Abend gesehen habe. Hast du überhaupt mit dem Gedanken gespielt, es mir irgendwann zu sagen?«

»Ich habe ihr gesagt, dass ich dich geküsst habe und dass du mich weggestoßen hast«, protestierte Dabria schrill.

»Was machst du hier überhaupt noch?«, fuhr ich Dabria an. »Das geht nur Patch und mich etwas an. Hau endlich ab!«

»Was machst du denn wirklich hier?«, fragte Patch in schärfer werdendem Ton Dabria.

»Ich … bin eingebrochen«, sprudelte sie heraus. »Ich hatte Angst. Ich konnte nicht schlafen. Ich muss ständig an Hanoth und die anderen Nephilim denken.«

»Das kann nicht dein Ernst sein«, sagte ich und sah Patch Beifall heischend an, in der Hoffnung, dass er nicht auf ihr Kleinmädchen-Getue hereinfiel. Dabria war heute Abend hierhergekommen, um eine bestimmte Art von Trost zu suchen, und das gefiel mir nicht. Kein Stück.

»Geh zurück zum Haus«, befahl Patch. »Solange du da bleibst, bist du in Sicherheit.« Trotz seiner Erschöpfung lag ein harscher Ton in seiner Stimme. »Das ist das letzte Mal, dass ich dir sage, du sollst in Deckung bleiben und dich nicht in Schwierigkeiten bringen.«

»Wie lange denn noch?«, winselte Dabria beinahe. »Ich bin ganz allein da. Alle anderen in dem Haus sind Menschen und gucken mich nur komisch an.« Sie sah ihn flehend an. »Ich kann dir helfen. Dieses Mal werde ich nichts falsch machen. Wenn du mich hierbleiben lässt …«

»Geh«, sagte Patch scharf. »Du hast schon genug angerichtet. Bei Nora und bei den Nephilim, denen du gefolgt bist. Wir wissen nicht, welche Schlussfolgerungen sie daraus gezogen haben, aber eins ist sicher. Sie wissen, dass du hinter Blakely her bist. Wenn die auch nur ein bisschen darüber nachdenken, sind sie inzwischen darauf gekommen, dass du weißt, warum er für ihre Operation von entscheidender Bedeutung ist und was er in diesem geheimen Labor macht, wo auch immer das sein mag. Es würde mich nicht überraschen, wenn sie das ganze Unternehmen inzwischen an einen anderen Ort verlegt haben. Und wir sind wieder zurück bei Null, sind unserem Ziel, Blakely zu finden und die Teufelskraft wirkungslos zu machen, keinen Schritt näher gekommen«, setzte Patch frustriert hinzu.

»Ich wollte doch nur helfen«, flüsterte Dabria mit zitternden Lippen. Mit einem letzten Blick zurück zu Patch schlich
sie wie ein geprügelter Welpe hinaus.

Jetzt waren Patch und ich allein. Ohne Zögern ging er mit
großen Schritten auf mich zu, obwohl mein Gesichtsausdruck
mit Sicherheit alles andere als einladend war. Er legte seine
Stirn an meine und schloss die Augen. Dann atmete er lange
und langsam aus, als lastete ein unsichtbares Gewicht schwer
auf seinen Schultern.

»Es tut mir leid«, sagte er ruhig und mit aufrichtiger Reue.

Die bitteren Worte: »Dass du sie geküsst hast oder dass ich
es gesehen habe?« lagen mir auf der Zunge, aber ich schluckte
sie hinunter. Ich war es einfach leid, meine eigene unsichtbare
Last mit mir herumzuschleppen, einschließlich Eifersucht und
Zweifel.

Patchs Reue war so ausgeprägt, dass sie beinahe mit Händen zu greifen war. Sosehr ich Dabria verabscheute und ihr
misstraute, konnte ich es ihm doch nicht verdenken, dass
er sie gerettet hatte. Er war besser, als er selbst wusste. Ich
vermutete, dass noch vor Jahren ein ziemlich anderer Patch
vollkommen anders auf die Situation reagiert hätte. Er gab
Dabria eine zweite Chance – etwas, worum er selbst ebenfalls
täglich kämpfte.

»Mir tut es auch leid«, murmelte ich in Patchs Brust. Seine
starken Arme schlossen sich um mich. »Ich habe die Bilder
gesehen und war noch nie in meinem Leben so verunsichert
und so ängstlich. Der Gedanke, dich zu verlieren, war einfach – unvorstellbar. Ich war so wütend auf sie. Bin es immer
noch. Sie hat dich geküsst, als sie es nicht hätte tun dürfen.
Und so wie ich das sehe, wird sie es wieder probieren.«

»Das wird sie nicht, weil ich sehr klar machen werde, wie
die Dinge ab jetzt zwischen uns stehen. Sie hat eine Grenze

überschritten, und ich werde dafür sorgen, dass sie es sich zwei Mal überlegt, bevor sie das noch einmal tut«, sagte Patch entschlossen. Er hob mein Kinn mit dem Finger an und küsste mich, ließ seine Lippen an meinem Mund verweilen, während er weitersprach: »Ich hatte nicht damit gerechnet, nach Hause zu kommen und dich hier vorzufinden, aber jetzt, wo du nun mal da bist, habe ich nicht vor, dich so schnell wieder gehen zu lassen.«

Heiß und schmerzlich schwappte eine Welle aus Schuldgefühlen durch mich hindurch. Ich konnte Patch nicht so nahe sein, ohne meine Lügen zwischen uns zu fühlen. Ich hatte ihn wegen der Teufelskraft belogen. Ich log immer noch. Wie konnte ich nur? Selbstverachtung kochte in mir hoch, gefüllt mit Scham und Hass. Ich wollte ihm alles gestehen, aber wo sollte ich anfangen? Ich war so nachlässig gewesen, dass die Lügen inzwischen vollkommen außer Kontrolle geraten waren.

Ich machte den Mund auf, um ihm die Wahrheit zu sagen, als mich das Gefühl überkam, dass eisige Hände sich um meinen Hals legten und zudrückten. Ich brachte kein Wort heraus. Konnte kaum Luft holen. Meine Kehle füllte sich mit einer dicken Masse wie beim ersten Mal, als ich Teufelskraft genommen hatte. Eine fremde Stimme kroch in meinen Geist und haderte mit mir.

Wenn ich Patch alles erzählte, würde er mir nie mehr trauen. Er würde mir nicht vergeben, ich würde ihm nur noch mehr Schmerz zufügen, wenn ich es ihm erzählte. Ich musste einfach nur irgendwie Cheschwan überstehen, und dann würde ich aufhören, Teufelskraft zu nehmen. Nur noch ein klein bisschen länger. Nur noch ein paar Lügen mehr.

Die kalten Hände lockerten sich. Ich holte rau Luft.

»Viel um die Ohren?«, fragte ich Patch und wollte das Gespräch voranbringen – egal wie, Hauptsache, ich musste nicht mehr an meine Lügen denken.

Er seufzte. »Und noch kein Stückchen weiter. Ich habe Peppers Erpresser immer noch nicht identifiziert. Die ganze Zeit bin ich davon ausgegangen, dass es jemand sein muss, mit dem ich schon zu tun hatte, aber vielleicht irre ich mich auch. Vielleicht ist es jemand ganz anderes. Irgendjemand, an den ich noch gar nicht gedacht habe. Ich habe jede mögliche Spur verfolgt, auch die, die mir ziemlich weit hergeholt erschienen. Soweit ich das sagen kann, sind alle sauber.«

»Wär's möglich, dass Pepper das alles nur erfunden hat? Vielleicht wird er gar nicht wirklich erpresst?« Es war das erste Mal, dass mir das einfiel. Im Großen und Ganzen hatte ich seiner Geschichte geglaubt, auch wenn er alles andere als vertrauenswürdig war.

Patch runzelte die Stirn. »Möglich wäre es, aber ich glaube es nicht. Warum sollte er sich die Mühe machen, eine so ausgefeilte Geschichte zu erfinden?«

»Weil er einen Vorwand braucht, um dich in der Hölle anzuketten?«, schlug ich ruhig vor, wobei mir der Gedanke auch erst jetzt kam. »Was, wenn die Erzengel ihn darauf angesetzt haben? Er hat gesagt, er sei in ihrem Auftrag auf der Erde. Erst habe ich ihm ja nicht geglaubt, aber was, wenn das stimmt? Was, wenn die Erzengel ihn damit beauftragt haben, dich in der Hölle anzuketten? Es ist ja schließlich kein Geheimnis, dass sie das wollen.«

»Rechtlich gesehen bräuchten sie einen Grund, um mich in der Hölle anzuketten«, sagte Patch nachdenklich und strich sich über das Kinn. »Es sei denn, sie wären schon so weit, dass sie sich sowieso nicht mehr bemühen, das Recht zu beachten. Ich bin mir ganz sicher, dass es da ein paar ganz faule Eier im Nest gibt, aber ich glaube nicht, dass alle Erzengel so sind.«

»Wenn Pepper im Auftrag einer Splittergruppe unter den Erzengeln handelt und die anderen auf den Verdacht kommen, dass er ein doppeltes Spiel treibt, haben sie eine perfekte Entschuldigung: Sie können immer noch behaupten, er sei auf Abwege geraten. Dann reißen sie ihm die Flügel aus, bevor er aussagen kann, und sind aus dem Schneider. Scheint mir nicht allzu weit hergeholt. Ja, das sieht doch aus wie das perfekte Verbrechen.«

Patch starrte mich an. Die Schlüssigkeit meiner Theorie schien sich wie ein eiskalter Nebel auf uns herabzusenken.

»Du denkst, Pepper könnte im Auftrag einer Gruppe vom rechten Weg abgekommener Erzengel unterwegs sein, die mich einfach loswerden wollen«, sagte er schließlich langsam.

»Kanntest du Pepper, bevor er gefallen ist? Wie war er da?«

Patch schüttelte den Kopf. »Ich kannte ihn, aber nicht besonders gut. Ich wusste einfach nur, wer er war. Er stand in dem Ruf, ein knallharter Liberaler zu sein, mit besonders lockeren Ansichten in gesellschaftlichen Fragen. Es überrascht mich nicht, dass er so heftig der Spielsucht verfallen ist, aber wenn ich mich recht erinnere, hatte er auch etwas mit meinem Prozess zu tun. Er muss dafür gestimmt haben, mich zu verbannen; seltsam, wenn man überlegt, was für einen schlechten Ruf er hat.«

»Glaubst du, wir könnten Pepper dazu bringen, sich gegen die Erzengel zu wenden? Sein Doppelleben könnte Teil seiner Tarnung sein ... andererseits ist es auch gut möglich, dass er seinen Aufenthalt hier unten einfach ein bisschen zu sehr genießt. Wenn wir Druck auf ihn ausüben, könnte es sein, dass er redet. Wenn er uns erzählt, dass eine geheime Fraktion der Erzengel ihn hierhergeschickt hat, um dich in der Hölle anzuketten, dann wüssten wir wenigstens, womit wir es zu tun haben.«

Ein gefährliches kleines Lächeln schloss Patchs Mund. »Schätze mal, es ist an der Zeit, dass wir Pepper finden.«

Ich nickte. »Prima. Aber ich möchte, dass du von der Seitenlinie aus mitspielst. Ich will auf keinen Fall, dass du auch nur in Pepper Fribergs Nähe kommst. Im Moment müssen wir davon ausgehen, dass er alles tun würde, um dich in der Hölle anzuketten.«

Patch zog die Augenbrauen zusammen. »Was schlägst du vor, Engelchen?«

»Ich treffe mich mit Pepper. Und ich nehme Scott mit«, schlug ich vor. »Denk gar nicht darüber nach, etwas dagegen zu sagen«, warnte ich, bevor er sein Veto gegen die Idee einlegen konnte. »Du hast Dabria öfter zur Unterstützung mitgenommen, als ich auch nur wissen möchte. Du hast mir geschworen, dass es eine rein taktische Entscheidung war und sonst nichts. Nun, jetzt bin ich an der Reihe. Ich nehme Scott mit, und das ist mein letztes Wort. Soweit ich weiß, hat Pepper für Scott kein Ticket zur Hölle ohne Rückfahrt in der Hand.«

Patch presste den Mund zusammen, und seine Augen verdunkelten sich; ich konnte förmlich sehen, wie sein Widerstand von ihm ausstrahlte. Patch hatte nichts für Scott übrig, aber er wusste, dass er auf diese Karte nicht setzen durfte; es würde ihn zum Heuchler machen.

»Du wirst einen wasserdichten Plan brauchen«, sagte er endlich. »Ich werde dich nicht aus den Augen lassen, solange auch nur die geringste Möglichkeit besteht, dass die Dinge aus dem Ruder laufen könnten.«

Es bestand immer die Möglichkeit, dass die Dinge aus dem Ruder liefen. Wenn ich irgendetwas während meiner Zeit mit Patch gelernt hatte, dann das. Patch wusste das ebenso wie ich, und ich fragte mich, ob er mich weiter davon abhalten wollte zu gehen. Ich kam mir plötzlich wie Aschenbrödel vor, das durch eine kleine technische Schwierigkeit daran gehindert wurde, zum Ball zu gehen.

»Scott ist stärker, als du ihm zutraust«, wandte ich ein. »Er wird nicht zulassen, dass mir etwas passiert. Ich werde ihm klarmachen, dass er niemandem verraten darf, dass wir immer noch zusammen sind.«

In Patchs schwarzen Augen brodelte es. »Und ich werde ihm klarmachen, dass, wenn dir auch nur ein einziges Haar gekrümmt wird, er es mit mir zu tun bekommt. Wenn er nur den kleinsten Funken Verstand besitzt, wird er wissen, dass er sich diese Drohung lieber zu Herzen nehmen sollte.«

Ich lächelte angespannt. »Dann ist das abgemacht. Alles, was wir jetzt noch brauchen, ist ein Plan.«

Der folgende Abend war ein Samstag. Nachdem ich meiner Mutter gesagt hatte, dass ich das ganze Wochenende bei Vee bleiben und wir Montag zusammen zur Schule fahren würden, machten Scott und ich einen Abstecher ins Devil's Handbag. Nicht wegen der Musik oder der Drinks, sondern eher wegen des Untergeschosses. Ich hatte Gerüchte darüber gehört, da unten gäbe es angeblich ein florierendes Spielerparadies, aber ich hatte noch nie einen Fuß hineingesetzt. Was man von Pepper wohl nicht behaupten konnte, wenn man den Gerüchten glaubte. Patch hatte uns mit einer Liste von Peppers bevorzugten Spielen versorgt, und ich hoffte, dass Scott und ich gleich beim ersten Versuch Glück haben würden.

Ich versuchte, ein gleichermaßen abgebrühtes wie unschuldiges Gesicht aufzusetzen, und folgte Scott an die Bar. Er kaute Kaugummi und sah so entspannt und selbstsicher aus wie immer. Ich hingegen schwitzte so stark, dass ich das Gefühl hatte, gleich noch einmal duschen zu müssen.

Ich hatte meine Haare zu einem glatten, erwachsenen

Look frisiert. Ein bisschen Eyeliner dazu, Lippenstift, Zehn-Zentimeter-Absätze und eine topmoderne Handtasche, die ich von Marcie geborgt hatte, und schon war ich wundersamerweise um fünf Jahre gealtert. Bei Scotts ausgewachsenem und beeindruckendem Körperbau hatte ich keine Sorge, dass er erwischt werden könnte. Er trug winzige silberne Ohrringe und schaffte es, mit seinem kurz geschorenen braunen Haar gleichzeitig taff *und* hübsch auszusehen. Scott und ich waren nur Freunde, aber es fiel mir nicht schwer nachzuvollziehen, was Vee in ihm sah. Ich hakte mich bei ihm unter, als sei ich seine Freundin, während er dem Barkeeper ein Zeichen gab, dass er mit ihm sprechen wollte.

»Wir suchen nach Storky«, sagte Scott und beugte sich vor, um nicht laut sprechen zu müssen.

Der Barkeeper, den ich noch nie vorher gesehen hatte, beäugte uns misstrauisch. Ich hielt seinem Blick stand und versuchte, ein gleichgültiges Gesicht zu machen. *Guck nicht nervös*, mahnte ich mich. *Und egal, was du machst, guck nicht, als hättest du was zu verbergen.*

»Und wer sucht nach ihm?«, fragte er schließlich mürrisch.

»Wir haben gehört, es gäbe heute Abend ein hochkarätiges Turnier«, sagte Scott und ließ ein paar Hunderter aufblitzen, die säuberlich in seiner Brieftasche verstaut waren.

Der Barkeeper zuckte die Schultern und wischte weiter den Tresen ab. »Keine Ahnung, wovon du redest.«

Scott legte einen der Scheine unter seiner Hand verdeckt auf den Tresen. Er schob ihn zu dem Barmann hinüber. »Schade. Bist du sicher, dass wir dich nicht dazu überreden können, noch mal genauer nachzudenken?«

Der Barkeeper sah auf den Hundert-Dollar-Schein. »Hab' ich dich hier irgendwann schon mal gesehen?«

»Ich spiele Bass bei Serpentine. Aber ich habe auch schon

überall zwischen Portland, Concord und Boston Poker gespielt.«

Ein erkennendes Nicken. »Das ist es. Ich habe früher im Z, der Billardhalle in Springvale, gearbeitet.«

»Schöne Zeit«, sagte Scott, der sich die Gelegenheit nicht entgehen ließ. »Hab' eine Menge Kohle da gewonnen. Und noch mehr verloren.« Er grinste, als machte er einen Insiderwitz.

Der Barkeeper schob seine Hand an die Scotts, sah sich um, um sicherzugehen, dass niemand ihn beobachtete, und steckte den Schein ein. »Ich muss euch erst filzen«, verkündete er. »Unten sind keine Waffen erlaubt.«

»Kein Problem«, antwortete Scott leichthin.

Ich begann, noch stärker zu schwitzen. Patch hatte uns davor gewarnt, dass sie nach Schusswaffen, Messern und jedem anderen Gegenstand suchen würden, der als Waffe benutzt werden konnte. Also waren wir kreativ geworden. Der Gürtel, der Scotts Jeans hielt und unter seinem Hemd verborgen war, war in Wirklichkeit eine mit Teufelskraft belegte Peitsche. Scott hatte hoch und heilig geschworen, dass er keine Teufelskraft nahm und nie von dem Superdrink gehört hatte, aber ich hatte gedacht, dass wir die verzauberte Peitsche, die er aus einer Laune heraus aus Dantes Auto mitgenommen hatte, auch benutzen könnten. Die Peitsche glomm in dem verräterisch schillernden Blau, aber solange der Barkeeper Scotts Hemd nicht anhob, würden wir keine Schwierigkeiten bekommen.

Auf Aufforderung des Barkeepers gingen Scott und ich hinter den Tresen, traten hinter einen Wandschirm und hoben die Arme. Ich kam als Erste dran und wurde kurz überall abgeklopft. Dann trat der Barkeeper zu Scott, strich über die Innenseiten seiner Hosen und tastete klopfend seine Arme und den Rücken ab. Es war düster hinter der Bar, und obwohl

Scott ein dickes Baumwollhemd trug, war mir, als sähe ich die Peitsche durchschimmern. Der Barkeeper schien sie auch zu sehen. Er runzelte die Stirn und griff nach Scotts Hemdsaum.

Ich ließ meine Handtasche auf seine Füße fallen. Einige Hundertdollar-Scheine quollen heraus. Im Handumdrehen richtete sich die Aufmerksamkeit des Barkeepers auf das Geld. »Ups«, sagte ich und lächelte charmant, während ich die Scheine wieder in die Tasche zurückstopfte. »Das Zeug brennt noch ein Loch in meine Tasche. Wird Zeit, dass es unter die Leute kommt. Heißes Zeug.«

*Heißes Zeug?*, echote Scott in meinen Gedanken. *Nett.* Er grinste und beugte sich zu mir, um mich zu küssen, hart und auf den Mund. Ich war so überrascht, dass ich bei seiner Berührung erstarrte.

*Entspann dich*, sagte er in Gedanken. *Wir sind fast drin.*

Ich nickte unmerklich. »Du wirst gewinnen heute Abend, Baby, das hab' ich im Gefühl«, sagte ich mit einem schmachtenden Blick.

Der Barkeeper entriegelte eine schwere Stahltür, ich griff nach Scotts Hand und folgte ihm eine dunkle, wenig einladende Treppe hinunter, die nach Schimmel und stehendem Wasser roch. Unten angekommen gingen wir durch einen mehrfach gewundenen Flur, der in einer Halle endete, die mit ein paar Pokertischen dürftig eingerichtet war. Über jedem Tisch hing eine Hängeleuchte. Sie sahen aus wie umgedrehte Einmachgläser und gaben ein schummeriges Licht von sich. Keine Musik, keine Drinks, kein warmes und freundliches Willkommen.

Ein Tisch war in Benutzung – vier Spieler –, und ich entdeckte Pepper sofort. Er saß mit dem Rücken zu uns und drehte sich bei unserer Ankunft nicht um, was nichts Ungewöhnliches war. Auch keiner der anderen Spieler würdigte uns eines Blickes. Sie sahen alle hochkonzentriert auf die Karten in ihren Händen. Pokerchips standen in säuberlichen Stapeln in der Mitte des Tisches. Ich hatte keine Ahnung, um wie viel Geld es ging, aber ich wettete, dass diejenigen, die verloren, es schmerzlich und tief spürten.

»Wir suchen nach Pepper Friberg«, verkündete Scott. Er sagte es leichthin, aber die Art, wie seine Muskeln spielten, als er die Arme vor der Brust verschränkte, sprach eine ganz andere Sprache.

»Tut mir leid, Süßer, meine Tanzkarte für heute Abend ist schon voll«, erwiderte Pepper zynisch und brütete weiter über dem Blatt, das er bekommen hatte. Als ich ihn mir genauer ansah, gewann ich den Eindruck, dass er viel zu sehr ins Spiel vertieft war, als dass es nur Tarnung sein konnte. Er war so beschäftigt, dass er meine Anwesenheit anscheinend überhaupt nicht mitbekommen hatte.

Scott zog sich einen Stuhl von einem der Nachbartische heran und stellte ihn neben Pepper. »Ich habe sowieso zwei linke Füße. Du solltest vielleicht lieber mit … Nora Grey tanzen.«

Jetzt reagierte Pepper. Er legte seine Karten mit dem Bild nach unten auf dem Tisch ab und drehte sich mit dem ganzen Oberkörper um, um mich anzusehen.

»Hallo, Pepper«, sagte ich. »Ist schon ein Weilchen her, was? Das letzte Mal, als wir uns getroffen haben, hast du versucht, mich zu entführen, erinnerst du dich?«

»Entführung ist bei uns hier unten auf der Erde ein Kapitalverbrechen«, warf Scott ein. »Irgendwie hab' ich den Eindruck, dass es im Himmel genauso ist.«

»Pass auf, was du sagst, und rede leise«, grollte Pepper, während er unruhig die anderen Spieler beäugte.

Ich zog die Augenbrauen hoch und sprach direkt zu Peppers

Gedanken. *Du hast deinen menschlichen Freunden nicht gesagt, was du wirklich bist, oder? Ich schätze, dass sie nicht gerade erfreut wären, wenn sie erfahren, dass dein Pokertalent wesentlich mehr mit Hirnmanipulation als mit Glück oder Fähigkeiten zu tun hat.*

»Lasst uns rausgehen«, sagte Pepper und stieg aus dem Spiel aus.

»Hoch mit dir«, sagte Scott und nahm ihn beim Ellbogen.

In der Gasse hinter dem Devil's Handbag ergriff ich als Erste das Wort. »Wir werden die Sache ganz einfach halten, Pepper. So unterhaltsam es auch war, wie du mich benutzt hast, um an Patch heranzukommen, ich bin jetzt bereit, etwas Neues zu wagen. Und das wird erst passieren, wenn ich herausfinde, wer dich wirklich erpresst«, sagte ich, um ihn auf die Probe zu stellen. Ich wollte ihm meine Theorie erzählen: dass er für eine geheime Gruppe von Erzengeln den Laufburschen spielte und einen halbwegs anständigen Vorwand brauchte, um Patch in die Hölle zu schicken. Aber um nicht zu viel zu riskieren, beschloss ich, mit verdeckten Karten zu spielen und erst einmal zu sehen, wie er darauf reagierte.

Pepper blinzelte mich an, seine Miene ebenso verstimmt wie skeptisch. »Was wollt ihr von mir?«

»Und hier kommen wir ins Spiel«, fiel Scott ein. »Wir haben vor, den Erpresser zu finden.«

Pepper kniff die Augen noch weiter zusammen und blickte Scott an. »Wer bist du denn?«

»Stell dir einfach vor, dass ich die Zeitbombe bin, die unter deinem Stuhl tickt. Wenn du dich nicht dafür entscheidest, Noras Bedingungen zu erfüllen, dann helfe ich nach.« Scott fing an, die Hemdsärmel hochzukrempeln.

»Drohst du mir etwa?«, fragte Pepper ungläubig.

»Hier sind meine Bedingungen«, erklärte ich. »Wir finden deinen Erpresser, und wir liefern ihn dir aus. Was wir im

Gegenzug wollen, ist einfach. Schwöre einen Eid, Patch in Ruhe zu lassen.« Ich stach mit einem spitzen Zahnstocher in Peppers fleischigen Handrücken. Da der Barkeeper uns gefilzt hatte, war das alles, was ich tun konnte. »Ein bisschen Blut und ein paar ernste Worte sollten reichen.« Wenn ich ihn dazu bringen konnte, einen Eid zu schwören, würde er sich mit eingekniffenem Schwanz zu den Erzengeln zurückschleichen und sein Scheitern eingestehen müssen. Wenn er sich weigerte, würde es meine Theorie nur stützen.

»Erzengel leisten keine Blutschwüre«, feixte Pepper.

*Es wird wärmer*, dachte ich.

»Verstoßen sie gefallene Engel, mit denen sie ein Hühnchen zu rupfen haben, in die Hölle?«, fragte Scott.

Pepper sah uns an, als hätten wir den Verstand verloren. »Was faselst du da?«

»Wie fühlt man sich denn so als Tagelöhner der Erzengel?«, fragte ich.

»Was bieten sie dir als Gegenleistung?«, wollte Scott wissen.

»Die Erzengel sind nicht hier unten«, sagte ich. »Du bist auf dich allein gestellt. Willst du es wirklich ganz allein mit Patch aufnehmen?« *Na komm schon, Pepper, dachte ich. Sag mir, was ich hören will. Diese ganze Geschichte von der Erpressung hast du dir doch nur ausgedacht, um im Auftrag einer Gruppe krimineller Erzengel Patch loszuwerden.*

Peppers ungläubiger Gesichtsausdruck vertiefte sich, und ich hieb in sein Schweigen hinein: »Du musst den Eid jetzt schwören, Pepper.«

Scott und ich drängten näher an ihn heran.

»Keinen Eid!«, quiekte Pepper. »Aber ich werde Patch in Ruhe lassen – ich verspreche es!«

»Wenn ich deinen Worten nur trauen könnte«, entgegnete

ich. »Das Problem ist, ich glaube nicht wirklich an deine Ehrlichkeit. Eigentlich glaube ich, dass diese ganze Erpressungsgeschichte nur ein Trick ist.«

Pepper riss die Augen auf, als er begriff. Er stammelte ungläubig, während sein Gesicht hektische Flecken bekam. »Verstehe ich das richtig, ihr denkt, ich wäre hinter Patch her, weil er mich erpresst?«, krächzte er schließlich.

»Ja«, meinte Scott. »Ja, das tun wir.«

»Das ist der Grund, warum er sich nicht mit mir treffen wollte? Weil er denkt, ich wollte ihn in der Hölle anketten? Ich habe ihn doch gar nicht bedroht!« Pepper lachte schrill auf, während sein Gesicht noch röter anlief. »Ich wollte ihm einen Job anbieten! Das habe ich die ganze Zeit versucht.«

Scott und ich riefen gleichzeitig: »Einen Job?« Wir wechselten einen schnellen, zweifelnden Blick.

»Ist das jetzt die Wahrheit?«, fragte ich. »Hast du tatsächlich einen Job für Patch – das ist alles?«

»Ja, ja. Einen Job«, knurrte Pepper. »Was dachtest du denn? Grundgütiger, was für ein Durcheinander. Hier läuft aber auch gar nichts, wie es sollte.«

»Was ist das für ein Job?«, hakte ich nach.

»Ich habe es dir doch gesagt! Wenn du mir geholfen hättest, Patch rechtzeitig zu kontaktieren, dann würden wir jetzt nicht so tief im Schlamassel stecken. Das ist alles deine Schuld. Mein Jobangebot verhandle ich mit Patch, und zwar ausschließlich mit Patch alleine!«

»Nur damit das klar ist«, sagte ich. »Du denkst gar nicht, dass Patch dich erpresst?«

»Warum sollte ich das denken, wenn ich doch längst weiß, wer mich erpresst?«, feuerte er verzweifelt zurück.

»Du weißt, wer der Erpresser ist?«, wiederholte Scott.

Pepper warf mir einen angewiderten Blick zu. »Schaff mir

diesen Nephilim aus den Augen. Ob ich weiß, wer mich erpresst?«, schnaubte er ungeduldig. »Natürlich! Ich sollte ihn heute Nacht treffen. Und du kommst nie darauf, wer das ist.«

»Wer?«, fragte ich.

»Ha! Wäre es nicht ganz reizend, wenn ich dir das jetzt sagen würde? Das Problem ist nur, meine Erpresser haben mich schwören lassen, dass ich ihre Identität nicht preisgebe. Probier's gar nicht erst. Meine Lippen sind versiegelt, im wahrsten Sinn des Wortes. Sie haben gesagt, sie würden sich melden und mir zwanzig Minuten, bevor ich da sein soll, den Treffpunkt nennen. Wenn ich diesen Schlamassel nicht bald in Ordnung bringe, dann machen die Erzengel mich fertig«, setzte er händeringend hinzu. Mir fiel auf, wie ängstlich er geworden war, seit die Sprache auf die anderen Erzengel gekommen war.

Ich versuchte, völlig ungerührt zu bleiben. Das war nicht das, was ich von ihm erwartet hatte. Ich fragte mich, ob es ein Schachzug war, um uns von seiner Spur abzubringen – oder uns in eine Falle zu locken. Aber der Schweiß, der ihm auf der Stirn stand und der verzweifelte Blick in seinen Augen schien echt zu sein. Er wollte die Angelegenheit genauso schnell hinter sich haben wie wir auch.

»Meine Erpresser möchten, dass ich Gegenstände mit einem Zauber belege und dabei Mittel einsetze, die nur den Erzengeln zur Verfügung stehen.« Pepper tupfte sich seine gerötete Stirn mit einem Taschentuch ab. »Das ist der Grund, weshalb sie mich erpressen.«

»Was für Gegenstände?«, fragte ich.

Pepper schüttelte den Kopf. »Sie bringen sie mir zu dem Treffen mit. Sie sagen, wenn ich sie so verzaubere, wie sie wollen, dann lassen sie mich in Ruhe. Sie kapieren es nicht. Selbst wenn ich die Gegenstände verzaubere, können die Mächte des

Himmels doch nur für etwas Gutes eingesetzt werden. Was immer für üble Absichten sie haben, sie können sie so nicht umsetzen.«

»Genauso wenig wie du jetzt?«, fragte ich tadelnd.

»Ich muss die loswerden! Die Erzengel dürfen niemals erfahren, was ich hier mache. Sonst werde ich verbannt. Die reißen mir die Flügel aus, und alles ist aus. Dann hänge ich für immer hier unten fest.«

»Wir brauchen einen Plan«, sagte Scott. »Zwanzig Minuten zwischen dem Anruf und dem Treffen, das lässt uns nicht gerade viel Spielraum.«

»Wenn deine Erpresser anrufen, stimme dem Treffen zu«, instruierte ich Pepper. »Wenn sie dir sagen, du sollst allein kommen, dann tu das. Gib dich so willig und kooperativ, wie du nur kannst, ohne es zu übertreiben.«

»Und dann was?«, fragte Pepper und warf die Arme in die Luft. Ich versuchte, ihn nicht anzustarren. Niemals hätte ich damit gerechnet, dass der erste Erzengel, den ich kennenlernte, eine so wehleidige, feige Ratte sein würde. So viel zu den Erzengeln meiner Träume – mächtig, schicksalhaft, allwissend und vor allem vorbildlich.

Ich sah Pepper tief in die Augen. »Und dann werden Scott und ich an deiner Stelle hingehen, den Erpresser zur Strecke bringen und ihn dir ausliefern.«

## SIEBENUNDZWANZIG

Was! Das kannst du doch nicht machen!«, zischte Pepper. »Sie werden mit so was nicht einverstanden sein und sich weigern, mit mir zusammenzuarbeiten. Schlimmer noch, sie könnten direkt zu den Erzengeln gehen!«

»Dein Erpresser arbeitet sowieso nicht mehr mit dir zusammen. Von jetzt an wird er oder sie es direkt mit uns zu tun bekommen«, sagte ich. »Scott und ich werden die Gegenstände zurückholen, die sie verzaubert haben wollen, und vermutlich brauchen wir dich dann, um sie einzuschätzen. Wenn du uns sagen kannst, wozu sie sie wahrscheinlich benutzen wollten, könnte uns das weiterhelfen.«

»Woher soll ich überhaupt wissen, ob ich euch trauen kann?«, fragte Pepper protestierend mit hoher Stimme.

»Es gäbe da immer noch den Blutschwur …« Ich beendete den Satz nicht. »Ich schwöre, dass meine Intentionen aufrichtig sind, und du schwörst, Patch in Ruhe zu lassen. Es sei denn, du wärst dir zu gut für einen Schwur.«

»Das ist schrecklich«, stöhnte Pepper und zog an seinem Kragen, als engte er ihn ein. »Was für ein Durcheinander.«

»Scott und ich werden ein Team vor Ort haben. Es wird nichts schiefgehen«, versicherte ich Pepper und schob in Gedanken noch schnell eine private Anweisung für Scott hinterher: *Sorg dafür, dass er ruhig bleibt, während ich Patch rufe, in Ordnung?*

Ich ging ans Ende der Gasse, bevor ich anrief. Trockene

Blätter raschelten um meine Füße, und ich kuschelte mich tiefer in meinen Mantel, um nicht zu frieren. Offensichtlich hatte ich mir ausgerechnet die kälteste Nacht des Jahres ausgesucht. Die Kälte biss in meine Haut und brachte meine Nase zum Laufen. »Ich bin's. Wir haben Pepper.«

Ich hörte Patch erleichtert aufseufzen.

»Ich glaube nicht, dass sein Doppelleben nur vorgespielt ist«, fuhr ich fort. »Er ist wirklich spielsüchtig. Außerdem glaube ich nicht mehr, dass er dich im Auftrag der Erzengel in der Hölle anketten will. Gut möglich, dass das sein ursprünglicher Auftrag war, aber er hat das nicht weiter verfolgt und sich stattdessen ganz dem menschlichen Leben hingegeben. Aber jetzt zu den großen Neuigkeiten. Er weiß, dass du ihn nicht erpresst – er wollte dich die ganze Zeit wegen eines Jobs kontaktieren.«

»Was für einen Job meint er denn?«

»Das hat er nicht gesagt. Ich denke, er hat jetzt ganz andere Sorgen. Heute Abend soll er sich mit dem echten Erpresser treffen.« Den Rest sagte ich nicht, aber das hielt mich nicht davon ab, daran zu denken. Ich war mir so sicher, dass Dabria hinter all dem steckte, dass ich mein Leben darauf verwettet hätte. »Wir wissen noch nicht, wann und wo das Treffen stattfinden soll. Wenn der Erpresser Pepper anruft, haben wir ein Zeitfenster von zwanzig Minuten. Wir müssen es schnell durchziehen.«

»Glaubst du, das ist eine Falle?«

»Ich glaube, dass Pepper ein Feigling ist und froh, wenn wir hingehen und er es nicht tun muss.«

»Ich bin bereit«, sagte Patch grimmig. »Sobald ich weiß, wo wir hinsollen, treffe ich dich dort. Versprich mir bitte nur eines, Engelchen.«

»Schieß los.«

»Ich will dich sicher und gesund wiederhaben, wenn das alles hier vorbei ist.«

Der Anruf kam zehn Minuten vor Mitternacht. Wenn wir es geprobt hätten, hätte Pepper nicht besser antworten können. »Ja, ich komme allein.« – »Ja, ich werde die Gegenstände verzaubern.« – »Ja, ich kann in zwanzig Minuten am Friedhof sein.«

Kaum hatte er aufgelegt, fragte ich: »Welcher Friedhof? Coldwaters?«

Ein Nicken. »Im Mausoleum. Da soll ich auf weitere Anweisungen warten.«

Ich wandte mich an Scott. »Es gibt nur ein Mausoleum auf dem städtischen Friedhof, direkt neben dem Grab meines Vaters. Wir hätten selbst keinen besseren Platz aussuchen können. Da gibt es überall Bäume und Grabsteine, und es wird dunkel sein. Die Erpresser werden im Mausoleum nicht gleich sehen können, dass du es bist und nicht Pepper, jedenfalls nicht, bevor es zu spät ist.«

Scott schlüpfte in das schwarze Kapuzensweatshirt, das er den ganzen Abend schon bei sich getragen hatte, und zog die Kapuze so weit ins Gesicht, dass es teilweise verdeckt war. »Ich bin aber deutlich größer als Pepper«, wandte er zweifelnd ein.

»Geh leicht vornübergebeugt. Dein Sweatshirt ist so weit, dass sie den Unterschied aus der Entfernung nicht erkennen werden.« Ich drehte mich zu Pepper um. »Gib mir deine Telefonnummer. Sorg dafür, dass ich dich erreichen kann. Ich rufe dich an, sobald wir deinen Erpresser haben.«

»Ich habe kein gutes Gefühl bei der Sache«, sagte Pepper und rieb sich die Handflächen an seinen Hosen.

Scott hob den Saum seines Sweatshirts an, um Pepper seinen außergewöhnlichen Gürtel zu zeigen, der ein unwirkliches Licht verströmte. »Wir gehen nicht unvorbereitet da rein.«

Pepper presste die Lippen zusammen, allerdings nicht ohne vorher noch ein missbilligendes Jammern von sich zu geben: »Teufelskraft! Die Erzengel dürfen niemals erfahren, dass ich etwas damit zu tun hatte.«

»Wenn Scott erst einmal deinen Erpresser unschädlich gemacht hat, dann stürmen Patch und ich rein. Einfacher geht's nicht«, erklärte ich Pepper.

»Woher weißt du denn, dass die nicht auch Verstärkung in der Hinterhand haben?«, fragte er herausfordernd.

Dabrias Bild blitzte vor meinem geistigen Auge auf. Sie hatte nur einen einzigen Freund, und das war noch sehr freundlich ausgedrückt. Zu dumm, dass dieser einzige Freund heute Abend eine wichtige Rolle dabei spielen würde, sie zu Fall zu bringen. Ich konnte es kaum erwarten, ihr Gesicht zu sehen, wenn Patch einen scharfen und hoffentlich rostigen Gegenstand in ihre Flügelnarben rammte.

»Wenn wir die Sache ernsthaft durchziehen wollen, sollten wir uns auf die Socken machen«, sagte Scott mit einem Blick auf die Uhr. »Wir haben nur noch eine Viertelstunde.«

Ich packte Pepper am Ärmel, bevor er davonlaufen konnte. »Vergiss deinen Teil der Abmachung nicht, Pepper. Wenn wir den Erpresser haben, ist die Sache zwischen dir und Patch erledigt.«

Er nickte ernsthaft. »Ich werde Patch in Ruhe lassen. Das verspreche ich dir.«

Der hinterlistige Ausdruck, der kurz in seinen Augen aufzublitzen schien, gefiel mir ganz und gar nicht. »Aber ich kann nichts dagegen machen, wenn er zu mir kommt«, setzte er geheimnisvoll hinzu.

## ACHTUNDZWANZIG

Scott lenkte den Barracuda quer durch die Stadt, und ich saß neben ihm. Er hatte die Anlage leise gedreht, es lief Radiohead. Im wechselnden Licht der Straßenbeleuchtung leuchteten seine entschlossenen Gesichtszüge immer wieder auf. Er hielt das Lenkrad mit beiden Händen, genau auf Position zehn und zwei.

»Nervös?«, fragte ich.

»Beleidige mich nicht, Grey.« Er lächelte, aber er war nicht entspannt.

»Also. Wie steht's zwischen dir und Vee?«, fragte ich in dem Versuch, unsere Gedanken von dem abzulenken, was vor uns lag. Nicht nötig, weiter darüber nachzudenken oder sich Worst-Case-Szenarien auszumalen. Patch, Scott und ich gegen Dabria, das war's. Die ganze Sache würde nicht länger als ein paar Sekunden dauern.

»Spiel hier jetzt nicht das Mädchen.«

»Ist doch eine berechtigte Frage.«

Scott drehte die Anlage etwas lauter. »Ich rede nicht darüber, wen ich küsse.«

»Also habt ihr euch geküsst!« Ich wackelte vielsagend mit den Augenbrauen. »Noch irgendwas, das ich wissen sollte?«

Er lächelte beinahe. »Natürlich nicht.« Hinter der nächsten Kurve kam der Friedhof in Sicht, und er nickte in die Richtung. »Wo soll ich parken?«

»Hier. Den Rest des Weges gehen wir zu Fuß.«

Scott nickte. »Eine Menge Bäume. Leicht, sich zu verstecken. Du wirst auf dem oberen Parkplatz sein?«

»Da habe ich den Überblick. Patch positioniert sich am Südtor. Wir lassen dich nicht aus den Augen.«

»*Du* nicht.«

Ich sagte nichts zu der immer noch bestehenden Rivalität zwischen Patch und Scott. Es mochte ja sein, dass Patch Scott in etwa genauso schätzte wie eine Schlange unter seiner Schuhsohle, aber wenn er sagte, dass er da sein würde, dann würde er da sein.

Wir stiegen aus dem Barracuda. Scott zog die Kapuze ins Gesicht und zog die Schultern ein. »Wie seh' ich aus?«

»Wie Peppers lang vermisster Zwillingsbruder. Denk dran, in dem Augenblick, in dem der Erpresser das Mausoleum betritt, fessele ihn mit der Peitsche. Ich warte auf deinen Anruf.«

Scott versetzte mir einen leichten Faustschlag – viel Glück sollte das wohl heißen –, dann machte er sich im Laufschritt auf den Weg zum Friedhofstor. Ich sah noch, wie er sich mit Leichtigkeit hinüberschwang und in der Dunkelheit verschwand.

Dann rief ich Patch an. Nachdem es mehrfach geklingelt hatte, sprang die Mailbox an. Ungeduldig erzählte ich dem Ding: »Scott ist reingegangen. Ich beziehe meinen Posten. Ruf mich an, sobald du das hier abhörst. Ich muss wissen, dass du in Position bist.«

Ich beendete das Gespräch, fröstelte in dem eiskalten Wind, der in Böen aufkam. Heulend rüttelte er an den vom Herbst bereits entlaubten Ästen. Ich steckte die Hände unter die Achseln, um sie zu wärmen. Irgendetwas stimmte nicht. Es sah Patch nicht ähnlich, einen Anruf zu ignorieren, ganz besonders nicht von mir in so einer Situation. Ich hätte diese unglückliche Wendung der Dinge gern mit Scott besprochen, aber er war schon außer Sicht. Wenn ich ihm jetzt nachlief, riskierte ich, dass die ganze Operation aufflog. Ich stieg den Berg zu dem Parkplatz hinauf, der oben auf der Kuppe lag und den Friedhof überblickte.

Als ich in Position war, blickte ich auf die unregelmäßigen Reihen der Grabsteine hinab, die sich so dunkel aus dem Gras erhoben, dass sie schwarz aussahen. Steinengel mit abgebrochenen Flügeln schienen kurz über dem Boden in der Luft zu schweben. Wolken verdunkelten den Mond, und zwei der fünf Lampen auf dem Parkplatz waren aus. Unten lag das weiße Mausoleum in einem schwachen, geisterhaften Schimmer.

*Scott!*, rief ich in Gedanken und legte all meine mentale Energie hinein. Als nur das Pfeifen des Windes antwortete, der über die Hügel strich, nahm ich an, dass er außer Reichweite war. Ich wusste nicht, über welche Entfernungen das Sprechen in Gedanken funktionierte, aber es schien, als sei Scott zu weit weg.

Eine Bruchsteinmauer umgab den Parkplatz, und ich duckte mich dahinter, die Augen fest auf das Mausoleum gerichtet. Plötzlich sprang ein langgliedriger schwarzer Hund über die Mauer, so dass ich vor Schreck beinahe hintenüberfiel. Ein Paar wilder Augen blickte mich aus dem struppigen, schmalen Gesicht an. Der wilde Hund trottete an der Mauer entlang, blieb kurz stehen, um mich revierverteidigend anzuknurren, und trollte sich dann außer Sicht. *Gott sei Dank.*

Meine Augen waren wesentlich besser als früher, als ich noch ein Mensch gewesen war, aber ich war so weit vom Mausoleum entfernt, dass ich längst nicht so viele Einzelheiten ausmachen konnte, wie ich gern gesehen hätte. Die Tür schien geschlossen zu sein, aber das schien auch logisch; Scott hätte sie sicher hinter sich zugemacht.

Ich hielt den Atem an und wartete darauf, dass Scott mit

der gefesselten und hilflosen Dabria im Schlepptau wieder auftauchte. Die Minuten verstrichen. Ich trat von einem Bein aufs andere, damit mir die Beine nicht einschliefen. Ich sah auf das Display meines Handys. Keine versäumten Anrufe. Ich konnte nur hoffen, dass Patch sich an den Plan hielt und am unteren Friedhofstor patrouillierte.

Ein schrecklicher Gedanke durchfuhr mich. Was, wenn Dabria Scotts Tarnung durchschaute? Was, wenn sie Verdacht schöpfte, dass er Verstärkung mitgebracht haben könnte? Was, wenn sie Pepper zu einem neuen Treffpunkt bestellt hatte, nachdem Scott und ich das Devil's Handbag verlassen hatten? Aber dann hätte Pepper mich angerufen. Wir hatten Nummern ausgetauscht.

Ich war tief in diese beunruhigenden Gedanken versunken, als der schwarze Hund zurückkam und mich aus dem Schatten der Mauer anknurrte. Er legte die Ohren flach an den Kopf und sträubte bedrohlich das Fell.

»Aus!«, zischte ich ihn an und wedelte mit der Hand.

Dieses Mal entblößte er spitze weiße Zähne und scharrte wild mit den Pfoten. Ich wollte mich gerade in sichere Entfernung etwas weiter die Mauer entlang zurückziehen, als ein heißer Draht von hinten in meine Kehle schnitt und mir die Luft abdrückte. Ich umklammerte den Draht mit den Händen, während ich spürte, wie er sich immer enger zuzog. Ich war auf den Rücken gefallen, meine Beine strampelten. Aus dem Augenwinkel sah ich, dass ein unheimliches blaues Leuchten von dem Draht ausging. Er brannte auf meiner Haut, als sei er in Säure getränkt worden. An meinen Fingern bildeten sich qualvoll schmerzende, heiße Blasen, wo sie mit dem Draht in Berührung gekommen waren.

Mein Angreifer ruckte heftig an dem Draht. Lichter explodierten vor meinen Augen. *Ein Hinterhalt.*

Der schwarze Hund bellte weiter und umsprang uns in wilden Kreisen, aber das Bild löste sich rasch auf. Ich begann, das Bewusstsein zu verlieren. Mit dem letzten Funken Energie, der noch in mir steckte, konzentrierte ich mich auf den Hund und rief ihm im Geist zu: *Beiß zu! Beiß meinen Angreifer!*

Ich war zu schwach, um einen mentalen Trick bei meinem Angreifer zu versuchen; mir war klar, dass er es spüren würde, wenn ich so ungeschickt in seinem Geist herumstocherte. Auch wenn ich noch nie versucht hatte, ein Tier zu beeinflussen, hatte ich doch Hoffnung, denn der Hund war kleiner als ein Nephilim oder ein gefallener Engel, und wenn es möglich war, Einfluss auf *sie* auszuüben, dann konnte es doch gut möglich sein, dass ein wesentlich kleineres Lebewesen weniger Anstrengung erforderte …

*Greif an!*, sprach ich wieder in Gedanken zu dem Hund, als ich spürte, wie mein Geist anfing, einen dunklen Tunnel hinabzurutschen.

Zu meiner Verblüffung sah ich, wie der Hund sich nach vorn warf und seine Fänge in das Bein meines Angreifers schlug. Ich hörte das scharfe Klicken von Zähnen auf Knochen und den kehligen Fluch eines Mannes. Die Vertrautheit der Stimme überraschte mich. Ich *kannte* diese Stimme, ich hatte dieser Stimme *vertraut*.

Getrieben von Wut und dem Gefühl, verraten worden zu sein, stürzte ich mich in den Kampf. Der Hundebiss hatte meinen Angreifer gerade genug abgelenkt, um seinen Griff um den Draht zu lockern. Ich schloss meine Hände ganz darum und ignorierte das feurige Brennen lang genug, um ihn von meinem Hals wegzureißen und ihn beiseitezuschleudern. Der schlangengleiche Draht schlitterte über den Kies, und ich erkannte ihn auf den ersten Blick.

Scotts Peitsche.

## NEUNUNDZWANZIG

Aber es war nicht Scott, der mich angriff.

Würgend und keuchend sog ich wieder Luft in meine Lungen. Als ich sah, wie Dante erneut zum Angriff ansetzte, wirbelte ich herum und stieß ihm meinen Fuß in den Magen. Er flog nach hinten, taumelte über den Boden und starrte mich verblüfft an.

Sofort wurde sein Blick hart. Meiner ebenso. Ich stürzte mich auf ihn, setzte mich rittlings auf seinen Oberkörper und knallte seinen Kopf erbarmungslos mehrmals hintereinander auf den Boden. Nicht heftig genug, um ihn bewusstlos zu machen; ich wollte, dass er benommen war, aber immer noch in der Lage zu sprechen. Ich hatte eine Menge Fragen, auf die ich *jetzt* eine Antwort von ihm haben wollte.

*Bring mir die Peitsche*, befahl ich dem Hund und übermittelte seinem Geist ein Bild davon, damit er meinen Befehl verstehen konnte. Gehorsam trottete der Hund hinüber und schleppte die Peitsche zwischen den Zähnen herbei. Anscheinend war er immun gegen die Wirkung der Teufelskraft. War es möglich, dass dieser Prototyp ihm nichts anhaben konnte? So oder so konnte ich es nicht fassen. Ich konnte zum Geist *eines Tieres* sprechen. Oder zumindest zu diesem hier.

Ich rollte Dante auf den Bauch und fesselte seine Handgelenke mit der Peitsche. Sie verbrannte meine Finger, aber ich war zu wütend, um mich daran zu stören. Er ächzte protestierend.

Als ich wieder stand, trat ich ihm in die Rippen, um ihn ganz aufzuwecken. »Ich möchte eine Erklärung, und zwar sofort«, sagte ich.

Obwohl er mit einer Wange in den Kies gedrückt lag, verzogen sich seine Lippen zu einem provozierenden Lächeln. »Ich wusste nicht, dass du es warst«, sagte er unschuldig, um mich zu verspotten.

Ich beugte mich hinunter und sah ihm in die Augen. »Wenn du nicht mit mir reden willst, dann liefere ich dich Patch aus. Wir wissen beide, dass das der wesentlich unangenehmere Weg sein wird.«

»Patch.« Dante gluckste leise. »Ruf ihn an. Mach nur. Sieh zu, ob er sich meldet.«

Eisige Angst flatterte in meiner Brust. »Was meinst du damit?«

»Befrei meine Hände, dann verrate ich dir vielleicht, was ich mit ihm gemacht habe, in allen Einzelheiten.«

Ich schlug ihm so hart ins Gesicht, dass meine Hand davon schmerzte. »Wo ist Patch?«, fragte ich wieder und versuchte, die Panik aus meiner Stimme herauszuhalten, weil ich wusste, dass Dante sich nur darüber lustig machen würde.

»Willst du wirklich wissen, was ich mit Patch gemacht habe … oder mit Patch und Scott?«

Der Boden schien zu schwanken. Es war ein Hinterhalt gewesen, von Anfang an. Dante hatte Patch und Scott unschädlich gemacht und dann mich überfallen. *Aber warum?*

Ich fügte die Puzzleteile selbst zusammen.

»Du hast Pepper Friberg erpresst. Deshalb bist du hier auf dem Friedhof, oder? Mach dir nicht die Mühe zu antworten. Das ist die einzig sinnvolle Erklärung.« Ich hatte gedacht, es sei Dabria gewesen. Wenn ich nicht so darauf versessen gewesen wäre, hätte ich vielleicht die Zusammenhänge erkennen können, hätte vielleicht offener für andere Möglichkeiten sein, warnende Hinweise wahrnehmen können …

Dante gab einen langen, ausweichenden Seufzer von sich. »Ich rede mit dir, nachdem du meine Hände losgemacht hast. Sonst nicht.«

Ich war so wütend, dass es mich überraschte, als mir brennende Tränen in die Augen stiegen. Ich hatte Dante vertraut. Ich hatte ihm erlaubt, mich zu trainieren, hatte seinen Rat angenommen. Ich hatte eine Beziehung zu ihm aufgebaut. Ich war so weit gewesen, ihn als meinen Verbündeten in der Welt der Nephilim anzusehen. Ohne seine Führung hätte ich es nicht halb so weit geschafft.

»Warum hast du das gemacht? Warum hast du Pepper erpresst? *Warum*?«, schrie ich, während Dante mich selbstgefällig anblinzelte und schwieg.

Ich konnte mich nicht dazu überwinden, ihn noch einmal zu treten. Ich konnte kaum stehen, so überwältigend war der heiße Schmerz über den Verrat. Ich lehnte mich an die Steinmauer und atmete ein paar Mal tief durch, um den Kopf wieder klar zu bekommen. Meine Knie zitterten. Meine Kehle fühlte sich eng an.

»Mach meine Hände los, Nora. Ich hätte dir nicht wehgetan – nicht ernsthaft. Ich wollte dich nur ruhigstellen, das war alles. Ich wollte mit dir reden und dir erklären, was ich getan habe und warum.« Er sprach mit ruhiger Selbstsicherheit, aber ich hatte nicht vor, darauf hereinzufallen.

»Sind Patch oder Scott verletzt?«, fragte ich. Patch konnte keine körperlichen Schmerzen empfinden, aber das hieß ja nicht, dass Dante nicht irgendeinen neuen Prototyp von Teufelskraft bei ihm anwenden konnte, um ihm zu schaden.

»Nein. Ich habe sie genauso gefesselt, wie du mich gefesselt hast. Ich habe sie noch nie so sauer erlebt, aber keiner von ihnen ist in unmittelbarer Gefahr. Die Teufelskraft tut ihnen nicht gut, aber sie können sie noch eine ganze Weile aushalten, ohne dass es ihnen schadet.«

»Dann gebe ich dir jetzt genau drei Minuten Zeit, um meine Fragen zu beantworten, bevor ich sie suchen gehe. Wenn du bis dahin meine Fragen nicht zu meiner Zufriedenheit beantwortet hast, rufe ich die Kojoten. Die waren hier in der Gegend eine Plage; sie haben Hauskatzen und kleine Hunde gefressen, ganz besonders, wenn der Winter hereinbrach und das Futter knapp wurde. Aber ich bin sicher, dass du auch Nachrichten siehst.«

Dante schnaubte. »Wovon redest du da?«

»Ich kann zum Geist von Tieren sprechen, Dante. Deshalb hat der Hund dich genau im richtigen Moment angegriffen. Ich bin sicher, die Kojoten würden einen Imbiss nicht verachten, wenn er ihnen auf dem Tablett serviert wird. Ich kann dich nicht töten, aber das heißt nicht, dass ich dich nicht dazu bringen kann zu bereuen, dich mit mir angelegt zu haben. Erste Frage: Warum erpresst du Pepper Friberg? Nephilim lassen sich nicht mit Erzengeln ein.«

Dante wand sich, während er vergeblich versuchte, sich auf den Rücken zu rollen. »Kannst du nicht die Peitsche losmachen, so dass wir uns wie normale Menschen unterhalten können?«

»Du hast die Normalität in dem Augenblick über Bord geworfen, als du versucht hast, mich zu erwürgen.«

»Ich brauche wesentlich länger als nur drei Minuten, um dir zu erklären, was los ist«, erwiderte Dante, ohne auch nur im Geringsten besorgt wegen meiner Drohung zu sein. Ich beschloss, dass es an der Zeit war, ihm zu zeigen, wie ernst es mir war.

*Futter,* sagte ich dem Hund, der die ganze Zeit in der Nähe geblieben war und das Geschehen mit Interesse verfolgt hatte. Unter dem glatten Fell konnte man die Rippen sehen, er sah halb verhungert aus. Und wenn ich noch mehr Beweise dafür gebraucht hätte, wie hungrig er war, dann hätte mir die Art, wie er angespannt herumschlich und sich das Maul leckte, mehr als genug geliefert. Um meinen Befehl klarer zu machen, schickte ich ein Bild von Dantes Fleisch in seinen Geist, dann trat ich zurück, um meinen Anspruch auf Dante niederzulegen. Mit einem Satz war der Hund über ihm und versenkte seine Zähne in Dantes Arm.

Dante fluchte und versuchte, sich herauszuwinden. »Ich konnte nicht zulassen, dass Pepper meine Pläne durchkreuzte!«, spuckte er schließlich aus. »Ruf den Hund zurück!«

»Was für Pläne?«

Dante krümmte sich und wackelte mit den Schultern, um den Hund abzuschütteln. »Pepper war von den Erzengeln auf die Erde geschickt worden, um gegen mich und Blakely zu ermitteln.«

Ich durchdachte dieses Szenario, dann nickte ich. »Weil die Erzengel vermuteten, dass die Teufelskraft nicht mit Hank aus der Welt verschwunden war und dass ihr sie immer noch einsetzt, aber sie wollten sicher sein, bevor sie irgendwelche Maßnahmen einleiteten. Hört sich sinnvoll an. Sprich weiter.«

»Also musste ich Pepper irgendwie ablenken, stimmt's? Hol endlich deinen Hund von mir weg!«

»Du hast mir immer noch nicht gesagt, warum du ihn erpresst?«

Dante wand sich wieder, um den schnappenden Kiefern meines Lieblingshundes zu entrinnen. »Na komm schon, lass mich mal kurz in Ruhe.«

»Je schneller du redest, desto schneller kann ich meinem

neuen besten Freund hier was anderes zum Naschen anbieten.«

»Die gefallenen Engel brauchen Pepper, um diverse Gegenstände mit den Mächten des Himmels zu belegen. Sie wissen von der Teufelskraft, und sie wissen auch, dass Blakely und ich sie kontrollieren, also wollten sie sich die Kräfte des Himmels zunutze machen – sie wollten sichergehen, dass die Nephilim nicht die geringste Chance bekamen, den Krieg zu gewinnen. *Sie* sind es, die Pepper erpressen.«

Okay. Das klang ebenfalls plausibel. Da gab es nur eins, was nicht ins Bild passte: »Was hast du damit zu tun?«

»Ich arbeite für die gefallenen Engel«, sagte er so ruhig, dass ich sicher war, mich verhört zu haben.

Ich beugte mich dichter zu ihm herunter. »Kannst du das noch einmal sagen?«

»Ich bin ein Verräter, okay? Die Nephilim werden diesen Krieg nicht gewinnen«, setzte er entschuldigend hinzu. »Egal, von welcher Seite man es auch betrachtet, die gefallenen Engel werden als Sieger aus der Sache hervorgehen. Und nicht nur, weil sie vorhaben, die Kräfte des Himmels zu nutzen. Die Erzengel stehen ebenfalls auf Seiten der gefallenen Engel. Alte Bindungen reichen tief. Was auf uns nicht zutrifft. Die Erzengel halten unsere Spezies für eine abscheuliche Monstrosität, das haben sie immer schon getan. Sie wollen uns weghaben, und wenn das bedeutet, vorübergehend mit den gefallenen Engeln gemeinsame Sache machen zu müssen, um das zu erreichen, dann tun sie das. Nur diejenigen unter uns, die sich rechtzeitig auf die Seite der gefallenen Engel schlagen, haben überhaupt eine Chance zu überleben.«

Ich starrte Dante ungläubig und verständnislos an. Dante Matterazzi, im Bett mit dem Feind. Derselbe Dante, der auf der Seite der Schwarzen Hand gestanden hatte. Derselbe

Dante, der mich so getreulich trainiert hatte. Es war unbegreiflich. »Und was ist mit unserer Nephilim-Armee?«, fragte ich, während die Wut in mir hochkochte.

»Die ist dem Untergang geweiht. Tief innen weißt du das genauso wie ich. Es bleibt nicht mehr viel Zeit, bis die gefallenen Engel losschlagen und wir in den Krieg hineingezogen werden. Ich habe versprochen, ihnen die Teufelskraft auszuhändigen. Sie werden die Kräfte des Himmels und der Hölle auf ihrer Seite haben – und die Unterstützung der Erzengel. Die ganze Sache wird in weniger als einem Tag vorüber sein. Wenn du mir hilfst, Pepper dazu zu bringen, die Gegenstände zu verzaubern, dann lege ich ein gutes Wort für dich ein. Ich sorge dafür, dass die einflussreichsten gefallenen Engel erfahren, dass du sie unterstützt hast und ihrer Sache loyal gegenüberstehst.«

Ich trat einen Schritt zurück, um Dante mit neuen Augen zu betrachten. Ich wusste nicht einmal mehr, wer er war. In diesem Augenblick hätte er mir nicht fremder sein können. »Ich – diese ganze Revolution – alles Lügen?«, presste ich schließlich hervor.

»Reiner Selbstschutz«, sagte er. »Ich hab's getan, um mich selbst zu retten.«

»Und der Rest der Nephilim?«, stammelte ich.

Sein Schweigen sagte mir, wie wenig ihn deren Wohlergehen interessierte. Ein desinteressiertes Schulterzucken hätte kaum vielsagender sein können. Dante machte das für sich selbst und sonst niemanden, Ende der Geschichte.

»Sie glauben an dich«, sagte ich, während ein krankes Gefühl sich in meinem Herzen ausbreitete. »Sie verlassen sich auf dich.«

»Sie verlassen sich auf *dich*.«

Ich schreckte zurück. Die volle Wucht der Verantwortung,

die auf meinen Schultern lastete, schien mir plötzlich erdrückend. Ich war ihre Anführerin. Ich war das Gesicht dieser Kampagne. Und jetzt war mein vertrautester Ratgeber zum Feind übergelaufen. Hatte die Armee schon zuvor auf schwachen Beinen gestanden, so war jetzt auch noch eines dieser Beine weggetreten worden.

»Du kannst mir das nicht antun«, sagte ich drohend. »Ich werde dich entlarven. Ich werde allen sagen, was du wirklich vorhast. Ich weiß nicht alles über die Nephilim, aber ich bin mir ziemlich sicher, dass sie ihre Methoden haben, mit Verrätern umzugehen, und irgendwie habe ich so meine Zweifel, dass es sich dabei um einen fairen Gerichtsprozess handelt!«

»Und wer sollte dir glauben?«, fragte Dante schlicht. »Wenn ich behaupte, dass du die wahre Verräterin bist, wem werden sie dann glauben? Was denkst du?«

Er hatte recht. Wem würden die Nephilim glauben? Der jungen, unerfahrenen Hochstaplerin, die durch ihren toten Vater an die Macht gekommen war, oder dem starken, fähigen und charismatischen Mann, der sowohl das Aussehen als auch die Fähigkeiten eines römischen Gottes hatte?

»Ich habe Fotos«, sagte Dante. »Von dir mit Patch. Von dir mit Pepper. Sogar welche, auf denen du Dabria freundlich ansiehst. Ich werde diese ganze Geschichte dir anhängen, Nora. Du sympathisierst mit der Sache der gefallenen Engel. So werde ich es aufhängen. Sie werden dich zerstören.«

»Das kannst du nicht machen«, rief ich, während die Wut in meiner Brust brodelte.

»Du sitzt in der Falle. Das ist deine letzte Chance. Komm mit mir. Du bist stärker, als du denkst. Zusammen sind wir ein unschlagbares Team. Ich könnte dich brauchen.«

Ich lachte rau auf. »Oh, ich bin wirklich durch damit, mich von dir ausnutzen zu lassen!« Ich nahm einen großen Stein von der Bruchsteinmauer, den ich gegen Dantes Schädel knallen wollte, um ihn bewusstlos zu schlagen und dann Patch zu Hilfe zu rufen, als ein grausames und bösartiges Lächeln Dantes dunkle Züge verzog. Er sah jetzt entschieden mehr nach einem Dämon als nach einem römischen Gott aus.

»Was für eine Verschwendung von Talent«, murmelte er in tadelndem Ton. Sein Gesichtsausdruck war viel zu selbstgefällig, wenn man bedachte, dass ich *ihn* gefangen hielt. Das war der Moment, in dem ein schrecklicher Verdacht in mir aufkeimte. Die Peitsche, die seine Handgelenke zusammenhielt, fügte ihm keine Blasen zu, wie es bei mir der Fall gewesen war. Ja, abgesehen davon, dass er mit dem Gesicht nach unten im Kies lag, schien er sich überhaupt nicht unwohl zu fühlen.

Die Peitsche schnappte von Dantes Handgelenken, und im nächsten Augenblick sprang er auf die Füße.

»Hast du wirklich geglaubt, ich würde zulassen, dass Blakely eine Waffe erschafft, die gegen mich verwendet werden könnte?«, höhnte er, wobei sich seine Oberlippe über den Zähnen kräuselte. Er ließ die Peitsche in meine Richtung knallen. Sengende Hitze schnitt über meinen Körper und riss mich von den Füßen. Ich landete so hart, dass es mir den Atem aus den Lungen trieb. Benommen von dem Aufprall, robbte ich rückwärts und versuchte, Dante in den Blick zu bekommen.

»Du wirst vielleicht erfahren wollen, dass ich vorhabe, deine Position als Befehlshaber der Nephilim-Armee zu übernehmen«, spottete Dante. »Ich habe die Unterstützung der gefallenen Engel. Ich habe vor, die Nephilim direkt in die Arme der gefallenen Engel zu führen. Sie werden erst merken, was ich getan habe, wenn es zu spät ist.«

Der einzige Grund, warum Dante mir etwas von dem Ganzen erzählte, war, dass er sich absolut sicher war, dass ich keine Chance hatte, ihn aufzuhalten. Aber ich war nicht bereit, das

Handtuch zu werfen, niemals. »Du hast Hank geschworen, mir zu helfen, seine Armee in die Freiheit zu führen, du arroganter Idiot. Wenn du versuchst, mir meinen Titel zu stehlen, dann werden wir beide die Konsequenzen tragen müssen, weil wir unseren Schwur gebrochen haben. Den Tod, Dante. Nicht gerade eine zu vernachlässigende Komplikation«, erinnerte ich ihn zynisch.

Dante lachte leise und höhnisch in sich hinein. »Ach, dieser Schwur. Eine dreiste Lüge, nichts weiter. Als ich ihn geschworen habe, dachte ich, damit könnte ich dich dazu bringen, mir zu vertrauen. Nicht, dass die Mühe unbedingt notwendig gewesen wäre. Die Teufelskraft-Prototypen, die ich dir verabreicht habe, haben sich bei dir als ziemlich unwiderstehlich erwiesen; du warst schnell überzeugt davon, dass du mir vertrauen kannst.«

Mir blieb nicht genug Zeit, das Ausmaß seines Betrugs voll zu erfassen. Die Peitsche jagte ein zweites Mal Feuer durch meine Kleidung hindurch. Aus reinem Selbstschutz kletterte ich über die Mauer, während ich hinter mir den Hund bellen und angreifen hörte, und warf mich auf die andere Seite. Der steile Hügel, rutschig vom Tau, beförderte mich rollend und rutschend auf die Grabsteine zu, die weit unter mir lagen.

Am Fuß des Hügels angekommen, schaute ich nach oben, konnte Dante aber nicht sehen. Der schwarze Hund sprang hinter mir her, umkreiste mich, so dass es beinahe so aussah, als machte er sich Sorgen um mich. Ich stemmte mich hoch. Dicke Wolken verhüllten den Mond, und ich begann heftig zu zittern, als der Frost in meine Haut biss. Plötzlich wurde mir nur allzu bewusst, wo ich mich befand, also sprang ich auf und rannte durch das Gewirr der Grabsteine auf das Mausoleum zu. Zu meiner Überraschung rannte der Hund vor mir her, blieb alle paar Schritte stehen und sah sich um, als wollte er sichergehen, dass ich ihm folgte.

»Scott!«, rief ich, als ich die Tür zum Mausoleum aufriss und hineinstürmte.

Es gab keine Fenster. Ich konnte nichts sehen. Ungeduldig tastete ich mit den Händen vor mir herum, versuchte, die Umgebung zu erfühlen. Ich stolperte über einen kleinen Gegenstand und hörte ihn wegrollen. Als ich mit den Händen den Boden abklopfte, stieß ich auf die Taschenlampe, die Scott mitgenommen und offensichtlich fallen gelassen hatte, und schaltete sie ein.

*Da.* In der Ecke. Scott lag auf dem Rücken, die Augen offen, aber sichtlich benommen. Ich stolperte zu ihm und zog an der blau schimmernden Peitsche, die sich in seine Handgelenke eingebrannt hatte, bis sie herunterfiel. Seine Haut war blasig und wund. Er stöhnte gequält.

»Ich glaube, Dante ist weg, aber bleib trotzdem wachsam«, sagte ich. »Ein Hund ist an der Tür und passt auf – er ist auf unserer Seite. Bleib hier, bis ich zurückkomme. Ich muss Patch finden.«

Scott stöhnte wieder, dieses Mal aber, um Dantes Namen zu verfluchen. »Hab's einfach nicht kommen sehen«, murmelte er.

Damit waren wir schon zu zweit.

Ich eilte nach draußen, rannte quer über den Friedhof, auf den sich inzwischen beinahe vollständige Dunkelheit herabgesenkt hatte. Ich schlug mich durch eine Hecke und bahnte mir meine eigene Abkürzung zum Parkplatz. Dann setzte ich über den Eisenzaun hinweg und rannte direkt zu dem einzigen, einsamen Pickup auf dem Parkplatz zu.

Schon aus einigen Schritten Entfernung sah ich den unheimlichen bläulichen Schimmer hinter den Fenstern. Ich riss die Tür auf, zerrte Patch heraus, legte ihn auf den Boden und begann mühselig, die Peitsche abzuwickeln, die um seinen gesamten Oberkörper geschlungen war und seine Arme wie ein folterndes Korsett an den Körper fesselte. Seine Augen waren geschlossen, seine Haut schimmerte schwach bläulich. Schließlich bekam ich die Peitsche los und warf sie zur Seite, ungeachtet meiner verbrannten Finger.

»Patch«, sagte ich und schüttelte ihn. Tränen stiegen mir in die Augen, und ein Kloß saß mir in der Kehle. »Wach auf, Patch.« Ich schüttelte ihn heftiger. »Es wird dir gut gehen. Dante ist weg, und ich habe die Peitsche gelöst. Bitte wach auf.« Ich legte mehr Entschlossenheit in meine Stimme. »Du wirst wieder gesund. Wir sind jetzt zusammen. Du musst die Augen aufmachen. Ich muss wissen, dass du mich hören kannst.«

Sein Körper fühlte sich fiebrig an, die Hitze war durch die

Kleidung hindurch zu spüren, deshalb riss ich sein T-Shirt auf. Der Anblick der versengten Haut, da wo die Peitsche aufgelegen hatte, verschlug mir den Atem. Die schlimmsten Verletzungen kräuselten sich an den Rändern wie schwarzes, verbranntes Papier. Eine Lötlampe hätte keine verheerenderen Schäden anrichten können.

Ich wusste ja, dass er es nicht spüren konnte, aber *mir* tat es weh, ihn so zu sehen. Ich biss die Zähne zusammen, so inbrünstig hasste ich Dante, während mir gleichzeitig Tränen übers Gesicht liefen. Dante hatte einen schweren Fehler begangen. Patch bedeutete mir alles, und wenn die Teufelskraft irgendwelche dauerhaften Schäden angerichtet haben sollte, dann würde ich dafür sorgen, dass Dante diesen einen Angriff sein ganzes Leben lang bereute; wenn ich auch nur ein Wörtchen dabei mitzureden hatte, dann würde das allerdings sowieso nicht mehr allzu lange dauern. Aber meine sengende Wut wurde durch die Sorge um Patch verdrängt. Kummer und Schuld und eiskalte Angst sanken ein.

»Bitte«, flüsterte ich mit brechender Stimme. »Bitte, Patch, wach auf«, bettelte ich, gab ihm einen Kuss auf den Mund und wünschte, das könnte ihn wundersamerweise aufwecken. Ich schüttelte den Kopf, um die schlimmsten Gedanken zu vertreiben. Ich würde ihnen nicht einmal erlauben, sich zu formen. Patch war ein gefallener Engel. Er konnte nicht ernsthaft verletzt werden. Nicht auf diese Weise. Es war mir egal, wie mächtig die Teufelskraft war – sie konnte Patch keinen dauerhaften Schaden zufügen.

Einen Augenblick, bevor seine Stimme zittrig in meinem Geist vibrierte, spürte ich, wie sich seine Finger um meine schlossen. *Engelchen.*

Dieses eine Wort reichte, um mein Herz vor Freude springen zu lassen. *Ich bin hier! Ich bin direkt bei dir. Ich liebe dich, Patch. Ich liebe dich so sehr!*, schluchzte ich. Bevor ich mich zurückhalten konnte, warf ich mich auf ihn und drückte ungestüm meinen Mund auf seinen. Ich saß rittlings auf seiner Hüfte, die Ellbogen zu beiden Seiten seines Kopfes, wollte ihn nicht noch mehr verletzen, konnte mich aber nicht davon abhalten, ihn zu umarmen. Plötzlich, wie aus dem nichts, schlang er seine Arme so fest um mich, dass ich auf ihm zusammenbrach.

»Ich verletze dich nur noch mehr!«, schrie ich und wand mich, um von ihm wegzukommen. »Die Teufelskraft ... deine Haut!«

»Du bist das Einzige, was mir hier jetzt richtig guttut, Engelchen«, murmelte er, fand meinen Mund und brachte meinen Protest überaus effektiv zum Schweigen. Seine Augen waren geschlossen, auf seinem Gesicht hatten Erschöpfung und Anspannung tiefe Furchen hinterlassen, aber die Art und Weise, wie er mich küsste, schmolz jede Sorge hinweg. Ich entspannte mich und ließ mich ganz auf seinen langen, schlanken Körper sinken. Seine Hand wanderte meinen Rücken hinauf und fühlte sich warm und fest an, während er mich an sich drückte.

»Ich hatte solche Angst, dass dir etwas passiert sein könnte«, presste ich erstickt heraus.

»Ich hatte schreckliche Angst, dass *dir* etwas passiert sein könnte.«

»Die Teufelskraft ...«, setzte ich an.

Patch atmete unter mir aus, und mein Körper senkte sich mit seinem. Erleichterung und tiefe Gefühle schwangen darin mit. Sein Blick, in dem nichts als Aufrichtigkeit stand, fand meinen. »Meine Haut kann ersetzt werden, aber du bist unersetzlich, Engelchen. Als Dante weggegangen ist, dachte ich, es wäre alles aus. Ich dachte, ich hätte versagt. Noch nie in meinem Leben habe ich so inbrünstig gebetet.«

Ich blinzelte die Tränen fort, die an meinen Wimpern glitzerten. »Wenn er dich mir genommen hätte …« Ich war zu mitgenommen, um den Gedanken zu Ende zu bringen.

»Er versucht, dich mir wegzunehmen, und damit hat er sein Todesurteil unterschrieben, was mich betrifft. Damit wird er nicht davonkommen. Ich habe ihm einige kleinere Übergriffe verziehen, weil ich deine Rolle als Anführerin der Armee seines Vorgängers respektiert habe, aber heute Nacht hat er nach den alten Regeln gespielt. Er hat mich mit Teufelskraft geschlagen. Jetzt schulde ich ihm keinerlei Rücksicht mehr. Das nächste Mal, wenn wir aufeinandertreffen, spielen wir nach meinen Regeln.« Trotz der Erschöpfung, die in jedem angespannten Muskel seines Körpers ihre Spuren hinterlassen hatte, klang in seiner Stimme keine Spur mehr von Unentschlossenheit oder Anteilnahme mit.

»Er arbeitet für die gefallenen Engel, Patch. Sie haben ihn auf ihrer Seite.«

Noch nie hatte ich Patch so überrascht gesehen wie in diesem Augenblick. Seine schwarzen Augen weiteten sich, während er versuchte, die Neuigkeit zu verarbeiten. »Hat er dir das erzählt?«

Ich nickte ernüchtert. »Er hat gesagt, es bestünde keine Chance, dass die Nephilim siegreich aus diesem Krieg hervorgehen. Trotz all der überzeugenden, widersprüchlichen und hoffnungsvollen Worte, die er den Nephilim die ganze Zeit vorgebetet hat«, setzte ich bitter hinzu.

»Hat er bestimmte gefallene Engel genannt?«

»Nein. Er will damit nur seine eigene Haut retten, Patch. Er sagt, wenn es hart auf hart kommt, dann würden die Erzengel sich auf die Seite der gefallenen Engel stellen. Sie sind einander seit Urzeiten verbunden. Es ist schwer, sich vom eigenen Blut abzuwenden, selbst wenn es schlechtes Blut ist. Aber da ist noch mehr.« Ich holte scharf Luft. »Dantes nächster Zug wird darin bestehen, mir meinen Titel als Anführerin der Armee der Schwarzen Hand zu stehlen und die Nephilim den gefallenen Engeln direkt in die Arme zu führen.«

Patch lag in verblüfftem Schweigen da, aber ich sah an seinen Augen, wie seine Gedanken rasend schnell arbeiteten. Genau wie ich wusste er, dass, wenn Dante es wirklich schaffte, mir meinen Titel zu rauben, mein Eid gegenüber Hank gebrochen würde. Zu scheitern konnte nur eines bedeuten: den Tod.

»Außerdem ist Dante auch Peppers Erpresser«, sagte ich.

Patch nickte kurz. »Das habe ich mir schon gedacht, als er mich hier überfallen hat. Wie ist es Scott ergangen?«

»Er ist im Mausoleum, zusammen mit einem unglaublich klugen streunenden Hund, der auf ihn aufpasst.«

Patch zog die Augenbrauen hoch. »Sollte ich nachfragen?«

»Ich glaube, der Hund bewirbt sich um deinen Job als mein Schutzengel. Er hat Dante abgeschreckt, nur so konnte ich ihm entkommen.«

Patch strich an meinem Wangenknochen entlang. »Da werde ich mich wohl bei ihm bedanken müssen, dass er mein Mädchen gerettet hat.«

Trotz der Umstände lächelte ich. »Du wirst ihn lieben. Ihr zwei habt denselben Modegeschmack.«

Zwei Stunden später parkte ich Patchs Pickup in seiner Garage. Patch saß zusammengesackt auf dem Beifahrersitz, immer noch blass, immer noch mit demselben bläulichen Schimmer, der von seiner Haut ausstrahlte. Er lächelte sein träges Lächeln, wenn er sprach, aber ich wusste, dass es ihn Kraft kostete; es war nur aufgesetzt, damit ich mich nicht beunruhigte. Die Teufelskraft hatte ihn geschwächt, aber für wie lange, wusste niemand. Ich war dankbar, dass Dante geflohen war. Vermutlich musste ich mich dafür bei meinem neuen Hundefreund bedanken. Wenn Dante noch in der Nähe geblieben wäre, um zu beenden, was er angefangen hatte, wären wir alle in Gefahr gewesen. Wieder einmal dachte ich voller Dankbarkeit an den schwarzen Straßenköter. Struppig und unheimlich klug. Und loyal fast bis zur Selbstaufgabe.

Patch und ich waren bei Scott auf dem Friedhof geblieben, bis er sich genug erholt hatte, um selbst nach Hause zu fahren. Was den Hund anging, so war er trotz mehrfacher Versuche, ihn loszuwerden, inklusive des gewaltsamen Entfernens von Patchs Ladefläche, immer wieder ins Auto gesprungen, sodass wir schließlich aufgegeben und ihn mitgenommen hatten. Ich würde ihn ins Tierheim bringen, *nachdem* ich genug Schlaf bekommen hatte, um wieder klar zu denken.

Aber so gern ich einfach nur auf Patchs Bett zusammengebrochen wäre, kaum dass ich einen Fuß in sein Stadthaus gesetzt hatte, es musste noch warten. Noch immer war einiges zu erledigen, denn Dante war uns zwei Schritte voraus. Wenn wir uns ausruhten, bevor wir Gegenmaßnahmen eingeleitet hatten, konnten wir genauso gut gleich die weiße Fahne schwenken.

Ich ging in Patchs Küche auf und ab, die Hände hinter dem Kopf verschränkt, als könnte ich auf diese Weise irgendeinen brillanten Gedanken hervorquetschen, wie es weitergehen sollte. Was dachte Dante jetzt? Was würde sein nächster Zug sein? Er hatte gedroht, mich zu zerstören, wenn ich ihn des Verrats beschuldigte, also hatte er zumindest daran gedacht, dass ich das tun könnte. Was bedeutete, dass er wahrscheinlich mit ein oder zwei Dingen beschäftigt war. Erstens ein wasserdichtes Alibi zu konstruieren. Oder zweitens, und wesentlich schwieriger, mir zuvorzukommen, indem er die Nachricht verbreitete, dass ich der Verräter sei. Der Gedanke ließ mich erstarren.

»Fang am Anfang an«, sagte Patch vom Sofa her. Seine Stimme war leise vor Erschöpfung, aber in seinen Augen brannte der Zorn. Er stopfte ein Kissen unter seinen Kopf und richtete seine gesamte Aufmerksamkeit auf mich. »Erzähl mir ganz genau, was passiert ist.«

»Als Dante mir gesagt hat, dass er für die gefallenen Engel arbeitet, habe ich ihm gedroht, ihn bloßzustellen, aber er hat nur gelacht und gesagt, dass mir sowieso niemand glauben würde.«

»Das würden sie auch nicht«, stimmte Patch offen zu.

Ich lehnte den Kopf gegen die Wand und seufzte frustriert. »Dann hat er mir von seinem Plan erzählt, sich selbst zum Anführer zu machen. Die Nephilim lieben ihn. Sie wünschen sich, er wäre ihr Anführer. Ich sehe es in ihren Augen. Ganz egal, wie sehr ich auch versuche, sie zu warnen, es wird nichts nützen. Sie werden ihn mit offenen Armen als ihren neuen Anführer begrüßen. Ich sehe einfach keine Lösung. Er hat uns geschlagen.«

Patch antwortete nicht gleich. Als er es dann tat, war seine Stimme ruhig. »Wenn du Dante öffentlich angreifst, lieferst du den Nephilim nur einen Vorwand, sich gegen dich zu erheben, das stimmt. Die Lage ist ziemlich angespannt, und sie suchen nach einem Ventil für ihre Unsicherheit. Weshalb wir Dante nicht öffentlich beschuldigen werden.«

»Was sollen wir denn sonst tun?«, fragte ich und drehte mich um, um ihn direkt anzusehen. Er hatte offensichtlich eine Idee, aber ich konnte nicht erraten, welche.

»Wir werden Pepper dazu bringen, sich für uns um Dante zu kümmern.«

Ich dachte sorgsam über Patchs Idee nach. »Und Pepper wird das tun, weil er nicht riskieren kann, dass Dante ihn bei den Erzengeln verpfeift? Aber warum hat Pepper Dante dann nicht schon längst verschwinden lassen?«

»Pepper wird sich nicht die Hände schmutzig machen. Er möchte keine Spuren hinterlassen, die die Erzengel zu ihm führen könnten.« Patch runzelte die Stirn. »So allmählich wird mir klar, was Pepper von mir wollte.«

»Glaubst du, Pepper hat gehofft, du würdest Dante für ihn verschwinden lassen? War das sein sogenanntes Jobangebot?«

Patchs Blick bohrte sich in meinen. »Es gibt nur einen Weg, das herauszufinden.«

»Ich habe Peppers Nummer. Ich vereinbare jetzt sofort ein Treffen«, sagte ich voller Abscheu. Und ich hatte gedacht, Pepper könnte nicht noch tiefer sinken. Anstatt sich ein Herz zu fassen und sich um seine eigenen Probleme zu kümmern, hatte der Feigling versucht, das Risiko auf Patch abzuwälzen.

»Du weißt, Engelchen, dass er etwas hat, was nützlich für uns sein könnte«, setzte Patch nachdenklich hinzu. »Etwas, das er für uns aus dem Himmel stehlen könnte, wenn wir es geschickt anstellen. Ich habe versucht, einen Krieg zu vermeiden, aber vielleicht ist es an der Zeit zu kämpfen. Lass uns das zu Ende bringen. Wenn du die gefallenen Engel schlägst, wirst du deinen Eid erfüllt haben.« Er sah mir tief in die Augen. »Und wir werden frei sein. Zusammen. Kein Krieg mehr, kein Cheschwan mehr.«

Ich wollte gerade fragen, woran er dachte, als mir die unübersehbare Antwort einfiel. Ich konnte es nicht fassen, dass mir das nicht selbst eingefallen war. Ja, Pepper hatte Zugang zu etwas, das uns entscheidende Verhandlungsmacht gegenüber den gefallenen Engeln verleihen – und den Glauben der Nephilim an mich sichern würde. Andererseits – wollten wir wirklich diesen Weg einschlagen? Hatten wir das Recht, die gesamte Population der gefallenen Engel einer so großen Gefahr auszusetzen?

»Ich weiß nicht, Patch …«

Patch stand auf und griff nach seiner Lederjacke. »Ruf Pepper an. Wir treffen uns jetzt.«

Das Gelände hinter der Tankstelle war leer. Der Himmel war schwarz, ebenso wie die schmierigen Fenster des Ladens. Patch stellte sein Motorrad ab, und wir stiegen beide ab. Eine kleine, füllige Gestalt watschelte aus den Schatten und eilte, nachdem sie sich ängstlich nach allen Seiten umgeschaut hatte, auf uns zu.

Peppers Augen leuchteten selbstzufrieden auf, als er Patch erblickte. »Du siehst ein bisschen mitgenommen aus, alter Freund. Man kann wohl sagen, dass das Leben auf Erden dir nicht allzu gut bekommen ist.«

Patch ignorierte die Beleidigung. »Wir wissen, dass Dante dein Erpresser ist.«

»Ja, ja, Dante. Das dreckige Schwein. Erzähl mir was, was ich noch nicht weiß.«

»Ich will dein Jobangebot hören.«

Pepper legte die Fingerspitzen aneinander und ließ Patch nicht aus den Augen. »Ich weiß, dass ihr zwei, du und deine Freundin hier, Hank Millar umgebracht habt. Ich brauche jemanden, der genau so skrupellos ist.«

»Wir hatten Unterstützung. Von den Erzengeln«, erinnerte Patch ihn.

»Ich bin auch ein Erzengel«, sagte Pepper missmutig. »Ich will, dass Dante stirbt, und ich werde dir das nötige Werkzeug dafür an die Hand geben.«

Patch nickte. »Okay, aber nur unter einer Bedingung.«

Pepper blinzelte verblüfft. Er hatte wohl nicht erwartet, dass wir uns so leicht einig werden würden. Er räusperte sich. »An was hattest du gedacht?«

Patch warf mir einen Blick zu, und ich nickte leicht. Zeit, das sprichwörtliche Ass aus dem Ärmel zu ziehen. In der kurzen Zeit, die uns zur Verfügung stand, hatten Patch und ich uns darauf geeinigt, dass wir es uns nicht leisten konnten, diese Karte nicht auszuspielen.

»Wir wollen Zugang zu allen Federn der gefallenen Engel, die im Himmel verwahrt sind«, verkündete ich.

Das angeberische Grinsen verschwand aus Peppers Gesicht, und er lachte kalt auf. »Habt ihr den Verstand verloren? Die kann ich euch nicht ausliefern. Es würde ein ganzes Komitee brauchen, um diese Federn auszulösen. Und was wollt ihr dann damit anstellen? Sie alle verbrennen? Damit würdet ihr jeden gefallenen Engel der Welt zur Hölle schicken!«

»Fändest du das wirklich so schlimm?«, fragte ich ihn ernsthaft.

»Wen kümmert es schon, was ich denke«, grummelte er. »Es gibt Regeln. Es gibt Verfahren. Nur gefallene Engel, die ein Kapitalverbrechen oder einen schweren Verstoß gegen die Menschlichkeit begangen haben, werden in die Hölle geschickt.«

»Dir bleibt nichts anderes übrig«, stellte Patch kalt fest. »Wir wissen beide, dass du an die Federn herankommen kannst. Du weißt, wo sie verwahrt werden, und du weißt, wie du drankommst. Du hast alles, was du brauchst. Mach einen Plan, und führe ihn aus. Entweder das oder du kannst dich selbst um Dante kümmern.«

»Eine Feder, das wäre möglich! Aber Tausende? Damit komme ich niemals durch!«, protestierte Pepper schrill.

Patch machte einen Schritt auf ihn zu, und Pepper wich

erschrocken zurück und riss die Arme hoch, um sein Gesicht zu schützen.

»Sieh dich um«, sagte Patch mit tödlicher Ruhe. »Du möchtest hier nicht für immer bleiben. Du wärst der jüngste gefallene Engel, und sie würden dafür sorgen, dass du das so schnell nicht vergisst. Du wirst kaum die erste Woche der Initiation überleben.«

»I-i-initiation?«

Patchs schwarzer Blick jagte mir einen Schauer über den Rücken.

»W-w-was soll ich nur machen?«, jammerte Pepper leise. »Ich kann keine Initiation durchstehen. Ich kann nicht für immer auf der Erde leben. Ich muss zurück in den Himmel gehen können, wenn ich es möchte.«

»Besorg die Federn.«

»D-d-das kann ich nicht«, stammelte Pepper.

»Es wird dir nichts anderes übrig bleiben. Du wirst diese Federn besorgen, Pepper. Und ich werde Dante töten. Hast du einen Plan?«

Ein unglückliches Nicken. »Ich bringe dir einen speziellen Dolch, der Dante töten wird. Wenn die Erzengel dich dafür belangen wollen und du auch nur versuchst, ihnen meinen Namen zu nennen, wirst du dir selbst damit die Zunge heraus- schneiden. Ich habe ihn mit einem Zauber belegt. Der Dolch wird nicht zulassen, dass du mich verrätst.«

»Soll mir recht sein.«

»Wenn es vorüber ist, wirst du keinen Kontakt zu mir auf- nehmen können. Nicht, bis ich im Himmel bin. Jede Kom- munikation wird erstickt, bis ich meinen Teil der Abmachung erfüllt habe. Wenn ich das überhaupt fertigbringe«, winselte er unglücklich. »Ich lasse es dich wissen, wenn ich die Federn habe.«

»Wir brauchen sie bis morgen«, erklärte ich.

»Morgen?«, fragte er nervös. »Ist dir klar, was du da verlangst?«

»Spätestens bis Montag um Mitternacht«, sagte Patch unnachgiebig.

Pepper nickte elend. »Ich versuche, so viele zu bekommen, wie ich kann.«

»Du musst den ganzen Vorrat ausräumen«, ermahnte ich ihn. »Das ist unsere Vereinbarung.«

Pepper schluckte. »Wirklich alle?«

Ja, wirklich alle, das war der Sinn der Sache. Wenn Pepper an die Federn herankam, hätten die Nephilim eine Chance, den Krieg mit einem einzigen Schlag zu gewinnen. Da wir die gefallenen Engel nicht selbst in Ketten schlagen konnten, würden wir versuchen, sie an ihrer Achillesferse zu treffen – ihren ehemaligen Engelsfedern. Jeder gefallene Engel würde vor die Wahl gestellt werden, seinen Nephilim-Vasallen von seinem Schwur zu entbinden und einen neuen Friedensschwur zu leisten oder sich an einem wesentlich heißeren Ort niederzulassen als Coldwater, Maine.

Wenn unser Plan aufging, würde es keine Rolle mehr spielen, wenn Dante mich des Verrats bezichtigte. Wenn ich den Krieg gewinnen könnte, würde für die Nephilim nichts anderes mehr zählen. Und obwohl sie kein Vertrauen in mich hatten, *wollte* ich diesen Krieg für sie gewinnen. Einfach, weil es so richtig war.

Ich sah Pepper fest in die Augen. »Alle Federn.«

## EINUNDDREISSIG

Scott rief an, sobald Patch und ich zurück in der Villa waren. Es war inzwischen Sonntag, kurz nach drei Uhr morgens. Patch schloss die Tür, und ich stellte das Telefon auf Mithören.

»Es könnte sein, dass wir ein Problem haben«, sagte Scott. »Ich habe eine Handvoll SMS bekommen von Freunden, die sagen, Dante würde eine öffentliche Bekanntmachung planen, heute Abend im Delphic, nachdem der Park geschlossen hat. Findet das noch wer außer mir bedenklich, nach allem, was heute Nacht passiert ist?«

Patch fluchte.

Ich versuchte, ruhig zu bleiben, aber der Rand meines Gesichtsfelds färbte sich schwarz ein.

»Alle spekulieren, und die Theorien schießen nur so ins Kraut«, fuhr Scott fort. »Habt ihr eine Ahnung, worum es da gehen könnte? Erst tut der Kerl, als wäre er dein Freund und dann: *Wham!* passiert das von heute Abend. Und jetzt das.«

Ich stützte mich an der Wand ab. Mein Kopf drehte sich, und meine Knie zitterten. Patch nahm mir das Telefon aus der Hand.

»Sie ruft dich zurück, Scott. Lass uns wissen, wenn du was Neues erfährst.«

Ich sank auf Patchs Sofa, senkte den Kopf zwischen die Knie und holte ein paar Mal tief Luft. »Er wird mich in aller Öffentlichkeit des Verrats bezichtigen. Heute Abend.«

»Ja«, stimmte Patch ruhig zu.

»Sie werden mich ins Gefängnis stecken. Sie werden mich foltern, um mir ein Geständnis abzuringen.«

Patch kniete sich vor mich und legte die Hände beschützend auf meine Rippen. »Sieh mich an, Engelchen.«

Mein Hirn sprang automatisch an. »Wir müssen Pepper kontaktieren. Wir brauchen den Dolch früher, als wir dachten. Wir müssen Dante töten, bevor er seine Rede halten kann.« Ein rasselnder Atemzug entrang sich meiner Brust. »Was, wenn wir den Dolch nicht mehr rechtzeitig bekommen?«

Patch drehte meinen Kopf an seine Brust und massierte sanft die Muskeln in meinem Nacken, die zum Reißen gespannt waren. »Glaubst du, ich würde zulassen, dass auch nur einer von denen Hand an dich legt?«, fragte er sanft.

»O Patch!« Ich warf die Arme um seinen Hals, während Tränen mein Gesicht wärmten. »Was machen wir nur?«

Er drehte mein Gesicht, damit ich ihn ansah. Mit den Daumen strich er unter meinen Augen entlang und trocknete meine Tränen. »Pepper wird durchkommen. Er wird mir den Dolch bringen, und ich werde Dante töten. Du wirst die Federn bekommen und den Krieg gewinnen. Und dann nehme ich dich mit. Irgendwohin, wo wir die Worte Cheschwan oder Krieg nie wieder hören müssen.« Er sah aus, als wollte er es unbedingt glauben, aber seine Stimme schwankte.

»Pepper hat uns die Federn und den Dolch bis Montag versprochen, Mitternacht. Aber was ist mit Dantes Rede heute Abend? Wir können ihn nicht aufhalten. Pepper muss den Dolch früher bringen. Wir müssen einen Weg finden, Kontakt mit ihm aufzunehmen. Wir müssen es riskieren.«

Patch verstummte, rieb sich gedankenverloren mit der Hand über den Mund. Schließlich sagte er: »Pepper kann unser Problem von heute Abend nicht lösen – wir werden es selbst tun müssen.« Sein Blick, unerschütterlich und entschlossen, fand den meinen. »Du wirst ein dringendes und obligatorisches Treffen mit den prominentesten Nephilim ansetzen für heute Abend und Dante den Wind aus den Segeln nehmen. Alle erwarten von dir, dass du in die Offensive gehst, um die Nephilim in den Krieg zu katapultieren, und sie werden denken, das wäre es – dein erster militärischer Zug. Deine Ankündigung wird die Dantes übertrumpfen. Die Nephilim werden kommen und Dante ebenfalls, allein schon aus Neugierde.

Vor allen anderen wirst du klar und deutlich sagen, dass dir bewusst ist, dass es Bestrebungen gibt, Dante an die Macht zu bringen. Dann sagst du ihnen, dass du ihre Zweifel ein für alle Mal entkräften wirst. Überzeuge sie davon, dass du ihre Anführerin sein willst und glaubst, den Job besser machen zu können als Dante. Und dann forderst du ihn zu einem Duell um die Macht heraus.«

Ich starrte Patch verwirrt und zweifelnd an. »Ein Duell? Mit Dante? Ich kann nicht gegen ihn kämpfen – er würde gewinnen.«

»Wenn wir das Duell hinauszögern können, bis Pepper zurück ist, dann wird es nichts als ein Trick sein, um Dante hinzuhalten und uns Zeit zu verschaffen.«

»Und wenn wir das Duell nicht hinauszögern können?«

Patchs Blick bohrte sich tief in meinen, aber er antwortete nicht auf meine Frage. »Wir müssen jetzt handeln. Wenn Dante merkt, dass du heute Abend ebenfalls etwas zu sagen hast, dann wird er seine Pläne auf Eis legen, bis er weiß, was du vorhast. Er hat nichts zu verlieren. Er weiß, dass, wenn du ihn öffentlich denunzierst, er kaum mehr machen muss, als mit dem Finger auf dich zu zeigen. Vertrau mir, wenn er erfährt, dass du ihn zum Duell forderst, dann macht er eine Flasche Champagner auf. Er ist ein Angeber, Nora. Und egoistisch. Es wird ihm niemals in den Sinn kommen, dass du gewinnen könntest. Er wird dem Duell zustimmen in dem Glauben, dass du ihm gerade einen großen Gefallen getan hast. Eine schlampige öffentliche Denunziation und ein hastig zusammengeschusterter Prozess ... oder dir deine Macht mit einem einzigen Pistolenschuss zu nehmen? Er wird sich in den Hintern treten, dass er nicht selbst darauf gekommen ist.«

Meine Gelenke fühlten sich an, als seien sie durch Gummi ersetzt worden. »Wenn es zum Duell kommt, werden wir mit Schusswaffen kämpfen?«

»Oder Schwertern. Deine Entscheidung, aber ich würde eindeutig für Pistolen plädieren. Es dürfte für dich wesentlich einfacher sein, schießen zu lernen, als mit einem Schwert zu kämpfen«, sagte Patch ruhig, ohne auf die Anspannung in meiner Stimme einzugehen.

Mir war schlecht. »Dante wird dem Duell zustimmen, weil er weiß, dass er mich schlagen kann. Er ist stärker als ich, Patch. Wer weiß, wie viel Teufelskraft er genommen hat? Es wird kein fairer Kampf werden.«

Patch nahm meine zitternden Hände und hauchte einen besänftigenden Kuss auf meine Fingerknöchel. »Duelle sind vor Hunderten von Jahren in der menschlichen Gesellschaft außer Mode geraten, aber unter den Nephilim sind sie immer noch gesellschaftlich akzeptiert. In ihren Augen ist es die schnellste und einfachste Möglichkeit, eine Meinungsverschiedenheit zu lösen. Dante will Anführer der Nephilim-Armee werden, und du wirst ihn und jeden anderen Nephilim glauben machen, dass du Anführerin bleiben willst.«

»Warum erzählen wir nicht einfach den prominenten Nephilim von den Federn, wenn wir sie heute Abend treffen?« Hoffnung breitete sich in meinem Herzen aus. »Denen wird doch alles andere egal sein, wenn sie erfahren, dass ich einen todsicheren Weg habe, den Krieg zu gewinnen und den Frieden wiederherzustellen.«

»Wenn Pepper scheitert, dann werden sie es als dein Scheitern ansehen. Nur nah dran gewesen zu sein wird nicht zählen. Entweder feiern sie dich als Retterin, weil du an die Federn gekommen bist, oder sie kreuzigen dich, weil du gescheitert bist. Bis wir ganz sicher wissen, dass Pepper Erfolg hatte, dürfen wir die Federn nicht erwähnen.«

Ich fuhr mir mit den Händen durch die Haare. »Ich kann das nicht.«

»Wenn Dante für die gefallenen Engel arbeitet und wenn er an die Macht kommt, dann werden die Nephilim fester als je zuvor an die gefallenen Engel gebunden sein«, antwortete Patch. »Ich fürchte, die gefallenen Engel könnten sogar Teufelskraft einsetzen, um die Nephilim länger als bis zum Ende des Cheschwan zu versklaven.«

Ich schüttelte unglücklich den Kopf. »Es steht zu viel auf dem Spiel. Was, wenn ich versage?« Und das würde ich zweifellos.

»Da ist noch mehr, Nora. Dein Schwur gegenüber Hank.«

Angst formte sich in meinem Magen zu Eisklötzen. Wieder erinnerte ich mich an jedes Wort, das ich in jener Nacht zu Hank Millar gesagt hatte, als er mich dazu gezwungen hatte, die Führung seines dem Untergang geweihten Aufstandes zu übernehmen. *Ich werde deine Armee anführen. Wenn ich dieses Versprechen breche, sind meine Mutter und ich so gut wie tot, das ist mir bewusst.* Was mir keine große Wahl ließ, oder? Wenn ich weiter mit Patch auf der Erde bleiben und das Leben meiner Mutter bewahren wollte, musste ich meinen Titel als Anführerin der Nephilim-Armee behalten. Ich durfte nicht zulassen, dass Dante ihn mir stahl.

»Ein Duell ist ein seltenes Schauspiel; mit zwei so hochrangigen Nephilim wie dir und Dante aber ist das ein Ereignis, das niemand verpassen möchte«, sagte Patch. »Ich hoffe, wir können das Duell hinauszögern, und Pepper scheitert nicht, aber ich denke, wir sollten uns auf das Schlimmste vorbereiten. Das Duell könnte unser einziger Ausweg sein.«

»Über welche Größenordnung an Publikum reden wir denn?«

Patchs Blick war kühl und voller Selbstvertrauen. Aber ganz kurz sah ich Mitleid darin aufflackern. »Hunderte.«

Ich schluckte schwer. »Das kann ich nicht.«

»Ich übe mit dir, Engelchen. Und ich werde bei jedem Schritt des Weges bei dir sein. Du bist wesentlich stärker als noch vor zwei Wochen, und das alles nach nur ein paar Stunden Arbeit mit einem Trainer, der nur gerade genug getan hat, um dich glauben zu machen, er hätte in dich investiert. Er wollte, dass du glaubst, er trainiert dich, aber ich bezweifle stark, dass er mehr getan hat, als deine Muskeln gegen den kleinstmöglichen Widerstand anarbeiten zu lassen. Ich glaube nicht, dass dir klar ist, wie stark du wirklich bist. Mit echtem Training kannst du ihn schlagen.«

Patch griff in meinen Nacken und zog unsere Gesichter zueinander. Er sah mich mit so viel Zuversicht und Vertrauen an, dass es mir beinahe das Herz brach. *Du schaffst das. Es ist eine Aufgabe, um die dich niemand beneidet. Umso mehr bewundere ich dich dafür, dass du es auch nur versuchst,* sagte er in meinem Geist.

»Gibt es denn keinen anderen Weg?« Aber ich hatte die letzten Minuten damit verbracht, die Lage hektisch aus allen möglichen Perspektiven zu betrachten. Peppers zweifelhafte Erfolgsaussichten, der Eid, den ich Hank geschworen hatte, die prekäre Lage der gesamten Nephilim-Rasse … es gab wirklich keine andere Lösung. Ich musste da durch.

»Patch, ich habe Angst«, flüsterte ich.

Er zog mich in seine Arme. Gab mir einen Kuss auf den Scheitel und strich mir übers Haar. Er brauchte kein Wort zu sagen, ich wusste auch so, dass er ebenfalls Angst hatte.

»Ich werde nicht zulassen, dass du dieses Duell verlierst, Engelchen. Ich werde nicht zulassen, dass du dich Dante stellst, wenn ich nicht weiß, dass ich den Ausgang des Duells kontrollieren kann. Der Kampf wird fair aussehen, aber er wird nicht fair sein. Dante hat sein Schicksal besiegelt, als er sich gegen dich gewandt hat. Ich werde ihn nicht vom Haken lassen.« Seine leise Stimme wurde härter. »Er wird nicht lebend aus der Sache herauskommen.«

»Kannst du das Duell beeinflussen?«

Der Rachedurst in seinem Blick sagte mir alles, was ich wissen musste.

»Wenn irgendjemand herausfindet …«, setzte ich an.

Patch küsste mich, hart, aber mit einem amüsierten Glitzern in den Augen. »Wenn ich erwischt würde, würde das bedeuten, dass ich dich nie wieder küssen kann. Glaubst du wirklich, ich würde das riskieren?« Sein Gesicht wurde ernst. »Ich weiß, dass ich deine Berührung nicht spüren kann, aber ich spüre deine Liebe, Nora. In mir. Das bedeutet mir alles. Ich wünschte, ich könnte dich ebenso spüren, wie du mich spürst, aber ich habe deine Liebe. Nichts wird das je übertreffen. Es gibt Leute, die in ihrem ganzen Leben niemals das empfinden, was du mir gegeben hast. Da gibt es nichts zu bereuen.«

Mein Kinn zitterte. »Ich habe Angst, dich zu verlieren. Ich habe Angst davor zu scheitern und vor dem, was dann mit uns geschehen wird. Ich will das nicht machen«, protestierte ich, auch wenn ich wusste, dass es keine magische Hintertür gab, durch die ich entkommen konnte. Ich konnte nicht davor weglaufen; ich konnte mich nicht verstecken. Der Eid, den ich Hank geschworen hatte, würde mich verfolgen, ganz egal, wohin ich auch verschwand. Ich *musste* an der Macht bleiben. Solange die Armee bestand, musste ich durchhalten. Ich drückte Patchs Hand. »Versprich mir, dass du die ganze Zeit bei mir sein wirst. Versprich mir, dass du mich das nicht allein durchstehen lässt.«

Patch hob mein Kinn mit der Fingerspitze an. »Wenn ich das für dich ungeschehen machen könnte, würde ich es tun. Wenn ich es an deiner Stelle durchstehen könnte, würde ich nicht zögern. Aber Tatsache ist, ich kann nur eines tun: bis zum Ende an deiner Seite stehen. Ich werde nicht wanken, Engelchen, das verspreche ich dir.« Er strich mit den Händen über meine Arme, ohne zu wissen, dass dieses Versprechen mich mehr wärmte als die Geste. Es brachte mich beinahe zum Weinen. »Ich werde die Nachricht durchsickern lassen, dass du für heute Abend ein dringendes Treffen einberufen hast. Als Erstes rufe ich Scott an und sage ihm, er soll das weitergeben. Es wird nicht lange dauern, bis die Nachricht sich verbreitet. Noch vor Ablauf dieser Stunde wird Dante davon erfahren haben.«

Mein Magen machte einen Übelkeit erregenden Hüpfer. Ich kaute auf der Innenseite meiner Wange, dann zwang ich mich zu nicken. Ich musste das Unausweichliche akzeptieren. Je schneller ich mich dem stellte, was vor mir lag, desto eher konnte ich einen Plan schmieden, um meine Angst zu besiegen.

»Was kann ich tun?«, fragte ich.

Patch musterte mich nachdenklich. Er strich mit dem Daumen über meine Lippen, dann über meine Wange. »Du bist ja eiskalt, Engelchen.« Er nickte zu dem Flur hinüber, der tiefer ins Haus hineinführte. »Wir stecken dich ins Bett, und ich zünde den Kamin an. Was du jetzt brauchst, ist Wärme und Ruhe. Ich lasse auch ein heißes Bad ein.«

Auf einmal merkte ich, wie eiskalte Schauer durch meinen Körper jagten. Es war, als wäre von dem einen zum anderen Moment jegliche Wärme aus meinem Körper gesogen worden. Ich nahm an, dass ich wohl in einen Schockzustand verfiel. Meine Zähne klapperten, und die Fingerspitzen vibrierten von einem seltsamen, unwillkürlichen Zittern.

Patch hob mich hoch und trug mich in sein Schlafzimmer. Mit der Schulter stieß er die Tür auf, dann zog er die Daunendecke weg und legte mich sanft in sein Bett. »Möchtest du etwas trinken? Einen Kräutertee oder eine Brühe?«

Als ich in sein Gesicht sah, das so ernst und besorgt war, brodelte das Schuldbewusstsein wieder in mir hoch. In diesem Augenblick wusste ich, dass Patch alles für mich tun würde. Sein Versprechen, an meiner Seite zu bleiben, bedeutete ihm genauso viel, als hätte er einen Eid geschworen. Er gehörte zu mir, und ich gehörte zu ihm. Er würde alles tun – *alles* –, um mich hier bei ihm zu halten.

Ich zwang mich, den Mund aufzumachen, bevor ich wieder kniff. »Da ist noch etwas, was ich dir sagen muss«, setzte ich mit dünner und brüchiger Stimme an. Ich wollte nicht weinen, aber jetzt traten mir Tränen in die Augen. Ich war überwältigt von Scham.

»Engelchen?«, fragte Patch ernst.

Ich hatte den ersten Schritt getan, aber jetzt erstarrte ich. Eine rechtfertigende Stimme tauchte in meinem Geist auf und sagte mir, dass ich kein Recht hatte, das bei Patch abzuladen. Nicht jetzt, wo er so geschwächt war. Wenn ich ihn liebte, dann würde ich jetzt den Mund halten. Es war wichtiger, dass er sich erholte, als dass ich mein Gewissen von ein paar Notlügen erleichterte. Schon spürte ich, wie sich die eisigen Hände erneut um meine Kehle schlossen.

»Ich … ach, nichts«, stammelte ich. »Ich bin einfach nur

müde und muss schlafen. Und du musst Scott anrufen.« Ich drehte mein Gesicht ins Kissen, so dass er nicht sah, wie ich weinte. Die eisigen Hände fühlten sich viel zu real an, bereit, sich um meinen Hals zu schließen, wenn ich zu viel sagte, wenn ich mein Geheimnis verriet.

»Ich muss ihn anrufen, das stimmt. Aber noch viel wichtiger ist, dass du mir sagst, was los ist«, sagte Patch mit gerade genug Besorgnis in der Stimme, um mir zu signalisieren, dass ich über den Punkt hinaus war, an dem ein einfaches Ablenkungsmanöver ausreichte, um aus dieser Sache herauszukommen.

Die eisigen Hände legten sich erneut um meine Kehle. Ich hatte zu viel Angst, um auch nur ein Wort herauszubringen. Zu viel Angst vor den Händen und davor, wie sie mich verletzen würden.

Patch schaltete eine der Nachttischlampen ein, zog sanft an meiner Schulter, versuchte, mir ins Gesicht zu sehen, aber ich rutschte nur noch weiter von ihm weg. »Ich liebe dich«, sagte ich erstickt. Scham blies sich in meinem Inneren auf wie ein Ballon. Wie konnte ich das sagen und ihn gleichzeitig so anlügen?

»Ich weiß. Genauso wie ich weiß, dass du mir irgendetwas verschweigst. Das ist jetzt nicht der richtige Zeitpunkt, um Geheimnisse zu haben. Wir sind zu weit gekommen, um diesen Weg noch einzuschlagen«, erinnerte Patch mich.

Ich nickte, spürte, wie die Tränen in den Kissenbezug rannen. Er hatte recht. Ich wusste es, aber das machte es kein Stück leichter, endlich zu gestehen. Und ich wusste nicht, ob ich es konnte. Diese frostigen Hände, die sich um meine Kehle schlossen, meine Stimme …

Patch glitt neben mich unter die Decke und zog mich an sich. Ich spürte seinen Atem in meinem Nacken, die Wärme seiner Haut, die meine berührte. Sein Knie passte perfekt in meine Kniebeuge. Er küsste meine Schulter, sein schwarzes Haar fiel über mein Ohr.

*Ich ... habe ... dich ... angelogen,* gestand ich in seinen Gedanken und hatte dabei das Gefühl, als müsste ich die Worte durch eine Steinmauer drücken. Angespannt wartete ich darauf, dass die kalten Hände mich würgten, aber zu meiner Überraschung schien ihr Griff sich bei meinem Geständnis zu lockern. Ihre eisige Berührung löste sich und wurde unsteter. Ermutigt durch diesen kleinen Schritt, drängte ich weiter. *Ich habe den Einzigen belogen, dessen Vertrauen mir wirklich etwas bedeutet. Ich habe dich angelogen, Patch, und ich weiß nicht, wie ich mir das jemals verzeihen soll.*

Statt eine Erklärung zu verlangen, fuhr Patch damit fort, meinen Arm mit einer Spur aus langsamen, regelmäßigen Küssen zu bedecken. Erst als er einen Kuss auf die Innenseite meines Handgelenkes drückte, sprach er. »Danke, dass du es mir gesagt hast.«

Ich rollte herum und blinzelte ihn verblüfft an. »Willst du nicht wissen, worüber ich dich angelogen habe?«

»Ich will wissen, was ich tun kann, damit du dich besser fühlst.« Er massierte meine Schultern in zärtlichen Kreisen und gab mir so eine gewisse Sicherheit.

Ich würde mich nicht besser fühlen, solange ich nicht alles gestanden hätte. Es lag nicht in Patchs Verantwortung, mir meine Last von den Schultern zu nehmen – es lag an mir, und ich konnte jeden einzelnen Gewissensbiss spüren, als durchbohrten sie mich mit eisernen Klingen.

»Ich habe ... Teufelskraft genommen.« Ich hätte nicht gedacht, dass mein Schuldgefühl noch weiter wachsen könnte, aber es schien noch einmal um das Dreifache anzusteigen. »Die ganze Zeit habe ich sie genommen. Ich habe das Gegengift nie getrunken, das du von Blakely bekommen hast.

Ich habe mir die ganze Zeit eingeredet, ich würde es später nehmen, nach Cheschwan, wenn ich keine übermenschlichen Kräfte mehr brauchen würde, aber das war nur eine Ausrede. Ich hatte nie vor, es zu nehmen. Die ganze Zeit habe ich mich auf die Teufelskraft verlassen. Ich vergehe vor Angst, dass ich ohne sie nicht stark genug sein könnte. Ich weiß, dass ich damit aufhören muss, und ich weiß auch, dass es falsch ist. Aber sie verleiht mir Kräfte, die ich allein nicht aufbringen könnte. Ich habe deinen Geist manipuliert, um dich glauben zu machen, dass ich das Gegengift getrunken habe und – noch nie im Leben habe ich etwas so sehr bereut!«

Ich senkte den Blick, weil ich die Enttäuschung und Abscheu, die sich mit Sicherheit auf Patchs Gesicht zeigen würden, nicht ertragen konnte. Es war schrecklich genug, die Wahrheit zu kennen, aber mich selbst zu hören, wie ich sie aussprach, schnitt mir bis ins Herz. Wer war ich denn noch? Ich erkannte mich selbst kaum wieder, und das war das Schlimmste, was ich je gefühlt hatte. Irgendwo hatte ich mich in all dem selbst verloren. Und so leicht es war, der Teufelskraft die Schuld daran zu geben, so war mir doch klar, dass *ich* die Entscheidung getroffen hatte, die erste Flasche von Dante zu stehlen.

Endlich sagte Patch etwas. Seine Stimme war so fest, so voll ruhiger Bewunderung, dass ich mich fragte, ob er die ganze Zeit von meinem Geheimnis gewusst haben konnte. »Wusstest du, was ich dachte, als ich dich das erste Mal gesehen habe? Ich dachte, dass ich noch nie ein Wesen gesehen habe, das so bezaubernd und wunderschön ist.«

»Warum sagst du mir das jetzt?«, fragte ich unglücklich.

»Ich habe dich gesehen und wollte in deiner Nähe sein. Ich wollte, dass du mich hineinlässt. Ich wollte dich erkennen in einer Weise, wie es niemand sonst tat. Ich wollte dich, alles von dir. Dieses Verlangen hat mich beinahe in den Wahnsinn getrieben.« Patch schwieg kurz, holte leise Luft, als wollte er mich einatmen. »Und jetzt, wo ich dich habe, habe ich nur noch Angst davor, wieder an jenen Punkt zurückkehren zu müssen. Dich zu wollen, ohne jede Hoffnung, dass mein Begehren sich jemals erfüllt. Du gehörst mir, Engelchen. Jede Faser von dir. Ich würde nichts und niemandem erlauben, daran etwas zu ändern.«

Ich stützte mich auf den Ellbogen auf und starrte ihn an. »Ich habe dich nicht verdient, Patch. Ganz egal, was du sagst. Das ist die Wahrheit.«

»Du hast mich nicht verdient«, stimmte er zu. »Du hast etwas Besseres verdient. Aber nun hast du mich, und du solltest dich lieber damit abfinden.« In einer einzigen, fließenden Bewegung rollte er sich auf mich, während sich wieder dieser Piratenblick in seine schwarzen Augen stahl. »Ich habe nicht vor, dich so leicht davonkommen zu lassen, das vergiss lieber nicht. Es ist mir egal, ob es ein anderer Mann, deine Mutter oder die Kräfte der Hölle sind, die versuchen, uns auseinanderzutreiben, ich werde nicht nachgeben, und ich werde mich nicht verabschieden.«

Ich blinzelte mit feuchten Wimpern. »Ich lasse auch nichts zwischen uns kommen. Ganz besonders nicht die Teufelskraft. Ich habe das Gegengift in meiner Handtasche. Ich nehme es jetzt gleich. Und, Patch?«, setzte ich aufrichtig hinzu. »Danke ... für alles. Ich weiß nicht, was ich ohne dich machen würde.«

»Gut so«, murmelte er. »Weil ich dich nämlich auch nicht verlassen werde.«

Ich sank auf sein Bett zurück und ergab mich nur zu gern.

## ZWEIUNDDREISSIG

In der Tat verbreitete sich die Nachricht sehr schnell, dass ich ein Treffen mit den hochrangigen Nephilim verlangte. Schon am Samstagnachmittag summten sämtliche Kommunikationskanäle der Nephilim voller Erwartung und Spekulationen. Ich bekam die gesamte Aufmerksamkeit, und die Nachrichten über Dantes Ankündigung versiegten. Ich hatte ihm die Show gestohlen, ohne dass Dante etwas dagegen unternommen hätte. Patch hatte zweifellos recht – Dante wartete ab, bis er erkennen konnte, worin mein nächster Zug bestand.

Scott rief jede Stunde an, um mich auf den neuesten Stand zu bringen, wobei er mir normalerweise die letzten Theorien mitteilte, die die Nephilim über meinen ersten kriegerischen Schlag gegen die gefallenen Engel entwickelten. Ganz oben auf der Liste stand dabei: einen Hinterhalt legen, ihre Kommunikationskanäle zerstören, Spione aussenden und die Befehlshaber der gefallenen Engel entführen. Wie Patch vorhergesagt hatte, waren die Nephilim schnell zu dem Schluss gekommen, dass der Krieg der einzige Grund sein konnte, aus dem ich ein Treffen einberufen wollte. Ich fragte mich, ob Dante zum selben Schluss gekommen war. Ich wünschte mir, dass ich diese Frage mit Ja beantworten konnte, dass es mir gelungen war, ihn zu täuschen, aber die Erfahrung sagte mir, dass er zu gerissen dafür war – er wusste, dass ich etwas im Schilde führte.

»Große Neuigkeiten«, sagte Scott aufgeregt am Telefon.

»Die hohen Tiere – mächtige Nephilim – haben deinem Gesuch stattgegeben. Sie haben einen Treffpunkt festgelegt, und zwar nicht den Delphic-Vergnügungspark. Außerdem wollen sie die ganze Sache eher im kleinen Kreis besprechen. Wie zu erwarten, wird die Party nur für geladene Gäste sein. Zwanzig Nephilim höchstens. Keine Lecks, reichlich Wachen. Jeder geladene Nephilim wird am Eingang durchsucht. Die gute Nachricht ist, dass ich auf der Gästeliste stehe. Hat mich ein bisschen Schmeichelei gekostet, aber ich werde dabei sein.«

»Nun sag mir schon, wo es stattfinden soll«, sagte ich und versuchte, mir nicht anmerken zu lassen, wie übel mir war.

»Sie wollen sich in Hank Millars altem Haus treffen.«

Mein Rücken kribbelte. Niemals würde ich diese eiskalten blauen Augen aus dem Kopf bekommen können, an die mich dieser Name erinnerte.

Ich schob diesen Geist der Vergangenheit beiseite und konzentrierte mich. Ein schickes georgianisches Gebäude im Kolonialstil in einer angesehenen menschlichen Wohngegend? Das kam mir irgendwie nicht zwielichtig genug vor für ein geheimes Nephilim-Treffen. »Warum ausgerechnet da?«

»Die hohen Tiere sehen es als eine Geste des Respekts für die Schwarze Hand. Gute Idee, würde ich sagen. Schließlich hat er uns dieses ganze Durcheinander eingebrockt«, setzte Scott abfällig hinzu.

»Mach nur weiter so, und du katapultierst dich direkt von der Gästeliste.«

»Das Treffen ist für zehn Uhr heute Abend angesetzt. Lass dein Handy eingeschaltet, falls ich noch etwas Neues erfahre. Und vergiss nicht, überrascht zu tun, wenn sie dich über die Einzelheiten informieren. Wir dürfen sie nicht auf die Idee bringen, dass sie jetzt schon einen Spion in ihren Reihen haben. Ach, und noch eins. Das mit Dante tut mir leid. Ich fühle mich verantwortlich dafür. Ich hab' euch einander vorgestellt. Wenn ich es könnte, würde ich ihn rauswerfen. Und ihn mit einem Ziegelstein an jedem einzelnen seiner Glieder aufs Meer hinausbringen und da über Bord werfen. Kopf hoch. Ich stehe hinter dir.«

Ich legte auf und drehte mich zu Patch um, der an der Wand lehnte und mich während des Gesprächs gut beobachtet hatte.

»Das Treffen findet heute Abend statt«, sagte ich ihm. »Im alten Millar-Haus.« Ich konnte mich nicht dazu überwinden, die Gedanken, die mir auf der Seele lasteten, auszusprechen. Ein privates Haus? Durchsuchungen? Wachen? Wie in aller Welt sollte Patch da jemals hineinkommen? Zu meiner großen Enttäuschung sah alles danach aus, als müsste ich heute Abend ohne ihn auskommen.

»Das klappt schon«, sagte Patch ruhig. »Ich werde da sein.«

Ich bewunderte seine kühle Zuversicht, konnte mir aber nicht vorstellen, wie er es schaffen sollte, sich unbemerkt einzuschleichen. »Das Haus wird scharf bewacht sein. Im selben Augenblick, in dem du einen Fuß hineinsetzt, werden sie wissen, dass du da bist. Es wäre vielleicht leichter gewesen, wenn sie ein Museum oder das Gerichtsgebäude ausgewählt hätten. Das alte Millar-Haus ist groß, aber nicht so groß. Sie werden jeden Zentimeter unter Überwachung haben.«

»Was genau das ist, worauf ich vorbereitet bin. Ich habe den Plan schon in allen Einzelheiten im Kopf. Scott wird mich reinlassen.«

»Das wird nicht klappen. Sie werden damit rechnen, dass die gefallenen Engel Spione einzuschleusen versuchen, und selbst wenn Scott für dich ein Fenster offen lässt, werden sie daran auch schon gedacht haben. Und sie werden nicht nur dich gefangen nehmen, sondern auch wissen, dass Scott ein Verräter ist.«

»Ich werde Scotts Körper in Besitz nehmen.«

Ich blinzelte. Ganz langsam dämmerte mir, was er vorhatte. Natürlich. Es war Cheschwan, und Patch würde kein Problem damit haben, die Kontrolle über Scotts Körper zu übernehmen. Und von außen betrachtet, würde niemand den Unterschied zwischen den beiden wahrnehmen können. Patch würde vorbehaltlos zu dem Treffen zugelassen werden. Es war die perfekte Tarnung. Ein kleines Problem gab es allerdings. »Scott wird sich niemals dazu bereit erklären.«

»Hat er schon.«

Ich starrte ihn ungläubig an. »Hat er?«

»Er tut es für dich.«

Meine Kehle war plötzlich wie zugeschnürt. Es gab nichts auf der Welt, wofür sich Scott heftiger einsetzte, als seinen Körper vor gefallenen Engeln zu schützen. Mir wurde klar, wie viel ihm unsere Freundschaft bedeuten musste. Dass er dazu bereit war … das, was er am meisten fürchtete … Mir fehlten die Worte. Ich empfand nur tiefe, schmerzliche Dankbarkeit für Scott und war fest entschlossen, ihn nicht zu enttäuschen.

»Bitte sei vorsichtig heute Nacht«, sagte ich.

»Ich werde vorsichtig sein. Und ich werde nicht länger bleiben als unbedingt nötig. Sobald du sicher aus dem Meeting heraus bist und ich lange genug da war, um alles zu erfahren, was ich erfahren muss, wird Scott seinen Körper wieder zurückbekommen.«

Ich nahm Patch fest in die Arme. »Danke«, flüsterte ich.

Eine Stunde vor zehn brach ich von Patchs Wohnung aus auf. Auf Verlangen meiner Nephilim-Gastgeber fuhr ich einen Mietwagen. Sie hatten alle Eventualitäten bedacht und alles getan, damit ich nicht von irgendwelchen neugierigen Nephilim oder, schlimmer noch, gefallenen Engeln verfolgt werden konnte, die vielleicht Wind von dem hochgeheimen Treffen heute Nacht bekommen haben könnten.

Die Straßen waren dunkel und feucht vom Nebel. Meine Scheinwerfer strichen über das schwarze Band des Asphalts, das sich über die Hügel und um die Kurven wand. Ich hatte die Heizung aufgedreht, aber sie konnte die Kälte nicht aus meinen Knochen vertreiben. Ich wusste nicht, was mich heute Abend erwartete, und das machte es schwierig, irgendetwas zu planen. Ich würde improvisieren müssen, und das gefiel mir gar nicht. Es wäre mir lieber gewesen, mit etwas mehr als nur dem Vertrauen auf meine Instinkte ins Millar-Haus zu gehen, aber das war alles, was ich hatte. Endlich hielt ich vor Marcies altem Haus.

Einen Augenblick blieb ich noch im Wagen sitzen, blickte auf die weißen Säulen und die schwarzen Fensterläden. Der Rasen war mit verwelkten Blättern übersät. Braune Äste, die Überreste der Hortensien, ragten aus den Terrakottatöpfen zu beiden Seiten des Eingangs. Zeitungsblätter in verschiedenen Stadien der Zersetzung lagen auf dem Bürgersteig herum. Nach Hanks Tod war das Haus verlassen worden, und es sah längst nicht mehr so einladend und elegant aus, wie ich es in Erinnerung hatte. Marcies Mom war in eine Wohnung am Fluss gezogen, und Marcie ... nun, Marcie hatte den Satz *mi casa es su casa* wörtlich genommen.

Hinter den zugezogenen Vorhängen glomm schwaches Licht nach draußen, und obwohl keine Umrisse zu erkennen waren, wusste ich, dass einige der einflussreichsten und mächtigsten Anführer der Nephilim-Welt direkt hinter der Tür saßen und nur darauf warteten, sich ein Urteil über die Neuigkeiten zu bilden, die ich ihnen liefern würde. Aber ich wusste auch, dass Patch da sein und dafür sorgen würde, dass ich nicht in Gefahr geriet.

An diesen Gedanken klammerte ich mich, als ich noch einmal tief Luft holte und zur Haustür marschierte.

Ich klopfte.

Die Tür ging auf, und ich wurde von einer hochgewachsenen Frau hineingezogen, die mich gerade lange genug ansah, um meine Identität festzustellen. Ihr Haar war zu einem festen Zopf zurückgekämmt, und an ihrem Gesicht war nichts besonders Bemerkenswertes oder Denkwürdiges.

Nach einem höflichen, aber zurückhaltenden »Hallo« forderte sie mich mit einer Handbewegung auf weiterzugehen.

Das Tappen meiner Schuhe hallte durch den schwach erleuchteten Flur. Ich kam an den Porträts der Familie Millar vorbei, die hinter staubigem Glas lächelten. Auf dem Tisch am Eingang stand eine Vase mit toten Lilien. Das ganze Haus roch nach abgestandener Luft. Ich folgte dem Lichtschein bis ins Esszimmer.

Sobald ich durch die deckenhohen Flügeltüren trat, erstarb die gedämpfte Unterhaltung. Sechs Männer und fünf Frauen saßen zu beiden Seiten eines langen, glänzenden Mahagonitisches. Ein paar weitere Nephilim standen mit ebenso nervösen wie erwartungsvollen Gesichtern um den Tisch herum. Ich stutzte, als ich Marcies Mom erblickte. Zwar hatte ich gewusst, dass Susanna Millar Nephilim war, aber der Gedanke war mir nie so bewusst geworden. Sie jetzt heute Abend hier zu sehen, bei einem geheimen Treffen der Unsterblichen, ließ sie plötzlich ... bedrohlich wirken. Marcie war nicht bei ihr. Vielleicht hatte Marcie gar nicht mitkommen wollen, aber die wesentlich plausiblere Erklärung war, dass Susanna die Art von Mutter war, die alles dafür tun würde, das Leben ihrer Tochter frei von jeglichen Komplikationen zu halten.

Ich entdeckte Scotts Gesicht in der Menge. Das Wissen, dass Patch es war, der seinen Körper besetzt hatte, milderte für einen Augenblick das Kneifen in meiner Magengegend. Er fing meinen Blick auf und nickte mir unauffällig zu, um mir Mut zu machen. Tief empfundene Zuversicht und Sicherheit durchströmten mich. Patch gab mir Rückendeckung. Ich hätte wissen müssen, dass er einen Weg finden würde, um hier sein zu können, ganz egal, wie hoch das Risiko war.

Und dann war da noch Dante. Er saß am Kopf des Tisches, trug einen schwarzen Kaschmir-Rollkragenpullover und machte ein nachdenkliches Gesicht. Er hatte die Fingerspitzen vor dem Mund aneinandergelegt, und als unsere Blicke sich trafen, zuckten seine Lippen höhnisch. Herausfordernd zog er kaum merklich die Augenbrauen hoch.

Ich sah weg und wandte meine Aufmerksamkeit einer älteren Frau in einem violetten Cocktailkleid und Diamanten zu, die am anderen Ende des langen Tisches saß. Lisa Martin. Direkt nach Hank war sie die einflussreichste und angesehenste Nephilim, dich ich je getroffen hatte. Weder mochte ich sie, noch vertraute ich ihr. Gefühle, die ich unterdrücken musste, wenn ich mein Ziel erreichen wollte.

»Wir sind so froh, dass du dieses Treffen angeregt hast, Nora.« Ihre warme, hoheitliche und anerkennende Stimme war wie Honig in meinen Ohren. Mein Herzrasen verlangsamte sich. Wenn ich sie auf meine Seite bringen konnte, hätte ich die Hälfte des Weges geschafft.

»Vielen Dank«, brachte ich schließlich heraus.

Sie zeigte auf einen leeren Platz neben sich und lud mich ein, mich zu setzen.

Ich ging zu dem Stuhl hinüber, setzte mich aber nicht hin, weil ich Angst hatte, den Mut zu verlieren, wenn ich es tat. Stattdessen stützte ich die Hände auf den Tisch. Ich übersprang die Höflichkeiten und ging direkt zum Zweck meines Besuchs über.

»Mir ist klar, dass nicht alle in diesem Raum der Meinung sind, ich wäre am besten dafür geeignet, die Armee meines Vaters zu führen«, platzte ich direkt heraus. Das Wort »Vater« schmeckte wie Galle in meinem Mund, aber ich erinnerte mich an Patchs Mahnung, meine Verbindung zu Hank heute Abend so häufig wie möglich zu erwähnen. Die Nephilim verehrten ihn, und wenn ich das nutzen konnte, dann sollte ich es tun.

Ich nahm Blickkontakt zu allen am Tisch auf und auch zu einigen, die dahinter standen. Ich musste ihnen zeigen, dass ich Kraft und Mut hatte und vor allem, dass mir der Mangel an Unterstützung missfiel. »Ich weiß, dass einige von Ihnen bereits eine Liste von Männern und Frauen aufgestellt haben, die besser für die Aufgabe geeignet scheinen.« Wieder machte ich eine Pause, während derer ich das ganze Gewicht meines Blickes auf Dante ruhen ließ. Er hielt meinem Blick stand, aber ich sah den Hass in seinen Augen brodeln. »Und ich weiß, dass Dante Matterazzi ganz oben auf dieser Liste steht.«

Gemurmel erklang, aber niemand bestritt die Behauptung.

»Ich habe Sie heute Abend hier nicht zusammengerufen, um meinen ersten Offensivschlag gegen die gefallenen Engel zu erklären. Ich habe Sie zusammengerufen, weil es ohne einen starken Anführer und Ihre Wertschätzung dieser Person keinen Krieg geben wird. Die gefallenen Engel werden uns in der Luft zerreißen. Wir brauchen Einigkeit und Solidarität«, erklärte ich voller Überzeugung. »Ich glaube, dass ich die beste Anführerin bin, und mein Vater dachte das ebenfalls. Offensichtlich habe ich Sie nicht überzeugt. Weshalb ich hier heute Abend Dante Matterazzi zum Duell fordere. Der Sieger wird diese Armee führen.«

Dante schoss hoch. »Aber … was wird aus uns beiden?«

Auf seinem Gesicht lag eine perfekte Imitation von Schock und verletztem Stolz. »Wie kannst du nur ein Duell vorschlagen?«, sagte er mit gekränkter Stimme.

Ich hatte nicht damit gerechnet, dass er unsere vorgetäuschte Liebesbeziehung ins Feld führen würde, die auf dem schwachen Fundament meiner mündlichen Zustimmung beruhte – eine Beziehung, die ich sofort wieder vergessen hatte. Allein die Vorstellung war mir zutiefst zuwider, aber das verschlug mir jetzt dennoch nicht die Sprache. Kühl antwortete ich: »Ich bin willens, es mit jedem aufzunehmen – denn Anführerin der Nephilim zu sein bedeutet mir alles. Hiermit fordere ich dich offiziell zum Duell, Dante.«

Kein einziger Nephilim ergriff das Wort. Überraschung stand ihnen ins Gesicht geschrieben. Ein Duell. Der Sieger bekommt alles. Patch hatte recht gehabt – die Nephilim waren immer noch tief in einer archaischen Welt verwurzelt. Ihnen gefiel diese Wendung der Ereignisse, und angesichts der bewundernden Blicke, die sie Dante zuwarfen, war kristallklar, dass nicht ein einziger Nephilim im Raum daran zweifelte, wer der Sieger sein würde.

Dante versuchte, eine ausdruckslose Miene zu bewahren, aber ich sah, wie er angesichts meiner Tollkühnheit und seiner eigenen guten Chancen still lächelte. Er war der Meinung, dass ich einen Fehler gemacht hatte, in Ordnung. Aber unmittelbar darauf verengten sich seine Augen misstrauisch. Anscheinend würde er sich nicht blindlings auf den Köder stürzen.

»Das kann ich nicht machen«, verkündete er. »Es wäre Verrat.« Sein Blick wanderte durch den Raum, als wollte er abschätzen, ob seine galanten Worte ihm noch mehr Zustimmung eintrugen. »Ich habe Nora Gefolgschaft geschworen, und ich möchte nichts tun, was dem zuwiderläuft.«

»Als deine Vorgesetzte befehle ich dir, dich dem Duell zu

stellen«, gab ich scharf zurück. Ich war immer noch die Anführerin dieser Armee, verdammt noch mal, und ich würde ihm nicht gestatten, mich mit süßen Worten und Schmeicheleien zu untergraben. »Wenn du wirklich der beste Anführer bist, dann werde ich zurücktreten. Ich möchte nur das Beste für meine Leute.« Ich hatte diese Worte wieder und wieder geprobt, und während ich meine wohleinstudierte Rede hielt, meinte ich jedes Wort, wie ich es sagte. Ich dachte an Scott, an Marcie, an Tausende Nephilim, die ich nie kennengelernt hatte, die mir aber dennoch am Herzen lagen. Ich wusste, dass sie gute Menschen waren, die es einfach nicht verdient hatten, Jahr für Jahr von den gefallenen Engeln versklavt zu werden. Sie verdienten zumindest einen fairen Kampf. Und ich würde mein Bestes geben, um ihnen den zu liefern.

Ich hatte mich geirrt – auf beschämende Weise geirrt. Aus Angst vor den Erzengeln war ich einem Kampf für die Nephilim ausgewichen. Und was noch viel verwerflicher war: Ich hatte den Krieg als Vorwand genutzt, um an mehr Teufelskraft zu gelangen. Die ganze Zeit war ich wesentlich mehr um mich selbst besorgt gewesen als um die Menschen, die zu führen meine Aufgabe war. Damit war jetzt Schluss. Hank hatte mir diese Rolle auferlegt, aber ich würde es nicht für ihn tun. Ich würde es tun, weil es moralisch richtig war.

»Ich denke, Nora hat hier etwas sehr Wichtiges angesprochen«, ergriff Lisa Martin das Wort. »Es gibt nichts weniger Inspirierendes als eine Führerschaft, die nur sich selbst im Blick hat. Vielleicht lag die Schwarze Hand doch richtig mit ihr.« Ein Achselzucken. »Vielleicht hat er auch einen Fehler gemacht. Wir werden also die Sache selbst in die Hand nehmen und das ein für alle Mal klären. Dann können wir gegen unsere Feinde in den Krieg ziehen, vereint hinter einem starken Anführer.«

Ich nickte ihr anerkennend zu. Wenn ich sie auf meiner Seite hatte, würden die anderen sich ihr anschließen.

»Ich stimme zu«, meldete sich ein Nephilim auf der anderen Seite des Raumes.

»Ich auch.«

Es folgten noch mehr zustimmende Wortmeldungen.

»Alle, die dafür sind, mögen sich bitte melden«, sagte Lisa.

Eine nach der anderen gingen die Hände in die Höhe. Patch sah mir fest in die Augen, dann hob er den Arm. Ich wusste, dass es ihn beinahe umbrachte, aber wir hatten keine andere Wahl. Wenn Dante mich stürzte, würde ich sterben. Meine einzige Chance bestand darin, zu kämpfen und alles dafür zu geben zu gewinnen.

»Wir haben eine Mehrheit«, stellte Lisa fest. »Das Duell wird morgen, am Montag, bei Sonnenaufgang stattfinden. Ich verkünde den Ort, sobald er festgelegt ist.«

»Zwei Tage«, rief Patch sofort mit Scotts Stimme dazwischen. »Nora hat noch nie eine Pistole abgefeuert. Sie braucht Zeit, um sich vorzubereiten.«

Außerdem brauchte ich Zeit, damit Pepper mit seinem verzauberten Dolch aus dem Himmel zurückkommen konnte und sich das Duell damit hoffentlich von selbst erledigte.

Lisa schüttelte den Kopf. »Das wäre zu spät. Die gefallenen Engel können jederzeit angreifen. Wir haben keine Ahnung, warum sie bisher gewartet haben, aber wir wissen nicht, wie lange uns dieses Glück noch gewährt sein mag.«

»Und ich habe nichts von Pistolen gesagt«, meldete Dante sich zu Wort und musterte Patch und mich mit einem verschlagenen Blick, als wollte er herausfinden, was wir beide vorhatten. Er suchte mein Gesicht nach Hinweisen auf Gefühle ab. »Ich würde Schwerter bevorzugen.«

»Es ist Dantes Entscheidung«, stellte Lisa fest. »Das Duell

war nicht seine Idee. Er hat die Wahl der Waffen. Also bleibt es bei Schwertern?«

»Sie sind einfach damenhafter«, erklärte Dante und trotzte damit seinen Nephilim-Genossen noch das letzte Quäntchen Zustimmung ab.

Ich erstarrte und widerstand dem Versuch, Patch um Hilfe zu bitten.

»Nora hat noch nie im Leben ein Schwert auch nur angerührt«, wandte Patch mit Scotts Stimme ein. »Es wäre kein fairer Kampf, wenn sie sich nicht vorbereiten kann. Gebt ihr zumindest bis Dienstag früh Zeit.«

Niemand hatte es eilig, Patchs Anliegen zu unterstützen. Das Desinteresse im Raum war förmlich mit Händen zu greifen. Meine Vorbereitung interessierte sie nicht im Mindesten. In der Tat, je schneller Dante an die Macht kam, desto besser, sagten ihre teilnahmslosen Gesichter.

»Wirst du es selbst übernehmen, sie vorzubereiten, Scott?«, fragte Lisa Patch.

»Im Gegensatz zu einigen anderen hier im Raum habe ich nicht vergessen, dass sie immer noch unsere Anführerin ist«, antwortete Patch mit einer gewissen Schärfe in der Stimme.

Lisa neigte den Kopf, als wollte sie sagen: Sehr schön. »Dann ist es beschlossen. Übermorgen. Bis dahin wünsche ich euch beiden alles Gute.«

Ich blieb nicht lang. Nachdem das Duell angesetzt und mein Part in diesem gefährlichen Plan festgelegt war, ging ich hinaus. Ich wusste, dass Patch noch ein bisschen länger bleiben musste, um die Reaktionen der anderen zu beobachten und möglicherweise überlebenswichtige Informationen aufzufangen, aber ich wünschte mir nur, dass er sich beeilte.

Dies war keine Nacht, in der ich allein sein wollte.

## DREIUNDDREISSIG

Da ich wusste, dass Patch beschäftigt sein würde, bis der Letzte der Nephilim das alte Haus der Millars verlassen hatte, fuhr ich zu Vee. Ich trug meine Jeans-Jacke mit dem GPS-Sender und wusste, dass Patch mich finden konnte, wenn er musste. In der Zwischenzeit gab es etwas, das ich loswerden musste.

Ich konnte es nicht mehr allein tragen. Ich hatte versucht, Vee aus allem herauszuhalten, aber jetzt brauchte ich meine beste Freundin.

Ich musste ihr alles erzählen.

Da ich vermutete, dass die Haustür nicht der beste Weg war, um Vee mitten in der Nacht zu erreichen, kletterte ich über den Maschendrahtzaun, tappte vorsichtig durch den Garten und klopfte an ihr Schlafzimmerfenster.

Kurz darauf wurden die Vorhänge beiseitegerissen, und ihr Gesicht erschien hinter der Fensterscheibe. Obwohl es kurz vor Mitternacht war, trug sie noch keinen Schlafanzug. Sie schob das Fenster einen Spalt breit hoch. »Mann o Mann, du hast dir echt eine blöde Zeit ausgesucht, um hier aufzutauchen. Ich dachte, du wärst Scott. Er muss jeden Augenblick hier sein.«

Meine Stimme klang rau und zittrig. »Wir müssen reden.«

Vee verstand sofort. »Ich rufe Scott an und sage ihm ab.« Sie schob das Fenster ganz auf, um mich hereinzulassen. »Sag mir, was dir auf der Seele liegt, Schätzchen.«

Es sprach für Vee, dass sie weder aufschrie noch in hysterisches Schluchzen ausbrach oder die Flucht ergriff, als ich ihr all die märchenhaften Geheimnisse erzählte, die ich die letzten sechs Monate für mich behalten hatte. Sie zuckte einmal zusammen, als ich erklärte, dass die Nephilim die Frucht der Verbindung von Menschen und gefallenen Engeln waren, aber abgesehen davon zeigte ihre Miene weder Entsetzen noch Unglauben. Sie hörte aufmerksam zu, während ich ihr zwei gegeneinander kämpfende Rassen Unsterblicher schilderte, Hank Millars Rolle in dem Ganzen und wie er seine Last in meinen Schoß hatte fallen lassen. Sie brachte sogar ein leises Lächeln zustande, als ich Patchs und Scotts wahre Identitäten enthüllte.

Als ich geendet hatte, legte sie den Kopf leicht schief und sah mich scharf an. Nach einer Weile sagte sie: »Nun, das erklärt ja *einiges*.«

Jetzt war ich an der Reihe mit Blinzeln. »Im Ernst? Ist das alles, was du dazu zu sagen hast? Du bist nicht, ich weiß nicht ... überwältigt? Verwirrt? Bestürzt? *Hysterisch*?«

Vee legte nachdenklich den Finger ans Kinn. »Ich wusste, dass Patch viel zu hart ist, um ein Mensch zu sein.«

Ich fing schon an, mich zu fragen, ob sie mich überhaupt hatte sagen hören, dass ich auch nicht menschlich war. »Und was ist mit mir? Macht dir denn der Gedanke überhaupt nichts aus, dass ich nicht nur ein Nephilim bin, sondern auch noch all die anderen Nephilim da draußen anführen soll« – ich zeigte mit dem Finger zum Fenster – »in einem Krieg gegen gefallene Engel? *Gefallene Engel*, Vee. Wie in der Bibel. Aus dem Himmel verbannte Übeltäter.«

»Ja, das hört sich in der Tat ziemlich unglaubwürdig an.«

Ich kratzte mir die Augenbraue. »Ich kann's gar nicht fassen, dass du so ruhig bleibst. Ich habe doch wenigstens irgendeine Art von Reaktion erwartet. Ich habe erwartet, dass du die

Nerven verlierst. Wild wedelnde Arme und ein ordentlicher Schwall Flüche wären das Mindeste. Aber ich hätte das alles genauso gut einer Parkuhr erzählen können.«

»Schätzchen, aus deinem Mund höre ich mich ja an wie eine Art Diva.«

Das entlockte mir ein Lächeln. »Das hast du gesagt, nicht ich.«

»Das Einzige, was ich wirklich seltsam finde, ist, dass du gesagt hast, dass man einen Nephilim am einfachsten an seiner Größe erkennt, aber du, meine Liebe, bist nicht besonders groß«, sagte Vee. »Nimm nur mal mich zum Beispiel. Ich *bin* groß.«

»Ich bin nur durchschnittlich groß, weil Hank …«

»Ich weiß. Du hast schon erklärt, wie du einen Eid geschworen hast, durch den du Nephilim geworden bist, obwohl du gleichzeitig ein Mensch bist und daher nur von durchschnittlicher Größe, aber das ist doch nervig, oder? Ich meine, was wäre, wenn der Schwur dich gleichzeitig auch größer gemacht hätte? Was, wenn er dich so groß gemacht hätte wie mich?«

Ich wusste nicht, worauf Vee hinauswollte, aber es hörte sich an, als vergäße sie einen wichtigen Aspekt. Es ging hier nicht darum, wie groß ich war. Es ging darum, ihr die Idee einer Welt aus Unsterblichen nahezubringen, die es eigentlich nicht geben sollte – und darum, dass ich gerade die kleine, sichere Blase, in der sie lebte, zum Platzen gebracht hatte.

»Heilt dein Körper jetzt auch so schnell, seit du Nephilim bist?«, fuhr Vee fort. »Weil du, wenn du diesen Bonus nicht gekriegt hast, nämlich ein echt schlechtes Geschäft gemacht hast.«

Ich erstarrte. »Vee, von unserer Fähigkeit, schnell zu heilen, hab' ich dir überhaupt nichts erzählt.«

»Oh, muss wohl so sein.«

»Wie kannst du dann davon wissen?« Ich starrte Vee an und überdachte jedes Wort unseres Gesprächs. Ich hatte ihr definitiv nichts davon gesagt. Mein Hirn schien sich nur in Zeitlupe vorwärtszubewegen. Und dann, einfach so, traf mich die Erkenntnis mit überwältigender Wucht. Ich schlug die Hand vor den Mund. »Du …?«

Vee grinste. »Ich hab' dir doch gesagt, dass ich auch meine Geheimnisse habe.«

»Aber … Das kann doch nicht … Das ist doch nicht …«

»Möglich? Ja, das dachte ich auch erst. Ich dachte, ich würde irgendeine Art abgefahrener, zweiter Menstruation durchmachen. In den letzten Wochen war ich immer müde, hatte Bauchschmerzen und war total mies gelaunt. Dann, vor einer Woche, habe ich mir in den Finger geschnitten, als ich einen Apfel zerteilen wollte. Der Schnitt heilte so schnell, dass ich schon fast dachte, ich hätte mir das Blut nur eingebildet. Aber danach sind noch mehr komische Sachen passiert. In Sport habe ich beim Volleyball so hart aufgeschlagen, dass er auf der anderen Seite der Halle gegen die Wand geflogen ist. Beim Krafttraining hatte ich keine Probleme, mit den kräftigsten Jungs mitzuhalten. Das habe ich mir natürlich nicht anmerken lassen, weil ich nicht wollte, dass irgendjemand auf mich aufmerksam wurde, solange ich selbst nicht wusste, was mit meinem Körper passierte. Glaub mir, Nora, ich bin hundert Prozent Nephilim. Scott hat das sofort gemerkt. Er hat mir das Wichtigste beigebracht, hat mir geholfen, mich mit dem Gedanken anzufreunden, dass meine Mutter vor etwa siebzehn Jahren was mit einem gefallenen Engel hatte. Mir hat es geholfen zu wissen, dass Scott eine ähnliche körperliche Wandlung durchgemacht hat und dieselben Schlüsse über seine Eltern ziehen musste. Keiner von uns kann es fassen, dass du so lange gebraucht hast, um darauf zu kommen.« Sie versetzte mir einen Stoß gegen die Schulter.

Ich spürte, wie mir der Mund offen stand. »Du. Du bist wirklich – Nephilim.« Wie konnte ich das nicht erkannt haben? Ich hätte es doch sofort sehen müssen – ich konnte es jedem anderen Nephilim oder gefallenen Engel ansehen. Lag es daran, dass Vee meine beste Freundin war und dass sie es so lange gewesen war, dass ich sie nicht als etwas anderes ansehen konnte?

»Was hat Scott dir über den Krieg erzählt?«, fragte ich schließlich.

»Das ist einer der Gründe, warum er heute Abend kommen wollte, um mich aufs Laufende zu bringen. Sieht ja aus, als wärst du eine ganz große Nummer, Miss Queen Bee. An-führerin der Armee der Schwarzen Hand?« Vee stieß einen anerkennenden Pfiff aus. »Wow, Kleines. Vergiss nicht, das in deinen Lebenslauf zu schreiben.«

Ich trug nichts außer Tennisschuhen, Shorts und einem Tank-Top, als ich mich früh am nächsten Morgen mit Patch an einem felsigen Abschnitt der Küste traf. Es war Montag, Peppers Stichtag. Es war außerdem ein Schultag. Aber ich konnte es mir nicht leisten, mir über diese Dinge Gedanken zu machen. Erst trainieren, dann belasten.

Ich hatte meine Hände mit Bandagen umwickelt, weil ich davon ausging, dass Patchs Training Dantes bei Weitem in den Schatten stellen würde. Mein Haar war zu einem festen Bauernzopf geflochten, und mein Magen war leer, abgesehen von einem Glas Wasser. Seit Freitag hatte ich keine Teufelskraft mehr zu mir genommen, und ich merkte es. In meinem Schädel hatte sich ein Kopfschmerz in der Größe von Nebraska breitgemacht, und wenn ich den Kopf zu schnell drehte, schwankte meine Sehschärfe merklich. Ein scharfer Hunger nagte von innen an mir. Der Schmerz war so wild, dass ich kaum Luft bekam.

Ich hatte mein Versprechen gehalten und das Gegengift geschluckt, direkt nachdem ich Patch meine Abhängigkeit gestanden hatte, aber anscheinend brauchte das Medikament eine Weile, um seine Wirkung zu entfalten. Wahrscheinlich war es nicht gerade förderlich, dass ich die ganze letzte Woche große Mengen Teufelskraft in mich hineingepumpt hatte.

Patch trug schwarze Jeans und ein dazu passendes, eng

anliegendes T-Shirt. Er legte mir die Hände auf die Schultern und sah mir ins Gesicht: »Bist du bereit?«

Trotz der erbitterten Stimmung lächelte ich und knackte mit den Fingerknöcheln. »Bereit, mit meinem tollen Freund zu ringen? Oh, ich würde schon sagen, dass ich dazu bereit bin.«

Belustigung machte seinen Blick weich.

»Ich werde versuchen zu kontrollieren, wohin ich meine Hände lege, aber wer weiß schon, was in der Hitze des Gefechts alles passieren kann?«, setzte ich hinzu.

Patch grinste: »Klingt vielversprechend.«

»In Ordnung, Trainer. Lass uns anfangen.«

Auf mein Wort hin wurde Patchs Gesichtsausdruck konzentriert und sachlich. »Du hast keinerlei Übung im Schwertkampf, aber ich nehme an, Dante hat über die Jahre mehr als genug davon bekommen. Er ist so alt wie Napoleon und hat wahrscheinlich schon ein Kürassierschwert geschwenkt, als er aus dem Bauch seiner Mutter gekrochen ist. Deine beste Chance besteht darin, ihn möglichst früh zu entwaffnen und dann schnell zum Nahkampf überzugehen.«

»Wie soll ich das denn anstellen?«

Patch nahm zwei lange Stöcke vom Boden auf, die er auf etwa halbe Standard-Schwertlänge zugeschnitten hatte. Er warf einen davon in die Luft, und ich fing ihn auf. »Zieh dein Schwert, bevor der Kampf beginnt. Es braucht mehr Zeit, ein Schwert zu ziehen, als getroffen zu werden.«

Ich tat so, als zöge ich mein Schwert aus einer unsichtbaren Scheide, und hielt es bereit.

»Sorge dafür, dass deine Füße immer schulterbreit auseinanderstehen«, erklärte Patch, während er mich in eine langsame, entspannte Parade verwickelte. »Du willst schließlich nicht das Gleichgewicht verlieren und ins Stolpern kommen.

Stell niemals die Füße dicht zusammen und halte das Schwert immer dicht am Körper. Je weiter du dich vorbeugst oder ausstreckst, desto leichter wird es für Dante sein, dich umzureißen.«

Während wir ein paar Minuten Beinarbeit und Gleichgewicht übten, hallte das dumpfe Aufeinandertreffen unserer Stockschwerter aufs Meer hinaus.

»Behalte Dantes Bewegungen gut im Auge«, sagte Patch. »Du wirst sehr schnell ein Muster erkennen, und du wirst merken, wenn er zum Angriff übergeht. Wenn er das tut, musst du ihm zuvorkommen.«

»In Ordnung. Aber dafür bräuchte ich ein Rollenspiel.«

Patch machte einen raschen Ausfallschritt und schwang sein Schwert so heftig auf meines, dass der Stock in meiner Hand vibrierte. Bevor ich mich davon erholen konnte, landete er einen zweiten Schlag, und mein Schwert segelte in hohem Bogen davon.

Ich sammelte es wieder ein, wischte mir die Stirn ab und sagte: »Ich bin nicht stark genug. Ich glaube nicht, dass ich Dante jemals so einen Hieb versetzen könnte.«

»Du wirst es können, wenn du ihn vorher müde gemacht hast. Das Duell wird morgen früh bei Sonnenaufgang stattfinden. Traditionsgemäß wird es irgendwo im Freien, irgendwo weit draußen sein. Du wirst Dante in eine Position zwingen, in der ihm die Sonne in die Augen scheint. Auch wenn er dasselbe mit dir versucht, ist er so groß, dass er deine Augen vor der Sonne abschirmen wird. Nutze seine Körpergröße zu deinem Vorteil. Er ist größer als du, und das wird seine Beine angreifbar machen. Ein harter Schlag gegen jedes Knie wird ihn aus dem Gleichgewicht bringen. Sobald er ins Wanken kommt, greif an.«

Dieses Mal ahmte ich Patchs Bewegung von vorhin nach

und brachte ihn mit einem Schlag auf die Kniescheibe aus dem Gleichgewicht, gefolgt von einer schnellen Abfolge weiterer Stiche und Schläge. Ich konnte ihn nicht entwaffnen, aber ich traf mit der Spitze meines Stocks seinen ungeschützten Oberkörper. Wenn mir das bei Dante gelang, würde es der Wendepunkt des Duells werden.

»Sehr gut«, lobte Patch. »Das ganze Duell wird höchstwahrscheinlich nicht länger als dreißig Sekunden dauern. Jede Bewegung zählt. Sei auf der Hut, und behalte die Nerven. Lass dich von Dante nicht zu irgendeinem unüberlegten Ausfall hinreißen. Wegducken und zur Seite springen werden deine wichtigsten Verteidigungsstrategien sein, ganz besonders auf einer offenen Lichtung. Da wirst du genug Platz haben, um seinem Schwert auszuweichen, wenn du schnell genug bist.«

»Dante weiß doch, dass er eine Million Mal besser ist als ich.« Ich zog die Augenbrauen hoch. »Hast du irgendwelche weisen Worte für mich, wie ich mit meinem umfassenden und tiefreichenden Mangel an Selbstvertrauen zurechtkommen kann?«

»Mach die Angst zu deiner Strategie. Zeige dich verschreckter, als du bist, um Dante in falscher Überlegenheit einzulullen. Arroganz kann tödlich sein.« Seine Mundwinkel wanderten langsam nach oben. »Aber das hast du mich nicht sagen gehört.«

Ich legte mein falsches Schwert wie einen Baseball-Schläger über die Schulter. »Also besteht der Plan hauptsächlich darin, ihm sein Schwert aus den Händen zu schlagen, einen tödlichen Stoß zu landen und dann meine mir rechtmäßig zustehende Position als Anführerin der Nephilim einzufordern.«

Ein Nicken. »Ja, so einfach ist das. Noch zehn Stunden Übung, und du wirst ein Profi sein.«

»Wenn ich das hier noch zehn Stunden machen soll, brauche ich einen kleinen Anreiz, um die Motivation aufrechtzuerhalten.«

Patch legte den Arm um meinen Nacken und zog mich an sich, um mich zu küssen. »Jedes Mal, wenn du mir das Schwert aus der Hand schlägst, schulde ich dir einen Kuss. Wie hört sich das an?«

Ich biss mir auf die Lippe, um nicht drauflos zu kichern. »Das hört sich wirklich schmutzig an.«

Patch wackelte mit den Augenbrauen. »Sieh mal an, wessen Vorstellungsvermögen da gerade auf Abwege geraten ist. *Zwei* Küsse pro Mal. Irgendwelche Einwände?«

Ich setzte ein unschuldiges Gesicht auf. »Keinerlei Einwände.«

Patch und ich hörten nicht auf, uns zu duellieren, bis die Sonne unterging. Wir demolierten fünf Sätze Stockschwerter und machten nur Pause zum Mittagessen und damit ich meine verdienten Küsse abholen konnte – von denen einige lange genug dauerten, um die Aufmerksamkeit von Strandspaziergängern und ein paar Joggern zu erregen. Mit Sicherheit sahen wir vollkommen verrückt aus, wie wir da auf den schroffen Felsen umhersprangen und mit unseren Holzschwertern so heftig aufeinander eindroschen, dass es blaue Flecke und ziemlich wahrscheinlich auch ein paar innere Blutungen gab. Glücklicherweise bedeutete meine beschleunigte Heilung, dass auch die schlimmsten Verletzungen unser Training nicht beeinträchtigten.

Bei Sonnenuntergang waren wir schweißgebadet, und ich war tief erschöpft. In gut zwölf Stunden würde ich Dante im Ernst gegenüberstehen. Keine Stockschwerter, sondern echte Stahlklingen, die scharf genug waren, um ernsthafte

Verletzungen zu verursachen. Der Gedanke war beängstigend genug, um meine Haut kribbeln zu lassen.

»Klasse, du hast es geschafft«, beglückwünschte ich Patch. »Ich bin so gut vorbereitet wie irgend möglich – eine schlanke, gemeine Schwertkampf-Maschine. Ich hätte dich von Anfang an zu meinem persönlichen Trainer machen sollen.«

Ein schurkisches Lächeln trat auf seine Lippen, langsam und verrucht. »Kein Match für Patch.«

»Mmh«, stimmte ich zu und sah schüchtern zu ihm auf.

»Warum fährst du nicht zum Duschen zurück in meine Wohnung, und ich hole auf dem Weg noch was vom Borderline?«, schlug Patch vor, während wir über die felsige Uferstraße zurück zum Parkplatz stapften.

Er hatte es beiläufig gesagt, aber bei seinen Worten sah ich ihm direkt in die Augen. Patch hatte als Aushilfskellner im Borderline gearbeitet, als wir uns kennengelernt hatten. Ich konnte nicht an dem Restaurant vorbeifahren, ohne an ihn zu denken. Es rührte mich, dass er sich daran erinnerte und dass auch ihm die Erinnerung an das Restaurant etwas bedeutete. Ich zwang mich, alle Gedanken an das morgige Duell und Peppers geringe Erfolgschancen beiseitezuschieben; heute Nacht wollte ich Patchs Gesellschaft genießen, ohne mir Sorgen darum zu machen, was aus mir werden würde – *aus uns* –, wenn das Duell tatsächlich stattfand und Dante gewann.

»Darf ich einen Antrag auf Tacos stellen?«, fragte ich sanft, als ich mich daran erinnerte, wie Patch mir zum ersten Mal gezeigt hatte, wie man sie macht.

»Du sprichst mir aus der Seele, Engelchen.«

Ich schloss Patchs Wohnung auf, zog mich im Badezimmer aus und löste meinen Zopf. Patchs Badezimmer war großartig. Tiefblaue Kacheln und schwarze Handtücher. Eine freistehende Badewanne, in die mit Leichtigkeit zwei Leute passen würden. Seifenstücke, die nach Vanille und Zimt dufteten.

Ich stieg in die Duschkabine und ließ das Wasser auf meine Haut prasseln. Ich stellte mir Patch vor, wie er unter derselben Dusche stand, die Arme gegen die Wand gestützt, während das Wasser über seine Schultern floss. Ich stellte mir Wassertropfen vor, die über seine Haut perlten. Ich malte mir aus, wie er dieselben Handtücher benutzte, die ich gerade um meinen Körper wickelte. Ich dachte an sein Bett, das nur wenige Meter entfernt stand. Wie die Laken noch seinen Geruch hielten ...

Ein Schatten glitt über den Badezimmerspiegel.

Die Badezimmertür war nur angelehnt, Licht drang vom Schlafzimmer herein. Ich hielt den Atem an, wartete auf einen weiteren Schatten, wartete darauf, dass nichts mehr geschah und ich mich vergewissern konnte, dass ich es mir nur eingebildet hatte. Das hier war Patchs Wohnung. Niemand wusste davon. Nicht Dante, nicht Pepper. Ich hatte aufgepasst – niemand war mir heute Abend gefolgt.

Eine weitere dunkle Wolke glitt über den Spiegel. Die Luft knisterte vor übernatürlicher Energie.

Ich drehte das Wasser ab, knotete das Handtuch um meinen Körper und sah mich nach einer Waffe um: Ich hatte die Wahl zwischen einer Rolle Toilettenpapier oder einer Flasche Handseife.

Leise summte ich vor mich hin. Kein Grund, dem Eindringling zu verraten, dass ich wusste, dass er da war.

Der Eindringling bewegte sich auf die Badezimmertür zu; seine Macht setzte meine Nerven unter Strom, mir standen die Haare auf den Armen zu Berge wie kleine, steife Flaggen. Ich summte weiter. Aus dem Augenwinkel sah ich, wie der Türknauf sich drehte, und damit hatte ich genug gewartet.

Mit einem angestrengten Ächzen trat ich mit dem nackten

Fuß gegen die Tür. Sie splitterte und brach aus den Angeln, als sie nach außen flog und die Person, die davor gestanden hatte, umriss. Ich warf mich durch die Türöffnung, die blanken Fäuste geballt, bereit zum Angriff.

Der Mann auf dem Fußboden rollte sich zusammen, um seinen Körper zu schützen. »Tu's nicht«, krächzte er. »Tu mir nicht weh!«

Langsam senkte ich die Fäuste. Ich legte den Kopf schief, um ihn besser sehen zu können.

»Blakely?«

## FÜNFUNDDREISSIG

Was machst du denn hier?«, fragte ich, während ich das Badetuch festknotete, um mich nicht zu entblößen. »Wie hast du hierhergefunden?«

*Eine Waffe.* Ich brauchte irgendetwas, um mich zu verteidigen. Meine Augen scannten Patchs aufgeräumtes Schlafzimmer. Blakely mochte jetzt geschwächt aussehen, aber er hatte seit Monaten mit Teufelskraft hantiert. Ich traute ihm zu, dass er irgendwo etwas Scharfes und Gefährliches – und bläulich Schimmerndes – unter seinem Trenchcoat versteckt hielt.

»Ich brauche deine Hilfe«, sagte er und hob die Hände, während er sich aufrappelte.

»Keine Bewegung«, fuhr ich ihn an. »Auf die Knie. Halt die Hände so, dass ich sie sehen kann.«

»Dante hat versucht, mich zu töten.«

»Du bist unsterblich, Blakely. Und außerdem in einem Team mit Dante.«

»Nicht mehr. Jetzt, wo ich genug Teufelskraft entwickelt habe, will er mich loswerden. Er will die Teufelskraft allein für sich haben. Er hat ein Schwert, das ich eigens vorbereitet habe, damit er dich töten kann, und er hat versucht, es gegen mich einzusetzen. Ich bin ihm gerade noch entkommen.«

»Dante hat dir befohlen, ein Schwert zu machen, das mich töten kann?«

»Für das Duell.«

Ich wusste nicht, was Blakely vorhatte, aber ich traute es

Dante durchaus zu, verbotene – und tödliche – Methoden anzuwenden, um das Duell zu gewinnen. »Ist es so gut, wie du sagst? Wird es mich töten?«

Blakely sah mir aufrichtig in die Augen. »Ja.«

Ich versuchte, diese Information in Ruhe zu verarbeiten. Irgendwie musste ich Dante daran hindern, dieses Schwert zu benutzen. Aber eins nach dem anderen. »Erzähl weiter.«

»Ich habe Dante im Verdacht, dass er mit den gefallenen Engeln zusammenarbeitet.«

Ich zuckte nicht mit der Wimper. »Wie kommst du dazu, so etwas zu behaupten?«

»All die Monate hat er mir nie erlaubt, eine Waffe zu machen, die gefallene Engel töten könnte. Stattdessen habe ich eine ganze Batterie von Prototypen entwickelt, die wahrscheinlich dazu dienen sollten, dich zu töten. Und wenn sie dich töten können, können sie auch jeden anderen Nephilim töten. Aber wenn die gefallenen Engel unser Feind sind, warum soll ich dann Waffen entwickeln, die Nephilim verletzen können?«

Ich erinnerte mich an mein Gespräch mit Dante im Rollerland vor über einer Woche. »Dante hat mir gesagt, dass du mit der Zeit eine Waffe entwickeln könntest, die stark genug ist, um einen gefallenen Engel zu töten.«

»Das weiß ich nicht. Er hat mir keine Chance dazu gegeben.«

Es war riskant, aber ich beschloss, ehrlich zu Blakely zu sein. Ich traute ihm immer noch nicht, aber wenn ich ihm etwas entgegenkam, tat er es vielleicht auch. Und im Augenblick musste ich alles erfahren, was er wusste. »Du hast recht. Dante arbeitet für die gefallenen Engel. Ich weiß das mit Sicherheit.«

Einen Augenblick schloss er die Augen, so hart traf ihn die

Wahrheit. »Ich habe Dante von Anfang an nicht vertraut. Es war die Idee deines Vaters, ihn mit an Bord zu nehmen. Ich konnte Hank nicht davon abhalten, aber jetzt kann ich ihn rächen. Wenn Dante ein Verräter ist, dann bin ich es deinem Vater schuldig, ihn zu vernichten.«

Immerhin musste ich Hank zugestehen, dass er geschafft hatte, ein Gefühl von Loyalität bei seinen Anhängern zu wecken.

»Erzähl mir mehr über diese Super-Teufelskraft. Wenn Dante für die gefallenen Engel arbeitet, warum sollte er dich etwas entwickeln lassen, das unserer Rasse hilft?«

»Er hat das Getränk niemals an andere Nephilim abgegeben, wie er es mir versprochen hatte. Es hat nur ihn stärker gemacht. Und jetzt hat er auch noch die ganzen Prototypen. Und das Gegengift auch.« Blakely kniff die Augen zusammen. »Alles, wofür ich gearbeitet habe, hat er gestohlen.«

Mein feuchtes Haar klebte an meiner Haut, und kühles Wasser tropfte meinen Rücken hinunter. Ich bekam eine Gänsehaut, sowohl von der Kälte als auch von Blakelys Worten. »Patch wird jeden Augenblick hier sein. Da du offensichtlich schlau genug warst, um dieses Haus hier zu finden, nehme ich mal an, dass du eigentlich ihn treffen wolltest.«

»Ich will Dante fertigmachen.« Seine Stimme bebte.

»Du meinst, du brauchst Patch, damit er ihn für dich fertigmacht.« Was war nur mit diesen ganzen Bösewichten los, dass sie ständig versuchten, meinen Freund als Söldner anzuheuern? Zugegeben, er hatte bestimmt in seiner Vergangenheit als solcher gearbeitet, aber jetzt wurde das Ganze allmählich lächerlich – und lästig. Gab es eigentlich niemanden mehr, der sich noch selbst um seine Probleme kümmerte? »Was bringt dich darauf, dass er das tun könnte?«

»Ich will, dass Dante für den Rest seines Lebens leidet.

Isoliert von der Welt, gefoltert bis kurz vor dem Zusammenbruch. Patch ist der Einzige, dem ich das zutraue. Geld spielt keine Rolle.«

»Patch braucht kein Geld«, fiel ich ihm ins Wort. Mir war gerade eine Idee gekommen, ebenso verschlagen wie manipulativ. Ich wollte Blakely nicht ausnutzen, aber andererseits war er in letzter Zeit auch nicht gerade nett zu mir gewesen. Um genau zu sein, hatte er mir ein mit Teufelskraft belegtes Messer tief in die Seite gerammt, erinnerte ich mich, und mich damit in die Sucht getrieben. »Patch braucht dein Geld nicht, aber er braucht deine Aussage. Wenn du dich einverstanden erklärst, morgen bei dem Duell vor Lisa Martin und anderen einflussreichen Nephilim zu Dantes Verbrechen auszusagen, dann wird Patch Dante für dich umbringen.« Dass Patch bereits Pepper versprochen hatte, Dante für ihn zu töten, hieß ja nicht, dass wir nicht die Gelegenheit nutzen und auch gleich etwas von Blakely einfordern durften. Die Redewendung »zwei Fliegen mit einer Klappe« kam ja schließlich von irgendwoher.

»Dante kann nicht getötet werden. Auf ewig eingesperrt, ja, aber nicht getötet. Keiner der Prototypen wirkt gegen ihn. Er ist immun, weil sein Körper …«

»Damit wird Patch schon fertig«, feuerte ich barsch zurück. »Wenn du Dante den Tod wünschst, dann sieh das als erledigt an. Du hast deine Beziehungen, Patch hat seine.«

Blakely musterte mich mit einem nachdenklichen, kritischen Blick. »Er kennt einen Erzengel?«, vermutete er schließlich.

»Das hast du nicht von mir. Und noch eins, Blakely. Das ist wichtig. Hast du genug Einfluss auf Lisa Martin und die anderen mächtigen Nephilim, um sie gegen Dante einzunehmen? Weil, wenn nicht, werden wir morgen beide untergehen.«

Er überlegte nur eine Minute. »Dante hat deinen Vater, Lisa Martin und einige andere Nephilim von Anfang an um den Finger gewickelt, aber ihn verbindet keine lange gemeinsame Geschichte mit ihnen, so wie mich. Wenn ich ihn als Verräter bezeichne, dann werden sie mir glauben.« Blakely griff in seine Tasche und hielt mir ein kleines Kärtchen hin. »Ich muss noch ein paar wichtige Sachen von zu Hause holen, bevor ich mich wieder in mein sicheres Versteck zurückziehe. Hier ist meine neue Adresse. Gib mir einen kleinen Vorsprung, dann bring Patch dorthin. Wir besprechen die Einzelheiten heute Nacht.«

Wenige Minuten, nachdem Blakely gegangen war, kam Patch. Meine ersten Worte waren: »Du wirst nie glauben, wer gerade hier vorbeigekommen ist.« Mit diesem fesselnden Köder ließ ich meine Geschichte vom Stapel und berichtete Patch jedes Wort meines Gesprächs mit Blakely.

»Was schließt du daraus?«, fragte Patch, als ich fertig war.

»Ich denke, Blakely ist unsere letzte Hoffnung.«

»Du vertraust ihm?«

»Nein, aber der Feind meines Feindes …«

»Hast du ihn schwören lassen, dass er morgen aussagt?«

Mir sank der Mut. Daran hatte ich nicht gedacht. Es war ein ehrbarer Fehler, aber er ließ mich daran zweifeln, dass ich jemals eine würdige Anführerin werden könnte. Ich wusste, dass Patch keine Perfektion von mir erwartete, aber ich wollte dennoch einen guten Eindruck auf ihn machen. Eine idiotische Stimme in meinem Inneren fragte, ob Dabria wohl denselben Fehler begangen hätte. Fraglich. »Das wird das Erste sein, worum ich mich kümmere, wenn wir ihn nachher treffen.«

»Es ergibt schon einen Sinn, dass Dante die Teufelskraft für sich allein haben wollte«, überlegte Patch. »Und wenn

Dante vermutete, dass Blakely ihn im Verdacht hatte, für die gefallenen Engel zu arbeiten, dann würde er ihn auch töten, um sein Geheimnis zu bewahren.«

»Glaubst du, Dante hat mir an dem Tag im Rollerland nur von der Teufelskraft erzählt, weil er davon ausging, ich würde dir davon berichten und du würdest Blakely dann für ihn aus dem Weg räumen? Ich habe mich immer gefragt, warum er mir das erzählt hat. Rückblickend scheint es mir fast, als hätte er eine Strategie gehabt: dass du dir Blakely schnappst und ihn unter die Erde bringst, damit Dante allein die Kontrolle über die Teufelskraft hat.«

»Was genau das war, was ich vorhatte. Bis Marcie diese Pläne vereitelt hat.«

»Dante hat mich von Anfang an hintergangen«, erkannte ich.

»Damit ist jetzt Schluss. Wir haben Blakelys Aussage.«

»Heißt das, wir treffen uns mit ihm?«

Patch hatte die Schlüssel zu seinem Motorrad noch keine fünf Minuten zuvor auf den Küchentresen gelegt und griff jetzt wieder danach. »Wenigstens wird's nicht langweilig, Engelchen.«

Die Adresse, die Blakely mir gegeben hatte, führte uns zu einem einstöckigen Haus aus rotem Backstein in einer älteren Gegend. Zwei verdunkelte Fenster flankierten die Haustür. Das weitläufige Grundstück schien das kleine Cottage ganz zu verschlingen.

Patch fuhr zwei Mal um den Block, dann parkte er am Ende der Straße außerhalb der Reichweite der letzten Straßenlampe. Er klopfte drei Mal fest an die Tür. Hinter dem Wohnzimmerfenster brannte Licht, aber sonst gab es keinerlei Anzeichen dafür, dass jemand zu Hause war.

»Bleib hier«, sagte Patch. »Ich gehe mal hinten herum.«

Ich wartete auf der Schwelle und sah mich immer wieder zur Straße hinter mir um. Es war zu kalt, als dass die Nachbarn ausgedehnte Spaziergänge mit ihren Hunden gemacht hätten, und es fuhr auch kein einziges Auto vorbei.

Im Schloss der Haustür rumorte es, und Patch öffnete die Tür von innen. »Die Hintertür stand weit offen. Ich hab' ein schlechtes Gefühl«, sagte er.

Ich trat ein und schloss die Tür hinter mir. »Blakely?«, rief ich leise. Das Haus war so klein, dass meine Stimme trotzdem unverhältnismäßig laut klang.

»Im ersten Stock ist er nicht«, sagte Patch. »Aber es gibt eine Treppe in den Keller.«

Wir rannten die Treppe hinunter und gelangten in einen erleuchteten Raum. Ich sog scharf den Atem ein, als ich eine Spur aus roter Flüssigkeit erblickte, die quer über den Teppich geschmiert war. An der Wand waren rote Handabdrücke, die in dieselbe Richtung wiesen – ein dunkles Schlafzimmer direkt vor uns. In der Düsternis konnte ich gerade eben die Umrisse eines Bettes ausmachen – und Blakelys Körper, der daneben zusammengekrümmt lag.

Patchs Arm schoss sofort hoch und hielt mich auf. »Geh nach oben«, befahl er.

Ohne nachzudenken duckte ich mich unter Patchs Arm hindurch und eilte zu Blakely. »Er ist verletzt!«

Das Weiße in seinen Augen leuchtete in ätherischem Blau. Blut tröpfelte aus seinem Mund und schlug Blasen, als er vergeblich versuchte zu sprechen.

»Hat Dante das getan?«, fragte ihn Patch, der mir unverzüglich gefolgt war.

Ich kniete nieder und überprüfte Blakelys Vitalzeichen. Sein Herz schlug schwach und unregelmäßig. Tränen stiegen mir in die Augen. Ich wusste nicht, ob ich wegen Blakely weinte oder wegen der Bedeutung, die sein Tod für mich hatte, aber selbstsüchtig wie ich war, vermutete ich, dass Letzteres der Fall war.

Blakely hustete Blut, seine Stimme war schwach: »Dante weiß ... Federn gefallener Engel.«

Ich drückte Patchs Hand. *Wie kann Dante von den Federn wissen? Pepper würde es ihm niemals gesagt haben. Und wir sind die Einzigen, die davon wissen.*

*Wenn Dante von den Federn weiß, dann wird er versuchen, Pepper auf dem Weg zurück zur Erde aufzuhalten,* antwortete Patch angespannt. *Wir müssen verhindern, dass er die Federn bekommt.*

»Lisa Martin ... hier ... bald«, krächzte Blakely, um jedes Wort kämpfend.

»Wo ist das Labor?«, fragte ich ihn. »Wie können wir Dantes Teufelskraft-Vorrat zerstören?«

Er schüttelte heftig den Kopf, als hätten wir die falsche Frage gestellt. »Sein Schwert ... *er* ... weiß nicht. Gelogen. Tötet ... ihn auch.« Er keuchte, mehr Blut strömte über seine Lippen. Die Farbe des Blutes hatte sich von Rot zu einem feurigen Blau gewandelt.

»Okay, ich verstehe«, sagte ich und tätschelte tröstend seine Schulter. »Das Schwert, mit dem er morgen zum Duell antritt, wird ihn auch töten, nur dass er es nicht weiß. Das ist gut, Blakely. Jetzt sag mir, wo das Labor ist.«

»Hab' versucht ... zu sagen«, krächzte er.

Ich schüttelte Blakelys Schultern. »Du hast es mir nicht gesagt. Wo ist das Labor?« Ich glaubte nicht, dass es den Ausgang des morgigen Duells beeinflussen würde, wenn wir das Labor zerstörten – Dante würde sowieso massig Teufelskraft in seinem Körper haben, wenn wir kämpften –, aber ganz egal was mit mir geschehen würde, wenn Patch es schaffte, das Labor zu zerstören, würde die Teufelskraft ein für alle Mal verschwinden. Ich fühlte mich persönlich dafür verantwortlich, die Kräfte der Hölle, nun ja, in die Hölle zurückzuverbannen.

*Wir müssen los, Engelchen,* sagte Patch in meinen Gedanken. *Lisa darf uns hier nicht erwischen. Das sähe nicht gut aus.*

Ich schüttelte Blakely heftiger. »Wo ist das Labor?«

Seine geballten Fäuste entspannten sich. Seine Augen, die noch immer in diesem gruseligen Blau glänzten, starrten leer zu mir empor.

»Wir dürfen hier nicht noch mehr Zeit verschwenden«, sagte Patch. »Wir müssen davon ausgehen, dass Dante hinter Pepper und den Federn her ist.«

Ich versuchte, mir die Augen mit dem Handrücken abzutrocknen. »Wollen wir Blakely hier einfach so liegen lassen?«

Von draußen war Motorengeräusch zu hören, ein Auto hielt am Straßenrand. »Lisa«, sagte Patch. Er schob das Schlafzimmerfenster auf, hob mich in die Fensteröffnung und sprang neben mir hoch. »Wenn du noch irgendwelche letzten Worte für den Toten hast, solltest du sie jetzt sprechen.«

Mit einem trauervollen Blick zu Blakely zurück sagte ich nur: »Ich wünsche dir mehr Glück im nächsten Leben.«

Irgendwie hatte ich das Gefühl, er könnte es brauchen.

Wir rasten auf Patchs Motorrad über die waldigen Nebenstraßen. Der Neumond des Cheschwan war vor beinahe zwei Wochen aufgegangen und hing jetzt wie ein geisterhafter Ball hoch am Himmel, ein großes, wachsames Auge, dem wir nicht entkommen konnten. Ich schauderte und schmiegte mich enger an Patch. Er raste so schnell um die engen Kurven, dass die Äste aussahen wie aufblitzende, skelettartige Finger, die nach mir griffen.

Da es unpraktisch war, über das Heulen des Fahrtwindes hinwegzuschreien, sprach ich im Geist.

*Wer kann Dante von den Federn erzählt haben?*

*Pepper hätte das niemals riskiert.*

*Wir auch nicht.*

*Wenn Dante davon weiß, müssen wir davon ausgehen, dass es die gefallenen Engel ebenfalls wissen. Sie werden alles tun, was in ihrer Macht steht, um uns daran zu hindern, an diese Federn heranzukommen, Engelchen. Ohne Rücksicht auf Verluste.*

Seine Warnung war nur allzu deutlich: Wir waren in Gefahr.

*Wir müssen Pepper warnen*, sagte ich.

*Wenn wir ihn anrufen und die Erzengel das abfangen, kommen wir nie an die Federn.*

Ich warf einen Blick auf die Uhr an meinem Handgelenk. Elf. *Wir haben ihm Zeit bis Mitternacht gegeben. Seine Zeit ist beinahe abgelaufen.*

*Wenn er nicht demnächst anruft, Engelchen, müssen wir vom Schlimmsten ausgehen und uns etwas Neues ausdenken.*

Seine Hand rutschte auf meine Hüfte und drückte sie sanft. Ich wusste, dass wir dasselbe dachten. Wir hatten alle Möglichkeiten ausgeschöpft. Die Zeit war abgelaufen. Entweder wir bekamen die Federn …

… oder die Nephilim würden mehr verlieren als nur einen Krieg. Sie würden den gefallenen Engeln auf ewig hörig sein.

Ein gedämpftes Klingeln drang aus meiner Tasche. Patch fuhr das Motorrad sofort an den Straßenrand, und ich nahm den Anruf mit einem Gebet im Herzen an.

»Ich habe die F-F-Federn«, sagte Pepper mit hoher und zitternder Stimme.

Erleichtert atmete ich aus und klatschte mit Patch ab. Dann verschränkte ich meine Finger mit seinen und verband unsere Hände miteinander. Wir hatten die Federn. Wir hatten den Dolch. Das Duell von morgen war nicht länger nötig – tote Gegner schwangen keine Schwerter, egal ob verzaubert oder nicht.

»Gute Arbeit, Pepper«, sagte ich. »Du hast es fast geschafft. Du musst uns nur noch die Federn und den Dolch aushändigen, dann hast du das alles hinter dir. Patch wird Dante töten, sobald er den Dolch bekommt. Aber du solltest wissen, dass Dante ebenfalls hinter den Federn her ist.« Es war nicht genug Zeit, um ihm das schonend beizubringen. »Sie sind für ihn genauso wichtig wie für uns. Er sucht nach dir, also werde jetzt nicht nachlässig. Und lass auf keinen Fall zu, dass er die Federn bekommt oder den Dolch.«

Pepper schniefte. »Ich habe A-A-Angst. Was mache ich, wenn Dante mich findet? Und was, wenn die Erzengel merken, dass die Federn weg sind?« Seine Stimme wurde lauter, er kreischte jetzt beinahe. »Was, wenn sie darauf kommen, dass *ich* es war?«

»Beruhige dich. Alles wird gut. Wir machen die Übergabe im Delphic-Vergnügungspark. Wir können dich da in ungefähr fünfundvierzig Minuten treffen.«

»Das ist fast noch eine Stunde! So lange kann ich die Federn nicht behalten! Ich muss sie irgendwie loswerden. So war es abgemacht. Du hast nie was davon gesagt, dass ich sie aufbewahren soll. Und was ist mit mir? Dante ist hinter mir her. Wenn du willst, dass ich deine Federn aufbewahre, dann soll Patch sich gleich an Dantes Fersen heften und dafür sorgen, dass er mich nicht bedroht!«

»Ich hab's doch gerade erklärt«, sagte ich ungeduldig. »Patch wird Dante töten, sobald wir den Dolch haben.«

»Das nützt mir nichts mehr, wenn Dante mich vorher findet! Ich will sehen, dass Patch JETZT da rausgeht und Dante findet. Ja, ich gebe euch den Dolch einfach nicht, bevor ich nicht einen Beweis dafür habe, dass Patch Dante geschnappt hat!«

Ich hielt das Telefon vom Ohr weg, um meine Trommelfelle vor Peppers schrillen Schreien zu schützen. »Er dreht durch«, erklärte ich Patch besorgt.

Patch nahm mir das Telefon aus der Hand. »Hör zu, Pepper. Bring die Federn und den Dolch zum Delphic-Vergnügungspark. Ich sorge dafür, dass dich zwei gefallene Engel am Eingangstor in Empfang nehmen. Sie werden sich darum kümmern, dass du sicher in meine Wohnung kommst. Nur sag ihnen nicht, was du bei dir hast.«

Peppers kleinlaute Antwort drang aus dem Telefon.

Patch sagte: »Stell die Federn in meiner Wohnung ab. Dann bleibst du dort, bis wir kommen.«

Ein jaulender Klagelaut.

»Du wirst die Federn nicht unbewacht lassen«, drohte Patch und betonte jedes einzelne Wort mit mörderischer Entschlossenheit. »Du wirst auf meinem Sofa sitzen bleiben und dafür sorgen, dass sie noch da sind, wenn wir dort ankommen.«

Noch mehr wildes Gequäke.

»Hör auf herumzuheulen. Ich werde Dante jetzt aufspüren, wenn du das unbedingt willst. Dann komme ich, um den Dolch zu holen, auf dem du sitzen bleiben wirst, bis ich bei dir in der Wohnung bin. Geh zum Delphic, und tu genau das, was ich dir gesagt habe. Und noch eins. Hör auf zu heulen. Du ruinierst den Ruf der Erzengel.«

Patch legte auf und gab mir das Telefon zurück. »Drück die Daumen, dass das funktioniert.«

»Glaubst du, Pepper bleibt bei den Federn?«

Er strich sich mit der Hand übers Gesicht und gab dabei einen Ton von sich, der halb Lachen, halb Stöhnen war. »Wir werden uns trennen müssen, Engelchen. Wenn wir Dante zusammen aufstöbern, riskieren wir, die Federn unbewacht zu lassen.«

»Dann geh du los und finde Dante. Ich kümmere mich um Pepper und die Federn.«

Patch musterte mich. »Ich weiß, dass du das kannst. Aber mir gefällt der Gedanke trotzdem nicht, dich allein zu lassen.«

»Ich komme schon klar. Ich werde die Federn bewachen und Lisa Martin direkt anrufen. Ich werde ihr sagen, was ich ihr zu sagen habe, und sie wird mir helfen, unseren Plan auszuführen. Wir werden den Krieg beenden und die Nephilim befreien.« Ich drückte beschwichtigend Patchs Hand. »Das ist es. Das Ende ist in Sicht.«

Patch rieb sich das Kinn, eindeutig nicht glücklich, und dachte angestrengt nach. »Nur zu meiner eigenen Beruhigung, nimm Scott mit.«

Ein ironisches Lächeln stahl sich in meine Mundwinkel. »Du traust Scott?«

»Ich traue dir«, antwortete er mit einer etwas heiseren Stimme, bei der ich mich innerlich ganz warm fühlte.

Patch drückte mich mit dem Rücken gegen einen Baum und küsste mich hart.

Ich rang nach Luft. »Jungs überall auf der Welt, merkt euch: *Das war ein Kuss*.«

Patch lächelte nicht. Seine Augen verdunkelten sich mit etwas, das ich nicht benennen konnte, aber es legte sich wie ein Gewicht auf meinen Magen. Sein Kiefer war angespannt, die Muskeln an seinem Arm spannten sich kaum merklich an. »Wenn die Geschichte vorüber ist, werden wir zusammen sein.« Besorgnis zog über sein Gesicht wie eine Wolke.

»Wenn ich dabei irgendwie mitreden darf, dann ja.«

»Was immer heute Nacht passiert, ich liebe dich.«

»Rede nicht so, Patch«, flüsterte ich, weil die Gefühle meine Stimme erstickten. »Du machst mir Angst. Wir werden zusammen sein. Du wirst Dante finden, dann triffst du dich mit mir in der Wohnung, und wir werden zusammen diesen Krieg beenden. Geradliniger geht's nicht.«

Er küsste mich noch einmal, zart auf jedes Augenlid, dann auf jede Wange und zum Schluss drückte er ein sanftes Siegel auf meinen Mund. »Du hast mich verändert.«

Ich schlang die Arme um seinen Hals und drückte meinen Körper fest an seinen. Ich hängte mich an ihn, versuchte, die Kälte, die mir in den Knochen saß, zu vertreiben. »Küss mich so, dass ich es nie wieder vergessen werde.« Ich zog seinen Blick auf meine Augen. »Küss mich so, dass es reicht, bis ich dich wiedersehe.« *Denn wir werden uns bald wiedersehen.*

Patchs Augen musterten mich in stiller Hitze. Mein Spiegelbild wirbelte darin herum, rote Haare und rote Lippen. Ich war durch eine Kraft, die ich nicht kontrollieren konnte, mit ihm verbunden, ein dünner Faden, der meine Seele an seine band. Er hatte den Mond im Rücken, und die Schatten zeichneten Löcher unter seine Augen und Wangenknochen, was ihn atemberaubend hübsch und zugleich diabolisch aussehen ließ.

Seine Hände hielten mein Gesicht, hielten mich ruhig vor ihm. Der Wind wickelte mein Haar um seine Handgelenke, schlang uns zusammen. Seine Daumen strichen über meine Wangenknochen und liebkosten mich, langsam und vertraut. Trotz der Kälte breitete sich heiß brennende Wärme in meinem Inneren aus und machte mich verletzlich für seine Berührung. Seine Finger wanderten tiefer, tiefer, hinterließen heißen, köstlichen Schmerz. Ich schloss die Augen, meine Gelenke schmolzen dahin. Er setzte mich in Brand wie eine Flamme, Licht und Hitze brannten in einer Tiefe, die ich mir nie hätte ausmalen können.

Sein Daumen strich über meine Lippen, ein sanftes, verführerisches Necken. Ich stieß einen tiefen Seufzer des Vergnügens aus.

*Soll ich dich jetzt küssen?*, fragte er.

Ich konnte nicht sprechen; ein schwaches Nicken war meine einzige Antwort.

Sein Mund, heiß und draufgängerisch, traf auf meinen. Alles Spielerische war von ihm abgefallen, und er küsste mich mit dem ihm eigenen schwarzen Feuer, tief und besitzergreifend. Er verschlang meinen Körper, meine Seele und legte jede Vorstellung, die ich zuvor gehabt haben mochte, wie es ist, geküsst zu werden, in Schutt und Asche.

Ich hörte Scotts Barracuda schon die Straße entlangdröhnen, lange bevor die Scheinwerfer durch die trübe Dunkelheit blitzten. Ich hielt ihn an und schwang mich auf den Beifahrersitz.

»Danke, dass du gekommen bist.«

Er setzte den Wagen zurück und raste dann genauso schnell los, wie er gekommen war. »Du hast dich ziemlich kurz gefasst am Telefon. Sag mir, was ich wissen muss.«

Ich erklärte ihm die Lage so schnell und so umfassend wie möglich. Als ich fertig war, stieß Scott einen anerkennenden Pfiff aus. »Pepper hat die Federn aller gefallenen Engel, jedes Einzelnen?«

»Unglaublich, oder? Er soll uns in Patchs Studio treffen«, sagte ich. »Wehe, er lässt die Federn unbewacht«, murmelte ich, mehr zu mir selbst.

»Ich kann dich sicher unter den Delphic bringen. Die Tore sind schon geschlossen, also werden wir über die Lastenaufzüge in die Tunnel gehen. Danach müssen wir wohl meine Karte benutzen. Ich war noch nie in Patchs Apartment.«

Die Tunnel, die er erwähnte, waren ein unterirdisches Netz aus verschlungenen, labyrinthischen Gängen, die sich wie Straßenzüge und Stadtviertel im Untergrund des Delphic Vergnügungsparkes erstreckten. Bevor ich Patch kennengelernt hatte, hatte ich keine Ahnung gehabt, dass sie überhaupt existierten. Sie hatten den gefallenen Engeln, die in Maine lebten, als Hauptwohnort gedient, und bis vor Kurzem hatte Patch noch mit ihnen dort gelebt.

Scott lenkte den Barracuda auf eine der Zufahrtsstraßen in der Nähe des Haupteingangs zum Park. Die Straße öffnete sich auf ein Verladedock mit Lkw-Rampen und einer Lagerhalle. Durch eine Seitentür betraten wir die Lagerhalle, durchquerten einen offenen Raum, der von Wand zu Wand mit Kisten vollgestellt war, und erreichten am Ende die Lastenaufzüge. Als wir darin waren, ignorierte Scott die normalen Knöpfe für die Stockwerke eins, zwei und drei und drückte einen kleineren, unbezeichneten, gelben Knopf ganz unten an der Schalttafel. Ich hatte gewusst, dass es überall im Delphic Eingänge zum Tunnelsystem gab, aber dies war das erste Mal, dass wir diesen hier benutzten.

Der Aufzug, der beinahe so groß wie mein Schlafzimmer war, ratterte tiefer und tiefer, bis er schließlich knarrend zum Halten kam. Die schwere Stahltür hob sich, und Scott und ich traten auf eine Laderampe hinaus. Der Boden und die Wände bestanden nur aus Erde, und die einzige Lichtquelle war eine einzelne Glühbirne, die über unseren Köpfen frei umherschwang.

»Wo entlang?«, fragte ich und lugte in die Tunnel vor uns.

Ich war dankbar, dass ich Scott als Führer durch die Eingeweide des Delphic-Vergnügungsparkes bei mir hatte. Es war nicht zu übersehen, dass er regelmäßig die Tunnel benutzte; er führte mich rasch, eilte durch die feuchtkalten Gänge, als hätte er sie schon vor langer Zeit auswendig gelernt. Wir sahen erst in die Karte, als wir versuchten, den Weg unter dem Erzengel entlang zu finden, der neuesten Achterbahn des Delphic. Von da an übernahm ich, blickte willkürlich in einzelne

Abzweigungen, bis ich schließlich den Eingang zu Patchs alter Wohnung wiedererkannte.

Die Tür war von innen abgeschlossen.

Ich klopfte daran. »Pepper, ich bin's, Nora Grey. Mach auf.« Ich gab ihm ein paar Augenblicke, dann versuchte ich es noch einmal. »Wenn du nicht aufmachst, weil du noch jemand anderen spürst, das ist Scott. Er wird dich nicht zusammenschlagen. Jetzt mach die Tür auf.«

»Ist er allein?«, fragte Scott leise.

Ich nickte. »Er sollte es eigentlich sein.«

»Ich spüre niemanden«, sagte Scott skeptisch, während er das Ohr zur Tür neigte.

»Nun mach schon, Pepper«, rief ich.

Immer noch keine Antwort.

»Wir müssen die Tür aufbrechen«, sagte ich zu Scott. »Auf drei. Eins, zwei – drei.«

Scott und ich traten gemeinsam heftig gegen die Tür.

»Noch mal«, knurrte ich.

Wir traten heftig gegen das Holz, bis es schließlich anfing zu splittern und die Tür nach innen knallte. Ich lief durch die Eingangshalle ins Wohnzimmer und suchte nach Pepper.

Das Sofa war zerstochen, die Füllung quoll aus jedem Schnitt. Bilderrahmen, die einst an den Wänden gehangen hatten, lagen zerbrochen auf dem Boden. Der gläserne Couchtisch war auf die Seite gestürzt und hatte einen unheilvollen Sprung mitten hindurch. Kleidungsstücke aus Patchs Kleiderschrank lagen wie Konfetti verstreut herum. Ich wusste nicht, ob das die Spuren eines Kampfes waren, der hier kürzlich stattgefunden hatte, oder Spuren seines überstürzten Aufbruchs vor beinahe zwei Wochen, als Pepper ein paar Schläger engagiert hatte, die die Wohnung zerstören sollten.

»Kannst du Pepper anrufen?«, schlug Scott vor. »Hast du seine Nummer?«

Ich hämmerte Peppers Nummer in mein Telefon, aber er meldete sich nicht. »Wo steckt er nur?«, fragte ich, wütend auf niemand Bestimmten. Alles hing davon ab, dass er seinen Teil der Abmachung einhielt. Ich brauchte diese Federn, und ich brauchte sie jetzt. »Und was ist das für ein Geruch?«, fragte ich naserümpfend.

Ich drang tiefer ins Wohnzimmer vor. Jetzt roch ich es ganz deutlich: Ein giftiger, beißender Geruch hing in der Luft. Ein fauliger Geruch. Beinahe wie heißer Teer, aber nicht ganz genauso.

Irgendetwas brannte hier.

Ich rannte von Zimmer zu Zimmer und versuchte, die Federn zu finden. Sie waren nicht hier. Ich riss die Tür zu Patchs ehemaligem Schlafzimmer auf und wurde im selben Augenblick überwältigt von dem Geruch brennenden organischen Materials.

Ohne nachzudenken rannte ich zur gegenüberliegenden Seite des Zimmers, von wo eine Tür zu einem Geheimgang führte. Kaum hatte ich die Tür einen Spalt breit geöffnet, quoll eine dicke Wolke aus schwarzem Qualm ins Zimmer. Der schmierige, verkohlte Gestank war unerträglich.

Ich schützte Mund und Nase mit dem Kragen meiner Bluse und rief Scott zu: »Ich gehe rein.«

Er folgte mir, während er versuchte, den Rauch mit der Hand zu vertreiben.

Ich war schon einmal in diesem Gang gewesen, als Patch und ich Hank Millar kurze Zeit gefangen genommen hatten, bevor ich ihn getötet hatte, und ich versuchte, mich an den Weg zu erinnern. Auf Knien, um den allerschlimmsten Qualm zu vermeiden, kroch ich schnell voran und hustete und röchelte jedes Mal, wenn ich Luft holen musste. Schließlich stießen meine Hände gegen eine Tür. Ich fummelte nach dem Ring, dann zog ich heftig daran. Die Tür schwang langsam auf und schickte eine neue Rauchwolke in den Flur.

Der Schein eines lodernden Feuers blitzte durch den Qualm, Flammen leckten und tanzten wie bei einer ganz besonderen Zaubershow: Messinggold und geschmolzenes Orange und dicke Wolken aus schwarzem Qualm. Ein schreckliches Knistern und Knacken hallte in meinen Ohren, während die Flammen den riesigen Haufen Brennstoff darunter verschlangen. Scott packte mich an den Schultern und zwang seinen Körper beschützend zwischen mich und die Flammen wie einen Schild. Die Hitze des Feuers grillte unsere Gesichter.

Ich heulte vor Entsetzen auf.

Ich schoss als Erste hoch. Ungeachtet der Hitze warf ich mich ins Feuer, während rundherum Funken niederregneten wie bei einem Feuerwerk. Schreiend vor Panik wühlte ich in dem hohen Federberg. Nur zwei von Patchs Federn aus seiner Zeit als Erzengel gab es noch. Eine hielten wir sicher versteckt, die andere hatten die Erzengel an sich genommen und peinlich genau verwahrt, als sie Patch aus dem Himmel verbannt hatten. Diese Feder war irgendwo in dem Haufen vor mir.

Patchs Feder konnte überall sein. Vielleicht war sie sogar schon verbrannt. Es waren so viele. Und sogar noch viel mehr Asche, die wie angesengte Papierschnipsel um das Feuer herumtanzte.

»Scott! Hilf mir, Patchs Feder zu finden!« Denk nach. Ich musste nachdenken. Patchs Feder. Ich hatte sie schon einmal gesehen. »Sie ist schwarz, ganz schwarz!«, stammelte ich. »Fang an zu suchen – ich hole Decken, um das Feuer zu ersticken!«

Ich rannte durch den dichten Rauch zurück zu Patchs Wohnung. Plötzlich blieb ich wie angewurzelt stehen, weil ich im Tunnel vor mir, direkt geradeaus, noch einen Umriss entdeckt hatte. Ich blinzelte gegen den Rauch an, der in meinen Augen biss.

»Es ist zu spät«, sagte Marcie. Ihr Gesicht war verquollen vom Weinen und ihre Nasenspitze leuchtend rot. »Du kannst das Feuer nicht ersticken.«

»Was hast du getan?«, schrie ich sie an.

»Ich bin die rechtmäßige Erbin meines Vaters. Ich sollte die Nephilim anführen.«

»Die rechtmäßige Erbin? Hörst du eigentlich, was du da sagst? Du willst den Job? Bitte – ich will ihn nicht, dein Vater hat mich dazu gezwungen!«

Ihre Lippen zitterten. »Er hat mich mehr geliebt. Er hätte mich ausgewählt. Du hast mir das gestohlen.«

»Du willst diesen Job nicht, Marcie«, sagte ich. »Wer hat dir denn diese Ideen in den Kopf gesetzt?«

Tränen rollten über ihre Wangen, sie schluchzte. »Meine Mom hatte die Idee, dass ich bei dir einziehen soll – sie und ihre Nephilim-Freunde wollten, dass ich dich beobachte. Ich war einverstanden, weil ich dachte, du wüsstest etwas über den Tod meines Dads, das du mir nicht gesagt hast. Wenn ich näher an dich herankäme, dachte ich, vielleicht …« Plötzlich bemerkte ich den perlmuttfarbenen Dolch in ihren Händen. Er glänzte in schimmerndem Weiß, als wären die reinsten Strahlen der Sonne unter seiner Oberfläche eingefangen. Es konnte nur Peppers verzauberter Dolch sein. Dieser Idiot hatte nicht aufgepasst und zugelassen, dass Marcie ihm gefolgt war. Dann hatte er die Federn und den Dolch weggeworfen und war abgehauen, so dass sie hier in Marcies Hände fallen konnten.

Ich streckte die Hand nach ihr aus. »Marcie …«

»Fass mich nicht an!«, rief sie. »Dante hat mir gesagt, dass du meinen Dad umgebracht hast. Wie konntest du nur? Wie konntest du nur! Ich war sicher, dass es Patch war, dabei warst *du's*!«, kreischte sie immer hysterischer.

Trotz der Hitze peitschte die Angst mir kalt über den Rücken.

»Ich … kann das erklären.« Aber ich glaubte meine Worte

selbst nicht. Marcies wilder, überreizter Gesichtsausdruck verdeckte, dass sie auf direktem Weg in einen Schockzustand war. Ich bezweifelte, dass sie daran interessiert war zu erfahren, wie ihr Vater einen Dolch in meine Hand gezwungen hatte, als er versuchte, Patch in die Hölle zu schicken. »Gib mir den Dolch.«

»Geh weg!« Sie krabbelte außerhalb meiner Reichweite. »Dante und ich werden es allen sagen. Was werden die Nephilim tun, wenn sie erst einmal wissen, dass du die Schwarze Hand ermordet hast?«

Ich musterte sie misstrauisch. Dante konnte gerade erst erfahren haben, dass ich Hank getötet hatte. Andernfalls hätte er es den Nephilim längst mitgeteilt. Patch hatte mein Geheimnis nicht verraten, was nur noch Pepper übrig ließ. Irgendwie hatte Dante ihn erwischt.

»Dante hatte recht«, zischte Marcie, und kalte Wut brodelte in ihrer Stimme. »Du hast mir den Titel gestohlen. Er sollte mir gehören. Und jetzt habe ich getan, was du nicht geschafft hast – ich habe die Nephilim befreit. Wenn dieses Feuer erlischt, dann wird jeder gefallene Engel auf Erden in der Hölle angekettet sein.«

»Dante arbeitet für die gefallenen Engel«, sagte ich mit vor Frustration scharfer Stimme.

»Nein«, sagte Marcie. »Du tust das.«

Sie schwang Peppers Dolch in meine Richtung, ich sprang zurück und stolperte. Rauch senkte sich auf mich herab und vernebelte meine Sicht.

»Weiß Dante, dass du die Federn verbrannt hast?«, brüllte ich zu Marcie nach oben, aber sie antwortete nicht. Sie war weg.

Hatte Dante seine Strategie geändert? Nachdem ein unerwarteter Glücksfall ihm die Federn jedes einzelnen gefallenen

Engels in die Hände gespielt hatte und damit den sicheren Sieg für die Nephilim, hatte er sich da doch noch für die Seite seiner Rasse entschlossen?

Ich hatte keine Zeit, darüber nachzudenken. Ich musste Scott helfen, Patchs Feder zu finden. Also rannte ich zurück zu dem brennenden Zimmer und arbeitete mich hustend und keuchend ins Innere hinein.

»Durch die Asche werden sie alle schwarz«, brüllte Scott mir über die Schulter zu. »Sie sehen alle gleich aus.« Seine Wangen glühten rot vor Hitze. Funken wirbelten um ihn herum, drohten sein Haar in Brand zu setzen, das ebenfalls schwarz vor Ruß geworden war. »Wir müssen hier raus. Wenn wir noch länger bleiben, fangen wir Feuer.«

Ich rannte gebückt zu ihm, in dem Versuch, der schlimmsten Hitze auszuweichen, die unbarmherzig ausstrahlte. »Erst finden wir Patchs Feder.« Ich schleuderte brennende Haufen Federn hinter mich, während ich tiefer grub. Scott hatte recht. Eine schmierige schwarze Schicht aus Ruß überzog jede Feder. Ich stieß einen verzweifelten Schrei aus. »Wenn wir sie nicht finden, wird er in die Hölle geschickt!«

Ich wirbelte die Federn mit vollen Händen auf, betete darum, dass ich seine erkennen würde. Betete, dass sie noch nicht verbrannt war. Ich würde nicht zulassen, dass meine Gedanken sich dem Schlimmsten zuwandten. Ich ignorierte den Rauch, der in meinen Augen und Lungen kratzte, und durchwühlte die Federn noch hektischer. Ich durfte Patch nicht verlieren. Ich *würde* Patch nicht verlieren. Nicht so. Nicht, solange ich noch irgendetwas dagegen tun konnte.

Meine Augen wurden feucht und begannen zu tränen. Ich konnte nicht mehr klar sehen. Die Luft war zu heiß, um sie zu atmen. Die Haut auf meinem Gesicht schien zu schmelzen, und meine Kopfhaut fühlte sich an, als stünde sie in Flammen.

Ich tauchte meine Hände tief in den Berg aus Federn, und versuchte verzweifelt, eine einzelne schwarze Feder herauszufinden.

»Ich lasse dich nicht hier verbrennen«, brüllte Scott über das knisternde Auflodern der Flammen hinweg. Er kroch auf Knien zurück und riss mich mit sich. Ich kratzte ihn unbarmherzig in die Hände. *Nicht ohne Patchs Feder.*

Das Feuer brüllte in meinen Ohren, und der Sauerstoffmangel erschwerte das Denken. Ich wischte mir mit dem Handrücken über die Augen, nur um noch mehr Ruß hineinzureiben. Ich wühlte in den Federn herum, meine Arme fühlten sich an, als hingen zentnerschwere Gewichte daran. Alles schien ins Wanken zu geraten. Aber ich weigerte mich, in Ohnmacht zu fallen, bevor ich nicht Patchs Feder gefunden hatte.

»Patch«, murmelte ich, als ein Stückchen Glut auf meinem Ärmel landete und den Stoff in Brand setzte. Bevor ich die Hand heben konnte, um die Flamme zu ersticken, schoss das Feuer bis zum Ellbogen hoch. Die Hitze versengte meine Haut, schneidend und schmerzhaft. Ich schrie und taumelte zur Seite. Da sah ich, dass auch meine Jeans in Flammen standen.

Scott bellte mir von hinten Befehle zu. Irgendetwas darüber, dass wir hier rausmussten. Er wollte die Tür zumachen und das Feuer dahinter einschließen.

Ich konnte das nicht zulassen. Ich musste Patchs Feder retten.

Ich verlor jeden Sinn für die Richtung, stolperte blind vorwärts. Helle, leckende Flammen schränkten mein Gesichtsfeld ein.

Scotts drängende Stimme löste sich in nichts auf.

Noch bevor ich die Augen aufschlug, wusste ich, dass ich

in einem fahrenden Auto war. Ich spürte das unregelmäßige Holpern der Räder in Schlaglöchern und hörte einen Motor brummen. Ich saß zusammengesackt an eine Autotür gelehnt, mit dem Kopf am Fenster. Zwei fremde Hände lagen in meinem Schoß, und ich erschrak, als sie sich auf meinen Befehl hin bewegten. Ich drehte sie langsam in der Luft und starrte auf das seltsame schwarze Papier, das sich von ihnen abschälte.

Geschwärztes Fleisch.

Eine Hand drückte tröstend meinen Arm.

»Ist okay«, sagte Scott vom Fahrersitz seines Barracuda aus. »Es wird heilen.«

Ich schüttelte den Kopf, weil er mich falsch verstanden haben musste. Ich leckte über meine ausgedörrten Lippen. »Wir müssen zurück. Dreh um. Wir müssen Patch retten.«

Scott sagte nichts, sondern warf mir nur einen unsicheren Seitenblick zu.

Nein.

Es war eine Lüge. Eine tiefreichende, unvorstellbare Angst erstickte mich. Meine Kehle fühlte sich eng und heiß an. Es war eine Lüge.

»Ich weiß, dass du ihn mochtest«, sagte Scott ruhig.

*Ich liebe ihn! Ich habe ihn immer geliebt! Ich habe ihm versprochen, dass wir zusammenbleiben würden!*, schrie ich in meinem Kopf, weil ich die rauen Worte nicht herausbrachte. Sie kratzten wie Nägel in meiner Kehle.

Ich sah zum Fenster hinaus. Ich starrte in die Nacht hinaus, auf die verwischten Bäume und Felder und Zäune, einen Moment hier, im nächsten schon fort. Die Worte in meiner Kehle ballten sich zu einem Schrei, voller scharfer Kanten und eisigem Schmerz. Der Schrei hing da, schwoll an und schmerzte, während eine Welt sich aus ihren Ankern riss und in den Orbit hinausdriftete.

Ein Haufen aus verbogenem Stahl versperrte die Straße vor uns.

Scott machte einen Schlenker, um ihm auszuweichen, und bremste ab, während wir vorbeifuhren. Ich wartete nicht darauf, dass das Auto anhielt; ich warf mich hinaus und rannte los. Patchs Motorrad. Verbeult und ramponiert. Mit offenem Mund starrte ich es an, blinzelte immer wieder, versuchte, ein anderes Bild zu sehen. Das zerstörte Blech sah aus, als wäre der Fahrer mit Höchstgeschwindigkeit gefahren – und dann durch ein Loch im Wind gesprungen.

Ich bohrte die Fäuste in die Augen und wartete darauf, dass das schreckliche Bild verschwand. Ich suchte die Straße ab, dachte, dass er einen Unfall gehabt hatte. Sein Körper musste bei dem Aufprall weit geschleudert worden sein. Ich rannte weiter, suchte den Straßengraben ab, die Büsche, die Schatten zwischen den Bäumen. Er konnte direkt vor mir sein. Ich rief seinen Namen. Ich lief die Straße auf und ab, während ich mir mit zitternden Händen die Haare raufte.

Ich hörte es nicht, als Scott hinter mich trat. Ich spürte seine Arme um meine Schultern kaum. Trauer und Schmerz schüttelten mich wie ein lebendiges Wesen, so echt und beängstigend. Sie erfüllten mich mit solcher Kälte, dass es wehtat, Luft zu holen.

»Es tut mir leid«, sagte er rau.

»Sag mir nicht, er ist tot«, fuhr ich ihn an. »Er hatte einen Motorradunfall und ist zu Fuß weitergegangen. Er hat gesagt, er würde mich in seiner Wohnung treffen. Er würde niemals sein Versprechen brechen.« Ich sagte das, weil es das war, was ich hören musste.

»Du zitterst. Lass mich dich mit zu mir nehmen, zu dir, zu ihm – wo immer du hinwillst.«

»Nein«, bellte ich. »Wir fahren zurück in sein Apartment.

Er ist da. Du wirst es sehen.« Ich stieß ihn weg, taumelte jedoch. Meine Beine schoben sich einen tauben Schritt vor den anderen. Ein wilder, überwältigender Gedanke ergriff mich. *Was, wenn Patch weg war?*

Meine Füße trugen mich zurück zum Motorrad.

»Patch!«, schrie ich und fiel auf die Knie. Ich warf mich auf das Motorrad, streckte mich darauf aus, während seltsam mächtige Schluchzer tief aus meiner Brust emporbrachen. Ich war dabei, in die Lüge hineinzurutschen.

*Patch.*

Ich dachte seinen Namen, wartete und wartete. Ich schluchzte seinen Namen, hörte mich selbst unkontrollierte Laute des Schmerzes und der Verzweiflung ausstoßen.

Tränen rollten über mein Gesicht. Mein Mut sank angesichts der Bedrohung. Die Hoffnung, an die ich mich geklammert hatte, löste sich und begann, außer Reichweite zu treiben. Ich spürte meine Seele zerbersten, spürte, wie Stücke von mir unwiderruflich auseinanderflogen.

Das bisschen Licht, das noch in mir gewesen war, flackerte und erlosch.

Ich überließ mich dem Schlaf. Träume waren der einzige Ort, an dem ich Patch erreichen konnte. Mich an das Phantom der Erinnerung an ihn zu halten war besser, als ohne ihn zu leben. In seinem Bett zusammengerollt, umgeben von einem Geruch, der unverwechselbar zu ihm gehörte, beschwor ich die Erinnerung an ihn.

Ich hätte Pepper niemals die Federn anvertrauen dürfen. Ich hätte wissen müssen, dass er es vermasseln würde. Ich hätte Dante nicht unterschätzen dürfen. Ich wusste, dass Patch jede Schuld von mir weisen würde, aber ich fühlte mich verantwortlich für das, was ihm zugestoßen war. Wenn ich nur zehn Minuten eher in seinem Apartment gewesen wäre. Wenn ich Marcie davon abgehalten hätte, das Streichholz anzuzünden …

»Wach auf, Nora.«

Vee beugte sich über mich, ihre Stimme klang gehetzt und besorgt. »Du musst dich für das Duell fertig machen. Scott hat mir alles erzählt. Einer von Lisa Martins Botschaftern kam vorbei, während du geschlafen hast. Das Duell findet bei Sonnenaufgang auf dem Friedhof statt. Du wirst Dantes Hintern bis zum Jupiter treten müssen. Er hat dir Patch weggenommen, und jetzt ist er scharf auf dein Blut. Ich sage dir, was ich davon halte. Zum Teufel, gar nichts. Nicht, solange wir irgendwas dazu zu sagen haben.«

Duell? Allein die Vorstellung schien mir lachhaft. Dante brauchte die Klingen nicht mit mir zu kreuzen, um meinen

Titel zu stehlen; er hatte mehr als genug Munition, um meine Glaubwürdigkeit und meinen guten Ruf auseinanderzusprengen. Die gefallenen Engel waren bis auf den letzten in der Hölle angekettet. Die Nephilim hatten den Krieg gewonnen. Dante und Marcie würden es als ihr Verdienst hinstellen, erklären, wie sie einen Erzengel dazu gezwungen hatten, ihnen die Federn zu geben, und wie sie es genossen hatten, sie verbrennen zu sehen.

Der Gedanke daran, dass Patch in der Hölle eingesperrt war, peitschte eine neue Welle des Schmerzes durch mich hindurch. Ich wusste nicht, wie ich meine Gefühle im Zaum halten sollte, während die Nephilim wild über ihren Triumph jubelten. Sie würden nie erfahren, dass Dante bis zum letzten Moment den gefallenen Engeln geholfen hatte. Sie würden ihn an die Macht spülen. Ich wusste noch nicht, was das für mich bedeutete. Wenn die Armee aufgelöst würde, würde es dann noch eine Rolle spielen, dass ich die Kontrolle über sie verloren und sie nicht angeführt hatte? Rückblickend gesehen war der Eid viel zu unbestimmt gewesen. Ich hatte für das hier keinen Plan.

Aber ich musste davon ausgehen, dass Dante Pläne für mich hatte. Ebenso wie ich wusste er, dass mein Leben in dem Augenblick zu Ende sein würde, in dem ich an meiner Aufgabe scheiterte, die Nephilim-Armee zu führen. Aber um sich abzusichern, würde er mich wohl kaum wegen Mordes an der Schwarzen Hand festnehmen. Noch bevor der Tag zu Ende war, würde ich wegen Verrats exekutiert werden oder bestenfalls in Gefangenschaft geraten.

Wahrscheinlich exekutiert.

»Es dämmert fast. Steh auf«, sagte Vee. »Du wirst Dante nicht damit davonkommen lassen.«

Ich drückte Patchs Kissen an mich, atmete seinen schwachen Duft ein, bevor er für immer verflog. Ich rief mir den Umriss seines Betts und darin eingeprägt den Abdruck seines Körpers in Erinnerung. Ich schloss die Augen und stellte mir vor, er wäre da. Hier neben mir. Und würde mich berühren. Ich stellte mir vor, wie seine schwarzen Augen weich wurden, als er meine Wange streichelte, seine Hände waren warm und kräftig und real.

»*Nora*«, mahnte Vee mich.

Ich ignorierte sie, beschloss, lieber bei Patch zu bleiben. Die Matratze senkte sich, als er näher rutschte. Lächelnd ließ er seine Hände unter mich gleiten und rollte mich über sich. *Du bist kalt, Engelchen. Lass mich dich wärmen.*

*Ich dachte, ich hätte dich verloren, Patch.*

*Ich bin hier. Ich habe dir doch versprochen, wir würden zusammen sein, oder?*

*Aber deine Feder …*

*Schschsch*, beruhigte er mich. Sein Finger versiegelte meine Lippen. *Ich möchte bei dir sein, Engelchen. Bleib hier bei mir. Vergiss Dante und das Duell. Ich werde nicht zulassen, dass er dir etwas antut. Ich sorge dafür, dass du in Sicherheit bist.*

Tränen brannten in meinen Augen. *Bring mich weg von hier. Wie du versprochen hast. Bring mich von hier weg, nur wir zwei.*

»Patch würde es hassen, dich so zu sehen«, forderte Vee mich heraus und versuchte eindeutig, an mein Bewusstsein zu appellieren.

Ich zog die Decke hoch, um einen geheimen Baldachin über mir und Patch zu formen, und kicherte in sein Ohr. *Sie darf nicht erfahren, dass du hier bist.*

*Unser Geheimnis*, stimmte er zu.

*Ich werde dich nie verlassen, Patch.*

*Ich werde dich nicht lassen.* In einer einzigen geschmeidigen Bewegung kehrte er unsere Positionen um und drückte mich auf die Matratze. Er beugte sich über mich. *Versuch nur, mir zu entkommen.*

Mir war, als hätte ich einen eisblauen Funken hinter der Oberfläche seiner Augen aufblitzen sehen, und ich runzelte die Stirn. Ich blinzelte, um meine Sicht zu klären, aber als meine Augen scharf sahen, erkannte ich das brodelnde Blau, das seine Iris umgab.

Schluckend sagte ich: *Ich habe Durst.*

*Ich hol dir ein Glas Wasser,* bot Patch an. *Rühr dich nicht vom Fleck. Bleib im Bett.*

*Dauert doch nur eine Sekunde,* erwiderte ich und versuchte, mich unter ihm hervorzuwinden.

Patch drückte meine Handgelenke nach unten. *Du hast gesagt, du würdest nicht weggehen.*

*Ich hole mir nur was zu trinken,* murmelte ich.

*Ich werde dich nicht gehen lassen, Nora.* Das klang wie ein Knurren. Seine Gesichtszüge verformten sich, wanden und veränderten sich, bis ich darin einen anderen Mann aufblitzen sah. Dantes olivfarbene Haut und diese verschleierten Augen, die ich früher mal für hübsch gehalten hatte, erschienen vor mir. Ich rollte mich weg, aber nicht schnell genug. Dantes Finger bohrten sich schmerzlich in meine Schultern und schoben mich zurück unter seinen Körper. Sein Atem fühlte sich heiß auf meiner Wange an.

*Es ist vorbei. Gib auf. Ich habe gewonnen.*

»Geh von mir weg«, zischte ich.

Seine Berührung löste sich auf, sein Gesicht hing noch kurz über meinem wie ein blauer Schleier, dann verschwand es.

Eiskaltes Wasser traf mein Gesicht, und ich fuhr keuchend hoch. Der Traum zerschellte; Vee stand neben mir, einen leeren Eimer in der Hand.

»Zeit zu gehen«, sagte sie und umklammerte den Eimer, als

bereitete sie sich darauf vor, ihn als Waffe zu benutzen, falls das nötig würde.

»Ich will nicht«, krächzte ich, zu unglücklich, um wütend wegen des Wassers zu werden. Meine Kehle war wie zugeschnürt, und ich hatte Angst, dass ich anfangen würde zu weinen. Ich wollte nur eins, und das konnte ich nicht haben. Patch würde nicht zurückkommen. Nichts, was ich tat, würde daran etwas ändern. Alles, wofür ich hatte kämpfen wollen, alles, wofür ich gebrannt hatte und was mir wichtig gewesen war, sogar Dante zu schlagen und die Teufelskraft zu zerstören, war wertlos ohne ihn.

»Und Patch?«, wollte Vee wissen. »Du hast vielleicht dich selbst aufgegeben, aber hast du ihn auch aufgegeben?«

»Patch ist fort.« Ich drückte die Fäuste auf die Augen, bis ich den Drang zu weinen unterdrückt hatte.

»Fort, aber nicht tot.«

»Ich kann das nicht machen ohne Patch«, sagte ich mit stockendem Atem.

»Dann finde einen Weg, ihn zurückzubekommen.«

»Er ist in der Hölle«, fuhr ich sie an.

»Immer noch besser als im Grab.«

Ich zog die Knie hoch und lehnte den Kopf dagegen. »Ich habe Hank Millar getötet, Vee. Patch und ich haben es zusammen getan. Dante weiß das und wird mich beim Duell festnehmen. Er wird mich wegen Verrats exekutieren.« Mein Geist beschwor ein sehr realistisches Bild davon herauf. Dante würde mich in der Öffentlichkeit so tief wie möglich erniedrigen wollen. Nachdem seine Wachen mich vom Duell weggezerrt hätten, würde ich bespuckt und als Verräterin beschimpft und mit noch einer Myriade anderer Schimpfwörter bedacht werden. Und was die Exekution anging, wie er mein Leben beenden würde …

Er würde sein Schwert nehmen. Dasjenige, welches Blakely mit Teufelskraft verstärkt hatte, um mich zu töten.

»Deshalb kann ich nicht zu dem Duell gehen«, schloss ich.

Vee schwieg lange. »Es steht Dantes Wort gegen deines«, sagte sie schließlich.

»Deswegen mache ich mir Sorgen.«

»Du bist immer noch die Anführerin der Nephilim. Du bist doch glaubwürdig. Wenn er versucht, dich festzunehmen, fordere ihn heraus.« Überzeugung blitzte in ihren Augen auf. »Kämpfe gegen ihn bis zum Ende. Du kannst es ihm leicht machen, oder du kannst die Absätze in den Boden stemmen und ihn dafür schwitzen lassen.«

Ich schniefte, wischte mir die Nase mit dem Handrücken ab. »Ich habe Angst. Ich habe solche Angst.«

»Ich weiß, Kleines. Aber ich weiß auch, dass, wenn irgendjemand das schaffen kann, dann du. Ich sage dir das nicht oft, und vielleicht hätte ich es dir nie gesagt, aber als ich klein war, wollte ich immer so sein wie du. Also zum letzten Mal: Raus aus dem Bett, bevor ich dich noch mal überschütte. Du wirst zum Friedhof gehen. Und du wirst Dante den Kampf seines Lebens liefern.«

Die schlimmsten meiner Verbrennungen waren abgeheilt, aber ich fühlte mich dennoch ausgelaugt und geschwächt. Ich war noch nicht lange genug Nephilim, um zu verstehen, wie die schnelle Heilung vonstatten ging, aber ich konnte mir vorstellen, dass ich, ohne es zu wissen, eine Menge Energie in diesen Prozess investiert hatte. Ich hatte nicht in den Spiegel gesehen, bevor ich Patchs Wohnung verlassen hatte, aber ich hatte eine ziemlich gute Vorstellung davon, wie bemitleidenswert und niedergeschlagen ich aussah. Ein Blick auf mich, und Dante würde seinen Sieg ausrufen.

Als Vee und ich auf den gekiesten Parkplatz über dem Friedhof fuhren, hatte ich meinen Plan geändert. Nachdem Dante erklärt hätte, dass er die gefallenen Engel in die Hölle verbannt und den Krieg gewonnen hatte, würde er mich wahrscheinlich beschuldigen, Hank ermordet zu haben, und sich selbst als meinen Ersatz proklamieren. Dann würde ich nicht beiseitetreten und auf meinen Titel verzichten. Vee hatte recht; ich würde kämpfen. Obwohl die Chancen schlecht standen, ich würde *kämpfen*. Dante würde die Nephilim nur über meine Leiche führen – im wahrsten Sinn des Wortes.

Vees Hand schloss sich über meiner. »Geh, und sichere dir deinen Titel. Um den Rest kümmern wir uns später.«

Ich schluckte ein ungläubiges Auflachen hinunter. Später? Mir war vollkommen egal, was hiernach passieren würde. Ich empfand nichts als kalte Distanziertheit gegenüber meiner Zukunft. Ich wollte nicht weiter als eine Stunde vorausdenken. Mit jedem verstreichenden Augenblick wich mein Leben weiter von dem Weg ab, den Patch und ich zusammen gegangen waren. Ich wollte das nicht noch fördern. Ich wollte *zurück*. Dorthin, wo ich wieder mit Patch zusammensein konnte.

»Scott und ich werden da unten sein, in der Menge«, erklärte Vee fest. »Pass ... einfach nur auf dich auf, Nora.«

Tränen traten mir in die Augen. Das waren Patchs Worte. Ich brauchte ihn hier, damit er mir versicherte, dass ich das schaffen konnte.

Der Himmel war immer noch dunkel, der Mond goss weißes Licht über die geisterhafte Landschaft. Beißende Kälte brachte das Gras unter meinen Füßen zum Knirschen, als ich langsam den Hügel hinunter zum Friedhof ging, nachdem ich Vee einen Vorsprung gegeben hatte. Die Grabsteine schienen im Nebel zu schweben, weiße Steinkreuze und schlanke Obelisken. Ein Engel mit abgeschlagenen Flügeln streckte mir zwei gebrochene Arme entgegen. Ein raues Schluchzen steckte in meiner Kehle. Ich schloss die Augen, beschwor Patchs starkes, schönes Gesicht herauf. Es tat weh, mir ihn vorzustellen und zu wissen, dass ich ihn nie wieder sehen würde. *Wag es bloß nicht, jetzt zu heulen,* schalt ich mich selbst. Ich sah weg, aus Angst, dass ich es nicht durchstehen würde, wenn ich mir irgendein anderes Gefühl außer eiskalter Entschlossenheit erlaubte.

Hunderte Nephilim versammelten sich unten auf dem Friedhof. Die schiere Anzahl ließ mich langsamer werden. Da Nephilim aufhörten zu altern, nachdem sie Treue geschworen hatten, waren die meisten jung, etwa zehn Jahre älter als ich, aber ich sah auch eine Handvoll älterer Männer und Frauen, die unter ihnen zusammenstanden. Ihre Gesichter leuchteten vor Erwartung. Kinder sausten um die Beine ihrer Eltern, spielten Fangen, bevor sie an den Schultern gepackt und festgehalten wurden. Kinder. Als ob das Ereignis des Morgens ein familientaugliches Unterhaltungsprogramm wäre, wie ein Zirkus oder ein Ballspiel.

Als ich näher kam, bemerkte ich, dass zwölf Nephilim knöchellange schwarze Roben trugen und die Kapuzen hochgeschlagen hatten. Das mussten dieselben mächtigen Nephilim sein, die ich am Morgen nach Hanks Tod getroffen hatte. Als Anführerin der Nephilim hätte ich eigentlich wissen müssen, was die Roben bedeuteten. Lisa Martin und ihre Gefolgsleute hätten es mir erklären müssen. Aber sie hatten mich nie in ihren Kreis aufgenommen. Weil sie mich von Anfang an niemals in ihrem Kreis gewollt hatten. Ich war sicher, dass die Roben irgendwie Macht und Rang bedeuteten, aber das hätte ich selbst herausfinden müssen.

Eine der Nephilim schlug die Kapuze zurück. Lisa Martin höchstpersönlich. Ihre Miene war feierlich, ihr Blick erwartungsvoll. Sie reichte mir eine schwarze Robe, allerdings eher, als sei sie dazu verpflichtet, denn als ein Zeichen der Anerkennung. Die Robe war schwerer, als ich erwartet hatte, aus dickem Samt genäht, der sich in meinen Händen glatt anfühlte. »Hast du Dante gesehen?«, fragte sie mich leise.

Ich ließ die Robe über meine Schultern gleiten, antwortete aber nicht.

Mein Blick fiel auf Scott und Vee, und mir wurde etwas leichter ums Herz. Zum ersten Mal, seit ich Patchs Haus verlassen hatte, holte ich tief Luft. Dann sah ich, wie sie sich an den Händen hielten, und plötzlich fühlte ich mich seltsam einsam. Meine eigene Hand kribbelte in der Kälte. Ich riss mich zusammen, damit meine Faust nicht zitterte. Patch würde nicht kommen. Nie wieder würde er seine Finger mit meinen verschränken, und als mir das klar wurde, entrang sich meiner Kehle ein leiser Klagelaut.

Sonnenaufgang.

Ein goldener Streifen erhellte den Horizont. Innerhalb von Minuten würden Sonnenstrahlen durch die Bäume dringen und den Nebel wegbrennen. Dante würde kommen, und die Nephilim würden von ihrem Sieg erfahren. Die Angst davor, Treue schwören zu müssen, und die Bedrohung, die vom Cheschwan ausging, wären dann Geschichte. Sie würden sich freuen, sich wild beglückwünschen und Dante als ihrem Retter zujubeln. Sie würden ihn auf ihren Schultern tragen und seinen Namen singen. Und dann, wenn er ihre uneingeschränkte Zustimmung hatte, würde er mich aus der Menge aufrufen ...

Lisa trat in die Mitte der Versammlung. Sie erhob ihre Stimme und verkündete: »Ich bin sicher, Dante wird gleich eintreffen. Er weiß, dass das Duell zwingend für Sonnenaufgang angesetzt ist. Es sieht ihm nicht ähnlich, zu spät zu kommen, aber vielleicht sollten wir doch für alle Fälle ein paar ...«

Die Ankündigung wurde durch ein Donnern unterbrochen, das wie eine Welle durch den Erdboden zu gehen schien. Es vibrierte durch meine Fußsohlen hindurch. Ein plötzliches Unbehagen ballte sich wie eine Faust in meinem Magen zusammen. Es kam jemand. Und nicht nur *ein* Jemand, sondern mehrere.

»Gefallene Engel«, flüsterte eine Nephilim voller Angst.

Sie hatte recht. Die Macht, die von ihnen ausging, war selbst aus der Entfernung spürbar und brachte jedes Nervenende in meinem Körper zum Kribbeln. Mir stellten sich die Haare auf vor Abneigung. Es mussten Hunderte sein. Aber wie war das möglich? Marcie hatte ihre Federn verbrannt – ich hatte es gesehen.

»Wie konnten sie uns finden?«, fragte eine andere Nephilim mit vor Furcht erschütterter Stimme. Ich warf einen scharfen Blick zur Seite und sah Susanna Millars Mund vor Bestürzung unter den Falten ihrer Kapuze zittern.

»Also sind sie schließlich doch noch gekommen«, zischte Lisa mit vor Blutdurst glänzenden Augen. »Schnell! Versteckt die Kinder und greift zu den Waffen. Wir werden gegen sie antreten, ob mit oder ohne Dante. Die letzte Schlacht wird hier geschlagen.«

Ihr Befehl verbreitete sich in der Menge, gefolgt von Kommandorufen. Nephilim stolperten in eilig gebildete, unregelmäßige Reihen. Einige hatten Messer, aber diejenigen, die keine Waffe hatten, hatten sich Steine, abgebrochene Flaschen und anderen Müll gegriffen, den sie hatten finden können, um sich zu bewaffnen. Ich rannte zu Vee und Scott. Ohne Atem zu verschwenden, richtete ich meine ersten Worte direkt an Scott.

»Schaff Vee hier raus. Bringt euch irgendwo in Sicherheit. Ich finde euch beide schon, wenn der Kampf vorüber ist.«

»Wenn du glaubst, dass wir hier ohne dich abhauen, dann spinnst du«, erklärte Vee fest. »Sag's ihr, Scott. Wirf sie dir über die Schultern und trag sie hier raus, wenn du musst.«

»Wie kommt es, dass die gefallenen Engel hier sind?«, fragte Scott mich und sah mich fragend an. Wir hatten die Federn zusammen brennen sehen.

»Ich weiß es nicht. Aber ich habe vor, das rauszufinden.«

»Du glaubst, dass Patch da draußen ist. Darum geht's, oder?«, sagte Vee mit einem Blick in Richtung des entfernten Donnerns, das den Boden unter uns zum Beben brachte.

Ich sah ihr in die Augen. »Scott und ich haben gesehen, wie die Federn verbrannt sind. Entweder, wir sind reingelegt worden, oder jemand hat die Tore der Hölle geöffnet. Mein Instinkt sagt mir, dass Letzteres wahrscheinlicher ist. Wenn die gefallenen Engel aus der Hölle entkommen, dann werde ich dafür sorgen, dass Patch mit rauskommt. Und dann werde ich die Tore wieder schließen müssen, bevor es zu spät ist. Wenn ich es jetzt nicht beende, dann wird es keine zweite Chance geben. Es ist der letzte Tag, an dem gefallene Engel von Nephilim Besitz ergreifen können, aber ich glaube nicht, dass das die gefallenen Engel jetzt noch interessiert.« Ich dachte an die Teufelskraft. An ihre Macht. »Ich glaube, sie haben jetzt die Mittel, um uns auf ewig zu versklaven – wenn sie uns nicht gleich umbringen.«

Vee nickte langsam, während sie die volle Bedeutung meiner Worte verdaute. »Dann helfen wir dir. Wir stecken gemeinsam in dieser Sache drin. Das ist genauso Scotts und mein Kampf wie deiner.«

»Vee …«, begann ich warnend.

»Wenn es wirklich der Kampf meines Lebens ist, dann

weißt du, dass ich bleiben werde. Egal, was du dazu sagst. Ich habe nicht auf diese letzten paar Doughnuts verzichtet, um pünktlich hier zu sein, nur um jetzt einfach umzukehren und zu gehen«, sagte Vee, aber es schwang beinahe etwas Zärtliches in der Art und Weise mit, wie sie es sagte. Sie meinte jedes Wort davon ernst. Wir steckten hier zusammen drin.

Ich war zu gerührt, um etwas zu sagen. »In Ordnung«, brachte ich schließlich heraus. »Lasst uns gehen und die Tore der Hölle ein für alle Mal zuknallen.«

## VIERZIG

Die Sonne erschien am Horizont und erleuchtete die scheinbar zahllosen Umrisse der gefallenen Engel von hinten, die über den Friedhof stürmten. In dem frühen, tief stehenden Licht ging von ihren Schatten ein strahlendes Blau aus, sie sahen aus wie eine große Ozeanwelle, die an eine Küste heranrauschte. Ein Mann – ein Nephilim – rannte vor der Armee und schwang ein blau schimmerndes Schwert. Ein Schwert, das erschaffen worden war, um mich zu töten. Sogar aus dieser Entfernung schien Dante trotz aller Ablenkungen nur mich zu sehen, er war auf der Jagd nach mir.

Ich hatte mich gefragt, wie die Tore der Hölle geöffnet worden waren, und jetzt hatte ich meine Antwort. Der dunkelblaue Schimmer, der über den gefallenen Engeln lag, verriet mir, dass Dante Teufelskraft angewendet hatte.

Aber warum er zugelassen hatte, dass Marcie die Federn verbrannte, nur um dann die gefallenen Engel wieder zu befreien – das wusste ich nicht.

»Ich muss Dante allein erwischen«, sagte ich zu Scott und Vee. »Er hat es auf mich abgesehen. Wenn ihr könnt, lockt ihn zum Parkplatz über dem Friedhof.«

»Du hast keine Waffe«, bemerkte Scott.

Ich zeigte nach vorn auf die heranwogende Armee. Jeder gefallene Engel trug ein Schwert, das wie eine leuchtend blaue Flamme direkt aus seiner Hand zu lodern schien. »Nein, aber die haben welche. Ich muss nur einen von ihnen davon überzeugen, mir ein Geschenk zu machen.«

»Sie schwärmen aus«, sagte Scott. »Sie werden jeden einzelnen Nephilim auf diesem Friedhof töten und dann nach Coldwater weiterziehen.«

Ich griff nach seinen Händen, dann nach Vees. Einen Augenblick lang formten wir einen unzerstörbaren Kreis, der mir Kraft verlieh. Ich musste Dante allein stellen, aber Vee und Scott würden nicht weit sein – ich würde das nicht vergessen. »Was immer auch passiert, ich werde unsere Freundschaft nie vergessen.«

Scott zog meinen Kopf an seine Brust, drückte mich wild an sich und gab mir dann einen zärtlichen Kuss auf die Stirn. Vee warf die Arme um mich und umarmte mich so lange, dass ich schon Angst bekam, ich würde noch mehr Tränen vergießen, als ich sowieso schon vergossen hatte.

Dann riss ich mich los und rannte.

Das Friedhofsgelände bot verschiedene Verstecke, und ich kletterte schnell die Äste eines immergrünen Baumes hinauf, der an dem Abhang wuchs, der zum Parkplatz hinaufführte. Von hier aus hatte ich einen unverstellten Blick und beobachtete, wie unbewaffnete Nephilim, Männer und Frauen, trotz einer Unterzahl von zwanzig zu einem sich der Wand aus gefallenen Engeln entgegenwarfen. Innerhalb von Sekunden überrannten die gefallenen Engel sie wie eine Welle, mähten sie nieder, als wären sie nichts weiter als Gras.

Am Fuß des Hügels war Susanna Millar in ein Gefecht mit einem gefallenen Engel verwickelt, dessen blondes Haar über ihre Schultern flog, als die beiden Frauen um die Oberhand rangen. Susanna zog aus den verborgenen Falten ihres Mantels ein Messer und stieß es in Dabrias Brustbein. Mit einem schrillen Wutschrei ergriff Dabria ihr Schwert mit beiden

Händen und schlitterte über das nasse Gras, während sie es zum Gegenschlag schwang. Ihr Kampf führte sie hinter das Gewirr der Grabsteine und außer Sicht.

Etwas weiter weg kämpften Scott und Vee Rücken an Rücken und verteidigten sich mit abgerissenen Ästen, die sie gegen vier gefallene Engel schwangen, die sie umkreist hatten. Obwohl sie zahlenmäßig überlegen waren, wichen die gefallenen Engel vor Scott zurück, dessen pure Kraft und Größe ihm einen Vorteil verschafften. Er hieb sie erst mit dem Ast nieder und schlug sie dann damit wie mit einem Vorschlaghammer bewusstlos.

Ich suchte den Friedhof nach Marcie ab. Falls sie da draußen war, konnte ich sie nicht sehen. Es war nur eine Vermutung, dass sie die Schlacht vermieden und Sicherheit der Ehre vorgezogen hatte. Blut färbte das Gras des Friedhofs. Nephilim und gefallene Engel rutschten gleichermaßen darauf aus – etwas von dem Blut war rot, viel davon jedoch mit Teufelskraft getränkt und blau.

Lisa Martin und ihre Freunde in den Roben liefen an der Außengrenze des Friedhofs entlang. Schwarzer Rauch stieg von den Fackeln auf, die sie trugen. Im Laufschritt bewegten sie sich von einem Baum und Busch zum nächsten und setzten sie in Brand. Flammen schlugen hoch, verzehrten das Blattwerk, verengten das Schlachtfeld und formten eine Barriere rund um die gefallenen Engel. Der dichte und nebelartige Rauch breitete sich wie ein nächtlicher Schatten über den Friedhof aus. Lisa konnte die gefallenen Engel nicht verbrennen, aber sie hatte den Nephilim etwas zusätzliche Deckung verschafft.

Ein gefallener Engel trat aus dem Rauch und stapfte mit wachsamem Blick den Hügel hinauf. Ich musste annehmen, dass er mich fühlte. Sein Schwert strahlte blaues Feuer aus, aber er hielt es so, dass ich sein Gesicht nicht sehen konnte. Dennoch konnte ich sehen, dass er eher schlaksig war, ein leichterer Gegner für mich.

Er kam auf den Baum zu, äugte misstrauisch in die dunklen Räume zwischen den Ästen. In fünf Sekunden würde er direkt unter mir sein.

*Vier, drei, zwei …*

Ich ließ mich vom Baum fallen und rammte ihn von hinten. Das Gewicht meines Aufpralls schleuderte ihn nach vorne. Sein Schwert flog ihm aus der Hand, bevor ich es ihm stehlen konnte. Wir rollten einige Meter, aber ich hatte den Vorteil der Überraschung auf meiner Seite. Ich sprang schnell wieder auf, stand in seinem Rücken und konnte ein paar vernichtende Schläge auf seine Flügelnarben landen, bevor er den Fuß nach hinten ausstreckte und mir die Beine unterm Leib wegtrat. Ich rollte weg und konnte dem nach unten ausgeführten Hieb eines Messers ausweichen, das er aus dem Stiefel gezogen hatte.

»Rixon?«, fragte ich schockiert, als ich das bleiche Gesicht und die habichtartigen Gesichtszüge von Patchs ehemaligem besten Freund erkannte, die mich anstarrten. Patch hatte Rixon persönlich in der Hölle angekettet, nachdem er versucht hatte, mich zu opfern, um an einen menschlichen Körper zu kommen.

»Du«, sagte er.

Wir starrten uns an, mit leicht gebeugten Knien, beide bereit zum Sprung. »Wo ist Patch?«, wagte ich zu fragen.

Seine glänzenden Augen fixierten mich, zusammengekniffen und kalt. »Dieser Name sagt mir gar nichts. Der Mann ist tot für mich.«

Da er immer noch nicht mit dem Messer auf mich losging, riskierte ich noch eine Frage. »Warum lasst ihr gefallen Engel zu, dass Dante euch anführt?«

»Er hat uns gezwungen, ihm Treue zu schwören«, erklärte er, während sich seine Augen zu schmalen Schlitzen verengten. »Entweder das oder in der Hölle bleiben. Es sind nicht viele geblieben.«

Patch würde nicht dort geblieben sein. Nicht, wenn es eine Möglichkeit gab, zu mir zurückzukommen. Er hatte bestimmt Dante den Eid geschworen, auch wenn er dem Nephilim am liebsten den Kopf abgerissen und das dann mit jedem Teil seines Körpers wiederholt hätte.

»Ich bin hinter Dante her«, erklärte ich Rixon.

Er lachte, dann zischte er zwischen den Zähnen hindurch: »Ich bekomme einen Preis für jeden Nephilimkörper, den ich zurück zu Dante schleife. Beim letzten Mal ist es mir nicht gelungen, dich zu töten, aber ich kann es jetzt ja nachholen.«

Wir warfen uns gleichzeitig auf sein Schwert, das ein paar Meter entfernt lag. Rixon erreichte es als Erster, rollte geschickt auf die Knie und schwang das Schwert kreuzweise gegen mich. Ich duckte mich und warf mich mit meinem ganzen Gewicht gegen seinen Bauch, bevor er es noch einmal schwingen konnte. Ich warf ihn auf den Rücken auf seine Flügelnarben und entwaffnete ihn in dem kurzen Augenblick, den er bewegungsunfähig war; ich entrang das Schwert seiner linken Hand und das Messer seiner rechten.

Dann trat ich um seinen Körper herum und bohrte das Messer tief in seine Flügelnarben. »Du hast meinen Dad getötet«, sagte ich. »Das habe ich nicht vergessen.«

Ich eilte nach oben zum Parkplatz, nicht ohne mich immer wieder umzusehen, ob mir jemand folgte. Ich hatte ein Schwert, aber ich brauchte ein besseres. Ich rief mir mein Training mit Patch in Erinnerung, wiederholte jedes Entwaffnungsmanöver, das wir zusammen geübt hatten. Wenn Dante sich mir auf dem Parkplatz stellte, würde ich ihm sein Schwert abnehmen. Und dann würde ich ihn damit töten.

Als ich um den Hügel herumkam, erwartete Dante mich bereits. Er sah mir entgegen und ließ dabei seine Finger träge über die Spitze seines Schwertes hin und her gleiten.

»Hübsches Schwert«, sagte ich. »Ich habe gehört, du hast es extra für mich machen lassen.«

Sein Mund kräuselte sich kaum merklich. »Nur das Beste für dich.«

»Du hast Blakely ermordet. Eine ziemlich kühle Art und Weise, ihm für all die Prototypen zu danken, die er für dich entwickelt hat.«

»Und du hast Hank ermordet. Dein eigen Fleisch und Blut. Wer im Glashaus sitzt … findest du nicht auch?«, witzelte er. »Ich habe Monate gebraucht, um Hanks geheime Blutgesellschaft zu infiltrieren und sein Vertrauen zu gewinnen. Ich muss dir sagen, an dem Tag, an dem er gestorben ist, habe ich das Glas auf mein Glück erhoben. Es wäre wesentlich schwerer gewesen, ihn zu entthronen als dich.«

Ich zuckte die Schultern. »Ich bin es gewöhnt, unterschätzt zu werden.«

»Ich habe dich trainiert. Ich weiß ganz genau, was du kannst.«

»Warum hast du die gefallenen Engel befreit?«, fragte ich unverblümt, da er gerade in der Stimmung zu sein schien, seine Geheimnisse mitzuteilen. »Du hattest sie in der Hölle angekettet. Du hättest überlaufen und die Nephilim beherrschen können. Sie hätten niemals erfahren, dass du die Seiten gewechselt hast.«

Dante lächelte, seine Zähne glänzten scharf und weiß. Er glich jetzt mehr einem Tier als einem Menschen, ein dunkelhäutiges, wildes Biest. »Ich habe mich über beide Rassen erhoben«, sagte er so pragmatisch, dass ich annehmen musste, dass er es ernst meinte. »Ich werde den Nephilim, die heute Morgen meinen Angriff überleben, eine ähnliche Wahl bieten wie den gefallenen Engeln: entweder mir Treue zu schwören oder zu sterben. Ein Herrscher. Unteilbar. Mit der Macht und der Gerichtsbarkeit über alle. Wünschst du dir nicht, du wärst als Erste darauf gekommen?«

Ich hielt Rixons Schwert dicht am Körper und wippte auf den Fußballen. »Oh, da gibt's so einiges, was ich mir jetzt wünschen würde, aber das gehört nicht dazu. Warum haben die gefallenen Engel diesen Cheschwan verstreichen lassen? Ich schätze mal, du weißt das, und versteh' das nicht als Kompliment.«

»Ich habe es ihnen befohlen. Solange ich Blakely nicht getötet hatte, wollte ich vermeiden, dass er den Supertrank aus Teufelskraft an die Nephilim verteilte. Das hätte er getan, wenn die gefallenen Engel über die Nephilim gekommen wären.« Wieder sagte er das so leidenschaftslos. So überlegen. Er hatte vor nichts Angst.

»Wo ist Patch?«

»In der Hölle. Ich habe dafür gesorgt, dass er nie wieder durch die Tore kommt. Er wird für immer in der Hölle bleiben. Und nur, wenn mir danach ist, ihn brutal zu misshandeln und zu foltern, wird er Besuch bekommen.«

Ich schlug nach ihm, schwang mein Schwert zu einem tödlichen Schlag über seinen Kopf. Er wich mit einem Satz aus und konterte mit einer Folge explosiver Schläge seines eigenen Schwerts. Bei jedem Abwehrschlag setzten sich die Vibrationen des Schwertes bis in meine Schultern fort. Ich biss die Zähne zusammen, um den Schmerz zu bekämpfen. Er war zu stark, ich konnte seine kraftvollen Schläge nicht auf ewig parieren. Ich musste einen Weg finden, ihm das

Schwert aus der Hand zu schlagen und ihm ins Herz zu stechen.

»Wann hast du zum letzten Mal Teufelskraft genommen?«, fragte Dante und hackte dabei mit seinem Schwert wie mit einer Machete auf mich ein.

»Ich bin fertig mit der Teufelskraft.« Ich blockte seine Schläge ab, aber wenn ich nicht bald aufhörte, mich nur zu verteidigen, würde er mich bis an den Zaun zurücktreiben. Ich führte einen aggressiven Schlag gegen seinen Oberschenkel. Er wich zur Seite aus, mein Schwert sauste ins Leere und brachte mich beinahe aus dem Gleichgewicht.

*Je weiter du ausholst, desto leichter wird es für Dante sein, dich umzuhauen.* Patchs Warnung hörte sich in meinem Kopf so klar an wie die tatsächlichen Worte gestern. Ich nickte. *Das ist es, Patch. Sprich weiter mit mir.*

»Das merkt man«, sagte Dante. »Ich hatte gehofft, du würdest genug von dem giftigen Prototypen nehmen, den ich dir gegeben habe, um dein Hirn verrotten zu lassen.«

Also das war sein ursprünglicher Plan gewesen: mich nach Teufelskraft süchtig zu machen und dann abzuwarten, bis sie mich umbrachte. »Wo hast du den Rest der Prototypen verstaut?«

»An einem Ort, wo ich auf ihre Kraft zurückgreifen kann, wann immer ich sie brauche«, erwiderte er selbstgefällig.

»Ich hoffe, du hast sie gut versteckt. Denn wenn es eines gibt, das ich noch tue, bevor ich sterbe, dann die Vernichtung deines Labors.«

»Das neue Labor ist in mir. Die Prototypen sind da, Nora, und replizieren sich wieder und wieder. Ich *bin* die Teufelskraft. Hast du auch nur eine Ahnung, wie es sich anfühlt, der stärkste Mensch dieses Planeten zu sein?«

Ich duckte mich gerade noch rechtzeitig, um einem Schlag gegen meinen Hals auszuweichen. Ich beschleunigte meine Schritte und schlug tiefer, zielte auf seinen Magen, aber er tänzelte wieder seitwärts, und die Klinge biss stattdessen in das Fleisch über seiner Hüfte. Blaue Flüssigkeit quoll aus der Wunde und verbreitete sich auf seinem Hemd.

Mit einem kehligen Knurren warf sich Dante auf mich. Ich rannte los und sprang über die Steinmauer, die den Parkplatz umgab.

Tau befeuchtete das Gras, und ich verlor das Gleichgewicht; ich rutschte und glitt den Hang hinunter. Gerade noch rechtzeitig krabbelte ich hinter einen Grabstein; Dantes Schwert schnitt ins Gras, wo ich eben noch gestanden hatte. Dann jagte er mich zwischen den Grabsteinen hindurch, schwang sein Schwert bei jeder Gelegenheit, und der Stahl klirrte jedes Mal, wenn er auf Marmor oder Stein traf.

Ich rannte hinter den ersten Baum, den ich sah, und brachte ihn zwischen uns. Er brannte, zischte und knackte, während die Flammen ihn verzehrten. Die Hitze, die mir ins Gesicht schlug, ignorierte ich und täuschte nach links an, aber Dante war nicht nach Spielchen zumute. Er kam hinter den Baum, das Schwert über dem Kopf, als wollte er mich von oben nach unten der Länge nach spalten. Ich floh wieder, hörte Patch in meinem Kopf.

*Nutze seine Körpergröße zu deinem Vorteil. Sieh zu, dass er seine Beine ungeschützt lässt. Ein harter Schlag auf jedes Knie, dann nimm ihm das Schwert ab.*

Ich tauchte in den Schatten hinter dem Mausoleum ein und drückte mich flach an die Wand. In dem Augenblick, als Dante in mein Gesichtsfeld kam, sprang ich aus meinem Versteck und trieb mein Schwert in das Fleisch an seinem Oberschenkel. Wässrig blaues Blut sprudelte aus der Wunde. Er hatte so viel Teufelskraft getrunken, dass seine Adern tatsächlich damit überschwemmt waren.

Bevor ich mein Schwert herausziehen konnte, griff Dante an. Ich wich seinem Schlag aus, musste dafür aber mein Schwert in seinem Bein stecken lassen. Ich schluckte die Panik hinunter, die in mir aufstieg, als sich meine Hände plötzlich so leer anfühlten.

»Du hast was vergessen«, höhnte Dante und biss die Zähne zusammen, als er die Klinge aus seinem Fleisch zog. Dann schleuderte er mein Schwert aufs Dach des Mausoleums.

Ich schoss davon, weil ich wusste, dass seine Beinverletzung ihn langsamer machte – zumindest bis sie verheilt war. Ich war noch nicht weit gekommen, als eine qualvolle Hitze sich in mein linkes Schulterblatt bohrte und von dort bis in den Arm hinunter ausbreitete. Mit einem Aufschrei fiel ich auf die Knie. Ich sah nach hinten und konnte aus dem Augenwinkel Peppers perlweißen Dolch tief in meiner Schulter stecken sehen. Marcie musste ihn gestern Nacht Dante gegeben haben. Er humpelte hinter mir her.

Das Weiße in seinen Augen zischte blau vor Teufelskraft. Blauer Schweiß stand ihm auf der Stirn. Teufelskraft tropfte aus seiner Wunde. Die Prototypen, die er Blakely gestohlen hatte, waren in ihm. Er hatte sie alle eingenommen, und irgendwie hatten sie seinen Körper in eine Teufelskraft-Fabrik verwandelt. Ein brillanter Plan, abgesehen von einer Kleinigkeit. Wenn ich ihn töten konnte, würde jeder Prototyp auf Erden mit ihm verschwinden.

*Wenn* ich ihn töten konnte.

»Dein fetter Erzengel hat gestanden, dass er diesen Dolch mit einem Zauber belegt hat, der mich töten sollte«, sagte er. »Das ist ihm nicht gelungen, und Patch auch nicht.« Seine Lippen verzogen sich zu einem gemeinen Lächeln.

Ich riss einen Marmorgrabstein aus dem Boden und schleuderte ihn ihm entgegen, aber er schlug ihn beiseite, als hätte ich einen Baseball geworfen.

Ich schob mich zurück, nahm meinen guten Arm zu Hilfe, um mich voranzuziehen. Zu langsam.

Ich versuchte einen eiligen Trick mit seinem Geist. *Lass das Schwert fallen, und bleib, wo du bist!*, schrie ich in Dantes Unterbewusstsein.

Schmerz fuhr durch meinen Wangenknochen. Das stumpfe Ende seines Schwerts hatte mich so hart getroffen, dass ich Blut schmeckte.

»Du wagst es, meinen Geist zu beeinflussen?« Bevor ich ausweichen konnte, hob er mich am Kragen in die Luft und schleuderte mich heftig gegen einen Baum. Der Aufprall vernebelte meinen Blick und raubte mir den Atem. Ich versuchte, auf den Knien zu bleiben, aber der Boden schwankte.

»Lass sie los.«

Scotts Stimme. Was machte er hier? Mein Denkvermögen war noch kurz benebelt, aber dann sah ich das Schwert in seinen Händen, und nackte Angst schoss in jeden Winkel meines Körpers.

»Scott«, warnte ich ihn. »Verschwinde hier, *sofort.*«

Mit ruhiger Hand hielt er den Griff. »Ich habe deinem Vater geschworen, dich zu beschützen«, sagte er, ohne seinen abschätzenden Blick von Dante zu wenden.

Dante warf den Kopf in den Nacken und lachte. »Einen Eid gegenüber einem Toten? Wie soll das denn funktionieren?«

»Wenn du Nora noch einmal anrührst, bist du so gut wie tot. Das schwöre ich dir.«

»Geh zur Seite, Scott«, bellte Dante. »Das hier geht dich nichts an.«

»Da irrst du dich.«

Scott griff Dante an, die beiden kämpften in einem Wirbel aus schnellen Schlägen. Scott entspannte seine Schultern, verließ sich darauf, dass sein muskulöser Körper und seine athletische Geschmeidigkeit Dantes Erfahrung und seine durch die Teufelskraft verstärkten Fähigkeiten ausglichen. Scott griff weiter an, während Dante geschickt zur Seite auswich. Ein brutaler Schlag von Scotts Schwert trennte Dantes Unterarm ab. Scott spießte ihn auf und hob ihn hoch. »Ich hacke dich in so viele Stücke wie nötig.«

Dante fluchte und schwang sein Schwert mit seinem brauchbaren Arm schwächlich gegen Scott. Das Aufeinanderprallen ihrer Klingen erfüllte die Morgenluft mit ohrenbetäubendem Lärm. Dante zwang Scott zurück gegen ein hoch aufragendes Steinkreuz, und ich rief ihm im Geist eine Warnung zu.

*Grabstein direkt hinter dir!*

Scott sprang zur Seite, vermied den Sturz mit Leichtigkeit, während er gleichzeitig eine Attacke abblockte. Blauer Schweiß troff aus Dantes Poren, aber wenn er es bemerkte, dann zeigte er es nicht. Er schüttelte sich das feuchte Haar aus den Augen und hieb und hackte weiter, wobei allmählich zu sehen war, wie sein guter Arm ermüdete. Seine dreschenden Schläge wurden verzweifelter. Plötzlich erkannte ich eine Möglichkeit, um ihn herum und hinter ihn zu gelangen, ihn zwischen mir und Scott einzukesseln, so dass einer von uns ihn töten konnte.

Ein erstickter Schrei ließ mich innehalten. Als ich mich umdrehte, sah ich, wie Scott auf dem nassen Gras ausrutschte und auf ein Knie fiel. Seine Beine glitten unglücklich auseinander, während er versuchte, wieder hochzukommen. Es gelang ihm, zur Seite zu rollen und sich vor Dantes Schwert in Sicherheit zu bringen, aber ihm blieb nicht genug Zeit, um wieder auf die Füße zu kommen, bevor Dante erneut zustach und dieses Mal sein Schwert tief in Scotts Brustkorb versenkte.

Scotts Hände schlossen sich schwach um Dantes Schwert, das in seinem Herzen steckte, und versuchten vergeblich, es herauszuziehen. Blaue Teufelskraft pumpte in wilden Wellen von dem Schwert in seinen Körper; seine Haut wurde dunkler und nahm ein grausiges Dunkelblau an. Schwach krächzte er meinen Namen. *Nora?*

Ich schrie. Gelähmt vor Schock und Trauer sah ich zu, wie Dante seinen Angriff mit einer sauberen Drehung seines Schwertes vollendete und Scotts Herz spaltete.

Ich zitterte vor Hass, einem Hass, wie ich ihn noch nie zuvor im Leben empfunden hatte, und konzentrierte mich voll auf Dante. Wie eine wilde Welle brandete der Hass in mir auf. Wie Gift füllte er meine Adern. Meine Hände ballten sich zu steinharten Fäusten, und eine wuterfüllte Stimme schrie in meinem Kopf nach Rache.

Beflügelt von dieser tiefreichenden, unerschütterlichen Wut schöpfte ich aus meiner inneren Kraft. Nicht halbherzig oder überstürzt oder ohne Selbstvertrauen. Ich nahm jeden Funken Mut und Entschlossenheit, der noch in mir steckte, zusammen und ließ sie auf ihn los. Ich würde ihn *nicht* gewinnen lassen. Nicht so. Nicht durch Teufelskraft. Nicht dadurch, dass er Scott tötete.

Mit aller Kraft meines Geistes drang ich in seine Gedanken ein und zerfetzte die Nervenimpulse, die von und zu seinem Gehirn geschickt wurden. Gleichzeitig ersetzte ich sie durch einen eisernen Befehl: *Lass das Schwert fallen. Lass das Schwert fallen, du wertloser, abgefeimter, verlogener Kerl.*

Ich hörte das Klirren von Stahl auf Marmor.

Mein Blick nagelte Dante fest. Mit verblüfftem Gesicht

starrte er in die Ferne, als suchte er etwas, das er gerade verloren hatte.

»Ironisch, oder? Dass du es warst, der mich auf meine größte Stärke hingewiesen hat, was?«, sagte ich, und jedes einzelne Wort troff vor Verachtung.

Ich hatte geschworen, niemals mehr Teufelskraft zu benutzen, aber dies war einer der Umstände, unter denen ich die Regeln mit Vergnügen brach. Wenn ich Dante tötete, würde die Teufelskraft mit ihm verschwinden.

Die Versuchung, die Teufelskraft für mich selbst zu stehlen, flackerte kurz durch meinen Geist, aber ich verwarf die Idee sofort. Ich war stärker als Hank, stärker als Dante. Sogar stärker als die Teufelskraft. Ich würde sie für Scott zurück in die Hölle schicken, der sein Leben gegeben hatte, um meines zu retten. Ich wollte das Schwert gerade aufheben, als Dantes Bein hochschnellte und es mir aus der Hand trat.

Dante katapultierte sich selbst über mich, und seine Hände umschlossen meinen Hals. Ich kratzte mit den Fingernägeln nach seinen Augen, ich zerkrallte sein Gesicht.

Ich machte den Mund auf. Keine Luft.

Sein kalter Blick strahlte triumphierend.

Mein Kiefer öffnete und schloss sich nutzlos. Dantes gnadenloses Gesicht wurde körnig wie ein altes Fernsehbild. Über seine Schulter hinweg beobachtete mich interessiert ein Engel aus Stein.

Ich wollte lachen. Ich wollte weinen. So war das also, wenn man starb. Wenn man aufgab.

Ich wollte nicht aufgeben.

Dante drückte sein Knie auf meine Luftröhre und streckte sich zur Seite aus, um nach seinem Schwert zu greifen. Die Spitze schwebte über meinem Herzen.

*Ergreife Besitz von ihm*, schien der Steinengel ruhig zu mir zu sagen. *Ergreife Besitz von ihm und töte ihn.*

*Patch?*, fragte ich beinahe wie im Traum.

Ich klammerte mich an die Kraft, die mir das Gefühl, dass Patch in der Nähe war und über mich wachte, schenkte, und hörte auf, mich gegen Dante zu wehren. Ich senkte meine kratzenden Finger und entspannte meine Beine. Ich gab nach, auch wenn es sich wie Feigheit und Ergebung anfühlte. Ich konzentrierte mich darauf, dass meine Gedanken zu ihm wanderten.

Eine fremdartige Kälte durchwallte meinen Körper.

Ich blinzelte, starrte durch Dantes Augen auf die Welt. Ich sah nach unten. Sein Schwert lag in meinen Händen. Irgendwo tief in mir wusste ich, dass Dante mit den Zähnen knirschte, Töne ausstieß, die einem das Blut gefrieren lassen konnten, und schließlich aufheulte wie ein gequältes Tier.

Ich drehte die Schwertspitze auf mich zu. Ich zeigte auf mein Herz. Und tat dann etwas Überraschendes.

Ich ließ mich auf die Klinge fallen.

## EINUNDVIERZIG

Dantes Körper trieb meinen Geist so schnell aus sich heraus, dass es sich anfühlte, als würde ich aus einem fahrenden Auto geschleudert werden. Meine Hände krallten sich ins Gras auf der Suche nach etwas Festem in einer Welt, die sich drehte, kippte und sich auf den Kopf stellte. Als der Schwindel nachließ, sah ich mich suchend nach Dante um. Ich roch ihn, bevor ich ihn erblickte.

Seine Haut hatte die Farbe eines Blutergusses angenommen, und sein Körper fing an, sich aufzublähen. Seine Leiche gab alle Flüssigkeiten von sich, sein Teufelskraft-Blut sickerte in die Erde wie etwas Lebendiges, das sich vor dem Sonnenlicht vergrub. Fleisch fiel ab und zersetzte sich zu Staub. Nur ein paar Sekunden später war von Dante nichts mehr übrig bis auf einen Haufen ausgelutschter Knochen.

Er war tot. Die Teufelskraft war fort.

Langsam richtete ich mich auf. Meine Jeans war schmutzig und zerrissen. Als ich mit der Zunge in den Mundwinkel fuhr, schmeckte ich Blut und salzigen Schweiß. Ich ging zu Scott hinüber. Jeder Schritt fiel mir schwer, heiße Tränen rannen über mein Gesicht, meine Hände tasteten nutzlos über seinen rasch zerfallenden Körper. Ich schloss die Augen und zwang mich, mich an sein schiefes Grinsen zu erinnern. Nicht an seine leeren Augen. In meiner Erinnerung spielte ich sein neckendes Lachen ab. Nicht die gurgelnden, röchelnden Laute, die er unmittelbar, bevor er gestorben war, von sich gegeben hatte. Ich erinnerte mich an die Wärme, die in seinen zufälligen Berührungen und seinen spielerischen Knuffen gelegen hatte, in dem Bewusstsein, dass sein Körper verging, während ich mich an die Erinnerungen klammerte.

»Danke«, sagte ich erstickt. Ich sagte mir, dass er noch irgendwo in der Nähe sein musste, dass er meine Stimme noch hören konnte. »Du hast mir das Leben gerettet. Mach's gut, Scott. Ich werde dich nie vergessen, das schwöre ich dir. Niemals.«

Der Nebel, der über dem Friedhof gelegen hatte, brannte golden und grau, als die ersten Sonnenstrahlen hindurchschnitten. Ohne auf das Feuer zu achten, das sich in meine Schulter krallte, zog ich Peppers Dolch heraus und stolperte aus dem Meer aus Grabsteinen heraus auf die offene Fläche des Friedhofs.

Seltsame Haufen lagen überall im Gras verteilt, und als ich näher kam, sah ich, was es in Wirklichkeit war: Leichen. Gefallene Engel, nach allem, was ich anhand der Überreste sagen konnte. Genau wie bei Dante zerfiel ihr Fleisch innerhalb von Sekunden. Blaue Flüssigkeit leckte aus ihren Kadavern und wurde sofort von der Erde aufgesogen.

»Du hast es geschafft.«

Ich wirbelte herum und umklammerte instinktiv den Dolch etwas fester. Detective Basso steckte die Hände in die Taschen, ein kleines grimmiges Lächeln umspielte seinen Mund. Der schwarze Hund, der vor ein paar Tagen erst mein Leben gerettet hatte, saß tapfer zu seinen Füßen. Die wilden Augen des Hundes starrten mich nachdenklich an. Basso beugte sich nach unten und kraulte das struppige Fell hinter seinen Ohren.

»Er ist ein guter Hund«, sagte Basso. »Wenn ich fort bin, wird er ein gutes Zuhause brauchen.«

Ich machte einen vorsichtigen Schritt zurück. »Was ist hier los?«

»Du hast es geschafft«, wiederholte er. »Die Teufelskraft ist aus der Welt geschafft.«

»Sagen Sie mir, dass das ein Traum ist.«

»Ich bin ein Erzengel.« Seine Mundwinkel verzogen sich fast ein wenig verlegen. Aber nur fast.

»Ich weiß nicht, was ich sagen soll.«

»Ich war nun monatelang auf der Erde, undercover. Wir vermuteten, dass Chauncey Langeais und Hank Millar Teufelskraft heraufbeschworen hatten, und es war mein Job, ein Auge auf Hank zu haben, auf seine Geschäfte und seine Familie – dich eingeschlossen.«

Basso. Ein Erzengel. Undercover. Ich schüttelte den Kopf. »Ich verstehe immer noch nicht ganz, was hier vor sich geht.«

»Du hast das erreicht, was auch ich versucht habe. Die Teufelskraft zu beseitigen.«

Ich verdaute das schweigend. Nach allem, was ich in den letzten paar Wochen gesehen hatte, brauchte es schon viel, um mich noch zu überraschen. Aber das hier tat es mit Sicherheit. Gut zu wissen, dass ich noch nicht vollkommen abgebrüht war.

»Die gefallenen Engel sind fort. Das wird nicht ewig dauern, aber wir werden es genießen, solange wir können, nicht wahr?«, schnaubte er. »Ich schließe diesen Fall ab und mache mich auf den Heimweg. Meinen Glückwunsch.«

Ich hörte ihn kaum. Gefallene Engel fort. *Fort.* Das Wort gähnte in mir wie ein unendlich tiefes Loch.

»Gute Arbeit, Nora. Oh, und es wird dich freuen zu hören, dass wir Pepper in Gewahrsam haben und uns um ihn kümmern. Er behauptet, du hättest ihn dazu genötigt, die Federn zu stehlen, aber ich werde so tun, als hätte ich das nicht gehört.

Eins noch. Nimm es als eine Art Dankeschön: Entscheide dich für einen schönen, sauberen Schnitt durch die Mitte des Muttermals an deinem Handgelenk«, sagte er, wobei er zur Demonstration eine schneidende Bewegung quer über sein Handgelenk machte.

»Was?«

Ein wissendes Lächeln. »Vertrau mir, wenigstens dieses eine Mal.«

Und weg war er.

Ich lehnte mich mit dem Rücken gegen einen Baum, versuchte, die Welt langsam genug zu machen, um sie zu begreifen. Dante tot. Teufelskraft ausgelöscht. Der Krieg nicht existierend. Mein Eid erfüllt. Und Scott. Oh, Scott. Wie sollte ich das Vee beibringen? Wie sollte ich ihr helfen, den Verlust zu durchleben, den Herzschmerz, die Verzweiflung? Und später dann, wie sollte ich sie ermutigen, darüber hinwegzukommen, wenn ich doch selbst nicht vorhatte, das zu tun? Zu versuchen, Patch zu ersetzen – auch nur zu versuchen, Glück zu finden, wie klein es auch sein mochte –, würde eine Lüge sein. Ich war jetzt Nephilim, mit ewigem Leben gesegnet, dazu verflucht, es ohne Patch zu verbringen.

Vor mir raschelten Schritte, jemand ging durchs Gras, ein irgendwie vertrautes Geräusch. Ich erstarrte, bereitete mich darauf vor anzugreifen, als ein dunkler Umriss aus dem Nebel auftauchte. Die Augen des Schemens waren auf den Boden gerichtet, klar auf der Suche nach etwas. Bei jeder Leiche kniete er nieder, inspizierte sie hastig und trat sie dann mit einem ungeduldigen Fluch beiseite.

»Patch?«

Über einen zerfallenden Körper gebeugt, erstarrte er. Sein Kopf flog hoch, seine Augen verengten sich, als traue er seinen Ohren nicht. Sein Blick traf meinen, hielt ihn fest, und etwas

Unentschlüsselbares trat in seine schwarzen Augen. Erleichterung? Trost? Erlösung.

Ich rannte wie im Rausch die letzten paar Meter, die uns voneinander trennten, und warf mich in seine Umarmung, bohrte meine Finger in sein Hemd und vergrub mein Gesicht an seinem Hals. »Lass das wirklich sein. Lass das dich sein. Lass mich nicht los. Lass mich nie wieder los.« Ich begann zu weinen. »Ich habe mit Dante gekämpft. Ich habe ihn getötet. Aber ich konnte Scott nicht retten, er ist tot. Die Teufelskraft ist fort, aber ich habe Scott im Stich gelassen.«

Patch murmelte sanfte Worte in mein Ohr, aber seine Hände zitterten, während sie mich hielten. Er führte mich zu einer Steinbank, auf die wir uns setzten, aber er ließ mich nicht einen Augenblick los, hielt mich, als hätte er Angst, ich könnte wie Sand zwischen seinen Fingern zerrinnen. Seine Augen, müde und gerötet, verrieten mir, dass er geweint hatte.

*Rede weiter*, sagte ich zu mir. *Halte den Traum am Leben. Tu alles, um Patch hier zu halten.*

»Ich habe Rixon gesehen.«

»Er ist tot«, sagte Patch schlicht. »Wie alle anderen auch. Dante hat uns aus der Hölle befreit, aber nicht, ohne uns vorher einen Treueeid abzunehmen und uns einen Teufelskraft-Prototypen zu injizieren. Es war der einzige Weg nach draußen. Als wir die Hölle verließen, waren unsere Adern angefüllt mit dem Zeug. Als du die Teufelskraft zerstört hast, ist jeder gefallene Engel, der davon am Leben erhalten wurde, gestorben.«

*Das kann kein Traum sein. Es muss aber einer sein, und doch ist es gleichzeitig viel zu real.* Seine vertraute Berührung brachte mein Herz zum Rasen und mein Blut zum Sieden – ich konnte keine so heftige Reaktion auf ihn träumen.

»Wie hast du überlebt?«

»Ich habe Dante keinen Eid geschworen, und ich habe auch nicht zugelassen, dass er mir Teufelskraft spritzt. Ich habe von Rixon Besitz ergriffen, aber nur so lange, bis ich aus der Hölle entkommen war. Ich habe weder Dante noch der Teufelskraft getraut. Ich habe darauf vertraut, dass *du* sie beide erledigen wirst.«

»O Patch«, sagte ich mit zitternder Stimme. »Du warst weg. Ich habe dein Motorrad gesehen. Du bist nicht mehr zurückgekommen. Ich dachte …« Mein Herz verkrampfte sich, ein tiefer Schmerz breitete sich in meinem Brustkorb aus. »Als ich dann deine Feder nicht retten konnte …« Der Verlust und die Verzweiflung krochen in mir hoch wie Winterkälte, erbarmungslos und betäubend. Ich kuschelte mich näher an Patch, fürchtete, er könnte wieder verschwinden. Ich kletterte auf seinen Schoß und schluchzte an seiner Brust.

Patch nahm mich in die Arme und wiegte mich. *Engelchen*, murmelte er in meinem Geist. *Ich bin hier. Wir sind zusammen. Es ist vorüber, und wir haben uns.*

Wir haben uns. Zusammen. Er war zu mir zurückgekommen; alles, was wichtig war, war hier. Patch war hier.

Ich wischte mir mit den Ärmeln die Augen trocken, richtete mich auf die Knie auf. Mit den Fingern fuhr ich durch sein dunkles Haar, nahm seine Locken zwischen die Finger und zog ihn dicht an mich heran.

»Ich will mit dir zusammen sein«, sagte ich. »Ich brauche dich ganz nah bei mir, Patch. Ich brauche alles von dir.«

Ich küsste ihn, wild und mutig, mein Mund presste sich auf seinen. Ich presste tiefer, trank seinen Geschmack. Seine Hände legten sich fest auf meinen Rücken, zogen mich näher an ihn. Ich legte meine Handflächen auf seine Schultern, auf seine Arme, auf seine Hüften, spürte seine Muskeln arbeiten, so real und stark und lebendig. Sein Mund drückte sich auf meinen, vielversprechend, hungrig.

»Ich möchte jeden Morgen mit dir zusammen aufwachen und jeden Abend neben dir einschlafen«, erklärte Patch ernst. »Ich will mich um dich kümmern, dich schätzen und lieben, wie es kein anderer Mann könnte. Ich will dich verwöhnen – jeder Kuss, jede Berührung, jeder Gedanke, alles soll dir gehören. Ich werde dich glücklich machen. Jeden Tag werde ich dich glücklich machen.« Der antike, beinahe primitive Ring, den er zwischen den Fingern hielt, reflektierte das Licht und glänzte silbern. »Diesen Ring habe ich gefunden, kurz nachdem ich aus dem Himmel verbannt wurde. Ich habe ihn lange behalten, um mich selbst daran zu erinnern, wie endlos mein Urteil war, wie ewig sich eine kleine Entscheidung auswirken kann. Jetzt sollst du ihn bekommen, denn du hast mein Leiden beendet. Du hast mir eine neue Ewigkeit geschenkt. Sei mein Mädchen, Nora. Sein mein Ein und Alles.«

Ich biss mir auf die Lippe und unterdrückte ein Lächeln, das mir sonst das Gesicht zerschnitten hätte. Ich sah zu Boden, um sicherzugehen, dass ich nicht schwebte. »Patch.«

Er kratzte mit dem rauen Ende des Rings in seine Handfläche, so dass ein dünnes Rinnsal Blut austrat. »Ich schwöre dir, Nora Grey, an diesem Tag, von jetzt an und für immer, gebe ich mich in deine Hände. Ich bin dein. Meine Liebe, mein Leib, meine Seele – lege ich in deinen Besitz und deinen Schutz.« Er hielt mir den Ring hin, eine einzelne Gabe, ein bindendes Versprechen.

»Patch«, flüsterte ich.

»Wenn ich meinen Schwur breche, werden mein eigenes Unglück und die Reue meine ewige Strafe sein.« Sein offener, aufrichtiger Blick hielt den meinen fest. *Aber ich werde ihn nicht brechen, Engelchen. Ich werde dich nicht enttäuschen.*

Ich nahm den Ring an und wollte gerade mit der Kante über meine Handfläche streichen, wie Patch es getan hatte, als mir Bassos seltsamer Ratschlag einfiel. Ich ließ den Ring höher gleiten und schnitt in das bleistiftförmige Muttermal an der Innenseite meines Handgelenks, mit dem ich auf die Welt gekommen war – ein Zeichen meines Nephilim-Erbes. Helles rotes Blut verschmierte meine Haut. Ich legte die Schnittwunde direkt an Patchs Hand und empfand ein warmes Kribbeln, als unser Blut sich vermischte.

»Ich schwöre dir, Patch, dass ich deine Liebe annehmen und wertschätzen werde. Und im Gegenzug werde ich dir meinen Körper und mein Herz geben – alles, was ich habe, gebe ich dir. Ich bin dein. Ganz und gar. Liebe mich. Beschütze mich. Erfülle mich. Und ich verspreche, dasselbe für dich zu tun.«

Er schob den Ring auf meinen Finger.

Da zuckte er plötzlich zusammen, als sei ein heftiger Stromschlag durch seinen Körper gefahren. »Meine Hand«, sagte er leise. »Meine Hand …«

Er sah mir tief in die Augen. Verwirrung breitete sich auf seiner Miene aus. »Meine Hand kribbelt, da wo wir unser Blut vermischt haben.«

»Du spürst es«, sagte ich, zu ängstlich, um es wirklich zu glauben. Voller Angst, ich könnte mir falsche Hoffnungen machen. Voller Angst, dass es verfliegt und sein Körper meinen wieder ausschließen würde.

Nein. Dies war Bassos Geschenk an mich.

Patch, ein gefallener Engel, konnte fühlen. All meine Küsse, jede Berührung. Meine Wärme, die Tiefe meiner Reaktion auf ihn.

Er gab einen Laut von sich, der irgendwo zwischen einem Lachen und einem Stöhnen lag. Staunen leuchtete in seinen Augen. »Ich fühle dich.« Seine Hände rieben über meine

Arme, erforschten hastig meine Haut, nahmen mein Gesicht. Er küsste mich hart. Er schauderte vor Lust.

Patch riss mich in seine Arme, und ich schrie vor Freude auf. »Lass uns von hier verschwinden«, murmelte er, und seine Augen loderten vor Verlangen.

Ich schlang die Arme um seinen Hals und kuschelte meinen Kopf in seine Halsbeuge. Sein Körper war ein festes Versprechen, ein warmer Kontrapunkt. Und jetzt konnte er mich auch spüren. Vorfreude brannte unter meiner Haut.

Das war es. Zusammen. Für immer. Während wir alles hinter uns ließen, wärmte die Sonne meinen Rücken und erleuchtete den Weg, der vor uns lag.

Ich konnte mir kein besseres Vorzeichen denken.

# EPILOG
## Drei Jahre später
### The Hodder Valley, Lancashire, England

O kay, du hast gewonnen«, ich starrte Vee bewundernd an, als sie, die Schleppe ihres langen silbergrauen Kleids über dem Arm, in die Sakristei der Kirche trat. Das Licht aus den bunten Kirchenfenstern schien den Stoff in Flammen zu setzen, so dass er metallisch glitzerte. »Ich weiß, ich hatte dir gesagt, du solltest dich für traditionelles Weiß entscheiden, aber das war falsch. Vee, du siehst atemberaubend aus.«

Sie wirbelte herum, wobei die Springerstiefel sichtbar wurden, die ich seit der Highschool nicht mehr gesehen hatte. »Etwas Altes«, erklärte Vee.

Ich biss mir auf die Lippe. »Ich glaube, ich weine gleich.«

»Du wirst meinen Strauß fangen, ja? Und ihn mir dann zurückgeben, wenn niemand hinsieht, damit ich ihn professionell trocknen und rahmen lassen kann – und dann kannst du mich den Rest meines Lebens damit aufziehen, was ich für ein Trottel bin?«

»Ich bin Nephilim. Ich werde diese Blumen in der Hand haben, bevor die Gehirne deiner Freunde überhaupt gemerkt haben, dass du sie geworfen hast.«

Vee seufzte glücklich. »Kleines, ich bin so froh, dass du gekommen bist.«

»Es hätte schon einiges mehr als dreitausend Meilen gebraucht, um mich von der Hochzeit meiner besten Freundin fernzuhalten.« Ich lächelte vielsagend. »Wohin fahrt ihr in die Flitterwochen?«

»Gavin will es mir nicht sagen. Er macht ein großes Geheimnis daraus. Er hat alles bis ins Detail geplant. Ich habe ihm gesagt, dass ich nur einen Wunsch habe: ein Hotel mit Doughnuts auf der Karte des Zimmerservices. Wir fahren zehn Tage weg. Wenn wir zurückkommen, fangen wir beide an, nach Jobs zu suchen.«

»Denkst du, dass du jemals zurückkommen wirst?«

»Nach Coldwater? Niemals. England passt mir wunderbar. Diese Briten lieben meinen Akzent. Als Gavin mich das erste Mal ausgeführt hat, hat er das nur gemacht, um mich reden zu hören. Ein Glück für ihn, dass das zu den Dingen gehört, die ich am besten kann.« Dann verschwand aller Spott aus ihren Augen. »Zu Hause sind einfach zu viele Erinnerungen. Ich kann kaum die Straße entlangfahren, ohne Scott irgendwo in der Menge zu sehen. Glaubst du, es gibt ein Leben nach dem Tod? Glaubst du, er ist glücklich?«

Meine Kehle wurde eng, zu rau, um etwas zu sagen. Seit Scott gestorben war, war kein Tag vergangen, an dem ich mir nicht einen kurzen, ruhigen Augenblick genommen hatte, um Dankbarkeit für sein Opfer zum Himmel zu schicken.

»Er sollte hier sein. Nichts würde ich mir mehr wünschen«, sagte Vee mit hängendem Kopf und zupfte an ihren frisch lackierten Nägeln herum.

»Ich mir auch«, sagte ich und drückte ihre Hand.

»Deine Mom hat mir gesagt, Marcie wäre vor ein paar Monaten gestorben?«

»Sie hat länger gelebt, als zu erwarten gewesen war.«

»Also am Ende doch ein fauler Apfel?«

»Meine Mom war auf ihrer Beerdigung. Fünf Leute insgesamt, einschließlich ihrer Mutter.«

Vee zuckte gleichgültig die Schultern. »Karma, wie es leibt und lebt.«

Die Eichentür auf der anderen Seite des Raums öffnete sich, und meine Mom steckte den Kopf herein. Sie war vor einer Woche schon herübergeflogen, um zusammen mit Vees Mom die Hochzeit vorzubereiten, und ich glaube, insgeheim schwelgte sie in ihrer Rolle als Hochzeitsplanerin. Sie hatte sich endlich damit abgefunden, dass Patch und ich – eine Kombination, mit der sie sich über die Jahre doch noch angefreundet hatte – unseren Treueschwur unter freiem Himmel geleistet und mit Blut besiegelt hatten und ihr niemals die große weiße Hochzeit liefern würden. Aber das hier war ihre Chance. Darin lag die Ironie des Ganzen. Wer hätte je gedacht, dass Vee einen traditionelleren Pfad einschlagen würde als ich?

Meine Mom strahlte uns an. »Trocknet eure Augen, meine Lieblinge, es ist gleich so weit.«

Ich machte noch etwas Aufhebens um Vees Knoten, zupfte ein paar mehr Strähnchen heraus, die ihr Gesicht umrahmen sollten, und steckte duftende Stephanotis-Blüten in den Brautkranz. Als ich fertig war, warf Vee die Arme um mich, drückte mich fest und wiegte mich hin und her, und dann hörten wir eine Naht aufplatzen.

»Oh, Mist«, sagte Vee, als sie sich umdrehte, um die aufgeplatzte Naht an ihrem Kleid zu begutachten. »Ich hab's eine Größe kleiner bestellt, weil ich vorhatte, für die Hochzeit noch fünf Kilo abzunehmen. Ich würde mich zwar nicht als fett bezeichnen, aber ich hätte nichts dagegen, noch ein bisschen von dieser Nephilim-Masse zu verlieren. Das Problem waren nur die vielen Twinkies, die immer im Schrank lagen.«

Ich konnte mich nicht mehr beherrschen und bekam einen Lachanfall.

»Ich seh's schon kommen, dass ich vor all diesen Leuten zum Altar schreite, und meine Höschen wehen im Wind, und dich kümmert das nicht mal«, sagte Vee, aber sie grinste ebenfalls. Dann holte sie ein Pflaster aus ihrer Tasche und klatschte es auf den Riss im Stoff.

Wir lachten so heftig, dass wir rot anliefen und nach Luft schnappten.

Die Tür ging zum zweiten Mal auf. »Auf die Plätze! Beeilt euch!«, sagte meine Mutter und schob mich hinaus. Orgelmusik drang aus der Kapelle. Ich schob mich ans Ende der Reihe Brautjungfern, die alle Meerjungfrauenkleider aus Taft trugen, und nahm von Vees Bruder Mike meinen Strauß aus weißen Lilien entgegen. Vee stellte sich an ihren Platz neben mich und holte tief Luft.

»Fertig?«, fragte ich.

»Und bereit.« Sie zwinkerte mir zu.

Die Helfer, die zu beiden Seiten der massiven, eingravierten Türen standen, zogen sie auf. Arm in Arm schritten Vee und ich in die Kapelle hinein.

Nach der Hochzeit wurden draußen noch Fotos gemacht. Die helle Nachmittagssonne schickte ihr Licht über grüne Weiden mit pittoresk grasenden Schafen in der Ferne. Vee strahlte die ganze Zeit und sah fröhlicher und leuchtender aus, als ich sie je gesehen hatte. Gavin hielt ihre Hand, strich ihr zärtlich über die Wange, flüsterte ihr ins Ohr. Sie hatte mir nicht gesagt, dass er menschlich war, aber ich wusste es sofort. Da Vee niemals Treue geschworen hatte, würden sie zusammen alt werden. Ich wusste nicht genau, wie sie altern würde – oder ich –, da es bisher noch nicht vorgekommen war, dass ein Nephilim ewig lebte, ohne die Treue geschworen zu haben. Aber sie war dennoch unsterblich. Eines Tages würde Gavin sterben, ohne je erfahren zu haben, dass seine Frau ihm nicht in die nächste Welt folgen würde. Ich warf es ihr nicht vor, dass sie ihm das verschwieg; ich bewunderte sie eher dafür, dass sie glückliche Erfahrungen machte, und fertig. Gavin hatte ich erst heute kennengelernt, aber es war nicht zu übersehen, dass er sie vergötterte und liebte. Und, mal im Ernst: Was konnte ich mehr verlangen?

Der Empfang war ebenfalls draußen, in einem großen weißen Zelt. Die Blitze der Kameras noch in den Augen ging ich zur Bar und bat um ein Mineralwasser. Einige Paare tanzten zu den Klängen des Orchesters, aber ich bemerkte sie kaum. Meine Aufmerksamkeit war ausschließlich auf Patch gerichtet.

Er hatte sich hübsch gemacht für die Hochzeit, trug einen maßgeschneiderten schwarzen Smoking und sein bestes, verworfenes Lächeln. Der Smoking unterstrich seinen sportlichen Körper, und das Lächeln jagte mir einen Adrenalinstoß durchs Herz. Er sah mich auch, seine schwarzen Augen wärmten sich vor Zuneigung und Verlangen. Unter meiner Haut wallte die Vorfreude heiß auf. Ich war den größten Teil des Tages von ihm getrennt gewesen, und jetzt brauchte ich ihn. Dringend.

Patch kam zu mir herüber und nippte an einem Weinglas. Seine Smokingjacke hatte er über die Schulter geworfen, sein Haar lockte sich verwegen durch die Luftfeuchtigkeit. »Da ist ein Gasthaus ganz in der Nähe. Und eine Scheune hinter den Bäumen dahinten, falls du Frühlingsgefühle hast«, sagte er, offensichtlich ohne jeden Zweifel über die Richtung, die meine Gedanken genommen hatten.

»Hast du gerade ›Frühlingsgefühle‹ gesagt?«

Patchs Hände legten sich auf meine Hüften und zogen mich dicht heran. »Ja. Soll ich's dir zeigen?« Er küsste mich einmal. Dann noch einmal, verlängerte den Kuss mit ein paar kunstvollen Bewegungen seiner Zunge. »Ich liebe dich.«

»Worte, die ich gar nicht oft genug hören kann.«

Er strich mir die Locken aus dem Gesicht. »Ich hätte mir nie vorstellen können, dass mein Leben mal so erfüllt sein könnte. Ich hätte nie gedacht, dass ich alles bekommen würde, was ich wollte. Denn du bist alles für mich, Engelchen.«

Seine Worte erfüllten mein Herz. Ich liebte ihn so sehr, dass ich es niemals in Worte würde fassen können. Er war ein Teil von mir. Und ich war ein Teil von ihm. Aneinander gebunden für den Rest der Ewigkeit. Ich beugte mich zu ihm und küsste ihn. »Vielleicht nehme ich dein Angebot an. Ein idyllischer Landgasthof, hast du gesagt?«

*Der Cadillac parkt vorne, aber ich hätte hinten auch ein Motorrad,* sagte Patch in Gedanken. *Traditionelle Abreise oder Flucht?*

Mir persönlich reichte es mit der Tradition für heute. *Flucht.*

Patch hob mich schwungvoll in seine Arme, und ich schrie vor Freude auf, als er mich zum Hintereingang der Kirche trug. Wir schwangen uns auf sein Motorrad und brausten die Straße entlang, flogen über die grünen Hügel auf den Gasthof zu.

In unserem gemütlichen, kleinen Zimmer streckte ich die Hand aus und zog an seiner seidenen Krawatte. »Du ziehst dich wirklich an, um Eindruck zu machen«, sagte ich bewundernd.

»Nein, Engelchen.« Er beugte sich zu mir herunter, und seine Zähne zupften sanft an meinem Ohr. »Ich zieh' mich aus, um Eindruck zu machen.«

## DANKSAGUNGEN

Mein Herz ist erfüllt von Dankbarkeit für all die Menschen, die es mir ermöglicht haben, die »Engel der Nacht«-Reihe zu schreiben. Als Erstes bin ich meiner Familie dankbar für ihre unermüdliche Unterstützung. Jeden Tag staune ich wieder aufs Neue darüber, dass ich von Menschen umgeben bin, die mich so bedingungslos lieben.

Vielen Dank auch an meine Agentin, Catherine Drayton, für ihren Vertrauensvorschuss.

Ich schätze mich glücklich, mit einigen der Besten aus der Branche arbeiten zu dürfen: Courtney Bongiolotti, Julia Maguire, Zareen Jaffery, Justin Chanda, Anne Zafian, Jenica Nasworthy, Lucille Rettino, Elke Villa, Chrissy Noh, Jon Anderson und Valeria Shea.

Dank schulde ich auch Anna McKean und Paul Crichton für die vielen, vielen Arbeitsstunden hinter den Kulissen – und dafür, dass sie sich so gut um mich kümmern, wenn ich unterwegs bin.

Ich bin dankbar für die Freundschaften, die ich während dieser Reise schließen durfte, besonders für die Freundschaft von Jenn Martin und Rebecca Sutton, den klugen Schwestern hinter FallenArchangle.com.

Lyndsey Blessing, Charlie Olsen und die anderen aus dem Team bei InkWell Management – danke, dass ich zu euch zurückkommen durfte.

Ich liebe meine Buch-Cover und gratuliere James Porto

und Lucy Ruth Cummins zu ihrer Kunstfertigkeit und Kreativität.

Dank an Lisa Martin, einem außergewöhnlichen Fan, die auf den Namen einer Figur geboten hat zu Gunsten von »Kids Need to Read« – deine Großzügigkeit wird hoch geschätzt, und jetzt bist du in diesem Buch unsterblich geworden!

An die vielen Buchhändler und Bibliothekare, die an der Front arbeiten: Wenn Sie jemals »Engel der Nacht« mit einem Leser geteilt haben, dann schulde ich Ihnen einen Händedruck. In der Zwischenzeit sehen Sie das hier bitte als Dankeschön nur für Sie allein an.

Seit »Engel der Nacht« veröffentlicht wurde, hatte ich die großartige Gelegenheit, zu reisen und meine Leser überall auf der Welt zu treffen. Nichts davon wäre möglich gewesen ohne meine internationalen Verlage. Ganz besonderen Dank an meine Freunde bei Simon & Schuster UK, Simon & Schuster Australia, Simon & Schuster Canada, Piemme Freeway und Lattès.

Und zum Schluss noch eine Botschaft an meine Leser: Was für großartige drei Jahre! Sie sind ein Publikum, für das es Spaß macht zu schreiben, vielen Dank dafür. Danke für Ihre Briefe, danke, dass Sie zu meinen Lesungen gekommen sind, und dafür, dass Sie sich in Patch, Nora, Vee und Scott verliebt haben. Ich freue mich schon darauf, in Zukunft weiter für Sie zu schreiben.

Becca Fitzpatrick

ist eine junge amerikanische Autorin, deren Debütroman
»Engel der Nacht« gleich nach Erscheinen den Sprung
auf die New-York-Times-Bestsellerliste geschafft hat.
Inzwischen ist aber auch jede Fortsetzung ein Bestseller und
das nicht nur in den USA. Die Übersetzungsrechte wurden
bisher in 35 Länder verkauft. Becca Fitzpatrick lebt in
Colorado, USA.

Weitere Informationen zur Autorin unter:
www.beccafitzpatrick.com.


<u>Von Becca Fitzpatrick außerdem lieferbar:</u>

Engel der Nacht. Band 1. Roman
Bis das Feuer die Nacht erhellt. Band 2. Roman
Rette mich. Engel der Nacht 3. Roman
Dein für immer. Engel der Nacht 4. Roman

(☛ Alle Romane sind auch als E-Book erhältlich.)

GOLDMANN
Lesen erleben